IL Y AURA DES MORTS

Du même auteur

5150, rue des Ormes. Roman.
   Laval : Guy Saint-Jean Éditeur, 1994 (épuisé).
   Beauport : Alire, Romans 045, 2001.
   Lévis : Alire, GF, 2009.

Le Passager. Roman.
   Laval : Guy Saint-Jean Éditeur, 1995 (épuisé).
   Lévis : Alire, Romans 066, 2003.

Sur le seuil. Roman.
   Beauport : Alire, Romans 015, 1998.
   Lévis : Alire, GF, 2003.

Aliss. Roman.
   Beauport : Alire, Romans 039, 2000.

Les Sept Jours du talion. Roman.
   Lévis : Alire, Romans 059, 2002.
   Lévis : Alire, GF, 2010.

Oniria. Roman.
   Lévis : Alire, Romans 076, 2004.

Le Vide. Roman.
   Lévis : Alire, GF, 2007.
   Le Vide 1. Vivre au Max
   Le Vide 2. Flambeaux
   Lévis : Alire, Romans 109-110, 2008.

Hell.com. Roman.
   Lévis : Alire, GF, 2009.
   Lévis : Alire, Romans 136, 2010.

Malphas
   1. *Le Cas des casiers carnassiers*. Roman.
   Lévis : Alire, GF, 2011.
   Lévis : Alire, Romans 174, 2016.
   2. *Torture, luxure et lecture*. Roman.
   Lévis : Alire, GF, 2012.
   Lévis : Alire, Romans 175, 2016.
   3. *Ce qui se passe dans la cave
      reste dans la cave*. Roman.
   Lévis : Alire, GF, 2013.
   Lévis : Alire, Romans 185, 2017.
   4. *Grande Liquidation*. Roman.
   Lévis : Alire, GF, 2014.
   Lévis : Alire, Romans 186, 2017.

Faims. Roman.
   Lévis : Alire, GF, 2015.

L'Autre Reflet. Roman.
   Lévis : Alire, GF, 2016.

IL Y AURA DES MORTS

PATRICK SENÉCAL

Illustration de couverture :
JEIK DION

Photographie : KARINE DAVIDSON TREMBLAY

Distributeurs exclusifs :

Canada et États-Unis :
Messageries ADP
2315, rue de la Province
Longueuil (Québec) Canada
J4G 1G4
Téléphone : 450-640-1237
Télécopieur : 450-674-6237

France et autres pays :
Interforum Editis
Immeuble Paryseine
3, Allée de la Seine, 94854 Ivry Cedex
Téléphone : 33 1 49 59 11 56/91
Télécopieur : 33 1 49 59 11 33
Service commande France Métropolitaine
Téléphone : 33 2 38 32 71 00
Télécopieur : 33 2 38 32 71 28
Service commandes Export-DOM-TOM
Télécopieur : 33 2 38 32 78 86
Internet : www.interforum.fr
Courriel : cdes-export@interforum.fr

Suisse :
Diffuseur : **Interforum Suisse S.A.**
Route André-Piller 33 A
Case postale 1701 Fribourg – Suisse
Téléphone : 41 26 460 80 60
Télécopieur : 41 26 460 80 68
Internet : www.interforumsuisse.ch
Courriel : office@interforumsuisse.ch
Distributeur : **OLF**
Z.I.3, Corminbœuf
P. O. Box 1152, CH-1701 Fribourg
Commandes :
Téléphone : 41 26 467 51 11
Télécopieur : 41 26 467 54 66
Courriel : information@olf.ch

Belgique et Luxembourg :
Interforum Editis S.A.
Fond Jean-Pâques, 6 1348 Louvain-la-Neuve
Téléphone : 32 10 42 03 20
Télécopieur : 32 10 41 20 24
Courriel : info@interforum.be

Pour toute information supplémentaire
LES ÉDITIONS ALIRE INC.
120, côte du Passage, Lévis (Qc) Canada G6V 5S9
Tél. : 418-835-4441   Télécopieur : 418-838-4443
Courriel : info@alire.com
Internet : www.alire.com

Les Éditions Alire inc. bénéficient des programmes d'aide à
l'édition du Conseil des arts du Canada (CAC), du Fonds du
Livre du Canada (FLC) pour leurs activités d'édition, et du
Programme national de traduction pour l'édition du livre.
Les Éditions Alire inc. bénéficient aussi de l'aide de la Société de développement
des entreprises culturelles du Québec (SODEC) et du Gouvernement du Québec –
Programme de crédit d'impôt pour l'édition de livres – Gestion Sodec.

Dépôt légal : 4e trimestre 2017
Bibliothèque et Archives nationales du Québec
Bibliothèque et Archives Canada

TABLE DES MATIÈRES

« *Nous sommes demandeurs de supercheries, parce que nous avons besoin d'être rassurés sur le réel, nous avons besoin de construire une illusion systématique qui nous dissimule le chaos, parce que la vie a besoin du mensonge et de l'illusion pour se développer.* »

Michel Puech, *La Philosophie en clair*

« *Willard : They told me that you had gone totally insane, and that your methods were unsound.*
Kurtz : Are my methods unsound ?
Willard : I don't see any method at all, sir. »

Apocalypse Now

« *Faut qu'ça saigne.* »
Boris Vian

À huit heures vingt-quatre, ce vendredi 12 août 2016, Carl Mongeau émerge du sommeil sans se douter qu'aujourd'hui sa vie basculera dans un cauchemar paranoïaque. Même si, comme tout le monde, il connaît son lot de petits problèmes et d'irritations diverses, il mène une existence somme toute frappée par les sceaux de la quiétude et de la sérénité, mais dans moins de neuf heures, ceux-ci disparaîtront, et ce, de façon définitive.

Le seul élément différent de ses réveils habituels consiste en un léger mal de tête, alors qu'il n'a bu que deux bières la veille. Peut-être devrait-il y voir un signe, un présage de ce qui l'attend, mais pourquoi accorderait-il la moindre importance à un détail si insignifiant ? D'ailleurs, après ses trente minutes de jogging, la douleur s'est totalement dissipée. Il récupère en terminant un épisode de *Walking Dead* débuté hier, puis prend une douche. Il se sèche le corps devant le miroir à l'aide d'une serviette, remarquant à peine la discrète boursoufflure à la gauche de sa poitrine qui, il y a douze ans, attirait continuellement son regard. Maintenant, c'est son ventre qu'il étudie tous les matins depuis quelques semaines : le très modeste renflement ne grossit pas, mais ne diminue pas non plus. Il enfile un jeans et une chemise rouge à manches courtes et se confectionne un déjeuner qui, à cette heure, tient davantage du brunch. Il songe à préparer un sac de voyage pour son éventuel week-end chez Pierre-Luc, mais se laisse jusqu'à la fin de l'après-midi pour arrêter sa décision. À onze heures, il sort de son cottage qu'il persiste à habiter même s'il est seul depuis deux ans et demi. L'avenue des Chênes est tranquille, comme le sont toutes celles du quartier, et le soleil invite Carl à chausser ses lunettes fumées. Il monte dans son Pathfinder noir et démarre en écoutant Isabelle Maréchal à la radio.

Cinq minutes plus tard, il roule dans la rue Lindsay, l'une des trois artères principales du centre-ville de Drummondville peu mouvementé à cette heure. Il s'arrête devant son magasin de sport préféré et entre. Comme tous les six mois, il s'achète un pantalon de jogging, un t-shirt blanc et une paire d'espadrilles, le tout en moins de dix minutes. Il lance le sac empli de ses emplettes sur la banquette arrière de son Pathfinder puis se remet en route dans Lindsay. Il traverse le chemin de fer et cent cinquante mètres plus loin, au coin de la rue Bérard, apparaît à gauche le bar *Le Lindsay,* avec sa façade qui n'a connu aucune modification depuis deux décennies, sauf quelques coups de pinceau ou réparations mineures. Mais au lieu d'entrer dans le stationnement des clients, Carl tourne dans Bérard pour prendre la ruelle qui communique directement avec l'arrière du bar. Il gare sa voiture près du mur, sous une plaque sur laquelle est inscrit: *Le Lindsay: stationnement privé.*

Quand il a ouvert son bistrot en automne 1996, tout le monde (en particulier son ami Yves et son fils Samuel) s'était moqué de lui. « Le Lindsay? Wow! T'as dû y penser longtemps! » Mais Carl n'en avait eu cure et avait conservé son idée : malgré ses trente et un ans, il ne souhaitait pas nécessairement un pub « à la montréalaise » pour clients cools de vingt ans qui changeraient d'endroit au bout de deux ans et ne formeraient pas une base fidèle ; il envisageait plutôt un bar-bistrot simple, relax, pour une clientèle « normale et terre à terre », même si ses amis n'avaient jamais exactement compris ce qu'il entendait par ces termes. *Le Lindsay,* c'était donc un nom direct et sans prétention. Et manifestement, Carl a eu raison, car vingt ans plus tard, son commerce se porte à merveille et même sans jeunes branchés (sauf le week-end, où les fêtards de vingt ans sont prêts à aller n'importe où pour boire), les consommateurs sont nombreux et loyaux. En fait, à l'époque, seule Pascale avait approuvé le nom du bistrot. Le fait que son amoureux ouvre un bar l'excitait beaucoup. Du moins, au début.

Carl range ses lunettes dans le coffre à gants, sort de son Pathfinder, contourne le bâtiment et débouche dans le stationnement pour la clientèle. Une seule voiture s'y trouve, la Golf GTI rouge de Sébastien. Carl franchit la porte réservée aux employés, traverse un petit couloir puis se retrouve dans la salle. Comme le bar n'ouvre qu'à treize heures, peu de lumières sont allumées et, malgré les grandes vitrines à l'avant, la pénombre règne dans la place pouvant contenir soixante-dix-huit personnes assises. Derrière le zinc mieux éclairé, un homme dans la mi-trentaine compte les bouteilles d'alcool sur le mur tout en consultant une liste entre ses mains. Carl s'approche et, en l'apercevant, le serveur paraît surpris.

— Salut, Seb. T'es de bonne heure ce matin.

— Oui, faut que je remplace les barils pis plusieurs bouteilles… Je vais finir plus tôt, je me suis arrangé avec Aline pour le 5 à 7. Mais toi, qu'est-ce que tu fais ici ?

— Ben de la job pour le vingtième…

Il doit aussi aller voir Bob, mais il n'en parle pas. Il n'a jamais parlé de Bob à Sébastien, même si ce dernier est son gérant, ni à personne. Sauf à Pascale.

Sébastien approuve en écrivant un truc sur la liste. Quelque chose semble le chicoter et Carl comprend de quoi il s'agit.

— Tu penses encore à notre discussion de lundi…

Sébastien hésite un moment, dépose les feuilles de papier sur le comptoir puis se dirige vers la machine à expresso en maugréant :

— Je continue de croire que leur proposition est intéressante. Ils ont fait la déco de plusieurs pubs à Montréal.

— On est pas à Montréal.

Silence, à l'exception du son grinçant de la machine à café. Le serveur vient déposer une tasse fumante devant son patron.

— La dernière fois qu'on a revampé le look de la place, ça fait douze ans. Pis tout ce qu'on a changé, c'est les tables pis les chaises. On a les mêmes cadres depuis l'ouverture. Pour les vingt ans du bar, ce serait cool d'avoir du nouveau.

Carl, tout en prenant une gorgée de son deuxième et dernier café de la journée, étudie les tables en marbre, les chaises au dossier métallique, les photos sur les murs représentant Drummondville dans les années quarante et cinquante…

— Pourquoi changer ? Les clients se plaignent pas pis on a pas de baisse d'achalandage. Coudon, on répète la même discussion que lundi !

— T'as raison. Oublie ça.

Taciturne, le serveur commence à aligner sur le comptoir les bouteilles dont il doit changer les bouchons électroniques. Carl remarque qu'il est cerné. Il s'est sans doute pété la face hier soir. Éternel célibataire qui, même à trente-cinq ans, suit la mode des adolescents, Sébastien Coupal a toujours été un *party animal*, mais Carl a la nette impression qu'il bamboche encore plus depuis la mort de son père il y a neuf mois. Peut-être est-ce sa façon de vivre son deuil, de geler sa peine... De toute façon, Carl s'en moque, du moment que son employé travaille avec professionnalisme et assiduité, et là-dessus, il n'a rien à lui reprocher depuis qu'il l'a engagé il y a quinze ans.

Le propriétaire du bar prend un exemplaire du *Journal de Montréal* qui traîne et le feuillette en sirotant son café. Au bout de quelques minutes de silence, on entend des cognements et les deux hommes tournent la tête. À l'extérieur, le visage collé dans la grande vitrine près de l'entrée du bistrot, un jeune quinquagénaire, mince et bien charpenté, sourit de toutes ses dents blanches, le regard masqué par des lunettes de soleil. Carl sourit à son tour en se levant.

— Ah ben, v'là le clown...

Il se dirige vers la porte principale en sortant son trousseau de clés, tandis que l'homme devant la vitrine se met à danser de manière exagérément lascive, projetant son pubis vers l'avant, et dresse ses bras en l'air. Carl déverrouille la porte et fait un pas sur le trottoir.

— On vous avait pas barré, vous?

— Oui, mais y a une pétition pour que je revienne.

Ils se font une accolade avec claques dans le dos.

— Hééééé! Dude! grogne le nouveau venu. Comment ça va, mon cochon?

— Super, super. T'es pas en tournage, toi?

— Je commence juste à deux heures après-midi.

De l'autre côté de la rue, une femme dans la trentaine regarde dans leur direction d'un air incrédule. Carl pose sa main sur l'épaule de son ami et lui propose d'entrer rapidement avant d'attirer trop l'attention. De retour à l'intérieur, Carl verrouille la porte tandis que le visiteur explique qu'il est passé chez lui il y a cinq minutes.

— Pourquoi t'es ici si tôt, dude?

— Ben de la job pour le vingtième anniversaire, répond Carl en guidant son ami vers le bar.

Sébastien, affairé sur ses bouteilles, interrompt son travail.

— Hé, Yves. Ça va?

— Salut, Seb. Toujours sur le party?

Sébastien lui donne la main avec un petit ricanement gêné, tout rouge. Carl le considère avec amusement. Même si son serveur a vu Yves une trentaine de fois en quinze ans et a souvent trinqué avec lui, il est encore impressionné par la star et affiche, lorsqu'ils se croisent, la nervosité d'un jeune fan.

— En passant, je t'ai trouvé ben bon dans *Mauvais Temps*.

— Ah, oui? commente l'acteur, goguenard. Tu diras ça au critique du *Devoir*. Ça fait dix ans qu'il aime rien de ce que je fais, ce câlice-là.

Sébastien ricane à nouveau, ne sachant pas trop quoi ajouter, puis il finit par offrir un café à Yves, qui refuse. Celui-ci, malgré la pénombre du bar, n'a toujours pas enlevé ses lunettes fumées.

— Yves tourne un film dans le coin, explique Carl.

— Je le sais, ils en parlent dans le journal.

Et Sébastien se penche une brève seconde sous le comptoir pour attraper un exemplaire de *L'Express* qu'il tend à l'acteur. La première page représente Yves, habillé en paysan du dix-neuvième siècle et qui regarde la caméra d'un air dramatique. Le gros titre clame en lettres jaunes : *Yves Levasseur tourne dans sa ville natale.*

— Wow! rigole le comédien. Le front-page du journal local! On rit plus!

— Pis pour ce personnage-là, t'as fait quoi? demande Carl.

— J'ai lu plein de livres historiques. J'ai rencontré des linguistes, aussi, pour connaître la manière de parler de l'époque. J'ai loué une cabane dans le bois en juin, tu te souviens ? Je suis resté là pendant un mois, pas d'électricité. Comme au dix-neuvième siècle.

Carl hoche la tête, à la fois amusé et admiratif. Yves, malgré son narcissisme et son humour cabotin, a toujours préparé ses rôles avec une minutie maniaque, cherchant à comprendre le plus profondément possible le quotidien et la psychologie de ses personnages. Pour son interprétation d'un sans-abri, il y a cinq ans, il avait vécu comme un mendiant à New York (au Québec, on l'aurait reconnu facilement), pendant deux semaines complètes, couchant dans les ruelles et dans les métros ! Son agent lui avait dit qu'il était cinglé et qu'il aurait pu mettre sa vie en danger. Mais les trois prix qu'avait gagnés Yves pour ce rôle dans différents festivals mondiaux lui avaient confirmé que sa méthode de travail extrême était essentielle, du moins pour lui.

— Ils disent quoi, dans le journal ?

— Si tu enlevais tes lunettes, le gros, tu serais peut-être capable de le lire, rétorque Carl.

— Ils disent que tu viens tourner des scènes d'un film au Village québécois d'antan pis que tous les Drummondvillois sont ben fiers de ta carrière. Ils parlent aussi de tes projets en immobilier. En tout cas, si on se fie à l'article, tout va ben, on dirait.

— On peut pas se plaindre, effectivement.

Carl, d'un regard entendu, fait comprendre à son employé qu'il a du travail à terminer. Sébastien tique, salue Yves puis se dirige vers la réserve au fond du couloir. Yves s'assoit sur un des tabourets et enlève enfin ses lunettes, libérant dans la pénombre de la salle l'éclat explosif de ses yeux bleus, et Carl ne peut s'empêcher, encore une fois, d'être frappé par la gueule d'enfer de l'acteur. Gueule qu'il arborait déjà avec assurance à dix-neuf ans, quand tous deux sont devenus amis et écumaient ensemble le *400*, le *Normandie* et autres discothèques de l'époque. Lorsqu'il avait été accepté à l'École nationale de théâtre et qu'il avait déménagé à Montréal, effectuant ainsi son entrée dans la faune artistique de la Métropole, l'apprenti comédien n'avait pas cessé de fréquenter Carl qui, à Drummondville, travaillait comme serveur dans un bar et entamait sa relation avec Pascale. Et même aujourd'hui, alors qu'Yves Levasseur est sans contredit l'acteur le plus hot du Québec, qu'il a récemment tenu deux rôles respectables dans des films hollywoodiens, qu'il connaît aussi le succès dans des placements immobiliers (édifices à logements, restaurants...) et que l'argent lui sort par les oreilles, il continue de voir son « dude » trois ou quatre fois par année, soit ici au *Lindsay*, soit dans son immense maison de Boucherville ou son luxueux chalet des Laurentides. Quoique, depuis quelque temps, c'est plus trois fois par année que quatre.

— Ouin, ça change pas beaucoup, ici, remarque Yves en promenant son regard autour de lui.

Carl grogne un commentaire quelconque. Yves poursuit :

— Veux-tu ben me dire pourquoi t'as jamais voulu mettre une table de pool ?

— J'haïs ça, jouer au pool.

— Mais le monde aime ça, dude. Si c'était à moi, ce trou-là, je changerais une couple d'affaires, j'te jure...

— Commences-tu à t'intéresser aux bars pour vrai ?

— J'y pense, marmonne Yves en marchant dans la salle, les mains dans les poches, en examinant les murs et la déco. J'ai trois restaurants, pourquoi pas un bar ? Dans ma ville de naissance, ça pognerait, c'est sûr. C'est quand tu prends ta retraite, donc ?

— Oublie ça, le gros.

— Sébastien va te le racheter, c'est ça ?

— Non, non, je vais le donner à Samuel, Seb est au courant. Je veux que ça reste dans la famille.

— À Samuel ! ricane Yves en se plantant devant un laminé représentant l'usine Celanese dans les années cinquante. Samuel, le king du jeu vidéo : il doit avoir tellement le goût de s'occuper d'un bistrot, hein ?

— Coudon, es-tu juste ici pour te foutre de ma gueule ou t'as aussi envie de jaser ? Tsé, au cas…

Yves se tourne vers son ami en affectant une fausse moue de reproche.

— C'est toi qui veux pas jaser, dude ! Je suis arrivé à Drummond depuis trois jours pis t'es pas encore venu me voir !

— Les fois que je suis allé sur tes tournages, j'ai toujours eu l'impression d'être un téteux qui vient voir des vedettes…

— Arrête, maudit orgueilleux ! T'aimes ça, les plateaux de tournage !

Carl hausse les épaules, mais n'ose pas répliquer. Il demande des nouvelles de Camille et des enfants. Yves affirme que tout va bien, mais qu'il commence à être vieux pour s'occuper d'un fils de neuf ans et d'une fille de sept. Son ami rétorque que c'est ce qui arrive quand on sort avec une femme de dix ans plus jeune que soi.

— Dix ans plus jeune, peut-être, mais pas au point de refuser son vieux chum en mariage ! rétorque Yves avec orgueil.

Carl pousse une exclamation de surprise, puis félicite l'acteur qui, tout fier, passe une main dans son épaisse chevelure noire, bouclée et sans aucun fil gris (et il jure ne pas se teindre) en expliquant qu'après douze ans de vie commune, il trouvait l'idée romantique. Il demande à Carl s'il accepte d'être son témoin et ce dernier, touché, accepte sans hésitation.

— Je veux lui acheter une belle bague, explique Yves. Je fais plein de magasins, mais j'ai pas encore déniché la perle rare…

— T'es tellement perfectionniste, monsieur le comédien…

— Ouais… Tu pourrais peut-être me donner la tienne…

Il montre l'annulaire gauche de Carl qui arbore une alliance en argent sertie de minuscules pierres. Carl la fixe presque avec étonnement : il porte ce bijou depuis si longtemps qu'il ne s'en rend même plus compte.

— Comme ça, je pourrais la donner à Camille, continue Yves d'un air entendu et ironique. Pis toi, tu te ferais enfin une blonde.

— Commence pas, le gros…

— Avec ça au doigt, tu t'aides pas tellement. Qu'est-ce que t'attends pour l'enlever ?

— Elle est pognée là. Sérieux, regarde.

Il tente de glisser l'alliance qui, effectivement, est coincée par la phalange trop grosse. Yves secoue la tête, peu impressionné.

— Pourquoi tu la fais pas couper ?

— Yves…

— Ça fait trois ans, dude.

— Deux ans et demi.

— Elle reviendra pas.

Agacé, Carl tourne la tête, mais il est rassuré de voir que Sébastien est toujours dans la réserve. Même s'il le connaît depuis quinze ans, il parle très peu de sa vie privée au serveur. Il n'en parle à presque personne, en fait.

— Je le sais, Yves, franchement ! Tu penses-tu me faire une grande révélation, là ?

— Il y avait ta comptable…

— Non, non, non, j'ai arrêté ça, elle commençait à prendre ça trop au sérieux pis… On en jasera plus tard, OK ?

— Ben, faut que ce soit ce soir après le tournage, parce que je repars à Boucherville demain matin : j'ai un nouveau rôle à apprendre. Un personnage écœurant dans un film policier très cool, un gars qui organise la mort de sa femme.

— Hé boy ! tu vas le préparer comment, ce rôle-là ? demande Carl, content de changer de sujet. Tu vas te mettre à haïr Camille ?

Ils rigolent tandis que Sébastien revient au bar avec une boîte emplie de bouteilles de spiritueux divers. Les deux amis discutent un petit moment, ou plutôt, comme c'est souvent le cas, Yves parle et Carl écoute. Ce dernier réalise une fois de plus à quel point l'acteur aime la vie lorsqu'elle est trépidante et pleine de projets, alors que Carl, depuis un moment, s'est installé volontairement dans une routine sans surprises. Bien sûr, il vient encore trois ou quatre soirs par semaine au *Lindsay*, mais la plupart du temps il rentre tôt. Et lorsqu'il lui arrive (de plus en plus rarement) de fermer le bar, les lendemains matins lui rappellent qu'il n'a plus trente ans, même s'il se tient en forme. Son choix de prendre une retraite tranquille dans quelques années, alors qu'il n'aura pas tout à fait soixante ans, est parfaitement assumé et ne lui procure aucune angoisse existentielle, au contraire.

Finalement, Yves dit qu'il doit partir et réitère son invitation pour ce soir, mais Carl répond qu'il pensait peut-être se rendre au chalet de son ami Pierre-Luc. Fred, un autre copain, sera là aussi et un week-end de gars pourrait être vraiment agréable. L'acteur, toujours exubérant, lève les bras comme si on lui annonçait qu'il allait perdre la vue.

— Come on, dude ! On se voit pas souvent !

— C'est toi qui prends tes distances ces temps-ci, pas moi.

Yves penche la tête sur le côté en tordant sa bouche en une lippe réprobatrice, puis lui propose de rejoindre ses potes au chalet demain : ça lui fera quand même deux jours.

— C'est pas sur un plateau de tournage qu'on va avoir ben du temps pour se parler, objecte Carl.

— Écoute, on est supposés finir à onze heures. Arrive vers dix heures, regarde la fin du tournage pis après, tu bois une bière avec nous autres. Come on !

Carl, sans vraiment d'hésitation, accepte. Yves lui fait un *high five*, puis tous deux marchent vers la sortie après que l'acteur a salué Sébastien. Carl déverrouille la porte et, sur le trottoir, son ami pointe le doigt vers lui, mi-sérieux, mi-moqueur.

— T'es sûr que tu veux pas me vendre ton bar ? Pour vrai, dude, je te transformerais ça en un club tellement cool.

— Envoie, décrisse. On se voit ce soir.

— Hey, pis en plus, Sarah-Jeanne Labrosse est sur le tournage ! précise Yves avec un clin d'œil entendu.

— Voyons, le gros, c'est trop jeune pour toi, ça. T'aurais besoin d'une boîte complète de Viagra.

— Ben non ! Les seuls moments où j'ai vraiment besoin de Viagra, c'est quand tu me suces.

Carl éclate de rire, sans savoir que c'est la dernière fois de sa vie qu'il s'esclaffe ainsi.

◆

Assis à son bureau, Carl étudie d'un air sceptique, sur l'écran de son ordinateur, l'affiche que lui propose un designer pour la fête des vingt ans du *Lindsay* en octobre prochain, puis regarde l'heure : midi quarante-cinq. Il doit aller payer Bob.

Il ouvre son petit coffre-fort, y prend une enveloppe blanche pleine de billets de banque, puis sort de son bureau. Sans aller saluer Sébastien, il passe par la porte des employés, marche vers l'arrière du bar et monte dans sa voiture.

Il roule sur le boulevard Saint-Joseph puis, au bout de six minutes, passe sur le viaduc qui enjambe l'autoroute 20. Moins d'un kilomètre plus loin, il tourne dans le stationnement du commerce *Motos Plus*. Il sort de son Pathfinder et examine le magasin au look banal, entouré de motos rutilantes à vendre. Durant les premiers mois, ces visites l'embêtaient beaucoup, l'effrayaient même, mais elles ont cessé de créer ce genre d'effet depuis très longtemps. Désormais, elles lui procurent au mieux de l'indifférence, au pire un brin d'agacement. Comme lorsqu'on doit se rendre à son contrôle annuel chez le dentiste.

Les trois quarts du magasin servent de salle de montre et l'extrémité droite tient lieu de réception. Carl s'y dirige, regarde derrière lui comme il le fait chaque fois, par pur réflexe, puis il ouvre la porte. La pièce n'est pas très grande et comporte quelques fauteuils en cuir alignés contre des murs blancs recouverts de laminés de motos. Derrière un comptoir, un gars dans la vingtaine au crâne rasé, vêtu d'un jeans et d'une veste de cuir sans manches, est assis sur une haute chaise et, les mains derrière la tête, écoute un homme dans la soixantaine qui se tient debout tout près. Cheveux gris lissés vers l'arrière, le sexagénaire porte aussi une veste de cuir par-dessus une chemise hawaïenne d'un orange criard qui camoufle mal un énorme ventre disproportionné au reste du corps plutôt mince, et, cigarette entre les doigts, il s'agite avec enthousiasme en racontant la fin d'une blague :

— ... pis la fille lui dit : « Ostie, si tu veux me fourrer, va falloir que tu m'en installes au moins trois autres ! »

Et il éclate d'un rire rauque, lacéré de mégots et de fonds de bouteilles, tout en assenant une claque sur l'épaule de l'autre qui rigole poliment avec l'air de celui qui n'a pas vraiment saisi. Le sexagénaire, qui tousse et rit en même temps, remarque enfin Carl.

Il écrase sa cigarette dans un cendrier sur le comptoir (manifestement, la loi sur le tabac ne s'est pas rendue jusqu'à ce commerce) tout en saluant de sa main libre le nouveau venu.

— Hé, Carlos! T'as manqué une maudite bonne joke!

— C'est correct, Bob, je vais survivre.

— Je peux la raconter encore, si tu veux…

— Non, non, ça va.

— OK, viens-t'en.

Bob marche vers une porte derrière le comptoir et l'ouvre. Carl va le rejoindre et, en chemin, jette un rapide coup d'œil au jeune qui, il le sait, s'appelle Chris. Et Chris, comme chaque fois, se contente de l'observer d'un air totalement indifférent, les mains derrière la tête.

Le bureau du sexagénaire est tout blanc et aux motos sur les murs se mêlent maintenant quelques jeunes filles nues. Une grande fenêtre à droite fournirait sans doute un bel éclairage naturel si les stores n'étaient pas fermés (Carl les a vus ouverts quatre ou cinq fois seulement). Quelques classeurs sont dispersés dans la pièce et le bureau lui-même, tout en métal, disparaît sous un ordinateur, une imprimante, des magazines et une multitude de feuilles de papier. Bob laisse tomber sa lourde masse en soupirant d'aise dans un vieux fauteuil en cuir usé derrière le bureau. Carl sait qu'il a soixante-deux ou soixante-trois ans, mais son visage est aussi plissé et ridé que s'il en comptait soixante-quinze.

— Ça roule, mon Carlos?

— Ça va, je te remercie.

Carl répond d'une voix égale, debout, son enveloppe blanche entre les mains. Il sait qu'il est inutile de la donner au sexagénaire tant que celui-ci ne la demande pas. Mais pas question qu'il s'assoie sur la chaise des visiteurs. Il ne s'assoit jamais quand il vient ici. Bob l'a tellement compris qu'il ne le lui offre plus.

— Cool, cool. Fourres-tu un peu ces temps-ci?

— Je pense que je vais garder ça pour moi, Bob.

Bob ricane en lissant sa chemise, pas le moindrement offusqué, puis tend la main. Carl s'approche, lui donne l'enveloppe et, après une hésitation, dit:

— En passant, mes employés m'ont dit que le gars qui essayait de vendre de la dope ces dernières semaines est pas venu depuis cinq jours.

— Ouaip, confirme Bob en sortant une liasse de billets de banque de l'enveloppe. Pis il reviendra pas, crois-moi.

— T'as pas... tu l'as pas blessé, hein?

— Ç'a pas été nécessaire. Un jeune de même pas vingt ans. Mes boys ont juste eu à lui parler un peu pis il a chié dans ses culottes.

Carl hoche la tête, rassuré. Bob a beau être le chef des Racoons, il n'utilise la violence que lorsque c'est inévitable. Du moins, c'est ce qu'il prétend et Carl veut bien le croire. Même s'il a déjà entendu une ou deux histoires pas très joyeuses sur Robert Bob Gélinas.

— Ben... j'apprécie. Sauf que je t'ai rien demandé, hein?

— Je le sais, fait le motard en comptant l'argent. Mais tu vois ben que le fric que tu me donnes sert à quelque chose...

À cela, Carl pourrait répliquer bien des choses. Par exemple, que lorsque Bob est venu le rencontrer quelques mois après l'ouverture du bar, avenant et cordial, le jeune propriétaire du *Lindsay* a su qu'il n'avait pas le choix de payer cette supposée protection qu'on lui offrait (d'ailleurs, on lui avait dit que cela se produisait souvent dans le milieu des bars). En fait, oui, il avait le choix: ou il payait, ou les vendeurs des Racoons apparaîtraient dans le bistrot. Comme il était hors de question que la place devienne un rendez-vous de drogués, et comme il était assez intelligent pour comprendre que prévenir la police lui amènerait encore plus de problèmes, Carl avait choisi la première solution. De son côté, Bob pourrait rétorquer qu'en vingt ans, c'était la sixième fois qu'il empêchait des dealers indépendants de parasiter le *Lindsay* et qu'il y a huit ans, il avait convaincu un gars (sans violence, a-t-il juré) de ne pas ouvrir un nouveau bar à un coin de rue de celui de Carl, alors que le motard aurait très bien pu ne pas intervenir dans cette histoire qui ne le concernait pas. Et Carl devrait bien admettre que dans ces occasions précises, il y avait eu « protection ».

N'empêche : Carl ne lui a jamais rien demandé et même si ce paiement mensuel est devenu une formalité du même genre que le renouvellement des stocks de bière, il s'efforce de développer le minimum de liens avec le chef des Racoons. Et comme ce dernier ainsi que ses hommes ne viennent jamais flâner au bar (le *Lindsay* doit être bien loin du type d'ambiance qu'ils recherchent), il y réussit sans problème. Il n'a jamais vu Bob en dehors de ces rencontres de quelques minutes, sauf quatre fois en deux décennies, où il a dû se rendre au domicile du criminel qui, pour diverses raisons, ne pouvait quitter la maison (et Bob veut toujours recevoir directement et en mains propres ce qu'on lui doit). À ces quatre occasions, Carl n'était resté qu'une minute sous le porche de la porte, sans même entrer dans le vestibule.

Bob se lève et marche vers un classeur.

— Ça va faire vingt ans cet automne que *Le Lindsay* est ouvert, non ?

— Oui...

— Vingt ans, câlice... Ça se peut pas.

Il soupire, nostalgique, et ouvre le classeur dans lequel il range l'argent. Puis il en sort une bouteille de scotch qu'il tend vers son visiteur.

— Une p'tite shot pour fêter les vingt ans de ton bar ?

— C'est dans deux mois, répond Carl, diplomate.

— Ouin, t'as raison…

Le motard range la bouteille à contrecœur et referme le tiroir.

— De toute façon, faut que j'y aille mollo. As-tu vu le poids que j'ai pris, ces dernières années ? Je vieillis, tsé… T'as quel âge, toi, déjà ? Cinquante, non ?

— Cinquante et un.

— Ah ! P'tit jeune !

— C'est un point de vue. Pis ça empêche pas que j'ai ben de la job, fait que je vais y aller.

— Moi, à soixante ans, les gars m'ont fait un ostie de party, raconte Bob en revenant à son bureau, ignorant totalement les dernières paroles de Carl. Je sais même plus combien de filles j'ai fourrées cette nuit-là. Mais, entre toi pis moi… je suis venu juste une fois. J'te le dis : je rajeunis pas.

Il hoche la tête avec une moue dramatique, les deux mains appuyées contre son bureau. Impossible de savoir s'il ironise ou non. Carl a un sourire poli. Bob lève un doigt :

— Fais pas comme moi, Carl : reste en forme.

— Je suis pas pire, là-dessus. Je joue au tennis, je fais du jogging…

— C'est vrai. Mais courir avec un pacemaker, c'est pas dangereux ? Ta bébelle doit capoter quand ton cœur va trop vite, non ?

Comment sait-il que Carl a un pacemaker ? Une information qu'a dû lâcher ce dernier sans s'en rendre compte et que le motard a retenue, comme il retient à peu près tout.

— C'est le contraire : mon cœur bat trop lentement pis mon pacemaker l'accélère au rythme normal. Pour le sport, je fais comme tout le monde : je dépasse pas les limites raisonnables.

Et à nouveau, comme cela lui est arrivé quelques fois en vingt ans, Carl se dit que Bob, dans d'autres circonstances, aurait pu être un copain de bar. Pas subtil, macho et sans classe, mais sympathique quand même. Mais comme chaque fois que cette idée lui traverse l'esprit, il songe immédiatement à cette histoire qu'il a entendue sur le chef des Racoons. Selon laquelle, il y a une dizaine d'années, Bob aurait rencontré un type qui lui mettait des bâtons dans les roues et qui lui tenait tête. Un type qu'on aurait retrouvé quelques jours plus tard dans les poubelles d'un entrepôt dans le quartier industriel. Dans *huit* différentes poubelles. Quand Carl ressasse cette histoire, toute possibilité de la moindre camaraderie avec le sexagénaire au rire rouillé se volatilise instantanément.

Le motard a une moue admirative.

— Eh ben. Toute une machine, quand même… Au moins, tu peux fourrer sans risque qu'elle explose, hein ?

Il éclate de son rire rocailleux qui ferait frémir un médecin et Carl, qui trouve que sa visite s'allonge un peu trop, fait mine de tourner les talons.

— Bon, ben faut que je retourne travailler…

Bob le raccompagne jusqu'à la réception. Chris n'est plus derrière le comptoir mais occupé avec un client dans la salle de montre. Le chef des Racoons lance un « Bonne journée, mon Carlos ! » avec un sourire qui multiplie ses millions de rides, puis Carl, après lui avoir envoyé sobrement la main, sort du bâtiment. Tandis qu'il marche vers son véhicule, deux Racoons, avec leurs gueules de durs à cuire et leurs lunettes de soleil, garent leurs motos dans le stationnement. Carl ne les regarde pas, monte dans sa voiture et se met en route.

Même si ses visites à Bob ne l'angoissent plus depuis longtemps, il sait que le reste de la journée sera plus léger... mais il se rappelle alors qu'il doit parler à Claudia et son visage s'assombrit. Il active son mains libres et compose un numéro. Quelques secondes après avoir décliné son nom à la secrétaire, il entend une voix féminine et froide :

— Oui, Carl ?

— Salut, Claudia. Ça va ?

— Je pète le feu, c'est effrayant.

Carl remarque l'amère ironie dans le ton et retient un soupir. Cette attitude de diva blessée commence à lui taper sur les nerfs. Surtout qu'il n'a rien à se reprocher.

— Écoute, faut qu'on se parle parce que j'ai l'intention d'organiser un gros party pour le vingtième du bar...

— Je suis dans le jus en ce moment.

— Claudia, crime, c'est dans deux mois...

Petite pause.

— Passe au bureau à quatre heures et demie.

— OK, à tantôt.

Elle a coupé avant qu'il n'ait prononcé la dernière syllabe. Il raccroche à son tour et, les yeux sur la route, roule sa langue contre l'intérieur de sa joue droite, un vieux tic quand trop d'idées se bousculent en même temps dans sa tête.

Lorsqu'il arrive au *Lindsay*, il n'entre pas dans son bureau tout de suite mais marche vers la salle pour y chercher une bouteille d'eau. Dans le bar ouvert depuis peu, il y a déjà trois clients. Il reconnaît Bertrand, un habitué d'à peu près son âge qui vient chaque jour, entre treize et quatorze heures, prendre un verre et lire le journal avant de retourner diriger sa compagnie de portes et fenêtres. À une table au fond, une femme assise consulte son cellulaire en buvant un expresso. Et au comptoir est installée Marie-Hélène. Auparavant, elle venait aux 5 à 7 deux fois par semaine, mais depuis un mois, elle apparaît à tout moment, parfois même le jour comme en ce moment, et toujours durant les heures de travail de Sébastien. Carl a rapidement compris qu'un flirt s'est développé entre eux. Marie-Hélène a six ou sept ans de plus que Sébastien et celui-ci a l'habitude de s'intéresser aux femmes plus jeunes que lui, mais il semble prêt à déroger à cette règle pour la beauté foudroyante de la quadragénaire. Carl, en temps normal, s'en moquerait totalement, sauf que la belle est l'épouse de Claude, le proprio de *L'Express*. Carl et lui jouent parfois au tennis ensemble et ils s'entendent bien, assez pour que le *Lindsay* soit très présent dans l'hebdomadaire drummondvillois, que ce soit en publicités offertes à moitié prix ou en articles sur différents événements au bar. Bref, Carl ne voudrait surtout pas que cette bonne relation professionnelle soit gâchée à cause d'une stupide baise imprudente. Il a d'ailleurs prévenu son serveur à ce sujet, mais manifestement, cela n'a pas donné les résultats escomptés s'il se fie à la scène qui se déroule sous son œil réprobateur.

Bertrand délaisse son journal une seconde pour saluer de loin le propriétaire du bar et celui-ci lui envoie la main en souriant avant de reporter son attention sur les deux potentiels amants qui discutent en se lançant des regards pleins de sous-entendus. Après un éclat de rire, Marie-Hélène se lève pour aller aux toilettes et Carl en profite pour rejoindre son employé qui, en apercevant son patron, paraît mal à l'aise.

— Tu me défies, Seb, ou quoi ?

— De quoi tu parles ?

— Arrête de me niaiser, tu te vois pas la face ! Je veux pas être complice de ça.

— Il s'est rien passé, relaxe. Anyway, tu serais pas complice. Pis à trente-cinq ans, j'ai pas à me faire faire la morale.

Mais il se défend sans conviction, le regard fuyant, et Carl comprend pourquoi : il ne s'est peut-être encore rien passé entre lui et Marie-Hélène, mais ça ne saurait tarder. Il se penche au-dessus du zinc.

— Je te fais pas la morale. Je me suis jamais mêlé de tes histoires de couchette, même quand t'avais vingt ans, pis Dieu sait que t'en as baisé des clientes du bar ! Mais elle, c'est pas touche, pis tu sais pourquoi. Si Claude le découvrait, on pourrait dire adieu à nos belles pages dans son journal. Je peux pas croire que tu comprends pas ça !

— Ben oui, ben oui, je comprends…

Son ton est celui du type qui veut arrêter une discussion embêtante. Du coin de l'œil, Carl voit Marie-Hélène revenir. Il demande sèchement une bouteille d'eau et son serveur, morose, la lui donne. Alors qu'il retourne vers le couloir, Carl lance un regard à la femme assise seule au fond, qui range son cellulaire. Carl a une excellente mémoire, que ce soit pour les noms, les visages ou les chiffres ; il est donc convaincu qu'il ne l'a jamais vue au bar. Elle porte des lunettes, est vêtue de blanc et ses cheveux bruns sont coiffés en chignon. Début quarantaine peut-être, mais difficile à évaluer d'ici. Elle lève la tête vers le propriétaire et, tout en montant la tasse à ses lèvres, lui adresse un sourire. Carl lui sourit poliment et se demande s'il ne devrait pas aller lui causer un brin, comme il le fait parfois avec les nouveaux clients, question de leur laisser une bonne impression pour leur première visite. Mais finalement, il retourne dans son bureau : avant son rendez-vous avec Claudia, il a peut-être le temps de régler cette histoire d'affiche pour les vingt ans du bar. Il veut que cet anniversaire soit un gros party mémorable.

Sauf qu'à partir de 17:05, l'anniversaire de son bistrot sera le dernier de ses soucis. Comme tout ce qui concerne l'organisation de son quotidien, d'ailleurs.

◆

— J'aime bien l'image de l'affiche, mais le slogan, je suis vraiment pas sûr : « À vingt ans, on est encore jeunes »... C'est pas...

Le vieux combiné contre l'oreille, il se tait pour écouter la réponse, tout en faisant lentement pivoter sa chaise à roulettes de droite à gauche. Son regard accroche la photo de famille sur le mur, y demeure posé quelques secondes, puis s'envole ailleurs.

— Justement, je veux pas *nécessairement* attirer des jeunes. On en a le week-end, pis c'est ben correct de même. Je vous ai déjà dit que la moyenne d'âge, ici, est début trentaine, pis votre slogan... (pause) Ben, si vous m'aviez mieux écouté la première fois, vous seriez pas obligé d'en trouver un autre. (pause) C'est de même... (pause) OK, trois jours. Au revoir.

Il raccroche à 15:59 et poursuit la lecture de ses courriels.

Une minute plus tard, on cogne à sa porte.

— Ouais, crie-t-il sans quitter son écran des yeux, convaincu de voir entrer Sébastien.

Mais c'est une femme qui franchit le seuil et il reconnaît la cliente qu'il a aperçue il y a deux heures et demie. Elle est restée assise seule à sa table durant tout ce temps ?

— Monsieur Carl Mongeau, n'est-ce pas ?

— Oui.

— Je peux vous parler deux petites minutes ?

Sa voix est claire, volontaire et affable, comme celle d'une agente immobilière qui rencontre un acheteur pour la première fois et veut établir une base à la fois conviviale et professionnelle.

— Heu... Oui, si c'est vraiment deux minutes. Je dois partir à un rendez-vous dans un quart d'heure, alors...

— Ce sera vite fait.

Elle referme la porte, puis avance vers le bureau en faisant claquer ses talons hauts. Grande et mince, elle est habillée d'un complet intégralement blanc très chic et ne porte aucun bijou, sauf une Rolex. Ce look presque masculin n'atténue pourtant en rien l'extrême féminité dégagée par la visiteuse.

— Assoyez-vous, madame... Madame ?

— Appelez-moi Diane.

Mais elle demeure debout et examine la petite pièce. Carl sent des effluves de son parfum, très subtil et agréable.

— Vous privilégiez la simplicité : on le constate dans votre bar, mais aussi dans votre bureau. Je ne serais pas surprise que vous ne changiez pas la décoration souvent. Un homme qui aime les habitudes et l'immuabilité de la vie, j'imagine.

Elle revient à Carl, les mains croisées devant elle, et sourit de ses lèvres minces et rouges. Son visage est lisse, très maquillé mais avec goût, et elle doit avoir entre quarante et quarante-cinq ans. Elle a beaucoup de grâce, mais Carl ne saurait dire s'il la trouve jolie ou non. De son chignon brun ne dépasse aucun cheveu.

— Sans doute pour vous donner l'impression que vous contrôlez les choses, poursuit-elle. On a tous besoin de se rassurer d'une manière ou d'une autre, n'est-ce pas ?

Carl, les mains croisées sur le ventre, l'observe en silence quelques secondes.

— Et vous voulez me voir pour quelle raison ? demande-t-il enfin, poli, mais sur le ton de celui qui n'a pas envie de philosopher sur la vie avec une inconnue.

La dénommée Diane émet un léger soupir et son expression se teinte d'un vague fatalisme.

— Je viens vous annoncer que vous allez mourir, monsieur Mongeau.

Carl cligne des yeux deux fois, pousse un bref ricanement, puis fronce les sourcils.

— Quoi?

— Enfin, c'est ce qui est prévu. Mais on ne peut
évidemment l'affirmer avec une certitude absolue.

— Ben voyons, c'est quoi le gag?

— Ce que je viens de vous dire doit rester confidentiel, de même que notre petite rencontre. En clair,
vous ne devez en parler à personne, vous comprenez?
À personne.

Carl prend alors un air entendu.

— Ah! C'est encore une niaiserie de Benoît, c'est
ça?

— Non, il ne s'agit pas d'une niaiserie de Benoît,
que, par ailleurs, je ne connais pas.

Elle s'incline poliment, puis marche vers la porte,
sous l'œil déconcerté de Carl. La main sur la poignée,
elle se regarde brièvement dans le petit miroir sur le
mur et essuie d'un doigt discret une tache invisible à
la commissure de ses lèvres.

— Attendez, là, wooowh! lance Carl en se levant.
Vous êtes qui, au juste? Vous jouez à quoi, là?

— Votre glace est très sale. J'imagine que vous
l'utilisez peu, n'est-ce pas? Comme les vampires. Je
n'ai jamais vraiment saisi pourquoi ils ne se reflétaient
pas. Sans doute pour symboliser leur absence d'âme.
Dans ce cas, une grande partie des êtres humains ne
devraient pas se voir dans un miroir, non?

Tout à coup, Carl comprend. Il hoche la tête avec
un sourire dédaigneux.

— Ahhhhh, oui, évidemment… Je vais mourir un
jour, comme tout le monde, donc c'est important que
j'aie une bonne assurance vie, n'est-ce pas? Mais je
vous remercie, je suis déjà full equip de ce côté-là.

La femme tourne son visage vers Carl. Son expression demeure douce, mais une furtive résignation
traverse ses traits.

— Au revoir, monsieur Mongeau.

— Je vous préviens, ajoute Carl en se rassoyant, comme pour bien montrer que tout cela ne l'impressionne pas. Même si vous me laissez réfléchir à votre petite mise en scène pis que vous revenez me voir, je changerai pas d'avis : j'ai pas besoin d'assurances. Surtout pas avec une compagnie qui utilise des moyens de vente d'aussi mauvais goût.

Elle ouvre enfin la porte.

— Peut-être nous reverrons-nous, en effet. Mais c'est loin d'être une certitude. Rien ne l'est, de toute façon.

Il remarque alors la noirceur de ses yeux, une noirceur qui plonge vers des endroits insoupçonnés, vers des images que personne d'autre n'a vues et ne souhaiterait voir. Carl ne réplique rien, troublé, puis la femme, après s'être inclinée une seconde fois, s'en va en refermant derrière elle.

Carl ne bouge pas un moment, déconcerté. Puis une bouffée de colère monte en lui. Il se lève, sort de la pièce et marche rapidement vers la salle. Une douzaine de clients sont maintenant assis un peu partout et Aline est arrivée et commence son quart de travail. Aucune trace de la dénommée Diane. Comment a-t-elle pu disparaître si vite ? Elle n'a quand même pas couru… Il croit comprendre. Il retourne dans le couloir, va jusqu'au fond et ouvre la porte des employés : il a tout juste le temps de voir une Mercedes-Benz CLS blanche sortir du stationnement et s'engager dans la rue Lindsay. Carl jure, puis revient dans la salle. Sébastien, qui remplit une pinte de bière, observe avec incertitude son patron s'approcher, sans doute convaincu que ce dernier va encore le sermonner à propos de Marie-Hélène qui, toujours au comptoir, dévore le serveur des yeux, mais Carl se contente de demander :

— T'as remarqué la femme au complet blanc, tout à l'heure ? Elle était assise là-bas, seule.

— Celle qui a passé l'après-midi ici? Oui, oui... (Il fait le tour de la salle du regard.) Je l'ai vue marcher vers les toilettes, y a cinq minutes. Elle y est peut-être encore.

— Elle est sortie par en arrière. Elle t'a parlé? Tu l'as déjà vue ici, toi?

— Je pense pas. Pourquoi?

Carl claque la langue, une main appuyée contre le zinc. Marie-Hélène essaie d'accrocher son regard:

— Salut, Carl. Ça va?

— Elle a payé avec une carte? demande-t-il à son employé en ignorant la cliente.

— Non, cash. Qu'est-ce qu'il y a, donc? Elle a volé quelque chose?

Carl fait signe que ce n'est pas important, puis:

— Si tu la revois, tu me préviens tout de suite, OK?

Sur le point de s'éloigner, il toise Marie-Hélène avec un regard entendu:

— Comment va ton mari, Marie?

— Claude? Heu... Il est parti tout le week-end à la pêche.

— Je me disais, aussi...

Tandis qu'elle et Sébastien rougissent, Carl retourne à son bureau, s'assoit dans son fauteuil et réfléchit en roulant sa langue contre l'intérieur de sa joue. Il a sans doute vu juste: une compagnie d'assurances qui a concocté une approche de vente qui se veut audacieuse et spectaculaire. Cette Diane va revenir demain pour lui soumettre une proposition de couverture d'assurance. Il se dit qu'il n'y a vraiment plus de limites aux moyens qu'utilisent les firmes d'aujourd'hui pour attirer l'attention.

Il se lève et fait quelques pas dans son bureau en se grattant la nuque. À moins que ce soit une pauvre folle qui prédit à n'importe qui, comme ça, leur mort imminente. Mais une tarée de ce genre porterait des

vêtements aussi chics et une Rolex ? serait si structurée ?
roulerait en Mercedes-Benz ?

Il s'arrête devant le miroir et y jette un œil. C'est
vrai que la glace est sale.

Son cellulaire annonce l'entrée d'un texto et il le
consulte. C'est Pascale.

> Pourrais-tu passer à l'école ? J'y suis jusqu'à
> six heures.

La dénommée Diane cesse aussitôt de le préoccuper.
Comme chaque fois que son ex-conjointe lui écrit, il
ressent un petit frisson qu'il n'arrive jamais à analyser
clairement. D'autant plus qu'elle souhaite rarement le
rencontrer. Il lui répond donc qu'il passera et se rappelle qu'il doit se rendre au bureau de Claudia. Il sort
par la porte des employés et se dirige vers la rue
Lindsay. Il est à cinq minutes à pied, inutile de prendre
la voiture.

À cette heure, le centre-ville commence à s'animer,
autant dans les artères que sur les trottoirs. Tout en
marchant, Carl retrouve ses questionnements sur cette
Diane, incapable de décider s'il s'agit d'une folle ou
d'une représentante quelconque. Même si les deux
hypothèses sont tirées par les cheveux, il faut bien que
ce soit l'une ou l'autre. Ou alors, c'est bien une mauvaise plaisanterie, le genre d'humour de son ami Benoît.
Car évidemment, la possibilité qu'elle soit *vraiment*
venue lui annoncer sa mort n'a pas de sens. Il ricane
même pour s'en convaincre.

Au moment où il passe devant un magasin de jeux
vidéos, une pancarte attire son attention : *House of
Pain : rien ne t'arrête !* Il stoppe face à la vitrine derrière
laquelle un écran géant montre le démo du jeu en
question, où un personnage de synthèse fabrique une
maison dans un environnement bizarre et inquiétant.
Pour le moment, il n'y a que la fondation de montée,

mais tout à coup, un soldat en haillons apparaît et attaque le constructeur en lui plantant sa baïonnette dans le ventre. Avec un réalisme confondant, les tripes giclent du personnage qui, malgré tout, réussit à exterminer le soldat. Après quoi, il reprend la construction de sa maison, mais plus lentement, en grimaçant de douleur, l'estomac ouvert et dégoulinant.

Carl esquisse un sourire à la fois fier et déconcerté. Fier du succès planétaire des jeux vidéos créés par son fils, mais déconcerté par l'extrême violence déployée dans plusieurs d'entre eux, en particulier dans celui-ci, son dernier « bébé ». Il y a deux mois, à la sortie de *House of Pain*, Carl a eu droit à une première démonstration où l'avatar du joueur doit construire une maison dans un milieu hostile alors que plusieurs obstacles tentent de l'en empêcher. Si, malgré ses nombreuses blessures, il réussit à terminer son bâtiment, on passe au tableau suivant, où la maison est plus difficile à monter et les épreuves encore plus dangereuses. Le but de la partie, d'une simplicité déroutante, est bien sûr un prétexte pour que les joueurs se retrouvent mêlés à des scènes ultra sanglantes. D'ailleurs, malgré son succès mondial, le jeu a été abondamment critiqué sur plusieurs tribunes pour son apologie de la violence et Carl n'arrive pas à être en parfait désaccord avec eux. Mais, bon, peut-être devient-il trop vieux.

À l'écran, un chien monstrueux s'élance vers le constructeur qui élève les premiers murs de sa maison et l'attaque furieusement. Malgré les efforts de la victime pour se défendre, l'animal la mord plusieurs fois, déchiquette sa chair et lui arrache même une jambe, le tout accompagné de geysers d'hémoglobine spectaculaires. Le personnage, tout en hurlant (même si Carl ne peut l'entendre de dehors), réussit enfin à tuer la créature en lui enfonçant son marteau dans le crâne, puis, les gestes faibles, une jambe en moins et les tripes toujours débordant de son ventre, il reprend la construction de sa maison, tandis que le tableau indiquant son énergie de vie descend de plusieurs points. Carl secoue la tête, mi-figue mi-raisin, et poursuit son chemin. À dix-sept ans, il aurait sans doute aimé ce genre de jeu.

Il fronce les sourcils et tique, comme si quelque chose dans cette réflexion l'embêtait, puis il pense à autre chose.

À seize heures dix-neuf, il entre dans un immeuble à cinq étages situé coin Lindsay et Marchand qui, anciennement appelé « Place du Centre », a l'insigne honneur d'être un des édifices les plus élevés du centre-ville de Drummondville. Il va directement à l'ascenseur et, moins d'une minute plus tard, marche dans un couloir du dernier étage jusqu'à une porte sur laquelle est inscrit *Croteau Savard, comptables.*

Il salue gentiment la secrétaire, Rosa, et celle-ci lui répond sans aucun sourire que « madame Croteau » est dans son bureau. Sans se formaliser, Carl passe devant la porte close de Sylvain Savard et frappe à la seconde. Une voix féminine lui dit d'entrer.

Bureau classique de comptable, avec tableaux génériques sur les murs, bibliothèques pleines de livres sur les finances, deux diplômes bien en vue, grande fenêtre qui ensoleille la pièce, et vaste meuble couvert de papiers bien rangés et d'un ordinateur. Une femme en début de quarantaine, vêtue d'un tailleur gris, pianote sur le clavier et, sans même lever les yeux, marmonne sèchement :

— T'es en avance de dix minutes.

Il s'assoit dans le fauteuil face au bureau et attend patiemment que Claudia daigne s'intéresser à lui, ce qu'elle fait après vingt longues secondes : elle enlève ses lunettes et lève vers son visiteur ses yeux verts qui avaient impressionné Carl à leur première rencontre il y a quatre ans, lorsqu'il était devenu son client.

— Fais ça vite, je suis hyper occupée.

— C'est pas nouveau.

— Là, c'est pire que jamais. Je vais même devoir venir travailler demain matin. Un samedi, cibole. Alors ?

Il lui explique qu'il voudrait qu'elle lui dresse un budget pour le party : spectacle, bouffe, concours, événements spéciaux qui pourraient s'étendre sur quelques jours… Elle écoute en hochant la tête, les mains croisées, impassible.

— OK.

C'est son seul commentaire. Il y a quelque temps, ce projet de festivités pour le bar l'aurait ravie et elle aurait peut-être même sorti le champagne qu'elle garde toujours dans son bureau pour les heureux événements. Une bouteille avait été ouverte à quatre ou cinq reprises en quatre ans, la dernière fois il y a sept mois. Contrairement aux occasions précédentes, cette trinquée s'était conclue en une torride baise sur le meuble qui avait foutu en l'air tous les papiers bien rangés de même que le cliché voulant que les comptables soient des êtres conservateurs et sans imagination. Mais en ce moment, Claudia n'est pas à la fête et arbore un faciès parfaitement neutre. Carl n'a toutefois pas l'intention de tomber dans le piège qu'il sent à plein nez et poursuit d'un air dégagé :

— Donc, si tu veux qu'on discute de ça ensemble…

— Là, non, je suis occupée, mais je vais essayer de regarder ça tantôt. Rien d'autre ?

— Non, non…

Il hésite, réticent à partir en laissant derrière lui une ambiance si glaciale. Il se gratte le cuir chevelu.

— Y a une femme qui est venue me voir, tantôt…

— Ah. Ç'a pas été long.

Carl tord sa bouche en silence, se demande quoi répliquer, puis, encore une fois, refuse le duel.

— Je l'avais jamais vue pis…

— Ça m'intéresse pas, Carl, coupe la comptable en feignant de lire une feuille de papier.

— Arrête, c'est pas ce que tu penses. Pis même si c'était ça, j'aurais pas à me justifier. Anyway, elle est venue dans mon...

— Ça m'intéresse pas, je te dis. Tout ce qui relève pas du bar me passe dix pieds par-dessus la tête. Si tu veux te confier, va voir un psy. Au moins, lui, si tu lui fais croire des affaires, il est payé pour les écouter.

Carl se rembrunit.

— Je t'ai jamais rien fait croire, Claudia. Je voulais tellement pas que tu te fasses d'idées que je te présentais jamais au monde comme ma blonde. C'est honnête, ça, non ?

Ça y est, il est tombé dans le piège, et tandis qu'il se traite intérieurement d'imbécile, Claudia, à la fois amère et satisfaite, plonge enfin son regard dans le sien.

— C'est vrai que les hommes, vous vous sentez pas engagés tant que vous avez pas nommé clairement les affaires, hein ? Ça prend des mots ! Parce que cinq mois de baises, de soupers au restau, de sorties au cinéma, de virées dans des auberges pendant une couple de jours, de soirées avec *tes* amis dans *ton* bar, tout ça, ça veut rien dire... Faut vraiment être de mauvaise foi pour interpréter ça comme une forme d'engagement, t'as raison...

— Quand tu m'as proposé qu'on aille vivre ensemble, je t'ai dit non.

— Tu m'as dit que t'étais pas prêt.

— Ostie ! nous autres, ça nous prend peut-être des mots, mais vous autres, vous jouez avec en criss, par exemple !

Elle retourne dans ses papiers et ajoute sur un ton exagérément théâtral :

— C'est pas juste d'un pacemaker que ton cœur a besoin...

Il roule des yeux. Mon Dieu! qu'elle est intense! Quand il lui a annoncé, il y a deux mois, qu'il souhaitait tout arrêter, elle lui a fait une crise terrible, si hystérique qu'elle n'avait que conforté Carl dans sa décision. Par la suite, elle s'est contentée d'agir en tout temps avec lui avec cette même distance froide qu'elle affichait il y a deux minutes, lançant ici et là quelques pointes dans le seul but de le faire réagir. Jusqu'ici, il avait résisté et avait toujours évité de revenir sur le sujet. Et voilà qu'aujourd'hui, il lui tend bêtement la perche qu'elle attend depuis deux mois pour se vider le cœur à nouveau, avec cette fois un calme qui la met sur un pied d'égalité avec son ex-amant. Criss! Qu'est-ce qui lui a pris d'embarquer dans son jeu? Sans un mot, il se lève et marmonne avec une dignité ridicule:

— Bon, je vais y aller. Tu me tiendras au courant pour le budget.

Claudia ne dit rien, replace d'un geste nonchalant une mèche de ses courts cheveux blonds puis hausse les épaules avec une indifférence qui camoufle mal les éclats de douleur qui creusent ses traits. La main sur la poignée de porte, Carl se tourne vers elle.

— Si tu m'en veux tant, pourquoi tu me gardes comme client?

— Parce que t'es un client payant, répond-elle en remettant ses lunettes. Il y a quatre ans, on a commencé une relation de business. Aujourd'hui, on revient à ça, tout simplement.

Il l'étudie un moment, plisse les yeux. Il voudrait dire que non, ce n'est pas l'unique raison, mais il se tait: pas question de relancer la dispute. Il sort donc et passe, sans la saluer, devant la secrétaire qui le fusille du regard. Manifestement, elle et sa patronne ont eu de longues discussions à son sujet.

Dans l'ascenseur, il réfléchit. Ce serait sans doute plus sage qu'il se trouve une autre comptable. Cela mettrait fin aux espoirs qu'elle nourrit. Car elle en nourrit, c'est clair, sinon elle ne le garderait pas comme client.

Il sort de l'édifice et retourne au bar. Maintenant, il doit aller voir Pascale.

◆

La visite de cette énigmatique Diane revient lui tarauder l'esprit tandis qu'il roule sur le boulevard Saint-Joseph. Que doit-il faire avec cette histoire? L'ignorer? La creuser? Il demandera à Pascale ce qu'elle en pense.

À 16:38, il se gare dans le stationnement de la polyvalente La Poudrière puis pénètre dans l'école. Comme les cours ne commencent que dans une quinzaine de jours, il ne croise que deux ou trois employés. Il monte à l'étage et entre dans le département de secondaire IV. La salle est presque vide, à l'exception d'une femme assise à son bureau et qui, souriante, parle en regardant son ordinateur portable ouvert. En apercevant Pascale, Carl sent son cœur battre un peu plus rapidement. Tentant d'affecter une attitude débonnaire, il marche dans cette direction. La femme lui envoie la main et, toujours en s'adressant à son écran, dit:

— Tiens, justement, devine qui arrive...

Carl se place derrière son ex pour bien voir l'ordinateur en mode Skype. Un jeune homme dans la vingtaine occupe la presque totalité de l'écran, de la tête jusqu'au bas de la poitrine. Il semble être assis et sur le mur derrière lui sont accrochés des laminés de jeux vidéos très populaires.

— Hey, Sam! lance Carl en souriant.

Samuel paraît à la fois content et surpris de voir son père apparaître.

— P'pa? C'est drôle, je voulais te skyper plus tard...

— Tu sais qu'un coup de téléphone, c'est aussi efficace, hein?

Et il se penche pour mieux distinguer son fils, rapprochant ainsi son visage de celui de Pascale et profitant de l'occasion pour respirer son parfum. Samuel fronce les sourcils, amusé et dubitatif.

— Si vous vous rencontrez, vous deux, c'est pour discuter de quelque chose d'important... Pas de moi, j'espère ?

— Mais non, répond rapidement Pascale. Répète donc ce que tu viens de me dire à ton père...

Le jeune homme explique que sa compagne Laurie aura vingt-six ans dans trois semaines et il veut organiser une fête chez lui, à Montréal. Tandis qu'il parle, Carl ne peut s'empêcher, encore une fois, d'être frappé de la ressemblance du fils avec sa mère. Même nez retroussé, même ligne verticale entre celui-ci et la bouche, mêmes yeux petits mais allumés... Mais ces yeux ont pris bien du temps avant de briller ainsi. À l'école, Samuel s'ennuyait et ses résultats scolaires frôlaient la catastrophe. Une seule chose l'intéressait : ses jeux vidéos. Alors qu'on commençait à l'imaginer travailler dans un fast-food toute sa vie, le miracle est survenu : à seize ans, il a découvert la programmation. Incroyablement doué, il a étudié à la vitesse grand V en récoltant des notes phénoménales et à vingt-trois ans (vingt-trois ans, Seigneur ! si jeune !) il fondait sa compagnie de jeux vidéos : *Storm Games*. Très vite, il s'est fait remarquer. Son premier succès sorti il y a deux ans, *Guns in Your Face*, dont l'ambiance mélange western et horreur, l'a hissé parmi les jeunes loups à surveiller. Aujourd'hui, trois des jeux créés par *Storm Games* comptent parmi les dix plus populaires de la planète et à seulement vingt-huit ans, Samuel, multimillionnaire, est l'une des figures les plus influentes dans son domaine.

— Maman vient de me confirmer qu'elle y sera.

— Je te le confirme aussi, l'assure Carl. Elle et moi, on s'y rendra ensemble.

Il remarque le bref coup d'œil qu'échangent la mère et le fils.

— Génial, merci, p'pa! Surtout que je sais que t'haïs ça venir à Montréal.

— T'as besoin d'être aux vingt ans du *Lindsay* le 21 octobre prochain, par exemple. C'est un vendredi.

Samuel claque des doigts et lorgne vers le coin de son écran (il a sans doute ouvert son agenda) en expliquant qu'il est vraiment dans le jus, ce à quoi sa mère réplique qu'il est *toujours* dans le jus.

— Tu peux pas manquer ça, c'est ton futur bar! insiste Carl avec un sourire.

Pascale retient un soupir. Samuel émet un petit ricanement poli, le regard toujours dirigé vers le coin de son écran, mais ne commente pas les paroles de son père. Il explique enfin qu'il a une grosse réunion le 21 octobre à propos d'un prochain jeu.

— Pas une autre affaire aussi violente que ton *House of Pain*, j'espère? fait Carl.

Le jeune homme roule des yeux.

— P'pa, c'est du deuxième degré, je te l'ai déjà dit. C'est hyper drôle, ce jeu-là.

— Écoute, viens après ta réunion. Ça finira quand même pas à neuf heures le soir!

Samuel dit qu'il lui donnera une réponse demain ou dimanche.

— OK. Si tu viens, je vais prévenir Sébastien, ajoute Carl d'un air malicieux.

Son fils éclate de rire. Pascale demande ce qu'il y a de drôle et son ex explique: cela remonte au party des cinquante ans de Carl, il y a presque deux ans, qui avait eu lieu au *Lindsay*. Samuel était descendu à Drummondville pour l'occasion et s'était tapé une solide cuite, au point qu'il avait été malade. Sébastien avait eu la gentillesse d'aider le jeune intoxiqué pendant une bonne heure, le temps qu'il reprenne ses esprits dans le bureau de son père. Le serveur lui avait même appelé un taxi vers deux heures du matin pour qu'il puisse se rendre sain et sauf à la maison paternelle.

— Bravo, commente Pascale en secouant la tête. Se soûler de même à ton âge, franchement ! (Elle se tourne vers Carl, feignant un air fâché.) Si j'avais été là, j'aurais pas laissé mon grand garçon faire un fou de lui comme ça.

— T'avais juste à venir, glisse Carl. Je t'avais invitée.

Pascale détourne le regard et Samuel, qui devine le malaise, intervient rapidement :

— Inquiétez-vous pas, je déraperai plus comme ça dans les partys. En tout cas, pas ceux avec mon père ou ma mère !

Plus détendus, ils jasent encore deux ou trois minutes, puis le jeune entrepreneur annonce qu'il doit se rendre dans un 5 à 7 organisé par un investisseur européen. Tout le monde se dit au revoir, s'embrasse à distance, et Carl lance, comme à la fin de chaque échange avec son fils :

— Bye, mon grand. Je suis ben fier de toi.

Et Samuel, comme chaque fois, paraît un brin embarrassé, puis leur rappelle qu'il compte sur eux dans trois semaines pour la fête de Laurie. La communication est coupée et Carl se redresse, quittant le parfum de son ex.

— As-tu vu, encore, son petit air gêné quand je lui ai dit que j'étais fier ? Y est tellement pas orgueilleux…

— Il tient pas ça de son père certain…

Elle glisse cette remarque sans méchanceté, en faisant pivoter sa chaise et en le regardant. Il hoche la tête, bon joueur.

— Ça va, toi ? demande-t-elle.

Depuis leur séparation, ils ne se voient pas souvent. Pascale n'adhère pas à cette idée que d'anciens amoureux puissent demeurer de grands copains. Peut-être parce qu'elle sait très bien que Carl vivrait difficilement cette rétrogradation dans leur relation.

— Ça va. Mais j'ai eu...

Il s'assure à nouveau qu'il n'y a personne d'autre dans la vaste pièce.

— Il y a juste toi qui prépares la rentrée, on dirait...

— Il est pas loin de cinq heures. On a eu une réunion, tout à l'heure, et tout le monde est parti.

Elle a donc décidé de l'inviter ici pour parler seul à seule. Mais pas chez elle. Jamais chez elle.

— Comme je te disais, j'ai eu une visite pas mal bizarre. Y a une...

— Assis-toi donc.

Elle est nerveuse. Carl comprend que ce sera plus sérieux que : « Qu'est-ce qu'on fait avec nos vieux albums de photos familiaux qu'on a toujours pas divisés ? » ou « L'assurance auto m'a encore envoyé une police pour deux conducteurs, faudrait peut-être les prévenir. » Carl se tire donc une chaise d'un autre bureau et s'installe. Il se croise les bras, comme pour se protéger inconsciemment d'une potentielle mauvaise nouvelle. Pascale sourit, camouflant mal son tourment.

— Alors ? C'est quoi, cette visite bizarre ?

— Qu'est-ce que tu veux m'annoncer, Pascale ?

Elle soupire en baissant les yeux, puis les relève.

— Faudrait qu'on divorce, Carl.

Il soupire à son tour avec plus d'insistance. Ce n'est pas la première fois qu'elle y fait allusion. Il l'assure qu'il le sait bien et propose de s'en occuper à la fin d'octobre, après le vingtième anniversaire, parce que d'ici là, il en a par-dessus la tête et...

— À chaque fois, on remet ça, le coupe Pascale. Enfin, *tu* remets ça. Là, je voudrais qu'on procède pour vrai. En plus, c'est pas compliqué, juste quelques papiers à signer...

— Comme si ça pressait tant...

— Carl, ça fait trois ans qu'on est séparés.

— Deux ans et demi.

— Il va falloir… il va falloir que t'assumes.

Il se raidit.

— Voyons, j'assume, franchement !

Pascale le regarde en face, conciliante mais décidée.

— Je le sais à quoi tu penses. Je le sais pourquoi tu as gardé notre ancienne maison, même si elle est trop grande pour rien. Je le sais pourquoi, à Noël, tu voudrais qu'on fête ça tous les deux avec Samuel. Je sais aussi pourquoi tu continues à m'inviter, de temps en temps, à aller prendre un verre, même si je refuse presque toujours.

Carl regarde ailleurs, mais ses bras se serrent avec plus de force tandis qu'il se passe la langue contre l'intérieur de sa joue.

— Comme ton testament, poursuit Pascale. L'as-tu changé, depuis notre séparation ?

Le coup ébranle Carl, mais il hausse une épaule, comme s'il ne s'agissait que d'un détail.

— Je vois pas pourquoi je l'aurais fait.

— Donc, le bar va encore à Sam et tout le reste à moi ?

— Sam a accepté de prendre le *Lindsay* à ma retraite, il me l'a confirmé il y a un an et demi, t'as oublié ? Aussi bien mettre ça officiel sur le testament…

Elle ricane, sans moquerie, vraiment touchée, presque nostalgique.

— Il a surtout abandonné l'idée de te convaincre du contraire, t'es tellement tête de cochon…

— Il a compris que l'entreprise que j'ai montée doit rester dans la famille, rétorque-t-il, piqué.

— Justement, on n'est plus une famille. À la limite, le bar pour Samuel, je peux comprendre, mais *moi* ? Est-ce que tu lègues encore tout le reste à *moi* ? As-tu changé ça ?

Il regarde toujours ailleurs. Pascale secoue la tête en écartant les bras.

— Ç'a pas de sens, Carl.

— Pourquoi pas ? Mes parents sont morts, Sam va avoir le bar…

— Et ton frère ?

— Il vit en Allemagne depuis huit ans, on se parle une fois par deux ans, il se câlice de moi, voyons ! J'aimerais mieux léguer mon cash à mon facteur qu'à lui !

— T'as des amis. Yves est riche à craquer, mais Pierre-Luc ? Benoît ? Fred ?

— Anyway, ça représente pas une fortune, là…

— Une fortune, non, mais je sais que t'as pas mal d'argent de côté. C'est pas pour rien que tu veux prendre ta retraite dans quelques années.

Il hausse cette fois les deux épaules, les bras croisés. Pascale, après une hésitation, articule prudemment :

— Éventuellement, tu vas avoir une nouvelle blonde. D'ailleurs, le fait que t'en as pas eu depuis notre sép…

— Toi non plus, je te ferai remarquer.

— Justement…

Il tourne enfin les yeux vers elle, les sourcils froncés. C'est elle, maintenant, qui évite son regard : les mains sur les genoux, elle fixe ses doigts comme si elle craignait de les perdre. Et tout à coup, Carl comprend pourquoi elle a commencé cette discussion en ramenant la question du divorce. Il décroise les bras, ouvre la bouche et, pendant quelques secondes, réalise avec stupéfaction que les mots que son cerveau forme déjà refusent de sortir, au point qu'il doit se contracter le ventre pour les prononcer :

— T'as un chum.

Elle lève les yeux avec un sourire fataliste.

— Fallait bien que ça arrive à un moment donné…

— Ça fait longtemps ?

— Huit mois.

Le chiffre lui écorche l'estomac. Comment peut-il apprendre cela maintenant ? D'accord, Drummondville, avec ses soixante-quinze mille habitants, presque cent mille en comptant les environs, est loin d'être un village où tout le monde sait tout, mais tout de même, il possède un bar où des habitués connaissent aussi Pascale… mais des habitués n'ont pas nécessairement envie de se mêler de la vie privée du propriétaire, et ses vrais amis ne sont sans doute pas au courant. Il se trouve soudain pathétique. Il croise à nouveau les bras puis marmonne :

— C'est sérieux, on dirait.

— Il va… Il m'accompagne à la fête de Laurie, j'aime mieux te prévenir.

— À la fête de… Donc, Samuel le sait ?

— Depuis un mois. Je lui ai dit que… je te l'annoncerais moi-même.

Il soupire en redressant le torse et regarde vers le mur du fond, humilié. Sans décroiser les bras, il se gratte le cou et, d'une voix contenue, il demande de qui il s'agit. Elle répond qu'il ne le connaît pas et que le type ne va jamais au *Lindsay*. Il insiste et elle fait une petite moue : un collègue, un prof d'anglais. Il hoche la tête en claquant la langue. Pascale ne sait même pas dire « J'ai faim » en anglais !

— C'est pour ça que tu veux qu'on divorce au plus criss ?

— Pas au plus criss, mais… oui, ça commence à être sérieux, lui et moi. Et ça le fatigue un peu que je sois toujours pas divorcée, au cas où… Enfin, tu comprends.

— Oui, oui, je comprends. Je comprends certain.

Il ricane en fixant le sol, les lèvres retroussées. Elle se penche vers lui et, après une courte hésitation, pose sa main sur son genou en un geste de sincère empathie.

— Carl… T'as cinquante et un ans, j'en ai cinquante-deux. On n'est plus jeunes, mais on a encore plein de belles années devant nous. J'ai rencontré quelqu'un, c'est sûr que ça va t'arriver aussi...

— T'as raison, dit-il tout à coup en décroisant les bras et en changeant totalement d'attitude. Dès lundi, je m'occupe de trouver les papiers du divorce.

Elle retire sa main et a un rictus douloureux, comme si elle voyait très bien ce qui se passait.

— Carl...

— Non, non, t'as raison : faut régler ça une fois pour toutes.

Et il sourit, un sourire tellement faux qu'une lueur de pitié traverse les yeux de son ex. Il redresse la tête vers le plafond et, tout en frottant ses cuisses, émet un ricanement ambigu.

— Tu parles d'une ostie de drôle de journée, quand même...

— Comment ça ?

Il lève un bras nonchalant et, soulagé de revenir au quotidien, affecte un air détaché qui ne réussit pas à duper Pascale.

— Claudia et moi, on s'est pognés pis... je pense que je vais arrêter de travailler avec elle.

— Ah, bon ? Pourquoi ?

— On a...

Brève hésitation, puis, avec une petite lueur de triomphe enfantin dans l'œil, il complète :

— ... on a été amants pendant quelques mois.

— Claudia ?

— Oui. Rien de sérieux...

Comme s'il regrettait tout à coup ses paroles, il précise :

— Mais il s'est jamais rien passé entre elle pis moi pendant que j'étais avec toi.

— Je te crois, Carl. T'as toujours été honnête et fidèle. T'as été un mari exemplaire, doute pas de ça.

Pourquoi tu m'as quitté, d'abord ? a-t-il envie de lui crier. *Pourquoi tu veux pas revenir avec moi ?* Mais elle lui répondrait que tout a déjà été dit. Par exemple, que la faute n'en incombait pas uniquement à son rythme de propriétaire de bar. Après tout, dès le début de leur relation, ils avaient été habitués à une vie mouvementée et exténuante : Pascale Carmichaël avait rencontré Carl dans un party du jour de l'An dans le club où il travaillait à l'époque ; elle étudiait à Montréal de jour et il était serveur à Drummondville de nuit, ce qui compliquait les choses ; elle était tombée enceinte de Samuel au cours de sa dernière session universitaire, une grossesse non prévue mais acceptée, et elle avait accouché à son retour à Drummondville, alors qu'elle commençait à faire de la suppléance dans les différentes écoles secondaires de la région ; elle avait été la première à encourager Carl à ouvrir son propre bar, et ce, pendant qu'ils élevaient un enfant, période si éprouvante émotivement et financièrement qu'ils avaient décidé que Samuel n'aurait ni frère ni sœur. Comme si leur vie n'était pas déjà assez difficile, Carl avait chopé cette foutue maladie de Chagas en Amérique du Sud, alors que Pascale et lui faisaient leur premier gros voyage d'amoureux après dix-huit ans de vie de couple, maladie qui ralentit son cœur et qui, depuis douze ans, le contraint à vivre avec un pacemaker. Mais à partir de 2006, une série d'événements les avaient peu à peu conduits à une existence plus reposante et intime : Samuel avait déménagé à Montréal pour étudier la programmation informatique, le *Lindsay* était désormais une institution populaire, respectée et rentable, et Carl, depuis un bon moment, se sentait de moins en moins obligé d'être au bar tous les soirs et encore moins d'y rester jusqu'à la fermeture. Bref, leur vie connaissait enfin l'accalmie et la quiétude. Mais pour Pascale, ce n'était pas suffisant pour effacer d'autres problèmes qui étaient graduellement apparus. Elle lui avait alors parlé de l'usure du temps, de l'amour qui refroidit, de la flamme qui s'épuise… Peut-être, avait-elle dit, que la tranquillité qu'ils avaient souhaitée si longtemps arrivait trop tard, que leur couple était trop élimé par ces années folles, qu'ils s'étaient déjà perdus de vue à leur insu… Carl avait trouvé toutes ces raisons lourdes, intellectuelles et, finalement, très clichées. Elle avait rétorqué que ces raisons étaient des clichés justement parce qu'elles étaient vraies et fréquentes.

Alors, non, il ne lui demandera pas pourquoi elle l'a laissé. Et surtout pas après ce qu'elle vient de lui révéler, le mettant ainsi hors jeu de manière irrémédiable. Il s'empresse donc de revenir à son résumé de la journée :

— Pis finalement, j'arrive ici pis on a cette… discussion…

— Une journée en montagnes russes, hein ?

— Ouin… Mais le plus étrange, ç'a été la visite d'une femme que je connais pas.

Il lui relate sa singulière rencontre et son ex, après l'avoir écouté d'un air stupéfait, lui pose toutes les questions évidentes : il ne sait vraiment pas qui est cette femme ? Elle n'a rien précisé d'autre ? Il répond par la négative, puis elle réfléchit.

— Ce serait pas le genre de farce plate à Benoît, ça ?

Il hoche la tête en soupirant de soulagement. Au fond, c'est ce qu'il espérait : que quelqu'un d'autre lui confirme qu'il ne s'agit que d'une plaisanterie de mauvais goût.

— Oui, j'y ai pensé.

— Tu te souviens, il y a une couple d'années, quand il nous a fait croire pendant deux jours qu'il avait le cancer…

— Justement, on lui avait dit que c'était pas drôle. Tu penses qu'il referait le même genre de niaiserie aujourd'hui ?

— Appelle-le, tu verras bien. Pis depuis que cette femme est venue te voir, est-ce qu'il s'est passé quelque chose d'anormal? Personne t'a agressé? Tu te sens pas bizarre?

— Non, rien.

— Tu vois?

Il hoche la tête. Oui, c'est sûrement Benoît, il le croit de plus en plus. Pascale ajoute tout de même:

— Et si c'est pas lui, préviens la police.

— Ben là, faut pas dramatiser non plus. C'est peut-être juste une pauvre folle. Anyway, j'appelle Benoît en sortant d'ici.

— Tiens-moi au courant. C'est quand même bizarre, cette histoire…

Carl a un geste rassurant, puis un silence flotte. Maintenant que la diversion est terminée, le nœud de leur rencontre revient plomber l'atmosphère. Il s'empresse donc de se lever.

— J'y vais, moi…

— Oui, je pars dans cinq minutes aussi.

Il hésite.

— Écoute, tout à l'heure, je t'ai dit que lundi, j'irais chercher les papiers pour le divorce, mais…

Oui, il avait dit cela, mais par défi, par arrogance, pour jouer l'indifférence. Mais maintenant… maintenant… Comme si Pascale décodait mieux ses propres émotions que lui-même, elle le rassure avec douceur:

— Je vais m'en occuper, Carl. L'important, c'est que tu sois d'accord.

— Oui, marmonne-t-il. Oui, je le suis.

Elle sourit, à nouveau nostalgique.

— Il arrive pas toujours ce qu'on avait prévu, hein? Adolescente, j'étais sûre que j'aurais trois enfants et que j'emmènerais toute ma famille en Europe pendant que j'enseignerais le français en Angleterre ou en Italie… Toi, tu voulais devenir urbaniste, pis t'as finalement ouvert un bar. Je dis pas que ce qu'on fait est moins bon que ce qu'on souhaitait, c'est juste…

— Je voulais pas devenir urbaniste tant que ça…

Pascale rigole.

— Voyons, tes parents étaient tellement déçus que t'aies changé d'idée…

— C'était ben plus leur rêve que le mien, grommelle Carl avec un geste irrité.

Elle n'insiste pas, surprise de sa réaction. Après un court silence, il s'efforce de sourire.

— OK. Bye, Pascale.

Il tourne les talons pour s'éloigner. Mais à la porte, il hésite à nouveau et, tout en se traitant de faible idiot, se retourne et lui lance :

— Moi, le temps qui use pis la flamme qui s'épuise, je les sentais pas pantoute.

Elle lui semble bien loin, assise à l'autre bout de la salle. Elle articule d'une voix lasse et mélancolique :

— Oui, tu les sentais. Ça paraissait, en plus. Mais tu voulais pas le voir, c'est tout.

Il a une moue dubitative et, sans un mot de plus, quitte la pièce.

Le cadran dans le corridor indique 16:54 lorsque, les mâchoires serrées, il atteint l'escalier. Il sent quelque chose monter en lui, jusqu'à ses yeux, et s'affole à l'idée qu'il puisse s'agir de larmes. Il secoue la tête en grognant. OK ! C'est ce qu'elle veut ? Un nouveau départ ? Parfait. Tandis qu'il descend les marches, il tente d'enlever son alliance d'un geste rageur, cette alliance dont il ne remarque plus la présence, ou qu'il croit ne plus remarquer. Mais elle est vraiment coincée. Dehors, en se dirigeant vers sa voiture, il se dit qu'Yves a raison : il devrait la faire couper.

Mais une petite voix intérieure lui rétorque qu'il ne le fera pas.

◆

— Ben non, tu peux pas le joindre : il est parti à Trois-Rivières toute la fin de semaine à un congrès, il a sûrement fermé son cell. Ils vont présenter plein de nouveaux modèles de spas. Tu sais ce que ça veut dire, ça, hein, Carl ?

— Non, quoi ?

— Qu'il va t'achaler pour que tu lui en achètes un !

— Ça fait dix ans qu'il veut m'en vendre un, Nat, je suis surentraîné, crains pas.

Il la remercie et, embêté, coupe la communication de son mains libres tout en tournant dans la rue des Lilas. Si Benoît avait organisé cette mauvaise blague, il ne serait pas parti pendant trois jours dans un congrès : il serait resté pour assister au résultat, aurait appelé Carl ce soir ou serait venu le voir pour lui demander, d'un air innocent, comment s'était déroulée sa journée.

Il tourne dans la rue des Chênes. Devrait-il prévenir la police, comme l'a suggéré Pascale ? Il croit se souvenir que cette Diane lui a dit de ne parler de leur rencontre à personne. Il ricane. Est-ce une menace ? Tout à coup, il en a assez : pourquoi accorder tant d'importance à cette niaiserie ?

Il gare sa voiture dans l'aire de stationnement de son cottage et en sort. Du boulot l'attend au bar, mais il n'arrivera plus à se concentrer aujourd'hui, surtout après cette discussion avec Pascale. Il y retournera un peu plus tard.

A-t-il vu une forme disparaître subrepticement au coin de sa maison, à droite ? Intrigué, il s'y dirige : le passage formé par le bâtiment et la haie de cèdres s'allonge, désert, jusqu'à la cour arrière. Carl se traite d'idiot en revenant à l'entrée principale. La visite de cette folle lui porte plus sur les nerfs qu'il ne veut l'admettre.

Il déverrouille la porte, franchit le seuil et désactive le système d'alarme. Il referme derrière lui, traverse le vestibule et pénètre dans la cuisine en faisant jouer les muscles de son cou. Il sort du frigo une bouteille de vin blanc qu'il dépose sur le comptoir et, tandis qu'il fouille dans le tiroir pour prendre le tire-bouchon, se promet que si cette Diane revient demain pour lui révéler qu'il s'agissait d'une campagne de promotion quelconque, il portera plainte. C'est vraiment de trop mauvais goût.

Au moment où il attrape le tire-bouchon, il croit entendre la porte d'entrée se refermer discrètement.

— Allô ? crie-t-il.

Aucun bruit. Il retourne au vestibule et s'approche de la porte. Elle est close. Il la fixe un moment, le tire-bouchon entre les doigts, et secoue la tête en maugréant. Il devient vraiment parano. Et s'il appelle la police, de quoi aura-t-il l'air ?

Dans la petite fenêtre de la porte, un reflet furtif indique un mouvement derrière lui.

Il se retourne juste à temps pour voir une silhouette s'élancer vers lui en brandissant quelque chose. En poussant un « wohw ! » étouffé, il se jette sur le côté. L'inconnu le dépasse en frappant dans le vide, trébuche, s'écrase contre la porte, mais fait volte-face immédiatement. Carl, ahuri, dévisage son agresseur : homme dans la vingtaine, barbe châtaine, pantalon noir, t-shirt gris et casquette blanche des Falcons, il est armé d'un long couteau de boucher qu'il dresse devant lui. Incrédule, Carl réalise que ce jeune a tenté de le poignarder. Et qu'il se prépare sans doute à répéter son geste.

Il est 17:05. Ainsi se termine, et pour toujours, la vie tranquille, ordonnée et cohérente de Carl Mongeau.

17:06

Quelques secondes d'immobilité mutuelle. Carl a les bras écartés de chaque côté, le tire-bouchon dans la main droite, et est légèrement incliné vers l'arrière, tandis que le jeune est plutôt penché vers l'avant, le couteau tendu devant lui. Comme si elle avait pris un moment pour bien saisir la situation, la peur apparaît enfin et la seule chose qui rassure un peu Carl est qu'il perçoit la même émotion dans le regard fiévreux de son agresseur. Mais il y discerne aussi de la menace, et en comprenant

(oh mon Dieu c'était donc vrai)

que la visite de cette folle n'était pas un canular, il balbutie en levant sa main libre :

— Attends, attends une minute ! T'as pas à... t'es... Tiens !

Il sort son portefeuille, qu'il tend devant lui. Mais l'inconnu ne regarde que Carl, sa bouche prise de tics fébriles.

— Y a une centaine de dollars dedans... Y a mes cartes de crédit aussi, je peux... je peux te donner les numéros... Pis en haut, dans ma chambre, j'ai...

L'agresseur projette violemment son arme vers l'avant en émettant un son singulier, un croisement de grognement et de hoquet. Carl recule d'un bond en levant vivement son bras, mais la lame l'atteint entre le coude et le poignet. Sous le choc, il ouvre les doigts et le portefeuille, emporté par le mouvement, tombe au sol et glisse jusque sous une massive armoire en bois. L'agressé jette un œil incrédule à son avant-bras gauche : il a beau voir la mince ligne sanglante, il ne ressent absolument aucune douleur. Cette blessure, aussi super- ficielle soit-elle, insuffle de la confiance au jeune : il dresse son couteau et s'élance en l'abattant. Carl, par pur réflexe de défense, lève sa main qui tient le tire- bouchon en détournant la tête. À mi-chemin de son mouvement, le poignet de l'inconnu rencontre le bout de l'instrument et s'y enfonce, provoquant la chute de son couteau et le cri de l'intrus qui recule en agrippant son poignet meurtri. Carl, qui n'a pas vu l'impact, mais l'a senti, revient à son agresseur et aperçoit la lame sur le plancher. Il la ramasse d'un geste vif puis, les yeux écarquillés, pointe le couteau ainsi que le tire-bouchon, dans une pose ridicule.

— T'es qui ? Hein ? T'es qui ?

Il ressent tout à coup de la colère. Ce jeune barbu a voulu le tuer ! Il est entré chez lui pour l'assassiner, comme ça, sans raison ! C'est tellement… tellement… *insultant* !

— Réponds, câlice !

Le barbu retrousse les lèvres en tenant son poignet meurtri. La peur se mêle à nouveau à la fureur dans ses yeux qui passent simultanément du couteau au tire- bouchon, comme s'il évaluait ses chances.

— Pourquoi tu veux me tuer ? C'est elle qui t'envoie ? Hein ? C'est elle ?

Tout à coup, l'intrus tourne les talons, ouvre la porte et détale à l'extérieur. Carl en demeure pétrifié, comme si l'éventualité que l'autre puisse fuir ne lui avait jamais effleuré l'esprit. Après deux secondes de stupeur, il veut s'élancer, mais subitement ses jambes se liquéfient et il s'effondre à quatre pattes. Merde! qu'est-ce qui se passe? Il tente de se relever, n'y arrive pas et se laisse tomber sur le côté. Il observe ses jambes et constate qu'elles sont prises de convulsions.

— Debout, ostie! grommelle-t-il en frappant ses genoux. Envoie, debout!

Il réussit à se remettre sur pied, chancelle une seconde, puis sort en titubant, sans ramasser ni le couteau ni le tire-bouchon. Il a tout juste le temps de voir une Honda Civic blanche, garée un peu plus loin de l'autre côté de la rue, démarrer et s'éloigner à toute vitesse. Carl, qui s'arrête au milieu de son terrain, veut crier quelque chose du genre « Hé! », « Reviens, mon ostie! » ou autre invective inutile, mais seul un mince filet d'air fuse de sa bouche grande ouverte. Il a la gorge aussi sèche que s'il venait d'avaler un kilo de farine. La Honda a déjà disparu.

La tête lui tourne et, le pas incertain, il retourne dans sa maison. Il s'élance vers la salle de bains du rez-de-chaussée, juste à temps pour vomir dans la cuvette de la toilette. Avec les vomissures a aussi été expulsée la colère, et lorsqu'il se redresse, il ne reste en lui que la peur, inconfortable, raide comme du papier sablé. Il se regarde dans le miroir: ses cheveux poivre et sel sont à peine ébouriffés, sa chemise est toujours lisse, sans aucune trace de désordre, mais il est aussi blême que s'il avait chopé une gastro.

On a essayé de le tuer il y a deux minutes. Il aurait pu mourir.

Ses jambes mollissent à nouveau et il s'assoit sur la cuvette, la tête entre les mains. Il sent alors une douleur lancinante s'épanouir dans son bras gauche. Il jette un œil à la partie antérieure de son avant-bras, traversée d'une fine coupure d'une quinzaine de centimètres de long. C'est vrai! Il a été blessé!

Toujours assis, il sort de sa poche son cellulaire d'une main tremblante.

T'aurais dû appeler la police dès que cette Diane a quitté ton bureau.

Mais, criss! comment aurait-il pu deviner que c'était sérieux? que ce n'était pas... Il compose le 9-1-1 et, tout en respirant profondément, attend qu'on réponde.

— Oui, je viens... On a... J'ai été agressé, chez moi... On a...

Il n'ose prononcer le mot « tuer ».

— Votre nom et votre adresse, monsieur.

Il donne les renseignements et, au même moment, un son annonce l'entrée d'un texto. Il ne s'en préoccupe pas.

— Votre agresseur est toujours là?

— Non, il s'est sauvé, il...

Allez, dis-le!

— ... il a voulu me tuer!

— Vous êtes blessé?

— À peine, rien de... Venez vite, s'il vous plaît.

— Les agents partent à l'instant, mais je vais rester avec vous.

— Merci...

Il jette un rapide coup d'œil sur l'écran de son cellulaire. L'expéditeur du texto est « Inconnu » et le message dit :

« Raccrochez immédiatement. »

Carl hausse les sourcils. Qui lui écrit cela? Son agresseur? Ou plutôt cette Diane? Peu importe, qu'ils aillent chier!

— Monsieur?... Monsieur Mongeau, tout va bien?

Il ramène le téléphone à son oreille.

— Oui... oui...

— Donc, en ce moment, vous n'êtes plus en danger?

— Je... non, je pense pas...

Nouveau texto; nouveau coup d'œil.

C'est une photo. La femme qu'on y voit a été captée d'assez loin, mais Carl reconnaît sans problème Pascale, dans le stationnement de la polyvalente et sur le point d'entrer dans sa voiture, la main sur la poignée de porte, inconsciente qu'on la photographie. Il y a aussi un texte, qui consiste en un seul mot, en majuscules :

RACCROCHEZ

Carl, blême, fixe l'écran comme s'il s'agissait d'une scène particulièrement indécente.

— Monsieur ?… Carl, vous êtes toujours là ?

De son pouce, Carl coupe la communication et respire de manière saccadée, son regard effaré rivé sur son cellulaire. Au bout de quelques secondes, l'appareil sonne : expéditeur inconnu. Carl appuie sur le bouton de réception et porte vivement le téléphone à son oreille. Avant qu'il puisse dire quoi que ce soit, une voix déclare :

— Évidemment, vous avez passé outre à mon avertissement. Mais c'est peu étonnant : les gens obéissent rarement du premier coup.

Il reconnaît tout de suite cette voix féminine, à la fois amicale et professionnelle, mélange d'ancienne copine du secondaire et de vendeuse d'assurances. Sa rage revient d'un seul coup :

— Tu veux quoi, câlice ? Si t'as fait quelque chose à ma femme…

— Votre ex-femme, vous voulez dire ? Je l'ai uniquement photographiée il y a quelques minutes. Non seulement vous lui avez raconté notre rencontre de cet après-midi…

Carl cligne des yeux, stupéfait.

— … mais vous venez d'appeler la police pour leur annoncer qu'on vous a agressé.

Carl se lève d'un bond comme si la cuvette s'était transformée en banc éjectable et il s'élance dans le couloir, tout en regardant partout avec des pupilles dilatées d'effroi. Personne dans le salon. Il court jusqu'à la cuisine. Toujours personne. Ostie! comment cette dingue est... Le cellulaire de Carl vibre dans sa main pour indiquer qu'une seconde personne tente de l'appeler, mais

(sûrement le 9-1-1)

il n'y prête aucune attention. Il retourne au vestibule, comme pour se prouver qu'il n'y a vraiment personne dans la maison, lorsqu'il distingue une voix en provenance de son appareil et l'amène vivement à son oreille.

— Allô? Vous êtes là, monsieur Mongeau?

— Comment... comment vous...

— Comme les agents vont arriver d'une minute à l'autre, je serai brève: si vous mêlez la police à cette histoire, ou qui que ce soit d'autre d'ailleurs, la prochaine photo que je vous enverrai sera beaucoup plus rapprochée et beaucoup moins agréable.

La respiration de Carl devient rapide.

— Mais c'est quoi qui se passe? Qu'est-ce que vous...

— Et si vous tentez d'alerter votre ex-femme, je le saurai, soyez-en certain.

L'image de la dénommée Diane apparaît devant les yeux de Carl: assurée et très féminine malgré son complet blanc, très maquillée mais avec élégance, chignon classique et impeccable... et sans doute un revolver dans la poche intérieure de son veston. Il se met à suer comme si sa maison s'était métamorphosée en forêt tropicale.

— Attendez, attendez! La police va être ici dans deux minutes!

— Trouvez quelque chose.

La communication est coupée. Carl tourne sur lui-même dans la cuisine, les mains sur la tête. Son cellulaire sonne à nouveau, mais il l'ignore toujours. Pas question qu'il réponde au 9-1-1. Son estomac se révulse. Ostie ! il va pas encore dégueuler, c'est crissement pas le temps !

Il aperçoit sur le plancher le couteau de boucher et le tire-bouchon. Il range le téléphone dans sa poche et s'empresse de ramasser les deux objets compromettants, tout en remarquant quelques gouttelettes de sang sur le sol. Il court à la cuisine, jette couteau et tire-bouchon dans l'évier, mais avise un mince filet rouge sur la lame. Il lance le couteau dans le lave-vaisselle, attrape une serviette humide et revient au trot dans le vestibule, s'attendant d'une seconde à l'autre à voir cinq flics défoncer la porte de sa maison. À quatre pattes, il passe la serviette sur les taches écarlates en larges mouvements frénétiques. Comme le plancher du vestibule est en dalles de céramique, le sang disparaît sans problème.

Tandis qu'il se relève, la douleur à son avant-bras lui rappelle sa blessure. Au même moment, il entend des hululements d'autos-patrouille approcher.

Il monte quatre à quatre l'escalier tout en enlevant sa chemise comme si elle était en flammes. La sirène de police devient assourdissante un bref instant, puis s'éteint d'un coup au moment où Carl lance sa chemise rouge au fond du garde-robe et en attrape une autre au hasard…

Non, pas une blanche, tu saignes ! Et avec des manches longues !

Il en enfile une noire tandis que des coups violents sont assenés en bas.

— Police ! Ouvrez la porte !

Il boutonne sa chemise tout en courant vers l'escalier.

— Ouvrez tout de suite !

Il perd presque pied en dévalant les marches, puis arrive au vestibule au moment où la porte s'ouvre et que deux policiers tendent leur arme vers l'intérieur. Pendant trois secondes, le trio se dévisage en silence, puis un des agents, un maigrichon dans la quarantaine, demande d'une voix forte :

— Carl Mongeau ?

— Hein ? Oui, c'est… c'est moi, je…

— Tout va bien ? Vous êtes OK ? Vous êtes tout seul ?

— Mais oui, tout est correct ! Pourquoi ? Qu'est-ce que…

Les flics abaissent leur arme et le maigrichon, à la fois soulagé et agacé, explique à toute vitesse :

— Pourquoi vous avez raccroché sans raison, tout à l'heure ? La centrale vous a rappelé deux fois pis vous avez pas répondu. On pensait que votre agresseur était revenu pis…

— Mais quel agresseur ? Qu'est-ce qui se passe, là ?

— Ben voyons, vous venez d'appeler le 9-1-1 pour…

— Hein ? J'ai pas appelé le 9-1-1 pantoute !

Le policier dévisage Carl comme s'il avait affaire à un dingue.

— Vous me niaisez ou quoi ?

— Monsieur Mongeau, vous allez bien ? Vous avez le souffle court…

C'est l'autre agent qui a parlé, un chauve dans la cinquantaine, que Carl croit avoir déjà vu deux ou trois fois, sans doute au *Lindsay*. Carl est alors traversé par une fulgurante impulsion

(je vais tout leur raconter tout de suite ils vont m'aider),

mais il revoit la photo de Pascale qui, inconsciente du danger, monte dans sa voiture… et il imagine cette Diane qui, en ce moment même, suit avec précision son échange avec les flics parce qu'il y a manifestement des micros dans sa foutue maison !… et surtout, il imagine cette folle s'introduire chez Pascale…

— Criss, je me fais réveiller par des policiers qui défoncent presque ma porte pis qui entrent avec leurs

guns comme si j'étais l'ennemi public numéro un ! Y a
de quoi capoter, vous pensez pas ?

Il réalise que son petit numéro est culotté et il n'a
aucune idée où cela va le mener. Les deux agents paraissent totalement abasourdis, puis le maigrichon prend
un air entendu.

— Monsieur Mongeau, est-ce que quelque chose ou
quelqu'un vous empêche de parler, en ce moment ? Une
présence dans la maison ou…

— Hein ? Non, non !

— On peut visiter la maison ?

Microseconde d'hésitation.

— Oui, oui, mais… je comprends pas ce qui se
passe, là !

Le policier chauve se met en mouvement en regardant partout autour de lui et, tandis qu'il disparaît
dans la cuisine, l'autre explique patiemment :

— Écoutez, monsieur Mongeau : vous avez appelé
le 9-1-1 il y a cinq minutes, vous avez donné votre
nom et votre adresse, pis vous avez affirmé qu'un
inconnu s'était infiltré chez vous pour vous agresser.
Vous niez ces faits, c'est ça ?

— Ben voyons, j'étais couché dans mon lit en haut
pis…

Carl ouvre de grands yeux, mime l'expression ébahie
de celui qui vient de comprendre quelque chose puis
se frappe le front :

— Ahhhhhh… Criss ! j'ai encore fait une crise de
somnambulisme !

As-tu vraiment dit ça ?

Tandis que le chauve sort de la cuisine et descend
au sous-sol, l'autre hausse un sourcil.

— Du somnambulisme ?

— Oui, j'ai… je suis somnambule, vraiment somnambule… C'était un problème avec mon ex-femme,
d'ailleurs… Je… J'ai déjà même demandé à mon

voisin, en pleine nuit, si je pouvais emprunter sa tondeuse, c'est… Parfois, je fais des choses incroyables, je vous jure… Ça m'arrive pas souvent, mais…

Le policier arbore maintenant l'air de celui qui n'aime pas qu'on le prenne pour un imbécile.

— Vous m'affirmez très sérieusement que vous avez appelé le 9-1-1 pendant que vous étiez somnambule ?

— Je le sais que ça paraît incroyable, mais… je vois pas d'autre explication.

L'agent soutient son regard longuement et Carl se dit qu'il risque de craquer d'une seconde à l'autre. Le second policier remonte du sous-sol et se dirige vers l'escalier pour grimper à l'étage tout en jetant un œil interrogateur à son collègue. Ce dernier, toujours en fixant Carl, demande d'une voix égale :

— Vous étiez couché en pantalon et en chemise ?

— Je faisais juste une petite sieste avant de retourner travailler au bar. Je suis le propriétaire du…

— Si j'allais questionner votre voisin, il me confirmerait votre histoire de tondeuse à gazon ?

Pendant une seconde, la panique procure un spectaculaire frisson à Carl, puis il trouve aussitôt la solution :

— Ah, non, c'est arrivé il y a trois ans pis il a déménagé il y a deux ans…

Le déménagement, c'est vrai. Le chauve redescend l'escalier tout en annonçant dans l'émetteur radio sur son épaule que tout est OK et qu'il s'agit d'une fausse alerte. Il retourne près de son collègue, qui dévisage toujours le propriétaire des lieux. Celui-ci a un ricanement embarrassé en levant les bras.

— Écoutez, je le sais que c'est dur à croire, mais… pourquoi j'inventerais ça ? Vous voyez ben que je suis pas en danger pis qu'il y a personne dans la maison !

Il sent un très mince filet de sang couler sur son avant-bras, sous sa chemise noire, et l'abaisse rapidement en le tenant contre son flanc.

— Le lit en haut est pas défait, commente le chauve.

— Mais non, j'ai juste fait un power nap, sans me déshabiller, sans défaire les draps. Je fais ça souvent. Quand on est propriétaire d'un bar, on se couche tard, pis les petites siestes font du bien.

— Ahhh, je le savais que je vous avais déjà vu! s'exclame le chauve. *Le Lindsay*, c'est ça? J'y vais de temps en temps. Belle place.

Son collègue lui décoche un œil désapprobateur, puis revient à Carl. Il ne croit pas à cette histoire abracadabrante, c'est évident.

Peut-être, mais que peuvent-ils faire contre toi?

Carl sent la fine coulée de sang sur le point d'atteindre son poignet. Le policier maigrichon regarde autour de lui, comme un architecte cherchant un défaut dans son bâtiment, puis fixe Carl.

— On est là pour vous aider, monsieur Mongeau, hein? Peu importe ce qu'on a pu vous dire ou quelle menace on a pu vous faire, nous autres, on est là pour vous protéger. Vous comprenez ça?

Oui, il comprend, et, oui, il veut les croire, mais... mais...

Mais si tu leur racontes tout, ils auront même pas le temps d'envoyer quelqu'un chez Pascale avant que l'autre folle intervienne... Une folle qui t'a prévenu que t'allais mourir...

— Je vous répète que je suis pas en danger pis que je suis somnambule. Je suis vraiment désolé de vous avoir dérangés, pis si vous voulez que je paie une amende, je comprends très bien!

Le chauve paraît perplexe. Le maigrichon hoche la tête en plissant les yeux, puis émet un petit soupir résigné.

— Bonne soirée, monsieur Mongeau.

Au moment où les deux flics tournent les talons, Carl sent le mince filet de sang descendre le long de

sa paume. D'un mouvement vif, il s'essuie contre son
flanc et suit les policiers qui franchissent la porte.

Sur les trottoirs, quatre voisins observent avec curiosité les agents qui réintègrent leur voiture. Carl effectue
quelques pas, lève une main sécurisante et, avec un
sourire forcé, lance à la ronde :

— Tout va bien, c'était une fausse alerte ! C'est
correct !

Les voisins, rassurés, rentrent dans leurs maisons ;
l'un d'eux, Picard, dresse même le pouce vers Carl et
celui-ci, tandis que l'auto-patrouille s'éloigne, retourne
vers chez lui d'une démarche qu'il veut légère malgré
ses jambes tremblantes.

La porte aussitôt close derrière lui, il s'appuie le
dos contre le mur en fermant les yeux, les oreilles
bourdonnantes. Puis il se met à crier vers le plafond :

— Ils sont partis ! T'as entendu ? J'ai rien dit ! Alors
tu fais rien à Pascale, OK ? Tu lui touches pas !

Tout à coup, son cellulaire sonne dans sa poche. Il
s'empresse de répondre tout en marchant partout dans
la maison. Il reconnaît aussitôt la voix féminine et suave.

— Vous vous en êtes vraiment bien sorti, bravo.

— Je… je suis pas certain qu'ils m'ont cru !

— Évidemment qu'ils ne vous ont pas cru, mais ça
n'a pas d'importance. Au pire, ils patrouilleront un petit
moment dans le voisinage pour s'assurer que tout va
bien dans le secteur. Vous les verrez sans doute passer
devant votre maison une fois ou deux au cours du
prochain quart d'heure. Faites-vous discret.

— Pis Pascale ? Pourquoi vous… Ostie, qu'est-ce
que vous voulez ? Allez-vous finir par m'expliquer *ce
qui se passe* !

— Nous allons poursuivre cette discussion mais
pas au téléphone. Rendez-vous aux Promenades Drummondville. Mais attendez quinze minutes. Si la police
patrouille le coin comme je le crois, elle vous filera le

train si vous partez maintenant. Dans un quart d'heure, ils quitteront le quartier et oublieront cette histoire. Ils ont autre chose à faire que de surveiller un farfelu qui, après tout, n'a rien fait d'illégal.

Carl cesse de marcher.

— Aux Promenades? Mais… pourquoi? Qu'est-ce que…

— Dans un quart d'heure, pas avant, vous vous rendrez aux Promenades Drummondville et vous vous installerez à une table dans la section de la foire alimentaire. Et n'appelez pas votre ex-femme, même pour vous assurer qu'elle va bien. Je vous répète que si vous le faites, je le saurai.

— Attendez, c'est…

— À tout à l'heure. Du moins, peut-être.

Et elle coupe. Comment, « peut-être »? Il veut la rappeler mais impossible : le numéro est inconnu et confidentiel. En grognant, il tente d'envoyer un texto en réponse à ceux de tout à l'heure, mais on affiche : « non distribué ». En jurant, il crie vers les murs :

— Pis ma femme, criss?

Il regarde l'heure sur son cellulaire : 17:18. Va-t-il vraiment prendre le risque de désobéir en appelant Pascale? Il pourrait le faire à l'extérieur de la maison : cette folle n'a tout de même pas installé de micros dehors!

« Je vous répète que si vous le faites, je le saurai. »

Peut-être que cette folle tient Pascale prisonnière en ce moment même et qu'elle a donc aussi son cellulaire… Son appareil en main, il marche de long en large, jouant furieusement de la langue contre l'intérieur de sa joue. Quinze minutes sans savoir ce qui se passe, c'est à devenir complètement fou! Il va à la fenêtre du salon et regarde dehors. Au bout de deux minutes, une auto-patrouille tourne le coin. Carl s'écarte et, hors de vue, devine la masse de la voiture passer devant sa maison avant de s'éloigner. Cette Diane avait raison.

Il s'assoit dans un fauteuil, pose son appareil sur ses cuisses et se prend la tête entre les mains, insensible à la brûlure sur son avant-bras. Cette histoire est totalement insensée, ça ne peut pas lui arriver à lui! Et qu'est-ce qui lui arrive, au juste? C'est qui, cette folle? Et ce gars qui l'a attaqué?

Il se lève d'un bond: son agresseur peut revenir n'importe quand pour terminer son travail! Mais aussitôt, il tente de se raisonner: l'autre dingue sait que la police patrouille le coin, elle ne va quand même pas envoyer son tueur dans la gueule du loup! De plus, elle lui a donné rendez-vous aux Promenades.

Pour te piéger?

Il retourne à la fenêtre et scrute la rue comme s'il s'attendait à ce que les nazis envahissent le quartier. S'il voit son agresseur revenir, il se sauve le plus rapidement possible par-derrière et ira directement aux Promenades, en taxi s'il le faut.

Elle a dit quinze minutes, pas avant.

Il se frotte les yeux

(insensé complètement insensé)

en secouant la tête. Il remarque enfin que la manche gauche de sa chemise est humide de sang. Il l'enlève, monte à la salle de bains et la balance dans le panier. Il sort sa trousse de premiers soins et se désinfecte. La coupure, d'une quinzaine de centimètres, est heureusement superficielle. Tout en se confectionnant un pansement, il jette des coups d'œil par la fenêtre qui donne sur l'avant de la maison. Il voit la voiture de police réapparaître une seconde fois. Il regarde l'heure: 17:26.

Il observe son pansement: ça devrait aller. Dans sa chambre, il s'empresse d'enfiler une autre chemise à manches longues, une bleu marine, puis descend au salon. Il retourne à la fenêtre et n'en bouge plus, cellulaire en main, fou d'angoisse.

Bon Dieu, s'il est arrivé quelque chose à Pascale...

En quatre minutes, deux voitures passent dans la rue et chaque fois Carl cesse de respirer : mais il s'agit de voisins qui reviennent du boulot. Quant à l'auto-patrouille, elle n'apparaît plus. Les flics ont sans doute laissé tomber le dossier, comme l'avait prévu la dénommée Diane.

Quinze minutes, pas avant.

Lorsque son cellulaire indique 17:30, Carl le range dans sa poche et se précipite vers la porte. Ça ne fait que douze minutes, mais criss ! on n'en est pas à trois minutes près ! Il referme la porte derrière lui sans verrouiller, l'esprit confus. Il court jusqu'à sa voiture, monte et se met en route. Mais tandis qu'il est sur le point de tourner dans des Châtaigniers, il voit, dans son rétroviseur, une Honda Civic blanche apparaître au coin opposé. C'est le jeune barbu ! Il ne s'est jamais éloigné ! Il a attendu que les flics cessent de patrouiller le secteur et maintenant il retourne chez sa victime ! Bon Dieu ! si Carl n'était pas parti, il était foutu ! Était-ce l'intention de cette folle ? Il s'avance dans des Châtaigniers : le tueur l'a-t-il vu sortir ? Personne dans son rétroviseur. Il accélère, s'engage à droite sur le boulevard Saint-Joseph, où la circulation est plutôt dense à cette heure, dépasse quelques voitures et revient à son rétroviseur : aucune trace de la Honda Civic.

Tout son corps vibre, comme s'il était assis sur un immense haut-parleur de boîte de nuit. Est-il vraiment en train de fuir un tueur qui veut sa peau ? Il tente d'émettre un ricanement, pour se prouver que tout cela est absurde, mais le son qui franchit ses lèvres ressemble à un couinement de poulie rouillée.

Les Promenades Drummondville ne sont qu'à cinq ou six minutes de chez lui en voiture. Pourquoi cet endroit ? Y a-t-on amené Pascale ? Il se doute qu'il s'agit d'un piège, mais il n'a pas le choix, il ne peut pas ne pas y aller !

Il tourne sur René-Lévesque et se stationne le plus près possible d'une des entrées du centre commercial. Tandis qu'il marche vers le bâtiment, il jette des regards anxieux autour de lui. Aucune Honda Civic blanche en vue. Il franchit les portes.

Sans qu'il y ait foule comme les fins de semaine, le centre commercial est passablement animé le vendredi en tout début de soirée. Carl se retient de courir, mais il bouge très rapidement, contourne les badauds en marmonnant des « pardon, pardon » distraits. Il atteint enfin la foire alimentaire, cerclée par les A & W, Subway, Tiki Ming et autres kiosques de restauration rapide. Au centre se dressent les tables où sont installés une vingtaine de consommateurs qui mangent ou boivent un café. Carl cherche son ex-femme des yeux, mais ne la trouve pas. Ostie ! pourquoi a-t-on voulu qu'il vienne ici ?

On t'a dit de t'asseoir, alors assis-toi.

Carl choisit une table déserte et s'assoit, sans cesser de scruter les environs, l'oreille à l'affût d'une voix familière dans le brouhaha ambiant... puis il l'aperçoit. Non pas Pascale, mais *elle*, qui s'approche au loin, élégante dans son costume blanc. Mais seule. Carl prend une grande inspiration, entre la peur et la colère, entre l'envie d'attendre sagement et de bondir vers elle. Diane l'a vu aussi et, impassible, se dirige vers lui tout en promenant son regard parmi les visiteurs assis, comme si elle cherchait quelque chose. Elle bifurque alors vers un type dans la cinquantaine qui, seul, mange une soupe en lisant le journal. Un sac est posé sur le sol près de lui et Diane le percute du pied en marchant trop près de la table. Le sac bondit et se renverse sur le côté. La femme se confond en excuses et, tandis que l'homme, irrité, se penche pour atteindre son sac qui a glissé plus loin, elle s'incline au-dessus de la table en effectuant de rapides mouvements avec sa main. Carl fronce les sourcils, déconcerté. Mais qu'est-ce qu'elle fout ? L'homme, toujours penché, place son sac sous sa chaise, se redresse et, avec un sourire contraint, marmonne quelque chose à Diane qui s'éloigne enfin en direction de Carl. Ce dernier ne bouge pas, la mâchoire serrée. Juste avant qu'elle ne s'assoie face à lui, il sent son délicieux parfum, à la fois très présent et pourtant subtil. Elle croise les jambes, pose les mains sur sa cuisse et regarde autour d'elle en plissant les yeux.

— C'est fascinant, les centres commerciaux. Comme d'immenses prisons à consommation, sans aucun intérêt culturel ou esthétique. Ils seraient apparus avec l'émergence des galeries marchandes au début du dix-neuvième siècle, mais le principe remonte encore plus loin. Par exemple, la plus vieille partie du grand bazar d'Istanbul date du quinzième siècle et dès le seizième, on l'agrandissait considérablement. Évidemment, l'ambiance y était sans doute fort différente de celle des Promenades Drummondville.

— Qu'est-ce que vous avez fait à ma femme ?

— Pourquoi persistez-vous à l'appeler votre femme ? Techniquement, vous êtes encore mariés, mais tout de même. Vous n'acceptez pas encore votre séparation, n'est-ce pas ? Ça expliquerait que vous portiez toujours cette alliance à…

— Qu'est-ce que vous lui avez fait ? coupe-t-il d'une voix plus forte qui passe tout de même à peu près inaperçue dans la rumeur ambiante. Là, vous allez m'expliquer ce qui se passe pis *tout de suite* !

— Je n'ai absolument rien fait à votre femme. Vous avez obéi aux consignes, alors j'ai tenu parole. Appelez-la si vous ne me croyez pas. Mais que ce soit une très brève conversation.

Carl s'empresse d'attraper son cellulaire et d'appuyer sur une touche, tandis que Diane sort un petit miroir de son veston. Pascale répond après deux sonneries.

— Alors, c'était Benoît, hein?

Carl se sent presque léviter.

— Carl?

— Oui, je… C'est… C'était Benoît, oui.

— Maudit qu'il est con! J'espère que tu le lui as dit!

— Il était mal, je pense que… Il a compris qu'il était allé trop loin…

— T'as une bizarre de voix… Ça va?

Son cellulaire lui brûle l'oreille. Il jette un œil vers Diane qui, devant son petit miroir, s'applique du rouge à lèvres.

— Oui, oui, mais on s'est engueulés tous les deux pis…

— Parce qu'il s'attendait à ce que tu trouves ça drôle, évidemment! C'est pas fort…

— OK, alors… Je te laisse, pis…

Il allait ajouter « Je t'aime ». C'est la première fois depuis leur séparation qu'il passe si près de le lui dire.

— … sois prudente.

— Heu… ben oui, toi aussi.

Il coupe, glisse son cellulaire dans sa poche et pose ses paumes sur ses yeux en soupirant. Diane range miroir et rouge à lèvres dans son veston tout en reportant son attention sur Carl.

— Elle était sans doute en train de prendre un apéro ou de lire un livre, ou les deux, l'esprit tranquille. Vous imaginez le nombre de gens qui ont frôlé la mort sans le savoir? Je me souviens d'avoir vu un homme traverser la rue alors qu'une moto fonçait vers lui à toute vitesse. Sans raison, comme s'il venait de se rappeler quelque chose, il a tourné les talons et la moto est passée comme un missile à l'endroit où il aurait dû se tenir s'il avait poursuivi son chemin. Il ne s'en est même pas aperçu. J'ai failli le rattraper pour lui expliquer son incroyable chance, mais je me suis dit que ce concept de chance est plutôt absurde puisque son contraire existe aussi. Alors j'ai laissé tomber.

Elle émet un imperceptible soupir mélancolique, le regard soudain lointain. Carl la dévisage, la bouche entrouverte.

— T'es qui ?

— Vous avez remarqué comme vous alternez entre vouvoiement et tutoiement avec moi ? Cela varie selon vos émotions. La colère et la rancœur annihilent toutes les conventions sociales, tout respect que l'on peut avoir pour quelqu'un. Mais la peur impose le respect, consciemment ou non.

— T'es qui, ostie ?

— Je ne suis pas ici pour répondre à vos questions, dit-elle en jetant un œil à sa montre. Ce moment viendra peut-être plus tard, mais c'est loin d'être…

— Plus tard ? l'interrompt Carl en avançant le torse, ses deux mains agrippées au rebord de la table. Si j'étais pas parti trois minutes plus vite que tu me l'avais dit, le gars de tantôt serait revenu me tuer ! C'est ça que t'espérais, non ?

— Je n'espère rien du tout.

Elle prononce ces mots avec gravité, et Carl distingue à nouveau cette profonde noirceur qu'il a entrevue l'après-midi lors de leur première rencontre. Cela le désarçonne une courte seconde, mais sa hargne remonte immédiatement.

— Il m'a suivi jusqu'ici ? C'est ça, hein ? Notre rendez-vous, c'est un piège ? Il est ici, pas vrai ?

— Je l'ignore. C'est possible.

— Quoi ? Voyons, c'est… Tu me niaises, criss ? Tu sais pas si ton tueur m'a suivi ou non ? C'est… Ç'a pas…

Il se lisse les cheveux des deux mains, à nouveau sonné par ce sentiment d'irréalité qui le submerge par intervalles irréguliers. Diane ajoute :

— Je pourrais vérifier, évidemment, mais comme je vous l'ai dit, je ne suis pas ici pour répondre à vos…

Carl frappe sur la table, ce qui attire vaguement l'attention de quelques personnes.

— Calvaire, tu vas m'expliquer ce qui se passe, sinon je te casse la gueule devant tout le monde !

— Non, vous ne ferez pas ça, réplique-t-elle doucement en lorgnant de nouveau sa montre. Parce que le but de cette rencontre est justement de vous montrer ce qui se produit quand on n'obéit pas aux consignes.

— J'ai obéi, à tes osties de consignes ! J'ai…

— Je ne parle pas des dernières, mais de celles que je vous ai expliquées cet après-midi à votre bar. Et vous les avez transgressées à deux occasions : la première fois en parlant de moi à votre ex-femme, la seconde en appelant la police. Et pour cela, il doit y avoir une conséquence.

Carl plisse les yeux, tout à coup sur le qui-vive… et au même moment, quelque chose attire son regard à une table située à une vingtaine de mètres derrière son interlocutrice. Il s'agit de l'homme à la soupe. Sa cuiller entre les doigts, il est pris de convulsions et sa main libre est recroquevillée sur sa poitrine. Il cherche sa respiration et pousse des petits cris alarmés. Il échappe son ustensile, tente de se lever, mais ne réussit qu'à renverser son bol. Plusieurs consommateurs commencent à le dévisager avec inquiétude, y compris Carl… mais pas Diane, qui ne se retourne pas, qui demeure impassible et qui, les mains toujours posées sur sa jambe croisée, explique d'une voix égale :

— Vous voyez pourquoi le concept de chance est absurde ? Comparez la situation que vous observez en ce moment même avec celle de mon type qui a failli se faire renverser par une moto. Pourquoi l'un a été si chanceux et pas celui derrière moi ? Celui-là serait mort s'il n'avait pas effectué un demi-tour imprévu à la dernière minute, et celui-ci ne serait pas en train de mourir s'il n'avait pas commandé une soupe fort commode pour mes intentions.

L'homme, avec un hoquet déchirant, s'écroule enfin sur le sol, tandis que cinq ou six individus s'approchent de lui. Les gens dans l'aire de restauration commencent à se lever et une rumeur d'inquiétude monte. Même Carl est maintenant debout, l'air catastrophé. Mais Diane, qui n'accorde toujours aucune attention au drame qui se déroule à vingt mètres d'elle, poursuit son discours, le visage affichant une expression désolée :

— Peut-être que le gars de l'autre jour est un salaud qui aurait mérité d'être renversé par la moto. Peut-être que l'homme derrière moi est un chic type qui ne mérite pas ce qui lui arrive. On n'en a aucune idée. Et de toute façon, ça n'a aucune importance. Tout cela n'est qu'une insignifiante vibration qui participe au chaos global. Parce que le fait que ces deux individus meurent ou non n'a pas d'impact réel à l'échelle planétaire, à l'échelle de l'espace et du temps, à l'échelle de l'humanité.

Le moribond est maintenant entouré d'une foule d'une vingtaine de personnes dont certaines sont penchées sur lui pour l'aider. Deux ou trois effrontés filment le drame avec leur cellulaire. Carl, debout et incrédule, réussit à détourner son regard de la scène pour dévisager Diane. Le visage bien maquillé de cette dernière est tout à coup très dur, mais au fond de ses yeux noirs flotte une mélancolie voilée.

— La vie n'a rien à foutre de la mort des gens.

Les doigts de la peur s'enfoncent dans le ventre de Carl et pétrissent douloureusement ses tripes. Dieu du Ciel ! *Qui* est cette femme ?

Quelques cris d'effroi proviennent du groupe, et certaines phrases comme « Il est mort ! » se détachent de la cohue. Carl regarde vers la foule qui grossit toujours et entend alors Diane ajouter :

— Bien sûr, les conséquences, toutes futiles soient-elles d'un point de vue objectif, paraissent catastrophiques pour l'entourage du mort et pour les individus qui sont impliqués. Dont vous, par exemple. Car vous n'oublierez évidemment pas que c'est vous qui avez tué cet inconnu.

Carl revient à la femme, les yeux écarquillés. Diane hoche la tête d'un air entendu.

— C'est la conséquence de votre désobéissance. Le remords est un moteur tellement puissant. Pourtant, c'est une émotion absurde puisqu'elle ne sert à rien : elle est basée sur un événement du passé, donc sur quelque chose que nous ne pouvons modifier. Néanmoins, elle est très efficace sur nos prises de décisions futures.

Quelque chose de terrible se produit alors en Carl. Comme s'il allait encore vomir, mais par en dedans. Comme si une marée noire et boueuse l'emplissait graduellement. Diane sort un petit flacon de Tic Tac de son veston et s'en verse deux dans la paume.

— Je répète donc la règle : vous ne parlez de ce qui vous arrive à personne. Et je serai encore plus précise : vous ne contactez la police sous aucun prétexte, même pour leur signaler un chat coincé dans un arbre.

Elle envoie les Tic Tac dans sa bouche.

— Et, évidemment, vous ne vous faites pas arrêter non plus.

Des gens passent rapidement près d'eux pour rejoindre la foule autour du mort. Diane se lève, replace les manches de son veston, contourne la table et s'approche tout près de Carl, sur sa droite. Avec ses talons, elle est presque aussi grande que lui, mais il ne la regarde pas. Tout à l'heure, il songeait à la frapper. Maintenant, cette idée ne lui effleure même pas l'esprit, comme si toucher à cette femme risquait de lui infecter le poing, ou tout le bras, ou même le corps en entier.

Sans aucune hostilité, sur le ton de la simple évidence, elle articule :

— Le remords va vous ronger comme un rat d'égout. Imaginez ce que vous éprouverez si, la prochaine fois, le mort est un proche.

Carl sent avec force la riche fragrance de son parfum et cesse de respirer, convaincu que cette odeur, en envahissant ses poumons, va le tuer sur-le-champ. Diane s'éloigne sans un mot, la démarche élégante. Pas un seul moment elle n'a tourné le regard vers le drame qui se déroulait près d'eux.

Carl ne bouge toujours pas. Maintenant, des curieux arrivent des boutiques près de la foire alimentaire, attirés par toute cette agitation. Plusieurs personnes ont déjà appelé le 9-1-1, un gardien de sécurité demande aux gens de reculer... Carl distingue enfin une brève seconde la victime étendue sur le sol... Cet homme qui, cinq minutes plus tôt, mangeait tranquillement sa soupe, en attendant de retourner chez lui...

Et si tu avais obéi à Diane, il serait effectivement retourné chez lui...

Tout à coup il étouffe, sur le bord de la suffocation, le corps

(pas vrai tout ça n'est pas vrai ça peut pas être)

parcouru de frissons glacés. Il tourne les talons et se met rapidement en marche vers la sortie. Plus il s'éloigne de la foire alimentaire, plus les gens agissent normalement. Il en entend un ou deux dire : « On dirait qu'il se passe quelque chose, là-bas. »

Carl franchit la porte et aspire à pleines goulées tout en se dirigeant vers son Pathfinder. Mais tout à coup, juste avant d'arriver à sa voiture, il aperçoit une Honda Civic blanche qui roule lentement dans le stationnement, comme si le conducteur cherchait quelqu'un ou surveillait les sorties.

Carl s'arrête, oscille une seconde, puis fait demi-tour pour retourner vers les Promenades, le pas raide et rapide, instinctivement mû par l'idée que le tueur ne l'a peut-être pas vu. Au moment d'entrer, il tourne la tête : la Honda s'est garée et un jeune homme en sort. Avec casquette et barbe châtaine. Carl franchit les portes, se met au trot, puis commence à courir. Mais pour aller où, criss ? Et le gars n'osera jamais l'attaquer devant témoins.

T'en es si sûr ?

Carl, sans vraiment y penser, est revenu à la hauteur de la foire alimentaire, où la foule compte maintenant une cinquantaine de curieux, et il s'arrête. Entre deux kiosques de restaurant s'ouvre le couloir qui mène aux toilettes. Dans sa tête, tout déboule, la panique

(qu'est-ce que je fais qu'est-ce que je fais qu'est-ce que je fais)

lui révulse l'estomac et il regarde partout sans savoir ce qu'il cherche.

Réfléchis !

Une image absurde, incongrue, lui traverse l'esprit : des gamins de douze ou treize ans qui courent dans un corridor d'école.

Là-bas, une casquette blanche des Falcons qui approche… Carl s'élance enfin vers le couloir des toilettes. Il entre dans celles réservées aux femmes, comme si le fait de se trouver dans un endroit interdit lui assurait une meilleure protection. La petite salle est vide : les gens sont trop occupés à s'intéresser au mort pour pisser. Il tourne sur lui-même en maugréant des mots inintelligibles. Pourquoi est-il venu ici ? Si le tueur l'a vu prendre le couloir, il est piégé ! Imbécile ! Il espérait quoi, se sauver par une cuvette ?

Réfléchis, tabarnac !

Il aperçoit la cabine pour handicapée, la seule dont la porte s'ouvre vers l'extérieur.

Un flash. Ridicule, mais c'est tout ce qui lui vient à l'esprit.

Il tire la porte de la cabine, entre et la referme, mais sans enclencher le verrou. Il grimpe sur la cuvette, plie légèrement les genoux comme s'il était sur le point de sauter et lève les deux mains devant lui, paumes vers l'avant. Puis il attend, la respiration courte, le visage couvert de sueur. Dans le silence, il n'entend que des coups sourds et réalise que c'est le sang qui bat dans ses oreilles. Peut-être qu'il attend pour rien : si le tueur ne l'a pas vu ? Et même s'il vient, ça ne marchera pas ! Ce gars en a vu d'autres, il ne se fera pas avoir si facilement !

Il entend la porte des toilettes s'ouvrir et il retient son souffle. Les pas sont lents. Pas ceux d'une personne qui a hâte de se soulager. Les coups de marteau s'intensifient dans le crâne de Carl et il doit serrer les lèvres pour ne pas haleter. Il n'arrive pas à voir sous la porte les pieds de l'individu qui est entré, il ne peut que se fier au son. Les pas semblent être devant la cabine juste à sa droite. Il entrouvre la bouche involontairement pour laisser fuser un imperceptible souffle sifflant, tandis que les pas s'approchent toujours…

(Maintenant !)

Il saute et pousse de toutes ses forces sur la porte qui s'ouvre à la volée et percute violemment l'individu juste derrière. Dans le même mouvement, il s'élance hors de la cabine alors que l'autre, bondissant vers l'arrière, se heurte le dos contre le comptoir à lavabos puis s'effondre au sol. Avant de quitter la salle, Carl tourne le regard : c'est bien le tueur, étendu par terre, qui grogne en tenant son nez ensanglanté.

Carl traverse la section des restaurants en courant. Devant lui approchent des ambulanciers qui transportent un brancard vide ainsi que deux policiers. Il ralentit le pas et, durant une seconde, il s'imagine alerter les flics… Le tueur est juste là, dans les toilettes, encore sonné…

Mais il songe à la photo de Pascale. Au type empoisonné sous ses yeux.

Il laisse donc les ambulanciers et policiers le dépasser sans rien faire, les dents serrées, puis reprend sa course.

Dehors, il cavale vers son Pathfinder. Il se jette derrière le volant, démarre, recule, accroche le pare-chocs arrière d'une voiture garée, puis roule vers la sortie du stationnement. Lorsqu'il rejoint le boulevard René-Lévesque, il tourne la tête : il croit voir le tueur courir vers sa Honda, mais il ne peut en être totalement sûr. Il s'engage à gauche sur la grande artère et se faufile entre les véhicules dans la circulation compacte en cette heure de pointe du vendredi. Ses manœuvres imprudentes déclenchent de furieux coups de klaxon et il opte enfin pour une conduite raisonnable : avoir un accident ou se faire arrêter ne serait *vraiment* pas une bonne idée. Il regarde derrière lui : aucune trace de la Honda pour le moment. Mais ça ne saurait tarder.

Va pas chez toi !

Il tourne à gauche sur De Boucherville, roule dans cette rue peu achalandée pendant environ six cents mètres, jusqu'à des Pins, où il s'engage à droite. Il file à bonne allure sur ce boulevard presque désert, passe devant la polyvalente Marie-Rivier, dépasse l'école primaire Immaculée-Conception puis prend à gauche dans la petite rue tranquille des Lilas. Il voit des enfants traverser la rue, ralentit, et après quatre cents mètres il atteint le chemin du Golf, un peu plus fréquenté. Il tourne à droite et se rend jusqu'à la rue Saint-Georges où commence le centre-ville. Il prend à droite puis, presque immédiatement, à gauche dans Lindsay. La circulation est dense, il ne peut rouler vite, mais après tous ces détours, il est convaincu d'avoir semé le tueur.

Et tu vas où ? Au bar ? Est-ce la meilleure solution ?

Il n'en sait rien, il est incapable de fixer son attention sur une idée pendant plus de trois secondes, il y a autant de bousculade dans son crâne qu'à la sortie d'un immeuble en flammes. Au coin de Marchand, le feu de circulation est rouge et il s'arrête, une main sur le volant et l'autre sur son visage. Il prend de grandes respirations entrecoupées de petits gémissements. Il entend un klaxon à sa droite et il tourne la tête en poussant un cri : c'est Jules, une connaissance, qui, de son véhicule, lui envoie une salutation amicale. Carl le dévisage un moment avant de grimacer un sourire qui, si on se fie à l'expression perplexe de Jules, doit être particulièrement ambigu. Le feu devient vert et Carl se remet en route. Il s'impatiente derrière la file des voitures qui avancent lentement, dépasse la voie ferrée et, enfin, s'engage dans la rue Bérard pour entrer dans son stationnement privé derrière le *Lindsay*. Il sort, contourne rapidement le bâtiment pour rejoindre le stationnement des clients plein à craquer et pousse la porte des employés.

La rumeur en provenance du bar le rassure instantanément, à tel point qu'au lieu de se réfugier dans son bureau comme il en avait l'intention, il marche jusqu'à la salle en lissant ses cheveux.

Le 5 à 7 du vendredi est toujours un succès. Toutes les tables et les chaises sont occupées, y compris les tabourets du zinc, et plusieurs personnes discutent debout. Carl s'abreuve les yeux de ces visages heureux, de ces groupes hilares. Au bar, la belle Aline, qui est venue remplacer Sébastien à dix-sept heures, réussit, comme toujours, à répondre aux commandes avec efficacité sans cesser pour autant d'échanger avec les clients, souriante et relax. Dans la salle, deux serveurs vont d'une table à l'autre : Lorraine, mi-vingtaine, avec son air sérieux mais pro, et Laurent, même âge, plus agité et bavard. Un certain calme descend sur Carl.

Tout va bien. Tout est dans l'ordre des choses. Un début de week-end comme un autre. Normalement, il discuterait brièvement avec les habitués (Paul, Marie-Louise, Sandra, Léo, et même David qui doit en être à son troisième verre), offrirait un shooter à ses trois employés en service ainsi qu'aux clients assis au zinc, en boirait un avec eux, puis s'installerait au comptoir pour deux ou trois heures ; en cours de soirée, la majorité des clients présents en ce moment quitteraient graduellement le bar (sauf David, qui fermerait la place) et la salle, après une courte période d'accalmie, serait envahie par la faune du vendredi nocturne, plus jeune ; la musique tranquille serait remplacée par un tempo un peu plus rock, mais pas trop, genre Bowie, Leloup et un peu de nouveautés, comme Arcade Fire. Mais Carl serait sans doute déjà rentré à ce moment-là.

Pendant une seconde de total déni, il songe à agir exactement comme à son habitude. Car dans son bar, dans sa routine, dans son univers où tout est planifié, rien de grave ne peut lui arriver.

Et quand tu quitteras le bar, tu retourneras chez toi, où le tueur t'attendra.

Un bref vertige lui fait battre les paupières. Il doit mettre de l'ordre dans ses pensées qui s'éparpillent, s'émiettent et galopent depuis une heure. Il doit aller dans son bureau et réfléchir. Pourtant, il marche vers le comptoir, salue quelques clients d'un sourire crispé, puis s'immisce entre deux types qu'il ne connaît pas pour s'appuyer au zinc. Il doit boire quelque chose. Quelque chose de solide.

Aline l'accueille joyeusement tout en préparant trois rhum and coke.

— Hey, boss ! En forme ?

— Pas pire, pas pire... Un shot de Jägermeister, s'il te plaît.

— Rien qu'un ?

La jolie barmaid de trente-deux ans lui adresse un sourire entendu. Pendant une seconde, il ne comprend pas ; les nerfs à vif, il est même sur le point de l'engueuler (*De quoi tu parles, câlice ? J'ai pas la tête aux devinettes !*), puis il allume.

— Ben non, je veux dire : quatre. Pis au monde au bar aussi.

Elle lève le pouce et fait signe aux deux serveurs sur le plancher de les rejoindre. Lorraine et Laurent s'approchent et saluent leur patron. Celui-ci répond évasivement tout en regardant partout. Là-bas, David, un brin amoché comme prévu, discute laborieusement avec un type qui le considère avec amusement. Près de la fenêtre, Sandra et Léo le reluquent, surpris qu'il ne soit pas venu leur piquer une petite jasette comme à son accoutumée. Carl voit quelqu'un entrer dans le bar et se raidit : mais c'est Rodney, un autre habitué, souriant et en pleine forme, comme toujours.

— As-tu entendu ma question ? demande Laurent.

— Hein ? Heu, non, c'est quoi ?

— L'affiche pour le vingtième, elle est prête ?

Carl répond n'importe quoi en se massant le front. Finalement, il n'aurait peut-être pas dû venir dans la salle. Après son shot, il ira s'enfermer dans son bureau.

— T'as pas l'air en forme, Carl, remarque Lorraine.

— Non, non, c'est…

Aline dépose les quatre shooters sur le comptoir. Les trois employés lèvent leur verre en clamant le traditionnel « Friday Night ! », tandis que Carl, en dressant le sien, se contente de hocher du chef. Mais alors que tout le trio vide son shot d'un trait, Carl, sur le point de les imiter, devine du coin de l'œil l'entrée d'un client et tourne la tête dans cette direction.

Le barbu à la casquette des Falcons effectue quelques pas dans le bar puis s'arrête, promenant son regard sombre dans la salle animée.

18:02

Tous les clients ont arrêté de parler, tout son a cessé dans le bar. Rien d'autre n'existe que le tueur. Ce dernier, le nez rougi et enflé, examine les lieux tout en frottant son poignet blessé puis il repère Carl. À vingt mètres de distance, séparés par une foule de consommateurs hilares, les deux regards se soudent l'un à l'autre.

Il savait où tu travaillais. Évidemment, puisque Diane est venue ici cet après-midi. Et ce type est un professionnel, il s'est informé sur toi.

Malgré le retour de la peur, il ne peut s'empêcher de trouver quelque chose de saugrenu dans cette dernière réflexion.

Tandis qu'il soutient le regard du tueur en se demandant désespérément comment agir, il réalise enfin que Lorraine lui secoue légèrement le bras. Et s'il se fie à ses lèvres qui remuent, elle est en train de lui parler. Il cligne des yeux, déploie des efforts surhumains pour entendre et, peu à peu, le son revient dans le bar, comme si Carl sortait graduellement d'un tunnel.

— Carl ? You-hou, Carl, t'es où ?

Il réalise qu'il tient toujours son shooter dressé en l'air, alors que ses trois employés ont déjà terminé le leur. À travers le brouhaha ambiant, il reconnaît la chanson *Sledgehammer* de Peter Gabriel.

— Heu, j'ai... Excusez, je suis dans la lune...

Il boit son verre et le dépose sur le comptoir.

— J'ai... la journée a été longue... et...

(et le barbu près de l'entrée avec la casquette des Falcons veut me tuer)

— ... j'suis fatigué, je pense.

Les serveurs et la barmaid hochent du bonnet, puis tous retournent au travail. Carl tourne la tête vers le tueur, qui le fixe toujours. Malgré sa peur, il se raisonne : il est finalement plus en sécurité dans la salle que seul dans son bureau. Le gars ne va tout de même pas l'occire devant près de cent témoins. Tout à l'heure, au centre commercial, le même genre de déduction n'avait pas réussi à le rassurer, mais dans *son* bar avec *son* monde, il y croit davantage. Même si l'angoisse lui engourdit le ventre, il sent qu'en *ce moment* il n'est pas vraiment menacé. D'ailleurs, il y a quelque chose de bizarre dans la présence du tueur ici, devant plein de gens. Quelque chose... d'inapproprié.

Le jeune frotte sa barbe, nerveux, et examine la salle comme s'il évaluait cette foule qui ne se préoccupe nullement de lui. Puis, après avoir lancé une œillade rancunière à sa victime, il tourne les talons et sort.

Carl sent ses jambes faiblir et s'appuie contre le comptoir. Mais pour deux secondes à peine, car il s'élance, contourne les clients qui sont debout et se plante près de la grande fenêtre. Il voit le jeune barbu traverser la rue vers sa Honda Civic garée en face, monter, mais sans démarrer. Par la fenêtre ouverte de sa portière, il regarde vers le bistrot. De cette position, il peut certainement voir la porte avant et celle sur le côté, dans le stationnement.

Il attend. Il sait bien que sa victime n'aura pas le choix de sortir à un moment donné. Carl se dit qu'il pourrait rester dans le bar toute la nuit. Après tout, c'est le sien. Mais aussitôt la place fermée, le tueur trouvera le moyen d'entrer…

— Hé, Carl, ça va ?

À la table près de lui, Sandra et Léo lui sourient d'un air soucieux. Ce couple dans la quarantaine fréquente les 5 à 7 du vendredi depuis huit ans et, en ce moment, s'inquiète que le propriétaire ne lui ait pas encore adressé la parole.

— Oui, oui, salut Léo, salut Sandra, ça va, ça va, merci, bonne soirée.

Et il se dirige d'un pas mécanique vers le zinc. Mais en cours de route, il change d'idée : s'il reste au comptoir, il n'arrivera pas à réfléchir. Il marche donc jusqu'au couloir, entre dans son bureau et referme la porte. Le son désormais en sourdine lui calme déjà les nerfs. Il va à son armoire pour prendre la bouteille de scotch, mais renonce : un second verre risque d'altérer ses raisonnements. Il se laisse choir dans son fauteuil.

Et si Barbu venait t'attaquer dans ton bureau maintenant ?

Il s'empresse de verrouiller la porte du local. Si le gars veut entrer, il devra défoncer et cela alertera tout le bar. Le regard de Carl tombe sur le téléphone

(police)

mais il retourne dans son fauteuil et bascule vers l'arrière en posant ses deux mains sur sa tête et en expirant un long souffle rauque.

OK. Si on cherche à l'éliminer, c'est que quelqu'un a payé pour que cela se fasse. Cette Diane est sans doute la patronne d'une agence de tueurs à gages qui…

Agence de tueurs à gages ! C'est absurde, voyons !

En tout cas, elle est manifestement la patronne de quelque chose, criss ! et elle a engagé Barbu pour remplir le contrat, voilà ! Mais qui peut donc souhaiter la mort de Carl ? Qui irait jusqu'à payer pour ça ? Il énumère mentalement tous les noms des gens qu'il connaît. Aucun d'eux ne lui en veut à ce point.

Et la seule personne vraiment dangereuse qui est le moindrement liée à lui est Bob. Mais pourquoi éliminer un client qui paie mensuellement depuis vingt ans sans rechigner ? Est-ce que le chef des Racoons enverrait une femme élégante et cultivée prévenir Carl de sa mort ? D'ailleurs, pourquoi cette Diane est-elle venue le mettre au courant ? Quel genre de tueur à gages avise sa victime ? Il se souvient de leur conversation au centre commercial.

« Je ne suis pas ici pour répondre à vos questions. Ce moment viendra peut-être plus tard... »

Qu'a-t-elle voulu dire ?

Et si elle n'était pas la patronne, comme il le pense ? Si elle était au courant du contrat sur sa tête et qu'elle voulait, en réalité, le mettre en garde ? Il se lève et arpente son petit bureau, la joue gonflée par sa langue. Mais ça ne tient pas debout ! Si c'était le cas, elle ne lui interdirait pas de prévenir les flics. Et surtout, elle n'aurait pas tué ce type aux Promenades Drummondville pour le convaincre de fermer sa gueule.

Cette scène le submerge tout à coup violemment, comme si une tonne de boue se déversait sur sa tête. Maintenant, les membres de la famille de cet homme innocent ont dû apprendre sa mort, ils découvriront bientôt que c'était par empoisonnement et ils n'y comprendront rien. Personne n'y comprendra rien. Sauf Carl.

Le remords va vous ronger comme un rat d'égout. Imaginez ce que vous éprouverez si, la prochaine fois, le mort est un proche.

Il s'immobilise au centre de la pièce et porte un doigt tremblant à son front en fermant les yeux. Criss ! c'est quand même pas sa faute ! Comment pouvait-il savoir? Comment, cet après-midi, pouvait-il prendre cette dingue au sérieux? Cette malade qui est prête à tuer n'importe qui, au hasard, pour s'assurer d'être obéie!

Il regarde l'heure: dix-huit heures vingt. Il a pourtant l'impression qu'il angoisse depuis trois heures. Il recommence à faire les cent pas. Ses réflexions, loin de l'apaiser, amplifient son anxiété: l'idée que quelqu'un *souhaite* sa disparition est tout aussi intolérable que la possibilité de mourir. En fait, c'est *révoltant*!

Il sort de son bureau, traverse la salle en ignorant délibérément les quelques salutations de certains clients et retourne à la grande vitrine avant. La Honda Civic blanche est toujours au même endroit, de l'autre côté. Derrière le volant, Barbu, cigarette au bec, surveille le bar. Voit-il Carl? Ce serait étonnant. À cette heure, il y a beaucoup de reflets dans la vitre. Des gens vont et viennent près de la voiture, inconscients qu'elle renferme un tueur en attente. Carl se masse la nuque. Ce gars va rester là le temps qu'il faudra, jusqu'à ce que Carl sorte ou jusqu'à ce que l'établissement ferme. Il est patient. C'est un professionnel.

À nouveau, ce mot le fait tiquer. Comme tout à l'heure, lorsqu'il avait trouvé incongrue l'apparition du tueur dans le bar, planté au milieu de tout le monde... Entrer dans le bistrot sans subtilité, en annonçant clairement sa présence à Carl, était-ce vraiment une bonne tactique? N'aurait-il pas été plus avisé de sa part de demeurer caché à l'extérieur? Et attendre comme ça, dans une voiture, de l'autre côté de la chaussée, à la vue de Carl, est-ce agir en *professionnel*?

Carl observe toujours la Honda, le front plissé. Est-ce qu'un expert se serait laissé avoir aussi facilement dans les toilettes du centre commercial? Est-ce qu'un expert tenterait d'éliminer sa cible en plein jour dans sa maison, sans prendre de grandes précautions? Et est-ce qu'un expert exécuterait son contrat avec un couteau de boucher plutôt qu'un efficace et rapide pistolet avec silencieux ?

Carl plisse les yeux et secoue imperceptiblement la tête. Ce tueur n'est pas un professionnel. C'est un... un quoi ? Un amateur ? Un jeune qui agit sous la contrainte de Diane ?

— T'attends quelqu'un ?

C'est David qui s'est approché. Déjà éméché, il oscille sur place, bière en main et, avec un clin d'œil, il ajoute :

— Une p'tite pitoune avec qui t'as rendez-vous ?

— Non, non, je... je pense à ma journée pis...

— Viens t'asseoir, je vais te présenter quelqu'un, un gars super cool qui...

— Faut que je retourne dans mon bureau.

— Un vendredi soir ? Come on !

Carl marche déjà vers le couloir du fond. Il relève que Lorraine, tout en servant trois clients à une table, lui décoche un coup d'œil inquiet : elle a remarqué que son patron est bizarre. Lorraine remarque toujours tout.

De retour dans son bureau, il referme la porte, la verrouille et recommence à faire les cent pas, tourmenté par ses dernières réflexions. Pourquoi une femme qui semble aussi professionnelle que cette Diane aurait-elle engagé un amateur pour le tuer ? Ses yeux se posent à nouveau sur le téléphone et il s'immobilise.

Appelle la police. T'as pas le choix.

Tout à l'heure, Diane a découvert qu'il avait appelé les flics parce qu'il était chez lui et que sa maison est sans doute remplie de micros, qu'elle a installés Dieu sait quand. Mais s'il appelle d'ici, comment le saura-t-elle ? Pourtant, elle a su pour Pascale. Y aurait-il donc un micro dans le département des enseignants de la polyvalente ? Voyons, il n'est quand même pas dans un James Bond !

À moins que Pascale…

Il émet un ricanement sans joie. Comment peut-il seulement envisager la possibilité que son ex-femme…

Alors comment Diane a-t-elle pu savoir que tu lui avais parlé d'elle ?

Il se remet à arpenter la pièce, indigné par une telle idée qu'il s'interdit de transformer en soupçon. Cette histoire lui fait perdre tout jugement. Il s'arrête à nouveau devant le téléphone et le fixe comme s'il s'agissait de l'ultime tentation.

Appelle les flics, t'as pas le choix ! Sinon, quoi ? Tu vas fuir jusqu'à ce qu'il te rattrape ?

Mais, merde ! Il veut vraiment courir le risque ? Il pourrait vivre avec un autre mort sur la conscience ? Un autre cadavre qui pourrait être celui de Pascale ?

Sauf si elle est complice…

— Ta gueule ! crie-t-il en se frappant le front.

À bout de nerfs, il sort à nouveau de son bureau. Pendant qu'il traverse la salle, un client l'appelle, mais il l'ignore totalement. Il retourne à la grande vitrine, mais à un autre endroit pour ne plus être près de Sandra et Léo, qui l'observent d'un air consterné.

La Honda est toujours là, Barbu toujours derrière le volant.

Carl doit quitter le bar, aller quelque part où l'assassin ne le trouvera pas. Chez un ami ? Non, il devrait inventer des explications laborieuses, et il ne veut mêler personne à ça… Un hôtel, plutôt. Là, il pourra réfléchir tranquille, prendre son temps… Mais il ne peut sortir que par deux endroits : la porte principale et celle des employés, deux issues que le tueur peut voir en ce moment.

Il demeure ainsi trois minutes à fixer la Honda, comme s'il espérait qu'elle se volatilise par la seule force de son regard. David s'approche à nouveau, titubant et hilare.

— Hey, Carl, viens, je veux te présenter un...

— Sacre-moi la paix, David !

Outré, le poivrot s'éloigne en grommelant des mots inintelligibles. Insensible aux quelques têtes qui se tournent vers lui, Carl se répète désespérément qu'il existe une solution et qu'il va la trouver. À la fermeture du bar, par exemple, il pourrait quitter la place avec les employés et les trois ou quatre derniers clients : en groupe, il ne se fera sans doute pas attaquer.

Et ensuite ? Ensuite ?

Alors qu'il émet un petit gémissement affligé, il voit une auto-patrouille approcher, ralentir et enfin s'immobiliser à la hauteur de la Honda. Carl cesse de respirer. Merde, il n'a pourtant pas appelé les flics ! C'est pas lui ! À moins que le tueur se fasse arrêter pour une autre raison ? Cette éventualité l'emplit d'espoir, mais l'anxiété réapparaît aussitôt : et si Diane croit que c'est lui qui a alerté la police ? L'agent assis sur le siège passager ouvre sa fenêtre et parle au jeune dans la Honda. Que lui dit-il ? Carl avance le visage tout près de la vitrine, voit le flic qui désigne un panneau sur le trottoir, puis il comprend : on ne peut pas se garer à cet endroit. Carl recommence à respirer, mais ne quitte pas la scène des yeux.

Un tueur qui se stationne dans un lieu interdit... de plus en plus amateur.

Carl, qui connaît bien le coin, sait que Barbu devra rouler au moins cinquante mètres en avant pour pouvoir se garer. À cette distance, il verra la devanture du bar, mais pas la porte de côté. Et le temps qu'il revienne à pied...

Carl retient à nouveau son souffle et attend.

Le flic parle toujours au tueur. Dix secondes... Quinze... Puis, la Honda se met lentement en route. Aussitôt, Carl s'élance vers le couloir, sous les regards stupéfaits de plusieurs clients. Il pousse la porte des employés et se retrouve dans le stationnement. Il tourne les yeux vers la chaussée : la Honda blanche est hors de vue. Il court vers l'arrière, entre dans sa voiture et démarre. Il traverse la courte ruelle qui mène à la rue Bérard et, au lieu de se rendre sur Lindsay, il prend à droite et débouche sur la rue Brock, dans laquelle il s'engage à gauche. Il pousse un cri de victoire en frappant sur son volant. Tiens, ostie de connard ! Il ne se sera même pas rendu compte que Carl est parti ! Il va rester planté comme un cave devant le bar à surveiller les deux portes et le temps qu'il réalise que sa cible s'est échappée, Carl sera en sécurité dans une chambre d'hôtel, à réfléchir. Il n'a pas grand-chose avec lui, mais il a l'essentiel : sa voiture, son cellulaire, son portefeuille…

Son portefeuille ?

L'image de son agression de tout à l'heure lui revient : il se revoit tendre son portefeuille à Barbu, le coup de couteau asséné par le gars, la douleur dans son avant-bras, le portefeuille qui effectue un vol plané et tombe sur le sol, devant l'armoire… il croit même l'avoir vu glisser sous le meuble…

Comme pour confirmer ce qu'il a déjà compris, il tâte la poche arrière de son jeans. Il crie à nouveau, mais cette fois de rage.

Comment as-tu pu oublier de reprendre ton porte-feuille, ostie de cave ? Comment ?

Eh bien, peut-être parce qu'il venait de se faire attaquer ? Hein ? Peut-être parce qu'il était en panique et qu'il ne pensait qu'à une chose : rejoindre Diane au plus vite pour sauver Pascale ! Peut-être parce que, ostie ! il avait la tête crissement *ailleurs* !

Au feu rouge coin Saint-Georges, il s'arrête et se passe les mains sur le visage. Du calme. Il peut aller le récupérer. Barbu n'a évidemment pas encore compris que l'oiseau a quitté la cage. Et même s'il s'en rendait

. compte maintenant, ça laisserait du temps à Carl, qui n'a besoin que de trente secondes.

Il arrive chez lui en moins de cinq minutes, gare sa voiture dans l'aire de stationnement, sort puis s'arrête, en observant son cottage comme s'il s'agissait d'un animal dangereux mais assoupi. Deux terrains à côté, Jasmin coupe son gazon et envoie la main à Carl, qui lui répond vaguement en se remettant en marche rapidement vers sa maison. En ouvrant la porte, il réalise qu'il a oublié de la verrouiller tout à l'heure, dans son énervement.

Du calme! Barbu ne peut pas être ici, c'est impossible.

Il entre et, sans refermer la porte, rejoint en deux bonds l'armoire au bout du court vestibule, près de l'escalier. Pas de trace du portefeuille sur le sol, merde! il a vraiment glissé sous le meuble. Alors qu'il se penche en maugréant, il entend du bruit. Les genoux pliés, sur le qui-vive, il tourne la tête. Par la porte ouverte, il ne voit personne dehors. Mais le son effleure à nouveau le silence, comme si quelqu'un bougeait tout près.

Tout à coup, le garde-robe s'ouvre et une silhouette bondit en refermant d'un mouvement brusque la porte d'entrée. Carl se relève en poussant un cri

(comment il a pu arriver avant lui comment il)

mais réalise que ce type n'est pas Barbu: mitrentaine, il ressemble à un stéréotype d'Italien ringard, avec son pantalon noir, sa chemise blanche et ses cheveux d'ébène gominés coiffés vers l'arrière.

Et il tient une *hachette*.

Carl ne bouge pas, tétanisé. Le gars l'examine une seconde en se frottant le nez, hoche la tête, à la fois fébrile et sûr de lui, puis lance d'une voix rapide et sèche:

— *Don't move, man*, pis ça va aller vite.

Et il avance de deux pas en balayant l'air d'un mouvement latéral. Carl pousse un second cri en reculant vivement. La hachette frôle son estomac et se fiche dans l'armoire de bois en produisant un craquement qui vibre jusque dans les entrailles de Carl. Ce dernier, en bondissant vers l'arrière, trébuche contre l'escalier et bascule, son dos heurtant durement les marches. L'inconnu jure en italien et tire sur le manche pour dégager son arme tandis que Carl s'accroche à la main courante pour se redresser. L'agresseur, tout en tirant sur la hachette qui refuse de sortir, tourne son visage vers sa victime, l'air agacé et dangereux, *beaucoup* plus dangereux que celui de Barbu.

— Tant pis pour toi, *cretino*, articule-t-il avec un accent anglophone.

Impossible pour Carl de contourner cet homme : il doit donc monter. Quatre à quatre, tellement penché qu'il s'aide de ses mains, il grimpe l'escalier

(ils sont deux ostie ils sont deux)

trébuche, perd même un soulier en chemin, mais arrive enfin à l'étage. Il court

(dans le corridor de l'école)

dans le couloir vers sa chambre... mais dans quelle intention ? Sauter par la fenêtre ? Il entre dans la pièce et s'arrête net.

Dans son lit bien fait, étendu sur la couette, un gars d'une vingtaine d'années dort sur le dos, les doigts croisés sur le ventre.

Carl le considère comme si jamais il n'avait vu spectacle plus obscène. En une seconde, il enregistre une foule d'informations : le jeune est habillé d'un pantalon en toile grise et d'un t-shirt d'un groupe hip-hop quelconque, a une barbe de quelques jours clairsemée et porte une casquette à l'effigie des Simpson de laquelle débordent de longs cheveux blonds hirsutes. Sur le sol, traîne un sac à dos inconnu. Et c'est quoi, cette cordelette en caoutchouc autour du bras du gars ? Et là, sur la table de chevet, on dirait une... une *seringue* ?

Le jeune ouvre aussitôt un œil et voit Carl. Il sursaute en poussant des sons gluants, se met rapidement sur pied, mais avec des mouvements maladroits, attrape un tisonnier appuyé contre le mur

(mon tisonnier, celui du foyer au salon)

et le tient à la hauteur de son ventre, d'un air qui se veut menaçant, mais qui trahit surtout sa confusion. Il a une peau boutonneuse, presque jaune, et, tout en replaçant vivement sa casquette, il bredouille d'une voix nasillarde et molle, comme s'il avait peine à sortir du sommeil :

— C'est toi, Mongeau… hein ? C'est toi ?…

Pendant ce temps, l'Italien surgit dans la chambre, hachette dressée, et Carl recule de plusieurs pas en se protégeant instinctivement des deux mains. Son timbre est si faible que lui-même s'entend à peine.

— Non, pitié…

« Stéphane, non, fais-moi pas mal ! »

— … pitié, tuez-moi pas !

Mais la hachette ne s'abat pas, car l'Italien, en apercevant le gars avec son tisonnier, ouvre de grands yeux surpris, puis embêtés. Tous deux se mesurent du regard, celui du jeune plus flou mais plus nerveux que celui de l'autre, et Carl, désorienté, les observe tour à tour comme s'il attendait un dénouement improbable. L'Italien prononce alors un mot bizarre, d'un air inquisiteur :

— Venatores.

Et l'autre, de sa voix pâteuse, bredouille en clignant plusieurs fois des yeux :

— Venatores.

L'Italien paraît presque déçu.

— OK, mais c'est moi qui le frappe…

— Hey, hey, non, man, quand je suis arrivé, y avait personne ! Je suis arrivé avant toi !

— Je l'ai attaqué en bas, c'est moi qui… (il aperçoit la seringue). Shit ! Tu t'es piqué ? Ici ? You're a fucking junkie !

Le jeune ouvre et ferme ses doigts autour du tisonnier, mal à l'aise. Carl, acculé dans un coin de la
chambre, assiste à cette scène surréaliste sans bouger,
incrédule. Il est au cœur d'un rêve dans lequel il lui
est impossible d'agir sur les absurdités qui se déroulent
devant lui. Le junkie, qui semble se raffermir de plus
en plus, effectue alors un pas vers Carl en levant son
arme :

— Ah ! Pis fuck you, c'est moi qui le tue !

— What ?

Furieux, l'Italien, pas très grand mais tout en nerfs,
pousse d'une seule main le frêle junkie qui vole contre
le mur opposé à Carl, puis s'approche de lui en dressant
un doigt :

— Tu m'as dit quoi, là ? « Fuck you ? » Toi, fuck
you, *stronzo* ! Bouge pas pis fuck you !

Pendant ces trois courtes secondes, ils ne s'occupent
plus de leur cible… et pendant ces trois secondes, Carl
attrape la petite lampe sur son bureau, bondit et la fracasse sur le crâne de l'Italien. Le coup est maladroit
mais assez fort pour que l'agresseur, en jurant, tombe
sur les rotules. Carl vole vers le couloir et dévale l'escalier jusqu'au rez-de-chaussée. Il veut se pencher
pour récupérer son portefeuille sous l'armoire, mais
ses deux assaillants descendent déjà les marches. Pas le
temps de s'agenouiller, de tâtonner sous le meuble…
Il poursuit donc sa fuite jusqu'à la porte, qu'il franchit
et referme derrière lui. D'une main tremblante, il sort
son trousseau et au moment où la clé entre dans la
serrure, il sent qu'on tire sur la porte. Il tire à son tour
de toutes ses forces, réussit à la refermer et, dans le
même mouvement, tourne la clé. Verrouillée ! Et cette
serrure ne peut s'actionner qu'avec une clé. Il court vers
sa voiture

(mon portefeuille merde)

mais son pied sans soulier glisse sur la pelouse et
il s'étend de tout son long. En jurant, il se relève et

remarque du coin de l'œil Jasmin qui, tout en poussant sa tondeuse, le suit d'un œil intrigué. Alors que Carl fonce à nouveau vers son Pathfinder, une Chrysler 300 s'arrête brutalement devant chez lui, sur le bord du trottoir. Un grand et gros Noir en sort, cheveux courts, nu-pieds dans des Crocs, habillé d'un short Adidas bleu avec ligne blanche et d'un large t-shirt jaune qui ne réussit pas à camoufler son obésité. Carl, qui a rejoint son véhicule, jette un rapide coup d'œil vers cet inconnu puis s'empresse d'ouvrir la portière. Le Noir, ses minuscules yeux porcins plissés, les traits tordus en un masque inquiet et curieusement enfantin, regarde le fuyard monter dans sa voiture, puis se penche à l'intérieur de sa Chrysler. Carl, surexcité, doit se reprendre à trois fois pour entrer sa clé dans le démarreur et, lorsqu'il y parvient enfin, lève un œil fiévreux vers son rétroviseur. Derrière, le Noir s'approche, tenant entre ses mains une longue tige d'un peu plus d'un mètre de long et dont le diamètre dépasse légèrement celui d'une pièce de deux dollars. « Un tuyau de cuivre ? » se demande confusément Carl. Le Noir, sans s'arrêter de marcher, soulève le mince tuyau et l'abat à plat contre le coffre arrière du Pathfinder. Carl pousse un cri et, simultanément, comme par réflexe, tourne la clé. Le bruit du moteur se mêle au feulement grinçant produit par le bout du tuyau qui, cette fois, troue la portière arrière de la voiture. Carl actionne la
(il en arrive de partout c'est pas possible !)
transmission sur R au moment où le cylindre de cuivre percute la vitre de sa portière, sur laquelle apparaît une longue ébréchure. Il se penche vers la droite, comme pour éviter le coup, tout en appuyant à fond sur la pédale de gaz. Les pneus hurlent, la voiture recule à toute vitesse et emboutit la Subaru de sa voisine Jacqueline, garée de l'autre côté de la rue.

— Fuck ! s'écrie Carl en arrosant le volant de salive.

Jasmin a cessé de pousser sa tondeuse et fixe la scène, médusé.

Tout en secouant le bras de transmission maintenant coincé, Carl lève la tête. Le Noir traverse la chaussée dans sa direction, la démarche balourde, son tuyau de cuivre en main, son visage crispé par une déroutante anxiété, tandis qu'à l'arrière-plan, l'Italien, avec sa hachette, et le junkie, avec son tisonnier et son sac sur le dos, surgissent

(partout criss partout)

de l'arrière de la maison. Carl s'acharne sur le bras de vitesse, qui ne s'enclenche toujours pas, sans doute endommagé par le choc de la collision. Devant le Pathfinder, le Noir lève son arme bien droite et l'enfonce dans le capot du moteur. À la vue de ce nouvel agresseur, l'Italien et le junkie stoppent leur course sur la pelouse, désarçonnés, puis examinent les alentours : trois habitants de la rue ont ouvert leurs portes pour glisser un œil. Jasmin recule vers son entrée de maison, sans quitter la scène de ses yeux écarquillés. Jacqueline apparaît sur son balcon.

— Hey, hey ! Mon char !

Le Noir, qui émet un souffle asthmatique, se déplace sur le côté du Pathfinder et, tout en levant son tuyau, marmonne d'une voix aiguë, à l'intention de Carl qui ne peut l'entendre :

— OK, bouge pas, là... Bouge pas...

Et il frappe à nouveau la vitre de la portière qui, cette fois, se transforme en toile d'araignée. Jacqueline rentre aussitôt chez elle sans ajouter un mot, tandis que l'Italien et le junkie reculent rapidement vers le côté de la maison, effarouchés par la présence de témoins. Carl, qui sent à peine les petits éclats de vitre pleuvoir sur lui, tire maintenant sur le bras de transmission de ses deux mains.

— Fuuuuuuuuuuuuuuuuck !

En éructant un râle vaincu, la transmission s'enclenche et au moment où l'agresseur, aussi grimaçant que s'il ressentait une vive douleur, lève son arme pour frapper à travers la fenêtre craquelée, le Pathfinder bondit en avant et s'engage dans la rue. Carl jette un œil dans le rétroviseur : le Noir monte dans sa voiture, alors que l'Italien et le junkie ont disparu.

Il n'arrête pas au stop et tourne sans ralentir. Dans son rétroviseur, il voit la Chrysler l'imiter au bout de quelques secondes. Aussitôt, Carl prend des Ormes à gauche et fonce en plein quartier résidentiel, puis à droite sur des Châtaigniers, à gauche sur des Pins, dépasse une automobile trop lente, à droite sur des Bouleaux, klaxonne pour prévenir un adolescent dans la rue qui bondit vers l'arrière, à gauche sur Saint-Félix où il roule sur trois cents mètres... Coup d'œil dans le rétroviseur : la Chrysler est loin, mais le suit toujours. Il double une moto, puis à droite sur Gilles-Ally pour tourner presque immédiatement à gauche sur le chemin du Golf sur lequel, filant à toute allure, il dépasse deux voitures en moins de quatre cents mètres... Coup d'œil dans le rétroviseur : la Chrysler approche de plus en plus. Affolé, Carl accélère et passe le petit pont devant le club de golf. Il sait que quelques courbes apparaîtront dans un moment, il décélère donc légèrement. Première courbe, puis deuxième : les pneus hurlent, mais tiennent le cap. Il évite de justesse une automobile qui vient en sens inverse. Nouveau regard fiévreux dans le rétroviseur : la Chrysler, qui n'a pas ralenti, prend la seconde courbe trop rapidement, quitte la route et dérape jusqu'à la clôture du terrain de golf, qu'elle percute sur le côté. Carl ne peut s'empêcher de pousser un « Yes ! » plein d'enthousiasme. Mais, toujours dans son rétroviseur, il voit la voiture retourner lentement vers la chaussée.

Ça te donne quand même un peu plus de temps pour le semer, let's go !

Il tourne dans la rue Bernard au moment où la Chrysler se remet en route. Juste avant que son poursuivant soit visible derrière lui, il s'engage sur René-Lévesque en évitant de justesse une camionnette qui roulait en sens contraire. Après cent mètres, il prend la bretelle menant à l'autoroute 20. Quelques secondes plus tard, il roule sur la transcanadienne et regarde dans le rétroviseur : pas de Chrysler.

Carl sent ses nerfs se relâcher et pousse un long soupir. Mais dans sa tête, tout tourne toujours : où va-t-il, maintenant ? Presque plus d'essence dans le réservoir, pas d'argent ni de cartes de crédit... Il pourrait prendre du fric au *Lindsay*, mais pas question qu'il y retourne : au moins un des quatre tueurs

(quatre ciboire quatre)

doit l'attendre là-bas. Alors, que faire ? Ses mains se mettent à trembler sur son volant et l'air lui manque.

C'est pas le temps de paniquer ! Calme-toi pis réfléchis !

Il passe devant le panneau qui annonce la dernière sortie pour Drummondville, celle qui mène au Camping des Voltigeurs, puis au Village québécois d'antan.

Yves.

Il prend la sortie et file dans la rue Montplaisir à vitesse modérée. Tandis qu'il longe le Camping des Voltigeurs, il hoche la tête comme s'il approuvait les paroles d'un interlocuteur invisible, sans cesser de s'humecter les lèvres. Oui, rejoindre Yves est une bonne idée : un plateau de tournage est un endroit sécuritaire. Et les tueurs ne peuvent savoir qu'il s'y trouve...

... les *quatre* tueurs...

C'est insensé ! Complètement insensé ! Il persiste à se répéter que tout cela ne peut pas être en train de lui arriver, qu'il y a une explication rationnelle à cette démence, qu'il y a malentendu et que tout rentrera dans l'ordre bientôt.

Cinq minutes plus tard, il pénètre dans le vaste stationnement du Village québécois d'antan, qui est occupé par une vingtaine de voitures et de camionnettes. Il se gare, prend une grande respiration, puis descend. Il examine un moment son Pathfinder : pare-chocs arrière tordu, porte du coffre arrière enfoncée, capot du moteur troué, vitre de la portière conducteur toute craquelée… Autant de preuves tangibles que tout cela s'est réellement passé. Il s'appuie des deux mains contre sa voiture, tête baissée, prend deux profondes respirations puis se redresse en regardant autour de lui. Le ciel est maintenant partiellement couvert. La forêt tout près diffuse un calme rassurant. Il secoue sa chemise humide de sueur et tend le bras gauche : sous la manche, le pansement tient bon et il ne sent plus du tout la coupure. Il se penche et s'examine dans le rétroviseur extérieur. Il est blême, très blême, et quelque chose d'affolé flotte dans ses yeux, mais sinon ça va.

Non, ça va pas du tout.

Il étudie un moment son reflet. C'est la face d'un type tranquille, ça. D'un homme qui a monté une belle business honnête et qui normalement, à cette heure, devrait boire un verre dans son bar avec les copains ; qui s'est mis sérieusement en couple à vingt et un ans, un âge où les gars collectionnent les aventures ; qui est demeuré avec cette femme durant vingt-huit ans sans la tromper une seule fois ; qui a eu un fils aujourd'hui multimillionnaire et devenu une des figures de proue mondiales dans l'industrie du jeu vidéo. Le visage d'un homme qui a mené une bonne vie et qui ne demande qu'à prendre sa retraite dans quelques années pour profiter encore d'une couple de décennies sans déranger personne.

Une puissante envie de hurler monte en lui et il étouffe un hoquet en portant son poing à sa bouche.

Alors que venir ici lui paraissait une bonne idée il y a cinq minutes, il commence maintenant à douter.

Yves, l'équipe de tournage… Comment pourra-t-il agir normalement devant eux ? Il va craquer…

Vas-y. T'as pas le choix.

Mais pas comme ça : sa chute sur la pelouse a laissé deux taches vertes sur son jeans, sa chemise mouillée de sueur doit sentir la charogne et il lui manque un soulier. Il ressemble exactement à ce qu'il est : un homme en fuite. Il prend dans sa voiture le sac de ses emplettes de ce matin et, s'assurant que le stationnement est désert, change de vêtements. Trente secondes plus tard, habillé d'un pantalon de jogging gris, d'un t-shirt blanc et d'espadrilles, il vide son jeans : de la monnaie et son cellulaire. Il range tout ça dans les poches de son nouveau pantalon et lance ses fringues souillées sur le siège arrière. Voilà. Même si on voit désormais le bandage sur son avant-bras gauche, il a au moins une allure normale et détendue.

Tout à l'heure, à dix-sept heures trente, il est parti tellement vite de chez lui qu'il n'a pas verrouillé la porte. Résultat : deux tueurs l'ont attendu dans sa maison. Il ne commettra pas cette erreur deux fois, même si ses poursuivants ne savent pas qu'il est ici. Il verrouille donc son véhicule et enclenche le système d'alarme. Sa vitre est peut-être toute craquée, mais encore relativement solide.

Vas-y, maintenant.

Il prend une bonne bouffée d'air et se met en marche.

19:11

Il traverse le stationnement bordé d'un côté par la forêt et de l'autre par un terre-plein boisé camouflant la rue. Au bout, il tourne à gauche et débouche sur la route, peu passante. En face se trouve le Village québécois d'antan, une reproduction d'un patelin typique du dix-neuvième siècle. Carl franchit la rue et se dirige vers l'entrée du site devant laquelle un jeune gardien, assis sur une chaise pliante, pianote sur son cellulaire. Il lève le nez vers le nouveau venu et, sans même prendre la peine de se mettre debout, il demande :

— Vous faites partie du tournage ?

— Non, mais...

Carl réalise que sa voix est faible, qu'il manque d'air.

— Le site est fermé, explique le jeune. On tourne un film.

— Je le sais, je suis un ami d'Yves Levasseur. Il m'a dit que je pouvais venir le voir sur le plateau...

— OK, minute...

Le gardien prend son walkie-talkie, demande si ça roule et une voix répond qu'on tourne dans quatre minutes. Il revient à Carl.

— Vous pouvez y aller. Mais éteignez la sonnerie de votre cellulaire. Pis si vous entendez une voix qui crie « Silence, s'il vous plaît ! », vous vous arrêtez pis...

— ... je fais rien jusqu'à ce que la voix crie « Coupez », oui, je sais...

Le jeune hoche la tête, puis fronce légèrement les sourcils.

— Vous allez bien ?

A-t-il l'air si bizarre que ça ? Il bredouille que ça va, puis se met en marche en éteignant le mode « sonnerie » de son cellulaire. Pendant une centaine de mètres, il croise des reproductions de maisons et de commerces antiques, puis apparaissent peu à peu des signes de production cinématographique : camions, longs câbles qui traînent sur le sol, techniciens qui poussent des chariots...

Tu vas faire quoi ? Rester ici jusqu'à la fin du tournage ?

Il pourrait demander de l'argent à Yves... Oui, c'est la meilleure solution. Par la suite, il trouve un hôtel, il réfléchit et...

Et ensuite ?

Enfin, face à une maison, l'équipe de tournage se dévoile : la réalisatrice et sa scripte sont installées devant le moniteur, le directeur photo règle quelque chose sur sa caméra, une dizaine de personnes éparpillées discutent entre elles ou attendent et, en position, habillés en costumes d'époque, trois acteurs se concentrent : un gars d'une trentaine d'années portant des vêtements de noble, ainsi que la comédienne Sarah-Jeanne Labrosse et Yves, affublés de hardes de paysans. Yves lève la tête et aperçoit Carl. Il paraît surpris, mais sourit et, discrètement, lui envoie la main. Carl s'arrête près du groupe et lui répond de la main, sans sourire. Deux ou trois personnes lui jettent un coup d'œil, sans plus.

— OK, on y va pour une prise ! crie le premier assistant. Moteur !

Un jeune apparaît devant la caméra avec une claquette.

— *Terre des Justes*, scène 23, plan 2, prise 4.

La claquette s'abaisse, le jeune s'éclipse rapidement. Un type derrière une console lance « Ça roule au son », le directeur photo, l'œil dans le viseur, dit « Cadré », et la réalisatrice lâche son « Action ! » avec conviction. Les comédiens se transforment instantanément en personnages, sans tenir compte du gars à deux mètres d'eux qui tient une perche à bout de bras ni de la caméra qui se déplace lentement sur des rails. C'est la cinquième fois que Carl visite un plateau de tournage et il y a toujours ressenti beaucoup de plaisir, fasciné par tous ces gens qui, durant de longs moments entre les prises, donnent l'impression de ne rien faire alors qu'ils remplissent tous une fonction très précise. Et bien sûr, il adore découvrir « en vrai » des acteurs connus. Mais aujourd'hui, rien de tout cela ne l'intéresse. Il entend bien les phrases que se lancent les comédiens, mais n'y prête qu'une vague attention : il croit comprendre qu'Yves joue un paysan qui défie un bourgeois ayant manqué de respect à sa fille, mais sans plus. En fait, il n'attend qu'une chose : que son ami termine cette scène.

On tourne le plan à trois reprises et, durant tout ce temps, Carl jette de fréquents regards derrière lui, craignant de voir un des tueurs

(un des quatre tueurs)

apparaître pour lui sauter dessus. Il songe à nouveau qu'il n'y arrivera pas, qu'il sera incapable d'agir normalement avec Yves, qu'il va piquer une crise de panique... puis une voix clame :

— OK, on prépare la prochaine scène !

Carl bat des paupières. Tout le monde se disperse sur le plateau et Yves se dirige immédiatement vers lui, ravi.

— Hey, dude! (Il le regarde de haut en bas.) Tu t'en viens faire du jogging?

— T'avais l'air surpris de me voir.

— Parce que t'es de bonne heure. Je t'avais dit qu'on finissait à onze heures, non?

— Oui, oui, mais… faut que je te parle de quelque chose…

— Parfait, j'ai au moins vingt minutes de break avant la prochaine scène… Tiens, tu t'es blessé?

Il désigne son avant-bras gauche.

— Une… petite coupure, au bar…

— Ça va-tu? T'as l'air weird…

Carl se dit qu'il devrait sourire, mais il n'ose même pas essayer.

— C'est… j'ai été malade. Je pense que ce midi j'ai mangé une cochonnerie qui passe pas. Mais ça va mieux, là…

— OK… Hey, viens… (il lui lance un clin d'œil) Je vais te présenter Sarah-Jeanne.

— Je sais pas, Yves…

— Hey, hey, hey, depuis quand tu veux pas rencontrer des belles filles? Envoie, viens!

Carl n'a pas la force de refuser. Il suit son ami et Yves le présente à la jeune actrice en tant que propriétaire du « bar le plus cool de Drummondville ». Sarah-Jeanne sourit à Carl, demande depuis combien de temps lui et Yves se connaissent, puis vante le talent de son partenaire de jeu. Durant cette brève conversation, Carl a lui-même l'impression d'être un comédien, mais très mauvais et qui souhaite terminer cette scène insupportable. Enfin Yves entraîne son ami:

— Viens, je vais manger un peu…

Ils suivent le chemin de terre battue tandis que l'acteur parle du tournage. Au bout de cent mètres, on s'arrête devant le kraft et la cantinière donne un chili con carne à Yves. Carl n'a pas vraiment faim, mais il sait qu'il devrait se sustenter alors il s'en prend un aussi. Ils poursuivent leur route et entrent bientôt dans une des reproductions de maison ancestrale qui, pour l'occasion, sert de loge à Yves. Ils s'installent à la table et l'acteur commence à manger. Yves parle sans arrêt et Carl écoute à peine, la joue gonflée par sa langue qui s'agite depuis tout à l'heure. Il cherche un moyen d'aborder la question de l'argent... et regarde à tout bout de champ vers la porte restée ouverte.

— Tu trouves pas, toi ? demande Yves en mâchant son repas.

— Hein ?

— Le langage qu'utilisent nos personnages, t'as entendu tantôt ? Tu trouves que ça sonne dix-neuvième siècle, toi ? C'est trop moderne, me semble. En tout cas, si je me fie à ce que le linguiste que j'ai rencontré m'a dit...

— Peut-être, je sais pas...

— T'es pas ben jasant, dude. Tu voulais me parler de quelque chose, non ?

Carl joue avec sa fourchette en plastique dans le plat en styromousse rempli du chili qu'il n'a pas encore touché.

— J'aurais... je voudrais...

Raconte-lui tout ! Vas-y !

Il émet un petit gémissement et, en sentant ses yeux s'emplir de larmes, se frotte furieusement le cuir chevelu pour ne pas craquer. Yves le dévisage.

— Criss, Carl, qu'est-ce qui se passe ?

— Excuse-moi, mais j'ai vraiment eu une journée de marde... J'ai... j'ai été malade, Pascale m'a officiellement demandé le divorce pis...

— Ah, c'est ça…

Compatissant, Yves étire le bras et serre le poignet de son ami.

— Désolé, dude… Mais, pour vrai, il était temps, tu penses pas ?

— … pis j'ai perdu mon portefeuille.

Yves bat des paupières, puis s'esclaffe de ce rire franc qui met en vedette sa gueule carrée, qui illumine ses yeux bleus magnifiques, qui fait craquer à peu près la totalité de la gent féminine au Québec âgée de plus de vingt-cinq ans.

— Excuse-moi, mais… C'est vrai que c'est pas ta journée !

Carl le dévisage, la bouche tordue en un rictus ambigu, comme s'il hésitait entre l'imiter de manière hystérique et fondre en larmes. Le comédien, dérouté par son expression étrange, cesse de se bidonner.

— Criss, tu files vraiment pas, toi !

— L'idée du divorce me rentre vraiment d'dans…

— C'est pour le mieux, dude. Tu vas…

— Je me demandais si tu pouvais me prêter de l'argent. Je sais que je pourrais en prendre au bar, mais j'aime pas ça piger dans la caisse si je peux l'éviter. Ma banque est ouverte le samedi matin, mais je vais sûrement flyer au chalet de Pierre-Luc avant qu'elle ouvre.

— Tu y vas, finalement ? C'est où, exactement ?

— Au lac des Piles, proche de Grand-Mère…

— Ah, oui, beau coin, ça… T'es sûr que tu devrais y aller ? T'as l'air tellement…

— Justement, ça va me changer les idées. Mais je veux pas arriver là sans bouffe, sans alcool…

— Pas de trouble. T'as besoin de combien ?

— Je sais pas, mettons… Deux jours à manger pis à boire… Trois cents ?

— Gros week-end !

— Ben, juste pour…

Il pourrait tout lui dire, maintenant !

(le gars qui meurt au centre commercial, Pascale qui rentre chez elle inconsciente de la présence de Diane tout près)

Mais Diane ne peut pas savoir qu'il est ici, ne peut pas entendre ce qu'il dit, c'est impossible !

T'en es si sûr ?

— … juste pour être sûr de pas en manquer.

Il sourit en serrant les dents de toutes ses forces pour murer le cri qui monte. Yves mange son chili en hochant la tête.

— OK, je te donne ça tantôt. Je l'ai pas sur moi, mais je passerai au guichet après notre bière.

Carl réprime une grimace de déception.

— Merci, t'es ben fin, mais, heu… je te préviens : je fêterai pas ce soir, je veux partir tôt demain.

— Moi aussi, dude, je te l'ai dit que je travaillerais toute la journée chez nous, sur mon prochain rôle. Camille pis les enfants sont au chalet, je vais en profiter. Une bière ou deux max avec l'équipe pis on part, ça te va ?

Carl hoche la tête, mais l'idée de devoir socialiser, même pour une petite heure, lui paraît au-dessus de ses capacités. Le regard d'Yves s'allume tout à coup.

— Je te l'ai-tu dit comment ça va être cool, mon prochain rôle ?

Et sans attendre la réponse de son ami, il se lance avec passion dans la description de ce gars qui veut faire tuer sa femme. Comme c'est souvent le cas, Yves devient très centré sur lui-même, indifférent aux réactions de son interlocuteur, mais ce soir, Carl est presque attendri par cette logorrhée narcissique et, même s'il ne l'écoute pas vraiment, il se laisse bercer pendant plusieurs minutes par la voix enthousiaste et familière qui, telle une incantation magique, relègue les événements des trois dernières heures à un simple mauvais rêve.

— Beau rôle, hein? conclut Yves. La préparation psychologique sera pas évidente, mais…

— Yves?

Une régisseuse passe la tête par la porte de la maison, walkie-talkie en main.

— On est prêts pour la prochaine scène.

Yves se met sur pied et s'étire tandis que la fille repart. Carl se lève aussi, mais sent l'angoisse revenir, comme un gamin qui, après avoir écouté un beau conte de fées avant de se coucher, doit maintenant affronter ses terreurs nocturnes.

— Je te préviens, on en a encore pour environ trois heures, lui rappelle Yves.

— Je peux-tu attendre ici? Je vais me reposer un peu.

— Ben… oui, si t'as pas peur de t'emmerder. Mais là, on s'en va filmer une longue bagarre où je câlice une volée au crosseur du film. Si tu veux venir voir ça, ça va être le fun.

— OK, je vais y aller tantôt…

Yves le considère d'un œil incertain, puis, plus sérieux, lui donne une claque sur l'épaule.

— Ça va aller, dude. Pis si t'es trop déprimé pour aller chez ton chum, demain, vas-y pas. Faut que tu penses à toi.

Ce genre de conseil est plutôt inattendu de la part de l'acteur, lui qui prétend toujours que la fête est le meilleur remède contre le spleen, et Carl, touché, ressent une forte envie de prendre son ami dans ses bras…

… et de tout lui raconter.

— Je verrai, marmonne-t-il.

Yves approuve puis sort de la maison. Carl regarde autour de lui, va à la toilette, revient s'asseoir, repousse son chili qu'il a délesté de quelques bouchées, pose les coudes sur la table et recouvre son visage de ses deux paumes.

Pourquoi n'appelle-t-il pas les flics ? Depuis qu'il est arrivé ici, aucun tueur n'est intervenu, il est donc en sécurité, Diane ignore où il est. Alors, qu'attend-il ?

Peut-être que les tueurs sont en route. Peut-être qu'ils sont pas loin et qu'ils attendent que tu partes. Peut-être que tu es surveillé et que tu l'ignores.

Il se lève en poussant un grognement accablé et arpente la pièce en se frottant les bras, comme s'il avait froid. Criss ! Comment Diane pourrait-elle savoir qu'il appelle les flics d'ici ?

Il s'arrête près du mur, les deux mains sur la nuque. Il a cru qu'il y avait des micros chez lui, mais Diane utilise sans doute un autre moyen à l'efficacité plus large que dans sa seule maison...

Son cellulaire. Son cellulaire est sur écoute.

Il le sort de sa poche et l'examine d'un œil rancunier. Bien sûr. Il ignore comment elle a pu trafiquer son appareil, mais pour une femme qui peut empoisonner en un tournemain la soupe d'un inconnu dans un centre commercial, ça ne doit pas être compliqué.

OK. Son cellulaire est sur écoute. C'est l'explication la plus logique.

Mais ça n'explique pas comment Diane a su que tu avais parlé à Pascale.

Il soupire, range le téléphone dans sa poche et reprend les cent pas, les mains sur la tête. Pas Pascale, impossible. Elle est séparée, elle est libre, elle a un nouvel amoureux, alors pourquoi vouloir sa mort ?

Pour l'argent ?

Il s'immobilise. Non, ça ne tient pas debout ! Cet après-midi, elle l'a rencontré pour le convaincre de changer son testament ! Elle ne veut donc pas son fric !

Non... Non, au départ, ce n'était pas le but de leur rencontre...

Debout au milieu de la salle à manger antique, les jambes légèrement écartées, il fixe le vide en tentant de se remémorer la discussion. Pascale lui a d'abord parlé de son désir de divorcer rapidement... Puis, pour lui démontrer qu'il s'accrochait inutilement, elle lui a demandé si elle figurait toujours sur son testament. Après qu'il eut acquiescé, elle a affirmé que cela n'avait pas de sens.

Donc, en fait, elle a *vérifié* s'il avait changé son testament ou non... et quinze minutes après leur discussion, il était agressé.

Il recommence à faire les cent pas, en secouant la tête d'abord doucement, puis avec de plus en plus de colère. Il s'arrête devant un mur et le frappe du plat de la main. Il n'y croit pas, il n'est pas question qu'il croie à *ça* !

Tous ces discours de Diane sur l'absurdité de la vie... Peut-être est-ce qu'elle souhaite te faire comprendre... Que la vérité n'a aucun sens...

Il secoue la tête. Comment peut-il douter de son ex-femme plutôt que d'un criminel comme Bob ou...

Il sent son téléphone vibrer dans sa poche et le sort rapidement : l'écran affiche INCONNU. Il répond sans hésiter, mais ce n'est pas Diane.

— Monsieur Mongeau ? Sergent-détective Richard Bourassa, de la Sûreté du Québec.

Carl, désorienté, balance entre l'espoir et la panique.

— Oui ?

— Êtes-vous en danger en ce moment même, monsieur ?

— Mais... non, non...

— Pouvez-vous parler librement ?

— Je... Oui, oui, pourquoi vous...

— On a reçu deux coups de téléphone de vos voisins. Ils ont été témoins d'une attaque contre vous. Vous auriez fui en voiture. Est-ce que vous corroborez ces faits ?

Les pensées se bousculent dans l'esprit de Carl. Il se rappelle que son cellulaire est sans doute sur écoute. S'il dit la vérité, Pascale sera en danger et...

Pas si elle est responsable de tout ça... Les menaces de Diane seraient donc de la pure bullshit...

Il serre les dents. Pas si vite, il ne peut pas encore affirmer que Pascale est... Et même si c'est le cas, Diane peut s'en prendre à quelqu'un d'autre s'il désobéit à ses consignes... Elle peut attaquer un ami ou...

... Samuel...

— Monsieur Mongeau?

Il s'appuie contre le mur de sa main libre en fermant les yeux. Ostie, ça va trop vite, beaucoup trop vite!

— Non, non, c'est... Écoutez, c'est une petite chicane entre amis, rien de grave.

— Rien de grave? Un voisin a vu deux hommes de race blanche sur votre terrain, armés d'un tisonnier et d'une sorte de hachette, mais ils ont disparu ben vite... Et plusieurs témoins ont confirmé qu'un homme de race noire aurait frappé sur votre voiture à coups de barre de métal ou de quelque chose du genre. Et vous, en fuyant, vous auriez percuté le véhicule de votre voisine. C'est ce que vous appelez une petite chicane?

Sa main contre le mur se recroqueville.

— C'est... c'est personnel, tout ça, d'accord?

— Et le coup de téléphone que vous avez donné au 9-1-1, cet après-midi, pendant que vous étiez supposément somnambule... c'est personnel aussi?

Carl ne dit rien, continue de racler le plâtre. Le policier soupire.

— Écoutez, monsieur Mongeau, je pense que vous avez de gros problèmes et que vous avez peur de nous en parler. Mais je vous garantis qu'on peut vous aider et vous protéger. Alors venez nous raconter tout ça, ça vaudrait mieux.

La confession est là, tout près, Carl sent même les mots libérateurs remonter le long de sa gorge, sur le point de franchir ses lèvres... mais il imagine Diane qui écoute cette discussion en ce moment même... et le flash du type empoisonné au centre commercial lui traverse l'esprit pour la millième fois.

— Je vous ai dit que c'est personnel, vous vous inquiétez pour rien. De toute façon, je porte pas plainte, alors vous pouvez pas m'obliger à aller vous voir...

— Vous, vous portez pas plainte, mais votre voisine, madame Lafond, oui : vous avez défoncé sa voiture en fuyant. Vous *devez* donc venir au poste, sinon on lance un mandat d'arrêt contre vous.

Carl ne dit rien. Le policier, conciliant, ajoute :

— Est-ce que tout ça concerne des clients de votre bar ? On va vous protéger, monsieur Mongeau, faites-nous confiance. Alors soyez raisonnable et venez nous...

Carl coupe la communication, pose son cellulaire sur la table et recule comme s'il craignait qu'il explose. Voilà, il n'a rien dit ! Diane l'a bien entendu, hein ? Il n'a rien révélé ! Elle ne tuera donc personne ! Ni son fils, ni un ami, ni un inconnu ! Et ni Pascale, car il refuse de croire que c'est elle ! Vingt-huit ans en couple, *vingt-huit* ! Il la connaît sous toutes ses coutures et jamais, jamais elle ne pourrait faire ça ! *Jamais !*

Son téléphone vibre à nouveau. La police qui rappelle, évidemment. Il ne réagit pas et fixe l'appareil tressautant sur la table, puis redevenant inerte.

Une triangulation... Les flics peuvent localiser un cellulaire ouvert grâce à une triangulation, non ? Il a vu cela dans des films. Il bondit sur son appareil, s'empresse de le fermer puis retire la carte SIM. Voilà : triangulation impossible. Il le range dans sa poche, s'assoit et enfouit de nouveau son visage entre ses mains.

Maintenant, il est recherché par la police *et* par quatre tueurs.

Il tente de ricaner, mais le son qui émerge entre ses doigts est un râle saccadé et pathétique. Il se sent flotter dans une apesanteur propre aux cauchemars, comme s'il fuyait sur un tapis roulant en sens contraire.

Quelque chose s'est brisé dans la grande mécanique rationnelle, quelque chose d'incompréhensible a foutu en l'air l'ordre des choses.

L'idée que Bob est peut-être le commanditaire de sa mort l'effleure à nouveau. Et à nouveau, il se dit que ça n'a pas de sens.

Parce que quelque chose a du sens dans tout ça?

Il se répète que si Bob voulait le tuer, il serait déjà mort. Le motard n'aurait pas engagé une femme comme Diane, et surtout pas des tueurs aussi... aussi peu professionnels. L'Italien semblait avoir le contrôle, mais son engueulade avec l'autre, dans sa chambre, était tellement saugrenue... Et Barbu qui l'agresse avec un simple couteau et qui demeure garé devant son bar jusqu'à ce que les flics lui disent de changer de place... Et ce junkie qui se pique juste avant de passer à l'acte et qui s'endort chez sa victime en l'attendant... Et ce Black qui l'attaque devant ses voisins en se moquant des témoins...

Il se remémore cette étrange altercation dans sa chambre entre l'Italien et le junkie. Manifestement, ils ne se connaissaient pas. Ils n'avaient pas l'air surpris de se voir, mais plutôt... embêtés. Et ce mot mystérieux qu'ils s'étaient lancé, tous les deux: *volatores*, ou un truc du genre... Ça veut dire quoi? Est-ce une sorte de code? Et cette dispute pour décider qui allait le tuer, comme une chicane d'enfants pour savoir qui passera le premier dans un manège... Aurait-on mis quatre assassins à ses trousses pour s'assurer que le contrat soit respecté rapidement et seul celui qui l'éliminerait serait payé ?

Il recule sur la chaise, les bras ballants, la tête renversée et émet un long soupir douloureux. Qu'est-ce qu'il doit faire ? Criss ! qu'est-ce qu'il *doit faire* ?

Il pose son front contre ses bras croisés sur la table et tente de trouver une issue, une solution. Et il demeure ainsi pendant plus d'une heure trente. Parfois, il se dit qu'il pourrait appeler la police à l'aide d'un autre appareil ou se rendre directement à un poste de la SQ... mais il se répète que la mise sur écoute de son cellulaire n'explique pas tout... Il y a peut-être autre chose... Et Pascale, qu'il refuse de soupçonner... À d'autres moments, la tête toujours posée sur ses bras, il cogne des clous, épuisé par tant d'émotions, puis émerge de sa torpeur en sursautant (flash des tueurs qui lui courent après, ou du type qui meurt au centre commercial, ou du visage calme et avenant de Diane) pour mieux replonger dans la tourmente de ses réflexions...

Il finit par frapper sur la table et se lève en jurant. Ostie, il étouffe, ici ! Il doit prendre l'argent d'Yves et partir, quitter Drummondville et... et...

Quelle heure peut-il être ? Il fait maintenant nuit dehors. Il n'ose pas ouvrir son cellulaire et sort donc pour retourner au kraft où on l'informe qu'il est vingt et une heures quarante. Il se met en marche d'un pas résolu sur le chemin de terre battue éclairé par des petites lampes plantées dans le sol. Il va attendre la fin du tournage, expliquera à Yves qu'il est vraiment trop crevé pour prendre un verre et qu'il préfère que son ami l'accompagne tout de suite au guichet pour lui prêter l'argent. Yves sera déçu, peut-être même fâché, mais tant pis.

Il trouve rapidement le nouvel emplacement de l'équipe : c'est sur la place face à l'église. La réalisatrice donne ses instructions à un acteur que Carl ne connaît pas ainsi qu'à Yves. Lorsque ce dernier aperçoit Carl en train de s'approcher, il lui lance un clin d'œil.

Le tournage reprend au bout de cinq minutes. Carl, un peu à l'écart du groupe, regarde sans vraiment la voir la suite de la bagarre, que l'on filme d'abord trois fois d'un même angle, puis trois autres fois d'un autre point de vue. Entre les prises, Yves rigole, lance des blagues à son partenaire qui s'amuse aussi, tandis qu'on vient barbouiller leur visage de traces de faux sang. Carl, qui piétine sur place en rongeant l'ongle de son pouce, camoufle difficilement son stress : vingt-trois heures n'arrivera donc jamais ? Et ça, c'est s'ils terminent à l'heure prévue. Tandis que, sous les spots hyper puissants qui illuminent la scène, le responsable des cascades explique aux deux comédiens les derniers mouvements plus compliqués – qui impliqueront entre autres une charrette et l'utilisation d'une fourche de paysan –, Carl imagine les quatre tueurs débarquant sur le plateau de tournage... pour se répéter aussitôt que c'est impossible. Alors si c'est impossible, pourquoi ne pas aller prévenir les flics ? Ça fait trois heures et demie qu'il est ici et il ne lui est rien arrivé, c'est la preuve qu'il est en sécurité, non ? Il demande l'heure à un technicien : vingt-deux heures trente-cinq. Jamais ils n'auront terminé à onze heures, la fin de la bataille a l'air trop complexe pour être « cannée » en vingt-cinq minutes ! Carl ne tient plus en place, commence même à attirer quelque peu l'attention, et il réalise que s'il reste encore deux minutes à ne rien faire, à regarder cette stupide bagarre de carnaval, il va foutre le camp d'ici et s'arrêter au poste de la SQ le plus près pour...

— Cadré ! annonce le directeur photo.

Mais avant que la réalisatrice puisse crier « Action », une série de coups de klaxon automobile se font entendre dans la nuit, lointains mais très clairs. Plusieurs marmonnements hérissés s'élèvent tandis que le preneur de son, derrière sa console, retire ses écouteurs en faisant la moue.

— Pas sûr qu'en 1850 les charrettes klaxonnaient, lance Yves d'un air gouailleur.

Le premier assistant demande dans son walkie-talkie ce qui se passe tandis que la réalisatrice se lève, agacée mais calme. Les klaxons n'arrêtent pas et leur rythme indique clairement qu'il s'agit d'un système d'alarme de voiture. Carl songe que cela retarde encore plus le tournage et alors qu'il est sur le point de hurler au directeur photo de filmer quand même l'ostie de scène, le premier assistant explique à haute voix :

— C'est un Pathfinder noir dans le stationnement.

Stupéfait, Carl prend quelques secondes avant de balbutier :

— C'est mon char.

On le dévisage avec désapprobation.

— Et, heu… Vous êtes qui, au juste ? demande l'assistant.

— C'est mon ami, je l'ai invité, répond aussitôt Yves d'un air protecteur.

La réalisatrice a un sourire crispé.

— Monsieur l'ami aurait-il l'amabilité d'aller rapidement éteindre le système d'alarme de sa voiture ?

Penaud, Carl se met en marche tandis qu'Yves, derrière, lui lance :

— J'espère qu'il y a rien de grave, vieux !

À ces mots, Carl est soudain secoué par un pressentiment si intense qu'il s'arrête de marcher. Derrière, on lui crie froidement de se dépêcher et, le pas mécanique, il obtempère. La forte lumière du plateau disparaît rapidement et le sentier retrouve les ténèbres trouées par les petites lampes. Le silence de la nuit est mitraillé par les coups d'avertisseur et même s'il continue d'avancer, Carl, toujours rongé par son pressentiment, se dit qu'il ne devrait pas y aller : il n'a qu'à abandonner sa voiture et à courir sur la route.

Et courir où, au juste ?

La vue du gardien qui l'attend, les mains sur les hanches, sous la lumière des lampadaires de la rue, le rassure quelque peu.

— C'est, heu… mon char…

— Dépêchez-vous d'aller fermer ça, s'il vous plaît.

— Mais… t'es allé voir ?

— Ben oui, évidemment.

— Pis qu'est-ce qui s'est passé ?

— On dirait que quelqu'un est venu le vandaliser parce que…

— Non, il était déjà comme ça…

— Ah ? Alors, je sais pas. Faudrait aller éteindre ça, s'il vous plaît.

— Mais il y avait quelqu'un ?

Le gardien soupire d'impatience, et en temps normal, Carl ne se serait pas gêné pour remettre à sa place ce jeunot qui fait moins que la moitié de son âge, mais il se tortille les mains et se sent aussi piteux que s'il avait huit ans.

— Non, j'ai vu personne, c'est peut-être un court-circuit ou je sais pas quoi.

— Mais as-tu vu une auto entrer dans le stationnement ou…

— Je sais pas, j'ai pas fait attention… Dépêchez-vous, ils attendent pour filmer.

Carl reluque de l'autre côté de la rue le stationnement d'où proviennent toujours les sons abrutissants. Toutes les voitures qui y sont garées dans la partie de droite, dont la sienne, sont cachées par le terre-plein d'arbres et de buissons.

— Monsieur !

— Oui, oui, j'y… Attends…

Il sort ses clés et tend la commande vers le stationnement en appuyant sur un bouton. Mais le klaxon ne se tait pas : merde, il est trop loin. Il commence donc à traverser la rue. De l'autre côté, il se retourne et lance au gardien d'une voix qu'il veut amusée :

— Si je te crie de venir, tu viens tout de suite, hein ? On sait jamais !

Le jeune le dévisage, puis esquisse un sourire de mépris. « Il pense que je suis un vieux pissou », songe Carl en se remettant en marche, humilié. Il traverse la première partie du stationnement, sans cesser de tendre sa commande et d'appuyer sur le bouton, mais le système d'alarme continue de le narguer. Il ne fonctionnera pas tant que sa voiture ne sera pas en vue. Il s'arrête enfin pour regarder vers la section de droite. Parmi la vingtaine de véhicules, son Pathfinder, faiblement éclairé par l'unique lampadaire sur place, lance ses appels en clignant des phares.

Et au centre du stationnement se dresse une silhouette immobile, les bras derrière le dos. Une silhouette que, malgré la pénombre, Carl reconnaît rapidement. Et même s'il ne distingue pas son visage, il sait qu'elle le regarde.

La peur lui glace tous les membres et il esquisse un mouvement de fuite, mais le gardien hurle dans sa direction :

— Hey, me niaisez-vous, là ?

Carl tourne la tête vers lui. Le jeune, d'où il est, ne peut voir la silhouette fantomatique. Cette dernière ne bouge toujours pas. Comme si elle attendait patiemment.

D'un geste rapide, Carl lève sa commande et appuie sur le bouton. La voiture se tait enfin et le silence s'installe à nouveau. Le gardien pousse un soupir de soulagement, puis tourne les talons pour retourner à sa chaise. Carl revient à la silhouette, toujours immobile. Un déclic se fait en lui.

Elle te tuera pas. Sinon, ce serait déjà fait. Et elle resterait pas comme ça, calme et à découvert. Elle est pas une vulgaire exécutante : elle est la patronne. Elle t'a attiré dans le stationnement pour te parler. Peut-être pour te dire que, finalement, il y a eu un terrible malentendu. Sinon, pourquoi elle t'attendrait ainsi ?

Ostie, est-ce possible ?

La peur toujours au ventre, mais l'espoir au cœur, il avance vers la silhouette.

22:49

Il discerne d'abord ses lunettes, qui paraissent noires dans la nuit, puis son chignon impeccable, enfin son expression à la fois cordiale et impersonnelle. Son veston blanc est attaché et, tandis qu'il approche toujours, elle consulte sa Rolex.

— Il sera dix heures cinquante dans… vingt secondes. J'ai vraiment bien estimé le temps qui s'écoulerait entre le moment où vous entendriez le système d'alarme de votre voiture et votre arrivée dans le stationnement. Cela dit, j'ai dû malmener quelque peu votre véhicule et vous prie de m'en excuser, mais dans l'état où il se trouvait déjà, vous ne remarquerez sans doute pas la différence.

Carl s'arrête à trois mètres de la femme, comme s'il craignait d'approcher davantage. Le terre-plein boisé les camoufle de la route, le gardien ne peut donc les apercevoir. Il jette des regards méfiants autour de lui.

— Vous êtes… venue toute seule ?

— Bien sûr. Intéressant, tout de même, qu'on se retrouve au Village québécois d'antan. On pourrait presque y voir une signification inconsciente, non ? L'homme traqué qui retourne à ses origines de coureur des bois…

Symbolisme facile, j'en conviens. N'empêche, c'est fou comme le Québec, malgré ses prétentions à la modernité, peine à sortir de son passé. Si je me fie aux camions garés autour, on tourne un film, n'est-ce pas? Avec les comédies, les films historiques québécois sont à peu près les seuls à trouver leur public. Vous réalisez qu'il y a eu sept adaptations de toutes sortes d'*Un homme et son péché* de Grignon? Sept, dont une en bande dessinée.

Carl la dévisage, déconcerté. Diane hoche la tête.

— Et bravo. Depuis notre rencontre au centre commercial, vous respectez les consignes. C'est très bien. Vous avez ainsi assuré la sécurité des gens que vous aimez.

— Pis là, c'est fini, hein? Vous vous êtes rendu compte que c'est une erreur pis vous êtes venue me dire que tout est terminé? C'est ça?

Il réalise qu'il y a des accents de supplication dans son ton et il s'en veut. Il répète d'une voix plus affirmée:

— C'est ça?

Diane a une moue désolée.

— Je crains que non. Croyez-moi, il n'y a pas d'erreur, monsieur Mongeau. Mais c'est quand même pas mal que vous soyez toujours en vie. Cela se produit dans 44 % des cas.

Le désespoir s'abat sur Carl, de manière si violente qu'il sent son corps se voûter, s'écraser, mais ce sentiment est presque aussitôt balayé par la peur qui, stagnante depuis quelques minutes, remonte telle une marée noire. Il tourne à nouveau son regard affolé dans toutes les directions en reculant de deux pas.

— Vous m'avez dit que vous étiez seule!

— Je vous assure que c'est le cas.

— Ils s'en viennent, c'est ça?

— Je n'en sais rien. Il faudrait que je vérifie, ce qui prendrait trois secondes.

Le même genre de réponse absurde qu'elle lui avait donnée au centre commercial !

— Comment, vous en savez rien ? Pis comment vous m'avez trouvé ? Ostie, je veux comprendre ce qui se passe ! Pourquoi on veut me tuer ? Qui c'est qui...

— Une chose à la fois, le coupe-t-elle en joignant les mains, comme sur le point de commencer une conférence. Contrairement à notre dernière rencontre, vous pouvez maintenant me poser des questions, et ce, pendant... (elle consulte sa montre) presque huit grosses minutes, ce qui n'est pas mal du tout. Je répondrai à toutes les questions, ou presque. Par exemple, je ne peux évidemment rien dire sur l'identité du commanditaire de votre mort...

— Le commanditaire ? Y a donc vraiment quelqu'un qui a... qui vous a payée pour que je sois tué ?

— Ça va de soi. Vous ne croyez tout de même pas que vous avez été choisi au hasard ?

— Écoutez-moi... La personne qui a commandé ma mort, c'est... Elle se trompe, c'est sûr ! J'ai réfléchi pis je vois pas, je *comprends* pas pourquoi quelqu'un souhaiterait me... J'ai jamais fait de mal à personne, j'ai pas d'ennemis ! Il faut que vous me disiez c'est qui ! Pas pour que je le dénonce à la police ! Je veux juste lui parler, je veux... je veux comprendre, m'entendre avec lui !

— Désolée, monsieur Mongeau. Avouez que nous manquerions de professionnalisme et de sérieux si nous révélions l'identité de nos clients.

— Dites-moi au moins pourquoi on veut se débarrasser de moi !

Diane hausse les épaules.

— Je n'en ai aucune idée. Nous ne demandons jamais à nos clients de justifier leurs choix. C'est à vous d'essayer de percer ces motifs : ça pourrait vous aider à découvrir le commanditaire.

— Criss! tu penses que je fais quoi, depuis que ton premier tueur m'a sauté dessus? Je fais juste ça, réfléchir, pis je trouve rien, ostie!

L'image de Pascale lui traverse furtivement l'esprit, mais il la rejette aussitôt en crachant de plus belle:

— Alors tu vas me dire c'est qui pis tout de suite, sinon je te démolis la face, t'as compris?

— Vous avez remarqué? articule doucement Diane en détachant le bouton de son veston, le regard tout à coup plus attentif, comme si elle prévoyait quelque chose que Carl ne devinait pas encore. Vous alternez derechef entre le vouvoiement et le tutoiement selon votre émotivité...

À ce moment, la peur disparaît totalement en Carl, désintégrée par le souffle de sa colère et de sa frustration qui le propulse vers Diane, mains dressées; l'idée qu'elle puisse sortir un revolver ne lui effleure même pas l'esprit et il se voit déjà l'étrangler jusqu'à ce que ses yeux explosent... mais elle effectue alors une série de mouvements si rapides qu'il n'a pas le temps de comprendre ce qui lui arrive et se retrouve par terre, sur le dos, confus. Autour de lui flottent les relents du parfum de Diane. Cette dernière replace les manches et les pans de son veston, le visage lisse.

— C'est du krav-maga, une méthode d'autodéfense d'origine israélo-tchécoslovaque. Toute tentative de votre part de me maîtriser est vouée à l'échec. La démonstration de laquelle vous venez de faire les frais se voulait sans douleur et simplement dissuasive. Si vous insistez, je me verrai forcée d'user d'un peu plus d'ardeur.

Alors qu'elle articule sa dernière phrase, Carl bondit sur ses pieds et lance son poing vers l'avant. Diane, d'un mouvement latéral du bras, l'évite sans effort, esquive tout aussi facilement le suivant puis lui attrape le poignet pour l'obliger à se pencher avant de lui assener du tranchant de la main un coup vif et pourtant retenu, directement sur la nuque. La vue de Carl se couvre d'une intense lumière blanche et il a l'impression de sombrer sous l'eau. Quand il retrouve sa vision, il est à nouveau sur le sol, étendu sur le ventre, et son crâne palpite comme s'il se réveillait d'une brosse olympique. Il cligne des yeux en gémissant, tandis qu'il entend Diane au-dessus de lui :

— Évidemment, il a fallu que vous essayiez une seconde fois. L'Histoire est jonchée de cadavres victimes de leur impulsivité primaire. Après tout, nous sommes des animaux, n'est-ce pas, et ce, malgré tous les vains efforts que nous déployons pour nous contrôler.

Sur le ventre, étourdi, il tourne la tête vers elle. Diane se regarde dans un petit miroir à main et, contrariée, replace une mèche de ses cheveux dans son chignon en ajoutant comme pour elle-même :

— Au fond, nous ne contrôlons presque rien...

Elle range la glace dans son veston :

— Vous perdez un temps précieux, monsieur Mongeau. Il vous reste moins de six minutes pour poser vos questions.

Carl roule sur le dos, le crâne douloureux, puis réussit péniblement à redresser son torse en s'appuyant sur les coudes.

— Dites-moi ce que je peux faire ! Dites-moi qu'il y a un... un moyen pour m'en sortir !

— Oui, il en existe un.

Carl retient son souffle, toujours sur le dos, mais aussi attentif que si on allait lui expliquer comment devenir milliardaire en une journée. Diane remonte ses lunettes sur son nez.

— En réalité, il en existe deux. Premier moyen : supprimer les tueurs qui vous traquent. Dans un tel cas, le contrat serait annulé et nous ne mettrions personne d'autre à vos trousses.

Carl émet un bref ricanement amer, comme si on lui faisait une mauvaise blague. Diane poursuit :

— Deuxième moyen : éliminer le ou la commanditaire de votre mort. Le contrat serait aussi considéré comme résilié et toute action contre vous cesserait immédiatement.

Carl soutient son regard, bouche bée. Diane lève un doigt :

— Mais attention : il faut l'éliminer, pas le convaincre d'arrêter.

Carl laisse retomber sa tête au sol et, les yeux tournés vers le ciel étoilé, gémit à nouveau.

— Comment vous voulez que je sache c'est qui ? Et pourquoi vous... Qu'est-ce que... Criss, c'est débile, tout est débile dans cette histoire, dans votre... Pis pourquoi vous venez me voir ? Pourquoi vous me permettez de vous poser des questions, c'est... Je comprends rien, rien !

— Oui, je sais : je donne presque l'impression d'agir à l'encontre de mes intérêts, n'est-ce pas ? Mais je peux vous assurer que tout cela fait partie du contrat et que le commanditaire en connaît chaque clause.

Carl pose un bras sur son front et grince des dents. Ce matin, il s'est réveillé dans un monde parallèle où plus rien n'a de sens. C'est l'unique explication. Diane jette un œil à sa montre.

— Encore un peu moins de quatre minutes, monsieur Mongeau. Soyez pragmatique : oubliez le qui et le pourquoi pour le moment, vous y penserez quand vous serez seul ; posez-moi des questions qui peuvent vous aider concrètement.

Carl se redresse à nouveau sur les coudes, le regard de braise. Il imagine le visage de Diane voler en éclats dans une gerbe de sang et de chairs arrachées. Sauf qu'il discerne un autre visage, plus jeune et masculin... Il cligne des yeux, déstabilisé par ce flash incompréhensible.

— Je vous écoute, monsieur Mongeau.

Résigné, mais la voix plus ferme que tout à l'heure, il articule :

— Les tueurs qui me courent après... ils sont où, en ce moment ?

Il n'arrive pas à croire qu'il pose une question aussi insensée ! Diane approuve en hochant la tête, sort de son veston son téléphone, appuie sur quelques touches, puis répond :

— Aucun n'est à moins d'un kilomètre de notre position et aucun ne se dirige ici. Il y en a deux qui rôdent autour de votre maison, trois autres en ville, pas très loin de votre ba...

— Quoi, quoi ? coupe Carl qui commence enfin à se relever malgré un léger étourdissement. Ça fait plus que quatre, ça !

— En effet.

Debout, il demande d'une voix presque éteinte :

— Il y a combien de... de tueurs qui me cherchent ?

— Huit.

Il cesse de respirer et la dévisage comme s'il attendait qu'elle rectifie sa réponse. Comme elle ne dit rien, il se rend jusqu'à la voiture la plus près, le pas traînant, appuie ses fesses contre le capot et, hagard, fixe le néant. Diane poursuit :

— Vous n'en avez vu que quatre, c'est cela ? C'est qu'ils ne sont pas tous arrivés à Drummondville en même temps. Mais maintenant, ils y sont tous.

Elle fronce un sourcil, toujours en consultant son cellulaire, puis hoche la tête.

— Ah, non... Sauf un. Mais lui, ce n'est pas étonnant...

Carl, appuyé contre la voiture, tourne un visage sombre vers la femme.

— C'est pas des tueurs à gages professionnels...

Ce n'est pas vraiment une question, mais il a besoin d'une confirmation et Diane, en rangeant son téléphone, a un geste négligent de la main comme si cela relevait de l'évidence.

— Bien sûr que non. Si c'était le cas, vous seriez déjà mort. Vous imaginez des professionnels agir de la sorte ?

— Mais c'est qui, d'abord ? crie Carl en avançant de quelques pas, les deux bras dressés d'exaspération. Pourquoi vous les engagez ? Pis ils ont même pas l'air de travailler ensemble ! Y en a deux qui s'engueulaient pour savoir qui allait me tuer, câlice ! Pis c'est quoi, le mot bizarre qu'ils ont dit, c'était... Fuck, je m'en souviens plus, ça sonnait espagnol, du genre « nervatores » ou... C'est quoi, un code ? Calvaire ! c'est *quoi qui se passe, ostie* ?

— Monsieur Mongeau, il y a au moins trois questions dans votre envolée. Calmez-vous et posez-les une à la fois. Et je vous rappelle qu'il vous reste... (elle regarde sa montre) une minute pour m'interroger.

— C'est quoi, encore, ces niaiseries-là ? Pourquoi cette limite de temps ?

— Parce qu'il est vingt-deux heures cinquante-neuf et qu'à vingt-trois heures, je vais envoyer votre localisation aux huit tueurs.

Carl écarquille les yeux, puis avance vers elle.

— Ostie de salope...

Diane ne bouge pas, mais penche légèrement la tête sur le côté et derrière ses lunettes, son regard noir, ce regard qui, au-delà de son calme et de sa courtoisie, plonge dans des zones innommables, brille avec une telle intensité que Carl s'arrête immédiatement. Sans arme, il ne pourra rien contre elle, il l'a très bien compris tout à l'heure. Il secoue donc la tête en farfouillant dans ses cheveux, comme s'il souhaitait les arracher.

— Calvaire, c'est quoi, l'idée ? Tu viens pour répondre à mes questions, pis après, tu... tu leur dis où je suis ?

— Vous pouvez fuir, évidemment, mais dans un rayon maximum de cent cinquante kilomètres de Drummondville, je dois le préciser. Sortir de cette zone entraînerait les mêmes conséquences que si vous préveniez la police ou quelqu'un d'autre de...

— Mais comment tu... comment tu peux savoir où je suis ? Comment tu peux savoir ce que je fais, ou ce que je dis, ou...

— Ça, c'est la seconde catégorie de questions à laquelle je ne peux répondre, j'en suis navrée.

— C'est... ç'a pas de sens ! Vous devez arrêter ce... cette...

— Ah ! Le vouvoiement qui revient, vous voyez ?

— ... cette folie, c'est... Vous avez tué un pauvre innocent, cet après-midi, juste pour me faire peur, ç'a pas... c'est épouvantable !

Diane, les mains croisées devant elle, hausse les épaules avec une petite moue moins désolée que fataliste.

— Je comprends que cela vous horrifie, c'est une réaction normale lorsque l'on croit à la logique des événements. Mais comme je vous l'ai dit, on contrôle si peu de choses. C'est pour cette raison que la vie, paradoxalement, n'est pas si étonnante qu'on le prétend puisque *tout* peut arriver. Cette possibilité du « tout » annihile la notion même de surprise, vous ne pensez pas ? Et aussi bien vous faire à l'idée, monsieur Mongeau : que vous le vouliez ou non – et je dirais même : que *nous* le voulions ou non –, il y aura sans doute d'autres morts.

Elle relève le menton et laisse entrevoir une expression désillusionnée, presque tragique.

— Il y aura toujours des morts.

Une sensation désagréable parcourt l'épiderme de Carl, comme si un serpent visqueux glissait le long de son dos.

— Y a-tu un problème ici?

Carl, en sursautant, tourne la tête : à vingt mètres, le gardien est apparu et sa position sous un lampadaire permet de bien distinguer son irritation.

— Je le sais pas ce qui se passe, mais si vous voulez vous engueuler, allez faire ça ailleurs, s'il vous plaît.

En lâchant ces mots, il jette un regard curieux vers Diane, en se demandant sans doute d'où sort cette femme qu'il n'a pourtant pas vue lorsqu'il est venu tout à l'heure. Le cœur de Carl se met à battre plus vite, ses yeux allant du jeune à Diane. Celle-ci, les mains dans le dos, n'accorde aucune importance au nouveau venu : elle fixe Carl, très calme, mais avec une lueur de défi dans l'œil. Il l'imagine courant vers le gardien pour lui casser le cou... ou alors sortant un pistolet pour l'abattre froidement. Carl ferme les paupières un moment, serre les poings, puis lance d'une voix vide :

— C'est beau, on s'excuse, on... On s'en va, là...

Le jeune, tout en marmonnant un « bonne idée ! » bourru, tourne les talons et disparaît de leur vue en moins de quinze secondes. Carl en pleurerait de dépit. Ça suffit, il faut que tout cela cesse, c'est trop... trop *injuste* ! Il pivote vers la femme, prêt à la supplier à genoux, et la voit s'affairer sur son cellulaire.

— Qu'est-ce que vous faites ? souffle-t-il même s'il se doute de la réponse.

— Il est vingt-trois heures.

À nouveau, Carl fait fi de toute prudence. Il ne va tout de même pas la regarder taper son arrêt de mort sans tenter quelque chose ! Il se lance sur elle et frappe de toutes ses forces. Diane laisse tomber son cellulaire au sol, puis forme avec ses bras une sorte de croix qui stoppe et coince celui de son assaillant, puis les pivote brusquement de quarante-cinq degrés, ce qui oblige Carl à s'arquer vers l'arrière et à lui tourner le dos. Il ouvre la bouche pour hurler, mais aussitôt, la paume gauche de Diane se plaque sur ses lèvres et, simultanément, elle plonge les trois doigts centraux de son autre main dans l'épaule droite de sa victime. La douleur explose avec une telle puissance que Carl, les yeux écarquillés comme s'ils allaient jaillir de leur orbite, s'affaisse sur les genoux, ses cris étouffés, mais la femme continue de lui enfoncer les doigts (juste trois doigts, criss!) dans le muscle, le nerf ou il ne sait quoi, et la souffrance devient cosmique, paralyse son corps et couvre sa vision d'un voile violet. La pointe de métal en fusion quitte enfin son épaule et il serait tombé face contre terre si Diane ne l'avait soutenu pour l'étendre doucement. Couché sur le flanc, le souffle court, il est si heureux de sentir l'atroce souffrance s'éloigner par vagues qu'il en sangloterait de reconnaissance. La vue lui revient et il voit Diane replacer les pans de son veston, puis ramasser son cellulaire. Elle pianote sur l'appareil durant une dizaine de secondes, puis le range :

— Et voilà.

Carl réussit à se remettre sur les genoux, les mains sur les cuisses, et prend de grandes goulées d'air en fixant le sol, aussi vidé que s'il venait de courir le mille mètres. Il entend une portière qui se ferme, un moteur qui démarre, puis il lève la tête, la bouche tordue en un rictus douloureux. La Mercedes-Benz de Diane recule, puis avance légèrement avant de s'arrêter à la hauteur de Carl. Par la vitre ouverte, ce dernier voit Diane sortir une petite boîte de Tic Tac de son veston, puis se tourner vers lui.

— Bonne chance, monsieur Mongeau, dit-elle sans aucune ironie, telle l'enseignante sur le point de donner un examen à ses élèves.

Carl, à genoux, baisse la tête, étouffe un hoquet qui ressemble à un sanglot, et souffle, sans force :

— Pourquoi... tu me tues pas toi-même ?

— Le temps des questions est pour le moment terminé. À plus tard, peut-être. Et rappelez-vous : vous ne révélez rien à personne, vous ne dites même pas que vous êtes en danger, et vous ne vous faites pas arrêter par la police. Et vous ne sortez pas d'un rayon de cent cinquante kilomètres.

— Criss, tu dis qu'on contrôle rien, mais tu fais tout pour me contrôler ! crache-t-il avec une hargne désespérée.

Un fin sourire s'esquisse sur les lèvres minces de la femme.

— Intéressante remarque. Nous aurons peut-être l'occasion d'en reparler. Je dis bien : peut-être.

Elle lance dans sa bouche deux Tic Tac, puis la voiture s'éloigne. Le silence est complet. Carl est toujours à genoux, les yeux rivés au sol.

Ils sont en route en ce moment même.

Il se lève en grimaçant, l'épaule douloureuse. Comment Diane a-t-elle su qu'il était ici ? Il n'a appelé personne, il a même éteint son cellulaire ! À moins que...

Il sort son téléphone de sa poche, prend son élan et le lance dans la forêt. Ensuite, il jette sa carte SIM au sol et l'écrase de son pied. Puis il court vers sa voiture, entre à l'intérieur et démarre. Il quitte le stationnement sur les chapeaux de roues, roule jusqu'à l'intersection tout près et s'arrête. Le centre de Drummondville est à droite, à moins de six cents mètres, juste de l'autre côté du pont qui enjambe la rivière Saint-François. S'il prend à gauche, il s'éloignera rapidement de la ville. Mais il n'a toujours pas d'argent, sauf de la monnaie, et son réservoir est presque vide. Pas le choix : il tourne à droite et se retrouve presque aussitôt sur le pont. Malgré tout, l'excitation monte en lui : il est convaincu que le signal que reçoivent les tueurs indique le stationnement du Village québécois d'antan. Peut-être que Carl a croisé l'un d'eux en chemin sans le savoir. Car il a enfin compris : son cellulaire n'était pas seulement sur écoute, il était aussi muni d'un mouchard, une sorte de GPS avec micro qui fonctionne même si le téléphone est fermé. Il ne connaît rien à la technologie, mais ce genre de truc doit exister. Voilà comment Diane a pu entendre sa conversation avec Pascale. Et, soulagement suprême, cette explication innocente totalement son ex-femme.

— Je vous fourre, hein ? crie-t-il avec une satisfaction féroce et puérile. Je vous encule en tabarnac, hein, mes osties ? Essayez de me trouver, astheure ! Pis essayez d'entendre mes conversations !

De l'autre côté du pont, il dépasse les trois rues qui mènent au centre-ville et stoppe au feu rouge au coin de Hébert, en hochant la tête de manière convulsive. Maintenant qu'on le cherche au mauvais endroit, il pourrait tourner à droite, retourner chez lui et prendre son portefeuille en toute sécurité.

Et la police, tu l'as oubliée ?

C'est vrai : il y a un mandat d'arrêt contre lui, des agents surveillent sans doute sa maison, et même son bar. On a certainement questionné ses employés, qui doivent s'inquiéter. Et les flics ont évidemment la marque et la description de sa voiture : conduire son Pathfinder devient donc imprudent. Le feu tourne au vert et il poursuit sa route sur Saint-Georges en roulant sa langue contre l'intérieur de sa joue. À qui peut-il demander de l'argent ? Pierre-Luc et Fred sont dans un chalet à l'extérieur de la ville où il n'aurait même pas assez d'essence pour se rendre, Benoît dans un congrès à Trois-Rivières… Il y aurait peut-être Alain, qui demeure de l'autre côté du boulevard Lemire… Ce n'est pas un « grand ami », mais quand même…

Il s'arrête à un feu rouge au coin du boulevard Saint-Joseph, plutôt tranquille à cette heure.

Et tu lui raconteras quoi, à Alain, pour qu'il te prête de l'argent à onze heures du soir ?

La même histoire qu'à Yves, pourquoi pas ? Et quand il aura le fric, il fera comme il avait prévu : il quittera la ville, trouvera un hôtel…

T'as entendu Diane ? Pas plus loin que cent cinquante kilomètres de Drummondville.

Et comment saura-t-elle où il va s'il n'a plus son cellulaire ? Et d'ailleurs, qu'est-ce qui l'empêche maintenant d'aller tout expliquer aux flics ?

Le feu change au vert. Carl reprend sa route sur Saint-Georges et, fébrile, pèse le pour et le contre de son idée. Les tueurs doivent tous être au Village d'antan en ce moment, et Diane, peu importe où elle est, doit se demander pourquoi le signal de son mouchard ne bouge toujours pas… Ils ont donc perdu toute trace de Carl, alors qu'attend-il pour alerter la police ?

Mais peut-être que Diane te suit, discrètement. Si c'est le cas, elle ne t'entend pas, mais peut savoir où tu vas. Et y a pas juste les cellulaires qui sont géolocalisables. Et…

Un instant ! Il doit prendre une seconde pour réfléchir, stop !

Maintenant dans le quartier Saint-Pierre, il tourne à gauche dans Pelletier avec l'intention de s'arrêter sur le côté, mais, en apercevant l'école professionnelle Paul-Rousseau, il s'engage dans le stationnement désert du bâtiment, s'arrête à une dizaine de mètres de l'angle où se trouve l'entrée arrière et coupe le moteur. Le tableau de bord indique vingt-trois heures neuf. Il scrute les alentours, nerveux. Quarante mètres à gauche, de l'autre côté de la plate-bande qui délimite le stationnement, se dresse le Centre culturel (qui s'appelle depuis peu le Centre des Arts, mais Carl n'a jamais pu s'habituer à ce nom), sans doute vide : les spectacles qui y sont présentés finissent rarement après vingt-deux

heures trente. De l'autre côté de la rue Pelletier, il peut
voir un second établissement scolaire, l'école Jean-
Rimbault. À cette heure, le quartier est totalement désert.
Le regard de Carl revient à l'école Paul-Rousseau devant
lui, s'attarde aux quelques arbres sur sa gauche qui
longent le bâtiment... Il réalise que Claudia habite à
cinq ou six rues d'ici et songe un moment à elle pour
emprunter de l'argent, puis rejette cette idée. De toute
façon, il n'aura plus besoin de trouver du fric s'il va
prévenir la police...

... mais il n'en est pas encore là, il doit réfléchir
avant. Pas question d'avoir une autre mort sur la
conscience. Après tout, il *croit* que Diane a trafiqué son
cellulaire, mais il n'en a pas la preuve. D'un autre
côté, si Diane utilisait un autre moyen que le téléphone
de Carl, les assassins devraient savoir qu'il est ici, dans
la cour de cette école. Pourtant, les alentours sont
toujours déserts...

Faut être sûr, criss, faut être certain!

Il pose ses mains sur le volant et ferme les yeux,
tellement concentré que ses oreilles s'emplissent de
l'écho de sa respiration. À part son cellulaire, où Diane
aurait-elle pu camoufler un mouchard? Sa maison et
son bar? Il n'y va plus depuis des heures. Ses vêtements? Il s'est changé tout à l'heure et porte des vêtements neufs qu'il a achetés ce matin. Sa voiture?

Sa voiture...

Il ouvre les yeux: lumière jaunâtre qui envahit
l'habitacle, vrombissement qui gonfle dans le silence
de la nuit, puis explosion assourdissante à sa droite qui
l'envoie s'écraser brutalement contre la portière. Presque
simultanément, un second choc secoue cette fois le
côté gauche, accompagné d'un vacarme de tôle tordue,
de moteur fou et de verre éparpillé qui court-circuite
ses oreilles, et pendant dix longues secondes, il n'entend,
ne voit et ne sent plus rien. Puis, il prend conscience

d'une vague douleur dans tout son corps, ou plutôt d'un engourdissement, tandis qu'il jette des regards égarés autour de lui.

Une camionnette a embouti le côté droit de sa voiture, à une telle vitesse qu'elle l'a poussée sur quelques mètres jusqu'à ce qu'elle percute les arbres à sa gauche. Les deux portières droites du Pathfinder sont enfoncées vers l'intérieur, à moins de quarante centimètres de Carl. Le moteur de la camionnette s'est arrêté et on n'entend que les sifflements produits par les jets de vapeur qui fusent de son capot tout tordu. Carl tend ses mains tremblantes vers la poignée de sa portière, mais les arbres, incrustés dans la carrosserie, l'empêchent d'ouvrir. Il pousse tout de même plusieurs fois, mais en percevant un miaulement métallique, il tourne la tête. Par les deux vitres éclatées, il voit quelqu'un descendre de la camionnette. Silhouette grasse, cheveux bruns très longs et sales qui tombent sur le visage, large t-shirt blanc gonflé par une forte poitrine... Une femme ! D'abord ahuri, Carl sent une certaine confiance revenir : il devrait pouvoir l'assommer sans problème, elle n'est sûrement pas une adepte d'arts martiaux comme l'autre ! Mais son assurance vacille lorsqu'il constate qu'elle tient un pied-de-biche. Elle s'approche, observe un moment le Pathfinder et comprend que sa camionnette empêche tout accès aux deux portières de droite. Elle se penche pour voir l'intérieur de la voiture et dégage ses cheveux hirsutes de sa main libre, ce qui dévoile un visage de trente-cinq ou quarante ans, aux traits durs et las, à la peau couperosée. Quelque chose de fou danse dans ses yeux cernés.

— C'est toi, Mongeau, hein ? Ben là, faut que je te tue.

Et après avoir déclaré cette intention sur le même ton qu'une serveuse de bar fatiguée annonce son *last call*, elle se met en marche vers l'arrière de sa camionnette pour la contourner. Carl reprend ses poussées sur la portière de toutes ses forces.

Arrête, imbécile, tu penses quand même pas écarter ces arbres !

Il voit alors la femme apparaître devant sa voiture. Elle dépose le pied-de-biche sur le capot et, laborieusement, trop serrée dans son legging noir, commence à grimper dessus en émettant des grommellements contrariés.

— On arrête pas... on arrête jamais... toute la journée, tout le temps... on arrête pas...

Carl tente de passer par la fenêtre sans vitre de sa portière, mais les arbres entravent aussi cet accès. Son assaillante est maintenant debout sur le capot et elle lève bien haut son arme. Pendant une seconde, Carl réalise que son t-shirt porte l'effigie de Beyoncé, souriante dans une pose sexy, puis le pied-de-biche percute le pare-brise, qui se couvre de multiples fissures. Il imagine que l'outil atteint son crâne avec autant de force et, en poussant un « fuck » étouffé, il se faufile entre les deux banquettes pour se rendre à l'arrière tandis qu'un second coup lui parvient d'en avant. Impossible d'ouvrir les portières arrière non plus ni de passer par les fenêtres, toujours à cause de ces osties d'arbres d'un côté et de la camionnette de l'autre. Il lâche un juron en dirigeant ses yeux vers la vitre arrière : elle est légèrement craquée, mais semble encore bien solide.

Nouvel impact derrière lui : le bout recourbé du pied-de-biche a traversé le pare-brise, maintenant tellement fissuré qu'on voit à peine au travers, et la femme tire à deux mains sur son arme pour la dégager, sans cesser de marmonner.

— ... toute la journée... ben fatiguée...

L'outil sort du pare-brise, dont il arrache quelques morceaux dans son mouvement. Carl bascule sur le dos et donne une série de coups de pied dans la vitre arrière ; il pourrait frapper contre un mur de pierre que le résultat serait le même. Criss ! dans les films, pourtant, ç'a pas l'air difficile ! Tout à coup, il perçoit un bruit de moteur et une lumière envahit l'intérieur de son Pathfinder. Pris d'un terrible pressentiment, il se redresse sur les genoux : une voiture entre dans le stationnement... une Honda Civic blanche.

Ils vont tous arriver... Les *huit* !

La Civic s'arrête à une dizaine de mètres, un homme en descend et Carl, désespéré, reconnaît Barbu avec sa casquette des Falcons et son nez enflé. Il est armé non plus d'un couteau mais d'une grosse clé anglaise, et il étudie un moment la scène, embêté et incertain. Carl croit voir un autre véhicule passer dans la rue derrière lui, ralentir puis s'éloigner. Un troisième tueur ? Un quidam qui préfère se mêler de ses affaires ? Au même moment, une série d'éclats de verre retentissent : le pare-brise a finalement cédé et Beyoncé le dégage avec son outil. Carl, recroquevillé au fond de la banquette, cherche d'un regard désespéré quelque chose dans la voiture qui pourrait lui servir d'arme, mais il n'y a rien, juste deux foutus gobelets à café vides de McDonald's !

— Hé ! Toi, là !

C'est Barbu qui a crié. Beyoncé, qui n'avait pas encore remarqué la présence du nouveau venu, se redresse en fronçant les sourcils. Barbu pointe le menton, comme pour tenter de se donner un air de dur.

— Kynigous, lance-t-il, mi-affirmatif, mi-interrogateur.

Carl bat des paupières. Quoi ? Qu'est-ce qu'il a dit ? La femme, debout sur le capot, pied-de-biche en main, soupire en secouant la tête, irritée, puis grommelle d'un air las :

— Venatores, batince. Venatores, là, OK ?... C'est de même...

Le visage de Barbu se crispe, à la fois inquiet et menaçant, tandis qu'il raffermit sa poigne sur la clé anglaise. Beyoncé, comme si la présence de l'autre n'avait plus aucune importance, finit de dégager le pare-brise en maugréant. Désespéré, Carl pousse de ses deux paumes contre la vitre arrière, mais s'arrête aussitôt : il voit Barbu approcher en courant, sauter contre le coffre du Pathfinder en s'agrippant des mains et des pieds et, en trois secondes, grimper sur le toit. Carl lève la tête pour suivre au son la progression du jeune puis, au moment où Beyoncé se penche pour pénétrer dans le véhicule, Barbu se jette sur elle. Tous deux dégringolent sur le sol et Carl en profite pour revenir en avant et franchir le pare-brise en ignorant les légères coupures qui apparaissent sur ses mains. À quatre pattes sur le capot, il voit, à sa gauche, les deux agresseurs qui se sont relevés devant le véhicule. Barbu replace sa casquette tandis que Beyoncé s'écrie :

— Maudit fatigant ! C'est quoi, là ? Hein ? Pourquoi on me crisse pas la paix !

Et elle frappe une première fois. Barbu évite sans problème le coup de pied-de-biche, ainsi que le suivant. Carl roule sur la gauche, atterrit sur ses pieds et jette un ultime coup d'œil aux deux combattants qui ne s'occupent plus de lui : les assauts de Beyoncé sont lents et elle souffle comme une locomotive.

— Y a-tu moyen... d'avoir... la paix !

Le pied-de-biche effleure l'épaule de Barbu qui, grimaçant de douleur, recule ; il attend son moment pour frapper avec sa clé anglaise, qui a moins de portée. Pendant ce temps, Carl vire les talons, contourne les arbres puis, en demeurant sur la pelouse qui longe l'école, court en direction de la rue, poussé par l'espoir de leur échapper. Mais au moment où il atteint le coin du bâtiment, une forme surgit et balance quelque chose vers lui. Carl reçoit le coup dans le ventre, ce qui lui coupe le souffle. Il titube vers l'arrière, plié en deux, crachotant des hoquets étouffés, et tombe dans le gazon. L'estomac en feu, cherchant désespérément son air, il voit ce nouvel agresseur apparaître au-dessus de lui : un moustachu pas très grand et chétif, dans la jeune trentaine mais presque chauve, habillé d'un pantalon gris et d'une chemise brune. Il tient une batte de baseball et, derrière ses lunettes démodées, considère Carl avec désarroi.

— Je suis désolé, mais j'ai pas le choix…

Carl, qui se tortille sur le dos en s'agrippant le ventre, tourne ses yeux pleins de larmes dans toutes les directions. Il n'y a donc aucun témoin ? L'accident de voiture, le fracas des coups, les cris, tout ça n'a alerté personne ? Mais à gauche, c'est le Centre culturel et en face, une école secondaire, tous deux vides à pareille heure, et les maisons commencent cinquante mètres plus loin, à droite, au coin de Pelletier et Saint-Georges. Si quelqu'un, dans la résidence la plus près, a entendu quelque chose et qu'il a regardé par la fenêtre, il n'a rien vu : toute la scène se déroule dans le stationnement, camouflé par l'école Paul-Rousseau. Lui-même, de sa position, ne peut apercevoir les premières habitations. Il tourne son visage affolé dans l'autre direction : Beyoncé tente toujours d'atteindre Barbu, de plus en plus essoufflée, ses longs cheveux sales collés sur sa face en sueur, tandis que le jeune, l'épaule en sang, l'évite systématiquement en brandissant sa clé anglaise. Durant leur affrontement, ils se sont déplacés, ont contourné les arbres et sont maintenant à dix mètres de Carl. Ce dernier, au sol, revient au moustachu qui, au-dessus de lui, hésite à le frapper, les traits tourmentés, ouvrant et refermant ses doigts autour de la batte. Carl lève une main implorante :

— Écoutez…

« Non, Stéphane, fais-moi pas mal ! »

— Écoutez-moi, par pitié…

Moustachu secoue la tête en émettant une plainte presque enfantine.

— … tellement désolé…

Il applique alors sur la batte un baiser d'une tendresse incongrue.

— Donne-moi le courage, William…

Il la soulève enfin, mais Carl balance ses deux jambes et happe celles de son agresseur, qui s'effondre sur le côté en poussant un cri de stupeur. Carl étire le bras pour attraper la batte, se met debout en chancelant et, le ventre écrasé de douleur, lève sa nouvelle arme, le regard empli de furie.

Frappe-le, l'ostie de salaud qui voulait te tuer! Vas-y, explose-lui la gueule!

Moustachu, dont la tempe gauche a heurté le sol, est à moitié assommé et hoche mollement la tête en geignant, ses lunettes en travers du visage. Carl, haletant, n'ose pourtant pas frapper. Il ne peut pas! Pas comme ça, froidement, c'est… c'est tellement…

« T'as ça en toi, Carloune. »

Flash d'un visage emporté dans une explosion de sang. L'image est si imprévue qu'il recule et, dérouté, regarde autour de lui comme si on lui avait parlé. Il voit Beyoncé, à quelques mètres de lui, son t-shirt tout collé de sueur sur son corps adipeux, perdre l'équilibre en tentant un nouvel assaut. Barbu en profite pour agripper son poignet et le tirer violemment vers lui tout en abaissant sa clé anglaise, qui atteint le front de la femme. Cette dernière s'écrase au sol en produisant un bruit flasque et

(est-elle morte)

ne bouge plus. Barbu abandonne sa clé anglaise pour ramasser le pied-de-biche et, en pivotant vers Carl, lance d'un air méfiant:

— Kynigous…

Carl, d'abord désarçonné, comprend qu'il s'adresse à quelqu'un derrière lui et pivote à cent quatre-vingts degrés : c'est Moustachu qui s'est redressé et qui, terrifié, marmonne :

— Venatores…

Le jeune tique et brandit sa nouvelle arme. Moustachu tourne les talons et, à la grande stupéfaction de Carl, file vers la rue. Barbu paraît cependant satisfait de cette réaction et, pied-de-biche en main, s'avance vers Carl, qui recule d'un pas en relevant sa batte. La peur – non, pas la peur, ça va trop vite pour qu'il puisse ressentir cette émotion – le stress l'empêche de prendre une décision précise : la fuite ou l'affrontement ? Carl a une bonne charpente mais ne s'est bagarré qu'une fois dans sa vie, en début de vingtaine. Et ce n'était pas à coups de batte de baseball et de *crowbar* ! Il tourne donc les talons et court en direction de la rue,

(criss de lâche)

traverse le stationnement en diagonale vers la gauche pour ne pas tomber à nouveau sur Moustachu

(la peur comme avant comme il y a longtemps)

mais il a à peine parcouru quelques mètres qu'une Subaru BRZ bleue débouche dans Pelletier par la gauche et tourne rapidement dans le stationnement de Paul-Rousseau, en fonçant droit sur Carl. Ce dernier stoppe, danse sur place une seconde puis fait demi-tour pour fuir en direction inverse, vers le Centre culturel. La Subaru effectue un arc de cercle dans la même direction et en quelques instants lui bloque le chemin. Éperdu, Carl change à nouveau de trajectoire, si brusquement qu'il trébuche et doit s'appuyer d'une main au sol pour ne pas s'affaler, puis tente de revenir vers la rue Pelletier…

… et tout à coup, en une terrible et fulgurante seconde, la situation lui apparaît clairement : face à lui, la camionnette et son Pathfinder obstruent le passage ; à gauche, la Subaru approche ; devant à sa droite, il y a un chemin entre les arbres et l'aile de l'école, mais Barbu s'y trouve et marche vers lui avec son pied-de-biche ; et derrière, c'est l'autre aile du bâtiment.

Coincé.

Mais les deux ailes se rejoignent sur sa droite et forment l'entrée arrière de l'école. Carl s'y précipite et tente d'ouvrir la porte : c'est évidemment barré. Cette fois, la peur, la vraie, dépasse le stress et, avec la batte, il se met à frapper comme un dingue sur la poignée et la vitre de la porte, mais en percevant un claquement derrière lui, il fait rapidement volte-face, les yeux dilatés. De la Subaru maintenant arrêtée surgit un homme bien fringué et aux cheveux noirs gominés, que Carl reconnaît aussitôt : l'Italien qui l'a attaqué chez lui, toujours muni de sa hachette. Mais ce n'est pas Carl qui l'intéresse en ce moment : c'est Barbu qui apparaît à droite et qui le dévisage à son tour.

— Venatores, lance l'Italien sur un ton assuré.

Le jeune soupire en replaçant sa casquette, découragé.

— Kynigous…

L'Italien hoche du bonnet, le visage dur, et, après un très bref coup d'œil vers Carl, claque la langue.

— OK… *No choice…*

Et, brandissant son arme, il s'élance vers Barbu qui, à contrecœur, se met en position de défense. La hachette s'abat directement sur le pied-de-biche que le jeune, à deux mains et malgré son poignet blessé, soulève juste à temps au-dessus de sa tête. Les deux hommes s'affrontent en ignorant Carl qui, interloqué, coincé dans l'angle du bâtiment, assiste à ce duel insensé, tel un spectateur suivant un combat de chiens qu'il n'a pas envie de voir.

Frappe-les ! Pendant qu'ils ne s'occupent pas de toi, attaque-les ! Ou crisse ton camp !

Le pied-de-biche atteint le flanc gauche de sa cible. Le coup n'est pas assez puissant pour que l'arme demeure plantée dans la chair, mais assez fort pour que l'Italien lâche sa hachette et grommelle des jurons italiens entre ses dents serrées, les mains plaquées contre sa chemise blanche qui rougit rapidement. Barbu cesse de bouger et observe bêtement sa victime, ébranlé par le coup qu'il vient d'assener. Pendant trois secondes, l'univers s'arrête.

Maintenant!

Carl s'enfuit vers la gauche et contourne la Subaru, mais ce mouvement secoue la torpeur de Barbu, qui se retourne et s'élance pour l'intercepter. Alors qu'ils dépassent tous deux le Pathfinder et la camionnette, le poursuivant se retrouve assez près pour tenter de frapper Carl. Ce dernier, toujours en courant, bondit sur le côté pour éviter le pied-de-biche, tressaute sur un seul pied pour maintenir son équilibre, mais tombe sur l'asphalte sans lâcher sa batte. Il se retourne vivement sur le dos et voit son adversaire fondre sur lui. En produisant un couinement aigu, il prend le bâton par les deux bouts et le dresse pour se protéger. Le pied-de-biche percute le bois, provoquant une secousse qui vibre jusque dans ses épaules. Barbu, penché vers lui, la bouche tordue en un rictus fiévreux, assène alors une série de coups, toujours vers le visage, toujours interceptés par la batte, comme si la colère et la fébrilité l'empêchaient de comprendre que frapper à répétition au même endroit ne servait à rien, mais Carl, ses mains de plus en plus engourdies par les impacts, sait qu'il ne pourra pas tenir ainsi éternellement contre une telle furie... Après sept ou huit coups, le forcené, éreinté, laisse son arme suspendue en l'air et Carl en profite pour propulser le bout droit du bâton. Celui-ci atteint son adversaire au ventre, avec une force suffisante pour lui couper le souffle et le faire reculer de quelques pas. Carl bondit sur ses pieds et, uniquement mû par la panique, balance la batte devant lui, vers le haut, comme un aveugle qui chasse un insecte entêté. Barbu esquive, mais le bâton touche tout de même la visière de sa casquette, qui s'envole et atterrit sur l'asphalte deux mètres derrière. Carl, bien campé sur ses pieds, légèrement penché et l'arme dressée sur sa droite, attend la riposte, la bouche grande ouverte... puis ses yeux deviennent ronds d'ahurissement.

Barbu, en jurant, se retourne et se lance vers sa casquette, tendant sa main libre vers le sol pour la récupérer !

Après une seconde de totale incrédulité, Carl en profite pour l'attaquer. Alors que les doigts du jeune se referment sur la casquette, la batte claque violemment sur son dos. Barbu pousse un son étouffé, laisse tomber son pied-de-biche et s'effondre par terre. À plat ventre, il tend le bras vers son arme, mais Carl, d'un coup sec comme s'il écrasait une limace, abat la sienne sur la main. Le bruit est sec, cassant, et le jeune, en meuglant de douleur, se retourne vivement sur le dos et presse sa main blessée sous son aisselle. Carl ressent alors la même hésitation que tout à l'heure, assailli par l'envie de réduire ce gars en bouillie et la répulsion de tuer un homme...

... hésitation qui a permis à Moustachu de fuir...

Comme s'il expulsait sa colère, sa peur et le cafouillis qui lui tient lieu d'esprit, il frappe de toutes ses forces vers les jambes. La batte s'écrase contre le genou gauche en produisant un claquement sec et un long cri. Carl éprouve un étrange mélange de dégoût et de satisfaction à la vue du jeune qui se tortille à ses pieds.

— Ostie... de salaud... grommelle Barbu entre ses dents serrées.

— Quoi ? Ostie de salaud, moi ? *Moi ?*

Et il frappe à nouveau, atteignant l'autre jambe. Grisé par la souffrance de son adversaire, il assène deux coups supplémentaires. Voilà! Qu'il essaie, maintenant, de le poursuivre! Qu'il essaie! Carl contemple de longues secondes le tueur qui hurle de douleur, les deux mains relevées de chaque côté de sa tête comme celles d'un bébé qui dort... et tout à coup, il ressent une nausée, au point que tous ses membres sont pris d'irrésistibles tremblements.

Un mouvement dans sa vision périphérique attire son attention. Contournant la camionnette, l'Italien apparaît, la démarche lente, ses cheveux laqués légèrement décoiffés, sa main gauche pressée contre son flanc ensanglanté, mais il tient toujours sa hachette de la droite. Le regard qu'il lance vers Carl est sans équivoque.

Carl pourrait tenter l'affrontement: l'autre est blessé, affaibli, mais ce qui brille dans ses yeux est terrifiant et Carl est alors convaincu que ce type a déjà tué, qu'il a l'expérience du meurtre. Et ce malaise physique qui l'engourdit lui enlève toute force, tout courage. Il tourne donc les talons et s'enfuit

(encore)

vers la rue. Sur le trottoir, les jambes coupées par sa nausée, il s'arrête et se retourne. Là-bas, l'Italien se tient maintenant tout près de Barbu. La lumière du lampadaire derrière eux ne permet pas de distinguer leurs traits, mais Carl entend les paroles.

— Tu pensais vraiment m'avoir kické out, criss d'amateur?

— Come on, man, je peux plus rien faire! Laisse-moi tranquille!

L'Italien se penche tout en levant sa hachette.

— Je vais te montrer comment faire, moi...

— Non, non, fais pas ça! s'affole l'autre en brandissant les deux mains. Je suis déjà out, j'te dis, je serai plus dans tes jambes!

La hachette plonge dans le corps de Barbu, à un endroit que Carl, trop éloigné, ne peut voir avec précision, mais qui se situe entre le bassin et le cou. Hurlement, bras qui s'agitent en tous sens, puis l'arme s'élève à nouveau pour s'abattre une seconde fois.

— That's the way, man... *Capisci*, minable ?

Carl vacille d'horreur

(on assassine un homme à coups de hachette là sous mes yeux)

mais cette vision chasse instantanément sa nausée et il sent son énergie revenir, et il reprend sa course, poursuivi par les sons de la lame, les cris de la victime et les mots rapides et ironiques de l'Italien :

— *Hai capito*, hein, *fallito di merda* ?

Au milieu de la rue, des phares éclaboussent Carl : une voiture roule vers lui, dans l'intention claire de le renverser. Il atteint l'autre côté de la chaussée à temps et se retrouve sur un terrain gazonné qui sépare l'école Jean-Raimbault des premières maisons résidentielles. Tout en se précipitant vers l'arrière d'un cottage, il tourne la tête : le véhicule, une vieille Buick Rendezvous grise, s'arrête près du trottoir et Moustachu en sort, sans arme. Il hésite d'ailleurs à poursuivre sa victime à pied et cette dernière songe un instant à revenir sur ses pas pour lui foutre sa batte de baseball en pleine gueule – de tous ses agresseurs, il semble vraiment le moins dangereux –, mais un mouvement attire son attention vers le stationnement de Paul-Rousseau : l'Italien, muni de sa hachette sanglante, court maintenant dans sa direction en grimaçant, sa main libre contre sa blessure. Carl ne ralentit donc pas, atteint une rangée d'arbustes, la franchit et tombe sur une clôture en grillage. Il lance sa batte par-dessus, l'escalade rapidement et se laisse choir de l'autre côté, dans le jardin d'une maison.

— Hey ! Toi ! Hey, man, j'te parle !

C'est la voix de l'Italien qui s'adresse sans doute à Moustachu. Carl se penche et scrute à travers la clôture :

vont-ils rebrousser chemin ? Les arbustes sont suffisamment denses pour le camoufler, mais lui peut distinguer ce qui se passe dans la rue. Le cœur battant à
tout rompre, couvert de sueur, il aperçoit sur le trottoir
Moustachu qui, prêt à bondir vers sa voiture, regarde
d'un œil incertain l'Italien en train de s'approcher. Ce
dernier, sa hachette déjà dressée, crie sur un ton de
défi :

— Venatores !

Le soupir de soulagement de Moustachu est si fort
que Carl l'entend clairement.

— Venatores ! Venatores aussi !

L'Italien baisse son arme mais accélère sa course.
Il passe à deux mètres de Moustachu, lui lance un
« pousse-toi, *amatore* » méprisant puis pénètre dans
la section gazonnée. Carl commence à se relever pour
fuir lorsqu'il entend Moustachu s'écrier :

— Hé, non, non ! Il a sûrement traversé la cour de
la maison !

Les pas de course du tueur cessent et Carl ose jeter
un nouveau coup d'œil. L'Italien s'est arrêté et regarde
Moustachu. Celui-ci indique sa voiture :

— Il doit être déjà dans la rue de l'autre côté ! On
embarque dans mon char pis on va le chercher tous
les deux, OK ?

— Pourquoi tu veux m'aider ?

— On a plus de chances à deux. Pis si on le trouve,
je te laisse le tuer. Moi, je… j'y tiens pas absolument.
J'aurai pas le bonus, mais… ça va être suffisant pareil.

Sa voix est chevrotante, presque honteuse. L'Italien,
sa main posée sur sa blessure au flanc, réfléchit. Puis
il marche vers Moustachu.

— OK, on va prendre ton auto. On s'en va dans la
rue de l'autre côté, *di fretta* !

Tous deux courent vers la Buick Rendezvous.

— On essaiera de venir chercher ton char plus tard,
propose Moustachu en ouvrant sa portière.

— M'en crisse, je l'ai volé à Montréal, répond l'Italien en montant dans la voiture. Mais faut qu'on aille prendre mon sac dedans, pis right now : je saigne pas mal !

La Buick démarre, entre dans le stationnement et va s'arrêter près de la Subaru. L'Italien sort, s'empresse de récupérer un sac de voyage dans le véhicule volé, puis revient dans la Buick qui retourne dans Pelletier et disparaît de la vue de Carl. Celui-ci prend une grande respiration.

Ils vont te chercher sur Saint-Georges. Profites-en et sauve-toi avec un des chars là-bas !

Il lance sa batte de l'autre côté de la clôture avant de la franchir. Il traverse au pas de course le terrain gazonné, puis la rue, frappé par le soudain silence du quartier désert. Plus personne ne lui court après.

Ils rôdent quand même dans le coin à ta recherche, alors perds pas de temps.

Dans le stationnement, il ralentit face au spectacle qui s'offre à lui. Il y a six ou sept minutes, l'endroit était vide. Maintenant, quatre véhicules y sont abandonnés, dont un enfoncé dans un autre, et deux corps sont étendus au sol. Six minutes au cours desquelles aucun automobiliste « normal » ni aucun piéton ne sont passés et personne dans le quartier n'a appelé la police.

Ça, c'est moins sûr : avec tout le tapage qu'il y a eu, les habitants les plus près ont sûrement été alertés. Alors, prends pas de risque et grouille-toi.

Il se dirige vers la Honda Civic et glisse la tête à l'intérieur. Pas de clés. Sans doute que Barbu les a sur lui.

Barbu qui est étendu là-bas, sa silhouette éclairée de manière lugubre par le lampadaire.

Surmontant sa répulsion et tenant fermement sa batte, Carl s'approche du corps. Au premier coup d'œil, il comprend que l'autre est bel et bien mort. Son visage, dont les yeux sont ouverts et la bouche fermée, est étonnamment serein, à tel point que Carl a peine à reconnaître le jeune aux traits menaçants et tourmentés. Il est couché dans une mare écarlate, la poitrine et l'abdomen lacéré de multiples blessures. Carl le fixe un moment. C'est la première fois qu'il est face à un cadavre *frais*, celui d'un individu qu'on a tué devant lui. Et il réalise que ça n'a rien à voir avec les films. C'est à la fois beaucoup moins spectaculaire et dix fois plus bouleversant.

Des voix derrière lui. Il se retourne vivement. Il ne distingue encore personne, mais des gens approchent. Il court vers la camionnette, sur laquelle il remarque l'inscription « *Ludism Drummond : avec nous, le jeu, c'est sérieux !* », et se planque derrière. À quelques mètres sur sa droite, il aperçoit le corps de la femme au t-shirt de Beyoncé, étendue sur le sol. Morte ou évanouie ? Il passe prudemment la tête sur le côté du véhicule et regarde vers la rue : toujours personne, mais deux voix masculines grandissent dans le silence.

— … entendu moi aussi, mais Marlène dit que c'était sûrement des ados qui font la fête dans la cour de Paul-Rousseau.

— Oui, mais il y a eu un bruit qui ressemblait plus à un accident qu'à un…

Deux hommes apparaissent sur le trottoir. Ils sont trop loin et l'éclairage est trop blafard pour rendre leurs traits distincts, mais ils se figent et poussent des exclamations de stupeur. L'un veut aller examiner tout cela de plus près, mais l'autre le retient en disant que c'est peut-être dangereux.

— OK, on attend ici pis j'appelle la police !

Carl, impuissant, voit le gars porter son cellulaire à son oreille.

— Oui, il s'est passé quelque chose de grave dans le stationnement en arrière de Paul-Rousseau… Je sais

pas, on a entendu du bruit, on est venus voir pis y a
des chars abandonnés, y en a même deux qui se sont
rentrés dedans... Pis y a deux personnes par terre,
je... je sais pas si elles sont mortes... Y en a une qui a
l'air d'avoir ben du sang dessus, mais je suis pas sûr,
pis l'autre est trop loin, c'est... Non, non, on y va
pas, on... OK... OK...

Il coupe. Sans bouger du trottoir, les deux hommes
commentent la scène, à la fois excités et craintifs, et
pendant ce temps Carl cherche une solution. La police
va être ici dans deux minutes, la police à qui il ne doit
rien dire et qui ne doit pas l'arrêter... car même s'il y
a songé dix minutes plus tôt, il n'est plus question
qu'il raconte tout aux flics : il a cru que Diane avait
perdu sa trace, mais l'arrivée en trombe des tueurs lui
a prouvé qu'il s'était trompé.

Tu pensais que seul ton cellulaire était mouchardé,
mais ta voiture l'était aussi. Si tu t'éloignes de ton char,
Diane saura rien.

Il n'en est pas encore convaincu ! Depuis le début, il
a souvent cru découvrir comment Diane l'espionnait
et, chaque fois, il a trouvé autre chose, alors il n'y a pas
de risque à prendre ! De toute façon, Diane est peut-
être tout près, à surveiller ce qu'il fait...

Sauve-toi avant l'arrivée de la police.

Mais aussitôt qu'il quittera l'abri de la camionnette,
même pour aller vers l'arrière, il sera vu par les deux
abrutis sur le trottoir, qui diront aux flics qu'un type
s'est enfui et leur indiqueront dans quelle direction !

Alors... alors...

Il prend une grande respiration en fermant les yeux
et, toujours caché, se met à balancer des coups de batte
contre la carlingue de la camionnette et, pour accom-
pagner ce boucan infernal, pousse des cris terribles
qu'il espère menaçants, glissant entre ses vociférations
des « J'vais tuer tout le monde, tout le monde ! » Les

deux hommes sur le trottoir se raidissent comme si on les électrocutait et, en soufflant des « Ostie de criss ! », détalent à toutes jambes. Carl poursuit son cirque pendant quelques secondes, puis regarde vers la rue : personne. Mais plus question de prendre une voiture : les deux clowns les ont toutes vues et ne manqueront pas de les signaler à la police. Sur le point de fuir, il entend un gémissement : Beyoncé reprend conscience, ses longs cheveux sales couvrant la moitié de son visage, et porte les doigts à son front tuméfié par le coup de clé anglaise. Carl songe à l'assommer de nouveau, mais il perçoit tout à coup des sons de sirènes encore lointaines. Batte à la main, il s'élance vers la gauche en direction du stationnement arrière du Centre culturel. Là, un accès pour voiture mène vers l'avant du bâtiment, rue Ringuet. Il s'engage dans ce chemin en courant… et aperçoit un vélo qui approche. Il lève

(un vélo oui ça me prend ce vélo)

sa main libre en ralentissant.

— Hé ! Arrêtez ! Arrêtez-vous !

La bicyclette stoppe à trois mètres de lui et le cycliste l'observe avec curiosité.

— Votre vélo ! Donnez-moi votre vélo !

Le son des sirènes devient de plus en plus distinct, augmente la panique de Carl, qui brandit sa batte à contrecœur.

— J'suis désolé, mais… j'ai besoin de votre vélo ! Obligez-moi pas à… à…

Tu vas le frapper ? Vraiment ? Tu irais jusque-là ?

Mais non, il veut seulement l'effrayer ! Debout sur sa bicyclette, le gars, dans la trentaine avancée ou début quarantaine, n'a cependant pas du tout l'air impressionné. Carl croit discerner une barbe hirsute, des cheveux en bataille clairsemés, des vêtements malpropres et en piteux état… Et cette odeur qu'il dégage, mélange de pourriture et d'alcool… Un itinérant ? En vélo ? Légèrement chancelant, comme s'il avait bu, il fixe toujours Carl en plissant les yeux, les mains sur le guidon, puis hoche la tête avec satisfaction.

— Ah, good, y est pas trop tard, marmonne-t-il d'une voix rauque.

En prononçant ces mots, il sort un objet coincé à l'arrière de son pantalon et le tend mollement vers Carl

(c'est quoi ça on dirait une perceuse),

qui comprend enfin : criss, un *autre* ! Il avance en levant sa batte, mais l'outil brandi vers lui émet un son bruyant et sec ; Carl sent quelque chose le transpercer du côté gauche près de l'épaule, pousse un juron de douleur et stoppe son élan. En voyant l'itinérant viser à nouveau, il se lance sur le côté. Il entend le claquement, mais rien ne l'atteint. Il profite de son mouvement pour balancer son bâton, qui frappe l'homme à la poitrine. Celui-ci, incapable de conserver son équilibre, tombe en maugréant et entraîne le vélo avec lui, mais sans lâcher son arme, qu'il tend confusément vers Carl. Ce dernier reprend sa course et traverse la bande gazonnée, tandis que les sirènes assourdissantes meurtrissent ses oreilles. Il franchit en diagonale le stationnement du Centre culturel, aperçoit une voiture qui s'éloigne dans la rue Ringuet

(une voiture normale avec un conducteur normal qui retourne tranquillement chez lui qui ne saura jamais qu'il est passé tout près d'un drame totalement insensé)

puis remarque que les sirènes cessent : les flics sont maintenant dans le stationnement, tout près. Tout en courant vers le coin de Ringuet et Saint-Georges, Carl jette un œil derrière lui : l'itinérant redresse son vélo et remonte maladroitement dessus. Rue Saint-Georges

(pas à gauche sinon je m'approche du stationnement de Paul-Rousseau)

Carl tourne à droite et galope en plein milieu de la chaussée bordée de maisons paisibles. Dans son dos,

deux ronds jaunes foncent vers lui. Un simple citoyen
ou… ?

Il bifurque vers la gauche sans ralentir et la voiture le dépasse, crampe brutalement et monte sur le
trottoir pour lui couper la route. Carl reconnaît la Buick
Rendezvous

(ils ont voulu s'éloigner de la police et ils sont
tombés sur moi)

et, tandis que la portière côté passager s'ouvre, il
court vers le cottage à sa gauche. Il se dirige vers la cour
pendant que la voix de l'Italien clame :

— Je le suis ! Toi, fais le tour !

*Arrête-toi pis affronte-le ! T'as une batte de baseball
et il est blessé !*

Mais Carl aussi est blessé : son épaule gauche lui
fait terriblement mal… et l'Italien a tué froidement un
gars à coups de hachette, et en se foutant de sa gueule
par-dessus le marché !

S'il n'a pas le choix, il se battra. Mais il fait du
jogging quatre fois par semaine, il a du souffle, il peut
encore

(éviter)

courir et les semer.

Toutefois, avant d'atteindre l'arrière de la maison, il
revient sur ses pas, pour semer l'Italien qui continuera
dans la mauvaise direction. Comme il l'espérait, la rue
est vide, mais pour éviter de tomber sur la voiture, il
court vers un bungalow à droite. Derrière, il franchit
une haie de cèdres peu fournie, casse des branches au
passage, se retrouve derrière un autre cottage, mais
au lieu de le traverser, il s'élance vers l'autre cour sur
sa droite, lance sa batte par-dessus la petite clôture de
bois, la grimpe (ce qui déclenche une vive douleur dans
son épaule), saute de l'autre côté, file jusque chez le
voisin et escalade le même type de barrière. Dans le
jardin de cette troisième résidence, il réalise confusément

que trois individus prennent un verre sur le patio près de la piscine et se taisent de stupéfaction en apercevant cet inconnu qui vient de bondir chez eux. Carl les ignore, se rend au prochain terrain mais s'arrête net: la clôture est une haute palissade en bois lisse, impossible à monter.

— Hé, vous faites quoi, là? s'informe enfin une femme sur le patio.

Carl s'élance vers le côté de la maison tandis qu'un homme lui lance des « hey, hey, on vous parle! ». Il débouche dans la rue Surprenant et s'élance à gauche vers l'intersection: là, il tournera à droite dans Notre-Dame pour... pour aller...

Claudia habite près d'ici...

Ne mêle pas Claudia à ça!

Un cliquetis derrière lui se fraie un chemin à travers les battements dans son crâne et il se retourne: un vélo roule dans sa direction en zigzaguant, mais à bonne vitesse. En jurant, Carl accélère le pas, sa batte de plus en plus lourde au bout de son bras luisant de sueur, mais il entend la bicyclette approcher. Au moment où il songe à tenter de le frapper avec son bâton, le claquement bruyant retentit et un clou rebondit sur le coffre d'une voiture garée que Carl vient tout juste de dépasser. Comme s'il s'agissait d'un signal, il bifurque à droite et traverse le terrain d'une maison, se retrouve dans la cour, traverse une haie de cèdres, traverse une autre cour, surgit dans la rue Ferland,

(la rue de Claudia)

mais en voyant des phares approcher, il revient sur ses pas et se cache derrière une jeep garée près du trottoir. La Buick passe lentement, Carl distingue deux silhouettes à l'intérieur, l'Italien, qui est remonté dans la voiture, et Moustachu. La respiration sifflante, il attend que le véhicule ait tourné dans Ringuet, puis court dans la direction opposée. L'épuisement le gagne, affaiblit sa capacité à se concentrer uniquement sur sa course et permet ainsi à la peur de ressurgir, tel un zombie qui approche d'une démarche lente mais imparable.

Là-bas, sur le trottoir, une silhouette marche dans sa direction.

Il a pas d'armes, vas-y, criss, vas-y!

Sans ralentir, il brandit sa batte. L'inconnu pousse un couinement de terreur en levant ses mains... et en apercevant le visage éperdu de cet homme de quarante ans, Carl comprend son erreur et retient son coup juste à temps. En maugréant des mots inaudibles, il poursuit sa course sans un regard pour le type derrière lui.

Au coin de Notre-Dame, il s'arrête et, appuyé sur sa batte de baseball, reprend son souffle en tournant les yeux vers la gauche.

Un vélo, à cinquante mètres. Carl le reconnaît, même de loin. Il s'élance

(ça finira jamais)

droit devant, toujours dans la rue Ferland, mais lorsqu'il arrive en plein milieu de l'intersection, il voit une voiture qui approche. Encore un simple citoyen? Non, elle va trop lentement... est même sur le point de s'arrêter...

Carl bifurque à gauche et fonce vers une maison. Il a tout juste le temps de distinguer le vélo en train de tourner dans Surprenant et, tandis qu'il atteint la cour arrière, la voix de l'Italien parvient jusqu'à lui:

— Je le suis! Toi, remonte la rue, là, à droite! On le tient, *il figlio di quella cagna*!

Carl traverse une haie

(à gauche sur Surprenant c'est l'itinérant à droite sur Ferland c'est la Buick)

et commence à enfiler les cours arrière alignées, l'une après l'autre, franchissant haies, sautant clôtures, escaladant murets, croisant même des adolescents sur un patio qui lui crient en riant « Hey, man, tu fais un rallye ? », et à sa cinquième cour

(peux pas retourner dans la rue ils m'attendent des deux bords peux pas peux pas)

il est si essoufflé que sa respiration siffle, que ses muscles menacent d'abandonner, que la batte pèse une tonne, que sa vue défaille, et même si la peur a maintenant repris les rênes, il songe à s'arrêter, à se laisser tomber au sol et à ne plus bouger, parce que de toute façon il n'en peut plus et que c'est peine perdue… mais il réalise alors que la cour suivante donne sur l'arrière de l'immeuble où habite Claudia.

Tel le chercheur d'or qui assène un dernier coup de pelle dans sa mine stérile, Carl escalade péniblement la clôture grillagée, se laisse choir de l'autre côté et, malgré la raison qui tente de l'en dissuader, qui lui hurle qu'il ne devrait pas mêler Claudia à ça, il grimpe l'escalier en colimaçon presque sur les genoux, traînant son bâton comme un boulet. À l'étage, il titube jusqu'à la porte de l'appartement de droite. Les rideaux sont tirés et aucun rai de lumière ne filtre. Pas le temps de frapper et d'attendre que la comptable se réveille. D'une main tremblante, il trouve la petite excavation entre deux briques sur la paroi… y introduit les doigts… en sort une clé… déverrouille la porte et l'ouvre… entre et referme derrière lui… puis, dos au mur, les yeux clos, glisse jusqu'au sol, la batte sur les cuisses.

Le calme de la cuisine déserte et obscure lui procure le même effet qu'une eau de bain trop chaude, un soulagement qui brûle, mais dans lequel on s'enfonce néanmoins avec délectation. Des larmes coulent de ses paupières baissées, un ou deux brefs hoquets se brisent entre les goulées d'air qu'il avale convulsivement et qui lui déchirent la gorge. Il ne bouge plus.

Et il se dit qu'il ne bougera plus jamais.

23:26

— Qui est là ?

La voix n'est pas si forte, mais elle éclate comme une bombe dans le silence de l'appartement. Malgré son épuisement, Carl se lève vivement, batte à la main, comme si la méfiance était désormais sa réaction première à toute situation. La voix retentit à nouveau, empreinte de frayeur en dépit de l'assurance qu'elle tente de dégager.

— Répondez ! Qui est là ?

Carl ouvre le placard et y range le bâton.

— J'ai mon cellulaire ! Je suis en train de…

— C'est moi, Claudia !

Les mots lacèrent la gorge de Carl et il tousse douloureusement après les avoir lancés.

— Carl ?

Des pas, puis une silhouette prudente débouche du couloir. Le visiteur s'appuie le dos contre le mur et souffle :

— Heu, désolé, je suis…

La lumière au plafond lui crève les yeux et il les protège de sa main. Dans le même mouvement, il s'assure que les rideaux de la fenêtre sont tirés, puis il

. revient à Claudia. Elle porte ce pyjama jaune qui, selon lui, a toujours donné à la comptable une allure de petite fille espiègle. Mais en ce moment, la petite fille semble surtout stupéfaite.

— Qu'est-ce que tu fais ici?

Carl ne sait que répondre, mais Claudia enchaîne immédiatement:

— Seigneur, qu'est-ce que t'as? T'as l'air complè-tement... Mais... mais voyons, tu saignes!

Elle s'approche, prend ses mains et Carl réalise que plusieurs de ses doigts sont ensanglantés, ce qu'il n'avait pas remarqué jusqu'à présent. Sans doute des blessures superficielles qu'il s'est infligées en traversant le pare-brise de sa voiture, ou en franchissant les haies, ou en grimpant aux clôtures...

— C'est... je me suis...

— Et ta face... T'as une coupure sur le front! Mon Dieu, tu dégoulines de sueur! Et là, c'est quoi? C'est...

Ses yeux s'emplissent d'horreur tandis qu'ils se fixent sur sa poitrine.

— Crime, Carl! Un clou?

. Il baisse le menton et voit la tête du clou qui dépasse de son t-shirt blanc, tout près de son épaule gauche. Merde, il l'avait oublié, celui-là!

— Je... je suis tombé, pis...

— T'es *tombé*? Comment ça, t'es tombé? Sur un clou? Carl, t'as l'air complètement fucké, qu'est-ce qui se passe?

Elle recommence à avoir peur et effectue même un pas de recul, sans doute inconsciemment.

— C'est... c'est...

Il écarte légèrement les bras, réfléchissant à toute vitesse, sur le point de tout révéler,

(non non ostie non)

regarde son propre corps comme s'il y cherchait un signe secret et, en voyant son pantalon de sport et ses espadrilles, il se met à improviser:

— Je faisais du jogging, pis… pis je suis tombé…
J'ai voulu traverser le stationnement de… de… voyons,
de… d'Alpha Assurances, c'est ça!… Tu sais, sur Saint-
Georges, à côté!

— Depuis quand tu fais du jogging si tard?

— Ça m'arrive de temps en temps, ça m'aide à
dormir… Il faisait noir pis je me suis enfargé dans un
paquet de planches, je… je sais pas ce qu'elles faisaient
là, mais… je suis tombé, la face la première, pis… je
me suis rentré un clou dans… dans…

Il pointe le doigt vers sa blessure et, pour la première fois depuis plusieurs minutes, il ressent la douleur,
irradiante, comme un coup de soleil qui se réveille la
nuit.

— Je me suis aussi écorché les mains pis le front,
mais le clou, c'est… c'est… J'avais mal, pis j'avais
peur pour l'infection, pis… comme j'étais plus proche
de chez vous que de chez nous…

Claudia le dévisage, désorientée.

— T'aurais dû appeler un taxi pour aller à l'urgence
direct!

— J'ai laissé mon cellulaire chez nous.

Claudia se gratte la tête, sonnée par la mitraille
d'émotions différentes qui l'assaillent depuis deux
minutes.

— OK, OK, on… Là, je peux pas t'amener à l'urgence, la petite dort dans sa chambre, mais…

— Coralie est ici? demande Carl en baissant le ton.

— Oui, son père vient la chercher à sept heures,
ils s'en vont dans le Maine pendant une semaine…
Écoute, je te laisse les clés de mon auto pour…

— Non, non!

Pas question que tu sortes tout de suite!

— Maintenant que je suis ici, ça vaut pas la peine.
J'ai juste à me désinfecter pis ça… ça va être correct.

— Voyons, Carl, un clou!

— Justement, c'est un clou, pas une balle de fusil.
Je vais attendre trois heures à l'hôpital pour une affaire
que je peux faire ici en dix minutes.

— Et le tétanos?

Il glisse une main tremblante dans ses cheveux. Il
doit lui raconter la vérité, il ne peut pas garder tout
cela pour lui, c'est impossible!

Ta gueule! Dis rien, t'entends? Dis rien!

— Carl, t'as vraiment l'air...

— Écoute, je suis épuisé, j'ai pas la force de passer
la nuit dans une salle d'urgence. Demain matin, j'irai
me faire faire une piqûre contre le tétanos, même s'il
faut que j'attende toute la journée. Mais là, je suis
vraiment crevé...

Elle est indécise. Carl tente de bluffer: il se tourne
vers la porte et tend la main vers la poignée:

— Bon, écoute, laisse faire, je retourne chez nous,
c'est pas grave. Bonne n...

— Ben non, ben non, franchement! C'est correct,
maudite tête de cochon, viens t'asseoir. On va quand
même te soigner un peu!

Elle allume une seconde lumière dans la cuisine et
tire une chaise. Rassuré, Carl s'installe tandis que
Claudia lui dit d'un air désolé:

— Ça te dérange-tu de l'enlever toi-même? Moi,
je... je pense pas que...

Carl prend une grande respiration, saisit le clou du
bout des doigts puis, après avoir compté jusqu'à trois
dans sa tête, tire de toutes ses forces. La courte tige
d'acier sort sans résistance, mais en provoquant une telle
douleur que Carl ne peut s'empêcher de pousser un cri.

— Chhhuuuut! Tu vas réveiller Coralie!... Misère,
veux-tu bien me dire comment t'as pu te rentrer ça si
profondément?

Carl examine l'objet ensanglanté entre ses doigts: un
clou neuf, pas rouillé du tout. Côté tétanos, il ne devrait

donc pas y avoir de danger. Il retire son t-shirt : le trou n'est pas très gros, mais saigne pas mal. Claudia lui tend une serviette et lui propose d'appliquer une forte pression pendant une ou deux minutes. Carl obéit malgré la souffrance qu'un tel geste lui cause. La comptable disparaît un instant, revient avec des bandages et un flacon.

— Tu devrais vraiment aller à l'hôpital…

— Claudia…

— C'est quoi, ça ?

Elle indique le pansement sur son avant-bras gauche.

— Rien, une… brûlure que je me suis faite au souper…

— Coudon, tu parles d'une journée !

— Tu… Je peux boire de l'eau ?

Elle remplit un verre et le lui tend. Il le vide d'un seul coup et en descend un second, tellement rapidement qu'une douleur aiguë lui transperce la poitrine pendant quelques secondes. La serviette contre sa blessure, il se frotte les yeux de sa main libre. Bon Dieu, il tremble toujours, est-ce que Claudia s'en rend compte ?

— Viens donc prendre une douche avant que je te fasse un pansement.

— Non, non, ça va aller.

— T'étais tout en sueur, tout à l'heure. Ça te ferait du bien.

— C'est correct.

La perspective de se retrouver totalement vulnérable sous une douche alors que des tueurs le cherchent tout près lui semble trop angoissante. À moins que ce soit l'idée de se dénuder chez son ancienne maîtresse qui le rend vaguement mal à l'aise ? Sans doute un peu des deux, il ne sait pas trop. Il se sent tellement confus.

Claudia n'insiste pas. Elle prend une débarbouillette, du désinfectant et du savon puis nettoie la plaie qui saigne beaucoup moins. Le blessé grimace de temps à autre, mais la comptable est très douce, attentionnée, sans aucune trace de la rancœur qu'elle affichait cet après-midi. Ou plutôt, qu'elle affiche depuis deux mois.

— Pourquoi t'es pas passé par la porte d'en avant? demande-t-elle en conservant un ton bas.

— Je voulais pas te réveiller, pis comme je connais la cachette de ta clé d'en arrière…

— Tu pensais venir te soigner ici sans me réveiller? Voyons, Carl!

— Je le sais, c'est… J'avais ben mal, j'avais le jugement fucké…

— Pis t'as pas l'air à filer tellement en ce moment… Tu trembles…

Il ne trouve rien à répliquer. Alors qu'elle termine le pansement, elle pose ses doigts à la hauteur de son cœur, sur la petite protubérance de chair.

— T'as été chanceux… Un peu plus bas, pis le clou transperçait ton pacemaker.

— Ouais…

Elle garde sa main un moment sur sa poitrine. Il devrait lui parler davantage, mais il n'y arrive pas, trop perturbé pour simuler une conversation normale, alors qu'elle est si dévouée. Plus tôt, il songeait à lui annoncer dès lundi qu'il ne travaillerait plus avec elle, et il se sent submergé par une bouffée de culpabilité.

Enfin, elle recule d'un pas pour l'observer et lui demande de bouger le bras. Il se lève et obéit: cela tire un peu, c'est sensible, mais ça peut aller.

— Parfait… Je pense que tu vas survivre jusqu'à demain.

Et elle sourit. Il fait un effort:

— Merci, t'es vraiment fine… Je m'excuse de venir t'emmerder, comme ça… Surtout que tu m'as dit que tu dois te rendre au bureau demain, c'est…

— C'est pas grave. Je travaille juste le matin, je vais pouvoir me reposer dans l'après-midi.

Il hoche la tête. Silence. Les mains de chaque côté du corps, l'air plus jeune que ses quarante et un ans dans son pyjama jaune juvénile, elle le regarde sans un mot, le visage à la fois sérieux et léger, comme si elle attendait quelque chose. Lui, les paumes appuyées sur la table derrière lui, fixe le sol en jouant de la langue contre l'intérieur de sa joue.

Il ne peut pas repartir tout de suite, c'est trop risqué. Même si les tueurs sont ailleurs, la police doit patrouiller dans le coin. Il faut qu'il reste ici un moment...

— Écoute, pour... En ce qui concerne notre... Je suis désolé, Claudia, vraiment. J'ai jamais voulu te faire d'accroires pendant qu'on se voyait, mais si... si c'est l'impression que je t'ai donnée, ben... je m'excuse... C'était pas mon intention de te niaiser ni de te faire mal...

Tu dis ça juste pour l'amadouer, pour qu'elle accepte que tu restes un peu...

Non, pas du tout! Enfin, oui, un peu, mais pas uniquement, il...

— Tu veux passer la nuit ici?

Il lève le regard vers elle. Comme il se tait, elle ajoute:

— T'es pas venu ici pour rien, évidemment...

— Je te l'ai dit, j'étais... Ça faisait mal pis...

— Oui, mais comme tu l'as dit toi-même, c'était pas une balle de fusil, donc t'aurais pu retourner chez toi. C'est quand même pas *beaucoup* plus loin qu'ici...

— Tu penses que je me suis entré un clou dans l'épaule pour avoir une raison de te voir?

Elle rit.

— Non, évidemment... Mais l'occasion était bonne pour venir... pis en profiter pour t'excuser... et tant qu'à être ici...

Elle avance d'un pas et pose à nouveau sa main sur sa poitrine. Carl est pris au dépourvu. Il souhaitait l'amadouer, bien sûr, mais pas à ce point. Il avait donc raison : elle nourrit encore des espoirs.

— Alors, tu veux passer la nuit ici ?

Ses lèvres offrent ce sourire coquin qui l'a fait chavirer tant de fois, mais en ce moment, c'est tout simplement impossible…

Fais un effort ! Si tu la repousses, elle sera à nouveau en colère et te foutra à la porte.

— Je… franchement, je dirais pas non…

Une lueur de victoire s'allume dans les beaux yeux verts de la comptable puis elle colle doucement sa bouche contre celle de Carl, promène d'abord le bout de sa langue sur les lèvres de son ex-amant. Il se laisse faire, jusqu'à lui entourer la taille

(salaud de profiteur)

puis ils s'embrassent franchement. Il bredouille :

— Je dois sentir le diable…

— C'est parfait : on aura pas peur de se salir…

La main de Claudia descend jusqu'à l'entrejambe de Carl mais, malgré ses habiles caresses, aucun signe d'érection ne se profile à l'horizon. Parce que, criss ! il n'y arrivera pas ! Pas cette nuit ! Même si elle le suçait pendant trois heures, il ne banderait pas ! C'est tout simplement impossible !

— Maman ?

Claudia recule comme si Carl l'avait mordue. Une fillette de sept ans, réplique exacte de la comptable mais en trente-cinq ans plus jeune, apparaît à l'entrée de la cuisine, les cheveux ébouriffés, les paupières bouffies et la moue incertaine.

— Oui, mon ange ?

— C'est qui, le monsieur ?

— C'est Carl, ma puce ! Tu le reconnais pas ? Tu l'as rencontré quelques fois, tu te souviens ?

Carl, torse nu, bredouille un « allô, Coralie » peu convaincant. La fillette le considère en se frottant les yeux.

— Il s'est fait bobo ?

— Oui, et... il est venu voir maman pour se faire soigner. Tout va bien, mon ange, je vais te recoucher et...

— Je veux dormir dans ton lit...

Elle marmonne cette demande en jetant un œil vaguement effrayé vers cet homme qu'elle connaît à peine et qui se trouve dans sa maison en pleine nuit, avec deux pansements sur le corps. Claudia veut ajouter quelque chose, mais ses mots se transforment en soupir contrit tandis qu'elle toise son visiteur. Ce dernier n'a aucune réaction. Elle dit à sa fille que c'est d'accord et la guide vers sa propre chambre à coucher.

Une fois seul, Carl s'appuie des deux mains sur la table et pousse une longue expiration. Il se sent tout étourdi

(bon Dieu que je suis crevé)

et se dirige vers les toilettes. Tandis qu'il urine, il perçoit la voix de son ex-amante :

— ... que tu dormes, papa arrive très tôt demain... oui, oui, je viens te rejoindre dans quelques minutes...

Tout à coup, son corps est traversé de spasmes incontrôlables et il doit se mordre le dos du poing gauche pour réprimer un cri qui monte. Il se plante devant le lavabo, se passe furieusement de l'eau sur le visage, puis s'observe dans le miroir. Ses cheveux poivre et sel sont ébouriffés et il les aplatit avec ses doigts. Il n'y a plus de sang sur ses mains ni son visage, et l'égratignure sur son front ne se voit presque plus. Si ce n'était de son teint plus pâle et de son regard plus intense qu'à l'accoutumée, il aurait l'air presque normal. Il retourne à la cuisine où Claudia l'attend, amusée.

— Dans cinq minutes, elle sera endormie. On pourra aller au salon. Tu te rappelles à quel point le divan est confortable...

— Je… je sais pas si c'est une bonne idée, avec ta fille qui peut se réveiller n'importe quand… Elle a l'air nerveuse pis…

Claudia a une moue déçue.

— Tu veux retourner chez toi ?

Cette éventualité procure un long frisson au visiteur.

— Non, non pas du tout, mais… mais…

— Écoute, tu peux dormir sur le divan. Quand je réveillerai la petite vers six heures et demie, je l'amènerai dans la salle de bains et toi, tu iras dans ma chambre. Comme ça, elle te verra pas, et son père non plus. À sept heures et dix maximum, ils seront partis.

Elle retrouve son sourire enjôleur.

— Pis moi, ça me fera un bon petit déjeuner avant de me rendre au bureau…

Carl hoche la tête.

— Oui, c'est… ça me va.

Sauf que demain, quand elle se lèvera à six heures trente, tu ne seras plus là… et elle sera furieuse après toi.

Il n'a pas le choix. Il n'a *tout simplement* pas le choix. Mais quand tout sera terminé, il lui expliquera et…

Quand tout sera terminé ?

Le vertige s'accentue et il ferme les yeux. Claudia s'approche et pose une main sur son épaule droite en lui demandant si ça va. Il marmonne qu'il est plus fatigué qu'il ne l'aurait cru. Elle hoche la tête et l'embrasse sur le front.

— Viens.

Il la suit jusqu'au salon. Tandis que Claudia installe des couvertures sur le divan, il glisse un œil entre les rideaux fermés de la fenêtre. L'immeuble dans lequel il se trouve a quatre logements. En bas, la rue Ferland est totalement déserte… mais tout à coup, il voit une auto-patrouille passer et, instinctivement, il s'écarte.

Comme il l'avait prévu, les flics examinent les alentours. Pas étonnant après ce qu'ils ont découvert dans le stationnement de Paul-Rousseau. Ont-ils attrapé certains des tueurs ? Et celle avec le t-shirt de Beyoncé, qui reprenait conscience au moment où il se sauvait, a-t-elle eu le temps de déguerpir avant l'arrivée de la police ?

— Voilà...

Claudia, qui revient de la chambre, allume une lampe sur une table puis tend un t-shirt noir vers lui.

— Tiens. L'autre est bon pour les poubelles.

Carl le prend et l'examine, surpris.

— Mon t-shirt de Deep Purple ? Je le cherche depuis un bout !

— T'as laissé deux-trois morceaux de linge ici...

Puis elle dit qu'elle doit aller retrouver sa fille. Carl, tout en enfilant le t-shirt propre, la remercie. Elle hésite une seconde, s'approche et l'embrasse avec tendresse. Il répond du mieux qu'il le peut et elle marmonne avec un clin d'œil :

— Je te réveille à six heures trente...

Il hoche la tête, le visage neutre. Elle va éteindre les lumières de la cuisine, s'éloigne dans le couloir et Carl l'entend refermer une porte. Il retourne à la fenêtre : personne dans les rues.

Il se traîne jusqu'au divan, enlève ses espadrilles et, sans éteindre la lampe du salon, se laisse tomber sur les coussins, tout flasque, comme si on l'avait vidé de ses muscles. Couché sur le dos, il tente de se relaxer, mais des spasmes lui traversent le corps, sans prévenir, comme un écho tardif de ce qu'il a vécu au cours de la dernière heure. Il n'a pas la force de réfléchir à la suite des choses, il n'est que soulagé de pouvoir enfin se reposer, en sécurité...

En sécurité... À moins que Diane sache toujours où il est... Mais si c'était le cas, elle enverrait un nouveau signal aux tueurs… Les tueurs… Il devrait plutôt dire : les deux équipes de tueurs. Car c'est ce qu'il a compris au cours de la dernière heure, c'est assez clair…

(mais pourquoi)

Ses yeux se ferment malgré lui,

(pourquoi deux équipes)

sa tête oscille, penche,

(quel intérêt à à à)

son bras glisse lentement le long de son corps, et lorsque sa main atteint le plancher, il rouvre les paupières et se redresse d'un coup, sur le qui-vive.

Dans la cuisine, face au salon, un homme est assis à la table et mange une soupe. Grâce à la lampe restée allumée, Carl le reconnaît : c'est le type du centre commercial.

— Non, non, mangez pas ça !

Carl effectue plusieurs pas, mais il n'avance pas, comme s'il marchait sur place. Et pendant ce temps, une voix plane dans la pièce, celle de Diane.

— Il est trop tard, monsieur Mongeau, vous le savez bien.

L'homme s'étouffe

(non non c'est pas moi c'est pas ma faute non non)

échappe sa cuiller en écarquillant les yeux et hoquette. Carl tend une main, mais n'avance toujours pas tandis que la voix de Diane poursuit :

— De toute façon, c'est vous qui l'avez tué…

L'homme tombe sur le côté, agonisant. Carl entend crier et se retourne. Cela provient de la fenêtre du salon et il y court : dehors, dans la rue ténébreuse, une trentaine d'adolescents, gars et filles de quatorze ou quinze ans, sont installés derrière des pupitres d'école. Ils rigolent tous en regardant un de leurs camarades assis parmi eux et qui ne dit rien, la tête baissée. Carl se sent tout à coup humilié et il avance pour mieux voir, mais en effectuant ce mouvement, il se retrouve à l'extérieur, sans transition. Sauf que les bureaux et les adolescents ont disparu, la rue est à nouveau vide.

Non, pas tout à fait. À une dizaine de mètres plus loin, une boule de billard blanche roule sur l'asphalte. Carl la suit des yeux tandis qu'elle traverse la chaussée, mue par une force invisible. Elle atteint un trou près du trottoir et, après avoir oscillé, bascule dedans en produisant un « poploc » sec, le son typique qu'émet une boule en chutant dans une poche de la table. Et ce son, pourtant anodin, suscite chez Carl un terrible malaise qui confine à l'angoisse.

— Va falloir que t'arrêtes de fuir pis que t'affrontes.

La voix qui prononce ces mots est tout près, derrière lui. Ce n'est plus celle de Diane. Celle-ci est masculine, plus jeune, vaguement familière.

— Tu vas sûrement trouver quelque chose...

Carl se retourne. Tout près de lui se tient un adolescent d'environ dix-sept ans, cheveux courts et bien bâti, beau, mais l'air arrogant.

— Stéphane... souffle Carl.

La bouche de l'adolescent, tout en mâchant une gomme, esquisse un sourire à la fois complice et tragique, puis marmonne :

— ... parce que t'as ça en toi, Carloune.

Et son visage éclate en morceaux.

4:38

Carl se réveille en étouffant un hoquet de stupeur : il est couché dans le divan du salon de Claudia. Tout lui revient en moins de quelques secondes et

(tout est donc vrai)

malgré lui, il pousse une longue plainte en couvrant ses yeux de sa main. Après trente secondes de total abattement, il tourne la tête vers la fenêtre. Derrière les rideaux fermés transparaît une lueur laiteuse. L'aube ? Déjà ? Son regard se dirige vers l'heure sur le lecteur Blu-ray sous la télévision : cinq heures moins vingt. Il a dormi quatre heures et demie !

Il se redresse en position assise et siffle de douleur, pas seulement à cause de son deltoïde gauche, mais surtout à cause de l'ensemble de ses muscles qui grincent et brûlent. La dernière fois qu'il a senti son corps si en compote remonte à son premier demi-marathon, il y a quinze ans. Il donnerait immédiatement mille dollars pour un massage de trois heures.

Sauf que t'as pas une cenne sur toi…

Il se frotte le visage, pris d'un découragement tel qu'il hésite à se lever. À nouveau, il se rend à l'évidence : tout est vrai. Ce n'est pas un rêve.

Le rêve, tu viens tout juste de le faire…

Qu'est-ce que Stéphane foutait dans ce songe ? En trente-quatre ans, il n'a jamais pensé à lui. Du moins, à peu près jamais. Et depuis hier…

Laisse faire Stéphane !

Il se lève, avec l'impression que mille décharges électriques traversent chacune de ses articulations, puis va à la fenêtre du salon. Prudent, il écarte très légèrement un pan des rideaux et ose un œil. L'aube a entamé sa longue entrée en scène dans le quartier assoupi et figé dans cette luminosité si particulière, comme filtrée par la nuit qui ne se retire qu'avec regret. Les tueurs le cherchent-ils ailleurs en ce moment même, au hasard ? Ont-ils pris un peu de repos quelque part ?

Tu imagines ces gens dormir ?

Ce sont quand même des êtres humains, ils n'ont pas le choix de s'arrêter à un moment donné.

Il se traîne à la fenêtre de la cuisine : la cour et celles des voisins sont tout aussi vides.

Il ressent des crampes dans le ventre, croit une seconde que c'est à cause du coup de batte qu'il a reçu, mais réalise qu'il n'a pas sérieusement mangé depuis une quinzaine d'heures. Il attrape une banane dans un plat de fruits et, tout en la dévorant debout, fait le décompte des tueurs : Barbu qui est mort, l'Italien qui a vraiment l'air dangereux, le junkie qui se gèle en attendant sa victime et qu'il n'a pas vu cette nuit (peut-être était-il trop stone), Beyoncé qui parle toute seule, l'itinérant soûl en vélo avec son gun à clous, Moustachu qui s'excuse et qui ne tient pas tant à le tuer « lui-même », le gros Black qui semble évoluer dans une bulle et qui ne s'est pas montré non plus cette nuit… Une brochette totalement invraisemblable d'assassins hétéroclites, dont les meilleurs éléments paraissent un peu mieux organisés et les pires dotés d'une santé mentale douteuse. Et pas un seul qui n'utilise d'arme à feu. Il secoue la tête, déconcerté.

Il en a donc croisé sept, alors qu'ils sont censés être huit. Il se rappelle les paroles de Diane, hier soir…

« Maintenant, ils sont tous arrivés à Drummondville, sauf un. Mais lui, ce n'est pas étonnant… »

Qu'a-t-elle voulu dire ? Pourquoi ce huitième arriverait-il beaucoup plus tard que les autres ? Et maintenant, est-il à Drummondville ? Sans doute. Un de plus à ses trousses. Mais Barbu est mort, donc un de moins.

Flash d'une scène illogique : Barbu qui, sur le point de l'achever, lui a tourné le dos pour aller ramasser sa casquette…

Il y en a peut-être parmi eux qui ont été arrêtés. Comme Beyoncé. Ou le junkie et le Noir. Ou même d'autres. Peut-être certains, cette nuit, se sont-ils massacrés entre eux ou… Criss ! il n'a aucune idée de qui est encore à ses trousses, tout est si chaotique !

Il songe à Diane, à ses paroles délirantes sur le chaos global…

Il aperçoit le téléphone sur la table. Il jette la pelure de banane sur le comptoir, prend l'appareil et compose un numéro. Après quelques touches, il tombe sur sa boîte vocale qui annonce trois nouveaux messages. Le premier est de Pierre-Luc qui l'appelle du chalet et qui, de très bonne humeur, lui demande quand il a l'intention de venir les rejoindre, lui et Fred. Ce message ouvre une brèche dans la vie de Carl, sa vraie vie, celle qu'il menait paisiblement il y a moins de vingt-quatre heures… Il serre les lèvres, de peur de laisser jaillir quelque chose de si sale, de si ténébreux qu'il s'y noierait de manière définitive. Il appuie son pouce et son index contre ses yeux, jusqu'à l'éclatement de points mauves sur l'écran noir de sa vision… Puis, le second message s'enclenche : c'est une voix féminine, très forte pour couvrir le bruit ambiant.

— Salut, Carl, c'est Aline, au bar. Écoute, il est neuf heures pis la police est venue deux fois pour te parler.

La première fois, je leur ai dit que t'étais ici autour de six heures pis que normalement, quand tu pars le soir, on te revoit pas, mais ils sont revenus quand même… Ils m'ont pas expliqué ce qu'ils voulaient… Ben, c'est ça, je voulais te le dire. J'espère que c'est rien de grave. T'as pas encore volé une banque, hein ? (éclats de rire) OK, ciao, boss.

Autour de vingt et une heures, soit avant le bordel de cette nuit… Et maintenant que les flics ont découvert sa voiture accidentée dans un stationnement où gisait un cadavre, ils vont le rechercher plus sérieusement. Il secoue la tête tandis que débute le dernier message.

— Dude, t'es où, là ? On vient de finir le tournage pis t'es pas revenu du parking ! As-tu un problème avec ton char ? T'es pas parti à Grand-Mère sans me le dire, quand même ? Anyway, rappelle-moi pour m'expliquer ça. Ciao.

Carl repose le combiné sur son chargeur et lisse ses cheveux lentement. Il a encore faim ! Il ouvre un tupperware qui traîne sur le four : il contient des muffins maison, ceux que Claudia prépare si bien. Tout en mangeant, il se remémore l'idée folle qui lui tournait dans la tête alors qu'il sombrait dans le sommeil il y a quelques heures : les tueurs semblent former deux équipes… Mais pourquoi ? Dans quel but ? Une ébauche d'hypothèse s'élabore dans son esprit, mais elle est si dingue qu'il n'ose l'explorer davantage, tellement terrifié par la démence qu'elle implique que le dernier morceau du second muffin passe difficilement dans sa gorge. Il se remplit un grand verre d'eau qu'il boit lentement et jette un œil au cadran du micro-ondes : cinq heures trois. Déjà plus de vingt minutes qu'il est éveillé.

Il doit partir.

Il dépose le verre sur le comptoir, enfile ses espadrilles et se dirige vers la fenêtre du salon. En chemin, il aperçoit le sac à main de Claudia. Après une très courte hésitation, il le prend, l'ouvre et trouve le portefeuille qui contient un billet de dix dollars. Il le glisse dans son jogging, en imaginant la colère, l'incompréhension et le mépris qu'éprouvera son ex-maîtresse en découvrant ce lamentable larcin. À la fenêtre, il écarte légèrement le rideau : il fait de plus en plus clair, mais le soleil est encore caché, surtout que le ciel est tapissé de nuages. Et, bien sûr, la rue est déserte. Mais Carl ne bouge pas, ne part pas.

Fuir encore ? Chercher de l'argent ? Dans quel but ?

Ostie, tu dois trouver une solution !

Aller à la police est-il maintenant envisageable ? Criss ! il n'a plus son cellulaire, ni sa voiture, il porte un pantalon et des souliers neufs ainsi qu'un t-shirt qui traînait chez Claudia depuis des mois, alors comment cette folle pourrait-elle désormais le pister ? D'ailleurs, si elle le pouvait, elle aurait envoyé un nouveau signal à ses tueurs au cours des dernières heures, non ?

Il demeure encore un moment à regarder dehors, le front contre la vitre, de plus en plus convaincu qu'il n'y a plus de danger à prévenir les flics… puis, au bout d'une longue minute, un véhicule apparaît au loin. Une Buick Rendezvous grise.

En étouffant une exclamation incrédule, Carl referme le rideau, se pousse sur le côté de la fenêtre et retient son souffle, comme si on pouvait l'entendre respirer de l'extérieur. C'est un hasard ! Ils le cherchent partout et ils reviennent voir s'il est toujours dans le coin ! Dans dix secondes, ils ne seront plus là ! Un criss de hasard !

Il compte mentalement dix secondes, comme un élève bien appliqué, puis écarte légèrement le rideau.

La Buick Rendezvous est arrêtée de l'autre côté de la rue. La portière côté passager s'ouvre et l'Italien en sort. Les mains sur les hanches, il effectue quelques pas en regardant droit vers l'immeuble où habite Claudia. Carl se plaque à nouveau contre le mur, gagné par la panique qui revient… en fait, non, elle ne revient pas, elle n'a jamais vraiment disparu. Elle n'était que blottie quelque part au fond de son esprit, prête à surgir aussitôt que la pause serait terminée. Il entrebâille à peine le rideau : l'Italien, immobile au milieu de la chaussée, a sorti son cellulaire et le consulte. Il porte maintenant une chemise grise, propre et sans aucune trace de sang. Ses cheveux gominés sont peignés vers l'arrière et seule une certaine pâleur sur ses traits témoigne d'une nuit mouvementée. Le sac qu'il a récupéré hier contient sans doute des vêtements de rechange et une trousse de premiers soins. À nouveau, Carl songe que de tous ses poursuivants, l'Italien est le plus organisé. Pendant ce temps, Moustachu sort à son tour, plus éreinté, mais demeure sur le trottoir, portant un regard incertain vers l'immeuble. Ses lèvres bougent comme s'il parlait et l'Italien répond quelque chose en montrant son cellulaire, puis l'édifice. Moustachu étudie aussi son téléphone.

C'est clair : Diane leur a envoyé un nouveau signal indiquant sa position ! Son intention de prévenir la police en toute sécurité s'écrase au plus profond de son découragement.

Sauve-toi par en arrière, vite !

Pourtant, les deux tueurs ne s'approchent pas. Ils se parlent en étudiant l'immeuble, Moustachu d'un air nerveux, l'Italien contrarié.

Ils ne savent pas dans quel appartement tu te trouves… Mais si l'un d'eux décide de fouiller tout l'immeuble ?

Il doit partir d'ici.

Même si tu te sauves, ils fouilleront peut-être tous les appartements quand même…

Claudia… et sa fille…

Non, ils n'oseront pas! En tout cas, pas l'Italien et le junkie: hier, chez Carl, ils n'ont pas osé l'attaquer dans la rue devant les témoins.

Eux, non, mais le Black, lui, a pas hésité...

Carl s'appuie à nouveau contre le mur et ferme les yeux de toutes ses forces en poussant un râle éperdu. Il ne tiendra pas. Son cerveau va se fendre en deux, son esprit déraper, son cœur exploser, pacemaker ou non, il ne *tiendra pas*!

Tu peux pas risquer la vie de Claudia et de sa fille, t'as pas le droit!

Carl s'élance vers la cuisine, attrape sa batte de baseball dans le placard et sort par-derrière. Il descend l'escalier quatre à quatre et, une fois en bas, crie vers la rue:

— Hey! Je suis ici. Ici!

Et il court jusqu'au fond de la cour. Il grimpe par-dessus la clôture, mais ses muscles encore raidis le prennent par surprise et il tombe de l'autre côté. Sa cuisse droite s'écrase sur une pierre et un cri de douleur franchit ses lèvres. Il se relève en grimaçant et contourne la maison en boitillant, tandis qu'il entend la voix de l'Italien, de l'autre bord de la clôture, jurer puis crier:

— Il fait le tour par l'autre rue! Vite!

Carl débouche dans la rue Surprenant, tourne à droite et galope le plus vite qu'il peut

(ça recommence c'est pas possible c'est juste pas possible)

vers le boulevard Saint-Joseph, à moins de deux cents mètres. Seule consolation qui traverse son esprit en un bref éclair: les deux tueurs n'entreront pas dans l'immeuble de Claudia. Ils doivent déjà monter dans leur voiture pour le rattraper.

Mais les autres?

Carl arrive au boulevard Saint-Joseph, désert à pareille heure... mais une voiture approche au loin, à

gauche. Il court vers elle, prêt à lever le bras pour lui
faire signe, mais le véhicule, une BMW grise, ralentit
de lui-même en rejoignant le bord du trottoir puis s'immobilise à trente mètres. Carl s'arrête, saisi d'un mauvais pressentiment. À travers le pare-brise, il discerne
les traits du conducteur : dans la soixantaine avancée,
lunettes, cheveux rares et blancs.

Le huitième tueur ?

Alors que Carl hésite toujours à s'approcher,
l'homme descend de la voiture, mais demeure derrière
la portière ouverte. Il porte un complet-cravate gris et
ressemble à un professeur d'université d'une époque
révolue. Rien à voir avec les autres assassins. Pourtant,
il fixe le fugitif, impassible, et lorsqu'il glisse ses doigts
sous son veston, Carl tourne les talons

(ostie c'est lui)

pour s'enfuir, mais un véhicule vient de l'autre côté :
un taxi ! Il traverse la rue en courant, franchit le terre-
plein au milieu du boulevard et brandit sa main libre
pour héler l'automobile…

… lorsqu'un étourdissement soudain s'abat sur lui
et l'oblige à stopper. Qu'est-ce qui se passe ? Ça ne peut
pas être l'essoufflement, il n'a pas couru à ce point.
L'étourdissement persiste et il reconnaît les signes
d'une chute de pression. Serait-ce son pacemaker qui
connaît des ratés ? Ce serait seulement la troisième fois
en douze ans, et dans une telle situation, il doit aller à
l'hôpital pour qu'on le reprogramme, ce qui ne prend
qu'une quinzaine de minutes, sauf que, criss ! ce n'est
vraiment pas le moment ! Étourdi, il traverse la chaussée
en hélant le taxi, mais le souffle lui manque et sa batte
pèse de plus en plus lourd. La voiture s'arrête près de lui
et, par la fenêtre ouverte, le conducteur lance :

— Je viens de finir mon shift, mais je peux ben en
faire une petite dernière… Coudon, vous allez pas jouer
au baseball si de bonne heure ?

Carl sent alors son vertige diminuer d'intensité, son souffle revenir… Il ouvre la portière et se laisse tomber sur la banquette arrière. Il a l'impression que son rythme cardiaque augmente, reprend sa cadence normale. Le chauffeur, un type dans la quarantaine qui mâche un cure-dent, demande :

— Ça va-tu ?

— Oui, oui, c'est… Roulez devant vous…

Le taxi se met en route et Carl, qui ne sent maintenant plus aucun malaise physique, jette un œil par la fenêtre : là-bas, le vieil inconnu près de la portière de sa BMW regarde toujours dans sa direction, en tenant quelque chose dans ses mains. Un revolver ? Trop loin pour voir clairement…

Était-ce vraiment le huitième tueur ? Peut-être que non. Il n'a pas agi comme tel, en tout cas…

— On va où, exactement ?

— Vous… où vous alliez, vous ?

— Ben… chez moi, dans le quartier Saint-Charles…

— Parfait, je vais là aussi.

— Ah ? Ben coudon.

Carl refait donc en sens inverse le chemin qu'il a parcouru en quittant le Village québécois d'antan. Il s'imagine traverser à répétition le pont dans les deux sens, les tueurs sur ses talons, comme dans une vieille comédie du cinéma muet où tout le monde se poursuit en repassant toujours au même endroit. Image qui, en ce moment, lui paraît plus tragique que comique. La batte sur les genoux, il masse sa poitrine au niveau de son cœur. Finalement, ça ne devait pas être un problème du pacemaker, sinon ça ne se serait pas réglé tout seul. Peut-être juste une réaction de panique.

Une chanson pop sort de la radio et le chauffeur lance un regard soupçonneux dans son rétroviseur, comme s'il commençait enfin à discerner l'étrangeté de son client.

— Heu… pourquoi vous avez une batte de base-ball, au juste ?

Carl ne répond pas. Il a un billet de dix et environ deux dollars en monnaie. Il peut se rendre à Saint-Charles avec douze dollars, mais ensuite ? À la radio, la chanson se termine et laisse place à l'animateur :

— C'était Katy Perry à CJDS, la radio de Drummondville. Sur une note plus sérieuse, il semblerait qu'il se soit passé des événements dramatiques cette nuit…

— Alors, vous allez où exactement, à Saint-Charles ? demande le chauffeur en s'engageant à droite dans Saint-Georges.

— Je vais… Je vais…

Certains mots en provenance de la radio parasitent les pensées de Carl :

— … scène dans le stationnement de Paul-Rousseau qui ressemble à un règlement de comptes, avec un cadavre pour l'instant inconnu…

Carl tourne la tête vers l'arrière : ça y est, la Buick Rendezvous le suit à une quarantaine de mètres, impossible à manquer dans cette absence totale de circulation.

Merde ! il est en taxi, comment ont-ils pu le retrouver si vite ?

— Monsieur, ça me prend une adresse.

— … un Pathfinder qui appartiendrait à un certain Carl Mongeau, résident de Drummondville et propriétaire du bar bien connu *Le Lindsay*. La police croit que cet homme est en danger, donc toute information qui…

Carl fixe la radio, comme si celle-ci venait de l'interpeller.

— Écoutez, monsieur, ce serait peut-être mieux que je vous laisse ici…

— Non !… Non, non, continuez !

Il regarde à nouveau vers la Buick derrière. À la radio, une chanson d'Ariane Moffatt débute et au même moment, une voiture dépasse la Buick sur la gauche pour s'approcher rapidement du taxi. Le sang de Carl se fige lorsqu'il reconnaît le conducteur de la Mazda 3 rouge. Le Black l'a retrouvé aussi !

— Ben, là, vous me donnez pas d'adresse précise, pis franchement, vous allez l'air... Je sais pas, mais je commence à...

La Mazda, qui a rejoint le taxi sur sa gauche, se plaque alors contre le véhicule jusqu'à le toucher. Le conducteur émet un cri stupéfait, serre son volant à deux mains, mais la Mazda le pousse dans un grincement de métal et de crissements de pneus.

— Non, non ! Arrêtez pas ! hurle Carl.

Mais le taxi, à moins de cinquante mètres du pont qui traverse la Saint-François, s'immobilise près du trottoir. La Mazda stoppe juste devant, tandis que le chauffeur du taxi s'écrie, le cure-dent frétillant entre ses dents :

— Il est malade, ce gars-là !

— Faut repartir ! Tout de suite ! Il est dangereux, faut repartir !

Le chauffeur, furieux, se met sur « park » et fait mine de sortir, mais il se fige en apercevant le gros Noir, tuyau de cuivre en main, en train de s'approcher de son pas lourd, le visage crispé.

— Ben voyons donc ! souffle-t-il.

Carl lance sa main vers la poignée de la portière à droite, mais le chauffeur, par réflexe de protection, enclenche les barrures automatiques.

— Débarrez ça !

— Mais non, il a l'air dangereux, vous voyez ben !

— Je le sais, qu'il est dangereux, tabarnac ! je vous l'ai dit tout à l...

Le tuyau percute la vitre de la portière arrière de gauche, qui craquelle de partout. Carl bondit vers le côté opposé et le chauffeur, pendant quelques secondes, ne réagit pas, totalement ahuri, le cure-dent pendant entre ses lèvres entrouvertes.

— Démarre, vite! gueule Carl tandis qu'un second coup ébranle la fenêtre.

Derrière, dans la Buick qui s'est garée un peu plus loin, les visages sidérés de l'Italien et de Moustachu fixent la scène. Le chauffeur de taxi sort enfin de sa stupéfaction, mais ne démarre pas: il brandit plutôt son cellulaire et, avec un air ridiculement menaçant, crie vers l'agresseur:

— J'appelle la police, gros malade! T'entends-tu?

Le cuivre atteint cette fois la vitre du chauffeur, qui en échappe son appareil de stupeur. Carl, malgré l'élan de douleur qui lui traverse l'épaule gauche, commence à frapper sur la poignée de la portière arrière droite avec sa batte tout en hurlant:

— Débarre les portes, câlice, ou démarre, mais fais quelque chose!

Cependant le chauffeur, penché, cherche son cellulaire à tâtons en grommelant « M'a appeler les flics, mon maudit! » La vitre éclate dans un fracas qui recouvre la voix enjouée d'Ariane Moffatt et Carl, fou de peur, redouble ses coups sur la poignée

(mais pourquoi il démarre pas criss de sans-dessein)

tandis que le chauffeur se redresse, tenant son appareil comme s'il avait réussi à extraire Excalibur de son rocher, puis appuie sur le 9 du clavier.

— Tu vas être dans le trouble pas à peu près, toi! crie-t-il avec assurance.

Il n'a pas refermé les lèvres que le tuyau entre dans sa bouche, transperce sa nuque et s'enfonce dans la banquette du passager. Carl pousse un hurlement d'horreur tandis que le chauffeur, les yeux écarquillés et sans émettre un son, agite ses mains vers sa bouche, d'où gicle le sang.

— C'est assez, là, marmonne le Noir d'une voix aiguë et anxieuse.

Il tire pour ramener son arme, mais elle demeure plantée dans le siège et le chauffeur, les iris révulsés, s'amollit de plus en plus, le corps ballotté par les secousses du tueur qui tente d'extraire le tuyau. Carl, hystérique, porte un ultime coup de batte sur la poignée, qui émet un craquement définitif, bondit hors de la voiture et, emporté par un mouvement de révolte étouffant toute prudence, s'élance vers le Noir qui, occupé à dégager son arme, ne lui accorde aucune attention. Carl frappe sans viser : le bâton s'écrase sur l'avant-bras gauche du tueur, qui émet un vague grognement et lâche son tuyau. Il se tourne vers Carl ; sa grimace angoissée se module en moue contrariée, presque déçue, mais il ne fait aucun geste pour éviter le second coup, qui l'atteint sur le côté du visage, directement sur la pommette droite qui s'émiette sous l'impact. Cette fois, le Noir s'écroule lourdement au sol et Carl, debout au-dessus de lui, lui crache avec véhémence :

— Ostie de fou de malade mental !

Le tueur, la face enflant à vue d'œil, bouge la tête pour reprendre ses esprits et Carl dresse sa batte tel Jupiter prêt à lancer sa foudre, mais une image éblouissante

(visage emporté dans une gerbe de sang et de chairs déchiquetées)

le paralyse. Il bat des paupières, puis regarde autour de lui. Les environs, en ce lever du jour, sont totalement silencieux, à l'exception du ronronnement du taxi et de la musique qui en provient. Pas très loin, la Buick Rendezvous est toujours garée et à l'intérieur, Moustachu, derrière le volant, le dévisage avec épouvante. À sa droite, l'Italien semble hésiter à sortir, son regard sautant de Carl à un point de l'autre côté de la rue. Carl, la batte dressée, tourne ses yeux ronds dans cette direction : un vieil homme, sur le trottoir d'en face, s'est arrêté, son chien en laisse, et observe la scène d'un air étrangement interrogateur, comme s'il ne comprenait pas ce qui se passait.

Pendant quelques secondes, le temps se fige.

Puis un autre bruit de moteur monte : une moto, en provenance de la rue Lindsay, stoppe près de la Buick Rendezvous. Le pilote porte un sac à dos duquel surgissent quelques centimètres d'une tige métallique et il est coiffé d'une casquette des Simpson d'où dépassent de longs cheveux blonds. Il embrasse la scène du regard et Carl reconnaît le junkie de la veille.

Sans lâcher sa batte, il s'élance vers le trottoir, traverse la rue Hériot et court vers les haies et les arbres qui entourent une maison. Juste avant de s'y enfoncer, il tourne la tête : la moto file vers lui tandis que le Noir se relève lentement, la main sur son visage meurtri, et la Buick Rendezvous, en voulant démarrer trop vite, étouffe puis s'arrête. Carl perçoit même les cris rageurs de l'Italien tandis qu'il disparaît dans la haie : ni voiture ni moto ne pourront le suivre ici. Il traverse un boisé et débouche dans le stationnement du restaurant *Le Charlemagne*, fermé à cette heure. Mais il n'a pas parcouru dix mètres que la moto entre dans le stationnement par l'une des deux entrées.

Bats-toi ! Il est seul !

Carl dresse son arme, comme s'il était réellement au marbre pendant une partie, la mâchoire serrée, et tente d'ignorer la peur qui lui remonte de l'estomac.

La tête, vise la tête.

Une voiture apparaît par l'autre entrée du stationnement, une Toyota Corolla bleue qui freine brutalement entre Carl et la moto, en obligeant celle-ci à stopper brusquement. Beyoncé sort du véhicule, le front enflé, tenant entre les mains son pied-de-biche qu'elle a manifestement récupéré. Elle avance d'un pas las vers Carl qui, son bâton en l'air, l'attend en respirant à toute vitesse.

— Hey !

C'est le junkie ayant délaissé sa moto et s'approchant de Beyoncé, qui s'est arrêtée pour se tourner vers lui. Il semble tout autant dans les vapes que la veille et sa peau jaunie paraît plus maladive sous la lumière matinale. La voix molle et interrogatrice, il demande :

— Venatores ?

— Venatores aussi, OK, là ? répond la femme. Bon, c'est moi qui s'en occupe !

Et elle se remet en marche vers Carl, qui sent la batte trembler entre ses mains : criss, ils sont deux, maintenant !

— Hey, minute ! crie le junkie en s'élançant. Attends, là, pourquoi toi ? On pourrait… se parler, tsé !

Telle une voiture téléguidée à qui on fait brutalement changer de direction, Beyoncé s'avance tout à coup vers le jeune.

— C'est moi parce qu'il faut toujours s'occuper des affaires quand c'est le temps, toujours, toujours, sinon c'est à recommencer, pis je suis tannée, ben tannée !

Le junkie lève une main en guise d'avertissement et émet un petit rire niais :

— Hey, hey, hey, tu peux pas m'attaquer, là ! On est dans la même squad, câlice !

— Je veux pas t'attaquer, mais là, là, achale-moi pas, OK ? s'impatiente-t-elle en s'arrêtant, le dos tourné à Carl. C'est assez fatigant de même, maudit !

Carl profite de cette diversion aussi vaudevillesque qu'inespérée pour filer vers la rue Loring et prend à droite.

— Hey, il s'en va ! s'exclame le junkie.

Carl tourne à gauche dans Hériot, en plein cœur du centre-ville désert

une ville fantôme je fuis des tueurs dans une ville fantôme

et, après trente mètres, avant que ses poursuivants aient atteint la rue, il prend à gauche dans une étroite ruelle. Juste avant de s'y engouffrer, il aperçoit la Buick Rendezvous débouchant dans la rue, derrière lui, mais il est à peu près certain que ses occupants n'ont pu le voir entrer dans la ruelle. Il se retrouve dans le vaste stationnement du centre-ville, qui longe d'un côté les façades arrière d'une dizaine de commerces. L'autre côté est bordé par un terrain gazonné qui descend jusqu'à la rivière, et tout à coup

(la rivière qui va jusqu'au)

il sait où se cacher. Il saute par-dessus le garde-fou et descend la pente en diagonale pour ne pas perdre pied et, en bas, poursuit sa cavale sur le chemin pédestre qui suit la rivière. Il jette un regard derrière : en haut, aucune silhouette n'apparaît. On ne l'a pas vu, on doit le chercher dans la rue ou dans le stationnement. Mais il ne ralentit pas pour autant : les tueurs comprendront rapidement qu'il est en bas. Après cinquante mètres s'ouvre le vaste parc Woodyatt, situé sur les rives de la rivière Saint-François. La cuisse droite douloureuse, Carl poursuit sa course non pas vers le centre du parc, mais en suivant toujours le sentier qui pénètre dans les bois. Il traverse le court pont piétonnier qui, après avoir enjambé de joyeuses cascades, débouche sur l'île aux Fesses puis tourne à droite pour s'enfoncer dans la végétation de la minuscule île. Il s'engage sur un chemin plus accidenté qui s'est formé au fil des ans avant d'atteindre un deuxième pont piétonnier, un peu plus long que le premier, qui mène à la seconde portion de l'île. Il le franchit puis suit la lisière qui divise la partie boisée de la partie rocheuse. Après une trentaine de mètres, il bifurque à gauche entre deux arbres, trouve la mini-clairière qu'il connaît bien, lâche sa batte et s'étend de tout son long sur le dos, le visage tourné vers le ciel, laissant la sueur submerger chaque centimètre de sa peau.

Il peut souffler un peu. Ses poursuivants vont finir par arriver au parc Woodyatt, c'est inévitable, mais avant qu'ils découvrent les deux petits ponts, il a un moment pour se remettre de ses émotions. Et même s'ils se rendent jusqu'ici, il sait où se planquer, à dix mètres par là, du côté de la partie rocheuse : une excavation que l'on ne voit pas de la berge. Carl connaît l'existence de cette enclave naturelle pour y avoir passé de nombreuses heures, souvent accompagné d'une fille. Il lui est même arrivé une fois de tomber sur un couple qui s'y trouvait déjà. Car l'île aux Fesses porte bien son nom.

Il regarde le ciel en massant sa cuisse douloureuse ; le chant des oiseaux et le murmure de la rivière apaisent son esprit. Malgré la situation, il ne peut s'empêcher d'être happé par une nostalgie incongrue, comme s'il profitait de cette accalmie pour laisser filtrer un peu de lumière. À quand remonte la dernière fois qu'il est venu sur cette île ? Était-ce avec Chantal ? Ou lors de cette brosse mémorable avec Yves durant le Mondial des cultures (qui portait à l'époque le nom de Festival mondial du folklore) ? En tout cas, il n'avait pas plus de vingt ans. Car après cet âge, on réalise que boire, fumer et baiser sur une petite île n'est pas si rebelle que ça, on trouve de plus en plus embarrassant de tomber sur des gens plus jeunes que nous et on se dit qu'après tout, rien ne vaut le confort d'un bar, d'une maison ou d'une chambre à coucher.

Les ados d'aujourd'hui viennent-ils encore sur cette île ? Et lui, combien de filles a-t-il amenées ici ? Pas beaucoup, en fait. Surtout qu'avant ses dix-sept ans, il était très tranquille et sortait peu. Avant ses dix-sept ans, il…

… il…

Une bouffée d'angoisse lui serre la gorge et il se redresse vivement. Il fait quelques pas, puis s'assoit sur un rocher recouvert de hautes herbes. Le jour est maintenant complètement levé, le ciel est empli de nuages foncés. C'est tellement étrange de voir ce décor en plein jour, alors qu'il y venait toujours la nuit. Malgré tout, rien n'a changé, sauf lui qui a vieilli. Et tout à coup, une grande tristesse s'abat sur lui. Il pourrait être assis sur ce rocher à se rappeler ses dix-huit, dix-neuf ans, en constatant qu'il s'en est plutôt bien sorti, alors qu'il est ici pour se cacher d'une bande de tueurs qui veulent sa peau, bien qu'il n'ait rien fait pour mériter un tel sort. Et que cet ancien lieu de plaisir se transforme soudain en vulgaire planque, que la peur et la violence entachent cette oasis où s'est abreuvée une partie de sa jeunesse, tout cela le dégoûte autant que si on crachait sur un héros national.

Il se frotte le visage des deux mains. La police est peut-être déjà en train d'examiner le cadavre du chauffeur de taxi.

Un autre type mort par sa faute. Il ne peut plus approcher les gens, sa seule présence les met en danger ! Il est devenu un virus.

Il secoue la tête en grognant. Il ne doit pas se laisser distraire par la culpabilité, il doit réfléchir, analyser les derniers événements. Il pose ses coudes sur ses cuisses et joint les mains sur son menton et ses lèvres.

OK : à cinq heures du matin, les tueurs l'ont retrouvé. Devant l'immeuble de Claudia, ils consultaient leur cellulaire. Conclusion : Diane leur a envoyé le signalement de sa position, comme elle l'a fait à vingt-trois heures. Mais pourquoi avoir attendu si longtemps cette fois ? Pourquoi ne pas leur envoyer ce signal en tout temps ?

Parce que maintenant que t'as plus ni tes vêtements de la veille, ni ton cellulaire, ni ta voiture, elle ne peut plus suivre ta trace. Et si elle a pu te retrouver à cinq heures ce matin, il y a juste une explication…

Carl se lève en émettant un sifflement révolté. Hier soir, il doutait de Pascale, il ne va pas maintenant douter de Claudia !

Claudia qui était folle amoureuse de toi, Claudia qui t'a joué une scène théâtrale lorsque tu as cessé de la fréquenter, qui te méprise depuis... Claudia qui est émotivement très instable... Claudia qui, malgré tout, continue de travailler pour toi, pour ainsi ne pas te perdre de vue...

Il marche au hasard, les deux mains sur la tête, jusqu'à la partie rocheuse dénuée d'arbres. Mais cette nuit, il n'était pas du tout censé se rendre chez elle !

Quelle occasion inespérée pour elle ! T'as vu comme elle a accepté toutes tes explications ? Du jogging à onze heures le soir ? Tomber sur un clou ? Ben sûr, ben sûr ! Et elle était drôlement séductrice, cette nuit. Alors que, quelques heures plus tôt, elle te traitait comme de la merde !

Justement, pourquoi aurait-elle voulu coucher avec lui si elle a commandité sa mort ?

Pour te retenir chez elle, tout simplement. D'ailleurs, elle a pas insisté quand t'as refusé de baiser. L'important, c'était que tu passes la nuit là, le temps qu'elle prévienne Diane.

Carl marche de long en large en se massant la nuque, subjugué par le scénario qui se révèle à lui. Claudia informe Diane, mais lui demande de ne pas envoyer les tueurs avant que sa fille quitte la maison, soit à sept heures... Et comme ils veulent tous être le premier à éliminer Carl, certains arrivent très à l'avance. Et devant l'immeuble, ils surveillent leur cellulaire non pas pour le signal, mais pour s'assurer de l'heure et attaquer à sept heures... Et c'est pour ça que tout à l'heure, après sa fuite, les tueurs l'ont retrouvé si vite : Claudia a prévenu Diane qu'il n'était plus chez elle.

Le vrombissement dans sa tête ne provient pas uniquement des cascades dans la rivière. Ce n'est plus du scepticisme qu'il ressent mais de la colère, une rage alimentée par la fatigue, la peur et la paranoïa.

Et d'autres détails s'ajoutent, paraissent tout à coup autant d'indices : Claudia fait un bon salaire et elle s'entête à vivre dans ce modeste quatre et demie ; elle a sûrement ramassé pas mal de fric qu'elle a utilisé pour payer un tueur...

Un tueur qui la vengera de l'amour que tu lui as refusé et de son humiliation, parce qu'elle est convaincue que tu t'es foutu d'elle ! Et lorsqu'elle a piqué cette crise épouvantable, tu as douté de son équilibre mental !

Le regard de Carl s'assombrit... puis un élément extérieur transperce le cocon de ténèbres qu'il se tisse autour de lui : là-bas, de l'autre côté du pont, une silhouette encore indistincte bouge entre les arbres de la première portion de l'île.

Carl s'élance vers la berge, trouve rapidement l'endroit qu'il cherche et y descend. Il se souvient exactement sur quels rochers bondir et, en quelques secondes, il déniche l'excavation sur le flanc. Il se glisse à l'intérieur, plié en deux, et s'assoit sur le sol légèrement humide, les genoux remontés. De ce côté de l'île, le courant de la rivière est à peu près neutre, donc silencieux, et normalement, si quelqu'un marche au-dessus, il devrait l'entendre.

D'ailleurs, il croit percevoir des pas maintenant ; il veut prendre sa batte de baseball... et réalise qu'il l'a oubliée en haut !

Les bruits se précisent : brindilles qui craquent, cailloux qui roulent... Carl attend tout en retenant sa respiration, le corps engourdi. Il tente de se rappeler ce qu'il a fait de son arme : il l'a laissée tomber en arrivant, mais est-elle sur les rochers ou dans les herbes hautes ? Dans cette dernière hypothèse, peut-être que le tueur ne l'apercevra pas...

Il entend une exclamation, puis un son s'apparentant à un bref sanglot. Après quelques secondes, une voix retentit :

— Je sais que vous êtes ici !

Voix émue et peu assurée… Carl est convaincu qu'il s'agit de Moustachu.

— J'ai trouvé la batte ! Vous seriez pas reparti sans elle !… Vous…

La voix se tait une seconde, puis poursuit presque à contrecœur :

— L'île est petite, je vais finir par vous trouver. Pis je… je m'en irai pas tant que vous sortirez pas de votre cachette.

Moustachu est le moins menaçant des tueurs. Même sans arme, Carl devrait pouvoir lui tenir tête sans problème. Alors que s'il attend, d'autres risquent de se pointer, et à ce moment…

Il prend son courage à deux mains et s'éjecte hors de son trou. Il remonte sur le terrain plat et rocheux en cinq secondes et aperçoit Moustachu, tout près de la lisière où commence la partie boisée, qui lui tourne le dos. Seul. Il tient la batte et, près de lui, traîne une clé en croix, cet outil que l'on garde dans sa voiture pour changer un pneu crevé : sans doute l'arme avec laquelle Moustachu est arrivé. Carl veut lui sauter dessus, mais l'homme se retourne immédiatement en brandissant le bâton. Les deux adversaires sont à une dizaine de mètres de distance et pendant quelques secondes, on n'entend que la rumeur des cascades en provenance du pont. Moustachu remonte rapidement ses lunettes sur son nez, les traits terrifiés comme ceux d'un homme sur le point de se faire amputer une jambe à froid. Carl réalise qu'il a nettement plus peur que lui et cela augmente son assurance. Il se penche pour ramasser une pierre grosse comme une balle de tennis et défie l'autre du regard.

— J'ai… j'ai pas envie de vous tuer, c'est pas personnel ! bredouille Moustachu.

Et il tourne la tête vers le pont : il souhaiterait sans doute que l'Italien vienne le rejoindre pour finir le boulot. Et il n'ose sûrement pas l'appeler de peur d'alerter les autres.

Ceux de l'autre équipe, par exemple...

— J'ai pas le choix, vous comprenez ? reprend-il. C'est... c'est pour mon fils ! C'est sa batte, celle que je lui ai donnée à ses dix ans l'année dernière ! (Il la dresse en l'air un moment.) S'il se fait opérer au Québec, ça va prendre six mois, c'est trop long... Mais aux États-Unis, ça coûte très cher, alors j'ai... j'ai besoin d'argent ! Vous avez des enfants, vous ?

— Oui.

Carl tique en serrant sa pierre avec plus de force. Qu'est-ce qui lui prend de lui répondre ? Encouragé, Moustachu continue :

— Alors, vous feriez la même chose, je suis sûr ! On est prêt à tout, pour nos enfants, hein, vous le savez !

Carl roule convulsivement sa langue contre l'intérieur de sa joue et, toujours en position d'attaque, propose à toute vitesse :

— Si tu m'aides, si tu me dis ce que tu sais, je te donne l'argent pour l'opération de ton fils. Juré.

Moustachu secoue la tête en émettant un ricanement tellement désespéré qu'on dirait un sanglot.

— Ça marche pas de même ! On peut pas accepter ce genre d'offre, elle nous a prévenus !

Carl n'a aucunement besoin de lui demander de qui il parle, et pendant une seconde s'impose à son esprit l'image sinistre de Diane en train d'observer leur discussion à travers une boule de cristal.

— Vous êtes pas obligés de lui obéir ! rétorque Carl. Elle vous a engagés, mais vous pouvez changer d'avis ! Pourquoi vous accepteriez pas mon offre ?

— Pis vous, pourquoi vous prévenez pas la police ?

Aucune ironie dans le ton de l'homme. Carl, pris par surprise, ne trouve rien à répondre. Moustachu soupire, misérable, les lèvres tremblotantes.

— On est ses jouets, Carl… Consentants ou non, on est devenus ses jouets, pis on peut rien y changer.

La chair de poule qui envahit tout le corps de Carl est si violente qu'il en ressent une vive douleur, comme si chacun de ses pores se transformait en épingle. Moustachu approche alors la batte de ses lèvres et, comme il l'a fait cette nuit, lui applique un léger baiser en marmonnant :

— Donne-moi le courage, William…

Carl profite de ce bref moment pour lancer sa pierre de toutes ses forces. Il visait évidemment la tête, mais atteint le haut de la poitrine, près du plexus solaire. Le choc est assez inattendu et percutant pour que l'homme titube vers l'arrière et se mette à tousser, déstabilisé. Carl se précipite vers la clé en croix, la ramasse et la brandit à deux mains au-dessus de lui au moment même où la batte s'abat et bute contre. Carl la repousse en grognant et Moustachu recule de quelques pas ; son déplacement a libéré la voie vers le pont et Carl pourrait y courir, mais il

(encore fuir encore ignorer encore être humilié comme comme comme)

ne veut plus se sauver. Il s'élance et, presque à l'aveuglette, se met à frapper plusieurs fois avec sa clé, mais Moustachu évite les coups avec son bâton, même si chaque assaut de son adversaire semble le terrifier. Les deux hommes tournent sur eux-mêmes pendant une vingtaine de secondes, l'un frappant, l'autre bloquant, mais à un moment, la batte se coince dans l'intersection de deux branches en métal de la clé. Les adversaires poussent et secouent leur arme respective, puis Moustachu, avec un ultime effort, effectue un brusque mouvement latéral. La clé s'envole des mains de Carl jusque dans la rivière tout près. Carl est désarmé. Et le pont se trouvant derrière le tueur, il ne peut s'y rendre. Le visage couvert de sueur, Moustachu retrousse les lèvres comme s'il souffrait jusque dans son âme.

— Je m'excuse... je m'excuse vraiment...

Il élève son bâton et Carl songe à plonger dans l'eau, mais il voit alors un homme approcher en provenance du pont. Même s'il est encore assez loin, il reconnaît le tueur qui ressemble à un itinérant, avec sa barbe hirsute, ses cheveux sales et ses vêtements défraîchis. Moustachu, qui voit le regard de sa proie se fixer sur quelque chose derrière lui, se retourne et émet un « Shit » désespéré en passant une main sur son crâne presque chauve. Mais l'itinérant, maintenant à vingt mètres, continue d'avancer sans hésitation. Il semble tout de même moins mou et moins chancelant que la veille, comme s'il avait dégrisé, et n'observe que Carl. Plein d'appréhension, Moustachu articule :

— Venatores.

— Kynigous, répond le nouveau venu sans le regarder. Pis j't'e conseille de faire de l'air.

Il s'arrête enfin et lève sa main droite vers Carl. Celui-ci reconnaît l'outil qu'il tient et se jette au sol. Simultanément, il entend le claquement sec et anticipe l'impact quelque part sur son corps, mais ne ressent rien : manqué.

— Shit ! répète Moustachu qui, la batte dressée, s'élance vers l'itinérant.

Ce dernier tourne alors sa cloueuse vers lui et, après une brève hésitation, tire. Moustachu éructe un son étouffé et bondit vers l'arrière en échappant son arme, comme si un être invisible venait de le pousser, puis baisse un regard ahuri vers sa poitrine : un peu à gauche du cœur, un clou dépasse de sa chemise, au centre d'une tache sanglante qui s'agrandit. Tandis que Carl redresse la tête, l'itinérant appuie deux fois sur la gâchette. Un clou apparaît en plein plexus solaire du Moustachu, un autre sur son estomac. En titubant,

Moustachu effleure de ses doigts affolés les tiges d'acier sans oser les arracher, comme pour s'assurer qu'il n'imagine pas la présence de ces excroissances argentées.

— Oh, mon Dieu…

Il redresse la tête au moment où l'itinérant, le souffle rapide, la bouche tordue par la nervosité, avance vers lui en levant son outil plus haut.

— Oh mon *Dieu* !

Un projectile perfore sa moustache et se fige dans sa gencive, déboîtant instantanément deux dents. Moustachu agite les bras comme s'il cherchait à s'envoler. Le cri aigu qu'il pousse ne diminue aucunement d'intensité lorsqu'un second clou apparaît à la gauche de son nez, mais s'interrompt sur un hoquet rauque au moment où un troisième transperce le carreau droit de ses lunettes dans un petit éclat de sang et de verre. Il s'immobilise, la bouche ouverte, le regard vacant. Les lunettes glissent, mais, retenues par le clou, se balancent au bout de la tige d'acier. L'itinérant, son arme dressée, respire plus vite, visiblement ébranlé malgré son visage dur. Enfin, Moustachu s'écroule par-derrière sur le sol rocheux.

Carl, qui s'est relevé, bondit vers l'itinérant qui se tournait vers lui. Le tueur le reçoit en pleine poitrine et tombe, sans lâcher sa cloueuse. Les deux hommes roulent l'un sur l'autre en grognant, puis Carl est immobilisé sur le dos, son bras gauche coincé sous son coccyx. Au-dessus de lui, son agresseur s'appuie de son avant-bras gauche sur le sol et, de l'autre main, abaisse lentement son outil, qui n'est plus qu'à quinze centimètres du visage de Carl. Mais ce dernier entremêle ses doigts à ceux qui agrippent la cloueuse et empêche l'index d'actionner la gâchette. Les deux adversaires, qui ont à peu près la même corpulence, demeurent ainsi quelques secondes, leurs corps tremblant

sous l'effort, grognant et soufflant ; Carl, l'épaule droite
en feu, tente de dégager son bras gauche sous lui, mais
les jambes de l'autre, serrées de chaque côté de ses
flancs, l'entravent. Bon Dieu ! cet ivrogne est plus vi-
goureux qu'il ne l'aurait cru ! Une puanteur crasse
agresse ses narines ; il peut voir avec une précision
hyperréaliste les taches jaunes de nicotine dans la
barbe hirsute, les pellicules dans les cheveux crasseux,
et surtout l'orifice de la cloueuse, à quinze centimètres
de son front, qui l'hypnotise comme pour le convaincre
d'entrer dans son tunnel fatal.

Tu peux pas finir comme ça ! Tué par des clous !
Ostie, tu peux pas finir comme ça !

Ses doigts sont sur le point de céder sous la pression
de ceux de l'assassin qui glissent vers la gâchette et

(il va tirer criss il va tirer)

avec un ultime effort, il pousse la main ennemie. La
cloueuse dévie de sa trajectoire de quelques centimètres
au moment même où le claquement explose dans la
tête de Carl. Un éclair vif et glacial fouette le lobe de
son oreille gauche, et il lance un cri plus effrayé que
douloureux. Mais l'impact de la détonation a affaibli
un bref instant la prise de l'itinérant et Carl, réaffirmant
la sienne, sent un de ses doigts remplacer celui de l'autre
sur la gâchette. Râlant sous l'effort, il impose un mouvement de traction dans son poignet et, peu à peu, la
cloueuse pivote, se tourne inexorablement vers l'assassin. Celui-ci, soufflant comme un phoque, n'a pas
osé jusqu'à maintenant utiliser son autre main qui, au
sol, le maintient en équilibre, mais lorsque l'outil se
retrouve dirigé vers son visage, il la monte vivement.
Au même moment, Carl ferme les yeux et, poussant
un bref cri rageur, appuie sur la gâchette. Il entend un
hurlement, puis sent l'itinérant, déséquilibré, s'écrouler
sur lui tout en lâchant enfin la cloueuse. Il ouvre les
paupières : le tueur, en se redressant sur son coude,

rugit à répétition des « Fuck ! » avec une régularité presque rythmique, le dos de sa main gauche clouée sur sa joue droite d'où s'écoulent de longs et épais filets de sang qui éclaboussent les yeux et la bouche de Carl. Ce dernier s'étouffe tandis que son adversaire se lève enfin et titube sur place, dirigeant sa main libre vers celle agrafée à sa joue, comme s'il avait l'intention de retirer le clou surgissant de sa paume. Mais Carl, sans cesser de tousser et de cracher, se relève à son tour et braque l'outil vers l'itinérant, essuyant vivement ses yeux brûlants et gluants. L'autre tend alors son bras droit en un geste de protection.

— Attends, là ! supplie-t-il d'une voix déformée par sa mutilation. Attends !

Mais Carl, en dépit de sa vision embrouillée, tire. Le projectile manque sa cible de cinquante centimètres et termine sa course dans un tronc d'arbre. L'itinérant tourne les talons et détale, la main toujours clouée à son visage. Carl s'élance et, à l'aveuglette, actionne la cloueuse deux autres fois en hurlant, trébuche et réussit par miracle à conserver son équilibre. Il échappe l'outil au sol et, en grognant de frustration, se frotte furieusement les yeux, puis les cligne à répétition en regardant autour de lui : les pupilles lui picotent toujours, mais sa vision se clarifie. Il sent le goût âcre et métallique du sang dans sa bouche et se penche, pris d'un violent haut-le-cœur, mais il se contente de cracher deux ou trois fois. Il perçoit une brûlure contre son oreille gauche et y porte les doigts : son lobe saigne, mais rien ne manque. Le clou l'a éraflé sans le transpercer.

Le bourdonnement dans sa tête s'atténue graduellement, laissant à nouveau place aux gazouillis des oiseaux et au roucoulement des cascades de la rivière.

Et à un autre son moins bucolique : un long râle discontinu.

Carl se tourne vers Moustachu, toujours étendu sur le dos. Seuls les doigts de son bras gauche, replié vers le haut, remuent avec une langueur sinistre, comme s'il chatouillait au ralenti une présence invisible. Une fureur opaque s'empare de Carl : il s'approche et, debout, pointe l'outil vers la face du moribond. La chemise brune de celui-ci est maintenant pourpre, son visage est affreux avec les trois clous qui y sont fichés et ses lunettes pendent de travers, retenues par la tige métallique qui émerge de l'amas gluant qu'était son orbite droite. Le râle fuse de sa bouche entrouverte, comme le ronronnement d'un chat, et son œil valide, après avoir erré à la recherche d'un espoir, accroche enfin Carl. Ce dernier, toujours en pointant l'outil, demande sur un ton vibrant de rage :

— C'est Claudia Croteau, hein ? C'est elle, la personne qui a passé un contrat sur moi ? C'est son nom, hein ?

La pointe de la langue de Moustachu apparaît légèrement entre ses lèvres poisseuses d'hémoglobine, un bruit de déglutition répugnant contracte sa gorge, puis il souffle, la voix à peine audible :

— Je sais pas…

Chaque mot prononcé remue le clou dans sa moustache, accentue la déchirure dans sa gencive, provoque un écoulement de sang qui recouvre ses dents supérieures et déborde aux coins de sa bouche. Ce spectacle n'émeut aucunement Carl.

— Pis cette Diane ? C'est qui ? Elle travaille pour qui ?

— Je… je sais pas…

— Pourquoi elle t'a engagé ? s'impatiente Carl en approchant son arme de Moustachu. Comment elle t'a embarqué là-dedans ? Pourquoi toi ? Ostie, tu vas me dire ce que tu sais sur cette histoire de fous, pis tout de suite !

— Non... Non, non...

La faible voix est maintenant suppliante et Carl est sur le point d'appuyer sur la gâchette, anticipant déjà avec un mélange de frustration et de plaisir malsain la vision du clou pénétrant dans le front du supplicié. Mais Moustachu, roulant avec affolement son œil intact, trouve l'énergie de lancer :

— Je dis rien, là ! Vous entendez ? Faites rien à mon fils, je dis pas un mot !

Sa lèvre se fend complètement et sous sa moustache, la gencive est mise à nu. Dans un sanglot, le mourant bredouille :

— Faites rien à mon petit garçon, par pitié...

Carl comprend qu'il ne s'adresse pas à lui et se retourne vivement, convaincu de tomber sur Diane, mais il n'y a personne. Le bourdonnement revient dans sa tête ; il effectue quelques pas et vocifère en regardant autour de lui :

— T'es où, câlice ? Montre-toi ! T'es où ?

Personne ne lui répond et, à nouveau, l'image de Diane observant une boule de cristal dans laquelle lui et les tueurs sont emprisonnés traverse son esprit frénétique.

Il entend Moustachu émettre une série de hoquets et il ramène son regard sur lui. Il pointe la cloueuse dans sa direction, à la fois fou de rage et incertain, comme si la main qui tenait l'outil ne lui appartenait pas, comme si sa fureur se dédoublait et utilisait ses membres à son insu. Le moribond, dont l'œil gauche déborde maintenant de larmes qui s'empourprent, souffle d'une voix brisée par toute la misère du monde :

— J'ai essayé, Will... J'ai vraiment essayé, mon trésor...

L'œil humide devient vide d'émotion. Tout mouvement disparaît, à l'exception du sang qui s'écoule toujours sur les traits figés dans la mort.

Carl abaisse son arme, ses épaules s'affaissent et il fixe longuement le cadavre, partagé entre la satisfaction et le désespoir.

Un tueur de moins. Et un cadavre de plus.

Il voudrait arrêter. Il voudrait s'asseoir sur le rocher, juste là, et se fondre dans cette île, dans tout ce qu'elle représente. Et ne pas en sortir.

Il y a eu des cris, pendant l'affrontement. Si d'autres tueurs fouillent le parc, ils ont peut-être entendu.

Il regarde vers le pont. Personne. Pour l'instant.

Mais il a une cloueuse maintenant.

Fasciné, il observe l'outil. Il remarque qu'on a retiré le système de sûreté afin qu'il puisse tirer dans le vide. Il se sent tout à coup empli d'une puissance presque enfantine. Il ramasse la batte de baseball au sol, puis soupèse ses deux armes, une dans chaque main. Il lève la cloueuse, vise un arbre à quelques mètres et appuie sur la gâchette. Le clou manque le tronc de quelques centimètres, mais poursuit sa trajectoire sur deux mètres supplémentaires. Carl étudie à nouveau l'outil, cette fois impressionné. Avec dédain, il jette le bâton dans la rivière : s'il veut être discret en se rendant au bureau de Claudia, se promener avec une batte n'est pas la meilleure idée, surtout après tous les événements survenus depuis cette nuit.

Car c'est ce qu'il va faire : affronter Claudia.

Et la transpercer de clous ?

Son regard, toujours rivé à l'outil, s'emplit d'angoisse.

Un craquement lointain. Il tourne la tête. De l'autre côté du pont, sur la première partie de l'île, il y a du mouvement entre les arbres. Une seule personne ? Deux ? Plus ? Impossible à dire. Il serre les doigts sur sa nouvelle arme.

C'est une cloueuse. Pas un revolver. T'as vu le nombre de clous qu'il a fallu pour étendre Moustachu ? Ça va t'en prendre combien s'ils sont plusieurs ?

Il fronce les sourcils, puis ouvre rapidement le magasin de l'outil : il ne reste qu'un seul clou.

Un.

Et il vient de gaspiller l'avant-dernier sur un arbre qu'il a manqué !

Il braque un regard épouvanté vers le pont : de l'autre côté, une forme imprécise approche. En vitesse, Carl retourne sur la berge, descend les rochers et se glisse dans l'excavation. Assis, sa cloueuse en main, il attend en s'efforçant de respirer silencieusement. Au bout d'une minute, les pas ralentissent en haut. Puis, il entend un long soupir embêté. L'individu a sans doute découvert le corps de Moustachu. Et il doit être seul, sinon il y aurait une discussion. Un unique clou pourrait suffire.

À condition de ne pas le manquer.

Il dresse l'oreille : l'inconnu en haut ne bouge pas pendant un moment puis s'agite, allant et venant pendant deux bonnes minutes. Il cherche. Mais il ne trouvera rien : la batte et la clé sont dans la rivière.

Mais qu'est-ce qu'il attend pour partir ?

Tout à coup, une voix masculine lointaine clame, inquiète :

— Heu... Venatores.

— Je le sais, *tonto* ! On s'est vus, hier !

L'Italien. L'autre voix, rassurée, rétorque en s'approchant :

— Ah ben, oui ! Je t'avais pas reconnu de loin. T'as entendu des cris dans le coin toi aussi, hein ? C'était... (pause, puis :) Hooo, man ! Checke ça ! Est-ce qu'il... est-ce qu'il était dans notre squad ?

— Ouais... mais c'était un fucking loser, c'est pas une grosse perte. Pis un de moins dans le team, ça fait ben mon affaire.

— Ostie, c'est des clous !

Et la voix molle émet un petit ricanement incrédule. Pas de doute : c'est le junkie.

— Wohwww, plein de clous, man ! Tu penses que…
que c'est Mongeau qui a fait ça ? Ou quelqu'un de
l'autre équipe ?

— Sûrement pas Mongeau… Il a pas l'air d'avoir
assez de couilles. Bon, ciao !

— Hey, attends ! On pourrait travailler ensemble,
non ?

— *Cazzo !* toi aussi ? J'ai-tu l'air d'un team guy,
câlice ? Regarde le mort plein de clous, là ! Il s'est mis
avec moi parce qu'il avait pas de couilles pis checke ce
que ç'a donné !

— Non, non, moi, j'ai des couilles, man, des criss
de grosses en plus, je te jure ! Mais je me dis qu'à deux,
on a plus de chances, pis que ce soit toi ou moi qui le
zigouille, on splite le bonus. Bon deal, non ?

— Avant de travailler avec un junkie, je vais enculer
des chèvres !

— Hey, là, wohw, je suis pas… J'ai rien pris depuis
hier, quand on s'est vus… Ben, non, pour vrai, je me
suis fait un petit shoot cette nuit, mais… De toute façon,
j'ai pus rien sur moi, fait que… Ben, presque plus
rien. Mais je prendrai plus rien si on travaille ensemble,
OK ? Deal ?

Aucune réponse de l'autre, puis le junkie s'écrie,
comme s'il s'éloignait :

— Attends, man, attends ! Penses-y !

— Crisse-moi la paix pis arrange-toi !

— Come on, penses-y ! Je suis ben plus débrouillard
que tu l'ima…

Et les voix s'éteignent. Carl prend une grande
respiration en fermant les yeux, mais ne bouge pas :
peut-être qu'il y en a d'autres dans le coin. Il décide
de rester encore un peu. Il change de position, l'oreille
dressée.

Cinq minutes passent. Dix. Durant tout ce temps,
une seule pensée tourne dans sa tête : les cadavres qui

s'accumulent. Celui au-dessus de lui. Celui dans le taxi. Celui dans le stationnement de Paul-Rousseau. Celui au centre commercial. Et au centre de ce cercle de macchabées, il y a lui. Attaché à chacun d'eux par une corde dégoulinante de sang.

Il perçoit de nouveaux pas. Tout près. Sans doute une seule personne. Silence. Carl imagine l'individu en train de contempler le cadavre de Moustachu. Puis un profond soupir se rend jusqu'à lui suivi de ces mots las :

— Ben c'est ça... C'est plate, mais c'est de même...

Beyoncé. Carl songe une seconde à bondir hors de son trou et à lui tirer dessus. Mais il l'entend déjà s'éloigner en grommelant des sons inintelligibles. C'est sans doute mieux ainsi : il peut conserver son unique clou pour

(Claudia)

une occasion plus importante. Mais il ne sort toujours pas de sa cachette. La venue de cette femme prouve qu'un autre tueur peut encore apparaître. Il va attendre un peu et ensuite... ensuite, il rendra une petite visite à sa comptable.

Il dépose la cloueuse sur le sol, remonte ses genoux vers le haut, les enlace et appuie le bas de son visage contre ceux-ci, ressemblant tout à coup à un enfant abandonné. L'angoisse lui tombe dessus et il se met à trembler. Par pur réflexe de défense, il s'oblige à se vider le crâne de toutes les pensées ayant trait à ce cauchemar, du moins jusqu'à ce qu'il quitte l'île aux Fesses, mais pour l'instant, pour les prochaines minutes, il veut sortir la tête de l'eau, il veut se rappeler qu'il a aussi une vie tranquille et honnête, il veut... redevenir... un homme normal...

... et presque malgré lui, tout en observant la rivière à moins d'un mètre de ses pieds, il se met à réfléchir au vingtième anniversaire du bar, en octobre prochain.

La seconde version de l'affiche sera-t-elle mieux ? Ses dernières exigences ont été suffisamment claires. Mais peut-être s'entête-t-il pour rien avec cette affiche. Et Sébastien a sans doute raison, après tout : un peu de nouveauté dans le design ne ferait pas de tort. Il pourrait demander là-dessus quelques idées à son fils : comme Samuel sera propriétaire du *Lindsay* dans quelques années, son avis compte. Oui, pourquoi pas ? Pourquoi cet acharnement à ne vouloir rien changer, comme si transformer son bistrot était une trahison ? Il faut regarder en avant, non ? S'intéresser à demain, pas à hier. Songer à ce qui nous attend et faire en sorte que ce soit excitant et beau, car il n'y a pas de raison que le futur ne soit pas formidable, ne soit pas une suite d'années magnifiques avec un bar plus moderne, une nouvelle blonde aimante, une retraite paisible, et des petits-enfants qui grimperont sur ses épaules, une parfaite fin de parcours au bout duquel il pourra tirer sa révérence, totalement satisfait parce qu'après tout il a tout fait pour être heureux, il s'est sorti d'une jeunesse difficile, il a affronté, et même si cela a modifié complètement ses plans de carrière et de vie, il s'est retroussé les manches et il a réussi, oui, il a réussi à être un homme bien, il n'a toujours aspiré qu'à un bonheur simple et sans histoire, et à rien d'autre, vraiment rien d'autre…

Le bas du visage contre ses genoux, de fines larmes s'écoulent de ses yeux rivés à la rivière, deux traînées pures qui sillonnent le sang séché.

6:48

Ce sont les premières gouttes de pluie sur la surface de la rivière qui tirent Carl de sa torpeur. Combien de temps est-il demeuré ainsi, perdu dans ses pensées ? Trente minutes ? Quarante ? En tout cas, suffisamment longtemps pour que plus aucun tueur ne traîne dans le parc. Ils doivent le chercher ailleurs.

Il se penche vers la rivière et, avec ses mains, boit de l'eau (pas réputée pour être très propre, mais il s'en fout). Il remarque le sang séché sur ses doigts, les lave, de même que son visage et son lobe blessé. Ensuite, il examine ses deux pansements : ils sont encore bien fixés. Enfin, il remonte sur le sol rocheux. Debout sous la fine pluie, il déplie et étire ses membres en grimaçant, telle une statue antique ébranlant sa gangue de marbre. La douleur dans sa cuisse droite est légère. Il y a bien quelques minuscules taches de sang sur son t-shirt, mais la couleur noire les rend à peu près invisibles. Il jette un rapide coup d'œil au cadavre de Moustachu. Son visage est déjà parcouru d'insectes en tout genre. Carl détourne la tête.

Il pisse dans la rivière tout en offrant sa face à la fine pluie, les yeux fermés. Enfin, sans hésitation, les traits durs, il se met en marche.

Il traverse les deux ponts ainsi que le parc désert. Lorsqu'il arrive à la rue du Pont qui monte en pente vers le centre-ville, il s'arrête et, malgré la résolution qui bouillonne en lui, il prend un moment pour réfléchir. À la radio, on a lié son nom aux événements de cette nuit en précisant que les flics le recherchaient. De plus, il se promène avec un gun à clous en main. Évidemment, il est encore très tôt, mais la ville va s'éveiller de plus en plus. Et la police a dû déployer bon nombre de patrouilleurs à la suite du meurtre du chauffeur de taxi. Des patrouilleurs qui, pour la plupart, auront son signalement. Tout cela en plus des six tueurs à ses trousses.

Cette sombre analyse devrait le déprimer, mais la perspective que tout cela se terminera bientôt court-circuite le stress. Car, oui, d'ici une heure maximum, tout sera réglé. Il n'a qu'à ne pas se faire prendre d'ici là, ce qui ne devrait pas être trop compliqué.

Il quitte la rue du Pont et s'engage à gauche dans le stationnement public désert qui s'allonge derrière les commerces de la rue Hériot. Il avise une poubelle, va fouiller dedans et trouve un sac en plastique vide. Il dépose son arme à l'intérieur. Voilà, c'est tout de même plus discret. Sac en main, il marche d'un bon pas, insensible à la faible pluie qui aplatit de plus en plus ses cheveux sur sa tête, toute son attention concentrée vers une seule direction et une seule intention. Il atteint le stationnement du *Pub Saint-Georges* et tourne à droite en empruntant le passage entre le bar et le vieux cimetière, puis arrive dans la rue Hériot, où il s'arrête. Aucun véhicule ni piéton. Mais à cinq cents mètres à droite, au coin de Saint-Georges, il devine des gyrophares de police : c'est là-bas que le chauffeur de taxi a été tué. Il sent une soudaine anxiété lui nouer la gorge

(le chauffeur de taxi avec le tuyau qui lui traverse la bouche et la nuque alors qu'il retournait tranquillement chez lui où l'attendait peut-être une famille avec laquelle il serait en ce moment si je n'étais pas monté dans sa voiture)

puis s'empresse de franchir Hériot pour s'engager dans la rue Marchand. Maintenant qu'il se trouve en plein centre-ville, il se sent plus vulnérable et progresse en jetant des regards partout autour de lui ; il s'attend à tout moment à voir l'Italien surgir avec sa hachette, Beyoncé avec son pied-de-biche ou ce fou furieux de Noir avec son tuyau ensanglanté. Ou alors un policier qui le plaquera au sol.

Du calme avec les flics. T'as entendu la radio ? Ils croient surtout que tu es une victime. Ils te recherchent, mais ils ne te mettront pas en joue s'ils t'attrapent !

D'ailleurs, après une trentaine de pas, il aperçoit une auto-patrouille qui arrive de Dorion. Carl traverse la rue et bondit dans le petit square Saint-Frédéric pour se recroqueviller derrière un buisson. Il regarde autour de lui : à l'autre bout du square, une femme, malgré la fine pluie, fait du jogging, mais pas dans sa direction. Après quelques secondes, l'auto-patrouille disparaît. Carl se redresse puis retourne rue Marchand. Il traverse Brock, son œil sombre fixé sur la Place du Centre qui s'élève à moins de cent mètres devant lui.

L'édifice où travaille Claudia.

En voyant un homme venir vers lui sur le trottoir, il se raidit. Mais le type, l'air grognon et mal réveillé, passe à côté de lui sans lui jeter le moindre regard. Carl poursuit sa route et atteint l'entrée principale du bâtiment. Il sait que le café situé au rez-de-chaussée ouvre à six heures la semaine et à sept le week-end, sauf qu'il n'a aucune idée de l'heure actuelle. Il pousse la porte : c'est ouvert.

Derrière le comptoir du café totalement désert, la jeune serveuse est concentrée sur son cellulaire. Carl jette un œil à l'horloge murale : 7:04. Il est resté caché à l'île aux Fesses plus longtemps qu'il ne l'aurait cru. Claudia lui a dit que son ex venait chercher sa fille à sept heures et qu'ensuite elle irait au bureau. Elle ne sera pas ici avant dix minutes, peut-être plus si elle prend le temps de déjeuner chez elle. Mais comme il la connaît, elle viendra le plus tôt possible pour terminer avant midi et profiter de son samedi. Il lisse ses cheveux mouillés et se rend donc au comptoir.

— Un café pis un…

Dieu du ciel! Cette voix enrouée et tremblante est vraiment la sienne? La fille lève les yeux tandis qu'il se racle la gorge puis répète lentement:

— Un café pis un muffin aux carottes, s'il te plaît.

La serveuse le dévisage rapidement et Carl comprend qu'il doit afficher une sale gueule. Lui reste-t-il du sang sur le visage? Manifestement non, puisque la fille lui lance un sourire complice:

— Pas facile ce matin, hein?

Il se mordille la lèvre inférieure tandis que la serveuse prépare sa commande.

— Non, c'est… Pas facile, non.

— Moi aussi, je suis maganée. Je sais pas pourquoi on ouvre si de bonne heure le samedi. Je vous le dis, d'ici huit heures, je vais avoir un autre client, peut-être deux, mais pas plus.

Carl approuve en silence, sans rien trouver à répliquer. Il remarque que la radio du café syntonise une station de Drummondville et qu'il s'agit du bulletin de nouvelles. Il devient nerveux tandis que la serveuse revient avec la commande.

— Moi, je pense qu'on devrait ouvrir à huit heures le week-end, pas avant. Trois piastres et vingt.

— … et on vous rappelle que la police a publié un communiqué qui invite tous les citoyens à la prudence à la suite du nouveau drame survenu ce matin vers cinq heures trente, alors qu'un chauffeur de taxi a été sauvagement assassiné…

Carl écoute sans bouger. La serveuse, amusée, répète :

— Trois piastres et vingt.

— Ah, heu… Oui…

Maladroit, il sort le billet de dix dollars qu'il a volé chez Claudia et le tend à la jeune fille, tandis que le journaliste poursuit :

— La SQ recherche un certain Carl Mongeau, propriétaire du bar *Le Lindsay* de Drummondville, qui pourrait être un témoin important dans cette affaire. Toute personne l'apercevant ou ayant des informations pertinentes sur lui est invitée à communiquer avec la police et…

— Ouin, vous avez entendu ça ? remarque la fille en rendant la monnaie à Carl. Ça brasse en maudit à Drummond, hein ?

— Je… je sais pas trop, j'écoutais pas…

— Carl Mongeau, ça vous dit quelque chose ?

Carl se compose une moue caricaturale.

— Non, pas pantoute, je vais jamais dans les bars, moi. Je suis trop vieux.

Et il rit avec tellement d'exagération que la serveuse le considère d'un œil perplexe. Carl bredouille « merci » et, café dans une main, muffin et sac en plastique dans l'autre, il se dirige vers l'ascenseur.

Trente secondes plus tard il se retrouve au sixième étage, suit le couloir désert et s'arrête devant la porte de *Croteau Savard, comptables*, qui est bien sûr verrouillée. Il dépose son sac sur le sol, s'appuie contre le mur et prend une gorgée de son café. C'est de l'eau de vaisselle, mais c'est tout de même le meilleur qu'il a bu dans sa vie. Il distille un goût unique : celui du quotidien.

Tu penses que Claudia a écouté les nouvelles ?

Claudia a l'habitude de syntoniser la radio de Radio-Canada. Comme l'émission du matin est régionale, de même qu'une partie du bulletin de nouvelles, on va donc parler de lui. Mais à sept heures, la comptable était sans doute trop occupée avec sa fille et son ex. Et même si elle écoute la radio dans sa voiture, on ne dira pas nécessairement son nom au cours des six ou sept minutes que dure le trajet…

Il secoue son t-shirt tout humide et mange son muffin. Il fera quoi, si finalement elle ne vient pas ?

Et si elle vient ?

Il avale une bonne lampée de café et son visage se durcit. Si elle vient, il l'affronte, il lui fait avouer et tout est terminé. C'est ce qu'a expliqué Diane, non ?

Elle a dit que le contrat était annulé si tu éliminais la personne qui a commandé ta mort. Éliminer.

Le muffin passe mal dans sa gorge et il doit déglutir à plusieurs reprises.

Tu vas donc tuer Claudia ? Lui planter un clou dans le front ? Comme ça ?

Maintenant que le face-à-face est imminent, il prend pleinement conscience de l'émotion malsaine qui menace de l'engloutir et analyse une dernière fois la situation. Claudia qu'il connaît depuis quatre ans… mais quatre ans, c'est rien. Claudia qui a effectué un travail remarquable avec les finances du bar… mais ça ne veut rien dire. Claudia avec qui il a eu une relation pendant cinq mois et qui est tombée amoureuse de lui… mais qui a réagi de manière si hystérique lorsqu'il est parti qu'il a découvert un aspect d'elle totalement inconnu.

Il jette le café et le muffin à moitié mangé dans une poubelle accrochée au mur et s'appuie des deux mains sur la paroi. Il ne peut pas la… l'*éliminer* sans être certain. Il doit lui faire avouer que c'est elle.

Et tu penses pouvoir l'éliminer tout court ? Et même si tu y arrivais, tu crois que ça aiderait ta cause avec la police ?

Il marche de long en large, la joue gonflée par sa langue, la tête à nouveau bourdonnante… et tout à coup, il entend la clochette de l'ascenseur. En vitesse, il ramasse son sac, se rend au bout du couloir et tourne le coin. Quelqu'un approche, puis s'arrête. Bruit de clé, mouvements divers… Carl attend une bonne minute et, le cœur battant la chamade, il retourne devant la porte maintenant ouverte. Il entre et se retrouve face à la réception déserte.

— Il y a quelqu'un ?

C'est la voix de Claudia en provenance de son local. Carl s'y dirige et s'arrête sur le seuil. La comptable, habillée d'une blouse rouge et d'un jeans, les cheveux en queue-de-cheval, se tient debout devant un classeur près de la grande fenêtre, un dossier entre les mains. Elle aperçoit son ex-amant et, derrière ses lunettes, écarquille ses yeux d'étonnement

(surprise que je sois vivant)

mais la colère surgit immédiatement.

— C'est quoi, le gag ?

Envolés, son empathie de la veille, ses regards enjôleurs et ses avances alléchantes : la Claudia des dernières semaines a repris du service. Elle dépose brutalement son dossier sur son bureau.

— Tu viens me voir tard le soir, tu profites d'une blessure pour me faire comprendre que tu veux passer la nuit avec moi, tu me promets qu'on va avoir du fun ce matin quand la petite sera partie et, finalement, tu te sauves avant que je me lève !

Pourquoi dit-elle ça ? C'est faux ! C'est elle qui lui a proposé de passer la nuit chez elle, c'est elle qui lui a fait des avances ! Et cette torsion de la réalité confirme les soupçons de Carl, qui serre les poings.

— Et là, tu reviens me voir ? poursuit-elle en jetant ses lunettes sur son bureau. Tu joues à quoi, au juste ? Et en passant, est-ce que… As-tu pris dix piastres dans mon portefeuille ? Je peux pas croire que…

— C'est toi, je le sais.

— Comment, c'est moi ? Si j'avais dépensé mon dix piastres, je m'en rappellerais cer...

— Arrête de me niaiser. Je le sais que c'est toi, avoue.

Claudia se tait, la bouche entrouverte, les sourcils froncés.

— C'est moi quoi ?

Il veut le lui dire, il doit le lui dire, mais il n'ose pas, comme si, malgré cette sombre émotion qui le submerge peu à peu, un doute surnageait toujours, comme si, en clamant haut et fort la culpabilité de Claudia, il allait se donner le droit d'*agir*. Il effectue deux pas à l'intérieur du local, les traits tendus. Il sent le sac s'alourdir au bout de son bras.

— Je veux te l'entendre dire.

— Cibole ! m'entendre dire quoi ?

— Je savais que t'étais possessive pis pas mal intense, mais pas à ce point-là. C'est pas de l'amour, ça, c'est de la folie. De la criss de folie.

Elle secoue la tête, excédée.

— C'est ça, sors-moi le cliché de la fille névrosée !

— J'avais plus mon linge d'hier, ni mon cellulaire, ni mon char, alors il y avait juste toi qui savais où j'étais ce matin. Juste toi !

Toute colère a disparu du visage de Claudia, sur lequel apparaissent les premiers tressaillements de l'inquiétude.

— Voyons, de quoi tu parles ?

— C'est pour ça que t'étais si fine avec moi, cette nuit... Que tu jouais les allumeuses, comme avant... Pis moi, j'ai embarqué... Si je m'étais pas réveillé à temps ce matin...

— Carl, tu me fais peur, là...

Elle jette un œil vers le sac en plastique et recule sans s'en rendre compte au même rythme que Carl avance. Elle affiche un air d'incompréhension totale qui confine à l'épouvante, et cette expression, au lieu de le faire douter, applique à Carl une petite poussée dans le dos afin qu'il descende encore plus vite la pente sur laquelle il est en train de s'engager.

— Alors, dis-le.

— Mais dire quoi ? Crime ! Carl, je comprends rien, tu…

— Dis-le que t'as payé pour me faire tuer !

Ça y est, le mot est lâché et la machine s'emballe si vite que Carl, comme s'il voulait souligner la gravité de son affirmation, sort la cloueuse de son sac et la pointe vers la comptable, qui pousse un cri d'effroi en levant deux mains à la hauteur de ses épaules.

— Ben voyons, c'est quoi ça ? Qu'est-ce que tu…

— Avoue-le, Claudia ! Tout de suite !

— Carl, qu'est-ce qui t'arrive, ça se peut pas !

Des larmes emplissent ses yeux tandis qu'elle recule toujours, la voix brisée, et Carl

(des larmes hypocrites j'y crois pas c'est elle il faut que ce soit elle il faut que ce soit quelqu'un il faut que ça arrête)

avance, maintenant près du bureau, son outil à moins d'un mètre de la comptable.

— *Dis-le !*

Claudia tente alors de fuir, mais il l'attrape par le bras et la ramène brusquement contre son bureau, où elle bascule sur le dos. Carl la maintient dans cette position et, les traits convulsés par la fureur, pointe sa cloueuse à vingt centimètres du front de Claudia, qui pousse un cri d'épouvante, ses mains prises de spasmes de chaque côté de son visage.

— Avoue, criss ! Avoue que t'as communiqué avec cette Diane pis que tu l'as payée pour m'assassiner ! Avoue !

— Je comprends rien, Carl ! Je je je je sais pas, arrête par pitié, je comprends rien ! Arrête !

La peur rend ses paroles informes, elle secoue la tête au milieu de quelques feuilles éparpillées sur le bureau, et Carl, devant une telle démonstration de désespoir et de terreur si sincères

(mais pourquoi elle avoue pas pourquoi elle me propose pas un compromis un moyen de me racheter pourquoi elle)

est saisi d'un vertige : il est *vraiment* sur le point de planter un clou dans le crâne de son ex-maîtresse !

(des preuves besoin de preuves)

En jurant, il redresse Claudia et la pousse près de la fenêtre.

— Bouge pas, tu m'entends ?

Claudia, recroquevillée dans le coin comme si elle voulait se fondre dans le mur, hoquette et tremble, les bras relevés, ses yeux écarquillés suivant les gestes de Carl qui, tout en pointant son arme vers elle, fouille de sa main libre sur le bureau avec une rage entêtée. Il va bien trouver une preuve, un contrat, un papier démontrant l'implication de la comptable ! Ou alors, il l'obligera à ouvrir ses courriels et il…

Là, une feuille dont l'entête, écrit à la main, lui saute aux yeux.

VINGTIÈME LINDSAY

Il la prend et la parcourt des yeux : c'est un brouillon à la main qui aligne des chiffres et des évaluations pour le vingtième anniversaire du bar : une colonne pour un spectacle de musique, une autre pour un buffet, une troisième pour une semaine complète d'activités… Une liste de propositions budgétaires avec points d'interrogation que Claudia n'a pu dresser qu'hier après le départ de Carl de son bureau.

Pourquoi aurait-elle pris le temps d'écrire cela, même rapidement et à la main, si elle savait que Carl allait mourir ?

Il fixe le papier un moment, la cloueuse s'abaisse lentement, puis il dévisage Claudia qui, toujours acculée dans le coin du mur, darde sur lui des yeux emplis d'une terreur éperdue. Carl laisse glisser la feuille sur le sol et pousse un bref gémissement. La vague noire reflue, sans le quitter totalement.

— Claudia, jure-moi... jure-moi que c'est pas toi...

— Va-t'en...

Les mots sont faibles, mais la terreur dans son regard se teinte maintenant d'une rancœur et d'une désillusion qui ébranlent Carl.

— Dis-le-moi, je t'en...

— *Va-t'en!* hurle-t-elle cette fois. *Va-t'en, ostie de malade, va-t'en!*

Et elle éclate enfin en sanglots, camouflant son visage derrière ses mains toujours tremblantes. Carl est à nouveau pris de vertige. Il ne peut rester ici plus longtemps, il ne peut plus répondre de ses gestes, il ne sait pas ce qu'il fera s'il demeure dans ce bureau une minute de plus. Poussé par sa peur de lui-même, il marche vers la porte et sort du local, poursuivi par les pleurs de Claudia.

Dans l'ascenseur, il appuie sur le bouton du rez-de-chaussée, puis fixe la cloueuse qu'il tient dans sa main droite, l'air hagard. Il ne peut pas. Pas sans vraie preuve. Et cette feuille qu'il a trouvée sur son bureau... Il se couvre le visage des deux mains. Il est passé à deux doigts de la tuer.

« C'est vrai que t'as pas l'habitude d'être si impulsif... »

Carl se retourne : il est seul dans l'ascenseur. Pourtant, la voix était claire. Celle d'un adolescent. Celle de...

Ostie! pourquoi tu penses à ça, c'est pas le temps!

Rez-de-chaussée. Il descend de l'ascenseur et jette un œil confus vers l'horloge du café : presque sept heures quarante. Une cliente parle avec la jeune serveuse et tandis que Carl se dirige d'un pas comateux vers la sortie, il capte quelques bribes de leur discussion :

— ... en pleine rue, ça se peut-tu ? Sûrement qu'il devait de l'argent à une bande de motards, tsé, les Racoons ?

Dehors, la pluie a cessé, mais le ciel demeure couvert. Sur le trottoir, Carl se penche et, les bras sur les genoux, prend de grandes respirations. Dans la rue, une voiture passe, un piéton déambule pas très loin ; tout près, deux clients entrent au *Café Morgane*. Mais Carl n'accorde aucune attention à ce réveil de la ville, l'esprit torturé par le doute.

Ce n'est pas elle. Non, ce n'est pas Claudia, elle avait *vraiment* l'air de ne rien comprendre ! Si cela avait été elle, elle aurait craqué. Elle est innocente. Et cette feuille qu'il a trouvée joue en sa faveur.

Et si elle avait écrit ça pour détourner les soupçons ? Après ta mort, elle aurait pu montrer cette ébauche en affirmant à la police : « Mon Dieu, moi qui allais lui proposer de nouvelles idées pour son bar, vous voyez ? »

Il se redresse en émettant une plainte désorientée. Il ne sait même plus si ses raisonnements ont du sens ou non, il ne sait plus s'il devrait remonter pour... À moins qu'il attende un peu : si elle appelle la police et que celle-ci arrive, ce sera la preuve qu'elle est innocente. Mais si elle sort de son bureau dans quelques minutes, il la filera discrètement pour voir si...

En provenance du ciel, un bruit à la fois puissant et lointain, semblable à une vitre qui éclate, lui fait lever la tête. Là-haut, une silhouette sombre plane au centre d'une multitude de particules scintillantes, demeure suspendue un bref moment contre les nuages gris dans une pose presque poétique, puis tombe à une vitesse telle que Carl, incapable de suivre la chute des yeux, entend d'abord l'impact au sol, un son flasque mêlé d'atroces craquements simultanés, comme si une chaise cédait sous un poids trop lourd.

Deux bancs publics sont installés sur le trottoir à trois mètres de Carl. Sur l'un d'eux, le corps de Claudia est disloqué en trois sections : les jambes, dirigées vers le haut, se tordent sur le dossier dans une position impossible ; sur le siège, les bras en croix sont étendus, mais le tronc, dont le ventre est dévoilé par la blouse retroussée, est plié par-derrière, à la hauteur de la cage thoracique ; quant à la tête, elle est appuyée au sol sur la joue gauche et forme avec le cou un angle droit parfait. Il y a très peu de sang, à l'exception de quelques coupures sur le visage et les bras, et on pourrait presque croire qu'une contorsionniste s'est amusée à s'entraîner sur ce banc si ce n'était de la bouche figée en un rictus ambigu, de l'œil gauche révulsé et à demi fermé et de l'autre écarquillé d'horreur, créant un masque sinistre qu'aucun être vivant ne pourrait reproduire.

Carl ne respire plus ; son cerveau est incapable d'enregistrer les informations que ses yeux lui envoient. Puis le corps de Claudia glisse vers le bas, avec une lenteur atroce, en produisant un chuintement d'une douceur incongrue, et chaque nouvelle partie qui atteint le trottoir s'empile mollement sur l'autre, tel un tas de linge qui s'accumule.

Carl recommence à respirer, ou plutôt il émet un long râle, mais il n'arrive toujours pas à bouger. Il ne remarque pas la voiture d'un curieux qui s'arrête, ni les deux piétons qui approchent, ni les trois clients qui sortent du *Café Morgane*, mais aucun d'eux ne s'intéresse davantage à lui. Il n'entend pas non plus leurs commentaires horrifiés, assourdi par la phrase qui ne cesse de cogner dans sa tête

(c'est pas possible elle a pas sauté c'est pas possible elle a pas sauté)

comme s'il avait besoin de ce raisonnement pour ne pas basculer dans l'hystérie qu'il sent tout près, si près qu'il détourne enfin ses yeux du cadavre pour les promener partout autour de lui, à la recherche d'une corde à laquelle s'accrocher avant de tomber dans le puits qui s'ouvre sous ses pieds...

... et, à dix mètres, il aperçoit une femme qui vient tout juste de sortir de l'édifice et qui s'éloigne en lui tournant le dos. Costume blanc, talons hauts de la même couleur, chignon brun...

Le trou qui s'agrandissait sous Carl se referme instantanément et sa respiration saccadée se stabilise, devient même lente. Tout en tendant sa main vers la cloueuse glissée dans son pantalon, il s'élance vers Diane

(je vais la tuer ici maintenant)

qui tourne à gauche dans Lindsay. Carl l'imite, mais pour s'arrêter presque aussitôt : cent mètres plus loin, une auto-patrouille approche. Néanmoins, il se remet en marche en pointant son arme vers Diane, qui s'éloigne de sa démarche élégante, à vingt mètres devant lui... et il est tout à coup convaincu qu'elle *sait* qu'il est derrière elle, qu'elle sait qu'il hésite, et le pas tranquille de la femme lui apparaît comme la pire des crâneries, le plus arrogant des défis.

Si tu la tues, tu crois vraiment que tout sera fini ? Tu crois qu'elle travaille seule ?

Il pense à Pascale, à Samuel...

... à Claudia...

... et la police qui arrive...

Il pousse un cri étouffé, traverse rapidement la chaussée en revenant sur ses pas et, sa cloueuse de nouveau camouflée maladroitement sous son t-shirt, file rue Marchand, dans la direction inverse du drame

(c'est pas un drame c'est Claudia morte assassinée)

qui vient de se produire. Il court sur le trottoir, poursuivi par l'image du cadavre désarticulé de son ex-maîtresse.

Les flics vont te voir courir, ça risque d'attirer leur attention...

Il jette un œil derrière lui: il distingue, plus loin, les quelques curieux assemblés autour du drame, l'auto-patrouille qui s'arrête au coin... et qui tourne à droite, vers le petit groupe agité. Carl poursuit sa course et prend à droite après le *Salon de Quilles*. La douleur s'éveille dans sa cuisse droite et, sans ralentir, il commence à claudiquer légèrement. En apercevant un quidam qui déambule dans sa direction, il s'engage dans une ruelle à gauche, la traverse et se retrouve dans le vaste stationnement de l'aréna Marcel-Dionne où une seule voiture est garée, minuscule dans ce grand vide. Carl court vers un petit espace boisé qui délimite un côté du stationnement, s'y engouffre et s'adosse contre un arbre en fermant les yeux. Il laisse tomber la cloueuse au sol et, même s'il n'est pas vraiment essoufflé, sa respiration s'accélère

(Claudia, morte brisée le corps flasque au pied du banc)

devient difficile. Des geignements aigus entrecoupent ses halètements, des plaintes qui traduisent son désarroi.

Tu as accusé Claudia, tu lui as révélé qu'on cherchait à t'assassiner, qu'il y avait un contrat contre toi... Tu lui as révélé des choses, tu as désobéi aux exigences de Diane.

Carl ouvre les yeux.

Donc, c'est de ta faute.

Il referme les paupières, cette fois avec tant de force qu'il a l'impression que ses globes vont éclater.

En l'accusant à tort, tu l'as tuée.

Il souffle tellement entre ses dents serrées que de la bave gicle.

Comme le type au centre commercial. Comme le chauffeur de taxi.

Il cogne à deux reprises l'arrière de son crâne contre l'arbre tout en poussant un long cri. Les poings contre ses tempes, il se laisse choir sur les genoux, écrasé

par l'évidence qu'il refuse depuis hier et qui, lasse
d'être niée, lui tombe dessus comme un piano d'un
vingtième étage : il est foutu. Foutu. Diane continue
de savoir où il se trouve, d'entendre ce qu'il dit, il
doit donc se rendre à l'évidence : la puce ou le GPS
ou le criss de mouchard, peu importe, n'est ni dans son
cellulaire, ni dans ses vêtements, ni dans sa voiture,
mais *dans* lui : sous sa peau, dans ses dents, n'importe
où, et même s'il ignore comment on a pu lui foutre *ça*
dans le corps, il n'y a pas d'autre explication, donc
fuir est totalement vain. Et plus il fuira, plus d'autres
gens mourront. Et même si tous les tueurs finissent par
se massacrer entre eux, il en restera toujours au moins
un pour remplir le contrat.

À genoux, il hurle à nouveau, penche sa tête jusque
sur ses cuisses et frappe sur le sol herbeux à deux mains
en meuglant. Il n'y a rien à faire, il n'y a plus rien à
faire ! Si au moins, il pouvait… s'il pouvait…

Il cesse de crier et demeure recroquevillé, la face
contre ses cuisses.

… s'il pouvait…

Entre les éclats de son esprit déchiqueté planent les
bribes d'une idée encore éparpillée, mais qui se rap-
prochent, entrent en contact, fusionnent jusqu'à former
une image claire au centre de laquelle se dressent deux
lions. Il relève la tête.

Pour la première fois en quinze heures, il sait comment
affronter.

7:51

La cloueuse en main, Carl traverse en diagonale l'espace boisé du stationnement de l'aréna, trouve l'endroit qui débouche sur le cul-de-sac de la rue Moisan et s'y engage. À droite se dresse le collège Ellis, désert en ce samedi matin ; à gauche, quelques habitations et un parc vide. Personne en vue. Carl rejoint le trottoir d'un pas rapide, en jetant des coups d'œil autour de lui, à l'affût de la moindre présence. Il se répète mentalement le raisonnement qu'il s'est fait deux minutes plus tôt. Le raisonnement qui le mènera aux deux lions.

T'as besoin d'argent, de pas mal d'argent. Oublie la banque qui ouvre dans une couple d'heures : trop de caissiers te connaissent et la police aura sûrement gelé tes comptes de toute façon. Le jackpot, c'est au Lindsay : le vendredi soir, la recette est toujours excellente, entre cinq mille cinq cents et six mille. Mais tu peux pas te rendre au bar toi-même : les flics le surveillent, c'est sûr, peut-être même certains des tueurs. Tu dois envoyer quelqu'un à ta place.

Et ce quelqu'un, ça ne peut être que Sébastien. Mais son employé acceptera-t-il ? Aura-t-il assez confiance en son patron pour l'aider sans explications précises ? Et s'il a entendu les nouvelles, le dénoncera-t-il ? Sur ce dernier point, il n'a pas vraiment à s'inquiéter : Sébastien, comme tout animal nocturne, n'est pas un lève-tôt, surtout qu'il a dû fêter quelque part hier soir. Et comme il ne travaille pas le samedi, il ne se gênera pas pour ronfler jusqu'en début d'après-midi.

N'empêche : acceptera-t-il de t'aider ?

C'est son serveur depuis quinze ans, son gérant ! Et son ami !

Ami ? Vraiment ?

C'est vrai qu'en dehors du boulot Carl ne le fréquente pas. À l'occasion, pour certaines fêtes ou événements particuliers, mais sans plus. Ils ont quand même seize ans de différence...

Mais il doit accepter. C'est la seule personne qui peut aller chercher l'argent au bar. Sinon, à qui demandera-t-il ? Il connaît encore moins les autres employés.

Il a presque deux kilomètres à parcourir pour se rendre chez Sébastien, donc vingt minutes s'il marche vite, peut-être plus s'il doit se cacher ou effectuer des détours. Et il doit éviter de courir pour ne pas attirer l'attention. Comme la majorité des gens dorment encore ou déjeunent tranquillement, il peut profiter du calme de la ville.

Mais après, Drummondville sera réveillée.

Il doit maintenant retourner dans la rue Marchand ; il n'en a pas envie

(Claudia)

mais il n'a pas vraiment le choix et, de toute façon, il ne la suivra que brièvement.

Il atteint l'intersection. Il fouille dans une poubelle publique, trouve un petit sac en papier brun et gras et y glisse la cloueuse. L'outil y entre tout juste, mais au moins on ne le voit plus. Il regarde autour de lui : à droite, Marchand est résidentielle, alors que le centre-ville débute un peu plus loin à gauche. Une voiture approche et, d'un pas qu'il veut naturel, il se dirige vers l'arrière d'un arbre, pour être moins visible. Ensuite, il traverse l'intersection et prend à gauche dans Marchand. À quarante mètres à droite s'ouvre un stationnement public tout en longueur. Sur le point de s'y engager, il regarde au loin : à trois cents mètres, il distingue des gyrophares devant la Place du Centre où l'attroupement est plus important que tout à l'heure. Il ne peut la voir, mais il sait que Claudia est au centre de ce groupe, Claudia qui a été balancée par une fenêtre sans comprendre pourquoi.

Morte par ta faute.

Carl s'est arrêté malgré lui et ne peut détacher ses yeux de la lointaine scène, une boule douloureuse dans la gorge... Il songe à Coralie, partie en vacances avec son père. Comment la fillette réagira-t-elle à...

— Il se passe quelque chose là-bas, on dirait, hein ?

Carl sursaute : une femme dans la cinquantaine, qui vient sans doute de sortir d'une maison tout près, regarde vers le centre-ville.

— Vous savez c'est quoi ?

Carl s'efforce de prendre un air indifférent malgré son cœur qui bat dans ses oreilles.

— Non... Non, non...

— Je vois deux chars de police, poursuit la femme, l'œil brillant d'excitation. Tabarnouche, on dirait une scène de crime !

Et sans plus s'occuper de Carl, elle se met en marche vers la « scène de crime ». Carl s'engage aussitôt dans le stationnement public et réfléchit. Même si d'ici quelques heures son nom circulera davantage, autant dans les médias que parmi les habitants, il doit relativiser les choses : oui, ses amis et les habitués du bar peuvent le reconnaître, mais ça ne représente quand même pas tant de monde. Et Drummondville est une ville, pas un village ! Alors, du calme. La plupart des piétons qu'il rencontrera n'auront aucune idée de qui il est.

Il s'arrête au bout du stationnement. Au-delà des deux blocs de ciment qui en indiquent la fin se trouve le chemin de fer. S'ouvre ensuite un immense espace vacant, mélange de terre battue et d'herbage. À une cinquantaine de mètres immédiatement à gauche se dresse la gare de train, mais sinon, sur près de deux cent cinquante mètres de profondeur et une centaine de large, il n'y a que ce terrain vague, qui ne comporte qu'une patinoire l'hiver mais qui accueillera l'année prochaine la nouvelle bibliothèque publique. Carl se met en marche, enjambe le chemin de fer puis commence la traversée du terrain, le pas rapide, dans l'intention d'atteindre le boulevard des Forges de l'autre côté. Il réalise que, seul sur cette vaste étendue, il est aussi visible qu'une tache de sang dans la neige. Mais un peu plus loin à gauche, c'est l'arrière des magasins de la rue Lindsay, qui sont fermés à cette heure, et à droite c'est le Maxi, fermé aussi. Au loin, il devine son bar et, en sentant une vive émotion lui tordre le ventre, il détourne le regard. Il allonge le pas en visualisant le reste de son trajet : à des Forges, il empruntera la rue des Écoles, évitant ainsi le centre-ville pour…

(Claudia qui plane en contre-jour dans le ciel qui tombe)

Il pousse une longue plainte rauque, mais il ne ralentit pas.

Comment pourras-tu te le pardonner ? Même si tu t'en sors, comment vivras-tu avec ça ?

Il croit entendre un bruit de moteur et regarde à droite : une moto débouche de derrière le supermarché. Le conducteur, qui porte un sac à dos et une casquette, est un peu loin pour être facilement identifiable, mais Carl sait déjà de qui il s'agit. Il se jette au sol, en s'aplatissant au maximum, et suit des yeux le junkie. Merde !

est-ce que Diane leur a envoyé un nouveau signal ? Mais le jeune roule lentement en regardant partout autour : manifestement, il ignore que Carl est tout près, il se trouve sans doute là par pur hasard, parce qu'il cherche dans différents recoins de la ville. Il tourne la tête puis immobilise sa moto. Carl, au sol, serre les dents. Le junkie l'a vu. Du moins, il voit un homme couché en plein milieu d'une étendue déserte. Fuck ! il aurait mieux valu qu'il continue à marcher, cela aurait été moins louche.

Dans un vrombissement annonçant la curée, la moto met le cap sur le terrain vague.

Carl bondit sur ses pieds et pique un sprint, ce qui éveille à nouveau la douleur dans sa cuisse droite. Le boulevard des Forges n'est qu'à cinquante mètres, mais c'est trop loin, la moto va le rattraper avant…

Il s'arrête et se retourne, sac de papier en main. La moto approche, il peut voir le visage jauni mais résolu ainsi que les longs cheveux blonds qui flottent de chaque côté de la casquette des Simpson. Sans ralentir, le junkie étire un bras derrière lui, attrape un manche qui dépasse de son sac à dos et extirpe le tisonnier. Carl attend qu'il soit le plus près possible,

(la tête tu dois atteindre la tête)

puis, lorsque la moto se trouve à vingt mètres, il sort la cloueuse, la tend devant lui à deux mains et vise rapidement. Le junkie, réalisant qu'on le vise avec une arme, tourne son guidon, mais si brutalement que la moto effectue une embardée au moment où Carl appuie sur la gâchette. Le projectile manque complètement sa cible, cependant que la moto, qui passe à cinq mètres à gauche de Carl, dérape de plus en plus et verse finalement sur le côté un peu plus loin, près de la bande en bois de la patinoire. Le junkie roule sur lui-même quelques secondes puis s'immobilise, étendu sur le dos contre son sac. Carl s'élance vers lui dans l'intention de le cogner avec son outil désormais vide, mais le tueur, un peu sonné, étire le bras vers le tisonnier tout près et le récupère. Carl s'arrête en jurant, tourne les talons et file vers le boulevard des Forges où une voiture passe sans même ralentir. Il franchit la bordure gazonnée, atterrit dans la rue des Écoles et, toujours en courant, il regarde dernière lui : là-bas, le junkie est remonté sur sa moto, qu'il tente de redémarrer. Carl bifurque dans une minuscule ruelle sur sa gauche, convaincu que le tueur est trop concentré sur sa moto pour le voir emprunter ce chemin. Il entend alors le moteur vrombir avec force.

Reste ici : il ne croira pas que tu t'es caché si près.

Carl se rend jusqu'au fond du passage où se dresse un petit conteneur et, la cloueuse toujours à la main, s'agenouille derrière. Trente secondes plus tard, il entend la moto filer dans la rue des Écoles puis s'éloigner. Il décide de demeurer là un moment, question de s'assurer que son poursuivant soit bien loin.

Le junkie ne sait pas où il est parce que Diane n'a pas envoyé un nouveau signal. Si Carl a une puce électronique dans le corps, pourquoi n'envoie-t-elle pas en ce moment même à ses tueurs la localisation de leur cible ? Pourquoi ne le fait-elle que par intermittence, pourquoi pas *tout le temps* ? Et l'idée démentielle qui l'avait déjà effleuré et qu'il avait rejetée tant elle lui paraissait impossible s'immisce à nouveau dans son esprit.

Un jeu.

Tout à coup, le corps disloqué de Claudia revient à la charge, accompagné de cette pétarade de craquements sinistres, et la vision est si violente que Carl n'arrive plus à se lever, les membres sciés. La cloueuse glisse de ses doigts sans force et il se laisse tomber sur les fesses, le dos contre le mur, la respiration haletante.

C'est une crise de panique ! Tu dois te calmer !

Une main sur le ventre, il ferme les yeux et tente de contrôler sa respiration, mais en vain : le regard accusateur de Claudia ne le quitte pas.

Relaxe, tabarnac!

Il pense à Samuel, il pense à Pascale... et peu à peu, Claudia devient floue, disparaît, et il recommence à respirer normalement, le corps couvert de sueur.

Debout! Repars tout de suite si tu ne veux pas que le découragement revienne!

Il se relève et observe sa cloueuse : vide, elle est plus encombrante qu'utile. Il la laisse choir sur l'asphalte et retourne dans la rue. Il décide de longer la rue des Écoles le plus longtemps possible : à gauche, il y a des résidences tout au long, mais à droite, ce sont des bâtiments fermés à cette heure (école Saint-Frédéric, bibliothèque municipale, commerces...). Pendant six cents mètres, il ne croise aucune voiture et aucun piéton, sauf une femme qui apparaît au loin, mais s'engage bientôt dans une autre rue. Il croit deviner du mouvement derrière certaines fenêtres des maisons, mais il ne s'y attarde pas et conserve la tête penchée vers l'avant. Il arrive enfin à la rue Dunkin et prend à gauche.

Trente mètres devant, une auto-patrouille avance lentement.

Trop tard pour se cacher. Et s'il s'enfuit, ce sera louche. Mais s'il demeure sur le trottoir, le visage découvert...

Sans réfléchir, il monte sur le perron d'un immeuble à appartements et s'arrête devant l'une des deux entrées du rez-de-chaussée. Avec des gestes qu'il espère naturels, il fouille dans la poche de son pantalon, feint d'en sortir quelque chose et tend les mains vers la poignée comme s'il voulait la déverrouiller. Il entend derrière lui l'auto-patrouille, maintenant à sa hauteur. Carl tremble tellement qu'il a l'impression que les flics vont s'en rendre compte. Il continue de mimer le

type qui manipule une clé, mais il ne peut pas s'éter-
niser, merde ! mais la voiture roule si lentement ! Il tend
donc une main moite vers la poignée, l'agrippe... et
enfin, il entend le véhicule tourner le coin.

— Oui ?

Un homme en pyjama a ouvert la porte et dévisage
l'effronté qui tente d'entrer chez lui.

— Ah, heu... C'est pas l'appartement de Nadia ici ?

— Pas pantoute, non.

Carl se confond en excuses, dit qu'il va retourner
dans sa voiture pour retrouver la bonne adresse puis
s'éloigne sous l'œil soupçonneux du type qui finit par
rentrer chez lui.

Carl poursuit son chemin d'un pas rapide. Il atteint
Lindsay, ce qui indique qu'il est de retour au centre-
ville, mais à cette hauteur, le coin est essentiellement
résidentiel. Il se rend jusqu'à Brock, qu'il traverse
aussi, change de côté en apercevant un couple qui
marche dans sa direction et qui est tellement occupé
à discuter des événements dramatiques de la nuit dernière qu'il ne lui prête pas attention, puis arrive à
Hériot où il voit deux véhicules approcher. Il tourne les
talons comme pour rebrousser chemin, mais lorsqu'il
entend les deux automobiles s'éloigner, il revient sur
ses pas et traverse la rue. Dans cette partie de Dunkin,
les maisons ont cédé la place à droite à différents commerces fermés, et à gauche se dresse le vaste centre
d'oncologie ainsi que l'entrée d'un des stationnements
de l'hôpital Sainte-Croix tout près, où quelques personnes vont et viennent. Carl s'efforce de ne pas regarder dans leur direction

(du calme elles sont loin t'es juste un piéton comme
un autre)

et s'engage à droite dans Belcourt, où l'espace
redevient résidentiel. Après une centaine de mètres, il
aperçoit enfin la rue Prince, qui va vers la gauche.

Cette rue s'étend sur environ cent cinquante mètres avant de se terminer par un cul-de-sac qui donne sur la rivière Saint-François. La dernière maison à gauche, un modeste bungalow en briques jaunes, est celle de Sébastien, où Carl n'est allé que six ou sept fois en quinze ans. Avant d'atteindre la rue, il s'arrête : saura-t-il convaincre son employé de l'aider ? Quelle raison lui donnera-t-il pour ne pas se rendre lui-même au bar ?

Tu lui donnes aucune raison, tu lui demandes de te faire confiance. Perds pas de temps et vas-y.

Carl se remet en marche et, au moment d'emprunter Prince, il aperçoit une voiture roulant vers lui. C'est la Golf GTI rouge de Sébastien. Carl bifurque vers le milieu de la rue en agitant les bras pour être vu. Sébastien, derrière le volant, écarquille de grands yeux stupéfaits et s'arrête. Carl ouvre la portière et, sans attendre d'invitation, s'installe sur la banquette du passager en poussant un soupir de soulagement, comme si le véhicule de son employé s'avérait le plus sécuritaire des abris.

— Salut, vieux. Je m'en allais justement chez vous ! Je sais que je suis de bonne heure, mais… il faut que… que je te parle. Un petit service à te demander…

Il a lancé ces phrases à toute vitesse d'une voix fébrile et il s'oblige à se taire pour prendre une grande respiration. Sébastien le dévisage, déconcerté, avec même une certaine inquiétude dans le regard.

— Un service ? À huit heures du matin ?

Manifestement, il n'a pas encore écouté les nouvelles, ce qui rassure Carl. Ce dernier a un ricanement totalement faux.

— Oui, j'avoue que…

— T'es venu à pied ?

Carl ne sait même pas comment il arrive à parler.

— Oui, oui, en faisant mon jogging… Écoute, j'ai…

— Criss, Carl, on est samedi matin ! Ça pouvait pas attendre ?

Carl passe un doigt tremblant sur son front

(non ça peut pas attendre parce que six fous me courent après pour me tuer pis j'ai trois morts sur la conscience dont celle de Claudia Claudia Seb câlice Claudia ma comptable mon ancienne maîtresse je l'ai vue casser de partout je l'ai vue crever sous mes yeux à mes pieds pis c'est de ma faute pis)

et articule lentement :

— Non, pas vraiment. On peut… retourner chez toi pour jaser ?

L'inquiétude de Sébastien monte d'un cran.

— Heu… c'est pas mal le bordel chez moi… Regarde, raconte-moi ça en chemin, OK ?

Et il se remet en route en tournant à gauche dans Belcourt, à la grande surprise de Carl qui finit par balbutier :

— Bon, ben, heu… On s'arrête quelque part pour jaser, OK ? Pis on va pas au centre-ville, c'est… Va donc au, heu… à…

Il regarde dehors, éperdu. Un endroit tranquille, pas loin…

— Va donc dans le stationnement du collège Saint-Bernard, c'est juste à côté.

Sébastien, de plus en plus dérouté, veut dire quelque chose, renonce et se rend jusqu'à Hériot où il tourne à droite. Il roule sur un peu plus de deux cents mètres, mais croise en route une voiture de police et Carl s'enfonce dans le siège.

— Coudon, es-tu dans le trouble ?

Carl ne répond rien et gratte nerveusement la petite croûte de sang séché sur le lobe de son oreille. Il regarde l'heure sur le tableau de bord : huit heures quatorze. La Golf tourne sur l'avenue des Frères, flanquée d'un côté par l'école Jeanne-Mance et de l'autre par le stationnement principal de l'hôpital. Au bout de la rue se trouve un seul édifice : le collège Saint-Bernard, entouré de ses vastes terrains sportifs. À la vue du bâtiment, Carl sent un vague malaise glisser en lui. Peut-être aurait-il dû choisir un autre endroit, mais

« Hé, Carloune, faut-tu absolument être fif pour prendre des cours de photo ? »

il n'avait pas vraiment le temps de choisir l'endroit idéal. Et puis, merde, c'est juste son ancienne école secondaire...

Tandis qu'il recommence à pleuvoir, la Golf contourne le bâtiment, entre dans le stationnement de droite totalement vide puis s'arrête. Sébastien coupe le moteur et tourne un visage inquiet vers son patron.

— Qu'est-ce qui se passe, au juste ?

Carl regarde autour de lui. Le grand terrain de football a triste mine sous la fine pluie. Plus loin à gauche, une lisière d'arbres cache partiellement la rivière Saint-François. Il se gratte la tête. Sa tête pleine de Claudia. Pleine de ses os brisés.

T'as l'air trop bizarre, il va avoir peur ! Sois plus relax un peu, criss !

— J'étais sûr de te réveiller... (petit ricanement nerveux). T'es de bonne heure à matin !

— J'ai pas veillé tard hier soir, répond rapidement Sébastien.

— Pis tu t'en allais où, de même ?

— J'allais me chercher un déjeuner au *Café de la Fabrique*, j'ai plus rien chez moi. Qu'est-ce qui se passe, Carl ?

Carl garde ses mains sur ses cuisses un moment, joue de la langue contre sa joue.

— J'aurais besoin que t'ailles au bar pour me ramener l'argent de la caisse d'hier.

Le serveur le considère avec surprise.

— Pourquoi tu veux ça maintenant ?

— Je peux pas te le dire.

Il s'empresse d'ajouter :

— C'est pas un vol, Seb. C'est juste que j'ai un besoin très urgent de fric, pis la seule place où je peux en avoir en ce moment, c'est au bar.

— Tu peux pas aller à la banque ?

— Non.

— Pis tu peux pas me dire pourquoi t'as besoin de tant d'argent ?

— Non.

Parce que Diane le saurait. Je sais pas comment, câlice, mais elle le saurait !

— Pis je te jure que si je te le dis pas, c'est pour ta propre sécurité.

Il se tait, craignant d'aller trop loin. Sébastien soutient son regard un moment, puis fixe le terrain de football devant lui, les mains sur le volant. Pendant quelques instants, on n'entend que le pianotage de la pluie sur le pare-brise.

— Pis pourquoi tu y vas pas toi-même ?

— Parce que…

Il commence à trembler. Il va craquer, il le sent. Il ferme les yeux.

— Parce qu'on me laisserait pas entrer dans le bar. D'ailleurs, ça se peut que… que la police te demande t'es qui et ce que tu viens faire. Dis-leur que… dis-leur ce que tu veux, mais parle-leur pas de moi. S'ils demandent où je suis, dis que tu le sais pas. OK ? Tu le sais pas.

Sébastien secoue la tête.

— Pis tu veux me faire croire que t'es pas dans le trouble ? Tu me prends pour qui ?

— Je dis pas que je suis pas dans le trouble ! crie alors Carl, à bout.

Sébastien sursaute et le dévisage. Carl passe une main tremblante sur son visage. Bon Dieu, il s'était pourtant dit qu'il devait rester calme, être le plus en contrôle possible, le moins bizarre, mais

(Claudia)

c'est tellement, tellement difficile ! Il réussit tout de même à s'apaiser tandis qu'il tourne un regard suppliant vers son employé.

— Je dis juste que… que j'ai rien fait de mal, pis ça, je te le jure.

Sébastien secoue à nouveau la tête, confus.

— Criss, Carl, c'est gros en ostie, ce que tu me demandes là… Tu veux que je sois complice de je sais pas quoi, je…

— Non, non, c'est pas de la complicité !

— … je risque de me mettre dans la marde pour quelque chose que je sais même pas, pis…

— Tu risques ben plus d'être dans la marde si je te dis ce qui se passe ! Pis au mieux… au mieux, je… je pourrai tout t'expliquer plus tard si…

Mais il ne complète pas sa phrase et se mord les lèvres. Sébastien regarde devant lui, le front plissé, comme si mille pensées se bousculaient dans sa tête. Carl commence à douter. S'est-il trompé ? Il lui attrape alors le bras.

— Seb, je te demande de me faire confiance ! On travaille ensemble depuis quinze ans pis je t'ai toujours traité comme mon associé…

— Ton associé !

Sébastien lui décoche un regard ironique. Carl est pris par surprise par ce changement soudain.

— Ben… ben oui, voyons ! T'es le gérant du bar, t'es le seul qui connaît la combinaison du coffre-fort dans mon bureau…

— Si tu penses que c'est juste ça être associé…

— Qu'est-ce que tu veux dire ?

Sébastien semble regretter ses paroles et secoue la tête en se frottant les yeux du pouce et de l'index.

— Oublie ça, c'est pas…

— Tu le feras pas ?

Il y a maintenant de la colère dans sa voix et il réalise qu'il va péter les plombs si Sébastien refuse de l'aider parce que, câlice! il *faut* qu'il l'aide, il n'a pas le choix, il est son employé et il doit lui obéir, sinon, sinon...

Sébastien soupire, comme s'il ne croyait pas lui-même ce qu'il s'apprêtait à dire:

— Je vais le faire, Carl. Je vais le faire parce que... parce que, OK, je te fais confiance...

La rage naissante de Carl se volatilise et il hoche la tête à plusieurs reprises en fixant ses genoux, à la fois rassuré et embarrassé.

— Merci, Seb... Je te jure que t'as raison de me faire confiance...

— Lorraine ouvre le bar après-midi. Elle va avoir besoin d'une caisse.

— Laisse le minimum pour qu'elle puisse commencer la journée. Écoute, il faudrait que...

Il s'interrompt brutalement

(Claudia en contre-jour dans le ciel disloquée morte)

et serre les dents en émettant un sifflement tremblotant.

— Carl?

— ... il faudrait que tu y ailles vite, pis moi, je t'attends ici. Je peux pas me permettre d'approcher du bar. Ça te va? Ramène juste les billets, pas les pièces. Pis quand tu reviendras, je vais te demander de me conduire quelque part...

— Où ça?

— Je...

Parle-lui pas tout de suite des lions sinon il va te poser encore plein de questions!

— Je te le dirai tantôt... OK?... OK, Seb?

Sébastien l'étudie un moment.

— Tu me jures que tu vas m'expliquer tout ça plus tard, hein?

Une demi-seconde d'hésitation.

— Je te le jure.

Sébastien hoche la tête en soupirant. Carl le remercie encore, l'implore de revenir rapidement puis descend de la voiture qui s'éloigne et disparaît. La pluie n'est pas abondante, mais Carl, dont les vêtements avaient séché, court jusqu'à la porte sur le côté de l'école, monte les quelques marches et s'arrête, protégé par le petit toit. Pendant qu'il observe cette porte qu'il a franchie des centaines de fois durant son adolescence, son visage s'assombrit.

Le voilà au collège Saint-Bernard. Il n'est pas revenu ici depuis la fin de son secondaire V. Enfin, *presque* la fin. Depuis, on y a ajouté une aile pour accueillir aussi des élèves du primaire et il a entendu dire qu'il y avait eu beaucoup de transformations dans le bâtiment principal. Il scrute l'intérieur par la fenêtre de la porte : il ne voit à peu près rien, sauf un bout de couloir.

… ces couloirs dans lesquels il a fui si souvent…

Il se souvient de l'incompréhension et du désespoir de ses parents lorsqu'il avait arrêté ses études six mois avant la fin de son secondaire V. Après tout, ils avaient payé cher pour l'envoyer dans cette école privée et, de plus, il obtenait de très bons résultats. Alors pourquoi leur fils avait-il abandonné si près du but ? Pourquoi s'était-il contenté de petits boulots sans envergure alors qu'il avait prévu s'inscrire en urbanisme à l'université ? Et bien qu'il ait ouvert son propre bar à trente et un ans et ait finalement bien réussi sa vie, papa et maman lui en avaient voulu jusqu'à leur mort, même s'ils ne l'avaient jamais exprimé clairement. Ils n'avaient jamais compris. Lui non plus, d'ailleurs, ne pourrait expliquer de manière rationnelle ce choix. Mais certains événements sont si puissants, si bouleversants que le cours de notre vie ne peut en être que modifié, même si cette modification n'a pas de lien direct avec l'événement en question…

Il ne devrait pas penser à ça...

Dans le couloir, de l'autre côté de la vitre, un adolescent s'approche et Carl, stupéfait, s'avance encore plus près de la fenêtre.

Il reconnaît Stéphane. L'adolescent lui sourit et plus il approche de la porte, plus son visage se fissure, se morcelle, se détruit, comme balayé au ralenti par une force d'une violence terrible même si, au milieu des chairs sanglantes et déchiquetées, le sourire persiste et le regard ne quitte pas Carl.

Ce dernier recule brutalement, au point qu'il évite de justesse de dégringoler les quelques marches derrière lui. D'abord épouvanté, il se traite ensuite d'idiot. C'est le fait de se retrouver ici après tant d'années qui suscite ces pensées incongrues !

Mais tu as commencé hier à avoir des flashs de Stéphane... Et ton rêve, cette nuit...

Il a un geste agacé et s'assoit sur la première marche. Pendant plus d'un quart d'heure, il revise son plan pour la suite des choses, en tentant de se convaincre que ça peut fonctionner. Il finit par lever les yeux vers le terrain de football et songe qu'il est probable, le samedi matin, que des équipes sportives viennent jouer. Et le football se pratique même sous la pluie... De toute façon, Sébastien va revenir d'une minute à l'autre.

Sauf s'il est allé prévenir la police.

Il fronce les sourcils, les bras ballants entre les cuisses. Est-ce une possibilité ? Qu'il ait feint de vouloir aider son patron alors qu'en réalité...

Ce n'est pas ce que tu ferais, toi ? Si Sébastien t'avait demandé la même chose, tu aurais accepté de l'aider aussi facilement ?

Facilement ? Il a quand même hésité, a posé quelques questions... mais c'est vrai qu'il n'a pas tergiversé si longtemps...

La pluie augmente et Carl sent sur ses jambes et ses pieds une fine bruine apportée par le vent. S'il avait pu parler à Sébastien dans sa maison, il serait au sec en ce moment... D'ailleurs, pourquoi n'a-t-il pas voulu qu'ils discutent chez lui ? Cela semblait vraiment l'inquiéter... Il a prétexté que c'était le bordel à l'intérieur...

Tu trouves que c'est une excuse de gars, ça ? Un gars comme Sébastien, en plus ?

Et cette histoire d'aller chercher un déjeuner si tôt, ce n'est vraiment pas son genre... Carl avance le torse et s'appuie sur ses genoux, insensible aux gouttes de pluie qui atteignent maintenant son visage. Sébastien debout à huit heures... qui refuse que Carl entre chez lui... parce qu'il n'est pas seul ? Et alors ? Sébastien n'a jamais caché qu'il ramenait des filles à la maison, il en est même plutôt fier – fierté puérile qui a toujours agacé Carl – alors pourquoi serait-il embarrassé ?

Parce qu'il y a une femme chez lui, mais pas une amante.

La bouche de Carl s'assèche alors que son visage dégouline maintenant de pluie. Et si son employé a finalement accepté de l'aider, c'est parce que... parce que...

Parce qu'il est allé prévenir Diane.

Il redresse sa tête en poussant un grognement à la fois exaspéré et incertain. Merde ! Encore des soupçons paranoïaques ! Après Pascale et surtout Claudia, il n'a donc pas eu sa leçon ?

Criss ! il y a quand même ben quelqu'un qui a payé pour ta mort !

Il essuie son visage avec vigueur. Sébastien levé très tôt un samedi matin, qui refuse avec inquiétude que son patron aille chez lui... mais qui n'a aucune raison de souhaiter sa mort ! Il ne pourrait même pas devenir propriétaire du *Lindsay* puisqu'il sait que Carl le léguera à Samuel à sa retraite !

Et cela l'a beaucoup blessé quand il l'a su, tu te souviens?

C'est vrai. Quand Carl avait annoncé cette décision à son serveur il y a à peu près un an et demi, Sébastien n'avait pas caché sa déception. Il avait même voulu le faire changer d'avis, convaincu qu'il s'occuperait mieux de ce bar dont il est le gérant depuis plusieurs années, beaucoup mieux qu'un multimillionnaire comme Samuel qui ne s'intéressait pas du tout à un petit bistrot de Drummondville. Cela avait tourné à l'altercation et Carl, agacé, avait conclu que le dossier était clos. Son employé lui avait fait la gueule pendant quelques semaines, mais il s'était replacé et tout était redevenu normal. Du moins, c'est l'impression qu'avait eue Carl… mais tout à l'heure, quand il lui a dit qu'il le considérait comme son associé, Sébastien a répliqué avec une ironie amère.

Carl fixe le terrain de football désert.

Mais non, tu le traites pas comme un associé, tu le sais très bien. Tu es souvent dur avec lui, tu le trouves immature, tu ne t'intéresses pas tellement à sa vie, tu écoutes rarement ses suggestions ou ses conseils…

Peut-être, oui. Avant, au boulot, Sébastien rigolait avec son patron, même si celui-ci persistait à ne pas le considérer comme un véritable ami. Mais depuis un an et demi, le serveur est beaucoup plus distant, même s'il travaille toujours avec autant de professionnalisme. Cette attitude convenait à Carl : il croyait que Sébastien avait enfin pris de la maturité. Mais en réalité, il s'agissait peut-être d'autre chose…

Il se souvient aussi, quand il était allé plutôt à contrecœur aux funérailles du père de Sébastien à Shawinigan, il y a neuf mois… Là-bas, Carl avait appris qu'il était fils unique, que sa mère était morte dix ans plus tôt, que son père était un ancien gérant de quincaillerie qui avait vécu ses dernières années dans une résidence pour personnes âgées... Et alors qu'il découvrait un pan de la vie privée de son plus fidèle employé et qu'il aurait pu en profiter pour tenter un rapprochement, il avait quitté le salon funéraire au bout d'une heure...

D'accord, Sébastien lui en veut. De ne pas lui laisser le bar, de ne le traiter ni en associé ni en ami... Il lui en veut même beaucoup...

... mais au point de le tuer?

Carl se lève en se frottant le menton. Criss! il ne peut pas se permettre de se tromper encore!... Mais Sébastien est parti depuis un bon vingt minutes... Pourquoi est-ce si long?

Si cette fois les doutes de Carl sont fondés

(Sébastien fils unique le seul qui a hérité de son père sûrement pas une fortune mais assez pour se payer un tueur à gages)

ce n'est pas Sébastien qui sera de retour dans quelques instants...

Va-t'en. Tout de suite.

Comme s'il obéissait à un ordre qu'il ne peut refuser, il descend les marches et effectue quelques pas incertains dans le stationnement... puis songe que, s'il se trompe, il n'aura pas d'argent et se retrouvera à la case départ. Il piétine sur place, totalement incapable d'arrêter une décision.

Une voiture tourne le coin de l'école et il reconnaît avec soulagement la Golf rouge. Si Sébastien prend la peine de revenir, c'est bon signe.

À moins qu'il ait décidé de t'éliminer lui-même. Diane lui a peut-être dit qu'il n'aurait rien à payer s'il s'en occupait...

Mais c'est absurde: quand on engage un tueur à gages, c'est parce qu'on ne veut justement pas exécuter le sale boulot soi-même!

La voiture traverse le stationnement et Carl, presque instinctivement, ramasse sur le sol une pierre de la grosseur d'une balle de golf. La Golf s'arrête, mais le moteur tourne toujours. Carl, immobile sous la pluie, se sent si tendu qu'il a l'impression que le moindre geste de sa part lui claquerait un muscle. La vitre côté passager se baisse et Sébastien, sans descendre de son véhicule, fait signe à son patron de le rejoindre. L'angoisse de Carl monte d'un cran et il secoue la tête en indiquant au serveur de s'approcher. Ce dernier, sans arrêter le moteur, sort d'un air embêté et s'avance. Il tient un sac de plastique blanc, ce qui décuple la nervosité de Carl. Qu'est-ce qu'il y a, dans ce sac ? L'argent ? Il semble renfermer plus lourd que ça... Les bras le long du corps, Carl tourne sa main qui tient la pierre de sorte que Sébastien ne puisse voir ce qu'elle contient.

— Tu voulais pas que je t'amène quelque part ? lance le serveur.

— Comment ça s'est passé ?

— T'as raison, il y a un flic qui surveille le bar à l'extérieur, répond Sébastien en approchant. Je lui ai expliqué que je travaillais là pis que je venais chercher un truc que j'avais oublié la veille. Il m'a demandé si je savais où t'étais, je lui ai répondu non.

Il s'arrête. Carl, à quelques pas de lui, ne bouge toujours pas, comme s'il attendait la suite, ses doigts très serrés autour de la pierre cachée dans sa main. Sébastien ajoute :

— Il m'a dit que t'étais sûrement mêlé à des crimes qui se sont produits à Drummondville au cours des douze dernières heures. Il a pris mon nom et mon numéro de téléphone, mais il m'en a pas dit plus.

Silence. Cette fois, c'est Sébastien qui attend des explications, ses cheveux châtains normalement coiffés à la mode du jour s'aplatissant de plus en plus sous la pluie. Il jette un œil vers la main fermée de Carl et fronce un sourcil.

— Pourquoi tu voulais pas qu'on aille chez toi, Seb?

Malaise de la part de l'employé.

— Je te l'ai dit, c'est le bordel pis…

— Voyons, arrête avec ces niaiseries-là. C'est quoi, la vraie raison?

Le serveur change le sac de main et hausse une épaule en affectant un faux air penaud.

— Ben… j'ai ramené une chick, hier soir…

— Franchement, tu penses quand même pas que ça m'aurait choqué qu'une fille dorme chez vous?

— C'est juste que…

À ce moment, un bruit de moteur attire leur attention : une voiture entre dans le stationnement. Elle est rouge… une Mazda 3… La voiture du gros Black! Et au même moment, Sébastien plonge sa main dans le sac

(il va sortir un gun pour m'empêcher de fuir le Black qui arrive c'est un piège tu t'es fait avoir)

de plastique. À ce moment, la paranoïa explose en Carl et il perd le contrôle : il bondit et frappe avec sa pierre qui atteint la tempe gauche de Sébastien. Ce dernier titube une courte seconde avec un air ahuri, puis s'affaisse en échappant son sac, que Carl s'empresse de ramasser.

À l'intérieur, il y a une enveloppe brune et un sac du *Café de la Fabrique*. D'une main, Carl sort ce dernier et l'ouvre : deux chocolatines, deux yogourts et deux cafés.

Carl cligne des yeux. Un déjeuner pour *deux*? Il laisse tomber le sac par terre et, sans l'extirper du sac de plastique, entrouvre l'enveloppe : elle est emplie de billets de banque.

Confondu, il tourne la tête vers la Mazda rouge qui, à une cinquantaine de mètres, s'est stationnée près du terrain de football. À cette distance, Carl réalise alors qu'il ne s'agit pas d'une Mazda 3, mais plutôt d'une Ford Focus. Un trentenaire baraqué en descend. Il porte le chandail d'une équipe sportive et regarde vers Carl.

— Y a un problème ?

Il l'a sans doute vu frapper Sébastien. Deux enfants surgissent de la Ford Focus, habillés en joueurs de football.

— Restez dans l'auto, les boys, leur lance l'homme.

— Qu'est-ce qu'il y a, coach ?

— Dans l'auto, j'ai dit !

Les gamins s'exécutent et leur coach, les mains sur les hanches, toise à nouveau Carl, qui ne sait comment réagir. Sébastien, étendu sur l'asphalte mouillé, redresse la tête en massant sa tempe.

— Câlice, Carl...

Carl essuie la pluie sur son visage d'un geste fébrile. Il ne comprend plus rien, il sait qu'il a gaffé, mais il ne comprend rien à rien et, excédé, comme s'il en voulait à son employé d'avoir semé le doute en lui, il lui crie en désignant le déjeuner éparpillé dans une flaque d'eau :

— Criss ! c'est pour qui, la bouffe ? Qui est chez vous ?

— C'est... c'est Marie-Hélène !

Carl fronce les sourcils, puis, en une seconde, tout s'éclaire. Marie-Hélène, dont le mari est parti tout le week-end à la pêche (elle l'a dit hier, au bar !) et qui en a profité pour enfin se taper le jeune serveur du *Lindsay* ! Et Sébastien qui, après une nuit de sexe torride, allait chercher un petit déjeuner pour eux deux et qui n'a pas osé l'avouer à son patron parce qu'il savait que celui-ci serait furieux qu'il ait couché avec la femme du propriétaire de *L'Express* !

— Hé ! insiste le coach de football. Il se passe quoi, là ?

— Seb, je suis… je suis vraiment désolé…

— Calvaire, je suis vraiment con de t'avoir cru! vocifère Sébastien en se relevant sur un coude. Si tu penses que je vais te reconduire quelque part après ça, fuck you! Je sais pas ce qui arrive avec toi, mais j'aurais dû prévenir les flics, tout à l'heure, au lieu de…

À ces derniers mots, Carl se précipite vers la Golf, dont le moteur tourne toujours, et se jette à l'intérieur en lançant le sac de plastique sur la banquette du passager. Sébastien, stupéfait, commence à se relever.

— Heille, heille! Tu fais quoi, là?

À moitié debout, il chancelle en se tenant la tête, étourdi, tandis que l'homme plus loin sort son cellulaire de sa poche sans quitter la scène des yeux. Carl s'écrie par la fenêtre ouverte:

— Désolé, Seb! Je te jure que j'ai rien fait de mal!

Et au moment où le serveur réussit à se remettre sur ses pieds, la Golf démarre. Avant de tourner le coin, Carl jette un œil dans le rétroviseur: les deux enfants bondissent hors de la Focus et le coach, cellulaire contre l'oreille, marche vers Sébastien, qui titube en se massant le crâne.

Sur l'avenue des Frères, Carl croise deux voitures: encore cinq minutes et toute l'équipe de football aurait été là! À la rue Hériot, il prend à gauche pour éviter le centre-ville puis songe qu'il ne peut pas se déplacer trop longtemps dans ce véhicule qui sera signalé comme volé dans quelques minutes. Dans la rue Poirier, il s'engage à droite. Après moins de deux cents mètres de route, il arrive à l'usine du traitement des eaux et gagne le stationnement désert. Il roule jusque derrière le bâtiment, arrête la voiture et expire longuement en regardant devant lui, l'air misérable. Il a encore réagi en paranoïaque. Il a encore douté d'un innocent. Il a failli avoir la mort d'un autre sur la conscience.

Mais tu l'as pas tué. Tu l'as à peine blessé.

Peut-être est-ce un signe. Un signe que l'horreur se dissipe, qu'il va finalement s'en sortir... Oui, peut-être...

Il prend l'enveloppe brune dans le sac de plastique et compte les innombrables billets de banque, en grande partie des vingt dollars : 5570 au total. Cela devrait suffire amplement. Il glisse l'enveloppe dans le sac et regarde l'heure sur le tableau de bord : 8 : 45.

Il range les clés dans le coffre à gants et sort de la Golf. La pluie a cessé. Sac en main, il se rend jusqu'à la rue Poirier et s'arrête un moment pour regarder : une voiture tourne là-bas, un piéton s'éloigne au loin. Il prend le temps de réfléchir : les lions se trouvent carrément à l'autre bout de la ville. Une bonne heure et quart de marche.

Si tu ne rencontres pas de problèmes.

Pas question de passer par le centre-ville, encore moins par le boulevard Saint-Joseph. Il se rendra donc jusqu'aux environs du boulevard Lemire, où aucun drame ne s'est produit. Ce sera plus tranquille.

Le visage impassible, il se met en marche.

8:46

Durant les six cents premiers mètres de marche, deux voitures passent près de lui : il réussit à leur tourner le dos, comme s'il changeait de direction. Il voit aussi un piéton venir vers lui et traverse aussitôt sur le trottoir opposé pour ne pas le croiser de trop près. Il est conscient qu'il y a des résidences de chaque côté et que certaines personnes peuvent regarder par les fenêtres. Mais qu'y peut-il ? Il ne va quand même pas se creuser un tunnel ! Encore une fois, il se répète qu'il n'y a pas tant de gens qui sont susceptibles de le reconnaître.

Après une dizaine de minutes de marche, il distingue le boulevard Saint-Joseph à une cinquantaine de mètres devant et il s'arrête, sur le qui-vive. Le boulevard est l'une des artères les plus passantes de Drummondville. On est samedi, il est près de neuf heures et la vie commence à couler dans les veines de la ville. De sa position, il compte sept ou huit véhicules en peu de temps. Il ouvre et ferme les poings, se remet en marche. Mais après une dizaine de mètres, il voit passer lentement sur Saint-Joseph une automobile qui ressemble fort à une Buick Rendezvous grise... la voiture de Moustachu...

*Moustachu est mort, mais l'Italien a peut-être con-
servé le char…*

La Buick, qui a franchi l'intersection, s'arrête brusquement. Carl rebrousse aussitôt chemin à toute vitesse.
En moins de trois secondes, il tourne dans une rue à
droite et, du coin de l'œil, avise la Buick Rendezvous
qui, malgré les klaxons derrière elle, recule pour mieux
bifurquer dans sa direction. Carl court sur le trottoir
puis s'engage sur le terrain d'une grande maison qu'il
longe jusqu'à la clôture arrière. Sans vérifier si les
propriétaires des lieux sont dehors ou non, il lance
son sac par-dessus l'obstacle et s'élance vers le haut.
En grognant, il se hisse jusqu'au sommet et se laisse
tomber de l'autre côté, ce qui provoque un éclair dans
sa cuisse droite. Le boulevard Saint-Joseph s'étend
devant lui. Il reprend son sac de plastique, court jusqu'au coin

*la Buick doit rouler maintenant face à la maison
et l'Italien doit se demander où tu es*

et traverse l'artère en diagonale, en ignorant complètement les deux voitures qui le croisent. De l'autre
côté, il franchit un espace gazonné pour se faufiler
entre deux immeubles à logements, puis débouche
dans la petite rue tranquille Saint-Maurice. Même si
l'Italien a compris qu'il est peut-être revenu sur le
boulevard, il ne pourra le trouver : si on ne connaît pas
Drummondville, il est impossible de deviner l'existence
de cette rue derrière les deux immeubles. En imaginant
la Buick tourner en rond autour de l'intersection du
boulevard, avec l'Italien qui jure comme un damné,
Carl esquisse un sourire sans joie. Il se remet en marche
en massant sa cuisse.

Rue Saint-Maurice tout droit, puis du Moulin à
gauche, puis Notre-Dame à droite, ensuite rue Saint-
Louis à gauche jusqu'à un petit terrain gazonné (une
mère, qui joue avec son bébé dans une poussette, ne

lui accorde qu'une très vague attention), puis Saint-Jean jusqu'à la 8e Avenue, à droite pendant deux cents mètres avant de prendre Saint-Damase à gauche pour un bon kilomètre. Durant ces vingt minutes de marche dans les rues paisibles, le ciel s'est partiellement dégagé. Carl, dont les vêtements et les cheveux ont passablement séché, n'aperçoit durant ce trajet que trois voitures, qu'il décèle d'assez loin pour se cacher, et il n'a croisé que quatre individus, dont un qui travaillait sur sa pelouse ; son cœur s'est affolé lorsqu'il a cru reconnaître un client du bar, mais ce n'était finalement pas le cas.

Lorsque le boulevard Lemire se profile au loin, Carl s'arrête soixante mètres avant de l'atteindre et réfléchit. Suivre ce boulevard est la solution la plus simple et la plus rapide, certainement pas la plus prudente : sans être aussi passante que Saint-Joseph, c'est une des artères principales de la ville, très dégagée et flanquée de nombreux commerces qui commencent à ouvrir leurs portes pour les consommateurs du week-end. Le plus sage serait donc d'emprunter des chemins parallèles à Lemire. Il tourne à droite sur la 22e Avenue, petite rue résidentielle, et la suit pendant presque un quart de kilomètre sans rencontrer personne.

Il franchit ensuite un boisé, le chemin de fer, un îlot de condos où un homme qui balaie son perron lui jette un coup d'œil sans intérêt, traverse au trot une rue entre le passage de deux véhicules, puis stoppe devant le boisé au cœur duquel coule la rivière Noire. Elle n'a qu'une vingtaine de mètres de large, mais c'est tout de même une rivière. Et comme le pont sur le boulevard Lemire est une solution trop risquée…

Il s'enfonce dans le bois. Après quelques mètres, le sol s'incline brusquement jusqu'à la rivière. Carl entame sa descente en se tenant aux arbustes et aux racines pour ne pas dégringoler. En bas, il a un moment de doute. Il sait qu'aujourd'hui on appelle ce cours d'eau qui traverse la ville la rivière Saint-Germain, mais les gens de sa génération la connaissent surtout sous le nom de rivière Noire. Lui et ses copains, malgré l'interdiction des parents, s'en approchaient souvent, fascinés par sa couleur terreuse qui empêchait d'en voir le fond et lui donnait une impression de saleté immonde. Adam, un des amis de Carl, soutenait que si on s'y baignait, notre peau fondait, image qui avait à la fois terrifié et ravi toute la bande. Un été, Pelchat, qui n'avait peur de rien et qui se faisait un devoir d'épater ses compagnons en accomplissant des exploits dangereux (il est d'ailleurs mort d'un accident de moto des années plus tard), avait trempé ses pieds nus dans l'onde mystérieuse. Carl et les autres avaient assisté à la scène, leurs yeux de gamins de dix ans écarquillés d'appréhension, et il se rappelle avoir ressenti un mélange de soulagement et de déception en constatant que les pieds de Pelchat demeuraient intacts. Mais même après cet acte de bravoure, personne n'avait osé une vraie baignade.

Carl regarde l'eau brune. Quand il était enfant, la simple idée d'y tremper un orteil produisait en lui ce qu'il croyait être de la peur. Aujourd'hui, il est sur le point de s'y jeter pour éviter des tueurs plus réels que toutes les rumeurs concernant la rivière Noire.

Carl retire ses souliers, au fond desquels il fourre ses chaussettes, et les attache autour de son cou. Ensuite, il ferme le sac de plastique d'un nœud serré. La rivière est-elle profonde à cet endroit ? En grimaçant de dégoût, il glisse un pied dans l'eau, puis l'autre. La température est bonne. Plus de quarante ans plus tard, il ose enfin défier la rivière Noire.

Il progresse lentement, tenant le sac à la hauteur de ses épaules. Le fond vaseux descend graduellement. À mi-chemin, l'eau monte jusqu'à sa taille et, outre le

fait que l'odeur est déplaisante et le contact peu ra-
goûtant, il commence à croire qu'il devrait s'en tirer
sans avoir à nager quand une brusque dénivellation le
prend par surprise : il perd l'équilibre et s'immerge
jusque par-dessus la tête. Il a le réflexe de tenir son
sac le plus haut possible, hors de l'eau, et il remonte
à la surface en moins de deux secondes, crachant une
petite quantité du liquide immonde.

— Tabarnac ! crie-t-il, ce qui provoque dans les
arbres l'envol de quelques oiseaux.

Résigné, de l'eau jusqu'à la poitrine, il poursuit sa
traversée, le sac toujours au-dessus de sa tête. Debout
sur l'autre rive, trempé des pieds à la tête, il dégage
une odeur douteuse, mais sa peau n'a pas fondu. Il
devrait appeler Adam pour le lui dire. Il commence à
ricaner, mais le son qu'il produit l'inquiète tellement
qu'il l'interrompt aussitôt.

Il défait le nœud du sac et examine l'intérieur :
l'enveloppe brune est mouillée à quelques endroits,
mais les billets sont secs. Il jette ses chaussettes dans
les bois, enfile ses souliers détrempés (Dieu ! qu'il déteste cette sensation !), lisse ses cheveux par en arrière
(fuck ! il sent des petits grumeaux entre ses doigts !) puis
grimpe jusqu'en haut. Faible consolation : le soleil brille
dans un ciel sans nuages.

Techniquement, il est maintenant sur Lemire, mais
juste devant lui s'étend le vaste terrain du Centre de
rénovation Laferté dont le magasin, le stationnement
et les hangars longent sur deux cents mètres le boulevard. Carl, dégoulinant, ses souliers émettant des
bruits spongieux à chaque pas, se dirige vers l'arrière
du bâtiment principal, ayant toujours en tête l'idée de
ne pas être vu du boulevard, déjà plus animé que tout
à l'heure. Mais comme toutes les quincailleries, celle
de Laferté est très fréquentée le samedi matin et Carl
croise quelques voitures qui vont et viennent dans le

stationnement, ainsi que trois employés occupés à remplir des camions de matériel. L'un d'eux le suit des yeux pendant quelques instants et Carl, tête basse, doit déployer un effort colossal pour ne pas se mettre à courir. Il sort enfin du terrain de Laferté et entre dans celui des locations d'autobus Voyageurs. Il passe derrière le bâtiment administratif désert et jette un œil vers le boulevard, à cinquante mètres sur sa gauche. Au loin, une auto-patrouille. Il trotte jusqu'au stationnement empli d'autobus scolaires et se cache derrière l'un d'eux. Après deux longues minutes, il ose sortir et se remettre en route.

Sur près de soixante-quinze mètres, la double rangée d'autobus garés le camoufle totalement, puis il poursuit son chemin derrière différents commerces. Tous ouverts. Pendant deux cent cinquante mètres, il réussit à éviter un maximum de gens jusqu'au moment où, après avoir dépassé un magasin de pièces d'auto, il entend une voix s'écrier:

— Hé, Carl!

Normalement, ce genre d'interpellation lui procure une vague curiosité enjouée, une plaisante anticipation, mais aujourd'hui, cet inoffensif appel a le même effet que si on pointait une arme vers lui. Il se retourne vivement et voit une femme dans la quarantaine qui sort du commerce pour marcher vers lui. Carl reconnaît Lucie, une cliente du bar, et la regarde approcher, prêt à fuir dans la seconde. Mais elle sourit, aucunement différente de ce qu'elle est d'habitude.

— Problèmes de char toi aussi?

Carl retient un soupir de soulagement. Lucie remarque son air bizarre et le dévisage de haut en bas. Même si ses vêtements ont commencé à sécher sous le soleil, il est facile de voir qu'ils sont fortement humides.

— Ah, tu t'es fait prendre par la pluie tout à l'heure...

Et elle retrousse le nez, comme si elle sentait une odeur désagréable. Carl bredouille :

— Oui, je faisais du jogging pis… C'est ça…

— Avec un sac dans les mains, ça doit pas être ben pratique.

— C'est… je me suis arrêté au dépanneur…

— Es-tu correct, Carl ? T'as vraiment l'air…

— Oui, oui, faut que je reparte. Salut, Lucie !

Et il commence à jogger, ignorant sa cuisse qui élance.

Il passe derrière le Jean Coutu, s'arrête à la rue Saint-Pierre pour se dissimuler aux deux piétons qui viennent dans sa direction. Il attend le passage de deux véhicules avant de traverser Saint-Pierre en courant jusque derrière le Shell Select.

Depuis combien de temps a-t-il quitté la voiture de Sébastien ? Sans doute pas loin d'une heure et il lui reste à peu près deux kilomètres à parcourir, portion du trajet qui sera peu risquée puisque, dans cinq cents mètres environ, commence le quartier industriel de Drummondville qui, à l'exception du boulevard Lemire, est quasi désert le samedi matin. Et après ces deux kilomètres, il sera tout près des deux lions… Merde ! on dirait bien qu'il va y arriver !

Poussé par une nouvelle énergie, il allonge le pas, passe derrière le lave-auto, traverse la petite rue Cardin totalement vide, contourne un bâtiment commercial fermé, rejoint la rue Alexandre qu'il franchit après s'être assuré que le piéton au loin ne pouvait le voir, poursuit son chemin derrière le VitroPlus, se cache de nouveau au coin en attendant qu'une camionnette quitte le stationnement juste devant lui, puis se rend jusqu'à la tranquille rue Sigouin. Celle-ci se termine par un cul-de-sac à droite, mais une voiture arrive de cette direction. Carl se dissimule derrière une automobile garée dans le stationnement qu'il vient de parcourir. Le véhicule approche à vitesse très réduite : c'est une Toyota Corolla bleue et, avec épouvante, il reconnaît Beyoncé au volant, qui scrute les alentours d'un air suspicieux en remuant les lèvres. Carl se recroqueville davantage. Si elle arrive du cul-de-sac, c'est qu'elle y est entrée il y a quelques minutes et qu'elle revient sur ses pas. Elle le cherche sans doute partout, au hasard. Au bout d'une minute, il glisse un œil : la Toyota n'est plus là.

Carl franchit la rue Sigouin, se fraie un chemin derrière trois autres commerces où il évite quelques clients qui vont et viennent... Près du Tim Hortons, il hésite : deux personnes viennent d'entrer dans le café et une voiture attend au service au volant. Cet espace est très dégagé et il sera à la vue de tout le monde sur Lemire pendant une ou deux minutes. Tant pis, il fera un petit détour : il bifurque à droite, s'éloignant ainsi autant du boulevard que du Tim Hortons, marche pendant cent mètres jusqu'aux Constructions Allard, contourne le bâtiment pour se rendre au terrain à côté avant de pousser jusqu'à la rue Power : c'est ici que le quartier industriel commence. La rue Power est une route flanquée d'usines fermées le samedi et qui se termine à droite, après deux cents mètres, dans une cour immense pleine d'entrepôts déserts.

Avant de traverser la chaussée pour s'engager dans le stationnement vide de la compagnie Écono-Fer, Carl regarde à gauche : là-bas, en provenance de Lemire maintenant très animé, il avise une voiture qui roule dans sa direction. La route où il se trouve est si dépouillée qu'il ne peut se cacher nulle part. Il pivote donc et affecte une démarche normale. Le cœur palpitant, il entend le véhicule ralentir derrière lui, puis un crissement de pneus. Sans cesser de marcher, il tourne la tête : la voiture s'est garée dans le stationnement où il voulait se rendre.

Une Mercedes-Benz blanche.

Carl s'arrête et tout son corps est parcouru de picotements.

Diane sort de la voiture, ferme la portière, effectue quelques pas avec élégance, puis s'arrête. Elle s'est tournée vers Carl et, les bras croisés sur la poitrine, elle attend.

Carl, depuis la dernière fois, a compris qu'elle ne le tuera pas. Ce n'est pas son rôle. Il sait aussi qu'elle n'a pas prévenu les autres. Du moins pas encore. Et il sait, bien sûr, qu'elle ne l'a pas trouvé par hasard.

Il tourne sa langue contre l'intérieur de sa joue, en ouvrant et fermant les doigts comme s'ils étaient enduits d'une matière collante. Elle veut lui parler. Comme la veille, au Village québécois d'antan…

Il songe alors à Claudia et la peur qui l'habite est presque totalement balayée par l'apparition de la haine.

Diane ne bouge toujours pas mais sa voix s'élève, avenante et professionnelle :

— Si vous voulez qu'on discute, il vous reste un peu moins de neuf minutes.

Sans hésiter, il se met en mouvement. Il traverse la rue, s'engage dans le stationnement et s'arrête à trois mètres de Diane, sac de plastique pendant au bout du bras.

— Merci de ne pas vous approcher davantage, commente-t-elle. Même d'ici, je peux sentir des effluves fort désagréables.

Carl imagine cette femme jeter Claudia par la fenêtre ; Claudia qui, après avoir été injustement menacée par Carl, a été attaquée par ce monstre en costume chic ; la pauvre Claudia dont l'ultime chute aura été accompagnée d'une totale et effroyable incompréhension de ce qui lui arrivait, qui a peut-être même cru que cette meurtrière avait été envoyée par Carl lui-même… Ses doigts se referment en poing tandis qu'il fixe Diane d'un regard de braise.

« T'as ça en toi, Carloune. »

Carl tique, déstabilisé, tandis que Diane hoche la tête d'un air compréhensif.

— Je devine les pensées très hostiles à mon égard qui vous habitent en ce moment et, franchement, je ne peux vous en vouloir. J'imagine que, tout à l'heure, lorsque je suis sortie de l'immeuble de votre comptable, vous avez sérieusement songé à me tuer, n'est-ce pas ? Vous m'avez peut-être même suivie quelques instants en vous demandant si vous deviez m'éliminer ou non. Mais vous vous êtes dit que si vous me tuiez, les conséquences seraient désastreuses, non seulement pour vous mais pour votre entourage. Et vous avez eu raison.

Elle regarde sa montre.

— Huit minutes de questions, monsieur Mongeau. Profitez-en. Surtout que nous sommes à un endroit parfait pour ne pas être importunés : un parc industriel un samedi matin. Quartiers laids mais pratiques. D'ailleurs, côté affaires, Drummondville se porte très bien, non ? L'une des villes les plus prospères du Québec, si je ne m'abuse, et ce, depuis plusieurs années…

— T'avais pas à tuer Claudia, criss de salope ! Elle avait rien à voir là-dedans !

Carl crie ces mots, en réprimant une envie folle de sauter sur la femme devant lui. La seule raison pour laquelle il ne passe pas à l'acte est qu'il sait très bien quel en serait le résultat. Diane prend un air navré.

— C'est de votre faute, monsieur Mongeau. Vous pouvez éliminer le commanditaire de votre meurtre, mais si vous accusez quelqu'un qui ne l'est pas et le laissez libre ensuite, cela revient au même que si vous aviez révélé trop d'informations à quelqu'un, et donc…

— Tu m'as crissé une puce électronique dans le corps, c'est ça ?

— Je vous ai déjà dit que je ne pouvais répondre à cette question.

Il jure en observant autour de lui les quelques bâtiments déserts. Au loin, les voitures passent sur le boulevard Lemire. Quelques mètres derrière Diane, sur le côté de l'édifice, se dresse un énorme conteneur en métal rouillé, telle une épave échouée, et un chiffon blanc coincé sous le couvercle pend sur quelques centimètres, agité par le souffle de la légère brise. Carl revient à Diane. Il doit surmonter sa haine et profiter de ces quelques minutes pour récolter le maximum d'informations.

— Les tueurs, ils… ils savent où je suis ?

— À cet instant, non.

Carl plisse les yeux.

— Mais tu vas leur envoyer ma localisation dans huit minutes, c'est ça ?

Elle regarde sa Rolex.

— À dix heures précises, soit dans un peu plus de sept minutes.

Il devrait détaler, mais il ne bouge pas. Même s'il se sauve maintenant, Diane enverra tout de même son signal à dix heures. Parce qu'elle saura où il se cache, évidemment.

Sept minutes pour comprendre, pour trouver un sens à cette histoire de fous, au fonctionnement précis de ce… de ce…

— C'est un jeu… C'est ça ?

Diane hoche la tête. Son visage est impassible, mais une lueur intense traverse ses yeux derrière ses lunettes.

— C'est exactement ça.

Il ferme les paupières, conserve le silence un moment, puis articule :

— C'est quoi, ce jeu-là ?

— Vous allez devoir être un peu plus précis.

— Calvaire, je fais partie d'un jeu dont le but est de me tuer, alors je pense que j'ai le droit de savoir comment ça marche !

— Et moi, je vous dis d'être précis dans vos questions. Partez de ce que vous avez déjà compris.

Il observe un moment le chiffon blanc, coincé sous le couvercle du conteneur là-bas, qui volette au vent. Il s'humecte les lèvres.

— J'ai compris que les tueurs forment deux équipes… les Venotares et les Kynogous…

— Venatores et Kynigous, rectifie Diane. « Chasseurs », en latin et en grec.

— Chasseurs…

Il secoue la tête, consterné, puis reprend :

— Quand ils se rencontrent, ils doivent s'identifier… S'ils sont pas dans la même équipe, ils ont le droit de… de s'attaquer entre eux s'ils le veulent… S'ils sont dans la même équipe, ils peuvent pas s'attaquer, mais… mais ils ont intérêt à agir en premier… C'est ça ?

— À peu près. En fait, les membres de l'équipe gagnante – du moins les survivants – se diviseront la prime entre eux, mais celui qui vous aura tué empochera une plus grosse part, une sorte de bonus. Bref, il y a une seule équipe gagnante, et un de ses membres gagnera davantage. Vous avez déjà joué à des jeux de société comme *Dead of Winter* ? C'est un peu le même principe.

Carl ne trouve rien à dire durant de longues secondes. Des images de vieux films grotesques lui traversent l'esprit, des histoires dans lesquelles des fous prenaient en chasse un pauvre innocent dans une forêt… et voilà que cela lui arrive à lui, pour vrai !

— Au cours d'une partie qui a eu lieu il y a deux ans, sur les huit chasseurs il ne restait qu'un seul survivant après quinze heures, pouvez-vous croire cela ? poursuit Diane. Mais celui-ci a tout de même éliminé la proie et a donc gardé la somme totale pour lui seul.

— Mais comment… comment les… les *joueurs* se retrouvent dans ce jeu-là ? Ils s'inscrivent ?

Bon Dieu, est-ce qu'il entend ce qu'il dit? Avec un rictus ambigu, il scrute les alentours, à la recherche d'une caméra: dans quelques secondes, toute une équipe technique va apparaître, hilare, et lui annoncer que tout cela n'était qu'un gag, comme dans le film *The Game*. Mais il ne voit personne. Il n'aperçoit que ce chiffon blanc, coincé sous le couvercle du conteneur, qui s'agite au vent.

— Non, non, les tueurs ne s'inscrivent à rien du tout, explique Diane le plus sérieusement du monde. J'ai six mois pour dénicher des chasseurs potentiels. Mon équipe et moi recherchons des gens qui ont le profil, un peu partout à travers le Québec: membres de gangs de rue, marginaux, sans-abri, ex-patients psychiatriques désinstitutionnalisés, petits criminels, individus désespérés... Nous les observons pendant des semaines, à leur insu. Donc, chaque fois qu'une nouvelle proie est choisie, nous consultons notre banque de tueurs possibles, contactons ceux qui se trouvent à deux cents kilomètres maximum de distance du lieu d'habitation de la proie et leur expliquons les règles. Libre à eux d'accepter ou non.

— Pis... pis ils acceptent?

— Pas tous, évidemment, loin de là. Environ le tiers. Mais nous finissons toujours par en convaincre huit.

Carl secoue la tête, atterré.

— Ostie, quel genre de... de personnes embarquent là-d'dans?

— Je vous l'ai dit: nous les étudions pendant des semaines, ils n'ont pas été choisis pour rien. Et ceux qui refusent, nous les laissons tranquilles. Ils ne peuvent pas nous dénoncer puisqu'ils n'ont aucune idée de qui nous sommes. Et si, pendant le jeu, ils décident de prévenir la police, ils seront exécutés. Cela est déjà arrivé, d'ailleurs. Certains se font évidemment arrêter par la police pendant la partie. Tant pis pour eux.

Même s'ils expliquent qu'ils ont été approchés pour un contrat, ils n'ont aucun moyen de remonter jusqu'à nous : ils n'ont que le cellulaire qu'on leur fournit au début de la chasse, cellulaire dont nous effaçons toutes les données au fur et à mesure.

— Le... le début de la *chasse* ? bredouille Carl, hypnotisé par cette conversation surréaliste. Elle commence quand, la chasse ?

— Lorsque je préviens la proie qu'elle va mourir, toujours à seize heures précises, moment où j'envoie aux huit chasseurs son nom, sa photo, son adresse et son lieu de travail. Ils savent qu'ils recevront ces informations à seize heures, ils se tiennent donc prêts. Certains ont des voitures, d'autres non ; certains en volent. Il y en a, parfois, qui ne savent pas conduire et prennent l'autobus...

Carl est saisi d'un nouveau vertige. Encore cette impression qu'il a changé d'univers, qu'il s'est réveillé hier matin dans un monde où l'absurdité règne...

— Ça se peut pas... Ç'a pas de criss d'allure...

Diane remonte ses lunettes en émettant un petit soupir.

— Allons, monsieur Mongeau, le jeu impliquant la vie n'est tout de même pas nouveau. Avez-vous donc oublié les gladiateurs de la Rome antique ? Ou les duels de chevaliers au Moyen Âge ? Récemment, en 2010 pour être précise, un type est mort durant une télé-réalité dans laquelle les concurrents devaient rester le plus longtemps possible dans un sauna. La nature humaine ne change pas autant que le vernis social le prétend. Vous seriez surpris de ce que certaines personnes sont prêtes à accomplir pour avoir de l'argent. J'ai déjà une quinzaine de chasseurs potentiels pour la prochaine partie, qui aura lieu dans six mois...

— Mais, calvaire ! vous faites ça depuis combien de temps ?

— C'est la fin de la sixième année, vous êtes donc la proie de la douzième édition.

Ça signifie qu'avant Carl il y a eu… onze proies? Onze individus qui, comme lui, ont été pourchassés par des tueurs parce que quelqu'un avait mis leur tête à prix? Onze hommes et femmes qui ont vécu le même cauchemar insensé? La bouche sèche, comme s'il redoutait la réponse, il demande:

— Et est-ce que… est-ce que certaines… proies…

Il grimace en prononçant ce dernier mot, puis complète:

— … ont réussi à gagner?

— Sur onze, une seule. L'homme en question a découvert et éliminé le commanditaire de sa mort. Lorsque ce cas survient, aucune des deux équipes ne touche d'argent.

— Et les autres proies sont… ont toutes été tuées?

— Vous voulez des statistiques? Sur les dix qui ont perdu, six ont été éliminées dans les premières heures, ce qui n'est pas étonnant: au début, elles sont prises par surprise, ne s'attendent pas à être attaquées. Les quatre autres, plus prudentes, plus sur leurs gardes, n'ont été mises hors jeu qu'au cours de la journée du lendemain. Je peux être encore plus précise, si vous voulez. Certaines proies créent des dommages collatéraux dans leur fuite et l'une d'elles a été arrêtée par la police. Elle a expliqué toute l'histoire aux agents, mais elle n'avait évidemment aucun renseignement solide contre nous. La partie a été annulée, mais comme les règles stipulent que la proie ne peut être arrêtée, nous avons dû éliminer un de ses proches. Il y en a aussi deux qui ont fait fi de nos avertissements et qui ont prévenu la police de leur propre gré, même après le genre de démonstration à laquelle vous avez eu droit hier au centre commercial. Les agents, sceptiques, ont tout de même tenté de les protéger, mais en vain: non seulement nous avons abattu un de leurs proches en guise de punition, mais les chasseurs ont réussi à les tuer malgré la protection policière qui, dans pareils cas, est plutôt réduite, avouons-le. Il y a aussi une proie qui s'est suicidée, assez rapidement d'ailleurs. Un dépressif, sans doute. Évidemment, dans un tel cas, la partie est annulée. Deux autres sont sorties de la zone limite de cent cinquante kilomètres dès les premières heures. La première, une femme, a fini par réintégrer l'aire permise lorsqu'elle a appris que nous avions éliminé un de ses enfants. La seconde, un homme assez âgé, a roulé jusqu'aux États-Unis et même si nous avons abattu trois membres de sa famille, il n'est jamais revenu. La partie a été annulée, mais nous l'avons retrouvé deux mois plus tard en Virginie et l'avons liquidé.

Durant tout le monologue de Diane, qu'elle a livré avec l'aplomb de l'agente d'assurances qui aligne ses chiffres de vente, Carl a senti une douleur naître dans son ventre, puis gonfler, jusqu'à devenir intolérable, alimentée par ce terrifiant constat : cette organisation réussit à tuer qui elle veut sans difficulté, à échapper à la police malgré les témoignages contre elle, à retrouver ceux qui vont se cacher jusqu'aux États-Unis... La douleur dans son estomac se contracte violemment, jusqu'au haut-le-cœur, tandis que Diane poursuit :

— Je sais que cela est dur à avaler : si le jeu s'est déroulé onze fois en six ans, comment expliquer que personne ne s'en soit rendu compte ? En fait, si vous effectuez des recherches, vous constaterez que, de temps à autre, quelques meurtres inexpliqués ont eu lieu au cours des dernières années dans des endroits tranquilles et ont occasionné beaucoup d'inquiétude... Mais comme cela ne durait que quelques heures ou, au pire, deux jours, la police a fini par clore les dossiers et la vie a repris son cours normal. Comme la chasse ne se produit qu'aux six mois, dans différentes régions éparpillées dans toute la province, difficile d'établir un lien entre ces drames isolés. De plus, comme je vous l'ai dit, cinquante-six pour cent des proies ont été éliminées au cours des premières heures, ce qui a occasionné des parties plus courtes, donc moins sanglantes et plus discrètes.

— Un seul gagnant sur onze... marmonne Carl, la voix défaillante.

Diane hésite une seconde.

— En réalité, pour être tout à fait exacte, je devrais dire deux sur douze. Il y a six ans et demi, en février 2010, il y a eu un contrat de mise à mort sur un individu, mais il ne s'agissait pas encore du « jeu » proprement dit. C'était un contrat standard, mais le déroulement inattendu de ce dernier a donné l'idée du jeu...

Carl revient à Diane en fronçant les sourcils. Elle conserve son air calme et professionnel, mais une certaine gravité est apparue dans son regard.

— La personne qui devait être supprimée a non seulement trouvé et abattu le commanditaire de sa mort, mais elle a aussi éliminé les tueurs à ses trousses. Au départ, un seul assassin devait s'en occuper, un professionnel. Mais comme l'individu en question l'a rapidement liquidé, deux autres ont été engagés, puis trois, tous des professionnels.

Pause.

— Ils ont été tués tous les six. De même que le commanditaire du contrat. Rarement Trois-Rivières avait vu tant de morts en si peu de temps.

Le regard de Diane se trouble un moment de cette résignation, tamisée mais profonde, que Carl a déjà relevée, puis elle esquisse un sourire froid.

— Le chaos dans toute sa beauté et son horreur...

Elle reprend rapidement son expression affable mais dépersonnalisée et, tout en replaçant son chignon qui n'a pourtant pas bougé, elle poursuit :

— Ce contrat, qui devait être une simple formalité, a démontré que, peu importent les précautions prises, peu importe la solidité de la préparation, le contrôle total est impossible et l'imprévu peut advenir à tout moment. Il a donc fallu réfléchir autrement : au lieu de considérer le chaos comme un élément négatif, pourquoi ne pas l'intégrer pour en tirer profit ? Au lieu de redouter la perte de contrôle, provoquons-la pour s'assurer qu'elle ne jouera pas contre nous. Par exemple en donnant à la cible du contrat certaines chances de s'en sortir, et ce, dès le départ. C'est ainsi que le jeu est né.

Carl a écouté ce discours d'un air décontenancé. C'est du pur délire. Un claquement attire son regard : c'est le ruban de tissu blanc qui frétille avec hystérie, comme s'il tentait de fuir le couvercle qui le retient prisonnier. Soudain furieux, Carl avance d'un pas vers la femme.

— En donnant certaines chances à la cible de s'en sortir ? Tu me niaises, criss ?

— Pas du tout. D'ailleurs, lorsque j'annonce dès le départ à la proie qu'elle va mourir, c'est une prévision, c'est ce qui devrait arriver et c'est aussi, bien sûr, une provocation pour bien capter son attention. Mais il ne s'agit que d'une probabilité, non d'une certitude. La preuve : en six ans, une proie a réussi à gagner.

— En tuant le commanditaire. Même si je découvre qui c'est, il faudrait que je réussisse à... à le...

— Ou en éliminant les chasseurs.

— Pis tu penses-tu vraiment que tu me donnes une chance en me disant ça ?

— La colère vous empêche de voir les avantages dont vous jouissez. Je vous ai prévenu que vous alliez mourir, alors que nous ne sommes pas obligés de le faire. Les chasseurs ne sont pas des professionnels, certains sont même carrément stupides ou mentalement désorganisés, donc vous êtes plus malin que plusieurs d'entre eux. Le fait qu'ils forment deux équipes crée de la zizanie entre eux, parfois même des éliminations. D'ailleurs, il y en a déjà deux qui sont morts, Kynigous 2 et Venatores 3, sans que vous ayez eu à intervenir. De plus – et vous avez sans doute remarqué cette particularité – les chasseurs, contrairement à la proie, n'ont en aucun cas le droit d'utiliser d'armes à feu ni de bombes : ce serait trop simple. La cloueuse de Kynigous 1 était un compromis habile, c'est la seconde fois qu'un chasseur use de cette parade... Évidemment, il y a la limite de la zone de jeu pour vous, mais avouez que si vous pouviez fuir jusqu'au Népal, la partie ne finirait jamais. Cent cinquante kilomètres, c'est un espace fort raisonnable.

— Mais vous leur fournissez ma position !

— Seulement à certains moments, et seulement pendant quinze minutes à chaque fois, du moins pour l'instant.

Seulement pendant quinze minutes... Carl comprend enfin pourquoi les chasseurs finissent par perdre sa trace. Un autre règlement qui est censé lui donner « une chance » ! Diane poursuit :

— Et de plus, avant chacun de ces signaux, j'accepte de répondre à vos questions pendant dix minutes. Si la situation le permet, bien sûr. Ce qui n'était pas le cas cette nuit chez votre comptable. Bref, la proie a ses chances.

— Criss, un gagnant en onze parties ! *Onze !*

— Là, vous ne prenez en compte que les probabilités, comme le font hélas la plupart des gens. Mais je vous l'ai dit : le but premier est de profiter du chaos en le stimulant, et tout le monde peut en bénéficier, même vous.

— Mais... mais pourquoi ? Pourquoi ce... ce but ?

— Parce que c'est plus divertissant.

Carl la dévisage comme si elle se transformait en grenouille sous ses yeux.

— Plus... divertissant ?... Plus divertissant pour toi, criss de folle !

Diane prend un air presque outré en agitant la main distraitement.

— Non, non, pas pour moi. Dans mon cas, « divertissant » n'est pas le mot juste.

— Divertissant pour qui, d'abord?

Diane jette un coup d'œil à sa montre.

— Dix heures et trente secondes! Je me suis laissé emporter, on dirait. Le temps des questions est terminé.

— Pour qui, c'est divertissant?

— Allons, monsieur Mongeau, il faut respecter les règles, c'est la base de tout jeu, rétorque doucement la femme en sortant son iPhone de la poche de son veston. Du moins, tant que le chaos n'en décide pas autrement.

Non, pas question qu'elle envoie son signal aux six tueurs! La fureur enlève tout jugement et toute prudence à Carl, qui laisse choir son sac et s'élance vers Diane dans l'intention de lui arracher les globes oculaires. Cette dernière recommence le même manège que la veille, mais en lui enfonçant cette fois les doigts dans le bas du dos. Une douleur apocalyptique perfore chaque atome du corps de Carl et il se retrouve au sol où il demeure raidi un bon moment, les yeux écarquillés, tétanisé par la souffrance. Diane sort de son veston un petit miroir dans lequel elle s'examine et, irritée, replace avec une méticulosité extrême son chignon d'où s'est échappée une très fine mèche.

— Vous ne vous en rendez peut-être pas compte, monsieur Mongeau, mais vous participez à un jeu tout à fait unique…

Elle range la glace dans sa poche.

— En 1958, Roger Caillois a proposé une classification des jeux divisée en quatre groupes: *agôn* pour les jeux qui reposent sur la compétition, *alea* pour ceux qui relèvent de la chance, *mimicry* pour ceux qui se rapportent au simulacre et *ilinx* pour ceux qui s'intéressent au vertige. Notre jeu, monsieur Mongeau, est sans doute l'un des rares à faire appel aux quatre catégories.

Étendu sur le sol, Carl sent enfin la douleur s'estomper peu à peu ; son corps se détend et il recommence à respirer à un rythme normal même s'il ne peut toujours ni bouger ni parler. Diane se penche et ramasse son cellulaire qu'elle avait laissé tomber.

— L'aspect compétitif est évident. Mais le simulacre est tout de même présent, car non seulement les tueurs jouent en quelque sorte le rôle de chasseurs et vous celui de proie, mais vous ne pouvez plus avoir confiance en personne, car vous réalisez que les gens ne sont peut-être pas ce qu'ils semblent être. Le vertige est également mis à contribution par les dangers que vous devez affronter constamment. Mais le plus intéressant est la chance...

Elle s'affaire brièvement sur son cellulaire, tandis que Carl commence à se relever en poussant des sons rauques. Diane range l'appareil dans son veston.

— En effet, normalement, les jeux de compétition s'opposent aux jeux de chance. Mais ici, il est évident que la chance, ou la malchance, occupe un rôle important. Paradoxalement, l'*agôn* et l'*alea* forment une cohabitation non seulement souhaitable mais nécessaire, ce qui crée un chaos parfait.

Carl, maintenant debout, cambre son dos en grimaçant. Une étincelle traverse l'œil lointain de Diane.

— Émotions fortes du vertige, masques du simulacre, égocentrisme de la compétition, absurdité de la chance...

Elle tourne enfin la tête vers Carl, le visage aussi admiratif que fataliste.

— Ce jeu est la vie même, monsieur Mongeau.

Carl, la main sur ses reins et les lèvres retroussées, la transperce d'un regard brûlant de haine.

— Je vais te tuer, criss de salope... Je sais pas comment, mais je vais te tuer...

Diane hausse une épaule, presque indifférente.

— Cela est fort improbable. Mais je dois être cohérente avec moi-même et ajouter que ce n'est pas impossible.

Carl continue de la fixer pendant quelques secondes. Plus loin, le morceau de tissu se décroche du conteneur et effectue un vol erratique avant de disparaître. Sans un mot, Carl ramasse son sac en plastique et part en courant vers la rue Power, qu'il traverse en diagonale. Il entend un bruit de moteur derrière lui : la Mercedes s'éloigne vers le boulevard Lemire.

Carl, tout en contournant les Constructions Allard, réussit à raisonner avec lucidité : pas question de se rendre immédiatement à sa destination. Pendant les quinze prochaines minutes, les tueurs

(les chasseurs)

pourront le pister. Il doit donc éviter les endroits isolés. Même s'il peut être reconnu dans un espace public, c'est tout de même moins risqué que de se retrouver dans le fond d'une cour déserte ou derrière une manufacture avec six assassins sur les talons.

Il retourne dans le stationnement arrière du Tim Hortons et se dirige vers la porte d'entrée. Là, il hésite, le cœur battant à tout rompre, puis tourne la tête vers le boulevard Lemire. Des voitures circulent dans les deux sens, mais bientôt l'une d'elles ralentit : la Buick Rendezvous grise. Carl prend une grande respiration, comme s'il allait plonger dans une piscine cinquante mètres plus bas, et entre dans le Tim Hortons.

Le samedi à dix heures, le café est tout de même moins fréquenté que les matins de la semaine. Deux tables sont occupées, une par deux hommes quinquagénaires qui discutent en déjeunant, une autre par un trentenaire qui affiche une gueule endormie tandis que ses deux jeunes enfants, assis devant lui, rigolent en mangeant des beignes. Carl ne connaît aucun d'eux. Les deux copains ne lui accordent qu'une seconde d'attention et le père de famille fixe de ses yeux cernés ses gamins sans les voir, perdu dans l'écho de sa nuit manifestement trop courte. Deux employés travaillent derrière le comptoir, une femme qui est occupée au service à l'auto et un jeune homme qui sourit à Carl.

Commande quelque chose, agis normalement.

Il marche jusqu'au comptoir. Le serveur lui sourit toujours mais son regard, qui passe rapidement Carl en revue, se teinte d'une légère curiosité : même si ses vêtements (à l'exception de ses souliers) sont presque totalement secs, il est sale, affiche sans doute une gueule pas très réjouissante et pue la merde, gracieuseté de la rivière Noire.

— Je peux vous aider ? demande le jeune homme.

— J'ai vraiment eu une nuit difficile... Un bon café ben fort va me faire du bien...

— Pour apporter ?

— Non, non, pour ici.

Sa voix ne sonne pas trop faux. Il examine les fenêtres qui entourent le restaurant. La Buick Rendezvous passe lentement, telle une vigie qui s'assure du calme de son secteur. Carl distingue parfaitement l'Italien qui fixe sur sa proie un regard annonçant le plus sombre des programmes.

— Votre café, monsieur.

Carl paie avec les quelques pièces qui traînent dans sa poche. Café dans une main, sac dans l'autre, il se dirige vers l'avant du restaurant. Les deux copains discutent toujours et le père comateux, les bras croisés sur la table, le suit d'un œil vaseux et indifférent.

Du calme. Même s'ils ont écouté les nouvelles, ils ne savent pas que tu es Carl Mongeau.

À moins que l'un d'eux l'ait croisé au bar, mais Carl, qui a une excellente mémoire, s'en souviendrait sans doute. Ou alors si sa face a déjà passé à la télé, mais ça lui semble trop tôt. Ou dans les médias sociaux…

Arrête! Pour l'instant, personne ne semble te reconnaître!

Il s'assoit au comptoir qui longe la grande vitrine avant. Il constate que la Buick s'est garée dans le stationnement du centre de location d'autos qui jouxte à gauche le Tim Hortons. L'Italien demeure dans le véhicule et Carl devine sa silhouette immobile derrière le volant.

Carl porte le café à ses lèvres tout en jetant un œil au cadran sur le mur: dix heures quatre. Jusqu'à dix heures quinze, fuir est inutile. Mais dans onze minutes, quand les chasseurs ne recevront plus le signalement de sa position, il tentera de les déjouer.

Ah, bon? Et tu comptes t'y prendre comment?

Il ignore la question et songe à nouveau à la puce électronique qu'il a sans doute sur lui. Dans les films, les espions foutent ces trucs sous l'épiderme des gens, ou dans leurs dents. Il faudrait qu'il cherche une marque sur sa peau, ou…

Une BMW grise s'engage dans le stationnement du Tim Hortons, puis disparaît derrière le bâtiment, sans doute pour se garer. Carl a vu ce véhicule aujourd'hui, il en est convaincu… Moins d'une minute plus tard, un vieil homme entre, grand et mince, habillé d'un complet trois-pièces anthracite. Carl reconnaît aussitôt le type de ce matin, celui qu'il a croisé sur le boulevard Saint-Joseph alors qu'il fuyait de chez Claudia, cet homme qui est sorti de sa voiture pour le regarder sans rien dire, l'air étrange… Et Carl s'était demandé s'il ne s'agissait pas du huitième tueur…

Est-ce le cas?

Très calme, sans s'intéresser à personne, l'inconnu va directement au comptoir. Carl ne le quitte pas des yeux tandis qu'il commande un truc. Tout à coup, la discussion des deux amis à l'autre table attire son attention:

— ... pis un bonhomme a été témoin du meurtre du chauffeur de taxi. Il était un peu loin pour voir les faces, mais il paraît qu'il y avait un Noir d'impliqué...

— Ostie, ça me surprend pas, soupire son compagnon en secouant la tête. Y en a de plus en plus à Drummond, t'as remarqué?

— Il y avait d'autres autos, mais le bonhomme connaît rien dans les chars pis il a juste pu dire leurs couleurs...

Au comptoir, le vieux prend son gobelet fumant et se dirige vers la salle. Il ne regarde toujours pas Carl qui, anxieux, le suit des yeux. L'inconnu passe à côté du père qui, tout en se massant le front, ordonne à ses enfants hilares de se calmer, puis s'installe à une table à sept ou huit mètres de Carl. Cheveux blancs rares mais bien peignés, lunettes démodées sur le nez, visage émacié et anguleux, il doit avoir près de soixante-dix ans. Assis bien droit, il prend une gorgée de son café, le dépose sur la table et, enfin, lève les yeux vers Carl.

Un regard clinique et intense, empli d'une grande curiosité mais froid comme un reptile. Un regard qui gèle toute émotion qu'il croise, la cristallise et l'émiette. Pendant quelques secondes, Carl oublie de respirer.

Plus de doute possible: c'est le huitième tueur. Qu'avait dit Diane à son sujet, hier soir? Qu'il n'était pas encore arrivé et que ce n'était pas étonnant... Comme s'il s'agissait là de son comportement habituel. Ce ne serait donc pas la première fois qu'il est... chasseur?

Pourquoi il est entré? Il a l'intention de tuer sa proie maintenant, devant ces témoins? Est-ce qu'il cache un couteau ou un marteau sous son veston ? Il est mince comme un clou, il a soixante-dix ans, il croit vraiment lui tenir tête ?

Carl avale une gorgée de café par contenance, les nerfs à vif. Le vieux regarde autour de lui en lissant sa cravate et même si son visage demeure impassible, on sent qu'il étudie la situation. Bon Dieu, il a l'air d'un prof de l'ancien temps, ou un truc du genre. Carl le coucherait au sol d'une seule main. Pourtant, il dégage quelque chose d'extrêmement malsain, une aura qui rend Carl extrêmement mal à l'aise. Il se souvient alors du malaise cardiaque qu'il a subi ce matin, après l'avoir vu pour la première fois. Ce type ne peut quand même pas le troubler à ce point !

Il prend une gorgée en regardant l'heure : dix heures six. Il jette un œil dehors et blêmit. Dans le stationnement de l'autre commerce, une moto s'est arrêtée près de la Buick : c'est le junkie, avec son sac à dos duquel dépasse le manche du tisonnier. Par la vitre ouverte de la Buick, il discute avec l'Italien, plus fébrile et agité qu'à son habitude. Est-il en manque ? Carl croit comprendre que l'Italien, derrière son volant, ne veut rien savoir du jeune, qui insiste toujours.

Du calme. Ils n'oseront rien faire devant témoins.

Mais le vieux est bien entré, lui… Carl tourne la tête vers lui : tout en buvant son café, l'inconnu le fixe avec son air imperturbable. Carl regarde l'heure : dix heures huit.

Et à dix heures et quart, tu vas les semer comment ?

Le père annonce d'une voix morose à ses deux enfants qu'ils doivent se dépêcher de finir. Le vieux, en entendant ces mots, esquisse un rictus satisfait. Attend-il que le restaurant se vide pour agir ? Et les employés ? Il s'en moque ?

— Mongeau, qu'il s'appelle, dit l'un des deux hommes à la table. Paraît que c'est le propriétaire d'un bar du centre-ville…

— Le milieu des bars, c'est jamais ben net...

Carl a chaud. Sous son t-shirt, il sent que son pansement près de l'épaule a légèrement décollé, mais il n'ose le replacer. Il dirige ses yeux inquiets vers l'extérieur. Le junkie regarde toujours vers le restaurant, en grattant sa joue jaunâtre et crevassée.

Donc, dans six minutes, tu vas te sauver en courant, c'est ça ? La porte du restau donne directement sur le stationnement avant, tu crois que tu vas les semer ?

Carl serre sa tasse entre ses mains, en agitant spasmodiquement sa jambe gauche sous son tabouret. Criss ! était-ce finalement une bonne idée de venir dans un endroit public ? Peut-être qu'il n'a que retardé l'inévitable... À moins de rester ici ? Mais combien de temps ? Des heures ? Jusqu'à ce que la place ferme ? Ou que les tueurs se fatiguent et finissent par agir ? Qu'un client le reconnaisse ? Non, dans quelques minutes, il tentera la fuite. Il pourrait filer par la sortie de service, dans les cuisines... Les employés vont lui crier dessus, ça va attirer l'attention, mais ça lui donnera une courte avance sur les chasseurs. Et puis, ils ne sont que trois, c'est possible de les semer... Peut-être que les trois autres n'arriveront pas avant dix heures quinze... L'itinérant, par exemple, il était en vélo, non ? Et avec sa main clouée sur la joue... Beyoncé et le Noir ont volé des voitures, ils ont peut-être été arrêtés...

Comme si ses pensées pouvaient influer sur les événements, il voit une Toyota Corolla bleue pénétrer dans le stationnement avant. Il retient un gémissement.

Plus tu attends, pire c'est !

La Toyota se gare et Beyoncé en descend. L'ecchymose sur son front a jauni, ses cheveux sont plus en désordre et sales que jamais, et elle tient son pied-de-biche sans même s'efforcer de le dissimuler. Elle remonte son legging noir sur son large postérieur, s'avance vers le café, puis, comme si elle réalisait enfin qu'il s'agit d'un endroit public, s'arrête et piétine sur place. Son attitude exprime épuisement et agacement, et ses lèvres remuent sans cesse. Elle scrute autour d'elle et avise, dans le stationnement d'à côté, la Buick et le junkie sur sa moto. Le jeune soutient son regard sans cesser de se gratter la joue. Carl, dont la jambe gauche sous le tabouret frétille comme si elle était traversée par un courant de cent mille volts, tente de se raisonner : elle n'entrera pas. Elle est moins prudente que les autres tueurs et mentalement fêlée, mais elle n'est quand même pas aussi dingue que le Black...

... le Black qui, s'il n'a pas été arrêté, va arriver d'une minute à l'autre...

Carl jette maintenant des regards de bête aux abois à tout le monde : à l'Italien et au junkie qui attendent plus loin, à Beyoncé qui trépigne sur place en parlant toute seule, au vieux qui le fixe d'un œil clinique, aux deux employés qui travaillent derrière le comptoir, au père blasé, aux enfants qui rigolent en se lançant des bouts de beigne, aux deux hommes à la table qui discutent...

... à l'horloge sur le mur qui indique dix heures onze...

Va-t'en tout de suite ! Fuis avant que le Noir arrive ! Ils auront le signal pendant seulement quatre minutes encore, peut-être même qu'elle a du retard, cette criss d'horloge-là, et qu'il est déjà dix heures et quart ! Alors, décrisse maintenant !

Carl commence à se lever, les jambes molles, aussi terrifié que le soldat s'extirpant de sa tranchée pour se jeter dans la bataille. Il anticipe sa course vers la cuisine pour atteindre la porte des employés et essaie d'imaginer le trajet à suivre une fois dehors, mais il en est incapable. Maintenant debout, il décoche un regard désespéré vers la fenêtre, ne remarque pas que le vieux, les yeux plissés derrière ses lunettes, tend les doigts vers l'intérieur de son veston...

Sur le boulevard Lemire, une voiture de police approche... ralentit devant le Tim Hortons... Carl cesse de bouger, son sac à la main. Dehors, le junkie, qui a aussi vu les flics, met rapidement sa moto en marche et s'éloigne, imité par la Buick. Mais Beyoncé, qui tergiverse toujours en se dandinant et en marmonnant, ne voit pas l'auto-patrouille se garer juste à côté de sa Toyota. Les deux policiers descendent de leur voiture et le vieux retire sa main de son veston, la bouche crispée en une discrète contrariété.

Des flics qui viennent pour leur pause... Des flics qui ont sans doute le signalement de Carl...

T'as plus le choix, maintenant: fous le camp par les cuisines!

Il voit alors les agents interpeller Beyoncé. Cette dernière se retourne vivement et réalise enfin leur présence. Carl ne bouge toujours pas: va-t-elle être arrêtée? La Buick et la moto, elles, ne sont pas allées très loin: elles se garent de l'autre côté du boulevard et de là, les deux chasseurs suivent la scène avec intérêt. Les deux policiers s'entretiennent maintenant avec Beyoncé d'un air prudent tout en indiquant la Toyota. Carl comprend: les flics ont aussi les signalements des voitures volées... Les deux agents semblent sur le qui-vive, non seulement à cause de la violence inhabituelle qui a frappé Drummondville en quelques heures, mais aussi du pied-de-biche qu'ils ne quittent pas des yeux.

— Y se passe quelque chose dehors, remarque l'un des quinquagénaires.

Le père de famille, le visage appuyé au fond de sa paume, tourne son regard éteint vers la fenêtre. Beyoncé, exaspérée, s'impatiente et lève les bras, agitant ainsi dangereusement sa barre à clous. Les policiers deviennent encore plus nerveux et désignent avec des gestes autoritaires l'outil que tient cette femme qui n'a manifestement pas toute sa tête, mais elle n'en paraît que plus contrariée et continue de rouspéter. Soudain les flics sortent leur arme à feu et tous deux la pointent vers Beyoncé. Le plus jeune n'arrête pas de cligner des yeux, il est si tendu que Carl, hypnotisé par cette scène, croit entendre les muscles de l'agent craquer jusqu'ici. Une lueur d'intérêt s'allume dans le visage endormi du père de famille tandis qu'un des deux enfants se fâche contre son frère qui vient de lui enlever le reste de son beigne. Les deux copains dans la cinquantaine se lèvent avec un synchronisme parfait et l'un commente :

— Wowh, wohw, ça brasse, on dirait !

Derrière les comptoirs, les deux employés tentent aussi d'apercevoir ce qui se passe. Le vieux, toujours assis, observe la scène d'un œil froid.

Une immense lassitude apparaît alors sur les traits de Beyoncé et, pendant un bref moment, Carl ne voit plus une tueuse, mais une femme en pleine détresse, dépassée par ce qui lui arrive, parce qu'elle ne comprend pas, parce qu'elle n'a jamais vraiment compris, et maintenant, elle est à bout. D'un pas lourd, en agitant une main résignée, elle se met en marche vers le café. L'un des agents, le plus vieux, s'avance en criant quelque chose, mais elle balance son pied-de-biche vers lui, sans même le regarder ; un mouvement accompli avec une certaine mollesse, qui ressemble moins à une tentative d'agression qu'à la réaction irritée et distraite de quelqu'un qui veut seulement qu'on lui foute la paix. L'outil, néanmoins, atteint sans force l'épaule du policier et aussitôt, deux coups de tonnerre rapprochés retentissent. Dans le café, tout le monde sursaute et trois cris brefs s'échappent, l'un émis par la serveuse, le second par l'un des quinquagénaires et le troisième par Carl lui-même. Dehors, Beyoncé se raidit, oscille sur place tandis que deux taches rouges s'élargissent sur son t-shirt, à la hauteur du visage et des jambes de l'effigie de la chanteuse, et juste avant qu'elle ne s'effondre, un grand apaisement voile son regard.

Le jeune policier, sans cesser de cligner des yeux, fixe son pistolet comme s'il n'arrivait pas à croire qu'il a tiré. Dans le Tim Hortons, les quinquagénaires se précipitent vers la fenêtre de même que les deux employés qui quittent vivement leur poste, tandis que le père de famille, soudain réveillé, couche ses enfants sur le plancher.

— Qu'est-ce qui s'est passé ?
— Ostie, le flic lui a tiré dessus !
— Papa, papa, qu'est-ce qu'il y a ?
— Elle a agressé l'autre policier, je l'ai vue !

Tout le monde parle en même temps et Carl, la bouche ouverte mais silencieux, recule très lentement en enregistrant tout ce qu'il voit dehors : le policier plus âgé, sombre, qui se penche sur Beyoncé ; le jeune agent qui, d'une main tremblante, range son arme ; trois voitures sur le boulevard Lemire qui ralentissent pour voir ce qui se passe ; et plus loin, de l'autre côté de la rue, l'Italien et le junkie qui fixent la scène. Et lui recule toujours, réalisant que tout le monde est maintenant devant lui, à la fenêtre, et lui tourne le dos...

Il fait volte-face, prêt à foncer vers le comptoir... avant d'apercevoir le vieux, qui n'a pas bougé de sa chaise et qui le toise de son œil glacial. Mais Carl s'élance enfin, saute par-dessus le comptoir, file dans la cuisine déserte et franchit la porte des employés. Il traverse au galop le stationnement arrière et se dirige vers le bâtiment de Constructions Allard dans l'intention de retourner dans la rue Power. Juste avant de contourner l'édifice, il lance un regard derrière lui : le vieux a suivi le même chemin que lui, car il monte déjà dans sa BMW. Carl court toujours et il atteint la rue Power: plus que jamais, il doit éviter le boulevard Lemire, qui grouillera de flics d'une minute à l'autre. Il voit alors la BMW qui roule sur le terrain gazonné pour le rejoindre plus vite. En jurant, Carl file vers l'extrémité de la rue Power, qui se termine dans moins de deux cents mètres par un cul-de-sac fermé par une clôture derrière laquelle s'élèvent de nombreux entre-pôts. Malgré la douleur dans sa cuisse droite qui l'oblige à claudiquer, il court à toute allure. Même s'il entend le son du moteur qui approche, il demeure concentré sur la barrière en grillage qui grossit de plus en plus dans son champ de vision... Enfin il se jette dessus et la grimpe sans lâcher son sac. Au moment où il se laisse retomber de l'autre côté, la BMW freine à quelques mètres et effectue un rapide demi-tour: le chasseur est manifestement trop vieux pour pratiquer l'escalade.

— Fuck you, mon ostie! crie Carl vers le véhicule qui s'éloigne. Fuck you profond!

En frottant sa cuisse douloureuse, il tourne la tête vers la série d'entrepôts qui s'élèvent autour de lui et réfléchit. Même si les chasseurs ne reçoivent sans doute plus sa localisation, ceux qui étaient au Tim Hortons savent qu'il n'est pas loin. Il ne doit donc pas suivre les rues mais les traverser, en passant d'un entrepôt à l'autre des différentes entreprises.

Jusqu'aux deux lions qui se trouvent, selon son évaluation, à environ un kilomètre.

Un coin du pansement sur son deltoïde s'est dé-taché et Carl le recolle du mieux qu'il peut. Il coince l'enveloppe brune dans son dos sous son t-shirt, laisse aller dans la faible brise le sac en plastique et repart, moitié courant moitié boitant. Il se dirige vers un im-mense bâtiment industriel à sa gauche quand il s'arrête une seconde. Tout est silencieux, à l'exception d'une sirène de police qui plane au loin, comme sur une autre planète. La vue de tous les bâtiments qui l'entourent lui donne l'impression d'être une souris dans un labyrinthe.

S'il suit la même trajectoire, il débouchera sans doute dans la rue Haggerty, qu'il doit traverser.

Après vingt autres secondes de course, il se retrouve dans une courte ruelle d'une vingtaine de mètres de large, entre deux entrepôts. Sur le sol traînent quelques planches et un conteneur se dresse contre un mur. Il est à mi-chemin de la ruelle quand il perçoit un bruit de moteur et s'arrête, sur ses gardes.

Devant lui, à cinquante mètres, la BMW apparaît. Évidemment, le vieux savait parfaitement où il se trouvait, il n'a eu qu'à dénicher un accès... Carl est sur le point de tourner les talons mais, en voyant la voiture stopper, il demeure immobile. Papy veut se battre avec lui? On dirait bien que oui puisqu'il sort de son véhicule et marche vers sa proie. Carl ne fuira pas devant un vieillard! Il l'attend, les bras écartés, sûr de lui. Le chasseur, maintenant à vingt mètres, le visage de marbre, approche toujours et porte la main à son veston. Carl s'élance vers sa gauche pour ramasser une des épaisses planches de bois qui traînent et la dresse devant lui. Il va lui régler son compte, à ce vieux criss, parce que... parce que fuck! il a pas le choix.

Le chasseur, nullement impressionné par la planche, remonte ses lunettes et sort de son veston un appareil qui ressemble à un cellulaire muni d'une antenne. Carl fronce les sourcils. Qu'est-ce que c'est que ça? Marchant maintenant très lentement, le vieux active quelque chose sur son appareil. Carl s'avance à son tour, pointe son arme...

... et tout à coup, un étourdissement le secoue sans raison et le fait vaciller. Qu'est-ce qui se passe? La planche lui semble plus lourde et il doit l'abaisser jusqu'au sol pour ne pas l'échapper. Merde ! Encore une chute de pression ? Comme ce matin ? Mais pourquoi ? Son étourdissement empire et, traînant la planche derrière lui, il va s'appuyer contre le conteneur en levant un regard médusé vers le vieux. Celui-ci approche toujours en pointant son appareil. Est-il possible que...

C'est lui ! C'est cette bébelle qui fucke ton pacemaker !

Carl soulève péniblement la planche. Il veut s'avancer, mais après un seul pas, tout bascule dans un intense tourbillon, au point qu'il en échappe son arme. En soufflant un juron, il se laisse tomber sur les genoux, une main sur le crâne et l'autre au sol. Le chasseur, maintenant arrêté à six ou sept mètres de lui, son appareil entre les mains, l'observe avec une fascination morbide. Il hoche la tête et, d'une voix très douce, articule :

— Accueillez la mort.

Carl tend un bras hagard vers le tueur comme s'il espérait l'atteindre, mais il s'effondre la face la première. Il réussit à redresser la tête, ce qui provoque un terrible tournis dans son crâne. Malgré sa vision qui s'embrouille, il voit le vieux qui s'approche et qui répète, tel un mantra hypnotique :

— Accueillez la mort...

En gémissant, Carl se met à quatre pattes et se traîne jusqu'au conteneur tout près ; il doit s'éloigner de cet homme, de cette machine infernale qui est en train de le tuer... Il se glisse sous la grosse boîte métallique, un espace d'à peine cinquante centimètres de haut, tel un animal blessé qui cherche désespérément à se terrer quelque part. Lorsqu'il atteint le mur de l'entrepôt, il laisse sa face s'écraser sur le sol granuleux en poussant un long râle. À travers sa vue déformée, comme au bout d'un tunnel sans fin, il distingue des jambes qui approchent. Le chasseur courbe sa longue échine jusqu'à pouvoir regarder sous le conteneur, au point que sa cravate traîne par terre. Pour Carl, le visage du vieux n'est plus que traits vagues et confus, mais au centre de cette brume brillent deux lumières aussi froides que des étoiles éteintes.

— Accueillez... la mort...

Carl n'a même plus la force de gémir. Il a l'impression d'être dans une cabine qui tourne sur elle-même à une vitesse folle. Dans ses oreilles, dans son âme, il entend son cœur battre lentement, tellement lentement... mais il perçoit aussi un vrombissement qui monte... Est-ce un moteur ou la mort qui approche ?

Le vieux tourne la tête en claquant la langue, puis actionne quelque chose sur son appareil. À la seconde même, la cabine dans laquelle vrille le supplicié ralentit et sa vision se clarifie. Le chasseur se relève et Carl, qui sent ses forces revenir graduellement, voit les jambes s'éloigner en courant. Pendant dix secondes, toujours étendu sous le conteneur, il prend de grandes inspirations comme s'il buvait de l'eau après avoir traversé le désert. Il aperçoit alors les roues d'une moto passer

(le junkie)

puis disparaître. Carl demeure immobile ; son esprit se stabilise, son cœur retrouve son rythme habituel. Enfin il rampe, sort de sous le conteneur et se redresse sur les genoux en grimaçant. Il masse sa poitrine à la hauteur de son pacemaker, comme s'il voulait s'assurer que l'appareil fonctionne à nouveau normalement. Jouissant du simple plaisir de respirer sans contrainte, il regarde autour de lui. La BMW est toujours là-bas mais vide. Le vieux n'a manifestement pas eu le temps de rejoindre son véhicule avant l'arrivée du junkie. Peut-être même que ce dernier a vu sa silhouette disparaître derrière un bâtiment et, croyant qu'il s'agissait de Carl,

(de la proie)

il s'est mis à sa poursuite.

Carl se masse le cou et, tout en reprenant des forces, réfléchit. Le bref malaise qu'il a ressenti ce matin provenait donc aussi de cette machine. Mais qu'est-ce que c'est que ce bidule qui contrôle les pacemakers ? Peut-il fonctionner sur une grande distance ? Sans doute que non : c'est pour cela que le vieux est entré dans le Tim Hortons tout à l'heure. Mais devant les clients, il hésitait : il aurait eu l'air louche avec son appareil pointé vers un gars en train de crever d'une baisse de pression...

Il se lève enfin, chancelle une courte seconde avant de reprendre son aplomb et d'épousseter ses vêtements couverts de poussière. Le pansement à son avant-bras est en partie arraché et Carl le retire au complet : de toute façon, sa coupure est cicatrisée. Sous son t-shirt, l'autre bandage pend à moitié, mais la blessure est encore suintante. Carl recolle le pansement tout en se doutant qu'il ne tiendra pas longtemps.

Pourquoi le vieux a-t-il remis son pacemaker au bon rythme ? Pourquoi ne l'a-t-il pas laissé crever avant de fuir ?

Allez, fous le camp : il peut revenir chercher sa voiture à tout moment.

Carl, encore fragile, n'ose pas courir et marche d'un pas rapide vers la BMW. Si le vieux a laissé les clés... Il ouvre la portière et se penche à l'intérieur : pas de clé sur le tableau de bord. Sur la banquette côté passager traîne cependant une mallette en cuir. Carl hésite, jette un regard aux alentours : toujours personne, toujours pas de son de moteur. Il s'étire et fouille dans la mallette : un agenda, des bidules électroniques auxquels Carl ne comprend rien, et un dossier qui porte son nom. Il s'empresse d'ouvrir ce dernier : des photos de sa maison, de son bar, ainsi qu'une fiche concernant la maladie de Chagas. Il y a même des copies de certains éléments de son dossier médical, particulièrement en ce qui a trait à la marque, au modèle et au numéro de série de son pacemaker... Sidéré, Carl feuillette tous ces renseignements sur lui-même. Il y a là beaucoup plus d'informations que le minimum que Diane fournit, selon elle, aux chasseurs... Comment le vieux a-t-il pu dénicher tout cela lui-même?

Laisse faire ça et va-t'en!

Mais c'est la première fois qu'il découvre des trucs sur un de ces tueurs et il veut aller jusqu'au bout, toute information pouvant s'avérer vitale. Il referme le dossier et s'intéresse à l'agenda: il faut bien avoir soixante-dix ans et porter un complet trois-pièces en tout temps pour encore utiliser un agenda papier... Carl lit la première page: Maurice Sanschagrin. Un nom qui ne lui dit absolument rien. Il feuillette le cahier: plein de notes à propos de réunions, d'événements, de conférences... puis il se rend à la date d'aujourd'hui. Sur les deux colonnes qui représentent le week-end, deux mots ont été tracés au stylo, en grosses lettres, puis entourés. L'un d'eux est une adresse Internet, un site que Carl ne connaît pas, mais dont le nom seul lui procure une désagréable sensation au fond du ventre.

Activité Hell.com

10:24

Carl relit plusieurs fois cette brève note. Quel genre d'individu peut considérer comme une « activité » le fait de participer à une chasse à l'homme ?

Et qu'est-ce que c'est que *Hell.com* ?

Pas le temps de penser à ça. Il fourre le tout dans la mallette et songe un moment à l'apporter, mais il se dit qu'elle sera plus encombrante qu'autre chose. Il la remet sur la banquette et prend dix secondes pour s'assurer que rien dans la BMW ne pourrait lui servir d'arme : non, rien. Il actionne l'ouverture du coffre et va y jeter un œil : totalement vide. Il le referme et s'enfuit.

Il louvoie pendant une minute entre les différents entrepôts et bâtiments, puis la rue Haggerty apparaît, elle aussi flanquée d'entreprises fermées le samedi. Néanmoins, il regarde de chaque côté et aperçoit aussitôt une voiture qui arrive du boulevard Lemire. Il se jette derrière les buissons qui parsèment la devanture d'une usine et observe à travers les feuillages : une jeep jaune, qui roule assez lentement pour qu'il reconnaisse le Black derrière le volant. Il a le côté droit du visage boursouflé et promène ses yeux partout. Merde ! Il a volé une *autre* voiture ? Il est assez fou pour attaquer sans aucune précaution, mais assez lucide pour ne pas utiliser trop longtemps la même voiture volée.

Trente secondes après le passage de la jeep, Carl traverse la rue et, à mi-course, avise un second véhicule qui vient aussi de Lemire. Il franchit une entrée qui mène dans une vaste cour emplie d'immenses caisses recouvertes de toiles blanches portant le logo Soprema et se cache derrière l'une d'elles.

L'automobile qui approche est la Buick Rendez-vous.

Tu étais en pleine rue quand tu l'as vue. L'Italien t'a probablement vu aussi...

Comme il le craignait, la voiture bifurque dans la cour. En jurant, Carl se remet en mode fuite, la Buick à ses trousses. Il zigzague entre les caisses de marchandises, obligeant de cette façon la Buick à ralentir dans ces étroits passages tout en coudes. Prenant ainsi de l'avance, Carl arrive au bout de l'aire d'entreposage où un chemin de gravier divise en deux un grand espace : à gauche, une autre cour emplie des mêmes caisses blanches, à droite, un boisé dense et touffu qui s'allonge sur près de deux cents mètres. Carl s'élance vers les bois et s'y enfonce.

Il louvoie entre les arbres, évite les branches, saute par-dessus des racines et des rochers... Tout en progressant le plus rapidement qu'il peut, il jette des coups d'œil à sa gauche : à moins de vingt mètres, la Buick roule à sa hauteur sur la route de gravier.

C'est peine perdue : il va t'attendre dans la rue Janelle au bout du boisé.

Mais Carl court toujours, comme s'il entretenait l'illusion qu'il peut atteindre la rue avant la voiture, alors que celle-ci l'a déjà dépassé.

Il s'arrête dix mètres avant la fin du bois, à bout de souffle. Entre les arbres, il distingue la rue Janelle, de

même que la forme de la Buick. Pendant de longues
secondes, Carl n'entend que sa propre respiration et
le roulement du moteur, puis la voix de l'Italien s'élève,
impatiente :

— Sors, *cretino* ! Sinon, je vais te chercher !

Penché, Carl essuie la sueur qui coule dans ses
yeux, sa langue jouant nerveusement contre sa joue.
Rebrousser chemin ? La Buick fera de même et l'attendra dans le chantier d'où il arrive.

Il perçoit un second bruit de moteur et une bouffée
d'espoir le redresse : la rue Janelle est industrielle,
mais elle se rend jusqu'au boulevard Saint-Joseph, donc
certains véhicules l'empruntent comme raccourci. Ce
qui est sans doute le cas de celui qui approche.

Et si c'est un autre chasseur ? Ou une police ?

Ça vaut la peine de courir le risque. C'est ça ou
attendre bêtement que son agresseur vienne lui fendre
le crâne. Il pourrait aussi s'enfoncer entre les arbres à
sa droite, mais il s'éloignerait ainsi beaucoup trop de
son but.

Carl s'empresse de sortir du bois et marche jusque
sur l'accotement. La Buick est garée de l'autre côté
de la rue et derrière le volant, l'Italien paraît satisfait ;
il rince son moteur, attendant que Carl s'avance sur la
route, mais ce dernier ne bouge pas, les yeux tournés
vers le véhicule qui approche : une camionnette.
L'Italien regarde dans la même direction, fronce les
sourcils en l'apercevant.

D'un pas rapide, mais sans courir, le cœur serré
d'angoisse, Carl commence à traverser la rue Janelle
en diagonale, vers un bâtiment abritant plusieurs compagnies. La camionnette est maintenant tout près.
L'Italien ne bouge toujours pas, mais ses yeux furieux
suivent la progression de la proie qui s'engage dans le
stationnement de l'immeuble en direction de l'entreprise SAJB. La camionnette passe – coup d'œil de la

conductrice à la Buick arrêtée et à ce type qui marche rapidement – et s'éloigne. Cinq secondes plus tard, la Buick fonce vers le stationnement tandis que Carl pique un sprint. Il contourne le bâtiment et file sur le chemin asphalté qui longe un second édifice. Il entend la voiture derrière lui, mais

(encore un ou deux chantiers industriels quatre ou cinq cents mètres et ce sera les lions dois me rendre jusque-là)

ne se retourne pas. Le grondement du moteur enfle, la Buick est maintenant tout près, et pendant une seconde qui semble durer une éternité, Carl connaît une expérience presque mystique : son esprit se détache de son corps et analyse froidement la situation. Il a presque cinquante-deux ans, il est propriétaire d'un bar populaire, il mène une vie tranquille et depuis dix-sept heures il fuit des chasseurs qui l'ont pris comme proie, car sa tête a été mise à prix alors qu'il n'a aucune idée pourquoi. Et cela lui paraît tellement vaude-villesque qu'il ouvre la bouche dans l'intention de rire. Mais c'est un long hurlement qui jaillit, comme s'il espérait que son cri fissure jusqu'à l'écroulement l'univers cauchemardesque dans lequel il a basculé.

Au moment où le hurlement meurt sur ses lèvres, il atteint l'extrémité du deuxième édifice et tourne aussitôt, délaissant le chemin asphalté. La voiture, qui l'avait presque rattrapé, continue tout droit et freine plus loin en dérapant. En une seconde, Carl enregistre les lieux devant lui : la nouvelle cour fait une quaran-taine de mètres de profondeur, elle est entourée d'une clôture grillagée derrière laquelle s'allongent un chemin en asphalte et un grand terrain vague. La cuisse droite aussi douloureuse que si on lui appliquait un fer à bétail sur la chair, il court toujours tandis que la Buick revient vers lui. Il grimpe rapidement la clôture gril-lagée et atteint le terrain vague. Alors qu'il poursuit sa course, il entend la voiture freiner à nouveau. Il tourne la tête et voit l'Italien sortir du véhicule et, hachette en main, franchir la clôture en maugréant. Carl ramène son regard devant lui : le prochain bâtiment industriel, qu'il ne connaît pas, se trouve à plus de cent mètres... et il est à bout de souffle... il va se faire rattraper...

Là, un bâton d'environ un mètre de long qui traîne sur le sol... Carl s'arrête et le ramasse : on dirait le vieux manche d'un balai ou d'un râteau. Il fait volte-face, haletant, sa nouvelle arme bien en main. L'Italien stoppe à quelques mètres et évalue des yeux le bâton de la proie. Autour d'eux, le terrain vague. On n'entend que la rumeur lointaine du boulevard Lemire dont on entrevoit la circulation au loin.

Vise son flanc gauche, là où il a reçu un coup de crowbar...

— Vire de bord pis... pis je te fais rien ! halète Carl en secouant le long manche.

Espérait-il vraiment qu'une telle menace susciterait autre chose que la moue méprisante qu'arbore son adversaire en s'avançant vers lui ?

— Si tu penses que ton fucking cure-dent me fait peur...

Alors que l'Italien abat son arme, Carl balance son bâton par en avant. Il frappe la hachette, qui est éjectée des doigts de son propriétaire et atterrit deux mètres plus loin. Le chasseur en reste interdit de stupéfaction et Carl, encouragé par ce succès inespéré, frappe à nouveau. Le bâton atteint le flanc gauche de l'Italien, qui pousse un cri strident. Ce son semble à Carl la plus douce et la plus sublime des musiques et il se sent tout à coup tout-puissant, invincible. Il lève son arme bien haut et l'abaisse de toutes ses forces, mais son adversaire bondit vers l'arrière et elle percute le sol. Aussitôt, le tueur abat sa jambe sur le bâton, qui se rompt en deux. Carl fixe le moignon entre ses mains d'un air médusé, tel un Jedi à qui on vient de casser son *lightsaber*, et cette seconde d'effarement est suffisante pour que le chasseur lui propulse son poing sur la mâchoire. L'Italien est moins grand et moins charpenté que sa proie, mais il sait comment frapper : Carl a l'impression que tout le côté gauche de son visage vole en éclats. Il tombe parmi les mauvaises herbes et là, sonné, contemple le ciel qui tournoie en tentant de comprendre ce qui lui arrive : c'est la première fois qu'il reçoit un coup de poing aussi *vrai* ! Il déglutit le sang qui emplit sa bouche et sent un petit truc dur passer dans sa gorge : ostie ! il a avalé une dent !

— Tu pensais-tu vraiment pouvoir me battre, asshole ? lance l'Italien en se frottant le nez et en marchant autour de sa proie avec arrogance. Toi ? Minable propriétaire d'un shitty bar de région ?

Et sur ce dernier mot, il allonge brutalement la jambe vers Carl qui commençait à se relever. Le pied l'atteint dans les côtes et il bascule sur le côté, le souffle coupé. Le chasseur ramasse sa hachette, puis jette un œil à son flanc gauche : une petite tache rouge est apparue sur sa chemise grise. Furieux, il se penche de façon à placer son visage hargneux tout près de celui de l'homme à ses pieds.

— T'as rouvert ma blessure, motherfucker !

Étourdi, Carl balance sa main droite vers son adversaire pour se défendre, mais elle n'effleure que le cou ; ses doigts, par pur hasard, glissent sous la chaîne en argent de l'Italien et l'arrachent avant de retomber au sol. Le tueur se redresse comme si on venait de le frapper aux couilles.

— *Minchia !* ma chaîne !

Il attrape la main de Carl, mais le bijou n'y est plus. Le chasseur se désintéresse complètement de sa proie et, fébrile, sans lâcher sa hachette, il fouille dans les hautes herbes autour.

— *Where is it*, porca troia? *Where is it?*

Carl, qui a repris son souffle et ses esprits, se redresse sur un coude, déconcerté par le spectacle de l'Italien qui, à quatre pattes, tâtonne de sa main libre en criant ces paroles insensées :

— C'est pas moi qui l'ai arrachée, OK? *It's him, it's not me!*

Carl en profite pour se lever en crachant du sang. Il attrape son enveloppe brune qui avait glissé par terre et se remet à courir d'un pas quelque peu vacillant. Ses côtes sont douloureuses, mais rien ne semble cassé. Au bout de vingt secondes, il tourne la tête : là-bas, l'Italien ne le poursuit toujours pas. Il a cependant retrouvé sa chaîne et prend le temps de la rattacher autour de son cou !

Le bâtiment industriel n'est qu'à vingt mètres, mais sa claudication, plus forte que tout à l'heure, le ralentit terriblement. Son t-shirt est entièrement collé à sa peau, sa bouche est à nouveau pleine de sang et il crache avec dégoût. Autre regard vers l'arrière : le chasseur court maintenant vers lui et, malgré l'avance prise par Carl, il ne tardera pas à le rattraper.

Le nouveau terrain industriel devant lui montre une série de grands conteneurs alignés parallèlement au bâtiment qui s'élève à leur droite, ce qui crée un long couloir de cinquante mètres de long sur trois de large. Carl, toujours son enveloppe à la main, s'y engage : il espère dénicher encore quelque chose pour se défendre, n'importe quoi. Mais il ne trouve absolument rien. Il réalise alors que devant, le couloir est bloqué par un muret de ciment de trois mètres de haut et, pendant une seconde, il se croit coincé. Mais juste avant le muret, un escalier industriel descend du bâtiment de droite jusqu'au sol. Carl va devoir monter. Juste avant de l'atteindre, il se retourne : le chasseur est entré à son tour dans le passage mais à dix mètres derrière lui, il s'arrête, à bout de souffle : il est peut-être plus bagarreur que Carl, mais moins en forme. Haletant, il lève alors sa hachette jusque derrière sa tête... comme s'il...

Carl commence à gravir les larges marches métalliques de l'escalier qui oscille et produit des cliquetis sous son poids, mais au sixième degré, une douleur glaciale lui traverse le bas du dos, comme si un immense glaçon pénétrait sa chair. Il vacille en poussant un cri strident et, sur le point de s'effondrer, se rattrape à la rampe, sans lâcher l'enveloppe. Il se laisse tomber à genoux sur la marche et tâte son dos. C'est la hachette ! Pourtant, il ne sent rien, la douleur a déjà disparu, remplacée par un engourdissement, mais le fer est bien là, enfoncé en haut du coccyx, près de son flanc droit.

Affolé, il tourne la tête : l'Italien, toujours haletant, s'approche d'un pas fatigué. Carl attrape le manche et tire. Le fer s'extirpe facilement, mais la brûlure est si puissante que Carl, en hurlant, ne peut empêcher ses doigts de s'ouvrir : hachette et enveloppe dégringolent jusqu'en bas. Il tend la main en un geste désespéré

(ostie mon argent non)

vers l'enveloppe qu'il ne peut évidemment atteindre, mais en voyant l'Italien se pencher au pied de l'escalier pour ramasser son arme, il reprend son ascension en gémissant. À dix mètres du sol, il rejoint enfin le palier en grillage métallique. Sans un regard derrière lui, il s'élance sur la plateforme et la souffrance réapparaît par vagues d'acide : il titube, trébuche, tombe sur un genou, se relève en grognant, progresse péniblement... puis le grillage s'arrête et s'ouvre sur le vide. Carl, effaré, scrute le sol, dix mètres plus bas. Il ne peut pas sauter, surtout pas avec sa blessure ! Il fait volte-face, chancelant, sa main droite pressée contre sa plaie dont le sang s'écoule néanmoins à profusion : le chasseur apparaît sur le palier et avance vers lui, sa hachette dégoulinante brandie, les lèvres tordues en un rictus de furieuse satisfaction. Pris de panique, Carl lève les yeux : la première marche d'un second escalier métallique, presque aussi large que la plateforme grillagée, se trouve à cinquante centimètres au-dessus de sa tête et une courroie en cuir pend de la première marche. Carl avale le sang dans sa bouche, attrape la lanière et tire de toutes ses forces, en déclenchant des vagues de souffrance au plus profond de ses deux blessures. L'escalier amovible commence à s'abaisser, mais trop lentement, et l'Italien approche maintenant au trot. Carl se pend de tout son poids à la courroie et, sous l'effort, pousse un long cri, postillonnant des gouttelettes écarlates, convaincu que la chair de son dos va se fendre jusqu'à laisser jaillir sa colonne vertébrale. Le chasseur ralentit et fronce les sourcils en fixant l'escalier qui, emporté par le poids de la proie, s'affaisse maintenant rapidement, au point que Carl lâche la courroie et tombe à genoux sur le grillage. Le tueur s'arrête brusquement. Pour éviter d'être happé ou d'être écrasé contre le mur de l'usine, il commence à reculer, mais la lourde structure métallique est plus rapide et il doit s'écarter sur la gauche. Il se retrouve si près du bord que lorsque l'escalier lui frôle la tête et le flanc, il perd l'équilibre, échappe sa hachette en battant des bras et bascule dans le vide. Lui et son arme tombent dix mètres plus bas dans l'un des conteneurs à déchets qui longent le bâtiment, où de nombreuses boîtes en carton amortissent la chute.

Carl, toujours à genoux, halète de souffrance. Il reporte une main tremblante vers le bas de son dos et constate que son t-shirt est imbibé de sang. Il regarde en bas : l'Italien tente de sortir du conteneur dont le rebord est cependant trop haut, et les parois métalliques sont lisses, sans rien à quoi s'agripper, et à chacun de ses efforts, il retombe dans les boîtes. Il trouve sa hachette parmi les déchets et, en jurant en italien, frappe de frustration autour de lui, ce qui déclenche un tintamarre infernal.

Mais Carl n'est pas en mesure de savourer cette victoire. Il crache le sang qui s'accumule toujours dans sa bouche, se remet sur pied et relève l'escalier qui l'empêche de revenir sur ses pas, effort qui enflamme à nouveau ses deux blessures. En bas, l'Italien a cessé de se défouler. Ses cheveux gominés se hérissent dans toutes les directions en mèches noires collantes et il darde sur Carl un regard incendiaire.

— It's not over, *bastarda!* Tu m'entends?

Même si le tueur n'est pas vraiment en position de menacer qui que ce soit, Carl est convaincu qu'il va trouver le moyen de sortir de ce piège ; il commence d'ailleurs à empiler les cartons les uns sur les autres. Et Carl, à moins de sauter lui-même dans le conteneur, ne voit pas comment le mettre rapidement hors d'état de nuire.

Il s'empresse donc de retourner au premier escalier, de le descendre et de récupérer son enveloppe brune. Il parcourt ensuite en sens inverse le couloir formé par les conteneurs et se retrouve dans la cour de l'usine qui se termine cent mètres plus loin, là où il y a une bande d'arbres... et il sait que de l'autre côté commence le quartier des Floralies...

Là où se trouvent les deux lions...

Malgré son sale état, une bouffée d'espoir lui donne la force de se rendre jusqu'à la bordure boisée. Là, il s'arrête en sentant le sang lui couler sur les fesses. Il se retourne et baisse les yeux : plusieurs gouttes écarlates maculent le sol. Il ne peut pas laisser une telle traînée derrière lui dans un quartier résidentiel... Il remonte son t-shirt visqueux, arrache le pansement de la blessure près de son épaule et l'applique contre la plaie dans son dos, mais le pansement n'adhère presque plus. Il ajoute par-dessus l'enveloppe brune qu'il glisse dans son pantalon, baisse son t-shirt et appuie fortement de sa main droite contre ces deux bandages de fortune, espérant ainsi empêcher l'hémorragie pendant quelques minutes. Il franchit enfin l'étroite bande d'arbres.

Il se retrouve dans le stationnement arrière d'un immeuble à quatre logements qu'il traverse pour déboucher dans la rue de l'Anémone, où il s'arrête. Des bungalows et des cottages partout. Une femme, là-bas, s'occupe de ses fleurs autour de son balcon et, pour l'instant, ne lui prête aucune attention. Il tourne sur lui-même, quelque peu défaillant, en tentant de se rappeler où se trouvent *exactement* les lions. Lui qui a une excellente mémoire devrait le savoir, mais son esprit est si confus… Il lui semble que c'est par là… Il se frotte les yeux et remarque, à la fenêtre d'une maison en face, un homme qui l'observe.

Ton sale état va attirer l'attention, alors déniaise!

La main appuyée contre le bas de son dos, il file en boitant vers la gauche. Une voiture le dépasse et la conductrice décoche un regard intrigué à cet être inquiétant et mal en point qui semble blessé. Il n'ose cracher le sang qui s'accumule toujours dans sa bouche – mais moins rapidement et en moins grande quantité que tout à l'heure – et l'avale. En tournant à droite dans la rue du Gaillet, il croise trois enfants d'une dizaine d'années en vélo dont deux le dévisagent effrontément en passant. Carl poursuit péniblement son chemin, de plus en plus faible, de plus en plus angoissé: il est en plein quartier résidentiel un samedi ensoleillé à dix heures et demie, impossible qu'on ne le remarque pas! À l'intersection, il hésite. À gauche? Non, à droite… Il s'engage dans cette direction et voit alors un homme d'une quarantaine d'années, d'origine

haïtienne, sortir d'une maison tout près : ostie ! c'est
Rodney, un habitué du *Lindsay* ! Il marche vers sa
voiture, tourne la tête vers la rue... et son visage s'affaisse comme s'il fondait au soleil,

(il a écouté les nouvelles ce matin)

ses yeux fixés sur Carl. Ce dernier, la démarche
pitoyable, sans cesser d'appuyer la main contre la
blessure dans son dos, l'ignore et tente

(est-ce qu'il va appeler la police)

d'allonger le pas, ce qui accentue sa claudication.
Il prend à droite dans du Fraisier par pur instinct

(c'est à gauche, criss, il faut que ce soit à gauche)

tout en jetant un œil derrière lui : pas de traces rouges
sur la chaussée, sauf peut-être une ou deux. Il avance
toujours péniblement et croise deux voisins, l'un avec
un râteau en main, l'autre avec son journal, qui interrompent leur discussion pour dévisager Carl. Ce dernier,
paniqué, réussit presque à courir. Une plainte inau-
dible

(foutu ostie je suis foutu la police va m'arrêter et
Diane va tuer Pascale ou Samuel ou)

et longue franchit ses lèvres asséchées. Une autre
voiture le dépasse, mais il n'y accorde aucun regard,
ses yeux désespérés sautant d'une maison à l'autre.
La rue tourne sur la gauche, il prend la courbe en trébuchant... puis il les voit enfin.

Devant lui, un bungalow se donne des airs plus im-
portants que ceux autour avec deux immenses lions en
plâtre qui encadrent l'entrée avant. Ces deux lions qui,
à sa première venue il y a des années, avaient semblé
à Carl totalement ringards et qui maintenant lui apparaissent comme deux sauveurs célestes.

Il titube vers la maison et regarde autour de lui :
personne, du moins l'espère-t-il. Il entre dans l'espace
de stationnement où est garée une Harley-Davidson
et contourne le garage fermé. Il doit y avoir une porte

derrière, ce sera plus discret. Il suit le chemin qui longe une piscine creusée, monte l'escalier qui mène au patio et appuie son front contre la grande porte vitrée : vue d'une cuisine vide. De son poing, il frappe plusieurs coups amorphes puis promène son regard éteint autour de lui : la haute haie de cèdres le camoufle des voisins. Il revient à la porte et cogne à nouveau avec une rage sans force : criss ! il est chez lui, sa Harley est devant la maison ! Il voit enfin une forme s'approcher.

Et s'il refuse de t'aider ?

Depuis plus de deux heures et demie, il s'interdit d'envisager cette possibilité, mais lorsque l'homme qui ouvre la porte l'observe de haut en bas d'un air sombre que Carl ne lui a jamais vu, elle lui apparaît tout à coup terriblement plausible. De sa voix rocailleuse de fumeur en phase terminale, Bob articule :

— Hé, boy, Carlos… Faut vraiment que tu sois dans la marde pour venir ici, toi…

10:34

Carl garde le silence quelques secondes, incertain de l'interprétation qu'il doit donner à cette phrase, puis demande d'une voix éteinte :

— T'as écouté... les nouvelles ?

Le motard ne dit rien, la main toujours appuyée contre la bordure de la porte-fenêtre, mais son regard est la plus éloquente des réponses. Carl prend une grande respiration tremblotante.

— Faut que tu m'aides, Bob...

Au milieu des mille rides du visage du criminel, un sourcil se hausse.

— Ah bon ? Pourquoi je ferais ça ?

Carl escomptait-il vraiment que Bob lui ouvre les bras en criant : « Ben oui, tout ce que tu veux » ? Pour la seule raison que le motard a toujours été cool et sympathique avec lui ? Et Carl, qui a toujours conservé ses distances, s'attend maintenant à être traité en ami ?

— Laisse-moi pas retourner dans la rue ! Y a du monde qui m'ont vu, il y en a une couple qui ont sûrement appelé la police !

— Avec ce que t'as l'air, ça m'étonnerait pas, effectivement...

Il prononce cela sans un sourire, étudiant Carl comme s'il réfléchissait à toute vitesse. Ce dernier

(ostie je peux rien lui dire je peux rien lui révéler j'arriverai pas à le convaincre)

lance alors avec un mélange de désespoir et de colère :

— Ça fait vingt ans que je te paie pour ta supposée protection, criss ! alors protège-moi !

Il regrette aussitôt ces paroles, l'épuisement et la peur lui font perdre tout jugement. Mais à sa grande surprise, Bob hausse les sourcils, puis esquisse un sourire goguenard.

— OK, un-zéro pour toi, Carlos. Envoie, entre.

Carl, qui l'embrasserait presque de reconnaissance, traverse le seuil en titubant. Il entend en provenance d'une autre pièce des bruits de bagarre accompagnés d'une musique syncopée, et regarde vers le salon : un jeune homme de vingt, vingt-deux ans, cheveux noirs lisses et pas très propres, joue sur une console vidéo et n'accorde aucune attention à ce qui se passe dans la cuisine. Sur l'écran de la grosse télé de soixante-dix pouces, un personnage devant une maison à moitié construite se fait crever les yeux par un escadron de chauves-souris et Carl reconnaît *House of Pain*, le dernier succès de son fils. Il observe le jeu quelques secondes, le cœur serré par l'émotion.

Bob, resté près de la porte toujours ouverte, scrute le sol de son patio où brillent quelques gouttes de sang, puis s'intéresse au plancher de la cuisine où il découvre deux taches semblables. Il est redevenu sérieux, mais ne paraît pas inquiet.

— Si t'as aussi saigné dans la rue, t'as laissé des traces…

— Non, je… j'ai mis quelque chose sur ma blessure pour que… Je pense que ça vient juste de recommencer…

— Kevin ! Viens ici !

Le jeune homme, dans le salon, tique légèrement, mais continue de jouer, absorbé par les giclées d'hémoglobine sur l'écran.

— Tout de suite ! insiste Bob.

Kevin émet un soupir contraint, mais, docile, il abandonne sa partie pour rejoindre son père. Il toise Carl d'un œil morne, pas du tout intrigué par l'allure misérable du visiteur. Le motard montre du doigt le patio et le plancher de la cuisine.

— Essuie le sang, là pis là. Pis tu iras voir s'il y en a dans la cour. Fais ça en moins d'une minute.

— Mais ma game est...

— Il te reste cinquante-cinq secondes, Kev.

Kevin roule des yeux comme si on lui demandait de gravir l'Everest sur les mains, mais va prendre une serviette au lavabo à une vitesse inversement proportionnelle à son air désabusé. Bob secoue la tête en grattant son gros ventre sous sa chemise bleue ornée de palmiers et décoche un regard découragé vers son visiteur.

— Quand je suis devenu père à quarante ans, je pensais que j'allais connaître le vrai bonheur... Misère de câlice...

Il remarque que Carl vacille quelque peu et l'entraîne en le prenant par le bras.

— Viens, je vais te cacher.

— Me... me cacher ?...

— Tu peux être sûr que la police va retontir. Pis comme elle est déjà venue à matin...

— Ce matin ? Mais pourquoi ?

— Quand y a trop d'action à Drummondville, les cochons pensent à qui en premier, d'après toi ?

Bob, dans le corridor, ouvre un placard qui renferme trois étagères emplies de serviettes et de draps pliés. Il prend une serviette, appuie deux fois sur le fond du placard et la paroi, en pivotant, révèle un espace camouflé. Bob pousse tranquillement le fugitif dans la pièce dérobée qui mesure trois mètres de large sur trois de long et lui donne la serviette.

— Tu fais rien d'autre que respirer jusqu'à ce que je revienne te chercher. Pis mets cette serviette sous tes pieds.

Carl, dérouté, hoche la tête et regarde autour de lui: l'éclairage en provenance du couloir lui permet de voir des étagères couvertes de dossiers, de boîtes, d'un coffre-fort, mais aussi de quelques sacs emplis de poudre blanche ainsi que d'armes à feu diverses. Mais cette vision ne dure qu'un instant, car la paroi reprend sa position initiale et Carl se retrouve dans le noir complet.

Il ne peut plus tenir debout. Les traits tordus par la douleur, il dépose sur le sol la serviette et s'assoit sur celle-ci, le front contre ses genoux redressés. De derrière le mur de droite, il perçoit des bruits de discussion étouffés. Il glisse ses fesses dans cette direction et appuie son oreille contre la paroi.

KEVIN — ... en avait un peu dans la cour pis je l'ai essuyé.

BOB — OK, retourne jouer à ton jeu vidéo. D'ailleurs, c'est ça que tu fais depuis que t'es réveillé pis t'as vu personne, ni dans la rue ni dans la maison, pis tu t'es même pas levé pour aller pisser, c'est clair? Anyway, c'est pas ben loin de la vérité...

Trois secondes après, le son du jeu vidéo reprend en sourdine. Carl décolle son oreille du mur et avale la petite quantité de sang qui flotte dans sa bouche. Avec sa langue, il cherche le trou formé par sa dent manquante: c'est dans la rangée du bas, sur la gauche. Ça ne devrait pas trop se remarquer.

Tant mieux, parce que même si t'as des tueurs à tes trousses, que des gens sont morts par ta faute, dont ton ex-maîtresse, que t'as reçu un clou dans l'épaule

et un coup de hachette dans le dos, l'important, c'est
qu'on voie pas trop ta dent manquante.

Des réflexes de la vie normale. Peut-être en a-t-il
besoin. Peut-être que de s'accrocher à ces détails du
quotidien l'empêche de devenir dingue. À moins qu'il
songe à ces insignifiances parce qu'il l'est déjà devenu...

Le tintement d'une sonnette d'entrée arrive jusqu'à
lui. Il plaque à nouveau son oreille contre le mur. Court
silence, porte qu'on ouvre, puis :

BOB — Hé ! Deux fois dans la même journée, je
suis gâté !

POLICIER — Justement, ce serait le fun que tu
nous répètes pas la même affaire que t'as dit ce matin
à nos collègues...

BOB — Ben, vous allez être déçus.

POLICIER — Mais sur Mongeau, t'as sûrement
du nouveau à nous raconter...

BOB — Encore lui ? J'ai déjà dit que je le connaissais presque pas. Je suis allé le voir une couple
de fois à son bar parce qu'il cherchait des conseils de
moto pour des chums qui voulaient en acheter.

Une voix féminine émet un ricanement ironique.

POLICIÈRE — Ben oui, Bob, ben oui.

BOB — Qu'est-ce que vous voulez, c'est moi qui
vends les meilleures motos en ville ! Franchement, je
trouve ça insultant que si ça brasse à Drummond, vous
teniez pour acquis que je suis mêlé à ça.

POLICIÈRE — C'est vrai que t'as l'air *tellement*
insulté... On est désolés d'égratigner ta sensibilité de
bon citoyen.

BOB — Ho, toi, je te laisserais m'égratigner sans
résister, ma belle...

Rire rouillé de Bob, puis quinte de toux.

POLICIÈRE — Hey, tu sais parler aux femmes, le
gros...

POLICIER — Le problème, Bob, c'est que quatre habitants du quartier nous ont appelés pour nous dire qu'ils ont vu passer un homme bizarre pis magané, pis il y en a un qui a reconnu Mongeau.

BOB — Ah. Il veut peut-être s'acheter une maison dans le coin.

POLICIÈRE — C'est ça qu'il est venu faire, y a cinq minutes ? Te proposer une offre d'achat ?

BOB — Y a cinq minutes ?

POLICIÈRE — Un de ceux qui ont appelé a aperçu un gars crotté avec des traces de sang sur son linge entrer dans ta cour…

Carl sent son oreille devenir brûlante contre le mur et son cœur accélérer. La voix de Bob demeure légère, naturelle.

BOB — Si j'avais vu un gars de même dans ma cour, je vous aurais appelés moi aussi.

POLICIER — Fait que la personne qui nous a raconté ça a menti, c'est ça ?

BOB — Je dis pas ça. Il a peut-être traversé ma haie, elle est pas si épaisse que ça, mais moi, j'ai rien vu : je faisais mes modèles réduits dans le sous-sol.

POLICIER — Tes modèles réduits…

BOB — Pourquoi tout le monde me juge là-dessus ? Criss, si je disais que je me crosse sur Internet, je pense qu'on me regarderait moins de travers.

POLICIÈRE — Donc, Mongeau, qui est en fuite, se promène par hasard dans ton quartier, c'est ça ?

BOB — On dirait ben.

POLICIER — Si t'as rien à cacher, t'accepterais-tu qu'on jette un coup d'œil dans ta maison ?

BOB — Est-ce que vous avez l'intention de fouiller toutes les maisons du coin ?

POLICIÈRE — Non, Bob. Juste la tienne.

Pendant quelques secondes, on n'entend que le son étouffé du jeu vidéo.

BOB — Si ça peut faire en sorte que vous me câlissiez la paix après... Entrez, m'sieur-dame...

Carl hoquette presque d'effroi. Pourquoi accepte-t-il? Si les agents n'ont pas de mandat, il peut refuser, alors pourquoi courir le risque?

Parce que s'il refuse, ce sera encore plus louche...

Nerveux, il entend les deux policiers s'avancer dans le portique. Quelques pas de plus, puis:

POLICIÈRE — T'as rien vu, toi? Un gars qui aurait traversé la cour en courant...

KEVIN — Han? Non...

BOB — Lui, quand il joue à ses osties de jeux, il se rendrait même pas compte qu'une fille le suce...

Les pas continuent, se séparent. Des portes s'ouvrent, on marche devant le placard... De ses yeux angoissés, Carl, toujours assis mais le corps tout raide, suit la progression des sons, comme si son regard pouvait pourfendre les ténèbres et les murs. Encore des portes, des trucs qu'on déplace...

BOB — Attention à ça, sinon ma femme va m'engueuler... Remarquez, ça ferait pas tellement changement...

Rire rauque. Carl est subjugué: comment le motard arrive-t-il à agir avec une telle désinvolture? Et d'ailleurs, pourquoi prend-il le risque d'être arrêté en acceptant de le cacher?

Deux minutes s'écoulent, puis des pas descendent un escalier, tandis que d'autres repassent dans le couloir... et stoppent devant le placard. Carl retient son souffle, les yeux fixés sur la paroi amovible même s'il ne la voit pas. Il perçoit le bruit de la porte du placard qu'on ouvre et un mince filet de lumière, pas plus large qu'une lame de couteau, zèbre les ténèbres. Le fugitif pose une main tremblante sur sa bouche. Des sons doucereux glissent jusqu'à lui: on fouille dans les couvertures, dans les serviettes

(ils vont appuyer contre le mur ils vont appuyer deux fois comme Bob l'a fait et le mur va s'ouvrir)

puis le trait jaune disparaît en même temps qu'on entend le placard se refermer. Dans le noir, Carl pousse un long soupir contre sa paume. Au bout d'une minute, il perçoit des pas qui remontent l'escalier.

POLICIER — Rien. Pis y a des modèles réduits pour vrai.

BOB — Sont pas pires, hein ?

POLICIER — OK, on s'en va.

BOB — Allez-vous aussi écœurer mes boys à ma shop de motos ?

POLICIER — Peut-être. On verra. Mais si plus tard t'as envie de nous raconter quelque chose, appelle-nous. J'imagine que ça donne rien de te dire ça, mais…

BOB — Bon. Écoutez-moi ben, une seconde…

La voix du criminel est maintenant plus sérieuse.

BOB — Je vais pas faire semblant que je suis un enfant de chœur. Mon casier judiciaire est là pour montrer le contraire. Mais si c'était moi le responsable de ce qui se passe en ville depuis hier, je serais un ostie de cave d'amateur. Pis je suis peut-être ben des affaires, mais pas un ostie de cave d'amateur.

Nouveau silence. Carl se dit que les flics soupèsent cette affirmation, ne la trouvent sans doute pas bête. Il entend une porte s'ouvrir.

POLICIER — Si tu veux qu'on te crisse la paix, arrange-toi pour être ben tranquille pis ben low profile dans les prochains jours…

POLICIÈRE — Ouin, fais donc un marathon de modèles réduits.

BOB — Merci de vos bons conseils, m'sieur-dame…

La porte se referme et c'est le silence, à l'exception du son du jeu vidéo. Carl éloigne sa tête du mur. Maintenant que le danger est moindre, son extrême faiblesse lui retombe dessus et il ferme les yeux en se tenant le front.

— T'es obligé de te cacher chez les criminels, maintenant ?

La voix est basse, tout près, et Carl, malgré sa faiblesse et sa douleur, se relève d'un bond en jetant des regards aveugles autour de lui. Il ne voit personne, mais la voix reprend, celle d'un adolescent, sarcastique et mouillée, comme si elle suintait :

— Finalement, t'es pas si pur que tu le pensais, hein ?

Même si elle est déformée, Carl la reconnaît. Et tout près de lui, une forme se profile dans les ténèbres : un contour de tête, deux reflets bleus, et, dévoilées par un sourire qui demeure invisible, des dents blanches tachetées de rouge. Terrifié, Carl recule jusqu'à ce que son dos douloureux rencontre une étagère. La voix ajoute, pleine d'ironie et de caillots :

— Mais ça, on le savait déjà tous les deux…

Un déclic et la paroi s'ouvre, la lumière jaillit et Carl, en poussant un hoquet d'effroi, lève les mains comme pour se défendre d'un ennemi potentiel… mais il n'y a que Bob.

— OK, viens-t'en. Pis laisse la serviette là.

Carl, après avoir jeté un dernier coup d'œil anxieux autour de lui, sort du placard en se tenant aux murs. Une fois dans le couloir, ses jambes mollissent et le motard doit le soutenir.

— Je pense qu'on va examiner tes blessures…

— Bob, faut que je te parle…

— Oui, oui, ça, c'est sûr. Pourquoi tu penses que je t'ai pas dénoncé ? Pour tes beaux yeux ? Je veux savoir ce qui se passe à Drummondville depuis hier, pis tu vas me le dire. Mais là y a plus urgent. Suis-moi.

Très calme, comme un barman qui raccompagne un habitué qui a trop bu, Bob guide son visiteur jusqu'aux toilettes. Juste avant d'entrer dans la pièce, il hurle vers le salon :

— Kevin, y a du sang dans le placard pis dans le couloir. Viens nettoyer. Pis pas demain matin : si ta mère voit ça, elle va me chier dessus !

Dans la salle de bains, Carl crache un peu d'hémoglobine dans le lavabo avant que Bob l'aide à se départir de son t-shirt imbibé de sang. Le motard découvre l'enveloppe brune collée contre la blessure dans le bas du dos, l'enlève et jette un œil à l'intérieur. Il hausse un sourcil, puis la dépose sur le comptoir. Il retire aussi le pansement tout gluant et le lance dans le lavabo.

— Assis-toi sur le bol, mais à l'envers.

Carl s'exécute lourdement. Il appuie ses deux coudes sur le réservoir de la cuvette et pose son front contre le mur. Dieu ! que la tête lui tourne ! Derrière lui, Bob émet un petit sifflement.

— Hé boy ! Tu t'es pas fait ça en nettoyant ta piscine, hein ? Bouge pas…

Carl ferme les yeux. Il entend des bruits d'armoire qu'on ouvre, de boîtes en carton qu'on déchire, de cliquetis divers.

— Watch out, Carlos, ça va être moins agréable qu'un threesome…

Il sent un liquide froid s'écouler sur sa blessure, suivi d'une sensation intense de brûlure. Il pousse un cri en s'arquant et donne de petits coups de poing sur le mur en attendant que la douleur s'estompe. Pendant ce temps, Bob est sorti de la pièce et, lorsqu'il revient une minute plus tard, il dépose sur le réservoir une assiette contenant un morceau de gâteau au chocolat et un grand verre de jus d'orange.

— Tiens. Faut reprendre des forces.

Sans se faire prier, Carl boit tout le jus en quelques secondes. Son étourdissement lui paraît déjà moins intense.

— Pour le gâteau, je sais pas si…

— Mange.

Carl le prend avec ses mains. Dès la première bouchée, il réalise qu'il est affamé. La nourriture, en entrant
dans le trou de sa dent manquante, déclenche un bref
choc électrique et il s'efforce de mâcher de l'autre
côté. Dans son dos, Bob approche un petit banc en
expliquant :

— OK, ça va faire encore mal, mais ce sera pas si
pire. Essaie juste de pas bouger en mangeant...

« Est-ce qu'il va me coudre ? » se demande Carl,
et aussitôt, il sent une douleur vive lui traverser la peau.
Il tourne la tête vers l'arrière, incrédule, mais Bob,
son visage ridé tout près de la plaie, rétorque sur un
ton sans réplique :

— Bouge pas pis mange !

Carl contemple à nouveau le mur en avalant une
bouchée. La sensation de l'aiguille qui lui perce l'épiderme et du fil qui frotte sur la plaie est vraiment
désagréable, mais c'est effectivement plus tolérable
qu'il ne l'aurait imaginé.

— Est-ce que... est-ce que tu sais comment faire
ça ?

— Disons que j'ai pas mal d'expérience...

Et Bob pousse un ricanement entendu qui rappelle
à Carl la nature de l'homme qui le soigne. Le motard
tousse avant d'ajouter, d'une voix plus basse et plus
lente qui démontre qu'il se concentre :

— Pis tu sauras que fabriquer des modèles réduits,
ça m'aide. Tout le monde rit de moi, mais ça déve-
loppe la dextérité fine en ostie...

Carl grimace et plante ses dents dans le gâteau.

— Justement, avant que t'arrives, ça faisait trois
heures que j'étais dans le sous-sol, avec la radio ouverte.
Pis je te dis que j'en ai entendu des affaires...

Le ton a changé sur ces derniers mots et Carl, tout
en mâchant, devient attentif. Le motard, les yeux plissés,
pique son aiguille avec précision, tire sur le fil sans
hésiter.

— Cinq cadavres depuis hier à Drummondville. Un gars qui est mort dans un restau au centre d'achat parce qu'on avait mis du poison dans sa soupe; un corps retrouvé dans le stationnement de Paul-Rousseau; un chauffeur de taxi tué de manière assez violente merci; une femme qui s'est jetée en bas de la Place du Centre ce matin, pis une autre que les cochons ont descendue y a même pas une heure. Pis au milieu de tout ça, ton nom revient: on a retrouvé ton char dans la cour de Paul-Rousseau; deux de tes voisins ont appelé la police pour leur dire que du monde ont essayé de t'attaquer; y a un témoin du meurtre du chauffeur de taxi qui a vu deux personnes impliquées, un gros nègre pis un gars dont la description te ressemble pas mal... Pis comme tu donnes pas signe de vie pis que personne réussit à te joindre, on met un avis de recherche sur toi.

Carl n'arrive plus à manger. Le fil qui traverse sa peau s'est transformé en corde de chanvre.

— As-tu froid? Tu shakes, tout d'un coup... OK, c'est fini. Lève-toi pis bouge un peu.

Carl, les jambes molles, obéit. Il sent une légère tension dans le bas du dos en se redressant. La douleur est toujours là, mais moins intense. Il se retourne et voit Bob, assis sur le petit banc, du fil et une aiguille entre ses doigts rougis de sang.

— OK, ça va faire la job pour une couple de jours... Pis? Sont-tu magiques, mes doigts, ou ils le sont pas?

— Ils racontent tout ça à la radio?

Bob se lève et se lave les mains au lavabo.

— Ils ont pas donné autant de détails, évidemment, mais j'ai des gars qui écoutent, qui s'informent... Pis en ville, en ce moment, ça parle en ostie. On jase même de toi sur les réseaux sociaux. Pis attends que la police découvre que la femme qui s'est pitchée en bas de son bureau était non seulement ta comptable, mais que vous avez fourré ensemble pendant quelques mois, ils vont peut-être moins croire à l'hypothèse du suicide…

— Comment tu sais ça, toi ?

Bob a un geste négligent, l'air de dire que ce sont des détails insignifiants et évidents. Carl revoit le corps de Claudia planer dans le ciel, entend le bruit sec et dur des os qui se fracassent contre le banc public… Bob s'essuie les mains, puis lisse par-derrière ses minces cheveux gris en se regardant dans le miroir.

— À la radio, on dit que la police sait pas encore si t'es *le* danger ou si t'es *en* danger.

Bob prend une bouteille blanche sur le comptoir, se tourne vers Carl et l'observe avec une curiosité teintée de méfiance.

— On dirait ben que t'es pas tout à fait le gars straight que je pensais, mon Carlos…

Puis sans prévenir, il lance une giclée du contenu de la bouteille sur la plaie près de l'épaule de Carl. Ce dernier sursaute de surprise, puis siffle de douleur.

— Cette blessure-là a l'air pas trop pire, je la raccommoderai pas. Je vais juste mettre un pansement… Pis celle-là (il pointe l'avant-bras de Carl), elle est aussi refermée qu'une fente de vieille fille. Pour ta mâchoire, tu vas avoir la gueule enflée une couple de jours, mais c'est pas si pire. Pis ta coupure à l'oreille, on en parle même pas.

Les mains sur les hanches, il examine Carl de haut en bas et esquisse un sourire.

— Ouin, t'as pas juste fait du jardinage depuis hier, toi…

— Bob, c'est…

— Envoie, saute dans la douche.

— Je suis pas sûr que j'ai envie de…

— Oh oui, t'es sûr. Si tu restes de même, tu vas attirer l'attention même des chats.

Carl tourne la tête vers le miroir au-dessus du lavabo. Un survivant de la guerre apparaît devant lui. L'enflure du côté gauche de sa mâchoire, sans être spectaculaire, atteste clairement qu'il a mangé une solide claque. Ses cheveux sont hirsutes et si sales qu'ils collent en mèches grasses. Son visage est couvert d'une barbe de deux jours, de poussière et de traces diverses. Ses yeux sont aussi cernés et injectés de sang que s'il participait à un concours d'insomnie. Dix ans de plus se sont ajoutés dans ses rides, plus nombreuses et plus creuses qu'à l'habitude. Et surtout, il y a cette lueur dans le regard, celle dont l'éclat est l'antithèse de la lumière. Carl examine avec désespoir son reflet un long moment, comme s'il cherchait dans cette copie apocalyptique de lui-même des traces de l'original.

Une minute plus tard, il est sous la douche et, dans le nuage de vapeur, il ressent une extraordinaire sensation d'apaisement, de pureté, de renaissance. Quelque chose pourtant retient le plaisir et le soulagement, comme si son corps savait qu'il ne s'agissait là que d'une pause ou, pire, d'un leurre. Car lorsqu'il sortira de cette douche, tout recommencera.

Mais pas tout à fait comme avant. C'est pour ça que t'es venu ici.

À condition que Bob accepte, bien sûr…

Sa fatigue, nourrie par le jet chaud, l'engourdit de plus en plus et il augmente l'eau froide pour se secouer. Il s'emplit la bouche et crache : l'eau est à peine rosée. Lorsqu'il sort de la douche, Bob lui tend un pantalon noir et une chemise grise.

— J'ai trouvé ça dans mon vieux linge : ça date du temps que j'étais plus mince. C'est plus vraiment à la mode, c'est peut-être un peu grand, mais ça devrait être pas pire. J'ai aussi une ceinture pis des bas. Criss, j'ai même des bobettes propres. Inquiète-toi pas : j'ai pas eu de bibittes depuis une couple d'années. Pour les souliers, par contre, va falloir que tu remettes les tiens.

Carl prend les vêtements : au moins, le motard ne lui a pas donné une chemise hawaïenne. Il s'habille laborieusement, embarrassé et épuisé. Avant qu'il n'enfile la chemise, Bob lui confectionne de solides bandages sur ses deux blessures. Il observe le résultat avec orgueil.

— J'aurais été un criss de bon infirmier, quand même...

Pour finir, il tend à Carl deux cachets en expliquant qu'il s'agit d'antidouleurs. Carl les avale avec un verre d'eau, endosse la chemise et se regarde dans le miroir : il est toujours blême, toujours cerné, sa gueule est toujours enflée, mais il est propre et ses vêtements, un peu trop grands, demeurent tout à fait respectables. Même sa dent manquante ne se voit pas. La lueur de bête aux abois clignote encore dans son œil, mais rien pour attirer l'attention si on ne fait que le croiser.

Sauf si on le reconnaît.

Sa tête se remet soudain à tourner, mais il s'efforce de demeurer debout.

— Merci...

Le motard le considère d'un œil caustique.

— OK. Passons aux choses sérieuses. J'imagine que t'es pas venu ici juste pour te cacher.

— Non, j'ai...

— Pas ici. Suis-moi. Pis oublie pas ton enveloppe.

Il sort de la salle de bains et marche dans le couloir. Carl prend l'enveloppe brune et vérifie l'intérieur : l'argent y est toujours. Il quitte la pièce, mais la tête lui tourne de plus en plus et il doit s'appuyer contre le mur une seconde. Dans le couloir, Bob se tient près d'une porte ouverte qui mène au sous-sol. Un doute traverse Carl : et si le motard l'éliminait dans la cave ?

Il t'aurait soigné et fait prendre une douche avant de te tuer ?

Carl s'engage dans l'escalier, mais sa descente est si incertaine que Bob le soutient par le bras.

— Ça, c'est le sang que t'as perdu. Faut que tu te reposes.

Le sous-sol, bien éclairé, comporte une section « affaires », avec bureau en mélamine et quelques fauteuils. Dans l'autre partie, une table de fer est couverte de modèles réduits de motos, de pots de colle, de kits à peinture et d'accessoires divers. Une table de billard se dresse au milieu et sur les murs sont affichées quelques photos de filles en bikinis et de motocyclettes. Une chanson provient d'une petite radio portative qui se trouve sur un bar tout droit sorti des années soixante-dix. Bob guide son visiteur jusqu'à un vieux divan jaune et brun.

— Assis-toi.

Carl se laisse tomber dans le divan en grognant, l'enveloppe sur les genoux, et il ferme les yeux.

— Bob, marmonne-t-il, la bouche pâteuse. Faut que tu... j'ai besoin de...

— Repose-toi donc cinq minutes.

La voix de Bob provient de très loin, de l'autre bout de la galaxie. Criss ! c'est pas le moment de dormir ! Mais il n'arrive pas à ouvrir les yeux. Il a beau leur en donner l'ordre, ils n'obéissent tout simplement pas. Et il ne sent plus le divan sous ses fesses. D'ailleurs, il ne sent plus rien.

— ... j'ai besoin que tu... j'ai besoin de...

Il se tait, inconscient, la bouche béante.

12:40

Il ouvre les yeux. Il comprend qu'il a dormi. Ou qu'il a perdu connaissance. Mais aucun rêve. Un trou noir complet. Un espace total de liberté.

La première chose qui s'impose à sa vue est la table de billard et il s'empresse de regarder ailleurs. Il aperçoit Bob, assis à sa table de travail, concentré sur le modèle réduit d'une moto qu'il peint en pointant la langue entre ses lèvres. De la radio sur le bar jaillit une chanson pop. Carl, couché sur le divan, redresse la tête et Bob tourne un œil vers lui.

— Tiens, le réveil de la Belle-au-bois-dormant. J'espère que t'as pas fait de wet dreams.

En ricanant, il dépose son modèle réduit sur la table et se lève en toussant. La mâchoire douloureuse, la voix enrouée, Carl grommelle :

— Il est quelle heure ?

— Y arrive une heure moins quart.

Carl se redresse dans l'intention de se mettre sur pied, mais le mouvement, trop rapide, lui procure un élancement dans la tête et le dos. Il demeure assis. Il constate que son enveloppe brune est à ses côtés, sur le divan, mais il n'ose regarder à l'intérieur. Bob, comme s'il avait compris, affecte une moue goguenarde.

— Je vole pas mes invités, Carlos.

— J'ai dormi trop longtemps… T'aurais dû me réveiller avant…

— Si t'étais reparti dans l'état que t'étais tantôt, tu serais tombé avant même de traverser la rue. Pis de toute façon, je suis sûr que les cochons ont surveillé la maison pendant une bonne heure, donc c'est pas une mauvaise affaire.

Bob se dirige vers le bar en essuyant ses mains contre son jeans. Carl regarde autour de lui, comme pour se rassurer. Manifestement, pendant son sommeil, les chasseurs n'ont pas reçu un nouveau signal sur sa localisation. À moins qu'ils soient dehors, cachés près du bungalow, attendant qu'il sorte. Quoique le Noir, lui, aurait sans doute déjà forcé la porte… On doit le chercher ailleurs et, encore une fois, la logique concernant les signaux envoyés par Diane lui échappe complètement.

Bob ferme la radio et prend deux verres.

— Je me rappelle les trois ou quatre fois où t'as été obligé de venir me payer… Hé! que ça faisait pas ton affaire de mettre les pieds chez nous, hein?

Carl ne dit rien. Il se souvient qu'à sa première visite, il avait ressenti une grande perplexité en constatant que ce motard criminel vivait dans un petit quartier tranquille de classe moyenne, dans une maison un peu tape-à-l'œil mais somme toute banale malgré ses deux gros lions en plâtre à l'entrée. Il comprenait que tout cela n'était qu'un écran rassurant, que les « vraies affaires » se brassaient évidemment à son magasin de motos, sur le boulevard Saint-Joseph juste de l'autre côté de l'autoroute 20; n'empêche que Robert Bob Gélinas ne cadrait pas dans ce bungalow. Mais aujourd'hui, cette maison ringarde lui paraît suintante de menaces camouflées, comme cette pièce dérobée renfermant argent, drogue et armes à feu.

D'en haut proviennent toujours les sons étouffés du jeu vidéo. Carl passe la langue dans le trou de sa dent manquante : ça ne saigne plus. Bob s'approche du divan avec les deux verres pleins et en tend un à son invité.

— C'est quoi ?

— Du lait de soya, le smatte. Pose pas de questions pis bois, ça va te faire du bien. D'un coup sec.

Carl prend le verre et avale le contenu d'un trait. Le liquide brûle une courte seconde la plaie dans sa gencive. Du gin, aucun doute là-dessus. Très bon. Et, effectivement, qui lui replace les yeux en face des trous. Il a soudain l'impression que l'univers cesse de vibrer et il réalise qu'il ne tremble plus. Ce qui signifiait qu'il avait la tremblote depuis des heures sans s'en être aperçu.

Bob boit son gin et ramène les deux verres vides au bar.

— Piger Henricus. Un gin québécois. Pour les affaires, je suis très libre-échange, mais dans mes consommations personnelles, j'essaie d'être local.

Il revient au divan où il dépose sur un coussin un petit plat empli de noix.

— Mange ça, ça va t'aider.

Il recule jusqu'à la table de billard et s'assoit sur le rebord. Carl ressent un malaise à le voir assis ainsi, à cet endroit, comme si cela évoquait une image qu'il rejette avant même de la saisir. Bob croise les bras, grave et moqueur à la fois.

— C'est la première fois qu'on prend un verre ensemble, Carlos.

Le malaise de Carl augmente d'intensité.

— Mange, Carlos, même si t'as mal à la gueule : avec le sang que t'as perdu, faut que tu t'aides un peu.

Carl prend une noix et, malgré la douleur, la croque.

— Je le sais, Bob, que j'ai jamais vraiment fait d'efforts pour qu'on soit amis, mais…

— Parce que tu penses que *moi*, je voulais qu'on soit amis ?

Il décroise les bras, agrippe des deux mains le bord de la table de billard et, toujours assis, penche le torse vers l'avant. Ses innombrables rides paraissent se multiplier par un étrange effet de l'éclairage.

— Tu penses que je veux que les gens que j'oblige à me cracher de l'argent soient mes amis ? Tu penses que je suis épais à ce point-là ?

Carl ne répond rien, pris de court. Bob le considère avec un regard froid, un regard que le propriétaire de bar lui a rarement vu.

— Pis tu penses que je t'ai protégé des flics tout à l'heure parce que je veux être ton ami ?

— Je... j'imagine que non...

Bob redresse le torse.

— Je t'ai aidé parce que j'ai besoin d'explications. Normalement, quand ça brasse à Drummondville, ça me concerne. Pis si ça me concerne pas, je suis quand même au courant de ce qui se passe. Là, ça me concerne pas pis je suis pas au courant. Pis ça, j'aime pas ça. Pas bon pour la business. Donc, tu vas me faire un beau topo pis surtout, tu vas m'expliquer comment t'es mêlé à ça.

Carl, tout à coup intimidé, baisse la tête.

— Je peux rien dire, Bob.

Dieu ! que ces mots l'écœurent, le dégoûtent. Il a envie de les vomir...

— On essaie de te tuer, c'est ça ? Je comprends que...

— Je peux rien dire, rien de rien...

— ... que t'aies peur, mais là on est juste tous les deux, Carlos, dans mon sous-sol. Pis je te garantis que ma maison est pas sur écoute.

« Ta maison, non, mais moi, oui ! » songe Carl en serrant le verre entre ses doigts.

— Désolé, Bob.

Bob croise à nouveau les bras, contrarié, et Carl sent la peur lui chatouiller le ventre.

— Tu penses que je vais me contenter de ça ?

Carl réfléchit à toute vitesse et, lentement, articule :

— Tout ce que je peux te dire, c'est que t'es… t'es pas menacé, ni toi ni ta… ta business. Ç'a rien à voir. C'est quelque chose de… de personnel qui concerne juste moi.

L'air crispé de Bob s'éclipse, aussitôt remplacé par une expression d'incompréhension. Il se frotte la joue en jaugeant Carl du regard.

— Pourquoi t'es venu ici, d'abord ?

Carl prend le temps de croquer une autre noix, de la mâcher puis, presque piteux, il répond :

— Je voudrais que tu me vendes un gun.

En fait, sa première idée avait été de demander au chef des Racoons de l'aider, par exemple en liquidant les chasseurs. Combattre le feu par le feu, ça lui avait paru logique. Mais il s'était rapidement aperçu que cela ne fonctionnerait pas : pour éliminer tant de gens, Bob demanderait beaucoup plus d'argent qu'il n'en avait. De plus, même s'il vit de la criminalité, le motard n'est pas un tueur à gages ; il refuserait probablement ce genre de contrat. Mais le véritable obstacle s'était avéré plus simple, plus évident : pour convaincre Bob, Carl aurait dû expliquer qu'on voulait sa mort, donner une description des tueurs… bref révéler une partie de son histoire. L'idée de tout écrire lui avait effleuré l'esprit : Diane ne pouvait pas *voir* ce qu'il faisait. Mais écrire n'aurait pas réglé la question puisque Bob aurait compris que Carl est sur écoute, ce qui l'aurait inquiété et peut-être l'aurait-il aussitôt foutu dehors… ou pire.

S'il y a une chose que Carl a maintenant clairement saisie, c'est qu'il doit agir seul.

Bob plisse les yeux et demeure silencieux quelques secondes.

— Pourquoi tu veux un gun ?
— Bob...

Le motard se frotte à nouveau la joue en soupirant.

— T'as déjà tiré ?
— Non.
— T'as déjà tué quelqu'un ?
— Non.

Bob hausse un sourcil. A-t-il remarqué une légère différence dans la voix de son interlocuteur ?

— Sûr ?
— J'ai jamais tué personne.

Il imagine pendant une seconde le visage ensanglanté de Stéphane qui esquisse un sourire sarcastique.

(Non Steph je t'ai pas tué arrête de me jouer dans la tête)

Criss ! c'est quoi ces flashs, depuis hier ?

Au rez-de-chaussée, une porte claque et on entend des pas, suivis de voix qui discutent brièvement. Bob, toujours assis sur le rebord de la table de billard, les bras croisés, lève les yeux et émet un petit soupir.

— Ostie, je te gage qu'elle a encore dépensé pour mille piastres de linge pis de bébelles de femmes...

En haut, la porte du sous-sol s'ouvre et Carl tourne vivement la tête : on ne voit pas de qui il s'agit mais une voix féminine et vulgaire lance :

— T'es avec quelqu'un, y paraît ?
— Ouin, pis on veut être tranquilles.
— Je vais faire des pâtes. J'en fais-tu pour ton invité ?
— Tu serais ben fine.

La porte se referme et Bob prend un air conciliant.

— Quand même, elle suce ben en ostie. Quarante-neuf ans pis elle mange une graine ben mieux que la plupart des p'tites salopes de vingt-cinq ans que je me tape.

Carl n'a aucune réaction sur le moment, puis décide qu'il serait de bon ton qu'il approuve. Ce qu'il fait, en hochant la tête en silence. Le motard penche la sienne sur le côté et l'ironie de son regard descend jusque dans son sourire.

— Toi, ton ex-femme… Elle suçait-tu bien ?

Carl, une noix figée entre les doigts, ne dit rien. En temps normal, il aurait répondu poliment mais sèchement au criminel qu'il n'avait pas envie de discuter de telles choses avec lui. Et Bob *sait* que son invité n'aime pas parler de ça. Mais aujourd'hui, le motard le regarde avec un sourire insolent. Aujourd'hui, Carl doit jouer selon les règles de Bob. Après quelques secondes, il articule sur un ton neutre :

— Pas pire, oui.

Ces mots lui laissent un goût amer sur la langue. Bob, ravi, hoche sa tête toujours inclinée sur la droite.

— Pis la belle Claudia ? Elle suçait comment ?

Carl avale sa salive. Pendant une seconde, il voit Claudia en train de lui faire une fellation, en le fixant de ses yeux coquins qu'elle ne détournait pas même lorsqu'il lui éjaculait dans la bouche. Il s'en veut d'une telle image, aussitôt remplacée par celle de son corps désarticulé sur le banc public.

— Pas pire aussi, se contente-t-il de dire.

Bob réussit à faire une petite moue embêtée sans cesser de sourire.

— T'es pas bon joueur, Carlos…

Carl ne réagit pas, même s'il s'imagine lui sauter dessus et le frapper jusqu'à lui renfoncer sa lippe moqueuse au fond de la gueule. Comme s'il avait lu dans ses pensées, le sourire de Bob s'emplit de défi. Carl prend une petite inspiration et articule dans un souffle :

— Elle était… très bonne. Vraiment bonne.

Le visage de Claudia se tord en une expression accusatrice et

« je m'excuse Claudia ostie je m'excuse tellement »

malgré son envie de fermer les yeux, Carl soutient le regard du motard. Celui-ci, la tête toujours inclinée, le fixe un moment, le sourire plus railleur que jamais.

— Tiens, tu vois? C'est pas si dur d'être cool, hein?

Il bondit sur ses pieds.

— OK, je vais te trouver un gun.

Carl hoche la tête en poussant un soupir soulagé. Dieu merci, il ne sera pas venu ici pour rien. Bob le considère maintenant avec sérieux.

— Tout à l'heure, je t'ai dit que la police savait pas si tu étais le danger ou si t'étais en danger...

Carl devient prudent.

— Je me souviens, oui...

— Peux-tu au moins m'éclairer là-dessus?

Carl hésite, puis articule lentement:

— Je peux juste t'assurer que j'ai rien fait.

— Ça répond pas à ma question.

En prononçant ces mots, Bob prend un air entendu et sérieux. Carl soutient son regard, puis revient à ses affaires:

— Combien, pour le gun?

Bob laisse échapper un petit soupir résigné avant de se diriger vers le bar.

— Mille cinq cents. Si je me fie à ce que j'ai vu dans ton enveloppe, je pense que t'as ça. Rien d'autre?

Carl prend une seconde de réflexion.

— Un char, aussi. Juste une vieille minoune.

Bob, en se préparant un second verre, prend un air étonné.

— Tu veux quitter la ville?

Carl vient tout juste d'avoir l'idée. Il a le droit de s'éloigner de cent cinquante kilomètres, non? Lorsque Diane enverra aux chasseurs le prochain signalement de sa position, il serait sans doute plus judicieux que Carl soit à l'extérieur de Drummondville pour les affronter, sans tous les flics qui seront de plus en plus présents dans la ville... Enfin, c'est ce qu'il croit...

Tu réalises ce que t'es en train de penser ?

Comme il ne répond pas, le motard secoue la tête, toujours avec son air mi-sérieux, mi-moqueur. Songeur, il boit une gorgée de son verre avant de diriger ses pas vers l'escalier.

— Reste ici, je vais donner une couple de coups de téléphone.

— Bob, il faudrait que je retourne à la salle de bains...

— Y a une toilette dans le coin, au fond là-bas.

Carl regarde dans la direction indiquée et aperçoit l'ordinateur sur le bureau.

— Je peux utiliser ton ordinateur ?

Le criminel, sur le point de monter, reluque son bureau, soucieux.

— J'imagine que tu me diras pas non plus pourquoi ?

Carl garde le silence. Bob marche vers une armoire dans laquelle il fouille quelques secondes, puis il revient vers son invité avec un laptop qu'il lui tend.

— Utilise celui-là. C'est un ordinateur clean. Le mot de passe est 1234.

Il retourne vers l'escalier.

— Pis si tu veux de la porn, je te conseille le site Brazzers.

Et son rire de crécelle plane toujours tandis qu'il disparaît.

Carl se passe une main dans les cheveux en soupirant. On dirait bien qu'il a réussi : Bob accepte de lui trouver une arme, une vraie !

Et tu vas tous les tuer ? Vraiment ? Aussi facile que ça ? Tu crois qu'ils vont défiler un par un devant toi comme des canards dans une foire ?

Carl prend un air morose. Il se lève, le corps endolori de partout, et se dirige vers les toilettes. Le simple fait de chier provoque une série de douloureux élancements dans son ventre, ses côtes et son dos, qui le font grimacer durant toute l'opération. Ensuite, il examine son corps dans le miroir ainsi que l'intérieur de sa bouche, à la recherche d'une marque qu'aurait pu laisser une puce intégrée sous sa peau ou dans ses dents, mais il ne décèle rien. La marque doit évidemment être à peine visible. Avec un peu de chance, la puce était peut-être dans la dent qu'il a perdue. Mais il préfère ne pas trop compter là-dessus...

De retour dans son divan, il croque une noix et ouvre le laptop sur ses genoux : il doit s'occuper de ce truc auquel il songe depuis tout à l'heure. Depuis, en fait, qu'il a fouillé dans l'agenda du vieux, ou plutôt de Maurice Sanschagrin. Il entre les chiffres 1, 2, 3 et 4 dans l'espace pour le mot de passe, ouvre Google, puis inscrit « Hell.com ».

Le premier site ressemble à un portail qui propose une série d'autres pages traitant pour la plupart de religion et de questions spirituelles sur l'enfer. Carl en consulte quelques-unes, mais comprend en deux minutes que tout cela n'a aucun rapport avec son histoire. Un second lien l'amène à une vidéo d'un groupe heavy metal sur YouTube. Carl claque la langue, contrarié. Rien dans tout ça ne se rapproche de près ou de loin d'une chasse à l'homme...

Il tombe sur un site créé par un type qui se spécialise dans les légendes urbaines et les théories conspirationnistes. On y écrit entre autres, dans un style très théâtral et ampoulé, que *Hell.com* serait un site illégal et dangereux qui s'adresse seulement à quelques milliers d'initiés éparpillés à travers le monde. Le FBI, la GRC et Interpol nieraient l'existence de *Hell.com*, mais le blogueur, dans une prose hallucinée, rappelle que les gouvernements n'en sont pas à leurs premiers mensonges et que plus personne ne met en doute leur rôle déterminant dans les attentats du World Trade Center.

Carl se masse le cou en mâchant une noix. Un site illégal et secret... Mais peut-il accorder la moindre crédibilité à un blogueur paranoïaque qui croit qu'Elvis a été enlevé par des extraterrestres ?

Et toi, si on t'avait dit il y a deux jours que quelqu'un avait mis ta tête à prix et que tu serais la cible d'un jeu mortel, tu y aurais cru ?

Il doit chercher d'une autre manière. Carl tape Maurice Sanschagrin dans Google.

Cinq entrées apparaissent. En quelques minutes, Carl apprend que le type est un scientifique spécialisé dans plusieurs disciplines (biochimie, informatique…), qu'il a été directeur de différents centres technologiques de divers pays au cours de sa carrière et qu'il a gagné de nombreux prix. Bref, un cerveau, inconnu du public mais véritable star dans son milieu. Il vit à Saint-Lambert, a soixante-dix ans et semble être dans une sorte de semi-retraite depuis quelques années. Sur l'un des sites, on peut voir sa photo, qui date un peu même si Carl reconnaît sans peine le vieux qui a failli le tuer. Toujours en complet, il se tient devant un podium où il a reçu un prix ou donné une conférence ; son visage anguleux et calme affiche un sourire discret mais totalement froid. Aussi froid que son regard.

Et ce nerd réussit à modifier le fonctionnement de son pacemaker.

Carl se souvient de sa fouille dans la BMW, tous ces renseignements personnels sur son dossier médical et en particulier sur son appareil. Comment Sanschagrin a-t-il mis la main sur ces informations qui se trouvent à l'hôpital et qui sont confidentielles ?

Et surtout, pourquoi a-t-il rétabli ton rythme cardiaque avant de fuir ?

Il a fait la même chose, ce matin, lorsque Carl est monté dans le taxi. Dans ces deux occasions, Sanschagrin aurait bien pu laisser le pacemaker déréglé et Carl serait mort au bout d'une dizaine de minutes…

Carl fixe la photo du vieux. À nouveau, il se rappelle les paroles de Diane, lors de leur seconde rencontre au

Village québécois d'antan : « Maintenant, ils sont tous arrivés à Drummondville, sauf un. Mais lui, ce n'est pas étonnant… »

Ces mots impliquent que Diane connaît Sanschagrin. Aurait-il été sélectionné autrement ? Aurait-il déjà été chasseur ? En tout cas, il est totalement différent des autres : il n'a rien d'un voyou, d'un marginal ou d'un désespéré. C'est une sommité scientifique sûrement pleine de fric. Pourquoi *voudrait*-il participer à un tel jeu ? Pour s'amuser ?

« Le but premier est de profiter du chaos en le stimulant. Parce que c'est plus divertissant. »

Tout cela ne peut quand même pas être organisé pour divertir Sanschagrin seulement. Néanmoins, les autres chasseurs ne donnent pas vraiment l'impression de s'amuser. Au contraire, ils sont nerveux, fébriles, inquiets, certains fêlés… Ils sont uniquement motivés par le fric et n'en ont probablement rien à branler du jeu lui-même… Plus divertissant pour Diane ? Non, puisqu'elle a dit que le mot « divertissant », en ce qui la concerne, n'était pas l'expression juste…

Alors ? Pour le commanditaire ?

Si le commanditaire choisit ce jeu cruel pour faire descendre quelqu'un plutôt que d'engager un tueur à gages, c'est sans doute parce que l'idée que sa victime se transforme en bête traquée et terrifiée l'amuse…

À nouveau, la démence de son aventure lui saute à la gorge et, pendant quelques secondes, il a du mal à respirer, comme s'il était sur le point de piquer une crise de panique. Mais des pas dans l'escalier le ramènent dans le concret et il s'empresse de fermer la page Internet. Bob apparaît.

— Ça va ? Tu trouves ce que tu veux ?

Carl se contente d'une moue désolée pour signifier qu'il ne répondra pas. Bob le regarde attentivement.

— Tu sais que si jamais je découvre que ce qui se passe peut nuire à mes affaires pis que tu me l'as pas dit, je vais te retrouver, Carlos. Pis ce coup-là, ce sera pas vraiment pour te soigner.

Carl se rappelle la rumeur du type éparpillé dans plusieurs conteneurs et sent sa bouche s'assécher.

— Je te répète que rien dans tout ça te concerne, Bob.

Le motard hoche la tête, tergiverse encore un peu puis retourne s'asseoir sur la table de billard. À nouveau, Carl n'aime pas l'image. À nouveau, il la rejette.

— Bon, j'ai trouvé ce qu'il te faut.

Carl louche vers les mains vides du criminel.

— Non, non, pas ici, précise Bob. Les guns que t'as vus dans ma planque, c'est pas pour toi. Tu me paies, pis je t'amène au bon endroit. C'est mille cinq cents pour l'arme et une boîte de munitions, pis cinq cents pour le char.

Carl n'a aucune idée si c'est cher ou non, mais il ne va certainement pas négocier. Il écarte le laptop de ses genoux et fouille dans l'enveloppe. Il compte longuement deux mille dollars puis tend l'épaisse pile à Bob. Celui-ci se dirige vers son bureau et se penche pour les ranger quelque part tandis que son invité considère le reste de son argent: le volume de billets, même s'il est encore important, a beaucoup diminué et peut désormais être transporté sans enveloppe. Carl divise le tout en deux paquets et en glisse un dans chaque poche avant de son pantalon. Bob revient s'asseoir sur la table de billard.

— Bon. Je vais avoir tout ça vers deux heures et demie. Là, y est (il regarde sa montre) une heure et cinq pis j'ai faim en ostie. On va prendre dix minutes pour manger pis après, je t'amène au bon endroit. Tu vas être pogné pour attendre un peu là-bas, mais ça fait assez longtemps que t'es dans ma maison.

— Je... je comprends ça.

Le motard pianote de ses doigts sur sa grosse bedaine.

— Good. On va manger des pâtes, ça va te faire du bien.

— Bob... Ça te dit quelque chose, un site qui s'appelle *Hell.com*?

Les doigts du criminel cessent de bouger. Ce n'est plus de la gaillardise que Carl devine dans l'éclat de son œil, mais une totale stupéfaction.

— Comment ça se fait que tu connais ça, toi?

— Donc, tu sais c'est quoi?

Les mille rides du visage de Bob s'allongent et, pendant une seconde, Carl a l'invraisemblable impression que le motard a peur de lui.

— Carlos... T'es pas membre de ce site-là? T'es pas allé là-dessus avec mon ordinateur?

— J'ai essayé, mais j'ai rien trouvé de... Faut être membre, c'est ça?

Ces mots rassurent le criminel, qui pousse un imperceptible soupir.

— OK... De toute façon, tu peux pas être membre, j'ai été con...

— Toi, tu l'es?

Bob a un ricanement à la fois dégoûté et amusé.

— Moi? Criss, non! Ça m'intéresse pas pantoute!... Mais toi, comment tu sais que ça existe? Est-ce que...

L'inquiétude réapparaît.

— ... est-ce que ce qui t'arrive a un lien avec... avec *eux autres*?

Bon Dieu! Carl a mis le doigt sur quelque chose, c'est évident! Il se demande alors s'il a le droit de parler de ce sujet. Diane considérerait-elle cela comme une entorse au règlement? Tant qu'il garde le silence sur les tueurs, sur Diane, sur la chasse... Il n'a qu'à être prudent, *très* prudent: en apprendre plus sur ce site qui a clairement un lien avec ce qui lui arrive, mais sans rien révéler à Bob.

Attention, tu joues avec le feu...

— Non, non, moi, j'ai rien à voir avec ça, mais…
mais ça pourrait m'aider de savoir c'est quoi.

Le motard le jauge longuement. Il n'avale évidemment pas *complètement* ce bobard.

— Pas sûr que j'ai envie de te parler de ça…

— Je suis prêt à te payer pour que tu répondes à mes questions.

Bob réfléchit un moment en grattant son gros ventre, puis lâche :

— Mille piastres.

Carl hausse les sourcils d'étonnement mais, devant l'air grave du motard, il comprend qu'il s'agit toujours de business et que, surtout, ils sont sur le point de parler de quelque chose d'encore plus terrible qu'il ne l'imagine. Carl ressort son argent et, en silence, compte mille dollars. Bob les range directement dans sa poche puis, toujours assis sur le bord de la table, il attrape l'une des boules de billard et l'examine en la roulant entre ses doigts.

— C'est un site illégal qui a des tentacules dans le monde entier.

— C'est sur le dark web ?

Bob émet un petit ricanement.

— Le site existait avant que cette expression-là soit à la mode. Pis ce site présente toutes les activités illégales de la planète…

Carl ouvre de grands yeux incrédules.

— Voyons, un site tout seul peut pas organiser toutes les…

— La plupart des activités sont pas produites par *Hell.com*, elles sont disponibles en dehors du site… Mais *Hell.com* les recense à peu près toutes ; il les classe, les divise selon les pays pis les villes, les présente selon la catégorie de l'activité… Une sorte de dispatcher du vice. C'est ça, l'avantage d'être membre : t'es au courant de *tout*.

Carl ne réagit pas, médusé. Bob, toujours en observant la boule entre ses doigts, ajoute :

— Mais *Hell.com* organise *aussi* certains événements. Des affaires ben heavy, il paraît. Mais ces événements-là, c'est juste pour les membres. Je te l'ai dit, c'est hyper secret comme site.

— Mais toi, tu le connais.

— Criss ! tout le monde dans mon milieu connaît l'existence de *Hell.com* ! Les flics aussi, évidemment, pis ça fait des années que les polices internationales essaient de les pogner, mais ils sont trop bien organisés. Pis même s'il y a quelques membres ou responsables qui sont arrêtés de temps en temps, l'organisation est trop grosse pour être décapitée. En fait, il doit y avoir plusieurs têtes dirigeantes, fait que…

— On peut trouver quoi, sur ce site ?

Bob hausse une épaule, hésitant.

— Partouzes, drogues en tout genre, objets volés, combats illégaux…

— C'est tout ?

— Calvaire, non. Tout ce que tu peux imaginer comme saloperie, pis pire encore.

— Comment tu sais ça si t'es pas membre ?

Bob garde le silence en fixant la boule.

— J'ai payé, Bob.

Le motard soupire.

— Je connais un gars qui l'est. En fait, j'en connais deux ou trois, mais il y en a un qui essaie de me convaincre depuis deux ans : il m'a raconté une couple d'affaires qui m'ont donné une assez bonne idée.

— Pourquoi t'es pas membre ?

Carl pose cette question de manière presque naïve, comme s'il s'étonnait qu'un criminel ne soit pas membre d'un tel site. Bob remet la boule sur la table de billard et la roule doucement sous sa paume, sans la quitter des yeux.

— Moi, je regarde pas tellement la télé, donc on a pas le câble. Ça fait chier mon fils pis ma femme, mais comme c'est moi qui paie, ils ont rien à dire, pis de toute façon ils ont Netflix pis toutes ces patentes-là. Mais tous les six mois, le câble m'appelle pour m'informer que je pourrais choisir juste le forfait de base qui permet une quinzaine de postes. La dernière fois, j'ai pris la peine de checker la liste des postes offerts. On sait jamais. Y en avait quelques-uns qui avaient l'air pas pire, mais il y en avait d'autres dont je me crissais complètement, pis même une couple qui me faisaient chier : des chaînes de téléréalité ou d'émissions pour enfants ou de météo continue : heille, c'est-tu niaiseux, ça, un poste de météo continue ! Mais si je voulais les postes qui m'intéressaient, j'avais pas le choix de prendre aussi ceux que j'aimais pas. Ça venait avec. Alors j'ai dit non. Ils m'ont dit que j'avais juste à pas écouter les chaînes qui me tentaient pas, mais j'ai quand même refusé leur offre. Sinon, j'aurais l'impression que mon argent sert pas juste à encourager des affaires que j'aime, mais aussi des osties de niaiseries que j'haïs.

Bob revient à son visiteur et sourit d'un air entendu. Carl observe le gros bandit sexagénaire, troublé.

Il doit en savoir plus. Parce qu'il sent qu'il est très près de quelque chose…

— T'as dit, tantôt, qu'on y proposait toutes les saloperies qu'on peut imaginer. Est-ce que…

Sois prudent, criss, sois hyper prudent !

— … est-ce que t'as des exemples ?

— Criss, pourquoi tu veux savoir ça ?

— Come on, Bob.

Le motard soupire en ramenant son regard sur la boule qu'il roule sur la table, puis secoue la tête, l'air de dire : « Tant pis, man, si tu veux savoir… »

— Pédophilie, séances de torture…

Les bras de Carl se couvrent de chair de poule. Bob poursuit son énumération :

— ... zoophilie, tueur à gages...

À ces derniers mots, il fronce les sourcils. La boule s'immobilise sous sa paume et il tourne la tête vers Carl. Celui-ci blêmit et, pendant quelques secondes, les deux hommes se regardent en silence.

— Carl...

— C'est beau, j'en ai assez entendu, finalement, je fais fausse route, oublie ça.

Bob étudie son visiteur avec attention, mais face à son mutisme persistant, il hausse à nouveau les épaules pour bien montrer qu'après tout ce n'est pas son problème. Il propulse la boule qui traverse la table de billard, puis bascule dans une poche au coin, en émettant un « poploc » sec. En entendant ce son, Carl ressent une violente émotion, extrêmement désagréable, qui le déstabilise une seconde. Bob retombe sur ses pieds, prend le bol de noix sur le coussin et marche vers l'escalier.

— Je vais voir si le dîner est prêt.

Carl approuve en silence. Une fois seul, il se masse le visage, bouleversé par tout ce qu'il vient d'apprendre.

Le commanditaire de sa mort aurait donc eu recours aux services de *Hell.com* ? Mais pourquoi ne pas avoir payé pour une exécution en bonne et due forme ? Cela existe certainement sur ce site où tout est permis et monnayable. Pourquoi avoir choisi ce jeu cruel ?

Parce que c'est plus divertissant.

Carl secoue la tête. Tout de même, il n'y a pas de garantie ferme : bien que cela soit fort improbable, la proie peut échapper à la mort. Pourquoi payer en connaissant ce risque ?

Le commanditaire doit être au courant qu'en six ans une seule proie a réussi à gagner. Il se dit peut-être que le risque est mince...

En fait, Diane a dit qu'il y avait une seconde proie qui s'en était sortie : celle-ci avait liquidé non seulement le commanditaire mais tous les tueurs à ses trousses, qui étaient alors au nombre de six. Mais Diane a précisé que cela ne comptait pas vraiment dans les statistiques, car il s'agissait d'un contrat standard. Sauf que le déroulement de celui-ci avait... Comment Diane avait-elle dit cela, déjà ?

« *...donné l'idée du jeu.* »

Pourquoi donc ? Comment celui qui a survécu à ce contrat sur lui s'y est-il pris ?

« *Rarement Trois-Rivières avait vu tant de morts en si peu de temps.* »

Il remet l'ordinateur sur ses cuisses et retourne sur Google. Diane a dit que c'était en 2010... Février 2010... Il tape « Meurtres – Trois-Rivières – février 2010 ». Il tombe rapidement sur un article publié pendant cette période : « Journée mortelle à Trois-Rivières : six cadavres. » Carl a un très vague souvenir de cette histoire qui avait fait les manchettes. Il se sent fébrile, comme s'il se savait sur le point d'en apprendre davantage sur les rouages de la mécanique qui tente de le broyer depuis hier, et plonge dans le texte. Le 16 février 2010, dans un condo d'un quartier retiré de Trois-Rivières, ont été trouvés les cadavres de six hommes, dont trois possédaient de lourds casiers judiciaires. C'est la voisine qui, alertée par les mauvaises odeurs, a appelé la police. La propriétaire du condo, Mathilde Foulon, une célibataire de trente-sept ans qui enseignait l'histoire et la mythologie à l'Université de Trois-Rivières, demeurait introuvable au moment de la publication de l'article.

— Tiens, Carlos, un bon plat de macaroni. Ça devrait pas être trop rough pour ta gueule enflée.

Quand Bob réapparaît dans l'escalier, Carl a déjà refermé le laptop, qui repose de nouveau sur le coussin à ses côtés. Le motard, qui a repris son air gaillard, lui tend un plateau sur lequel trônent une assiette pleine de pâtes, une fourchette et un café.

— Je vais bouffer en haut avec ma famille, sinon je vais passer au cash. Je redescends dans dix minutes.

Carl approuve en silence et, tandis que Bob remonte, il se met à manger. Ce n'est pas très bon, mais il s'en moque et avale tout en trois minutes. Puis, en suçant le bout de ses doigts et en sirotant une première gorgée de son café, il reprend l'ordinateur et retourne à l'article.

Il suit plusieurs liens qui l'amènent vers d'autres textes publiés à l'époque. Certains éléments de l'enquête confirmaient que les six hommes ne s'étaient pas massacrés entre eux et qu'ils avaient été tués par une seule et même personne. De plus, ils ne seraient pas morts la même journée : deux jours auraient séparé le décès du premier de celui des deux derniers. Sur les lieux avaient été découvertes six armes à feu avec silencieux appartenant vraisemblablement aux cadavres, et même si certaines d'entre elles avaient servi dans l'appartement (on avait trouvé quelques projectiles dans les murs et les meubles), aucun des corps n'avait été atteint par une balle. Ceux-ci étaient marqués de quelques blessures produites par certains accessoires déjà sur place (couteau de cuisine, ciseaux, bibelots en céramique), mais toutes assez superficielles. En fait, leurs décès auraient été causés par des fractures au cou ou au dos.

Carl ressent un picotement à la surface de sa peau.

Deux autres cadavres auraient été trouvés le 19 février, soit trois jours plus tard, à quelques kilomètres du « condo de la mort » : celui d'un certain Bernard Duvernay, cinquante-trois ans, un homme d'affaires richissime, et celui de sa femme, Lidia Bécancourt, trente-quatre ans, une infirmière qui ne travaillait plus depuis son mariage célébré cinq ans plus tôt. C'est le fils que Duvernay avait eu d'une première union, Jeremy, vingt-quatre ans, qui avait fait la macabre découverte en se rendant chez son père. Bécancourt était morte rapidement, le cou cassé, mais l'homme d'affaires avait subi une multitude de fractures qui, selon l'autopsie, auraient été infligées alors que Duvernay était vivant et vraisemblablement conscient, sauf la dernière, une fracture cervicale, qui l'aurait enfin achevé. Plusieurs éléments laissaient croire que le tueur pourrait être le même que celui du condo. Et comme, dans un autre papier publié deux jours plus tard, on apprenait que Mathilde Foulon, toujours introuvable, pratiquait depuis vingt ans les arts martiaux, elle devenait officiellement la suspecte numéro un des huit meurtres, même si aucun lien ne pouvait être établi entre elle et les victimes.

Les démangeaisons épidermiques de Carl s'intensifient. Mon Dieu, est-ce possible?

Dans l'un des articles, il tombe enfin sur une photo de Mathilde Foulon: jolie femme aux cheveux blonds longs, nez légèrement aquilin, pommettes rondes, yeux bleus sans lunettes… Non. Rien à voir avec *elle*.

Carl veut rouler sa langue contre l'intérieur de sa joue gauche, réalise que l'enflure de sa mâchoire rend son tic douloureux et se contente de la claquer plusieurs fois. Il écrit dans Google le nom « Mathilde Foulon ». L'article le plus récent, qui date de deux ans, explique que cette femme est la principale suspecte de huit meurtres survenus en 2010 et qu'elle est toujours recherchée par la police. Il semblerait qu'elle ait totalement disparu dans la nature.

Disparu.

Carl revient à la photo de Foulon. Elle ne *lui* ressemble pas du tout. Sauf, peut-être… Oui, les yeux… Ils ne sont pas de la même couleur, mais il y flotte la même ombre... la même fatalité ou résignation qui se révèle par moments dans les *siens*, mais sur cette photo, la résignation est plus latente, comme si elle était encore en germe et n'attendait qu'un événement pour surgir...

... un terrible événement qui s'avérerait une légitimation...

Le souffle coupé, il continue de fixer l'écran, incapable de détacher son regard de celui de la femme sur la photo... puis la porte s'ouvre à l'étage. Carl, avant de refermer le laptop, s'empresse d'effacer l'historique de la journée. Les sites qu'il a visités n'auraient pas révélé grand-chose au motard, mais il préfère ne prendre aucun risque.

— OK, on y va, fait Bob en approchant. Y est juste une heure et demie, mais comme je te l'ai dit tantôt, t'es resté assez longtemps ici...

— Je comprends, pas de trouble.

Carl se lève : pas d'étourdissement. Malgré son corps ankylosé, il est en meilleure forme qu'il ne l'était il y a trois heures. Et il ne sent plus qu'un vague tiraillement dans sa blessure au dos, sans doute grâce aux antidouleurs qu'il a avalés. Il termine son café d'un coup et, après hésitation, demande :

— Est-ce que je pourrais me servir de ton téléphone ?

Devant l'air interrogateur du motard, il lui explique qu'il voudrait juste appeler sa boîte vocale, savoir si on lui a laissé des messages... Est-ce que tout le monde croit qu'il est devenu un criminel ou un tueur ? Cette idée lui donne la nausée.

Bob secoue la tête.

— Pas question que t'appelles d'ici. Mais je vais te trouver quelque chose. Envoie, on y va.

Carl suit Bob dans l'escalier. En haut, les deux hommes traversent le couloir et Carl lorgne vers le fils du motard, toujours rivé à *House of Pain*. Le sang qu'il a nettoyé tout à l'heure ne l'a pas ému le moins du monde. Carl entrevoit aussi la cuisine, où une femme dans la quarantaine avancée, affairée au lavabo, lui décoche un regard plein de suspicion. Elle pourrait être belle si elle ne se maquillait pas avec tant de mauvais goût et si elle ne s'habillait pas comme une fille de vingt ans. D'un mouvement de tête, elle salue froidement le visiteur et celui-ci, mal à l'aise, hoche la sienne. Devrait-il la remercier pour le dîner ? Il préfère ne rien dire.

Bob ouvre la porte du fond du couloir et les deux hommes se retrouvent dans le garage où est stationné un Cadillac Escalade noir.

— On va à ta shop de motos ?

— Ohhhhh que non !

Il ouvre le coffre de la voiture et le désigne du menton.

— Grimpe, c'est pas aussi inconfortable qu'on le croit.

— Tu veux pas que je voie où on va ?

— Tu regardes trop de films, Carlos. Je veux juste que personne nous voie ensemble. Pis si des flics me voient, je veux qu'ils pensent que je suis seul.

Carl examine le coffre.

C'est sûrement la première fois que cet habitacle accueille un corps vivant, tu crois pas ?

Sans enthousiasme, il monte dans l'espace limité, se couche sur le côté et plie ses genoux jusqu'à sa poitrine. Lorsqu'il voit Bob apparaître au-dessus de lui, avec son gros ventre, son visage tout ridé, ses rares cheveux gris lissés par-derrière et sa main sur le hayon qu'il est sur le point de refermer, un horrible doute le traverse : il s'est fait avoir. Le criminel va l'amener dans le bois, le descendre et lui voler tout son fric !

— Ça sera pas long, Carlos.

Et le coffre se referme, jetant Carl dans les ténèbres.

Au bout de quelques secondes, il a de la difficulté à respirer, mais se traite d'idiot: tout va bien. Il se répète une nouvelle fois que si Bob avait voulu le tuer, il n'aurait pas pris la peine de le soigner ni de le nourrir. Du calme.

Il sent la voiture se mettre en marche. Mentalement, il tente de visualiser le trajet par les mouvements du véhicule, mais y renonce après une minute, totalement désorienté. La voix de Bob s'élève, étouffée:

— Ça va, mon Carlos?

Question qui rassure le propriétaire de bar.

— Oui, oui, ça va.

— Pas si pire, hein? Y a des nounes de vierges qui sont pas mal plus serrées que ça!

Et il émet son rire rocailleux suivi de l'habituelle quinte de toux. Le trajet se poursuit en silence et sans problème, ce qui confirme à Carl que les chasseurs n'ont pas reçu de nouveaux signaux. Au bout de deux minutes, le motard lance:

— Oups, je viens de croiser un char de cochons…

Trois minutes passent.

— Tiens, un autre!

Encore deux minutes.

— Pis un autre! Tabarnac, ç'a vraiment empiré dans les dernières heures! T'en auras pas de facile, mon Carlos!

Carl ne répond rien. Dans le noir, inactif et seul avec ses pensées, il sent tout à coup une accablante tristesse l'enfoncer encore plus profondément dans les ténèbres. Car même s'il est sur le point d'avoir une arme, même si par miracle il descend les cinq chasseurs restants, que lui arrivera-t-il *ensuite*? Et tuer cinq individus… Réalise-t-il ce que cela implique?

« T'as ça en toi, Carloune. »

Encore la voix de Stéphane qui, depuis presque vingt-quatre heures, revient le hanter, sans raison.

Sans raison ?

De nouveau, il veut repousser ces effluves du passé, comme il le fait depuis presque vingt-quatre heures

(depuis trente-cinq ans)

mais cette fois, il n'y arrive pas. Comme si la noirceur dans laquelle il baignait, l'étroitesse du coffre et le silence formaient un cocon épais duquel rien ne pouvait sortir, surtout une fois entré. Et depuis hier, Stéphane y est entré.

Stéphane Pinard. La plaie de Carl. Son ancien tourmenteur.

Même dans les écoles privées on peut trouver de petites brutes, et Carl avait trouvé la sienne au collège Saint-Bernard. Stéphane Pinard était plus grand et plus baraqué que les gamins de son âge, il avait dans l'œil une arrogance déjà très adulte, mâchait constamment de la gomme comme si cela lui conférait une aura quelconque, était à la tête de deux ou trois durs à cuire et avait choisi le timide Carl Mongeau comme victime dès le début du secondaire. Le nombre de fois où Stéphane et sa bande l'avaient poursuivi dans les corridors du collège durant les deux premières années est incalculable (Pinard avait le don de trouver le moment parfait pour tomber sur lui alors qu'il n'y avait personne dans les environs). La plupart du temps, lorsque ses persécuteurs réussissaient à le rattraper ou à l'acculer au fond d'un couloir, ils se contentaient de rire de lui et de l'humilier, jusqu'à ce que Carl se ratatine de peur et demande grâce. Mais parfois, Stéphane lui balançait une claque ou deux, ou l'obligeait à lécher le plancher, ou toute autre finesse du genre. Et à chaque poursuite, Carl avait l'impression qu'il allait mourir, que cette fois Pinard et sa bande le réduiraient en bouillie. Il avait vécu ainsi dans la peur sans en parler à personne : ni à ses amis (il en avait peu), ni à sa famille, ni à ses enseignants, terrifié par les possibles représailles. Et même s'il aurait aimé affronter Pinard, il n'avait aucune idée comment.

En secondaire III, Stéphane, malgré son immaturité cosmique, a réalisé que poursuivre un *bollé* dans une école était désormais une activité trop puérile pour son âge, et Carl a cru qu'on le laisserait enfin tranquille. Mais les attaques de son tourmenteur, si elles n'étaient plus physiques, sont devenues plus insidieuses. Lorsque tous deux suivaient un même cours, les blagues de mauvais goût et les commentaires humiliants fusaient en provenance du bureau de Stéphane et déclenchaient le rire de bien des étudiants, malgré les efforts réels de quelques enseignants pour calmer le jeu (à l'époque, l'intimidation n'était pas prise au sérieux comme aujourd'hui). En secondaire IV, comme tous les adolescents de cet âge se retrouvaient souvent aux mêmes endroits (parc Woodyatt, la discothèque le *Nana* pour les 14-18 ans, les arcades sur Brock…), Stéphane apparaissait sans prévenir. Grand sportif baraqué qui connaissait beaucoup de succès auprès de la gent féminine, son œil s'allumait de satisfaction lorsqu'il constatait la présence de son souffre-douleur Carloune (il l'avait affublé de ce subtil sobriquet en secondaire II). Depuis peu, Carl sortait de temps en temps le soir et se montrait le plus réservé du groupe, buvant sa bière en écoutant les autres et en admirant discrètement les jolies filles. Alors quand Stéphane apparaissait et se foutait de lui devant tout le monde, il avait l'impression qu'on lui arrachait d'un seul coup tous ses vêtements et il préférait se retirer, penaud, sentant le regard triomphant de Pinard lui vriller le dos. Et, oui, il se trouvait lâche de fuir, d'éviter, d'esquiver, mais il ne savait toujours pas comment répliquer. Comment affronter.

Pourquoi, dès le départ, Stéphane Pinard avait-il choisi Carl Mongeau? Parce que ce dernier ne pratiquait aucun sport? Parce qu'il était timide? Parce qu'il était brillant à l'école ? Pourtant, des masses de garçons correspondaient à ce portrait, et certains étaient beaucoup plus « rejets » que Carl. Alors pourquoi lui ? Peut-être que Pinard, en secondaire I, était entré au collège Saint-Bernard en décidant que le premier ti-cul qu'il croiserait deviendrait sa victime

(sa proie)

et que Carl a été malchanceux en étant le pauvre jouet du hasard

(du chaos)

tout simplement. Il se raccrochait à l'idée qu'après le secondaire V, il s'inscrirait dans un cégep à l'extérieur de Drummondville et serait débarrassé de son tourmenteur une fois pour toutes.

Jamais il n'avait prévu que son souhait se réaliserait un peu plus vite que ça…

Une explosion de lumière lui transperce les yeux : Bob a ouvert le coffre. Carl, perdu dans ses souvenirs, ne s'est même pas aperçu que la voiture s'était arrêtée. Le motard l'aide à sortir et, debout, il arque son dos en grimaçant.

Ils se trouvent dans une sorte de vaste clairière de terre et de sable de près de mille mètres carrés, encerclée d'un boisé formé d'arbres denses et matures.

— On est où ? demande Carl.

— On est dans un des dépôts à neige de la ville. À côté de la Celanese, entre Denier et la 10e Avenue.

À ce niveau, les deux rues traversent un espace totalement inhabité, derrière le long terrain de l'ancienne Celanese. Ici, camouflés par les arbres qui entourent la clairière, ils sont presque invisibles à quiconque passerait par ces rues. Bob consulte sa montre.

— Bon, y est deux heures moins vingt. Si tout va comme prévu, je reviens dans trois quarts d'heure avec ce qu'il te faut. Toi, tu bouges pas d'ici. Si tu veux te crosser, c'est le temps : tu peux être sûr que tu vas avoir la paix.

Il émet son duo rire-toux ; Carl ne réagit pas. Il se dit que si Bob l'a amené directement dans cette clairière à peu près inconnue, c'est que lui y vient souvent. Sans doute pour des deals de dope... ou pour tabasser des gars afin de les faire parler... Est-ce ici que le motard a découpé ce type qu'on a retrouvé ensuite dans plusieurs conteneurs ?

Pense pas à ça !

Bob sort un cellulaire de sa poche et le tend à Carl : il s'agit d'un vieux modèle flip.

— C'est un téléphone prépayé avec un certain nombre de minutes d'appel inclus. Impossible de remonter jusqu'à moi avec ça. C'est au cas où on aurait un problème pis que je veuille te rejoindre. Mais pour l'instant, sers-toi-z-en pas pour appeler. Je t'expliquerai tantôt pourquoi. OK ?

Carl prend l'appareil en approuvant silencieusement. Bob monte dans son Escalade et, tout en roulant vers le petit chemin qui traverse les arbres jusqu'à la 10ᵉ Avenue, il envoie la main à Carl. Ce dernier brandit la sienne mollement, puis la voiture disparaît.

Carl ouvre le flip : aucune application, aucune connexion Internet... et la date indique 5 janvier, huit heures et demie. Manifestement, cet appareil ne sert qu'à une chose : appeler. D'ailleurs, Carl ressent une forte envie de prendre tout de suite ses messages, mais Bob lui a dit de ne pas l'utiliser pour le moment. Il le glisse donc dans sa poche et tourne lentement sur lui-même au centre de la clairière en regardant le boisé, le terrain bosselé, les tas de sable et de roches... Il pourrait aller près des arbres pour se protéger du soleil éblouissant, mais la chaleur le rassure. Car même s'il est en sécurité ici, jamais, depuis le début de ce cauchemar, il ne s'est senti aussi seul. Pourtant, une réelle fébrilité bout en lui : dans trois quarts d'heure, il sera muni d'une arme à feu.

Ça te tranquillise ou ça te terrifie ?

Il aura aussi une voiture. Il affrontera ainsi les chasseurs en dehors de la ville lorsque Diane leur enverra le prochain signal. D'ailleurs, à quel moment le fera-t-elle ? Elle lui a dit qu'elle ne leur envoyait ce message qu'à certains moments, mais elle n'a pas été plus précise.

Et si elle le faisait d'ici cinq minutes ?

Non, pas cinq minutes puisqu'elle le rencontre toujours dix minutes avant, du moins quand cela est possible. Et le rencontrer ici serait tout à fait possible.

Alors, quand *exactement* expédie-t-elle ses messages ?

Il se met à marcher lentement en réfléchissant. Il y a sans doute des moments déterminés, ce n'est certainement pas au hasard ou selon son humeur.

C'est un jeu, il y a des règles.

Diane l'a vu la toute première fois à seize heures hier, et elle a envoyé le premier signal aux tueurs. Ensuite, elle l'a revu au centre commercial vers dix-huit heures, mais elle a précisé que cette rencontre ne servait qu'à mettre certaines choses au point et n'a pas répondu aux questions de Carl. D'ailleurs, elle n'a pas envoyé de message aux chasseurs à ce moment. En fait, le second signal a été expédié à vingt-trois heures, précédé par la période de questions à vingt-deux heures cinquante. Ensuite, elle a lancé un troisième signal à cinq heures du matin, mais comme il était chez Claudia

(la silhouette qui plane dans le)

la période de questions a été éclipsée. Enfin, elle l'a revu à neuf heures cinquante et a envoyé le quatrième signal à dix heures.

16:00, 23:00, 5:00, 10:00... Sept heures entre les deux premières fois, six heures avant la troisième, cinq heures avant la quatrième… Une heure de moins entre chaque envoi. Pour rendre la fuite de la proie de plus en plus difficile, évidemment. Le prochain signal sera donc expédié à… quatorze heures.

Carl arrête de marcher. À leur arrivée ici, Bob a dit qu'il était treize heures quarante. Environ cinq minutes sont passées. Les chasseurs recevront sa position dans une quinzaine de minutes. À cette idée, ses épaules deviennent si lourdes qu'il se penche vers l'avant, les mains sur la tête. Dans quinze minutes, il n'aura pas encore son gun, il n'aura rien pour se défendre !

Une pensée folle lui traverse l'esprit : se casser toutes les dents à coups de rocher, s'arracher la peau, se mutiler jusqu'à ce qu'il trouve cette criss de puce qu'on lui a foutu dans le corps ! Mais à quel moment lui a-t-on entré ça ? Il se souvient que, hier matin, il s'était réveillé avec un petit mal de tête, sans raison… L'aurait-on endormi avec un gaz ou un truc du genre pendant la nuit ?

Diane va être ici à treize heures cinquante, donc dans quelques minutes…

Carl, toujours arc-bouté, scrute les alentours, les traits tordus d'angoisse. Elle ne doit pas venir *ici* : il ne faut pas qu'elle envoie son signal de cette clairière, sinon les chasseurs connaîtront l'existence de cet endroit et le rendez-vous avec Bob sera impossible. Il doit donc filer *maintenant* et revenir à quatorze heures trente.

Revenir ici à deux heures et demie ? Alors que dans quinze minutes t'auras les tueurs à tes trousses ?

Mais il refuse de penser à cela. Il s'élance vers les arbres, convaincu qu'il sera de retour dans quarante-cinq minutes.

Parce que aucune autre solution n'est envisageable.

13:46

Après une dizaine de mètres d'arbres, il débouche sur la 10ᵉ Avenue. De l'autre côté s'étend l'immense terrain sur lequel se trouvent les nombreux bâtiments de la Celanese. Carl, après avoir vérifié qu'elle était déserte, franchit la chaussée en courant, ce qui éveille instantanément sa douleur dans la cuisse. Il parcourt le stationnement dans lequel traînent deux véhicules esseulés, puis atteint le premier bâtiment, qu'il longe d'un pas rapide. Il est très peu probable qu'il tombe sur quelqu'un ici. La Celanese, usine de textile qui fut la pierre angulaire de l'économie drummondvilloise durant des décennies, a fermé ses portes en 2000 ainsi qu'un chapitre important de l'histoire de la ville. D'autres compagnies ont racheté quelques édifices, dont Textiles Monterey, mais les autres demeurent inutilisés. Les espaces entre ceux-ci, jonchés de mauvaises herbes et de petits détritus divers, forment un dédale presque toujours désert, même en semaine.

Sans ralentir le pas, Carl est pris d'une bouffée de nostalgie à la vue de ce vieux site construit autour des années trente. Comme bien des hommes de sa génération, son père a travaillé à la Celanese et, même s'il n'avait jamais particulièrement aimé son boulot, il avait paru ému à la fermeture de l'usine où il avait passé plus de quarante ans de sa vie. Gamin, Carl lui rendait parfois visite lorsqu'il travaillait les fins de semaine. C'était d'autant plus simple qu'à l'époque ils habitaient rue Saint-Eusèbe, à dix minutes à pied de la Celanese. Son père lui montrait les machines à textile et, comme la tâche consistait surtout en de la surveillance, ils se tapaient une partie de Mille Bornes ensemble, et parfois un ou deux employés se joignaient à eux. Mais le plus grand plaisir de Carl était de s'amuser dehors autour de l'usine, de courir dans les passages qui entouraient les hauts et sinistres bâtiments, à s'inventer toutes sortes d'histoires post-apocalyptiques. Il lui arrivait d'amener ses rares amis avec lui pour jouer à cache-cache et, comme il connaissait les lieux dans ses moindres recoins, il dénichait toujours des planques où personne ne le trouvait. La meilleure d'entre elles était une sorte de remise souterraine fermée par une trappe à même le sol, camouflée derrière un petit talus et par les hautes herbes.

Dans ce temps-là, il n'aurait jamais cru qu'il reviendrait ici quarante ans plus tard pour des raisons infiniment moins ludiques.

Comme pour confirmer cette noire pensée, il croit entendre un bruit de moteur tout près, comme si un véhicule s'approchait des bâtiments. Carl s'arrête en plein centre d'une allée entre deux édifices craquelés et attend en massant sa cuisse. Aussi bien l'attendre ici et prendre les dix minutes auxquelles il a droit pour lui soutirer le maximum d'informations. C'est le but de ces rencontres, non ? Ça fait partie des « avantages » de la proie… Le bruit de moteur s'arrête. Alors qu'il surveille le tournant, Carl se rend compte qu'il n'a pas peur. Qu'il attend même ce moment avec une certaine impatience.

Diane apparaît, son costume blanc immaculé. Malgré ses talons hauts, elle avance sur le sol inégal – mélange de plaques asphaltées, de terre bosselée et de mauvaises herbes – avec la même grâce que si elle parcourait un tapis rouge. Tout en approchant, elle s'envoie deux Tic Tac dans la bouche et Carl, même s'il sent la haine s'éveiller à sa vue, ne bronche pas, comme si tout à coup son désir de la défier l'emportait sur celui de l'étrangler.

— On dirait que vous privilégiez les cours d'usines pour nos rencontres, commence-t-elle en rangeant le flacon dans son veston. J'imagine, bien sûr, que c'est davantage la solitude des lieux que leur esthétisme qui vous pousse à de tels choix.

Elle s'immobilise à quelques mètres de lui, les mains croisées devant elle. Carl sent les effluves de son délicieux parfum flotter jusqu'à lui.

— L'organisation pour laquelle tu travailles est un site Internet illégal qui s'appelle *Hell.com*, pas vrai ?

— Oui, c'est exact.

Elle répond d'un ton neutre, sans surprise. Évidemment, elle sait déjà ce que Carl a découvert. Comme elle sait qu'il est sur le point de se procurer une arme à feu. Elle penche la tête sur le côté.

— Ce qui m'intrigue, c'est comment vous avez entendu parler de ce site.

Carl s'étonne d'abord de cette remarque, puis comprend. Elle sait qu'il a posé des questions à Bob, mais ignore qu'il a trouvé ce nom dans l'agenda de Sanschagrin. Ce qui confirme son hypothèse d'une puce planquée quelque part sur lui : elle sait où il va, elle entend ce qu'il dit, mais ne voit pas ce qu'il fait.

— C'est toi qui dois répondre à mes questions, pas l'inverse, non ? À moins que ton chaos ait changé les règles...

Un sourire amusé retrousse légèrement les lèvres rouges de Diane.

— Non. Pas encore, du moins.

— Parfait. Parle-moi de *Hell.com*. Sauf si ça entre dans la catégorie des questions interdites...

— Non, pas du tout. Si vous m'aviez demandé plus tôt le nom de l'organisation qui finance le jeu, je vous l'aurais révélé sans problème. D'autres proies avant vous m'ont posé la question, mais évidemment, le nom *Hell.com* ne leur disait absolument rien. Ce qui n'est pas votre cas : à la suite de la petite discussion avec votre ami Bob, vous vous dites que le sujet mérite d'être creusé, n'est-ce pas ?

Le calme et le détachement avec lesquels elle répond ébranlent Carl et une image à la fois ridicule et terrifiante se forge dans son esprit : celle d'un militaire qui explique à l'ennemi le fonctionnement de son nouveau destroyer, sans crainte ni retenue tant il est convaincu de son insubmersibilité. Diane ajoute :

— Mais vous allez devoir être un peu plus précis.

— Le jeu... Est-ce que c'est une activité organisée uniquement par le site ?

— Exclusive, en effet. Offerte deux fois par année depuis six ans, comme je vous l'ai déjà mentionné. Sur le site, le jeu est présenté sous le nom de « La Chasse ».

La Chasse. Évidemment. Carl n'arrive même plus à s'horrifier.

— Donc, la personne qui a commandé ma mort est membre de *Hell.com*...

Diane approuve en silence, les mains maintenant dans le dos.

Pose-lui des questions qui vont t'aider à trouver le salaud ou la salope qui peut être membre de ce site...

— Comment le commanditaire s'y prend-il ?

— Il y a une période d'inscription sur le site qui dure seulement une journée. Les membres intéressés soumettent leur nom, puis nous tirons au hasard parmi eux.

— Mais… il y a presque pas de chances d'être choisi !

— Oh non. Il y a peu de candidats. D'abord parce que la période d'inscription est courte. Ensuite, *Hell.com* offre des services de tueurs à gages professionnels beaucoup plus sûrs que la Chasse qui, elle, ne peut garantir l'élimination de la proie. De plus, en raison des règlements du jeu, il est possible que le commanditaire lui-même soit éliminé. Donc, peu de gens sont intéressés à courir le risque, ce qui donne une dizaine d'inscriptions tout au plus à chaque édition.

Carl s'était fait le même raisonnement tout à l'heure, mais ça n'explique pas tout.

— Pourquoi ils s'inscrivent quand même, d'abord ? Par cruauté ?

— Parce que ça coûte beaucoup moins cher que d'engager un vrai tueur à gages. Pour ce genre de service professionnel, *Hell.com* demande au moins vingt mille dollars, souvent davantage selon les cas. Mais pour la Chasse, le commanditaire ne paiera que deux mille dollars, tout en connaissant les risques mentionnés. Il se dit que ces risques sont si minimes… Mais comme les gens préfèrent payer plus pour avoir l'illusion du contrôle, peu d'entre eux optent pour la Chasse. Mais peut-être que certains s'y intéressent par sadisme, en effet. Ou pour l'excitation que procure justement le risque. Tous les cas de figure sont possibles.

Elle énonce tout cela sans s'émouvoir. Carl secoue la tête, cherche d'autres questions.

— Est-ce que… est-ce que les membres de *Hell.com* sont tous des criminels ?

— Pas du tout.

— Criss ! on peut sûrement pas devenir membre d'un site comme ça en fouillant sur Google ! Comment ça marche ?

— Répondre à cela serait long et ardu, monsieur Mongeau, et occuperait certainement les… (elle consulte sa montre) sept minutes vingt-huit secondes qu'il vous reste. Mais si vous insistez…

— Mais on le trouve comment, ce site ?

— La plupart du temps, un membre en parle à quelqu'un que ça pourrait intéresser et en qui il a confiance. Si c'est le cas, un processus complexe se met en branle, et c'est là que…

— Comment la personne qui a payé pour ma mort est devenue membre ?

— Je vous ai déjà dit que je ne pouvais répondre aux questions concernant directement le ou la commanditaire.

Carl pousse un juron excédé et marche de long en large, les mains sur la tête. Après quelques secondes, il se tourne vers Diane, comme s'il venait d'avoir une idée.

— Est-ce que les chasseurs savent qui est le commanditaire ?

— Bien sûr que non. Je vous ai expliqué tout à l'heure comment ils sont choisis. Ils ne connaissent même pas l'existence du site.

— Sauf Maurice Sanschagrin !

Cette fois, Diane semble surprise. Carl en ressent une satisfaction parfaitement puérile.

— Eh bien, monsieur Mongeau, vous n'avez pas chômé depuis notre dernière discussion…

— Il est membre de *Hell.com*, pas vrai ?

Diane hoche la tête et observe Carl avec un intérêt différent de celui qu'elle affiche depuis le début. Comme si l'agente immobilière réalisait que son client n'est pas un banal acheteur potentiel, mais un type qui s'est drôlement bien informé sur la maison avant de la visiter.

— Je peux vous dire qu'en six ans c'est le seul membre du site qui a demandé à participer en tant que chasseur. J'ai trouvé cette requête hors norme intéressante et j'ai accepté. Ce week-end, c'est sa cinquième présence. Il a même réussi une fois à tuer la proie.

— Ce type a une machine qui peut fucker mon pacemaker! Comment il savait que j'en avais un? C'est toi qui le lui as dit?

— Pas du tout. Il a trouvé lui-même l'information. C'est une sorte de génie scientifique qui participe à la Chasse pour se donner des défis complexes: inventer une façon originale et personnalisée d'éliminer la proie. Et il élabore sa méthode en quelques heures seulement, car il apprend son identité en même temps que les autres. C'est pour cette raison qu'il arrive généralement plus tard sur les lieux de la Chasse, souvent le lendemain. Même qu'à deux occasions elle s'est terminée avant qu'il ne se mette en route.

Carl songe à ce qu'il a lu sur ce surdoué et, surtout, sur les moyens de saboter un pacemaker. Subjugué, il imagine Sanschagrin pirater le système informatique de l'hôpital de Drummondville pour avoir accès à son dossier médical, à toutes les informations sur son pacemaker, et ensuite confectionner son appareil diabolique... et tout cela en une dizaine d'heures!

— Mais je crois qu'il se moque de ce retard qui peut lui nuire, poursuit Diane. Même s'il a déjà gagné et qu'il en a retiré de la satisfaction, il est surtout stimulé par la recherche et le défi.

Carl est révolté. Depuis des décennies, cet homme, couvert d'éloges par ses pairs et qui, de plus, participait à nombre de conventions mondiales, abritait la personnalité d'un psychopathe! Tuait-il déjà des gens lorsqu'il était professionnellement actif? Ou est-ce un nouveau passe-temps qu'il a concocté pour tromper l'ennui de la retraite?

Il se rappelle alors quelque chose et plisse les yeux.

— Ce matin, t'as dit que le chaos rendait le jeu plus divertissant... Plus divertissant pour qui?

— Pour les spectateurs.

Le décor s'obscurcit autour de Carl, de manière si tangible qu'il croit pendant un moment que les nuages ont caché le soleil. Mais l'astre du jour brille toujours et il comprend que la noirceur vient de lui-même, d'un épouvantable pressentiment qui, s'il s'avère, assombrira à jamais sa vision de l'humanité.

— Quels spectateurs ?

Diane, les mains dans le dos, émet un petit soupir mélancolique en levant les yeux au loin. Elle suit un moment un corbeau qui descend du ciel vers le bâtiment sur leur droite pour se percher sur le rebord d'une porte qui ne semble pas avoir été ouverte depuis des siècles. Sans cesser de fixer l'oiseau, elle reprend son air professionnel et commence d'une voix égale :

— On peut s'intéresser à la Chasse comme potentiel commanditaire, mais aussi, et surtout, comme spectateur. Dans ce dernier cas, le coût est de dix mille dollars et plusieurs centaines de membres s'inscrivent à chaque édition. Quelques heures avant le début du jeu, nous envoyons aux spectateurs la fiche de chaque chasseur et tous peuvent miser sur celui qui, selon eux, éliminera la proie.

Carl croyait que tout ce qu'il y a de plus insensé et de plus odieux avait été révélé, mais la barre monte d'un échelon supplémentaire. Ou plutôt elle descend, vers des abysses qui semblent sans fond. Comme pour se donner un ultime espoir, celui de se prouver que tout cela n'est que fumisterie et poudre aux yeux, il marmonne d'une voix vacillante :

— Mais… mais les spectateurs parient sur une chasse qu'ils ne voient pas, c'est… c'est absurde…

— Ho ! mais ils la *voient*. Ils y assistent même en direct, c'est essentiellement pour cette raison qu'ils paient dix mille dollars, d'ailleurs. Nous fournissons à chaque chasseur deux accessoires : un cellulaire et une caméra ultra-miniature. Nous la logeons soit dans une paire de lunettes, soit dans une casquette, soit dans un collier au cou, soit dans un bouton de chemise… C'est au chasseur lui-même de choisir.

— Et il... il est d'accord ?

— S'il n'est pas d'accord, il n'est pas engagé. Nous lui expliquons que cette caméra est un moyen pour nous de nous assurer qu'il ne nous trahira pas et qu'elle servira de preuve s'il prétend avoir tué lui-même la proie. Tout cela est d'ailleurs vrai. Et nous le prévenons que s'il perd ou brise la caméra durant la Chasse, il sera disqualifié et devra interrompre sa participation sur-le-champ. Ce qui est arrivé à l'occasion. Ils savent donc que j'ai accès à tout ce que capte leur puce, images et sons, mais ils ignorent que je suis loin d'être le seul public. D'ailleurs, il vous est interdit de leur révéler cette information. Sinon, vous subirez les conséquences que vous connaissez déjà.

Carl titube, assommé par toutes ces révélations. Ces caméras miniatures, cette technologie qui doit coûter une fortune, cette logistique complexe... Tout cela au service du voyeurisme le plus malsain, de la démence la plus pure...

Tout cela au service de ta mort !

Il pivote sur lui-même, comme s'il ne pouvait plus supporter la vue de cette femme, et, hagard, effectue quelques pas imprécis avant de s'arrêter près du mur d'un des vieux bâtiments. Non. Non, elle le charrie. L'idée que, depuis hier, des centaines d'hommes et de femmes sont rivés à leur ordinateur et suivent son calvaire à travers huit caméras différentes, comme s'ils écoutaient un suspense au cinéma, n'est tout simplement pas tolérable. Et pourtant, cela expliquerait pourquoi Sanschagrin, à deux occasions, a remis son pacemaker sur le bon réglage : si la caméra ne capte pas la mort de la proie, le chasseur n'a pas droit au bonus.

Il secoue la tête en signe de déni, ses deux mains maintenant sur la nuque... et tout à coup, certaines scènes, certains détails, émergent de son esprit fiévreux.

Le premier tueur qui l'a attaqué, Barbu, et qui, alors qu'il était sur le point de porter un coup fatal à Carl, avait pris la peine de ramasser sa casquette tombée au sol... L'Italien, tout à l'heure, qui a tenu à retrouver sa chaîne en argent que Carl avait arrachée involontairement et qui, en la cherchant comme un dingue dans l'herbe, criait : « C'est pas moi qui l'ai arrachée, OK ? *It's him, it's not me !* », comme s'il parlait à quelqu'un d'autre... Et Moustachu, ce matin, criblé de clous et sur le point de mourir qui, la voix brisée par le désespoir, geignait : « Vous entendez ? J'ai rien dit ! Par pitié, faites rien à mon fils, j'ai rien dit ! »

Il se penche en s'appuyant sur les genoux et ouvre sa bouche qu'il sent tout à coup engourdie. Il va être malade. Bon Dieu, il va *vraiment* être malade ! Il va vomir jusqu'à crever, parce qu'il n'y a pas d'autre réaction sensée devant une telle abomination. Mais rien ne sort. Tout reste en dedans et lui pourrit l'intérieur.

Diane, les mains dans le dos, jette un regard vers l'oiseau qui s'envole.

— Dans la mythologie celtique irlandaise, le corbeau représente la guerre. Et pourtant, Paul de Thèbes, premier ermite chrétien, se nourrissait exclusivement de ce qu'un corbeau lui apportait. Un même symbole peut signifier la mort et la vie. C'est assez fascinant, non ?

Carl se redresse péniblement et s'appuie des deux mains contre le mur. Il doit rester lucide, poser des questions utiles...

— Pis le commanditaire... Est-ce qu'il voit aussi ce que filment les caméras ?

— Absolument.

Les doigts de Carl se recroquevillent contre le ciment. Ainsi donc, celui ou celle qui a payé pour sa mort a assisté à chaque affrontement depuis hier... Il est pris d'un haut-le-cœur et bredouille :

— En ce moment, est-ce que… qu'ils peuvent me voir?

— Les spectateurs et le commanditaire? Bien sûr que non: leurs yeux et leurs oreilles sont les chasseurs. C'est comme si, en quelque sorte, ils vous cherchaient en même temps qu'eux, à travers les huit caméras disponibles sur leur écran… Enfin, les cinq caméras…

Carl quitte le mur et se retourne. Malgré son écœurement, il continue de réfléchir…

— Donc, le commanditaire reçoit exactement les mêmes informations que les spectateurs?

— À une différence près: le commanditaire reçoit un signal sur son cellulaire si la proie s'approche à moins de deux cents mètres de lui. C'est la seule sécurité que nous lui garantissons.

— Quoi? Mais… tu m'avais pas dit ça!

— Vous ne l'aviez pas demandé.

— Mais j'ai aucune chance de l'éliminer! Aucune!

— Difficile, certes, mais pas impossible. Je vous rappelle que depuis la mise sur pied du jeu, une proie a réussi cet exploit. Je peux même vous révéler qu'elle a tué le commanditaire hors de la vue des chasseurs, ce qui a beaucoup déçu les spectateurs. Ces derniers ont ressenti le même mécontentement lorsque la police a arrêté une proie, il y a quatre ans. Dans les deux cas, ils étaient déçus d'avoir perdu leur pari, bien sûr, mais surtout de ne pas avoir assisté à la mise à mort finale, définitive. Car c'est cela qui les intéresse le plus.

Carl se masse furieusement le visage à deux mains. Diane jette un œil à sa Rolex.

— Il vous reste cinquante et une secondes exactement, monsieur Mongeau.

Carl a un bref ricanement pathétique et effectue un grand geste théâtral.

— Pis après, tu vas envoyer aux chasseurs ma localisation pendant quinze minutes, pis tu vas me revoir à cinq heures moins dix, c'est ça?

Diane hoche la tête.

— Vous avez bien compris les règles du jeu, on dirait. Mais cette prochaine rencontre aura lieu à condition que l'environnement le permette... et que vous soyez toujours vivant, bien sûr.

Carl avance d'un pas, le corps penché vers l'avant tel un fauve qui retient un élan.

— Tu peux être sûre que je vais l'être, ma câlice...

— Personnellement, monsieur Mongeau, je n'ai aucune préférence quant à l'issue du jeu. Et puis, l'arme à feu que vous êtes sur le point d'acquérir pourra peut-être vous aider. Si vous avez le temps de vous la procurer, évidemment. (Elle regarde sa montre.) Encore vingt secondes.

Carl pousse un juron et lui tourne le dos, à bout de ressources. Et tout à coup, autant par colère que par dépit, il se retourne vers elle et crie :

— Je veux rencontrer les responsables de *Hell.com* ! T'entends ? Je veux négocier avec eux !

Il s'étonne lui-même de cette idée. Croit-il donc pouvoir négocier avec ce genre de personnes ? Des gens si puissants ? Diane a une petite moue.

— Il ne m'est pas permis d'accéder à une telle demande, désolée.

Évidemment, à quoi s'attendait-il ? Il gratifie la femme du regard le plus fielleux dont il est capable.

— Désolée mon cul ! Y a rien qui peut désoler quelqu'un d'assez... d'assez monstrueux pour diriger un jeu comme ça, alors va chier avec tes « désolée » !

Ses paroles lui rappellent tout à coup ses recherches chez Bob et il plisse yeux.

— Pis en plus, ce jeu-là... c'est toi qui l'as inventé, hein ?

Diane soutient son regard un moment, puis jette un œil à sa montre.

— Le temps des questions est terminé.

Et elle sort son cellulaire, sur le point d'envoyer son signal, mais Carl ajoute :

— À moins que ce soit Mathilde Foulon ?

Diane lève la tête et, pour la première fois, Carl lit une totale stupéfaction sur ses traits. Il esquisse un rictus arrogant et triomphant :

— Mais Mathilde Foulon n'existait plus à ce moment-là... Plus officiellement, en tout cas... non ?

Diane remonte ses lunettes sur son nez. Même si son air affable et impersonnel reprend rapidement le dessus, elle n'arrive pas à totalement masquer son trouble.

— Je vous répète que le temps des questions est terminé, monsieur Mongeau.

Et elle retourne à son cellulaire. Sans un mot de plus, Carl déguerpit.

Il louvoie entre les bâtiments de la Celanese pendant trois minutes ; il pourrait se camoufler dans l'une des cachettes où il aimait tant se terrer quand il était gamin, mais sa localisation sera signalée pendant quinze minutes, les chasseurs le trouveraient sans problème. Et il doit s'éloigner davantage de la clairière où il retrouvera Bob, mais pas trop non plus. Il entreprend de traverser au pas de course l'ancien parc de l'usine. La douleur dans sa cuisse droite devient plus mordante que les fois précédentes. Il se rend jusqu'à la rue Celanese et tandis qu'il la franchit, il s'étonne de ne toujours pas ressentir de peur et de pouvoir réfléchir de manière si cartésienne. En moins de vingt-quatre heures, s'est-il endurci à ce point ?

Il passe entre les arbres de l'autre côté de la rue et le parc Messier apparaît devant lui, avec son terrain de baseball où une partie est en cours. Carl s'arrête : une vingtaine de spectateurs sont installés dans une estrade clairsemée et une quinzaine de plus se tiennent près de la clôture, qui s'étend du marbre au premier but. Devrait-il rester à l'écart ou se mêler aux gens, même si certaines personnes risquent de le reconnaître ? Mais il n'a pas vraiment le choix : les tueurs sont en route, certains seront ici d'une minute à l'autre. La foule est sa meilleure protection. Il pourrait au moins rejoindre ceux près de la clôture…

Tout à l'heure, au Tim Hortons, tu as eu le même raisonnement, et ç'a failli te mettre dans le trouble !

Il s'approche néanmoins d'un pas naturel, en examinant les spectateurs. Certains ont une bière entre les mains et discutent en suivant le match, disputé par des adultes qui arborent le chandail officiel de leur équipe respective. Carl voit le frappeur s'élancer ; il cogne un coup sûr et court sous les encouragements de la moitié de la foule. Carl rejoint les premiers partisans debout près de la clôture, à la hauteur du premier but. Inutile d'aller là où il y a trop de monde et où le risque d'être reconnu est trop grand.

Et le Black ? Tu crois qu'il se laissera arrêter par tous ces gens ?

Le Noir t'a attaqué devant quelques témoins, mais il y a une quarantaine de spectateurs ici, en plus de deux équipes de baseball complètes. Il ne peut pas être dingue à ce point.

Et même s'il n'ose pas intervenir, tu feras quoi, dans quinze minutes, lorsque les chasseurs seront ici à attendre patiemment que tu bouges ? Criss ! tu es en train de répéter la même situation que celle du Tim Hortons, tu t'en rends compte ou pas ?

Il appuie ses coudes contre la clôture, calme. Mais oui, il s'en rend compte, et il avisera en temps et lieu. C'est ce qu'il fait depuis le début, non ? L'important, c'est de ne pas trop s'éloigner de son objectif premier, à savoir son rendez-vous avec Bob. Il ne peut pas rater sa chance d'avoir un gun.

Il ressent de la fébrilité, mais toujours pas de peur.

Les avant-bras contre la clôture, d'un air qu'il espère nonchalant, il parcourt la foule des yeux. À vue de nez, il ne reconnaît personne. Deux individus près de lui l'observent avec une légère insistance et Carl se raidit : malgré ses vêtements en bon état et son apparence propre, peut-être attire-t-il l'attention par la pâleur de son visage, par l'enflure de sa mâchoire ou par la lueur étrange qui danse dans ses yeux ? Mais les deux types cessent de s'intéresser à lui après quelques secondes et reviennent à la partie. Carl lorgne le stationnement du parc, derrière lui : s'y trouvent plusieurs voitures, des gens qui palabrent en buvant une bière, mais pas de chasseurs. Plus loin, rue Saint-Louis, il aperçoit une auto-patrouille qui passe lentement, puis disparaît.

— T'as vu ? fait un gars près de lui qui discute avec une amie. Un autre char de police…

— Il y en a partout, répond l'amie en question. Ils capotent pas mal, je trouve.

— Cibole, y a de quoi capoter, tu trouves pas ? Regarde autour de toi : y a deux fois moins de spectateurs que d'habitude, et on est en quart de finale. Et il manque au moins cinq joueurs dans les équipes ! Moi-même, j'ai failli pas venir.

— C'est un règlement de comptes entre gangs, ils attaqueront pas des citoyens comme toi et moi, encore moins du monde qui assiste à une partie de baseball.

— Le chauffeur de taxi qui a été tué, c'était pourtant un citoyen comme toi et moi.

— On le sait pas, ça. Et le gars que la police recherche, là… C'est quoi, son nom, déjà ?…

— Mongeau…

— Ouin… C'est le propriétaire du *Lindsay*. Ça ressemble à une histoire de dope, tu trouves pas ?

— Ben voyons, le *Lindsay* est un bar super clean. Hélène y va souvent et…

Un deuxième coup sûr coupe la parole du type et des cris d'enthousiasme s'élèvent pendant que les coureurs s'activent sur le jeu. Carl, toujours appuyé contre la clôture et l'œil dirigé vers le terrain de base-ball, tape convulsivement du pied sans s'en rendre compte tandis que ses mâchoires se serrent. *Oui, mon bar est clean! Pis ma vie aussi! Tout ça est pas de ma faute, tabarnac, m'entendez-vous?* a-t-il envie de gueuler à ses voisins. Un bruit de moto s'élève derrière et il reluque à nouveau le stationnement.

Sans surprise, Carl reconnaît le junkie. Mais l'arrivée du tueur ne lui procure toujours aucune vraie crainte, aucun début de panique, à peine un léger frisson. Même s'il sait que les autres chasseurs ne tarderont pas à arriver. C'est normal. Ça fait partie du jeu.

Cette dernière pensée lui semble si absurde qu'il émet un grognement qui pourrait s'apparenter à un ricanement.

Le junkie gare sa moto à l'écart et se met en marche vers le terrain, contournant quelques individus qui discutent, puis s'arrête avant d'atteindre la foule. Il porte toujours sa casquette des Simpson

(casquette dans laquelle doit être logée la caméra)

d'où débordent ses cheveux blonds de plus en plus sales, ainsi que son sac à dos duquel surgissent dix centimètres d'un manche en acier. Il paraît encore plus en manque que la dernière fois : sa bouche est tordue par des tics nerveux et il se gratte sans cesse le coude. Il promène ses yeux rougis sur la foule jusqu'à ce qu'il identifie enfin sa proie.

Carl soutient le regard de son tueur potentiel, le visage dur. *Alors, tu vas faire quoi, criss de drogué minable? Tu vas faire quoi, hein?* Cet aplomb nouveau le déroute, mais il ne détourne pas la tête. Le chasseur scrute maintenant les alentours d'un œil nerveux.

— La police cherche aussi un Noir, reprend le voisin de Carl en s'adressant à son amie.

— Regarde ben ça : il y a un paquet de racistes qui vont en profiter pour gueuler leurs niaiseries ! J'espère que...

Le reste de sa phrase se perd dans les applaudissements à la suite du troisième retrait. Tandis que les joueurs courent vers leurs nouvelles positions, Carl reporte son attention sur le stationnement et voit la Buick Rendezvous entrer. *Et voilà l'Italien. Évidemment, il a réussi à sortir de son conteneur*, songe Carl, presque rassuré de constater que tout se passe comme prévu, que le jeu suit son cours et respecte les règles. Mais il y a le chaos. Il ne doit pas oublier l'intervention du chaos...

Il revient au terrain une seconde pour se frotter les yeux.

T'es bizarre, man, t'es vraiment bizarre. Dérape pas, c'est pas le temps.

L'Italien est sorti de la Buick et, les mains vides, il s'avance lentement en regardant partout d'un œil suspicieux. Il porte une nouvelle chemise, crème cette fois, toute propre. Ses cheveux sont à nouveau bien lissés. Il a vraiment amené toute une garde-robe avec lui, on dirait. Un homme vraiment prévoyant. Ne manque qu'un rasage de près. Le junkie le voit à son tour et s'empresse de le rejoindre, ce qui augmente l'exaspération de l'autre. Le jeune lui parle avec agitation et pointe son menton dans la direction de Carl. L'Italien aperçoit ce dernier et son regard s'enflamme. Carl ne détourne pas la tête et doit même s'efforcer de ne pas lui faire signe.

Dérape pas, criss, dérape pas !

Dans le losange de jeu, la partie a repris et un joueur a déjà atteint le premier but, à moins de dix mètres de Carl. Tandis que le lanceur se concentre, le joueur feint de s'élancer vers le deuxième, mais revient à toute vitesse à son but. Un spectateur l'encourage :

— Come on, Pat ! T'es capable !

— Oui, oui, let's go, les boys ! s'écrie Carl en frappant dans ses mains.

Arrête, tabarnac !

L'Italien dit quelque chose au junkie tout en s'éloignant de lui (Carl l'imagine très bien lancer : « Crisse-moi la paix, *stronzo !* »), puis il s'immobilise un peu plus loin dans le stationnement, entouré de trois ou quatre individus qui ne lui prêtent pas attention.

— Vous avez l'heure ? demande Carl à son voisin d'une voix totalement détachée.

— Oui, attendez… Presque deux heures et dix…

— Quelle heure *exactement* ?

L'homme, un peu surpris, regarde à nouveau sa montre :

— Ben… Deux heures et sept…

Carl remercie d'un signe de tête. Encore huit minutes, plus ou moins une minute, selon la précision de la montre. Après quoi, il pourra retourner au lieu de rendez-vous.

Mais comment tu feras ça sans qu'ils te suivent ? Tu penses quand même pas que la police va encore arriver au bon moment ?

Toujours pas de peur. De la nervosité, tout au plus. Il trouvera un moyen. C'est sûr. Il est sur le point d'avoir un gun, alors il n'est pas question qu'il manque son rendez-vous, c'est aussi simple et fondamental que ça. Toujours appuyé contre la clôture, son pied tressaute de plus en plus contre le sol de terre.

Criss, réfléchis quand même ! Pense à quelque chose !

Il scrute l'environnement immédiat du terrain. Là-bas, du côté du troisième but, trois vélos sont près de la clôture. Deux sont cadenassés, mais le troisième est libre de toute attache. Du moins, à cette distance, c'est ce qu'il lui semble.

Toujours cette calme analyse de la situation, ce pragmatisme décalé...

Il renifle deux ou trois fois, puis ramène son attention vers le stationnement. L'Italien fait le pied de grue pendant que le junkie, le visage déformé de tics, s'est approché d'un petit groupe qui boit de la bière. Il leur demande quelque chose en sortant de l'argent de son jeans : il souhaite sans doute leur acheter une bouteille. Carl remarque que Sanschagrin, le Black et l'itinérant ne sont toujours pas arrivés. D'ailleurs, il n'a pas vu ce dernier depuis ce matin. S'il est en vélo, il est moins rapide que les autres. Sans compter que le clou qui lui a planté la main dans la joue a dû l'amocher passablement. Peut-être que la police lui a mis le grappin dessus ? C'est vrai qu'il ne doit pas passer inaperçu... Peut-être aussi que le Noir a été arrêté.

Les minutes s'égrènent. Un joueur est retiré, un deuxième, puis un troisième sans que le sprinteur n'ait pu s'éloigner du premier, et une autre manche commence. Le junkie boit une bière, mais son visage est toujours agité par les tics et il frétille sur place, comme s'il était sur le point d'exploser. L'Italien examine les alentours d'un œil concentré, sans doute à la recherche d'un moyen d'intervenir sans trop faire de vagues dans cette foule.

Son pied battant la chamade, Carl laisse errer son regard...

... jusqu'à ce qu'il croise celui d'un homme assis en haut des gradins, qui l'observe avec insistance. Carl reconnaît aussitôt Bertrand, Monsieur Porte-et-Fenêtres, qui vient chaque jour prendre son petit verre au bar. Se voyant repéré, l'habitué du *Lindsay* détourne aussitôt la tête et glisse la main vers la poche de son pantalon.

Il va appeler les flics.

L'étrange détachement qui habite Carl depuis une dizaine de minutes vacille mais ne s'écroule pas. Il se dirige vers les gradins. Sa démarche est rapide, mais il ne court pas. Il bouscule néanmoins une ou deux personnes qui le toisent avec réprobation. Bertrand, qui a sorti son cellulaire, le regarde approcher et il s'empresse de le ranger tout en feignant de suivre la partie, l'œil rond, aussi tendu que s'il s'apprêtait à dompter un lion.

Tu vas faire quoi ? Le supplier de ne pas appeler la police ? Lui prendre son téléphone ? Devant tout le monde ?

Au moment où il pose son pied sur la seconde marche des gradins, un mouvement à la limite de sa vision périphérique attire son attention : une Nissan Micra bleue se gare dans le stationnement. Derrière le volant, Carl reconnaît sans peine la silhouette du Black. Combien de bagnoles a-t-il volées, celui-là, depuis hier ? Debout et immobile au milieu des gens assis, Carl fixe la voiture d'un œil rétréci, plein de défi. Il ressent quelque chose, mais ce n'est toujours pas de la peur. C'est proche, mais ce n'est pas *ça*.

Le Noir s'extirpe péniblement du véhicule,

(cette fois il y a trop de monde il est fou mais pas à ce point il osera pas)

énorme dans son t-shirt rouge et son short bleu, son large cou entouré d'une grosse chaîne en or

(la caméra)

trop serrée. Le côté droit de son visage est enflé et jaunâtre, ses traits tordus en une perpétuelle grimace d'inquiétude et ses petits yeux plissés balaient la foule. Il est à une bonne quarantaine de mètres du terrain, mais même à cette distance, Carl peut déceler sa respiration asthmatique.

T'es debout dans un gradin, il va te voir, assis-toi !

Mais il ne s'assoit pas. Les yeux du Noir s'arrêtent enfin sur lui. Carl

(osera pas vraiment *trop* de monde)

ne bronche pas. Le chasseur se penche à l'intérieur de sa voiture, se redresse avec son tuyau de cuivre taché de rouge et, sans hésitation, se met en mouvement de sa démarche de sumo. Sur le terrain, un deuxième retrait a lieu et une moitié de la foule approuve en applaudissant tandis que le sang de Carl se cristallise jusqu'à la douleur, comme si ses veines et ses artères éclataient.

Mais il ne sent pas la peur. Il la refuse, criss, il la *refuse* !

— Excusez-moi, vous pouvez vous asseoir ? Je vois rien !

Il bat des paupières, jette un regard hébété à la femme qui lui adresse cette demande puis, toujours debout, il lève les yeux vers Bertrand. Celui-ci a ressorti son cellulaire et il est manifestement en train de composer un numéro. Carl revient au Noir. Ce dernier a maintenant parcouru la moitié du stationnement, a dépassé quelques individus, dont deux gars dans la trentaine qui le toisent d'un air soupçonneux, établissant sans doute un lien entre ce gros Black muni d'une longue tige en métal et les nouvelles entendues à la radio. Près du terrain, l'Italien fronce les sourcils tandis que le junkie suit le Noir de son regard fiévreux. Et même s'il sent que tout son intérieur s'agite, Carl réfléchit posément. En fait, il ne réfléchit pas. Il… attend.

T'attends quoi ?

— Excusez, monsieur… insiste la femme près de lui.

Tout bouge avec une lenteur onirique. Bertrand porte le cellulaire à son oreille en décochant au propriétaire du bar, qu'il connaît depuis près de douze ans, un coup d'œil à la fois terrifié et désolé. Le Noir a presque atteint l'aire des spectateurs, son regard tourmenté fixé sur sa proie. Derrière lui, les deux trentenaires l'observent maintenant avec hostilité, quasi convaincus qu'il s'agit du tueur mais hésitant sur la marche à suivre. Et Carl, son visage impassible troublé seulement par un imperceptible tressautement au coin droit de sa bouche, attend toujours. Il attend…

… il attend le chaos.

— Heille, vous vous assoyez, oui ou non ?

Tout à coup, l'un des deux trentenaires s'élance vers le Noir en criant quelque chose, lui met la main sur l'épaule et le chasseur, instantanément, se retourne en lui balançant son tuyau sur la tempe.

Et tout se précipite à ce moment, tout s'enchaîne simultanément, comme si l'univers devait rattraper le temps perdu. Le type s'effondre tandis que les gens près de lui s'écartent en écarquillant les yeux et que plusieurs autres regards se tournent dans leur direction. Une rumeur inquiète s'élève de la foule qui bouge et s'agite de façon inégale, tel un poisson mort dont la carcasse grouillerait d'une vermine intérieure. Et lorsque l'ami de la victime s'approche à son tour du Noir en gueulant « Hey, ostie de malade ! » et que le tueur, le visage plus tordu que jamais, lui plante son tuyau en pleine poitrine, le poisson éclate et les vers surgissent, s'éparpillent dans toutes les directions, dans un silence étonnant et macabre, à l'exception de quelques cris isolés. Au cœur du remue-ménage, Bertrand saute en bas des gradins par-derrière, imité par plusieurs spectateurs. Horrifiés, tous s'écartent du Noir qui, après avoir retiré sa tige de nouveau sanglante, s'est remis en marche en agitant devant lui son arme tel un chasse-mouches et en maugréant de sa petite voix aiguë et nerveuse : « Tassez-vous, là, tassez-vous ! »

Dès le premier coup porté par le tueur, Carl s'est activé. Il a contourné la clôture en repoussant quelques fuyards et il file maintenant vers les trois vélos. Il voit un adolescent d'environ quatorze ans qui, avec des gestes frénétiques, déverrouille l'un d'eux. Dans le parc, c'est la panique : la foule, de laquelle fusent un peu plus de cris disparates et confus, s'éparpille dans toutes les directions et les joueurs de baseball suivent le mouvement en tentant de comprendre ce qui se passe. Le Noir a atteint le terrain et il se dirige droit vers Carl, en soufflant comme une locomotive, en fouettant l'air devant lui pour intimider deux ou trois téméraires qui songent à l'intercepter. Plus loin, l'Italien court vers sa Buick en se faufilant dans la cohue, sans doute pour récupérer son pied-de-biche, tandis que le junkie, qui a sorti de son sac le tisonnier, galope vers le Noir en criant :

— Touches-y pas, gros câlice ! Touches-y pas !

Il est sur le point de le rejoindre quand le Noir se retourne et balance son arme. Le junkie évite le coup et se met à sautiller autour de l'obèse en agitant son tisonnier de manière totalement hystérique, les yeux hallucinés.

— Venatores, gros criss ! Venatores, Venatores !

Carl atteint le coin des vélos au moment où l'adolescent enfourche le sien pour amorcer sa course du siècle. Il attrape celui qui n'est pas verrouillé, monte dessus et lance un ultime regard vers la cohue : tout le monde s'éparpille tandis qu'au centre du terrain le junkie, gesticulant et hurlant, continue de frapper n'importe où sans toucher le Noir qui, ennuyé, balaie lourdement son arme pour le tenir à distance.

Et plus loin, Carl voit une BMW grise s'arrêter à l'entrée du stationnement, bloquée par les dizaines de fuyards.

Le tuyau de cuivre atteint enfin le flanc du jeune qui, déséquilibré, s'effondre en couinant, plus de fureur que de souffrance. Carl se met à pédaler à son tour et dirige sa monture vers le fond du parc, insensible à la douleur qui éclate dans sa cuisse droite. Derrière lui, le Noir retourne pesamment vers le stationnement sans prêter la moindre attention au junkie, qui n'a pas cessé de l'insulter.

Des sirènes de police s'élèvent au loin. Alors qu'il atteint la rue Celanese, Carl voit la Buick de l'Italien tourner le coin et foncer dans sa direction.

Si tu te rends tout de suite à la clairière, il va te suivre!

La langue pointant entre ses lèvres, Carl pédale comme un dératé vers les bâtiments de la Celanese, la Buick à ses trousses. Son cœur galope, l'adrénaline le submerge, la conscience du danger est bel et bien présente. Mais la peur n'a toujours pas de prise sur lui.

Il atteint le site de l'usine et s'engage dans un passage assez large pour que la voiture l'y suive. Mais alors que la Buick n'est qu'à six ou sept mètres derrière lui, Carl vire brusquement à droite pour se faufiler dans une étroite ouverture où le véhicule ne peut passer. Il débouche dans un espace plus dégagé et poursuit sa course.

Les sirènes montent en intensité et Carl roule dans ce dédale qu'il a parcouru des dizaines et des dizaines de fois, empruntant quand il le peut des passages exigus. Tout en pédalant, il continue d'analyser froidement la situation: il entend le moteur de la Buick qui n'est jamais très loin, qui doit tourner autour des bâtiments en attendant que Carl en sorte. Et le junkie va sans doute rappliquer bientôt, avec sa moto qui peut se faufiler partout... Et pas question qu'il retourne à la clairière sans être sûr d'être tranquille...

Il sait ce qu'il doit faire.

Il débouche dans un espace plus large, délimité par trois édifices en ciment noirci par le temps, et s'arrête. C'est ici qu'était sa cachette préférée, cette fameuse excavation dans le sol où on ne le trouvait jamais. Il croit entendre un bruit de moto. Carl donne trois coups de pédale jusqu'à une petite butte recouverte de végétation dense. Si la planque n'existe plus...

Elle est toujours là! Cachée derrière la faible dénivellation du terrain, enfouie dans les herbes hautes et touffues, la trappe n'est visible que si on se rend près du mur. Carl, attentif au son de la moto qui monte et descend, tire sur l'anneau de métal fiché dans la porte de bois qui, si elle était déjà vermoulue il y a quarante ans, est maintenant presque totalement pourrie. La trappe grince, craque, mais se soulève sans réelle difficulté alors que de la terre s'émiette tout autour. La cavité souterraine apparaît, creusée à même le sol, un peu plus petite qu'un lit simple et profonde de presque un mètre.

Carl lance son vélo dans la planque puis se couche par-dessus, face vers le haut. Le guidon lui entre dans le cou, une pédale lui mord la cuisse gauche, mais au moins la blessure de son dos est dans le vide. Il étire le bras et referme la trappe.

Obscurité. Carl reconnaît aussitôt cette odeur à la fois repoussante et doucereuse de terre noire, de racines profondes et de bestioles invisibles, effluve si puissant qu'il a l'impression pendant un moment d'avoir à nouveau dix ans. Il était si fier de sa planque qui, en réalité, devait servir d'espace de rangement, car de temps en temps il y trouvait du matériel de construction, des planches de bois ou des pièces de mécanique, ce qui le désappointait chaque fois puisqu'il ne pouvait s'y cacher. Mais depuis la fermeture de la Celanese, Carl doit être le premier à ouvrir cette trappe.

Le son du moteur de la moto le ramène violemment au présent. Et s'il n'était pas encore tout à fait quatorze heures quinze? Non, non, il était deux heures sept quand il a demandé l'heure, il est convaincu qu'au moins huit minutes ont passé depuis, même davantage... Il aurait dû consulter son cellulaire au terrain de base-ball. Même s'il n'indique pas la bonne heure, cela lui aurait donné une idée du temps écoulé.

Le grondement du moteur est maintenant tout près, assourdissant. Carl se répète qu'il est impossible d'apercevoir la trappe si on ne vient pas regarder derrière la petite dénivellation herbeuse près du mur. Il a l'impression que la moto s'arrête un court instant, mais non, elle s'éloigne. Il expire longuement, mais ne bouge pas : on va sûrement le chercher dans le coin encore un moment. Comme ce matin dans sa planque du parc Woodyatt, il doit attendre que ça se calme.

Sauf que ce matin, t'avais pas de rendez-vous avec Bob...

Son rendez-vous n'aura jamais lieu s'il se fait prendre en sortant trop vite.

Son comportement de tout à l'heure, au parc... Cette absence de peur... Sa totale inertie tandis que le Noir approchait du terrain... Bon Dieu, qu'est-ce qui lui a pris ? Il faut qu'il s'accroche, qu'il demeure en contrôle.

En contrôle... Ce mot lui apparaît tout à coup ridicule, sans pertinence...

Il sent un insecte grimper sur sa main et il la secoue. Il bouge légèrement pour changer sa position de plus en plus inconfortable, sans réel succès. Il songe alors à ce qu'il a demandé à Diane tout à l'heure : rencontrer les responsables de *Hell.com*. Cette idée était absurde, il le sait. Et pourtant, si Diane avait accepté... Au point où il en est, qu'aurait-il eu à perdre ?

Des bruits tout près. Des pas approchent. Carl perçoit des paroles inaudibles, comme si deux individus discutaient. Les chasseurs ? Ils ne feraient pas équipe, sauf peut-être le junkie et l'Italien, quoique ce dernier ne cesse de repousser l'autre. La police, alors ? Même si le parc Messier n'est pas très près, viendrait-elle fouiller jusqu'ici, entre les bâtiments abandonnés de la Celanese ? Dans le noir, Carl respire lentement en dressant l'oreille, la sueur dégoulinant sur son front. Les murmures s'éloignent, puis c'est à nouveau le silence.

Si la police patrouille dans le coin, les chasseurs ont sans doute filé. Mais il peut bien rester encore une ou deux minutes dans sa tanière, trois maximum. La clairière est tout près, de toute façon. Il attend donc. Le guidon et la pédale s'enfoncent de plus en plus dans son cou et sa jambe, deux ou trois bestioles lui parcourent le dos et les mollets, et pour couronner le tout, une envie de pisser pointe le bout du nez, gracieuseté du café chez Bob… et il sent tout à coup une présence avec lui.

« Ou en étions-nous, Carloune? On a été interrompus tout à l'heure… »

Carl serre les dents en entendant la voix de Stéphane. Bon Dieu! pourquoi repenser à tout ça *maintenant*? Mais coincé dans cette trappe, dans le noir, il comprend qu'il ne peut qu'assister à la suite de ce vieux film qu'il croyait détruit…

« On était rendus au secondaire V, non? »

Au secondaire V, au moment où une rumeur a commencé à circuler au collège… Elle n'était ni envahissante ni tonitruante, plutôt sous-marine et donc insidieuse: Stéphane Pinard, malgré son succès auprès des filles, aurait été puceau. En ce début des années quatre-vingt, être vierge à seize ou dix-sept ans était assez fréquent (Carl était du lot), mais les élèves de l'école croyaient implicitement qu'un don Juan comme Stéphane avait déjà « passé à l'acte », ne serait-ce que deux ou trois fois. Mais deux filles qui l'avaient fréquenté racontaient à mi-mot qu'au moment de baiser, le grand athlète baraqué aurait reculé et conservé son pantalon, pris d'une soudaine timidité. Cette rumeur a évidemment fini par se rendre jusqu'aux oreilles du principal intéressé qui, en réaction, s'est mis à jouer les machos et les playboys avec encore plus d'insistance. Et malgré sa fausse indifférence, on sentait la frustration gonfler en lui.

Un soir, dans une fête où se trouvaient une quarantaine de jeunes, une jolie demoiselle, à qui Stéphane contait fleurette, s'est lassée de ses avances et a commencé à draguer l'inexpérimenté Carl, qui en était paralysé de terreur. Quand Pinard, outré, s'est approché pour tenter de reconquérir Nathalie (Carl n'oubliera jamais le nom de la première fille qui lui a manifesté un intérêt sexuel, réel ou non), celle-ci l'a repoussé et, en désignant Carl, a affirmé avec un aplomb étonnant pour une adolescente de cet âge : « Lui, au moins, il va peut-être accepter d'enlever ses culottes ! » Stéphane a cessé aussitôt de chiquer sa sempiternelle gomme (c'était la première fois que Carl lui voyait les mâchoires inertes) et s'est éloigné en lançant un regard assassin à son improbable rival. Évidemment, le rival en question n'avait pas couché avec Nathalie ce soir-là, ni aucun autre soir d'ailleurs (après s'être assurée qu'elle avait rendu Pinard fou de jalousie, Nathalie avait quitté la fête) mais n'empêche : Stéphane n'allait pas pardonner cet affront à sa tête de Turc.

Une fin d'après-midi, alors que Carl sortait de son cours de photo au centre-ville (autre sujet avec lequel Pinard se moquait de lui), Stéphane l'a attrapé et, pour la première fois, lui a foutu une vraie raclée : nez cassé et bras gauche dans le plâtre, sans oublier plusieurs contusions au visage.

Carl a expliqué à ses parents qu'il avait dégringolé un escalier et n'a dit la vérité à personne. Mais ce soir-là, il a compris que ce qu'il ressentait pour Stéphane n'était pas que de la peur. Il y avait maintenant autre chose. Sauf que, contrairement à la peur, ce nouveau sentiment lui plaisait presque, comme s'il le nourrissait, le motivait de façon encore nébuleuse.

Cinq semaines s'étaient écoulées. Rien n'avait changé en apparence : Stéphane continuait d'humilier sa victime préférée et celle-ci, avec son bras dans le plâtre, s'éclip-sait discrètement sans dire un mot, comme avant. Mais Carl, toujours bercé par cette émotion nouvelle, à la fois malsaine et rassurante, savait que quelque chose allait se produire, même s'il n'avait aucune idée de ce que ce serait. Et c'était arrivé.

Lorsque le cellulaire se met à sonner contre sa cuisse, Carl sursaute si violemment qu'il se fracasse la tête contre la paroi. Il tente d'atteindre l'appareil dans sa poche, mais il est trop restreint dans ses mouvements. D'un geste rageur, il soulève la trappe et le soleil lui éclabousse le visage. Il s'extirpe de la cavité et jette des regards inquiets autour de lui : personne. Il sort le flip et l'ouvre.

— Bob ?

— Non, c'est ta mère. Je veux savoir si tu viens souper à la maison, ce soir.

— Ostie, Bob…

— Es-tu tout seul ? Tu parles pas fort…

— Oui, oui, je suis juste… Y est quelle heure, là ?

— Deux heures vingt-cinq.

— OK, je vais être au lieu de notre rendez-vous dans trois minutes ! Je sais que j'aurais pas dû partir, mais…

— Oublie ça, j'y serai pas. Y a pas mal d'action dans le coin pis pas mal de flics. Il s'est passé quelque chose au parc Messier pis, comme par hasard, c'est ben proche de la clairière où je t'ai laissé.

Petite pause.

— Criss, Carlos, est-ce que les enfants attrapent le cancer quand tu les croises ?

Il prononce ces mots sur un ton qu'il veut sarcas-tique, mais Carl devine que son interlocuteur est presque inquiet.

— Bob, je te jure que c'est pas de ma faute !

— Honnêtement, je m'en torche pas mal. C'est à ma sécurité à moi que je pense…

— Je peux retourner dans la clairière, deux minutes pis je suis là !

— Oublie ça, je te dis : trop de cochons.

— Bob, tu vas pas me laisser tomber !

Silence à l'autre bout de la ligne, puis, la voix presque contrainte :

— Non. T'as payé, je vais respecter le deal. Là, comme t'es à pied, faudrait que…

— J'ai trouvé un vélo.

— Ah, ouais ? OK, good. On fait ça à l'école La Poudrière, en arrière du stationnement, proche du bois.

La Poudrière, l'école où travaille Pascale. Drummondville est une ville de grosseur moyenne et pourtant, depuis hier, jamais il n'a eu l'impression qu'elle était si petite.

— OK, Carlos ?

— OK. Mais si tu me ramasses quelque part en char, ça va aller plus vite.

— Pas question. J'ai déjà pris assez de risques de même. Je te donne dix minutes pour être au rendez-vous. Si tu te fais pogner en route pis que tu parles de moi, je pense que j'ai pas besoin de te dire à quel point ce sera une mauvaise idée, pour toi pis pour les gens que t'aimes.

Le plus effrayant, c'est que malgré son ton menaçant, on perçoit encore à l'arrière-plan cette petite note guillerette. À ce moment, Carl ressent à nouveau la peur, et de retrouver cette émotion légitime le rassure d'une certaine façon.

— Je… je comprends.

— Si t'es pas là dans dix minutes, tu iras acheter ton gun au Canadian Tire.

La communication est coupée. Carl range l'appareil : dix minutes, en vélo, c'est suffisant. À condition qu'il ne soit pas retardé.

Il sort la bicyclette de la cavité et se met en route. Il regarde partout autour de lui, s'attendant à voir surgir un policier ou un des tueurs à chaque coin de bâtiment. Mais l'endroit est de nouveau désert. Comme La Poudrière se trouve dans la direction totalement opposée au parc Messier, il traverse le terrain de la Celanese dans l'autre sens.

Durant tout son trajet, Carl emprunte le plus possible les stationnements et les petites allées tranquilles. Son envie de pisser est devenue pressante, mais il peut encore se retenir. De toute façon, pas question d'arrêter dans une ruelle et de courir le risque d'arriver trop tard. Il croise quelques piétons, qu'il réussit à éviter facilement. À la rue Lalemant, il voit une auto-patrouille qui circule au ralenti et il change son itinéraire. À un moment, il croit discerner derrière lui une Buick Rendezvous tournant un coin, mais il se traite de paranoïaque.

Il arrive sur le boulevard Jean-De Brébeuf où se dresse la polyvalente, juste devant lui. Comme il s'agit d'une artère passante, il redouble de prudence. Partiellement dissimulé derrière un poteau de téléphone, il attend que plus aucune voiture ne soit en vue avant de traverser. Enfin, Carl se retrouve dans le stationnement de l'école. Hier, il est venu ici même rencontrer son ex-femme pour discuter de leur éventuel divorce, mais aussi de Samuel, de la fête prochaine de sa blonde Laurie…

Aujourd'hui, il revient, mais pour se procurer une arme à feu.

Il roule jusque derrière la polyvalente et là, entre le bâtiment et la petite forêt qui s'étale plus loin, s'ouvre un espace asphalté de trente mètres sur cinquante au bout duquel sont garées deux voitures : l'Escalade noire de Bob et une vieille Chevrolet Sonic grise. Le dos appuyé contre son véhicule, son gros ventre dressé vers l'avant, le chef des Racoons fume une cigarette en regardant devant lui. À ses côtés, un jeune au crâne rasé, le même type qui est toujours avec lui lorsqu'il va porter son argent au commerce de Bob, consulte son cellulaire, clope au bec. Carl trouve l'image insolite, comme si quelque chose clochait, et met le doigt dessus : chaque fois qu'il voit ces deux motards ensemble dans le stationnement de son bar, Bob est en train de raconter une blague douteuse à son acolyte.

Mais pas aujourd'hui.

Il stoppe son vélo, le laisse choir au sol et s'approche. Il songe à demander à Bob d'attendre une minute, le temps qu'il aille pisser dans un coin, puis décide que ce ne serait pas approprié. Le jeune rasé lui décoche un très bref regard, un œil fermé à cause de la fumée, et reporte son attention sur son téléphone. Bob retire la cigarette de sa bouche.

— Viens-tu de planter des fleurs dans ton jardin ?

Carl examine ses vêtements : ils sont quelque peu maculés de terre. Il les essuie rapidement avec ses mains tandis que Bob lui tend un mouchoir.

— T'en as un peu dans la face, aussi…

Carl se débarbouille le visage. Bob, toujours appuyé contre sa voiture, l'observe tout en prenant une touche de sa cigarette. Ses traits sont graves, comme s'il tentait de percer ce tranquille propriétaire de bar qu'il croyait connaître.

— Bon. Là, t'es beau comme un mannequin. Mais comme t'es pas ici pour une parade de mode…

Il sort de sa poche une clé et la lance à Carl, qui l'attrape maladroitement.

— Ça, c'est ton nouveau char. On a fait le plein, tu peux pas dire qu'on est cheap, hein ? Arrange-toi pour être discret pis pas te faire arrêter par la police, sinon ils vont se rendre compte que c'est un char volé. Ils peuvent pas remonter jusqu'à moi, sauf si tu le leur dis. Mais tu feras pas ça.

— Non, je ferai pas ça.

Bob approuve avec son sourire railleur. Quoique un peu moins railleur que d'habitude. Il se masse le cou :

— J'imagine que t'as l'intention de quitter Drummondville…

— Oui.

— Va falloir que tu fasses attention : les cochons contrôlent les routes.

— Quoi ?

— Y a des barrages aux accès de la ville. Ils ont commencé ça à midi, il paraît. Ils checkent tous ceux qui entrent ou qui sortent. Première fois de ma vie que je vois ça à Drummond.

Carl effectue quelques pas, découragé. Le jeune motard passe une main sur son crâne rasé en rangeant son cellulaire, jette son mégot et s'allume une autre cigarette. Bob articule d'une voix neutre :

— Que ce soit de ta faute ou non, Carlos, Drummondville s'est transformée en zone de guerre.

Carl se tourne vers les deux criminels, regarde Bob un moment puis le jeune. Ce dernier souffle la fumée en le fixant droit dans les yeux. Bob ricane, puis tousse un peu.

— Bon, bon, zone de guerre, j'exagère pas mal, évidemment. Mais avec ce qui vient de se passer au parc Messier, j'ai l'impression qu'on va voir pas mal moins de monde sur les terrasses de bars pendant l'heure de l'apéro.

— Je peux plus sortir de la ville, c'est ça ?

— Je dirais pas ça. Les cochons peuvent quand même pas surveiller *toutes* les routes. Disons les accès principaux : ceux qui mènent à la 20, ceux qui mènent à la 55… Le boulevard Saint-Joseph aussi, des deux bords : un barrage dans le coin de Saint-Nicéphore, un autre juste avant Saint-Majorique… Mais par la 122, ça devrait marcher.

— La 122 ? Vers Saint-Charles ?

— Non, là, ils vont la bloquer. Je parle de l'autre bord, vers Saint-Germain.

— Je pourrais prendre la 122 pour rejoindre la 20 ou la 239 ? T'es sûr ?

— Non, non, ça aussi, ça va être contrôlé, soupire Bob en passant une main dans ses rares cheveux gris. Laisse-moi parler, criss, t'es pire que ma femme ! Tu prends la 122 pis, en arrivant à Saint-Germain, tu tournes dans le village avant de te rendre à la 239, sinon tu vas tomber sur un barrage. Tu traverses le village jusqu'au rang huit, ou neuf, me souviens plus... Le huit ou le neuf, Chris ?

— Le huit.

— C'est ça, le rang huit. Tu le prends à gauche, tu roules un boutte dessus, pis un moment donné il va tourner jusqu'au rang neuf, ou sept...

— Neuf, fait Chris.

— Neuf, oui. Ça va te mener jusqu'à la 139 qui, à cette hauteur-là, ne sera plus contrôlée. C'est un ostie de détour, mais, bon... Je peux pas te le garantir à 100 %, mais je pense que si tu prends ce chemin-là, tu verras pas de barrages.

— Mais le rang neuf, me semble que je peux m'y rendre par Jean-De Brébeuf, ça irait plus vite...

— À mon avis, ils vont contrôler Brébeuf à la hauteur de la 55.

Carl paraît impressionné.

— T'es au courant de tout ça, toi ?

Bob penche la tête sur le côté, cigarette aux lèvres.

— Qu'est-ce que t'en penses ?

Carl ne dit rien.

— T'as retenu tout ça ? demande le motard.

— OK. La 122 jusqu'à la courbe de Saint-Germain, je rentre dans le village, je prends le rang huit à gauche, jusqu'au rang neuf qui va me mener à la 139...

— Bonne mémoire, mon Carlos. C'est sûr que tu peux rencontrer des cochons en route, mais j'ai mis une casquette pis des lunettes de soleil dans le dash du char. Si t'enfiles ça pis que tu roules normalement, ça devrait aller.

Carl hoche la tête et regarde vers la voiture : la Sonic est un modèle de 2005 ou 2006, mais elle est en bon état et n'attire pas l'attention. Il revient au motard, presque ému.

— Merci, Bob.

— Arrose pas mes pieds de larmes de gratitude, Carlos. Le plus vite tu vas quitter la ville, le mieux ça va être pour tout le monde, y compris moi.

Bob, cigarette en bouche, le gratifie de son sourire ironique et Carl se trouve tout à coup idiot. Puis le motard jette sa clope au sol.

— OK, ça, c'était le pognage de boules ; là, on dévierge.

Il glisse la main dans son dos, sous sa chemise tropicale, et ramène une arme à feu qu'il tend vers Carl. Ce dernier sent son cœur s'accélérer. Il la prend et la soupèse, impressionné. C'est bien plus lourd qu'il ne le croyait.

— C'est quel genre de pistolet ?

— C'est un revolver, pas un pistolet. Un Smith & Wesson, 357 Magnum. Pour le moment, il est vide. Suis comme il faut, je vais te donner un petit cours.

Bob sort six cartouches de sa poche et, en deux minutes, lui explique tout le processus : comment ouvrir le barillet, insérer les cartouches, mettre et enlever le cran de sûreté, remonter et redescendre le chien, vider le barillet une fois les six coups tirés... Puis il lui montre comment viser, comment utiliser ses deux mains pour tenir l'arme, donne deux-trois conseils pratiques (« Tire pas en courant, tu risques plus de pogner un avion que la personne que tu vises. Y a juste dans les films que ça marche »)… Carl écoute avec attention, évitant même de cligner des yeux pour ne rien perdre. Enfin, Bob retire les six cartouches, tend celles-ci ainsi que le revolver vers l'apprenti et lui demande de s'exécuter à son tour. Carl refait l'opération, lentement, actionne le chien puis vise un arbre dans le bois, à vingt mètres.

— J'aurais aimé me pratiquer un peu…

— Oublie ça. Même si on est derrière la polyvalente pis proche de la forêt, on prendra pas de chance.

Carl comprend, mais cela l'aurait rassuré de tirer ne serait-ce qu'une fois, pour voir *vraiment* comment ça marche, pour ne pas se faire prendre par surprise la première fois qu'il l'utilisera… car il l'utilisera, c'est certain. *Presque* certain.

Il vise à nouveau vers le bois, prétend que le tronc est l'un des chasseurs… quelqu'un… un être humain… il s'imagine appuyer sur la gâchette…

… et tout à coup, un visage ensanglanté et déchiqueté apparaît dans sa ligne de mire, un large sourire ironique au centre des chairs en lambeaux…

Carl abaisse rapidement l'arme en clignant des yeux, la fixe un moment puis hoche la tête.

— OK, je pense que ça va aller…

— Tu *penses* que ça va aller ?

Toute trace de sarcasme ou d'amusement a disparu des traits de Bob.

— La première fois que j'ai fait ce que tu t'apprêtes à faire, j'avais vingt-deux ans. Pis quand c'est arrivé, j'ai su que j'avais perdu quelque chose. Que je l'avais perdu pour toujours.

Il semble tout à coup plus vieux que jamais.

— Alors, non, Carlos, ça *n'ira pas*.

Les deux hommes se regardent un moment en silence. À l'écart, Chris, cigarette au coin des lèvres, les pouces dans les poches de son jeans, observe d'un air impassible quelque chose dans le ciel. Carl détourne finalement les yeux et Bob émet un petit soupir.

— OK, le cours est fini. Pis comme convenu, y a une boîte de cartouches dans le coffre à gants de ton nouveau char.

Carl range le revolver dans son dos, sous sa chemise : le contact froid de l'arme, juste à côté de son pansement, lui procure un long frisson désagréable. Il réfléchit, ébranlé par les dernières paroles du criminel. C'est la première fois que Bob lui dit de manière directe qu'il a déjà tué.

Et c'est ce que tu t'apprêtes à faire.

Ostie ! A-t-il le choix ? Il voudrait bien régler tout cela autrement, mais comment ? Il repense à cette idée dingue de rencontrer les patrons de *Hell.com*. Croire qu'il pourrait négocier avec ces gens relève d'une naïveté qui confine à l'inconscience, il le sait et se le répète depuis tout à l'heure, et pourtant, s'il le pouvait, il tenterait le coup. Parce qu'il doit tout tenter avant d'en arriver à... à...

Allez, dis-le !

... avant d'en arriver à tuer, criss ! Avant de devenir lui-même un assassin.

— As-tu des questions avant que je retourne tranquille chez nous ? Parce que la policière, tantôt, m'a finalement donné un bon conseil : un marathon de modèles réduits pendant quelques jours, j'haïrais pas ça...

Carl ne dit rien, fixé sur sa dernière pensée.

— Ah, oui, se souvient Bob en grattant son front dégarni et tout plissé. Concernant le cellulaire que je t'ai laissé...

— Je veux rencontrer les boss de *Hell.com*.

Bob, son doigt figé, hausse un sourcil, puis reluque Chris qui cesse sa contemplation des cieux pour tourner la tête vers son patron. Sur le visage blasé du jeune

motard, plane un ersatz d'étonnement et Carl se demande s'il n'a pas gaffé en parlant de ce site devant
ce subalterne. Mais Bob, tandis que son index se remet
en mouvement sur son front, émet un ricanement que
Carl n'aime pas, le ricanement du père à qui son garçon
de huit ans jure qu'il ne boira jamais d'alcool de sa vie.

— Rencontrer les boss de *Hell.com*... Rien que ça !

Et il rit, la gorge pleine de gravier. Chris esquisse
un sourire presque sincère en prenant une touche de
sa cigarette.

— Pis pourquoi, au juste ? demande Bob entre deux
quintes de toux. Tu veux mettre des bannières du
Lindsay sur leur site ?

— Bob, je t'ai déjà dit que je peux pas parler.

— Tu m'avais aussi dit que t'avais rien à voir avec
le site...

Il ne rigole déjà plus. Carl a un geste agacé.

— Tu peux m'arranger ça ou pas ?

— Carlos, je suis pas membre.

— Oui, mais tu m'as dit que le site...

— Attends une minute.

Carl se tait en fronçant les sourcils. Le motard se
tourne vers son homme de main :

— Chris, va donc voir dans le fond, là-bas, s'il y a
pas des beaux champignons qui poussent.

Sans l'ombre d'une surprise ni d'un sourire, Chris
jette son mégot de cigarette et, les doigts dans ses
poches, marche vers le bois. Lorsqu'il se trouve assez
loin, Bob revient à Carl.

— Bon. C'est quoi, ces folies-là ?

— Tu m'as dit que le site répertorie toutes les activités illégales, mais que parfois il organise aussi des
événements exclusifs, juste pour les membres... J'imagine que durant ces événements-là, les dirigeants du
site sont sur place... En tout cas, au moins un...

— Comment tu veux que je le sache ?

— Trouve-moi une de ces activités, une qui se déroule aujourd'hui si possible, pis dis-moi où ça se passe! Je vais te payer pour ça aussi, crains pas!

Bob considère Carl comme s'il avait perdu la raison.

— Ostie! faut que je te le répète combien de fois? Je suis pas membre, calvaire! J'ai aucune idée des activités de la journée! Tu penses que c'est quoi, *Hell.com*, un *TV Hebdo*?

Carl devient presque suppliant:

— Attends, attends, tu... tu m'as dit que tu connaissais quelqu'un qui était membre! Demande-lui!

Il délire, sa requête n'a pas de sens, une partie de lui en est consciente. Mais il s'accroche à son idée avec désespoir: il doit tout essayer,

(le sourire de Stéphane)

vraiment *tout* essayer avant de tuer froidement cinq êtres humains, même s'il s'agit de criminels ou de fous furieux. Et assassiner cinq individus mettrait peut-être fin à la Chasse, mais créerait d'autres problèmes. Il ne se rendra à cette solution que si toutes les autres possibilités, même les plus improbables, ont échoué.

Bob se passe une main sur le visage en regardant autour de lui d'un air déconcerté, comme s'il expliquait une formule mathématique pourtant simple à un élève obtus. Il avance vers Carl et pose sa main sur son épaule.

— Écoute-moi, Carlos. Pour que ton affaire marche, il faudrait que *Hell.com*, qui est un site international, hein? *International!*... il faudrait qu'ils organisent aujourd'hui au Québec une activité exclusive. En plus, faudrait que ce soit pas trop loin d'ici. Mettons que j'en trouve une, hein? Mettons. Ben t'es pas plus avancé, parce que pour participer à ce genre d'activité ben sélecte, faut que le membre s'inscrive à l'avance, qu'il ait déjà payé... Je le sais, mon chum m'en a déjà parlé. Bref, t'as plus de chances de fourrer Peta Jensen que de voir ton idée marcher.

Carl soupire en levant les yeux au ciel tandis que Bob émet un petit rire rocailleux.

— Peta Jensen, en passant, c'est une pornst...

— Alors demande à ton chum s'il peut trouver sur le site n'importe quoi qui a lieu aujourd'hui, quelque part pas trop loin de Drummondville! le coupe Carl avec hargne. Même si c'est pas une activité exclusive!

— Carlos...

— Demande-lui de trouver l'événement le plus... le plus *spécial* possible! Plus ça va être intense, plus c'est... plus y a des chances qu'un boss de *Hell.com* soit là, non?

Bob secoue la tête, presque avec pitié.

— Carl, c'est un site mondial, les boss de ça sont pas...

— Mais il va peut-être y avoir un représentant, ou au moins un organisateur, ou...

— Si c'est pas une activité exclusive, c'est pas *Hell.com* qui l'organise, donc c'est loin d'être sûr qu'il y ait un responsable du site qui...

— Ostie, faut que j'essaie! s'écrie Carl en levant deux bras aussi rageurs que désespérés. Faut au moins que j'essaie, câlice! Que j'aille jusqu'au bout avant de...

Il ne complète pas la phrase et se détourne en posant ses deux mains sur son visage.

Tu parles trop. Peut-être que t'en as déjà trop dit et que Diane...

Non. Non, il n'a rien dit *directement* sur ce qui lui arrive. Il en est sûr. *Presque* sûr. Il revient au motard, qui le dévisage avec l'effroi résigné de celui qui comprend que ce qui se passe le dépasse complètement.

— Je pensais que t'étais dans la marde, Carlos... mais au moins, la marde, ça se lave...

Carl prend une grande respiration avant de joindre les mains.

— Bob… Peux-tu juste essayer? C'est la dernière affaire que je te demande.

Bob avance ses lèvres en une moue sibylline et regarde vers le bois. Là-bas, près des arbres, Chris consulte à nouveau son cellulaire.

— OK. Deux mille piastres pis j'appelle mon ami.

Carl accuse le coup. Merde, il ne s'attendait pas à un tel chiffre. Ça veut dire qu'il va lui rester un peu plus de cinq cent cinquante dollars…

— Tu peux pas me faire ça moins…

Mais il s'interrompt en voyant le regard glacial, inébranlable du criminel, et Carl se rappelle leur discussion de cet après-midi, ce petit échange bref mais sans ambiguïté sur l'amitié… Alors il se tait, sort les liasses de billets de ses poches et compte la somme. Bob attend en silence.

— Pis si tu trouves rien, ose demander Carl, on peut-tu se rencontrer en dehors de la ville pour que tu me rembourses?

Bob prend l'argent et le range dans son jeans.

— Je pense que tu comprends pas, là. T'es rendu radioactif, Carlos. Tu catches? Ça veut dire qu'on se reverra pas aujourd'hui, désolé de te décevoir. D'ici une heure maximum, je te rappelle sur le flip que je t'ai donné pour te dire si j'ai trouvé quelque chose ou non. Dans les deux cas, je garde le cash.

Carl ne dit rien et range le reste des billets dans sa poche. Bob lève la main et fait signe à Chris de revenir, puis il poursuit:

— Pour le flip, si tu veux appeler avec, je te conseille de le faire juste une fois pis de le jeter ensuite, surtout si c'est pour contacter ton ex, ton fils, ton bar ou un de tes chums. Les cochons ont sûrement mis toutes ces lignes-là sur écoute. Même ta boîte vocale doit être boguée.

— Pourtant, j'ai appelé à ma boîte vocale vers cinq heures du matin pis la police est pas arrivée.

— À matin, elle devait être encore clean, mais là...

Carl hoche la tête. Voilà, tout est dit. Devrait-il serrer la main du motard ? Il décide que non.

— Merci, Bob. Pis je te jure que si je m'en sors, je vais... heu... je vais...

— Parce que tu crois que tu peux t'en sortir, Carlos ?

Le visage de Carl, déjà blême, tourne à la cire.

— Tu penses que je vais mourir, c'est ça ?

— C'est pas ça que j'ai dit.

Le silence tombe, lourd. Chris est maintenant de retour et s'allume une cigarette tandis que Bob pivote vers lui.

— Pis, t'as trouvé des beaux champignons ?

— Non.

— Ah, c'est dommage.

Il revient à Carl et, souriant, lui lance un clin d'œil. Il est à nouveau le Bob malicieux et sympathique que le propriétaire du *Lindsay* connaît. Du moins, il en donne l'apparence. Mais n'est-ce pas ce qu'il a toujours fait ?

— Je t'appelle le plus vite que je peux.

Les deux motards montent dans l'Escalade, Bob derrière le volant, et la voiture démarre. Elle passe à quelques mètres du vélo et Carl la suit des yeux jusqu'à ce qu'elle tourne le coin de l'école.

Sa vessie lui rappelle son besoin urgent et il se dirige rapidement vers le mur de la polyvalente. Avant de détacher son pantalon, il retire le revolver dans son dos et le dépose au sol. Tandis qu'il urine, il fixe sa nouvelle acquisition avec intensité. Il est maintenant armé. *Eux* ont des tisonniers et des hachettes, *lui* a un gun. Il se sent comme un enfant qui possède un plus gros jouet que ses amis et cette impression le rend aussi excité que nerveux. Et il a une voiture avec laquelle il va pouvoir quitter Drummondville, devenue trop toxique pour lui. Il remonte sa fermeture éclair, glisse le revolver dans son dos et, au moment où il se retourne pour rejoindre son nouveau véhicule, il voit la Buick Rendezvous apparaître.

Il n'a donc pas paranoïé, tout à l'heure : l'Italien l'a bel et bien suivi ! Le chasseur a compris que sa proie n'était pas seule derrière l'école, il s'est garé à l'écart, a attendu que les autres quittent les lieux et...

Carl veut courir vers sa voiture, mais la Buick s'arrête à mi-chemin entre lui et la Chevrolet Sonic, ce qui oblige Carl à s'immobiliser. L'Italien sort du véhicule, hachette en main, et se met en marche, le visage sombre.

— OK... Maintenant, *asshole, it's really over...*

Carl ne réagit pas pendant quelques secondes, les bras le long du corps. Dans sa tête s'enclenche un compte à rebours, comme s'il devait se laisser un certain laps de temps avant d'agir, pour réaliser pleinement qu'il est sur le point de poser un geste dont il ne se serait jamais cru capable un jour... et ce, même si une partie de lui a vraiment *hâte* de le faire.

Enfin, alors que le chasseur est à une douzaine de mètres de distance, il attrape son revolver et le pointe, les bras allongés bien droit devant lui, à la hauteur de son menton. Il remonte le chien et utilise ses deux mains pour tenir l'arme, comme le lui a enseigné Bob. L'Italien s'arrête aussitôt et hausse les sourcils comme si sa proie venait de se transformer en chauve-souris. Carl, le corps submergé par un déluge d'adrénaline, vise avec le maximum de précision l'Italien, qui paraît tout à coup minuscule. Il est si nerveux qu'il ne remarque pas le tremblement de l'arme au bout de ses mains. Mais l'Italien, lui, s'en rend compte et le coin droit de sa bouche se relève en un mince sourire narquois.

— Non... Non, t'oseras pas...

Et il se remet en marche, un peu plus lentement mais avec assurance. Carl en est si désorienté qu'il abaisse malgré lui son arme de deux centimètres.

Laisse-toi pas impressionner pis tire !

Il remonte son revolver, terrifié au point de haleter, mais il n'a pas le choix, il le sait, il faut qu'il tire, il faut...

Il entend la terrible détonation avant de réaliser qu'il a appuyé sur la gâchette, et le bruit est si spectaculaire, la force déployée si puissante qu'il en recule de deux pas, le souffle coupé. L'Italien, par réflexe, se recroqueville sur lui-même en portant sa main libre à sa tête, puis se redresse, défiguré par l'incrédulité. Carl fixe le revolver comme s'il venait d'apparaître entre ses doigts, et, après quelques secondes d'hébétude, il lève les yeux : le tueur, hachette en main, court vers sa voiture. Sans aucune hésitation et sans prendre le temps de bien viser, Carl tend l'arme d'une seule main et tire à nouveau en serrant les

(tiens mon ostie crève mon tabarnac)

dents, cette fois enivré par le son de la détonation et par le choc dans son bras. Pendant une seconde, il est traversé par une vision exquise : celle de l'Italien qui s'écroule en gémissant. Mais la balle perce la portière de la Buick avec un bruit de ferraille presque comique et le chasseur bondit sur le côté en maugréant un « *Cristo !* » étouffé avant de bifurquer et de fuir vers les bois. Carl, allumé, veut le poursuivre, mais

(je viens de tirer deux coups de feu en pleine ville)

l'inquiétude repousse sa soudaine excitation. Maintenant affolé, il regarde autour de lui en clignant des yeux, puis s'élance vers la Chevrolet Sonic. Il s'y engouffre, dépose l'arme sur la banquette côté passager, sort la clé de sa poche et met le moteur en marche. Sur le point de tourner le coin du bâtiment, il jette un œil vers les bois : aucune trace du tueur.

Mais il doit être tout près, à te surveiller, prêt à remonter dans sa voiture aussitôt que t'auras quitté l'école.

Carl arrive au boulevard Jean-De Brébeuf et s'attend à voir trois autos-patrouille foncer vers lui, sirènes hurlantes. Mais il n'y a que des véhicules anonymes, peu nombreux, qui roulent dans les deux directions. Peut-être que le son du coup de feu a été amorti par la distance et le bâtiment de la polyvalente, ou bien... Là, tout près, deux individus, un homme et une femme, sont chacun sur le balcon de leurs maisons et examinent les alentours d'un air inquiet. Carl ouvre le coffre à gants, y prend les lunettes noires et la casquette, les enfile puis s'engage enfin dans la rue, où il s'oblige à rouler à vitesse normale.

Reste pas sur Jean-De Brébeuf: si quelqu'un a appelé les flics, c'est par là qu'ils vont arriver. Et l'Italien est peut-être déjà dans sa voiture, sur le point de te suivre.

Et alors? Qu'il le suive, s'il est assez cave pour défier un revolver!

Et tu vas encore lui tirer dessus alors que la police est peut-être en chemin? Es-tu viré fou?

Au même moment, il voit une auto-patrouille qui s'engage sur Brébeuf, sirène hurlante, et accélère en direction de l'école.

Quitte la ville au plus criss!

Carl tourne aussitôt dans une rue transversale. Les flics arriveront-ils à temps à la polyvalente pour tomber sur l'Italien ou celui-ci a-t-il déjà filé?

Il réalise que son revolver traîne toujours sur la banquette et le range dans le coffre à gants. Alors qu'il s'oblige à effectuer une série de détours dans des petites rues, il jette de fréquents regards dans son rétroviseur: pas de Buick. Soit il a semé l'Italien, soit celui-ci a été arrêté.

« T'aurais préféré le tuer? »

C'est la voix de Stéphane, et Carl frappe sur son volant, exaspéré. Évidemment qu'il aurait préféré le tuer! Criss! il est supposé tendre l'autre joue, peut-être?

Il doit maintenant prendre le boulevard Lemire, il n'a pas le choix. Lorsqu'il arrive à l'intersection, il constate qu'il y a moins de circulation qu'à l'habitude, et les gens sur les trottoirs sont rares : la crainte gagne du terrain chez les citoyens.

Au cours des trois minutes suivantes, Carl croise une autre auto-patrouille et, chaque fois, il serre le volant de toutes ses forces. Quand il en aperçoit une troisième, arrêtée au feu rouge en face, il sait qu'il est hors de question qu'il s'arrête à ses côtés. Il entre donc dans le stationnement d'une station-service, attend que le feu tourne au vert et que la police ait pris une bonne avance avant d'oser se réengager sur Lemire.

Du calme. Il a une casquette, des lunettes noires, et sa voiture n'est pas signalée. Tout ira bien.

À l'intersection avec la 122, qui est en fait la rue Saint-Pierre, il vire à gauche, croise une quatrième auto-patrouille. Il regarde droit devant lui même s'il sent son visage devenir moite sous sa casquette et ses lunettes. Après un kilomètre, les habitations disparaissent et la 122 s'allonge au milieu de grands terrains verts agricoles. L'accès à la 55 apparaît bientôt devant, mais il poursuit sur le viaduc et jette un œil à droite : en bas, la jonction entre la bretelle et la 55 est encadrée par deux voitures de patrouille et trois véhicules font sagement la file. Carl remercie Bob mentalement.

Il roule deux kilomètres au milieu de terrains agricoles avant de s'engager dans la courbe qui monte vers la droite, et il se retrouve à Saint-Germain, village qui fait maintenant partie de la municipalité de Drummondville. Il est tenté de pousser jusqu'à la 139 tout près, ce serait tellement plus vite, surtout qu'à vue de nez tout semble tranquille là-bas. Mais, à nouveau, il suit les directives du chef des Racoons et tourne à gauche. En un clin d'œil, il traverse le village, où il ne croise que deux véhicules et quelques piétons, puis arrive sur le rang huit. Il prend à gauche, roule sur le long rang désert qui oblique vers le sud. Pendant cinq ou six kilomètres, il ne voit qu'une seule voiture, il bifurque ensuite à gauche pour atteindre le rang neuf. Il parcourt à nouveau quelques kilomètres, rejoint enfin la 139 et s'y engage à droite pour aboutir aussitôt dans le village de Wickham.

Pour la première fois depuis qu'il a quitté le terrain de la polyvalente, il permet à son corps de se détendre. Tous ces détours lui ont coûté vingt minutes, mais il a réussi : il est sorti de la ville. Et aucun des chasseurs ne le sait.

Ils le sauront à dix-sept heures. Et à ce moment-là, tu seras pas mal loin.

Carl regarde l'heure sur le tableau de bord : quinze heures quatorze. Bob va l'appeler d'ici trente ou quarante minutes, peut-être plus tôt.

En passant par Saint-Nazaire tout près, il sait qu'il peut rejoindre l'autoroute en moins d'une demi-heure. Il n'a qu'à s'y rendre, se garer juste avant de s'engager sur la transcanadienne et attendre l'appel du motard. Inutile de rouler n'importe où avant d'avoir des précisions.

Les minutes passent. Alors qu'il quitte le village de Saint-Nazaire, Carl jette un œil vers le coffre à gants dans lequel est rangé le revolver. L'arme est en sa possession depuis moins d'une heure et déjà elle lui a sauvé la vie.

« Et ça faisait longtemps que t'avais pas ressenti une telle puissance... »

Carl revient à la route, le visage sombre. Le réveil de Stéphane qui se poursuit.

Et Carl sait qu'il ne peut plus éviter cette résurrection.

15:36

Carl passe sous l'autoroute 20, mais au lieu de prendre la bretelle qui s'y rend, il se gare un peu plus loin sur l'accotement, arrête le moteur et, bien calé sur la banquette, il renverse la tête. Le coin est parfaitement tranquille, sans maison ni commerce autour. Il est à une trentaine de kilomètres de Drummondville. Il peut rester ici jusqu'à ce que Bob l'appelle, ce qui ne devrait pas trop tarder. Il enlève sa casquette et ses lunettes fumées, sort le flip de sa poche, le pose sur la banquette côté passager, et attend.

Ébranlé par cette soudaine inertie, il se laisse gagner par le scepticisme: l'ami de Bob refusera d'aider le motard, ou il lui dira qu'il ne se passe rien d'intéressant aujourd'hui, ou alors que c'est dans un endroit plus éloigné que les cent cinquante kilomètres auxquels Carl a droit. Pourtant, ce genre d'activités illégales doit surtout se produire dans les grandes villes, genre Montréal ou Québec…

Qu'est-ce que t'en sais? Pourquoi pas Trois-Rivières, ou même La Tuque? T'as pas assez de preuves, depuis hier, que des trucs horribles se déroulent partout? Et même si c'est à Québec, ce serait trop loin.

Alors, si ça ne fonctionne pas, il n'aura *vraiment* plus le choix : il attendra les Chasseurs ici, jusqu'à ce qu'ils aient reçu sa localisation, et les abattra avec son revolver.

La Chasse sera terminée, mais un autre cauchemar commencera.

Il se frotte les yeux. Il voudrait tellement ne pas en ariver là...

« T'as raison, Carloune. Il y a tant de manières d'éliminer les gens... »

Plus besoin d'être dans un coffre de voiture ou une trappe obscure, maintenant, pour que Stéphane poursuive sa résurrection. Carl ne résiste donc pas et fixe les champs sans les voir, à nouveau projeté dans le temps.

En mars 1982, alors qu'on venait de lui retirer son plâtre, Carl a décidé, pour son cours de photographie, de monter un reportage-photos ayant comme sujet l'école après les heures de cours. Un mardi, il s'est donc rendu au collège Saint-Bernard vers dix-huit heures, encore ouvert puisque quelques élèves s'y retrouvaient parfois en soirée soit pour des travaux d'équipe, soit pour suivre des activités parascolaires ou s'entraîner. Carl a d'abord photographié les deux salles de pause vides, le gymnase, quelques classes abandonnées... Il est ensuite descendu au vestiaire des garçons, mais l'endroit n'était pas tout à fait désert : un casier était ouvert et un sac de sport traînait. On entendait un jet d'eau en provenance de la salle des douches, et aussi un autre son, qui ressemblait à une plainte. Quelqu'un était blessé ? Carl, appareil photo autour du cou, s'est avancé. Une des douches, derrière une porte fermée, fonctionnait, et le geignement masculin qui en provenait ne permettait plus beaucoup de doutes quant à sa nature : le type ne souffrait manifestement pas. Carl a songé à partir, mais la curiosité le rongeait, mélange de fascination sexuelle ambiguë propre à cet âge et de plaisir enfantin à espionner quelqu'un dans l'intimité. À côté de la douche se trouvait une cabine de toilette. Carl s'y est engouffré, est monté sur la cuvette et, avec infiniment de prudence, a haussé ses yeux jusque par-dessus la paroi, prêt à déguerpir si le gars le voyait.

Sous le jet d'eau, Stéphane se masturbait en gémissant, appuyé contre le mur, les paupières closes, la bouche entrouverte en une expression extatique et vaguement féminine. Il venait souvent pratiquer ses lancers de basket-ball le soir. À l'étonnement de reconnaître son tortionnaire s'est ajoutée une surprise encore plus grande pour Carl : Pinard, même en érection, avait un pénis si minuscule qu'il se caressait uniquement avec trois doigts, ce qui rendait l'acte plutôt grotesque. Le voyeur s'est alors rappelé que Stéphane, après les cours d'éducation physique, ne se montrait jamais nu dans les vestiaires, mais apportait toujours ses vêtements avec lui à la douche. Cependant, comme il était loin d'être le seul à démontrer cette pudeur, personne n'y avait accordé d'attention.

À ce moment, Carl aurait dû fuir en rigolant. Mais tout à coup, cette nouvelle émotion qu'il ressentait depuis peu envers Stéphane a éclaté. Ou plutôt, a *démarré*, provoquant en lui une illumination à la fois aveuglante et glaciale. Et il a tout de suite su quoi faire.

Le visage inexpressif, il a pris son appareil photo et cadré rapidement son sujet. Il savait que si Stéphane levait la tête, la raclée qu'il avait subie cinq semaines plus tôt serait une bagatelle en comparaison avec ce qui l'attendait. Mais il n'était pas question qu'il laisse échapper cette occasion. Même des jours plus tard, il serait encore estomaqué de ne pas s'être fait prendre. Mais après cinq ans, il méritait bien que la chance tourne à son avantage. Il avait donc appuyé à quatre reprises sur le déclencheur, le bruit de la douche couvrant le son de l'appareil, avant que Stéphane, les yeux toujours fermés et en poussant un long cri, ne baisse sa tête vers son sexe lilliputien pour recevoir en plein visage, la bouche ouverte, une éjaculation impressionnante pour un organe si petit. En actionnant une cinquième et dernière fois le déclencheur, Carl avait senti un formidable frisson de satisfaction malsaine.

Pinard jouissait toujours lorsque Carl est descendu de la cuvette et, sans la moindre discrétion, s'est dirigé vers le vestiaire.

— Y a quelqu'un ? a crié Stéphane, la voix inquiète.

Carl est sorti du local, les traits figés en une dureté inhabituelle chez lui.

Il a développé ses photos dans son petit laboratoire, dans le sous-sol de la maison, tandis que ses parents étaient absents, puis il a retiré presque la moitié de l'argent qu'il ramassait depuis trois ans pour s'acheter du matériel supplémentaire. Trois jours plus tard, une centaine de copies agrandies de quatre différents clichés de son persécuteur en plein onanisme, son visage extasié presque féminin, son minuscule pénis entre ses trois doigts, apparaissaient un peu partout sur des murs de la ville, sur des poteaux de téléphone, et surtout dans les classes du collège. Après une semaine, la moitié de Drummondville en parlait: l'athlète Stéphane Pinard était désormais la risée de tous les adolescents et la grosseur de sa quéquette le nouveau sujet de conversation. Ses parents avaient promis mille dollars à celui qui trouverait le responsable de cette odieuse blague.

Moins de vingt-quatre heures après l'apparition des clichés, la star déchue a attrapé Carl, l'a acculé dans une ruelle en le tenant à la gorge et, les traits fous furieux, a craché qu'il savait que c'était lui, que les photos étaient trop bien foutues pour provenir d'un amateur, que personne d'autre ne pouvait le détester au point d'être si cruel.

— Je vais te dénoncer à mes parents, aux tiens pis à la police ! Mais avant, je vais casser ta petite criss de gueule de fif ! Ta gueule pis tout ce que je peux briser !

— OK, Steph, a calmement répliqué Carl. Mais avant que tu me réduises en bouillie, je vais te montrer quelque chose.

De son manteau, il a sorti la photo qu'il traînait toujours avec lui en prévision de ce qui lui arrivait à ce moment-là. Le cliché représentait l'éjaculation de Pinard qui recevait avec ferveur sa semence en pleine gueule. C'était si clair et si précis qu'on aurait dit une illustration de magazine porno. Mais pas d'un magazine hétérosexuel.

— Cette photo-là, personne l'a vue encore. Mais je te garantis que si tu me cognes, si la police ou n'importe qui d'autre vient chez nous pour m'accuser ou même me poser des questions, je la sors. J'en ai fait plein de copies, elles sont hyper bien cachées, personne va les trouver. Pis aussitôt que les flics vont être partis de chez nous, elles apparaîtront un peu partout. Même chose si tu fais encore la moindre farce plate sur moi, même dans mon dos.

Évidemment, un tel discours ne pouvait provenir que d'un adolescent naïf de dix-sept ans qui avait vu trop de films policiers. Certes, il avait caché des agrandissements de la cinquième photo (personne n'avait d'ordinateur domestique à l'époque, encore moins de clés USB), mais cela aurait sans doute été un jeu d'enfants pour les flics de les dénicher. Et devant des enquêteurs habitués à faire avouer des durs à cuire, l'apprenti maître chanteur aurait rapidement craqué. Sauf que Stéphane aussi n'avait que dix-sept ans, et il était moins intelligent que Carl. Le bluff avait donc fonctionné à fond et, pour la première fois de sa vie, Carl avait perçu une réelle terreur apparaître dans le regard de son bourreau. Il en avait presque bandé de triomphe. Cette terreur était évidemment causée par les horribles possibilités que Stéphane entrevoyait (déjà qu'il était la risée de la ville, qu'est-ce que ce serait si *en plus* cette épouvantable photo s'ajoutait aux autres?), mais aussi par autre chose d'improbable : par Carl lui-même. Comme si Pinard découvrait chez sa victime qui le fixait d'un œil glacial, chez ce nerd timide et peureux, un individu qu'il ne connaissait pas, un caractère dont même lui ne pouvait envisager l'existence.

Il a vu *quelque chose* en lui.

Stéphane a lâché Carl, reculé en vacillant, puis tourné les talons pour courir, comme s'il fuyait le diable.

Carl n'a jamais présenté son reportage-photos sur le thème de l'école : il craignait trop qu'on établisse des liens. Il n'a jamais raconté cette histoire, même s'il sentait que des confrères et consœurs le soupçonnaient. Stéphane, lui, n'a plus jamais lâché la moindre vacherie contre son ancienne victime. De toute façon, on ne le voyait plus. Pendant trois semaines, il n'est pas venu à l'école et, à son retour, il y avait tant de regards moqueurs et de blagues à peine voilées que Pinard n'était plus que l'ombre de lui-même. Il ne sortait plus le soir, ne fréquentait plus les partys. Évidemment, ses parents et la direction du collège continuaient de jurer qu'ils trouveraient le coupable, mais en vain. Si après six ou sept jours les photos placardées un peu partout avaient disparu, le mal était néanmoins fait. Ou le bien, selon le point de vue. Car même s'il savait que l'existence de son ancien tortionnaire avait été totalement bouleversée, qu'il ne pouvait plus se montrer en public sans se ratatiner de honte et qu'il devait sans doute consulter un psychologue trois fois par semaine, Carl, après cinq ans de tension, retrouvait la légèreté de vivre.

Au bout d'un mois, on ne parlait plus du tout de cette affaire en ville, mais à l'école, où les cruautés ont la vie dure, on continuait de se foutre de Stéphane, au point que ce dernier, à la fin avril, a cessé de fréquenter le collège. Entre les branches, on disait qu'il ne sortait plus de chez lui. Quelques jeunes ont alors commencé à ressentir de la compassion et du remords. Carl n'était pas de ce nombre. Comment aurait-il pu éprouver de la pitié pour ce salaud qui l'avait intimidé si longtemps, et ce, sans *aucune* criss de raison ?

C'est à ce moment que Stéphane l'a appelé. D'une voix neutre, il lui a dit qu'il souhaitait lui parler. Pour négocier quelque chose par rapport à la dernière photo, celle que personne n'avait encore vue. Plein d'assurance, convaincu de son avantage, Carl, un samedi après-midi, s'est donc rendu chez son ancien tortionnaire.

Et c'est là, chez Stéphane... C'est à ce moment que...

La sonnerie du cellulaire ramène violemment Carl au présent : il est 15:41. Il répond si rapidement qu'il échappe presque l'appareil.

— Bob ?

— Non, Carlos, c'est la fille avec qui t'as fourré y a neuf mois. Y a un petit bébé ici qui a besoin d'un papa.

Carl claque la langue en se frottant les yeux.

— T'as réussi à sortir de la ville ? demande le motard.

— Oui, oui, ton chemin était parfait, merci... Est-ce que ton... As-tu des bonnes nouvelles ?

— Ça dépend du point de vue.

Court silence, puis Bob soupire avant d'enchaîner :

— J'ai expliqué à mon chum qu'aujourd'hui j'avais le goût d'une expérience qui sort de l'ordinaire pis je

lui ai demandé s'il pouvait naviguer un peu sur *Hell.com*
pour dénicher quelque chose pas trop loin. Au début,
il a trouvé ça spécial, vu que je lui ai toujours dit que
ce site-là m'intéressait pas vraiment, mais je lui ai répondu que je voulais m'ouvrir l'esprit, par curiosité.
Il m'a rappelé au bout d'une demi-heure pis il m'a dit
que le site annonçait un événement pas piqué des
vers aujourd'hui, à Montréal, qui commençait à une
heure cet après-midi pis qui finit à huit ce soir.

Carl se redresse sur sa banquette.

— Un événement exclusif à *Hell.com*?

— Non, non, je t'ai dit d'oublier ça, ce type d'activités là !

— OK, OK… Là, c'est une activité que le site publi-
cise, mais tous ceux qui sont au courant peuvent y
aller…

— Exact. Ça veut dire que tu peux y aller sans problème, on te demandera pas t'es qui, tant que tu paies
pis que t'as le mot de passe.

— Y a un mot de passe?

— Ben oui. C'est quand même pas une démonstration de tupperwares. La plupart des gens qui vont
se rendre là sont pas membres de *Hell.com*, mais c'est
sûr qu'ils ont pas entendu parler de ça à la messe du
dimanche…

— C'est quoi le mot de passe?

— Grenade. Pis ça coûte cinq cents piastres pour
entrer.

Criss ! il sera complètement à sec !

— Pis… l'activité, c'est quoi?

— Ça s'appelle *Don't Stop*, mais je sais pas ce qui
s'y passe. Mon chum me l'a pas dit: il veut que ce soit
une surprise.

Carl secoue la tête en plissant les yeux. Est-ce
vraiment une bonne idée d'aller dans… dans ce *monde*?

*De quel monde tu parles? Ce qui t'arrive, depuis
hier, tu crois que ça se produit dans une autre galaxie?*

Il n'y a qu'un seul monde, pas deux. Tu es en train de l'apprendre.

— Bob, est-ce que tu penses qu'il y aura quelqu'un de *Hell.com* sur place?

— Des membres? Sûrement une couple, mais ce sera pas écrit sur leur front.

— Pas des membres, mais... un responsable ou un organisateur du site, ou...

— Aucune ostie d'idée.

Silence. Puis:

— Alors, Carlos, tu changes tes plans? T'as pas envie de te sauver aux États-Unis, à la place? Même si je sais pas ce qui t'arrive, ça peut pas être pire là-bas qu'ici...

— Donne-moi l'adresse.

Bob soupire.

— T'as quelque chose pour noter?

— J'ai une bonne mémoire, vas-y.

Bob lui indique l'adresse. Carl se la répète plusieurs fois mentalement, puis:

— C'est dans quel coin de Montréal?

— Précisément, je le sais pas, mais il paraît que c'est ben proche du tunnel La Fontaine. Mon chum m'a précisé aussi qu'on peut pas amener nos téléphones cellulaires, alors entre pas avec ton flip. De toute façon, je t'ai dit de le jeter quand t'auras fini de l'utiliser.

— Quand ton ami va te demander si t'as aimé l'activité, tu lui répondras quoi?

— Que j'y suis pas allé. Que j'ai finalement changé d'idée.

— OK... (hésitation) Merci encore, Bob.

— Tu m'as payé, c'est de la business.

— N'empêche, quand on va se revoir, je...

— Ça m'étonnerait qu'on se revoie, Carlos.

Le cellulaire devient si glacé que l'oreille de Carl s'engourdit. Et le motard d'ajouter d'une voix neutre:

— Oublie pas de jeter le téléphone si t'appelles quelque part.

La communication se coupe. De toutes les discussions qu'il a eues avec Bob, c'est la première pendant laquelle il n'a pas entendu une seule fois son rire granuleux.

Carl referme le flip et regarde devant lui. Puis, s'adressant à Diane, il crie dans la voiture:

— Oui, je vais essayer de rencontrer un représentant de ton site de malades mentaux! Vas-tu m'en empêcher? Y a-tu une criss de règle qui le permet pas? Hein?

Il se tait en se traitant intérieurement d'idiot et lisse ses cheveux en fermant les yeux.

N'y va pas. Oublie ça. Ça marchera pas. Éloigne-toi un peu plus dans la campagne et attends les chasseurs pour les affronter.

Non. Il n'en est pas encore là.

Il enfile sa casquette et ses lunettes, puis tourne la clé de contact. Trente secondes plus tard, il roule sur l'autoroute vers Montréal. D'ici, il doit être à cinquante minutes du tunnel Hippolyte-La Fontaine. Pas question d'aller trop vite: se faire arrêter pour excès de vitesse serait le comble de la connerie. Il traversera le tunnel et, une fois sur l'île, il s'informera pour trouver le lieu exact de l'activité. Et ensuite...

En quittant le moins possible la route des yeux, il prend son flip et appelle sa boîte vocale. Le premier message, le plus ancien, commence: il reconnaît la voix de son fils.

— Salut, p'pa... je te confirme que ça marche pour le vingtième du *Lindsay*, je vais être là sans faute. Pis tu diras à Sébastien que cette fois je serai pas malade, ah-ah-ah! D'ici là, on se revoit à la fête de Laurie, hein? Pis, heu... J'imagine que maman t'a parlé de son nouveau chum qui va être présent, mais... Écoute, je suis sûr que ça va ben aller, OK? Bye, p'pa.

Carl sent une grande fissure s'ouvrir dans sa cage thoracique. Le vingtième anniversaire du bar, la fête de Laurie… Et son fils qui lui dit que tout ira bien avec le nouveau chum de Pascale. Seigneur ! Hier, cet inconnu représentait pour Carl le pire coup dur ! Aujourd'hui, il serait prêt à devenir son meilleur ami.

Manifestement, Samuel n'est pas encore au courant de ce qui lui arrive. Ce message doit dater de tôt ce matin. La police a sans doute tenté de l'appeler depuis, mais son fils est si difficile à joindre… Sur le second message, il reconnaît la voix d'Yves, un brin contrariée.

— Coudon, dude, t'es où ? Aucun signe de toi depuis hier ! Là, il est dix heures du matin pis il faut que je retourne à Boucherville. Es-tu finalement parti au chalet de ton chum, à Grand-Mère ? Peux-tu au moins m'appeler pour me le dire ? Je vais apprendre mon texte toute la journée, mais je laisse mon cellulaire ouvert pis je vais répondre si je vois que c'est toi. Je veux pas avoir l'air de ta mère, dude, mais… En tout cas, rappelle-moi.

Yves ignore donc aussi ce qui se passe. C'est vrai qu'il n'est pas du genre à écouter la radio de Drummondville et, sur le chemin du retour, il s'est sans doute tapé ses vieux disques de Rush ou de Marillion. Le troisième message commence. C'est Pascale, dont la voix est affolée.

— Carl, la police m'a appelée, elle te cherche ! Il paraît que… que tu serais lié aux événements de la nuit dernière et de ce matin, pis… Il y aurait eu deux morts, et la police pense que t'es en danger… Crime ! Carl, qu'est-ce qui se passe ? J'ai dit aux agents qu'il y a une folle, hier, qui est venue te dire que t'allais mourir, mais que tu pensais que c'était une blague. Mais là, je… je capote pis… Pourquoi tu réponds à personne ? Pourquoi t'appelles pas la police ? J'ai… (sa voix casse) J'ai *vraiment* peur, rappelle-moi, OK ? Rappelle-moi vite !

Elle raccroche. La fissure dans la poitrine de Carl s'ouvre maintenant jusque dans sa gorge, mais le message suivant court-circuite instantanément l'émotion qui montait en lui: c'est le sergent-détective Bourassa. Il ne prend même pas la peine de résumer à Carl les événements survenus depuis hier soir, comme s'il savait que tout cela était inutile, mais il l'exhorte à nouveau à le rappeler. Sa voix est calme, mais montre des signes d'inquiétude et d'impatience.

— Votre ex-femme nous a dit que vous aviez reçu une sorte de menace de mort de la part d'une inconnue. On veut donc toujours croire que vous êtes une victime pis que vous êtes en danger, mais on pourra pas continuer à penser ça très longtemps si vous nous aidez pas, surtout que votre refus de coopérer cause de plus en plus de dommages. Pour la dernière fois, rappelez-nous, monsieur Mongeau.

Carl écoute, le visage imperturbable. Puis, sur le message suivant, il reconnaît la voix de Lorraine, déconcertée. Elle explique que la police est venue lui demander des renseignements sur son patron.

— Je leur ai dit que je t'avais pas vu depuis la veille… Je leur ai laissé le numéro de Sébastien, de Laurent, d'Aline pis des autres. Ils m'ont dit que j'étais mieux de pas ouvrir le *Lindsay* aujourd'hui. De toute façon, je… j'ai vu pas mal d'affaires passer sur Facebook, pis… Je dis pas que t'es coupable de quoi que ce soit, mais je trouve ça un peu trop heavy… Je pense que je vais démissionner, Carl, c'est… Ouin, c'est ça.

Elle coupe et Carl devient sombre. Son bar qui n'ouvrira pas aujourd'hui… Son bar…

Le message qui suit provient de Pierre-Luc, au chalet, qui se dit déçu de l'absence de son vieil ami, et les deux suivants de deux amis, Chantal et Alain, consternés par ce qu'ils ont entendu à la radio mais convaincus qu'il s'agit d'une terrible méprise. Carl écoute ces deux derniers messages avec une moue dure. Ils ne savent rien. Ils vivent dans une petite bulle proprette et bien rangée, où l'on croit que tout va bien, une bulle que Carl lui-même habitait il y a deux jours à peine, en ignorant que son univers flottait au milieu de vers et de marécages puants.

Sur le dernier message, Yves ne cache pas sa colère et son exaspération.

— Carl, ostie, veux-tu ben me dire pourquoi tu me rappelles pas? J'ai-tu fait quelque chose? Es-tu en criss après moi? T'es où, là? À Drummondville? Au chalet de ton chum à Grand-Mère? Sur la planète Mars? Je comprends pas, là... Appelle-moi, calvaire!

Yves n'est toujours pas au courant. C'est vrai qu'il a dit à Carl qu'il travaillerait toute la journée, mais il va bien finir par regarder la télé ou aller sur Facebook... Comment réagira-t-il? Croira-t-il à l'innocence de son ami?

Carl ouvre la fenêtre pour jeter le téléphone, mais il hésite soudain. Il remonte la vitre, compose un numéro et attend en se mordillant les lèvres. Une sonnerie, deux, puis la voix inquiète de Pascale répond:

— Allô?

— C'est moi, Pascale.

— Carl! Pour l'amour du ciel, qu'est-ce qui se passe? Es-tu correct? La police te...

— Je suis correct...

— ... cherche partout, tu le sais? Elle pense que t'es mêlé aux... à tout ce qui se passe depuis hier, mais je leur ai dit que ç'avait pas d'allure! Ils se demandent même si la mort de... Mon Dieu, Carl, Claudia est morte, tu... tu le savais? Elle s'est jetée par la fenêtre de son bureau, mais les policiers sont pas sûrs que c'est un suicide!

Carl lève un œil dans le rétroviseur: il y voit un corps planer dans le ciel un moment, puis tomber à toute vitesse.

— Je sais, oui…

— J'ai parlé à la police de la femme qui est venue t'annoncer que t'allais mourir ! C'est elle, hein ? C'est pas une blague de Benoît, finalement ! C'est elle, la vraie responsable de tout ça !

— Je peux pas r…

— C'est qui, cette… cette… Elle veut quoi ? Pourquoi elle te…

— … pas rien dire, Pascale, mais…

— Comment ça, tu peux rien dire ? Voyons, c'est… Va voir les policiers et parle-leur ! Ils ont mis ma ligne sur écoute, ils t'entendent en ce moment même ! Dis-le que c'est cette… cette ostie de folle qui est responsable de tout !

— Pascale, je t'appelais juste pour te jurer que tout ce qui arrive est pas de ma faute, OK ?

— Mais je te crois, voyons ! s'écrie son ex-femme, sur le bord des larmes. Je te crois ! Comment tu peux penser que je doute de ça ?

La gorge de Carl se serre jusqu'à la douleur.

— Pis je veux que tu le dises aussi à Samuel, OK ? Pis dis-lui que je l'aime.

La voix de Pascale est maintenant entrecoupée de sanglots.

— Carl, je t'en supplie, dis-moi ce qui se passe !

— Pis je t'aime aussi, Pascale… Je t'aime comme c'est pas possible…

Et il s'empresse de raccrocher. La route devant lui devient embrouillée. Il enlève ses lunettes et essuie vivement ses yeux de son avant-bras en serrant les dents. Puis il baisse la vitre et jette le cellulaire.

« C'est rassurant de voir que tu peux ressentir des émotions, Carloune. »

Le visage de Carl s'assombrit tandis qu'il remet ses lunettes fumées. Il doit assister à la résurrection de Stéphane jusqu'au bout, et cette résurrection ne sera complète que lorsqu'il mourra à nouveau.

Le samedi 24 avril 1982 (mon Dieu, lui qui croyait avoir tout effacé se rappelle maintenant la date précise !), Carl avait accepté d'aller rencontrer Stéphane chez lui, convaincu de son avantage. Il s'attendait à ce que l'ex-dur à cuire l'implore de lui donner la dernière photo et qu'il serait même prêt à le payer pour l'avoir. Carl le regarderait en silence, savourant sa victoire, et bien sûr refuserait. C'est ce qu'il avait prévu.

La grande maison de la famille Pinard se trouvait dans le quartier Drummondville-Sud, dans la rue Fradet qui longe la rivière Saint-François. Carl y était arrivé à quinze heures dix. La température exceptionnelle l'avait incité à prendre son vélo malgré les congères qui encombraient encore les trottoirs. Comme Stéphane lui avait dit qu'il serait seul à la maison, Carl était entré directement dans le cottage, sans frapper, anticipant la volupté de trouver l'adolescent recroquevillé par l'humiliation et le désespoir. À peine à l'intérieur, il avait entendu une voix en provenance du sous-sol :

— Carloune ? Je suis en bas.

Une onde de colère a traversé le visiteur : ce trou du cul osait encore l'appeler par ce ridicule sobriquet ? Il a descendu l'escalier dans l'intention d'annoncer à Stéphane que s'il ne s'excusait pas immédiatement à genoux, il collerait partout en ville l'ultime photo d'ici vingt-quatre heures. Mais en bas, en sortant de la cage d'escalier, il s'est arrêté et n'a plus du tout songé à engueuler son ancien persécuteur.

Le sous-sol était une vaste pièce ouverte avec télévision, table de billard et fauteuils de toutes sortes. Stéphane était assis sur le bord de la table de billard, les pieds ballants dans le vide. Carl, au cours des dernières semaines, l'avait vu dépérir jusqu'à devenir l'ombre de lui-même, mais personne ne l'avait croisé depuis quatre ou cinq jours et son état avait empiré. Si cerné qu'il paraissait maquillé, son teint n'était pas blanc mais jaunâtre, comme celui d'un drogué ou d'un malade en phase terminale. Ses cheveux étaient sales, sa barbe clairsemée, ses muscles avaient fondu comme neige au soleil, laissant place à des membres de gringalet. Carl avait peine à croire que cette loque lamentable avait réussi à l'humilier pendant cinq ans. Mais ce n'est pas cette apparence désastreuse qui l'avait paralysé net: c'était le fusil de chasse que pointait Stéphane vers lui.

— Si tu bouges, t'es mort. Mon père m'a montré à chasser l'an dernier, pis je suis pas pire tireur pantoute.

La voix était caverneuse, non pas comme si elle provenait de sa bouche, mais sortait de son ventre. Ou même de son dos. Une contre-voix, à l'image de ce qu'était devenu l'ancien et arrogant playboy sportif. Un seul détail n'avait pas changé: il mâchait toujours sa gomme, en produisant cette mastication mouillée et caoutchouteuse que Carl détestait tant.

Carl ne bougeait pas, convaincu que Stéphane allait effectivement tirer s'il désobéissait. Et pourtant, il n'avait pas peur, pas le moins du monde. Ce qu'il ressentait s'apparentait à une sorte de fascination morbide, alimentée par la conscience qu'il était en train de vivre quelque chose de terrible, quelque chose de tragique, même s'il ne savait pas encore pour qui. Peut-être pour eux deux.

— Alors, t'es content? a articulé Pinard, les yeux éteints au fond de ses cernes. Est-ce que tu t'attendais à ce que ta vengeance me fasse tant de dommages?

— Non. Pas tant que ça.

Et il était sincère. Mais il avait prononcé ces mots sans émotion, sur le ton du simple constat.

— Des regrets? a poursuivi Stéphane, à la fois ironique et suppliant. Des remords?

Carl a observé le canon de l'arme un moment.

— Non.

C'était vrai aussi. Stéphane a hoché imperceptiblement la tête en mâchant sa gomme, les traits las.

— T'es pire que moi, au fond...

— Ça, ça m'étonnerait.

— Regarde de quoi j'ai l'air. Regarde ce qu'est devenue ma vie.

Aucune colère dans sa voix, aucun éclat. Au contraire : les mots étaient articulés clairement, comme ceux d'un gourou qui veut communiquer une révélation à son disciple. Et le fusil qu'il pointait ne bougeait pas d'un millimètre. Mais Carl ne réagissait toujours pas et attendait, curieux. Stéphane a eu une moue ambiguë.

— Je me suis trompé sur toi. Je t'ai choisi parce que t'avais l'air faible, peureux, gêné... Pis tu l'étais, aussi. Mais t'avais quelque chose que j'avais pas prévu, quelque chose que moi j'ai pas... Même toi, tu le sais pas. Mais ça empêche pas que...

Il a marqué une petite pause et a esquissé un sourire désespéré, atroce.

— ... que t'as ça en toi, Carloune.

L'usage du sobriquet a à peine agacé Carl tant celui-ci était intrigué par ces paroles.

— J'ai quoi, en moi ?

— Tu finiras ben par le découvrir. Surtout si tu tues quelqu'un d'autre un jour.

— Quelqu'un d'autre ? J'ai jamais tué personne.

— Ah, non ? Qu'est-ce que tu penses que tu fais depuis un mois ?

Carl a froncé un sourcil. Était-il enfin en train de comprendre ce qui se passait ? Ce qui *était sur le point* de se passer ? Stéphane, qui pointait toujours le fusil vers lui, a mâché sa gomme quelques secondes. Une brève lueur indéfinissable a brillé dans le puits de ses cernes et le son de sa mastication a envahi la pièce.

— Tu pensais que je te sacrerais enfin la paix, hein, Carloune ? Ben, tu t'es trompé en ostie.

Là-dessus, avec une fluidité qui donnait presque l'impression qu'il s'était pratiqué plus tôt (peut-être était-ce le cas), il a tourné l'arme vers lui, a posé l'embouchure du canon sous la pointe de son menton et a tiré.

Malgré la vitesse d'exécution, malgré la détonation assourdissante, Carl n'a pas bronché. Avec une précision extrême, il a enregistré chaque détail de la scène : le visage emporté vers le haut dans un éclat d'hémoglobine et de chairs, le corps bondissant une fraction de seconde avant de s'écrouler mollement vers l'arrière, les boules de billard éparpillées dans toutes les directions par la chute du cadavre au centre du tapis vert...

Plusieurs secondes ont passé. Carl ne s'approchait pas, examinait le résultat de loin. Sur la table de billard, trois ou quatre boules tachées de sang roulaient encore, dont la blanche qui, après avoir oscillé une seconde, est tombée dans une des poches en produisant un « poploc » sec. De toute cette scène, c'est ce bruit qui impressionna le plus Carl.

Puis il a remonté l'escalier, ni vite ni lentement.

Dehors, il n'y avait personne. Ou le sous-sol avait bien étouffé le son de la détonation, ou les voisins étaient absents, ou les gens, en entendant un coup de feu, sont convaincus qu'il s'agit d'autre chose et ne font pas attention... Carl a donc enfourché son vélo et s'est éloigné.

Jamais on n'est venu le questionner. Jamais on n'a fait avec lui le moindre rapprochement. Et il ne ressentait aucun remords. Ni aucune satisfaction, d'ailleurs. En fait, il avait l'impression de ne rien ressentir, sinon un vague engourdissement. Comme si le suicide de

Stéphane n'avait eu aucun impact sur lui, positif ou négatif.

Alors pourquoi, trois jours plus tard, sans explication logique, à deux mois de la fin de son secondaire V, a-t-il abandonné l'école et, par le fait même, ses projets en urbanisme ? Pourquoi s'est-il mis à pratiquer le jogging alors que cela ne l'avait jamais intéressé ? Pourquoi a-t-il cessé de voir ses quelques amis d'alors pour s'en faire des nouveaux, qui n'étaient ni mieux ni pires que ses anciens ? Pourquoi, à dix-huit ans, est-il devenu serveur dans un bar en ayant la soudaine ambition d'un jour en posséder un ? Pourquoi n'a-t-il plus jamais touché à la photographie ? Il n'avait aucune explication. Ni pour ses parents (qui s'arrachaient les cheveux de désespoir à essayer de comprendre), ni pour lui-même. Cela lui était venu naturellement, sans aucun questionnement. En fait, il avait l'impression qu'il devait *totalement* changer de vie, qu'il devait effacer toute activité, toute habitude, tout projet qui appartenaient à son ancienne existence, sinon... Sinon quoi ? Il ne savait pas. Ou ne voulait pas le savoir. Mais une chose est sûre : cela avait fonctionné, et plutôt bien, en plus. Il était bon serveur ; il a rencontré Yves, qui étudiait en théâtre et qui est devenu son grand ami, puis il y a eu Pascale, la famille, l'ouverture du *Lindsay*... Il a réussi sa vie et l'aimait sincèrement, sans amertume ni dépit. Et rapidement, très rapidement, il a cessé de penser à Stéphane. Comme s'il n'avait jamais existé. Ni lui, ni ses années au secondaire, ses ambitions universitaires, sa passion pour la photo, ses anciens copains... Comme si sa vie avait débuté quelques jours après le 24 avril 1982.

« Tu pensais que je te sacrerais enfin la paix, hein, Carloune ? Ben tu t'es trompé en ostie. »

Oui, il s'était trompé. Trente-cinq ans plus tard, il doit bien l'admettre. Et après tout ce temps, le cadavre de Stéphane est plus pourri que jamais et dégage des odeurs insoutenables.

Pourquoi maintenant ? Les événements déments qu'il vit depuis hier n'ont pourtant rien à voir avec ce qui s'est passé à l'époque.

Ah, non ? Et tous ces morts, c'est la faute à qui ?

Carl frappe sur son volant en jurant. Tout ce que lui a dit Stéphane avant de mourir, c'était uniquement pour lui donner des remords. Il s'est tué devant lui en espérant que son ancienne victime se consume de culpabilité, il a agi en trou du cul jusqu'au bout. Mais cela n'a pas fonctionné parce que Carl a tout fait pour que ça ne fonctionne pas. Et ça ne fonctionnera pas davantage aujourd'hui parce que rien n'est de sa faute dans tout ce qui se passe depuis hier, rien de rien !

« T'as ça en toi, Carloune. »

Il gémit en se massant le front d'une main. Qu'est-ce qu'il a en lui, calvaire ? De quoi parlait Stéphane ? De sa capacité à haïr ? Tout le monde a ça, tout le monde a haï au moins une personne dans sa vie ! De la capacité de tuer ? Mais dans sa situation, c'est de la légitime défense, ce n'est même plus un choix !

Alors quoi ?

Il réalise qu'il roule trop vite et redescend à cent dix kilomètres-heure. Ça suffit, maintenant. Il doit rationaliser les choses. Ce qu'il vit depuis hier le bouleverse trop et fausse son jugement. Alors plus question de laisser Stéphane lui jouer dans la tête. Désormais, il s'en tient au réel, au concret. Et concrètement, il est... seize heures trente-neuf ? Il a erré dans ses souvenirs si longtemps ? Ahuri, il réalise qu'il vient de dépasser la sortie pour Boucherville et qu'il sera sur l'île de Montréal dans deux ou trois minutes. Et comme Bob lui a dit que l'événement avait lieu tout près du tunnel, il devrait arriver à son but très bientôt.

De l'autre côté du tunnel, il prend l'une des premières sorties qu'il croise, tombe rapidement sur un
dépanneur station-service près de la 25 et s'arrête
dans le stationnement. Sans retirer ni ses lunettes ni
sa casquette, il descend du véhicule et, tandis qu'il
claudique vers l'entrée, il sent sa blessure dans le bas
du dos s'allumer : les effets des cachets de Bob sont
terminés, mais la douleur est très supportable. À l'intérieur du dépanneur, il donne l'adresse au commis et
celui-ci, un jeune de vingt ans fort sympathique,
ouvre Google Maps sur son ordinateur et entre les
coordonnées de Carl. Comme prévu, l'endroit se
trouve à cinq minutes en voiture. Pendant que Carl note
le chemin sur un bout de papier, il entend un client
entrer derrière lui tandis que l'odeur d'un parfum
familier et agréable passe sous ses narines une très
brève seconde. Il plisse les yeux puis consulte l'horloge
sur le mur : 16:50 pile. Il perçoit des bruits de talons
se dirigeant vers les frigos du fond, mais sans tourner
la tête, il finit d'écrire le trajet, grommelle un « merci »
au commis et marche vers la sortie en réussissant à ne
pas jeter un regard vers les frigos. À l'extérieur, il voit
la Mercedes-Benz blanche garée près de sa propre
voiture. Il songe à partir immédiatement, mais se dit
qu'il y a encore deux ou trois informations qui pourraient
lui être utiles. Il va s'asseoir à une petite table en
pierre tout près, sur un espace gazonné en plein soleil,
et attend.

Vingt secondes plus tard, Diane sort du dépanneur,
une bouteille d'eau à la main. En apercevant Carl, elle
marche dans sa direction en dévissant le bouchon,
s'installe devant lui sur un banc de pierre et, en croisant
les jambes, lève la tête vers le ciel.

— Je déteste le soleil. C'est un astre trompeur. J'ai
déjà essayé de l'aimer, de croire à ses rayons flam-
boyants.

Elle prend une gorgée d'eau et ramène son regard sur Carl.

— J'ai eu tort.

De son petit doigt, elle pointe la mâchoire de la proie.

— Venatores 4 semble avoir une solide droite.

— Les cinq chasseurs sont toujours à Drummondville, j'imagine ?

— Bien sûr. Et avec toute la police qui y grouille, ils ont intérêt à être discrets.

— Donc, ils sont encore libres ?

— Oui.

— Même le Black ?

— Oui.

Carl a une pointe de déception, mais il ne s'inquiète pas vraiment. Ils vont recevoir sa localisation dans moins de dix minutes et s'ils tentent de venir à Montréal, ils tomberont sur les barrages policiers. Le Noir est activement recherché, il sera reconnu dès le premier contrôle. De plus, il utilise toujours des véhicules volés, donc signalés comme tels. Le junkie et l'Italien, eux, ne prendront pas le risque de franchir un barrage : le junkie roule peut-être avec sa propre moto, mais avec sa gueule et son comportement fébrile, il allumerait assurément la méfiance des flics ; quant à l'Italien, ses papiers démontreraient qu'il roule lui aussi dans une voiture qui ne lui appartient pas. Il y a l'itinérant, mais comme il est en vélo…

— Est-ce que l'itinérant sait conduire ?

La voix de Carl est glaciale, son regard noir, mais il pose ses questions calmement. C'est la première fois qu'il se sent presque en contrôle avec Diane. Si un client du dépanneur les apercevait, ils passeraient tous deux pour un couple qui discute, un couple dont l'homme semblerait tout de même plus morose et plus tendu que sa conjointe.

— L'itinérant ? J'imagine que vous parlez de Kynigous 1. Je l'ignore, mais il s'est rendu à Drummondville en autobus.

— Et il lui arrive quoi, à lui ?

— Vous l'avez mis dans un sale état. Depuis ce matin, il n'ose plus vraiment bouger, de peur d'attirer l'attention avec la vilaine blessure qu'il a au visage et à la main. J'imagine qu'il attend, penaud, que la Chasse se termine, en espérant qu'au moins son équipe gagne.

Il reste Sanschagrin. Lui n'aura aucune difficulté à passer les barrages policiers : homme respectable, avec un casier judiciaire sans doute vierge...

Mais Carl n'est pas inquiet. Évidemment, les barrages ne seront pas éternels et les chasseurs finiront bien par sortir de Drummondville. Mais ils sont à soixante minutes du tunnel Hippolyte-La Fontaine, ce qui laisse le temps à Carl d'agir. Pour la première fois, il n'aura pas la bande sur ses talons aussitôt que sa localisation sera connue. Et après, le prochain signal qu'ils recevront ne sera que dans deux heures et...

Il fronce les sourcils. Il enlève ses lunettes et demande en avançant la tête :

— Les prochains signaux que tu vas envoyer aux chasseurs vont être à cinq heures, ensuite à sept heures, ensuite à huit... Pis ensuite ?

— À partir de vingt heures, ils recevront constamment votre localisation.

Carl blêmit et Diane hausse une épaule.

— Comme je vous l'ai déjà dit, c'est extrêmement rare que le jeu dure si longtemps, mais il faut bien que ça se termine à un moment donné.

Carl prend un air à la fois entendu et écœuré.

— Plus la Chasse avance, plus vous vous arrangez pour que l'affrontement devienne impossible à éviter, pour que quelqu'un gagne.

Diane réfléchit un moment.

— Je vous ai raconté qu'une proie s'est déjà fait arrêter par la police, n'est-ce pas ? La partie a été annulée, personne n'a eu d'argent et on a dû éliminer un proche de la proie. Dans un tel cas, qui donc a gagné, selon vous ? La proie ou le commanditaire ?

Carl ne répond rien. Diane ajoute :

— Je dirais plutôt que le jeu se poursuit jusqu'à ce que l'un des deux perde. Ou même les deux.

Deux plis résignés apparaissent aux coins de sa bouche.

— Je vous l'ai dit, monsieur Mongeau : ce jeu représente la vie même. Et dans la vie, on finit toujours par perdre.

Carl soutient son regard une seconde. Tout à coup, il songe à revenir sur un point non éclairé lors de leur dernière discussion.

Laisse faire ça, c'est pas important !

Il hésite un instant, rongé par cette curiosité qui lui semble totalement absurde, pendant que Diane l'étudie comme si elle savait exactement à quoi il pensait, et au moment où il se décide à se lever, elle articule :

— Non.

Carl, à moitié debout, se fige à nouveau. Diane prend une gorgée de sa bouteille d'eau, humecte ses lèvres et ajoute :

— Vous m'avez demandé cet après-midi si Mathilde Foulon existait toujours lorsque la Chasse a été inventée. La période des questions était terminée, mais maintenant, je peux vous répondre : non. Officiellement, elle n'existait plus.

Carl se rassoit lentement sans quitter Diane des yeux. Tandis qu'elle parle, elle regarde sa bouteille, qu'elle tourne et retourne très délicatement entre ses mains. Sa voix est douce, posée, mais totalement neutre, comme si elle examinait de manière clinique ses propres paroles.

— Bernard Duvernay, l'amant de Mathilde Foulon, était membre de *Hell.com* et, par l'intermédiaire du site, a engagé un tueur professionnel pour l'éliminer. Puis deux autres. Puis trois derniers. En vain. Duvernay savait pourtant que Mathilde était redoutable en arts martiaux, mais il l'a manifestement sous-estimée. Elle-même, en comprenant qu'il avait commandé sa mort, s'est étonnée d'être capable de le tuer si lentement, de le faire souffrir si longtemps...

Carl ne bouge pas, traversé d'un grand froid. Derrière ses lunettes, les yeux bruns de Diane, toujours dirigés vers la bouteille, se teintent de mélancolie, mais sa voix demeure égale.

— Mathilde ne se considérait pas comme une femme naïve. Depuis l'adolescence, elle savait que le chaos régnait, et ses études en histoire n'ont fait que le lui confirmer. Mais elle voulait combattre cette idée. Elle voulait croire à la construction du bonheur, au mérite, à cette maxime promettant que l'on récolte ce que l'on sème. Elle voulait croire qu'il était possible de contrôler sa vie, même si intérieurement elle redoutait d'avoir tort. C'est pour cela qu'elle est tombée amoureuse du charismatique et brillant Bernard Duvernay, même s'il était marié, parce qu'il lui disait qu'il l'aimait vraiment et qu'un jour pas si lointain il serait tout à elle. Et elle voulait *tellement* être plus forte que le chaos. Finalement, elle était plus naïve qu'elle ne le croyait.

Un très léger rictus plisse ses lèvres impeccablement maquillées.

— Tous les sacrifices qu'elle a accepté de faire pendant quatre ans, convaincue qu'il allait bientôt quitter son insignifiante femme, relèvent du mélodrame le plus insipide. N'empêche que, lorsqu'il lui a annoncé qu'il s'était trompé et qu'il ne désirait plus la voir, toutes les illusions qu'elle s'était construites en redoutant *justement* que ce soit des illusions se sont écroulées. Elle a pleuré, hurlé, menacé de tout dévoiler à sa femme... Bref, elle a confirmé la loi qu'elle combattait depuis quatre ans : elle a *perdu le contrôle*.

Courte pause. Carl ne bouge toujours pas, fasciné malgré lui. Diane reprend :

— Et Duvernay aussi a perdu le contrôle en commandant l'assassinat de sa maîtresse. Et les six tueurs à gages aussi, qui étaient censés régler ce contrat sans difficulté. Et Mathilde, encore et davantage, qui a non seulement éliminé les tueurs et son amant, mais aussi la femme de ce dernier, une idiote, certes, mais qui ne méritait pas la mort et n'avait aucune idée de ce qui se passait.

Elle lève les yeux vers Carl et celui-ci y discerne à nouveau cette ombre de résignation, mais encore plus accentuée qu'à l'habitude, teintée cette fois de la hargne de celle qui a perdu un combat.

— Dans un monde sensé, régi par le mérite, l'ordre et la logique, rien de tout cela ne serait arrivé. Alors Mathilde a dû se rendre à l'évidence : que ce soit de manière discrète ou spectaculaire, que cela déclenche des effets négatifs ou positifs, nos vies sont livrées au chaos. Et même quand tout ce que l'on souhaite ou ce que l'on mérite se produit, c'est tout simplement que le chaos nous a été favorable.

Une voiture s'arrête dans le stationnement. Une femme et ses deux jeunes enfants en descendent et marchent vers le dépanneur. Carl, engourdi, tourne les yeux vers eux et les observe comme s'il s'agissait d'extraterrestres. Quand ils entrent dans le commerce, il revient à Diane. Celle-ci examine à nouveau sa bouteille.

— Moins de vingt-quatre heures après la mort de Duvernay, alors que Mathilde était sur le point de se suicider dans une minable chambre d'hôtel, des gens de *Hell.com* l'ont retrouvée. Mais pas pour la tuer. En fait, ils la jugeaient très intéressante. Ils lui ont offert une nouvelle existence, celle qu'elle voulait. Et elle a accepté. Sauf qu'elle n'a pas choisi la vie qu'elle *souhaitait* : elle n'avait plus la naïveté de croire que c'était possible. Elle a choisi la vie qui ne pouvait être que la seule réponse au chaos. Alors, Diane est née... et j'ai inventé la Chasse.

Elle lève le visage et, les traits tout à coup durs, prend une gorgée de sa bouteille. Carl a une grimace méprisante.

— T'as inventé ce jeu par vengeance !

Elle affecte une moue dédaigneuse en effaçant du bout d'un doigt une petite tache de rouge à lèvres au coin de sa bouche.

— Mais non. Une vengeance implique une intention, un plan, une finalité recherchée et prévue. Moi, je ne souhaite rien. J'ai créé le jeu pour être cohérente. Je ne sais pas comment chaque partie va se terminer, combien de temps elle va durer, qui sera éliminé... J'ignore même si les règlements seront respectés, car, comme je vous l'ai déjà dit, ils doivent parfois s'incliner devant le chaos. Vous pourriez prendre votre nouveau revolver et me tirer dessus maintenant, ce qui serait une très mauvaise idée, mais je n'ai aucun contrôle là-dessus. Je ne sais pas ce qui va se passer, monsieur Mongeau.

— Alors, criss ! c'est quoi, pour toi, ce câlice de jeu ?

Elle le regarde en silence quelques secondes, comme si elle espérait qu'il ait compris, puis articule :

— C'est une confirmation.

Carl ne réagit pas. Elle ajoute :

— Et cela me réconforte. Même si je sais que ce réconfort n'est qu'une impression.

Elle extirpe un petit miroir de son veston ainsi qu'un bâton de rouge et, tout en colorant ses lèvres avec minutie, marmonne :

— Les impressions sont importantes. Elles nous permettent de continuer.

La mère et ses deux enfants sortent du dépanneur. Carl les observe tandis qu'ils retournent à la voiture. L'un des deux gamins, une fillette de six ans qui mange avec délectation un popsicle, lui envoie gaiement la main. Carl revient à Diane, qui range son rouge et son miroir avant de reporter son attention sur lui. Et Carl distingue à nouveau cet éclat de résignation fataliste au fond de ses yeux bruns, cette lueur qui n'était que latente dans le regard de Mathilde Foulon.

— Tes discours de marde, c'est de la bullshit ! crache-t-il. Ton ostie de jeu de malades confirme rien pantoute !

— Vraiment ? Malgré tout ce qui arrive depuis hier ? Quelles étaient les chances que vous demeuriez vivant si longtemps, vous pensez ? Que vous échappiez aux tueurs durant tout ce temps ? Et Kynigous numéro 3, celui que vous appelez le Black, cela relève presque de la sorcellerie qu'il soit toujours libre. Et d'ici dix ou quinze minutes, vous irez à un événement publicisé par *Hell.com* alors que vous ne connaissiez même pas l'existence de ce site il y a quelques heures... Vous trouvez qu'il y a du *sens* dans tout cela ? Que les choses se déroulent comme elles devraient se dérouler ?

Carl a un geste impatient, comme s'il ne voulait pas la suivre dans ce genre de réflexions grotesques.

— Est-ce qu'il va y avoir un responsable de *Hell.com* à l'activité où je vais ?

— Je l'ignore. Évidemment, je pourrais vous répondre que cela m'étonnerait, mais après tout ce que je viens de vous dire, quelle importance aurait une telle réponse ?

Elle avance la tête et plonge son regard dans celui de son interlocuteur.

— Vous vous êtes rendu plus loin que la plupart des proies précédentes, monsieur Mongeau. En conséquence, vous vous enfoncez de plus en plus profondément dans le cyclone. Tout à l'heure, il est possible que vous découvriez des choses qui pulvériseront le peu de foi que vous accordez toujours à l'ordre et à la logique.

Pendant une seconde, Carl est ébranlé. Sa moue dédaigneuse réapparaît pourtant quand il enfile ses lunettes et se lève. Il marche quelques pas vers sa voiture et se retourne vers Diane, qui regarde sa montre.

— Si je rencontre quelqu'un du site, est-ce qu'il y a des chances qu'il accepte de négocier une entente avec moi ? Est-ce qu'il va au moins m'écouter ?

— Le temps des questions est terminé, monsieur Mongeau. Et de toute façon, si vous croyez à l'utilité de cette question, cela démontre que vous n'avez rien compris à tout ce que je viens de dire.

Elle sort son cellulaire.

— Fuck you ! lance Carl d'une voix dégoûtée.

Et il claudique vers sa voiture pendant qu'une jeep entre dans le stationnement. Quinze secondes après, alors que sa Sonic s'engage dans la rue, il voit du coin de l'œil deux hommes qui descendent de la jeep et pénètrent dans le dépanneur en rigolant, tandis que Diane, toujours assise sur le banc de pierre, les jambes croisées, s'active sur son téléphone.

Tout en suivant les indications données par le commis, il ouvre la radio et cherche un poste qui diffuse un bulletin de nouvelles. Une présentatrice parle politique pendant trente secondes, puis :

— Une série de crimes et de morts violentes frappent de façon inexpliquée la ville de Drummondville depuis près de vingt-quatre heures, au point que la SQ a dû envoyer du renfort sur les lieux et même contrôler les accès à la ville. Deux individus sont particulièrement recherchés par les forces de l'ordre : Carl Mongeau, homme de race blanche de cinquante et un ans, propriétaire d'un bar à Drummondville, ainsi qu'un inconnu de race noire, âgé de vingt-cinq à trente-cinq ans. Cette ville normalement paisible n'avait pas connu autant de violence depuis la fusillade sur le boulevard Saint-Joseph survenue en 2006 alors que...

Carl ferme la radio. Ça y est, cette histoire a dépassé les frontières municipales. Tout de même, à Montréal, il lui sera plus facile de circuler incognito.

Il roule pendant cinq ou six minutes dans un quartier qu'il ne connaît pas du tout, puis trouve la rue qu'il cherche : peu fréquentée, vaguement industrielle avec une série de vieux immeubles en apparence désaffectés. Il passe lentement devant l'adresse qu'il a mémorisée : un bâtiment gris qui ressemble à un banal entrepôt, mais dont la vue éveille instantanément l'anxiété de Carl. Il continue à avancer pour se trouver une place où garer sa voiture. Mais toutes ces pancartes qui expliquent les règles de stationnement sont si compliquées (Carl s'est toujours demandé comment les Montréalais arrivaient à décoder ce charabia) qu'il aboutit deux coins de rue plus loin, dans un endroit sans parcmètre. Il éteint le moteur, enlève lunettes et casquette, ouvre le coffre à gants et prend le revolver. Quand un doute l'assaille : devrait-il l'apporter ? Peut-être qu'on le fouillera. Et si on découvre une arme sur lui, on le cuisinera un peu... peut-être même beaucoup...

Mais aller dans un tel endroit sans défense... est-ce risqué ?

C'est une activité illégale où les gens paient pour entrer, ça ne devrait donc pas être dangereux pour eux...

À contrecœur, Carl remet l'arme dans le coffre à gants qu'il ferme avant de descendre de la voiture. Il verrouille la porte, analyse une dernière fois la pancarte de stationnement (s'il a bien compris, il peut se garer le week-end de ce côté-ci, jusqu'au bout à gauche où une autre pancarte dit l'inverse...) puis se met en route.

Le quartier, qui comprend des usines et quelques immeubles à logements plutôt miteux, est tranquille. Il croise quelques individus, dont une vieille qui promène un chien et se contente de lui décocher un rapide coup d'œil, sans plus. Parvenu à trente mètres de l'adresse où il doit se rendre, il s'arrête. Derrière cette porte se déroulent des choses qu'il ne peut imaginer. Et ce, en plein samedi ensoleillé, dans un quartier plutôt moche mais tranquille, où les petites vieilles promènent leur toutou.

Vas-y pas. Rentre pas là-dedans. C'est pas une activité exclusive de Hell.com, il y aura sûrement pas de responsable du site. Et même s'il y en a un, tu crois vraiment pouvoir négocier ?

Il se répète qu'il doit tout essayer, absolument tout.

Il voit alors la porte s'ouvrir et, par réflexe, recule de trois pas. Deux hommes dans la quarantaine sortent, habillés de jeans et de vestons sport. Ils s'éloignent dans la direction opposée de Carl en discutant entre eux, comme deux copains qui ont pris un verre dans un bar. Carl les observe disparaître à l'autre bout de la rue.

Peut-être que ce ne sera pas si pire qu'il l'imagine, finalement.

Il respire profondément et claudique vers l'entrée. Normalement, à cette heure, il serait en train de couper le gazon de sa maison, ou il ferait du jogging, ou il bricolerait un truc chez lui.

Pourquoi ne se réveille-t-il pas dans son lit? Maintenant? Tout de suite?

Il s'arrête devant la porte, en bois brun légèrement écaillé. Doit-il entrer? Frapper? Il tourne la poignée. Pas de résistance. Il ouvre.

Il se retrouve dans une sorte d'antichambre en ciment éclairée par une simple ampoule au plafond. À droite, un jeune homme avec une barbichette, habillé d'un costard tel un portier de club chic, se tient debout, les mains croisées devant lui. Il est tout près d'une entrée camouflée par un rideau noir de derrière lequel provient une musique lounge. Carl s'approche, maladroit. Le doorman l'observe de haut en bas, de ses espadrilles qui jurent avec ses vêtements jusqu'à sa tête aux cheveux quelque peu dépeignés. Il ne montre aucune réaction en voyant sa gueule amochée et se contente de prononcer un seul mot :

— Oui ?

— Je...

(je me suis trompé d'adresse excusez-moi je m'en vais et je ne reviendrai plus promis désolé)

— ... viens pour l'événement *Don't Stop*.

— Mot de passe ?

Seigneur, on dirait qu'il est sur le point de subir son initiation pour devenir membre d'une secte secrète. Sa bouche est tellement sèche qu'il prend quelques instants pour l'humidifier avant d'articuler :

— Grenade.

— Cinq cents dollars, s'il vous plaît.

Carl donne l'argent : voilà, il lui reste entre soixante-dix et soixante-quinze dollars. Le portier range les billets dans son veston.

— Cellulaire ? Arme à feu ?

— Non, non.

— Levez les bras.

Carl obéit et le doorman le palpe un peu partout. Carl se félicite d'avoir laissé son revolver dans la voiture. Le portier ne compte pas l'argent dans les poches du visiteur, ne passe aucun commentaire sur l'absence de portefeuille. Manifestement, la seule chose qui l'intéresse est de s'assurer que le nouveau venu n'est pas armé et n'a pas de téléphone. Sa tâche accomplie, il écarte le rideau.

— Je vous en prie, monsieur.

Carl hoche la tête en silence et regarde l'ouverture dégagée, comme s'il fixait la gueule béante d'un dragon.

Il est terrifié. Totalement, complètement, intégralement terrifié.

Il traverse l'entrée et le rideau se referme derrière lui.

17:13

La salle, sans aucun meuble, doit avoir la grandeur d'un terrain de basket-ball. Les murs sont en ciment gris et ornés de luminaires qui produisent un éclairage semblable à celui d'un restaurant de bon goût. Une douzaine de personnes âgées de trente à soixante ans, habillées de toutes les manières, mais propres, certaines avec un verre à la main, discutent en groupes de deux, trois ou quatre. Il n'y a qu'une femme parmi tous ces hommes dont quelques-uns lancent un rapide regard à Carl, sans s'intéresser à lui davantage. À l'avant, sur une sorte de scène de théâtre dont les coulisses disparaissent derrière des rideaux, un type vêtu d'un jeans, d'un t-shirt et d'une casquette passe une vadrouille humide sur le sol. Au fond de la scène, un grand panneau est accroché, représentant une silhouette humaine grandeur nature, sans traits, semblable à ces dessins que tracent les policiers autour des cadavres dans les vieux films. La silhouette semble être emplie de petites ampoules éteintes. Au-dessus du panneau, un compteur digital marque 0:00. La musique lounge provient de haut-parleurs invisibles. Dans un coin se dresse une table vide.

Carl cligne des yeux et regarde partout, à la recherche d'un détail scabreux ou dégoûtant qui lui
aurait échappé. Mais non, il ne trouve rien. En fait, il a
l'impression d'arriver à la fin d'un show et que quelques
spectateurs s'attardent pour discuter.

Reste pas planté là, tu vas te faire remarquer.

Carl, intimidé, louvoie entre les groupes. Il remarque qu'un escalier à droite mène vers un second
étage et qu'une deuxième salle s'ouvre à gauche. Il va
vers cette dernière en essayant d'atténuer au maximum
sa claudication afin de ne pas trop attirer l'attention.
Il s'agit d'une pièce un peu plus petite que la première:
même ambiance musicale, mêmes murs de béton sans
décoration, mais la lumière est un brin plus tamisée
et il y a des tables, des chaises, des fauteuils et, au
fond, un bar. Au moins soixante personnes sont sur
place, assises aux tables ou accoudées au comptoir, et
discutent autour d'un verre. Encore essentiellement
des hommes, cinq ou six femmes tout au plus dans la
pièce.

Carl observe ces visages de différents âges, de différentes origines ethniques. Tout le monde semble
décontracté. Personne n'a l'air particulièrement malsain
ou fêlé, tous sont représentatifs de la faune qu'on
s'attend à retrouver dans un cocktail de bon ton. Seule
l'absence de décoration jure un peu: manifestement,
il ne s'agit pas d'un club ou d'un pub permanent, mais
de locaux loués pour l'occasion. Comme certaines
personnes commencent à reluquer cet homme à la
mâchoire enflée et aux vêtements un peu trop grands
qui ne bouge pas et fixe tout le monde, Carl retourne
dans la première salle, perplexe. Est-ce que le copain
de Bob se serait foutu de sa gueule et l'aurait envoyé
dans une réunion quelconque? Mais à nouveau, son
regard est attiré par le type qui nettoie la scène et la
silhouette emplie d'ampoules sur le panneau du fond.

Il décide de monter l'escalier, ce qu'il fait lentement pour épargner sa cuisse et son dos. Il croise deux types qui descendent en discutant entre eux en anglais, puis atteint une nouvelle pièce, plutôt petite, où sont assis, sur des chaises contre le mur, huit femmes et deux hommes. La plupart sont dans la vingtaine, sauf deux femmes plus âgées, et si ce n'était de leur habillement sexy, on pourrait croire à des patients dans une salle d'attente. Certains lancent même un sourire mécanique vers Carl.

— Bonjour, monsieur, *Hi, sir.*

C'est un homme de cinquante ans, assis derrière un comptoir, qui sourit à Carl, mains croisées, cheveux bien peignés et séparés en deux.

— Bonjour, marmonne Carl.

— Prenez votre temps pour choisir. Trois cents dollars pour une demi-heure, cinq cents pour une heure.

Carl comprend enfin. D'ailleurs, un couloir s'ouvre derrière la table, flanqué de plusieurs portes fermées d'où, malgré la musique d'en bas, proviennent des gémissements étouffés. Maladroitement, Carl le remercie et retourne vers l'escalier. Tandis qu'il descend, il croise un homme, complice, qui lui demande :

— Pis ? C'était cool ?

Carl, sans s'arrêter, bredouille un « oui, oui, pas pire », puis est de retour dans la grande salle où sept ou huit personnes discutent toujours debout. Est-ce là le seul but de cet événement ? De la banale prostitution ? Il regarde vers la scène, où le nettoyeur a disparu.

Il a manqué quelque chose, c'est clair.

Eh bien tant mieux ! Moins il en verra, mieux cela vaudra : après tout, son unique intention est de trouver un responsable de *Hell.com* pour lui proposer un arrangement.

Et quel genre d'arrangement, au juste ? Tu veux les convaincre comment ? Avec de l'argent ? Avec des bons sentiments ?

Il se met à la recherche d'un individu qui pourrait ressembler à un organisateur : un type mieux sapé que les autres, ou qui surveille tout le monde d'un œil sévère, qui ne se mêle pas à la foule... Personne de ce genre. Peut-être a-t-il vu trop de films ; ses références sont erronées. Il décide de retourner dans la seconde salle, où il y a davantage de gens, et se dirige vers le comptoir : aussi bien prendre un verre, il aura l'air plus « naturel ». Un barman et une barmaid s'occupent du service et Carl commande une bière. Il paie et boit une première gorgée : l'alcool qui pénètre dans la cavité de sa dent manquante lui arrache une grimace, mais dès la seconde gorgée, la douleur disparaît. Le plus discrètement possible, il étudie la foule. Presque tout le monde est assis et discute. Carl ne voit personne à l'écart, personne qui détonne. Il doit bien y avoir au moins un « responsable ». Le portier serait-il le seul ?

Les minutes passent. Appuyé au zinc, Carl observe et dresse l'oreille : il entend de l'anglais et du français, peut-être même de l'allemand. Merde, que doit-il faire ? Retourner voir le doorman ? Ce serait peu approprié. Questionner le barman ou la barmaid ?... Depuis combien de temps est-il arrivé, maintenant ? Une dizaine de minutes ? Certains lui jettent des regards en marmonnant entre eux. Il doit avoir l'air bizarre, seul, à examiner tout le monde en tétant sa bière. Peut-être que l'anxiété qu'il ressent se traduit dans son attitude... C'est ridicule, il ne va pas rester planté là jusqu'à la fin de l'événement !

Et quel événement, au fait ? Il ne se passe rien, à part la prostitution à l'étage !

Allez, questionne les employés du bar ! Un peu de cran !

Au moment où il veut interpeller le barman, un Asiatique dans la trentaine aux cheveux de jais bien lissés vers l'arrière, la musique s'arrête et une voix surgit des haut-parleurs invisibles :

— OK, tout le monde, on va passer à notre quatrième compétition, *it's time for our fourth competition of the day!*

Des exclamations ravies se font entendre et tous se mettent en mouvement, verre à la main. Carl sent son estomac se nouer et, nerveux, il suit le groupe.

Les quelque soixante-dix personnes sont maintenant toutes dans la première salle, pour la plupart près de la scène sur laquelle se tient un homme d'une quarantaine d'années habillé en costume noir, sans cravate. Trois lits doubles sur roulettes sont apparus, sans draps ni oreillers, distancés de deux mètres entre eux. Un peu plus au fond se trouve aussi une table à roulettes couverte d'instruments et d'accessoires que Carl, immobile dans la dernière rangée de la foule, n'arrive pas à distinguer clairement.

— Nos trois prochains couples sont prêts, *our next three couples are ready.* Jusqu'où iront-ils, *how far they'll go?* Vous le saurez bientôt, *but first, let me introduce them!*

Carl fronce un sourcil, comme si quelque chose le chicotait dans les phrases que vient de lancer l'animateur, sans trop savoir de quoi il s'agit.

— Couple A, *couple A* : Nick et Mia !

Sous les applaudissements, un homme et une fille en début de trentaine sortent des coulisses et rejoignent le milieu de la scène, complètement nus. Carl, d'abord surpris, croit comprendre : un couple érotique. Ils sont minces, ont des visages banals et sourient avec une exagération qui donne à penser qu'ils sont sans doute sous l'influence d'une quelconque substance illicite.

— Couple B, *couple B : Human Drill and Hot Pie!*

Les applaudissements sont cette fois accompagnés de quelques rires provoqués par les surnoms du duo qui apparaît à son tour sur scène, tout aussi nu que le premier mais beaucoup plus spectaculaire. Human Drill, qui arbore une belle gueule arrogante et doit avoir vingt-six ou vingt-sept ans, est bâti comme un dieu grec et est affublé d'un sexe énorme déjà tendu en une semi-érection qui déclenche chez les rares femmes dans la salle quelques sifflements d'admiration. Hot Pie, mi-vingtaine, est son équivalent féminin, avec son corps parfait et son visage de pornstar qui envoie déjà des coups de langue vicieux vers les mâles qui approuvent en hululant. Carl a trop l'esprit ailleurs pour se rincer l'œil et, tout en applaudissant mécaniquement, jette des regards autour de lui, toujours à la recherche d'un éventuel responsable de la soirée.

— Et finalement le couple C, *finally couple* C, notre premier duo gai de la journée, *our first gay couple of the day : Mutt and Jeff !*

Deux hommes en costumes d'Adam bondissent sur la scène. Jeff, le plus petit, efféminé, début quarantaine et mince comme un fil, salue avec de larges gestes la foule hilare. Mutt, plus grand et bedonnant, début trentaine, hoche plus discrètement la tête, le visage grave. Carl est perplexe : ces trois couples vont s'envoyer en l'air devant tout le monde ? Une sorte de partouze publique ? Mais l'animateur a parlé de compétition, non ? D'ailleurs, les six participants sur scène se toisent avec des regards hostiles et pleins de défis. Et cette silhouette emplie d'ampoules électriques, à l'arrière-scène, elle sert à quoi ?

— OK, vous avez une dizaine de minutes pour faire vos paris, *you have ten minutes to place your bets !*

À ces mots, les deux tiers des gens se dirigent vers la table dans le coin derrière laquelle sont maintenant assis deux individus : un homme dans la cinquantaine qui ouvre une tablette électronique devant lui, et une femme plus jeune qui dépose un petit coffre en métal devant elle. L'autre tiers retourne discuter dans la salle du bar pendant que les trois couples disparaissent en coulisses et que la musique lounge plane à nouveau. Carl, immobile, observe les spectateurs qui font la file devant la table en sortant de l'argent de leur porte-feuille. Ils vont parier sur quoi, au juste ? L'activité s'appelle *Don't Stop*... Le couple qui baisera le plus longtemps ? C'est un peu ridicule, non ?

On s'en fout sur quoi ils parient : trouve un res-ponsable et demande à rencontrer un représentant de Hell.com *!*

Carl regarde vers la table, où l'homme inscrit des trucs sur sa tablette tandis que la femme ramasse l'argent des parieurs et leur remet un coupon. Ces deux-là sont sans doute les organisateurs. Carl va donc rejoindre la fin de la ligne. Il réalise qu'il tient toujours son verre de bière à moitié plein et en prend une gorgée. Pendant les longues minutes d'attente, il essaie de trouver la meilleure approche. Pourtant, lorsqu'il arrive enfin devant la table, il demeure sans voix. La femme, tout en rangeant les derniers billets de banque reçus dans son coffret de métal, lui demande sèchement sans le regarder :

— Votre nom, le couple sur lequel vous pariez et le montant ; *your name, the couple you choose and the amount.*

Carl, après s'être assuré que plus personne n'attend derrière lui, se penche.

— Je voudrais... J'aimerais rencontrer un des res-ponsables de l'événement...

La femme lève les yeux, agacée.

— Quoi ?

Dans tous les scénarios anticipés par Carl au cours des dernières minutes, ce « Quoi » n'a jamais été envi-sagé. Il s'humecte les lèvres.

— Je cherche un… Est-ce que vous êtes les deux organisateurs de l'événement ?

La femme claque la langue d'un air las, tandis que l'homme à ses côtés lâche son iPad pour répondre mollement avec un accent anglophone :

— Non, on est engagés pour la journée, that's it.

— Ah, heu… OK… Mais… vous pourriez me présenter un responsable ?

— Un responsable ? répète la femme avec un ricanement méprisant.

— Vous voulez quoi, au juste ? demande le gars.

— C'est… personnel.

L'homme soupire en croisant ses bras sur la table.

— Nous autres, quand on est arrivés, c'est le barman qui nous a dit quoi faire, faut voir avec lui.

— Bon, vous misez ou pas ? s'impatiente la femme.

Carl bredouille un « Non, non » et s'éloigne de quelques pas. Il veut retourner au bar, mais une voix explose dans la salle :

— OK, on va commencer dans une minute, *we're gonna start in one minute !*

La musique s'arrête, l'homme et la femme qui s'occupent des paris s'éclipsent et tout le monde revient devant la scène. Tous sont surexcités, comme s'ils allaient assister à un spectacle enlevant. L'animateur est de retour, de même que les trois couples qui se tiennent chacun devant un des lits alignés en diagonale face au public. Sur le mur du fond, le contour de la silhouette est maintenant illuminé, de même que le compteur numérique, toujours à 00:00. Plus personne n'est dans la salle du bar ; ce serait un bon moment pour aller parler au barman. Alors pourquoi hésite-t-il ?

Parce qu'il y a une partie de toi qui a envie de voir ce qui va se passer…

Ces pensées le choquent. Comme s'il avait la tête à ça ! Pourtant, toujours placé derrière l'attroupement qui fait face à la scène, il regarde dans cette direction d'un œil à la fois curieux et angoissé. L'animateur s'adresse maintenant aux six individus :

— Je vous rappelle que vous avez trente secondes pour commencer la pénétration, sinon vous êtes éliminés. *You have thirty seconds to start intercourse, otherwise you're out.*

Les trois couples approuvent en silence et prennent de longues respirations, comme des athlètes sur le point de participer à une course ; Mia, Hot Pie et Jeff effleurent du bout des doigts le sexe de leur partenaire qui s'érige déjà à vue d'œil. Carl se sent stupidement gêné. Et puis comment font-ils pour bander si vite et devant tant de monde ?

— Go ! lâche l'animateur en se plaçant en retrait, du côté cour de la scène.

Aussitôt, le compteur numérique se met en marche tandis que les mini-ampoules à l'intérieur de la silhouette du panneau commencent à clignoter. Mia, Hot Pie et Jeff stimulent rapidement et sans subtilité leur conjoint, de la bouche ou des mains, sous les cris des spectateurs qui encouragent le couple sur lequel ils ont misé. Le membre de Human Drill atteint des proportions impressionnantes, et avant que les trente premières secondes se soient écoulées, Mia est prise en missionnaire, Hot Pie et Jeff en levrette, chaque duo sur son lit respectif. Carl observe la scène, médusé. Outre le fait que ces ébats le rendent vaguement mal à l'aise, en particulier ceux des gais (il n'a jamais vu d'homosexuels « à l'œuvre », sauf peut-être quelques secondes sur Internet), il ne comprend pas à quoi rime cette compétition. Les trois couples copulent sans se préoccuper de la foule, chaque participant arborant une expression à la fois lubrique et très sérieuse. Rapidement, les traits de Human Drill se contractent, il ralentit légèrement la cadence comme s'il voulait se retenir, mais il pousse un long râle en agrippant avec force les fesses de sa partenaire. Carl a l'impression d'assister au tournage d'un film porno. Est-ce le premier jouisseur qui gagne? Human Drill cesse tout mouvement, reprend son souffle pendant que l'animateur crie dans le micro:

— On ne peut arrêter que dix secondes, *you can stop only ten seconds! Nine… Eight…*

Avec un sourire entendu, Human Drill respire quelques secondes avant de se coucher sur le dos, son sexe humide de sperme encore bien dressé, puis Hot Pie l'enfourche aussitôt. Ils continuent? Est-ce un concours d'endurance? Carl est totalement perplexe.

Lorsque le compteur indique une minute trente secondes, un individu en sarrau blanc de médecin surgit sur la scène. Gants de latex aux mains et visage dissimulé derrière un grotesque masque de chien hilare (la carrure du nouvel arrivant démontre qu'il s'agit d'un homme), il va se planter près de la table couverte d'instruments et attend, mains croisées devant lui, son faciès de cabot ridicule braqué vers la foule qui poursuit ses encouragements. Carl n'aime pas la présence de ce nouveau venu. Dans la silhouette au fond de la scène, les ampoules clignotent toujours.

Va questionner le barman.

Dans une minute. Avant, il veut comprendre…

Au moment où le compteur atteint 03:00, toutes les ampoules dans la silhouette s'éteignent, sauf une, à la hauteur du ventre.

— Stop! crie l'animateur.

Les trois couples cessent leurs ébats et se tournent pour voir quelle ampoule est allumée. Puis, ils se mettent tous debout près de leur lit respectif, à la fois nerveux et excités. La foule redouble d'encouragements tandis que Chien Hilare ramasse un objet sur la table et se dirige vers les participants. Carl constate que l'objet en question est un couteau à la fine lame et il devient livide. Est-ce qu'il a bien saisi ce qui va se produire ? Il a à peine le temps de se questionner que Chien Hilare, d'un mouvement rapide et précis, comme s'il en avait l'habitude, passe la lame sur le ventre de Nick, qui serre les lèvres de douleur mais sans se départir d'un léger sourire, tandis qu'une mince coupure d'une vingtaine de centimètres apparaît sur sa chair. Tout le monde dans la salle pousse une exclamation ravie, sauf Carl qui émet un hoquet abasourdi en montant sa main libre à sa bouche. Chien Hilare porte un nouveau coup, cette fois sur l'estomac de Mia qui grimace à peine. Elle lance un regard entendu à son conjoint et, debout, commence à masturber le membre encore dur, le sang coulant en longs filets vers son pubis rasé. « Elle veut qu'il reste bandé ! » songe Carl, estomaqué. « Parce qu'ils vont continuer à baiser après ! » En moins d'une minute, Chien Hilare a lacéré le ventre des quatre autres participants, qui ont tous réagi avec un mélange de douleur et de plaisir. Enfin, l'animateur clame dans son micro : « C'est reparti, *let's continue !* » À ces mots, les ampoules dans la silhouette du panneau se remettent toutes à clignoter et les trois couples retournent sur leur matelas respectif pour reprendre leurs ébats sexuels, dans les mêmes positions qu'ils avaient quittées une minute plus tôt, le tout sous les cris de la foule satisfaite. Carl, incrédule, dévisage ces six individus qui forniquent alors que les traînées de sang sur leur ventre s'allongent toujours.

C'est au tour de Mutt de jouir, du moins si on se fie au grognement qu'il émet et à la contraction de ses traits. Jeff, qui se masturbait en se faisant sodomiser, lance par-dessus son épaule un regard satisfait vers son partenaire qui s'arrête pour reprendre son souffle.

— Dix secondes ! crie l'animateur dans son micro. *Nine… Eight… Seven…*

Jeff se couche sur le dos, plie les jambes et les écarte en remontant son bassin. Mutt, toujours bandé, entre à nouveau en lui et se remet en mouvement sous les exhortations de la foule, qui s'amuse ferme. Carl secoue la tête. OK, il en a assez vu, et tant pis s'il ne comprend rien à cette absurdité; de toute façon, il n'est pas ici pour...

— Stop! crie l'animateur.

Carl relève la tête. Le compteur digital indique exactement 06:00 et, dans la silhouette, toutes les ampoules sont maintenant éteintes, sauf une au niveau du visage, à peu près à la hauteur où devrait se trouver l'œil droit, ce qui déclenche un long « Hoooooooooo! » complice parmi la foule. À nouveau, les participants s'arrêtent, se mettent debout près du lit et, cette fois, en constatant quelle ampoule est allumée, ils paraissent plus anxieux. Chien Hilare s'approche en tenant entre les doigts quelque chose de minuscule qui pourrait bien être une aiguille. Nick ne bouge pas, le corps raidi par l'angoisse; pourtant une certaine excitation émane de lui puisque son érection demeure ferme. Lorsque Chien Hilare dirige sa main vers l'œil droit de Nick et que celui-ci pousse un cri, Carl détourne la tête tandis que les spectateurs éructent des clameurs d'approbation. Puis c'est Mia qui lâche un hurlement, bref mais intense, et cette fois Carl, même s'il regarde ailleurs, ferme les yeux. Éclate ensuite, plus rauque, le cri de Human Drill... Ça suffit, maintenant: il doit aller voir le barman...

Et s'il te dit qu'il n'y a pas de représentant de Hell.com *sur place, tu vas faire quoi?*

Alors, il foutra le camp de cet asile de fous et il n'aura plus le choix d'affronter les chasseurs.

Lorsque retentit le hurlement de Hot Pie, il se met enfin en marche vers l'autre pièce. Puis c'est le hulu-lement de Mutt... puis celui de Jeff... En entendant l'animateur crier son « C'est reparti ! », Carl ne peut s'empêcher de tourner la tête, comme s'il avait besoin de constater l'invraisemblable : les six participants ont recommencé leur coït, le ventre badigeonné de rouge. Chacun d'eux a l'œil droit qui déborde de sang et tous arborent un air déterminé. Dieu du ciel ! Ils bandent encore ! Même s'ils sont masochistes, c'est insensé ! Pas de doute : ils ont pris du Viagra ! Parce que, si Carl a bien compris, on leur inflige toutes les trois minutes une nouvelle blessure et ils doivent tout de même continuer à forniquer jusqu'à... jusqu'à quoi, au juste ?

Cette idée éveille quelque chose de flou dans son esprit tourmenté, une sorte d'impression de déjà-vu qu'il n'arrive pas à saisir clairement...

C'est un peu ta propre situation, non ?

Non, il ne s'agit pas de cela... C'est autre chose, à la fois plus impersonnel et très intime...

Sonné, il entre dans la seconde salle. Au bar, l'Asiatique nettoie des verres. Il est seul, la barmaid qui le secondait tout à l'heure ayant sans doute profité de l'accalmie pour faire une pause. Carl, tout à coup nerveux, s'appuie sur une table et boit son verre pour se donner contenance, le temps de se préparer mentalement. Il demeure ainsi pendant assez longtemps pour entendre une nouvelle fois la voix de l'animateur crier « Stop ». Il s'avance alors vers le zinc où l'employé, en le voyant approcher, met ses mains sur le comptoir et attend, impassible, qu'il soit à quelques mètres de lui pour dire :

— C'est rare le monde qui vient chercher à boire pendant une représentation. Je vous sers quoi ?

Carl dépose son verre vide avec une prudence exagérée, comme s'il avait peur de le casser. Il tente d'affecter une attitude détachée, mais les rugissements des spectateurs parasitent ses pensées.

— En fait, je voudrais voir le responsable de… de l'événement d'aujourd'hui… ou en tout cas, un des responsables…

Le barman hausse un sourcil. Malgré son air élégant, quelque chose dans son visage indique que cette attitude affable n'est pas celle qu'il arbore en temps normal.

— Ah ? Pis pourquoi ?

En provenance de la salle, la voix amplifiée de l'animateur clame : « C'est reparti ! »

— J'aurais quelques questions à lui poser…

— Eh bien, posez-moi-les.

— Vous êtes l'organisateur ?

— Vous avez des questions, oui ou non ?

Carl sent son front devenir moite. Le barman, les deux mains sur le comptoir tel un croupier de casino, soutient son regard.

Oublie ça pis va-t'en ; t'as un gun alors…

« T'as ça en toi, Carloune. »

… alors règle ça tout seul pis oublie les négociations, oublie Hell.com.

Carl se penche vers l'Asiatique et articule :

— Je voudrais savoir s'il y a un représentant de *Hell.com*, ici.

Le visage du barman frémit, mais il tente de demeurer imperturbable.

— Je sais pas de quoi vous parlez.

Carl ose ajouter :

— Je suis membre du site.

Criss ! il n'aurait peut-être pas dû dire ça… Il joue avec le feu, il marche sur un terrain rempli de mines, mais calvaire ! si c'est le seul moyen de voir quelqu'un ! Le barman a maintenant perdu de sa superbe et, sur le comptoir, ses mains frétillent.

— Tant mieux pour vous, mais l'événement d'aujourd'hui est pas organisé par *Hell.com*…

— Je sais, mais… je me suis dit qu'il y aurait peut-être quand même un représentant du site sur place…

Le barman fronce les sourcils.

— Vu que *Hell.com* fait de la pub pour votre événement, ajoute Carl.

— De la *pub*?

L'Asiatique affecte une moue dubitative. Carl sent que, sous ses pieds, le nombre de mines a doublé, mais il insiste tout de même d'un air presque suppliant:

— Alors, est-ce qu'il y a quelqu'un que je pourrais voir?

— Non. Pis même s'il y avait un représentant de ce site ici, vous pensez qu'il s'identifierait ouvertement?

Carl ne sait que répondre. Le barman plisse les yeux et tout à coup, son attitude naturelle, celle qu'il dégage dans la vie de tous les jours, remonte à la surface, c'est-à-dire celle d'un type plutôt dangereux et peu cordial.

— Vous êtes sûr que vous êtes membre de *Hell.com*?

Carl ne se sent plus sur un terrain miné mais dans des sables mouvants dans lesquels il commence à s'enfoncer.

Non! Dans lequel tu t'enfonces depuis hier!

— Stop! clame l'animateur dans la salle d'à côté.

— Bon, OK, oubliez ça, je… je vais prendre une bière…

L'air sombre, le barman l'étudie quelques secondes avant de s'éloigner pour remplir un verre, tandis que de nouveaux cris d'approbation éclatent dans l'autre salle. Carl attend, submergé par une vague de fatalisme. Il est venu ici pour rien. Il n'en est pas vraiment surpris, bien sûr, et il fallait qu'il tente le coup. Mais maintenant… Il paie sa consommation et prend une gorgée.

— C'est reparti, *let's continue*! tonne la voix de l'animateur.

— Vous allez pas voir la compétition ?

L'œil du barman est inquisiteur, presque menaçant. La gorgée de bière passe difficilement, amère.

— Oui... Oui, ben sûr...

Carl tourne les talons et, verre à la main, se dirige vers l'autre pièce. Cette démarche a été inutile, il a donc attiré l'attention pour rien. Dans la grande salle, les gens crient tels les spectateurs d'un match de boxe. De l'escalier qui mène au bordel descendent deux hommes qui, déçus d'avoir manqué le début de la compétition, s'empressent de rejoindre l'assemblée. Sur la scène, les trois couples baisent toujours, tous en levrette sauf Hot Pie à califourchon sur son partenaire. Deux nouvelles blessures se sont ajoutées : une longue coupure à l'épaule droite et une deuxième sur la poitrine, à la hauteur du sein droit. Les six corps sont maculés de sang et si chacun des participants a l'œil droit qui dégouline, le gauche pétille de souffrance et de défi. Ils s'activent, copulent, gémissent avec une frénésie qui s'apparente moins au plaisir qu'à la rage, le tout face à la foule rugissant d'enthousiasme tel un troupeau de hyènes devant une bête agonisante. Carl sent ses jambes mollir. Ce qui se passe ici en ce moment n'est ni unique ni exceptionnel. Il se doute bien que cette compétition immonde a lieu quelques fois par année. Il sait que d'autres ignominies du même acabit, voire pires encore, se déroulent ailleurs, dans d'autres villes, partout sur la planète, et peut-être même parfois à Drummondville.

Va-t'en. T'as plus rien à faire ici.

Il s'apprête à se diriger vers le rideau qui mène à la sortie quand il aperçoit du coin de l'œil le barman qui s'est avancé jusqu'à l'entrée de la salle et qui, les bras croisés, regarde dans sa direction. Carl se force à prendre une gorgée de sa bière.

Il te trouve louche. Si tu pars tout de suite, alors que tu viens juste de lui parler et que le show n'est pas

*fini, il va peut-être envoyer des hommes dehors pour
t'intercepter et te questionner. Si tu restes un peu et que
tu regardes le spectacle, il va finir par se désintéresser
de toi.*

Carl est loin d'être convaincu que ce raisonnement
tient la route, mais c'est tout ce que sa paranoïa lui
permet de trouver. Malgré sa répulsion, il s'approche
donc de la dernière rangée des spectateurs. Quand ce
foutu barman cessera de le fixer comme ça, il partira.
Le panneau numérique indique 13:23. En dépit de
son allure d'athlète, c'est Human Drill qui affiche la
plus grande fatigue. Le visage humide de sang et de
sueur, l'œil gauche hagard, il cherche son souffle et,
couché sur le dos, ne bouge à peu près plus. Hot Pie,
qui le chevauche, grince des dents, redouble d'ardeur
et ondule du bassin comme si elle voulait éveiller une
vigueur qu'elle sent faiblir, tandis que de longs filets
pourpres coulent de son corps jusque sur celui, exténué,
de son partenaire. Tout à coup, la verge énorme mais
maintenant molle de Human Drill sort du sexe de sa
partenaire. Affolée et malgré sa propre fatigue, la
femme se penche et suce le pénis inerte.

— *Ten…* compte l'animateur. *Nine… Eight…*

Parmi l'assistance, certains spectateurs hurlent des
encouragements fébriles au couple B, tandis que
d'autres clament leur joie de le voir flancher. Hot Pie,
dont l'attitude aguicheuse a disparu au détriment de
la panique, s'acharne à coups de langue et de suc-
cions frénétiques sur le membre poisseux du sang
s'écoulant de son œil blessé. Carl sent la nausée monter
en lui et détourne le regard pour fixer un point quelconque, ses mains tremblantes croisées dans le dos.

— *… One… Zero!* Couple B, éliminé, *you're out!*

Une trentaine de spectateurs manifestent bruyamment leur déception alors que les autres applau-
dissent. Hot Pie se relève en grognant un juron que

personne n'entend, mais Human Drill demeure étendu sur le dos, immobile, les yeux fermés. Horrifié, Carl se demande s'il est mort. Aussitôt, une femme aux cheveux grisonnants, elle aussi habillée d'un sarrau de médecin mais au visage découvert, sort des coulisses côté cour, s'approche du lit à roulettes sur lequel gît le colosse et le pousse hors de scène, côté jardin. Déçue et titubante de faiblesse, Hot Pie les suit en grimaçant, tout en laissant une traînée écarlate derrière elle et de nombreuses huées, gracieuseté des spectateurs qui avaient misé sur ce couple. L'élimination des deux concurrents semble insuffler un regain de confiance aux quatre autres, mais Carl ne peut détacher son regard des coulisses.

Mon Dieu ! est-ce qu'il est *vraiment* mort ou juste inconscient ? Même si les blessures ne sont pas fatidiques, forniquer dans un tel état et en perdant tant de sang ne doit pas être très bon pour le cœur et...

— Il reste deux couples, *still two couples on track!* clame l'animateur. Rien ne les arrête, *nothing can stop them!*

Ces mots créent une brèche dans l'état d'effarement de Carl, ce qui permet à l'impression de déjà-vu ressentie tout à l'heure de s'immiscer de nouveau en lui. Et ces hommes et cette femme qui, sur la scène, souffrent tout en continuant cette épreuve insensée, accentuent maintenant cette sensation...

On s'en fout! Occupe-toi du barman!

Carl jette un œil à l'Asiatique, là-bas, qui le fixe toujours. Criss ! va-t-il le surveiller encore longtemps comme ça ?

Les chiffres du compteur numérique passent de 14:59 à 15:00.

— Stop ! crie l'animateur dans son micro.

Les lumières dans la silhouette du panneau s'éteignent, sauf celle à la hauteur du tibia gauche. Les deux couples

se dégagent l'un de l'autre et, couverts de sang, se
mettent péniblement debout, blêmes, à bout de forces,
mais toujours avec cette lueur déterminée et malsaine
dans leur œil valide. Les verges sont en érection, mais
moins solides. Chien Hilare prend un marteau sur sa
table d'accessoires et s'approche des quatre concurrents
qui attendent en essuyant leur visage. Il s'accroupit,
lève bien haut le marteau

(non s'il vous plaît non)

et le balance contre le tibia gauche de Mia qui
pousse un terrible cri, son corps vacillant sous l'impact. Tandis que la foule explose de jubilation, Carl
penche la tête vers le bas pour ne plus voir, mais sur le
plancher de ciment, il distingue des fissures s'ouvrant
sous ses pieds.

Un autre son à la fois mou et sec, un autre hurlement
de douleur, masculin cette fois, d'autres clameurs
exaltées... Il ne peut pas croire qu'il est parmi cette
meute qui paie pour regarder ce spectacle...

*Alors que d'autres, ailleurs, paient pour assister au
mien.*

Le plancher s'ouvre de plus en plus, menace d'engloutir Carl, de l'étouffer dans les ténèbres des pro-
fondeurs... Hagard, il scrute partout autour de lui...
et il aperçoit un petit panneau qui indique les toilettes.
Il s'élance dans cette direction, évitant les fissures et
les trous qui s'agrandissent sous ses pas, poursuivi
par le son du marteau qui s'abat une troisième fois...

Dans les toilettes, il tourne en rond un moment,
les mains sur la tête, puis s'appuie contre le lavabo en
inspirant profondément. Il se regarde dans le miroir.
Ses cheveux sont plus gris qu'avant, plus gris qu'hier,
plus gris que cet après-midi chez Bob. Ostie! il en est
convaincu!

Ça suffit, il s'en va, même s'il est le seul à sortir,
même si le barman le surveille toujours. Et si on le

suit, sa voiture n'est pas loin, il peut y courir, et là prendre son revolver et... Fuck! il doit juste partir.

Carl sort des toilettes. La clameur lui assourdit les oreilles, mais il ne porte pas les yeux vers la scène et se dirige droit vers le rideau noir, sans se préoccuper de savoir si l'Asiatique, là-bas, le suit des yeux ou non. Alors qu'il se fraie un chemin dans la foule, l'animateur commente dans son micro:

— Après cinq blessures, ils continuent toujours! *After five injuries, they're still going!*

Carl ralentit, les sourcils froncés, à nouveau court-circuité par ces paroles. Mais quelle est donc cette image obscure qui veut surgir au grand jour? Maintenant dans la dernière rangée des spectateurs, il s'arrête et tourne la tête vers la scène. Les participants ont repris leurs ébats mais ont adopté des positions qui épargnent leur tibia enflé. Nick et Mia copulent en cuiller, étendus sur le côté. Mutt est assis sur les fesses et Jeff est empalé sur lui, de dos, les jambes allongées vers l'avant. Et ils baisent toujours, très lentement, péniblement, les visages livides sous l'hémoglobine, leur œil valide brumeux, comme s'ils étaient à peine conscients de la mécanique qu'ils persistent à répéter... Et Carl, malgré sa répulsion (ou grâce à elle?), sent en lui l'image remonter de plus en plus, quitter les eaux vaseuses pour atteindre l'onde claire de la surface...

Ces individus qui, malgré les blessures, malgré la souffrance, poursuivent leur tâche... leur *tâche*...

... comme le personnage du jeu vidéo *House of Pain,* qui n'arrête pas de construire sa maison malgré les mutilations...

Une intuition affolante gonfle en Carl, une intuition qu'il pourrait encore fuir...

Décrisse, ostie, décrisse tout de suite!

Un mouvement dans sa vision périphérique lui fait tourner la tête. Là, dans l'escalier qui mène au bordel, un jeune homme habillé d'un jeans, d'une chemise noire et d'un veston de même couleur descend. Il lance un œil intéressé vers la scène et mime une expression à la fois amusée et désolée, comme s'il réalisait qu'il arrivait presque à la fin de la représentation.

Carl, qui ne respire plus, regarde son fils Samuel atteindre les dernières marches.

17:51

Quand Samuel arrive au bas de l'escalier, Carl recommence à respirer par la bouche, mais chaque inspiration lui brûle les poumons et lui déchire la gorge. Il suit des yeux son fils qui se faufile dans le groupe vers l'avant, donne la main à deux hommes en souriant, puis s'intéresse à ce qui se passe sur scène, tournant ainsi le dos à son père qu'il n'a pas aperçu.

Non. C'est le seul mot, la seule pensée, le seul concept qui habite son esprit : non. Et tant qu'il s'accrochera à cette conviction, l'émotion n'explosera pas, ne le réduira pas en cendres. Les yeux rivés sur Samuel, il ne voit pas, au moment où l'afficheur numérique indique dix-huit minutes, les ampoules à l'intérieur de la silhouette cesser de scintiller pour, contrairement aux arrêts précédents, demeurer toutes allumées. Il n'entend pas l'animateur s'écrier dans le micro :

— Ho ! Nous avons un spécial, *we got a special* !

La foule vocifère de joie. Cette fois, les participants n'interrompent pas leurs pathétiques ébats. Carl ne s'en rend pas compte, trop occupé à observer son fils qui applaudit. Il ne voit pas non plus Chien Hilare attraper un fouet sur sa table d'instruments avant de se positionner entre les deux lits. Mais lorsque le premier coup lacère les flancs de Nick, le claquement le fait sursauter et Carl daigne tourner son regard éperdu vers la scène. Chien Hilare fouette les deux couples, un peu au hasard, les atteignant parfois dans le dos, parfois sur le ventre, parfois sur les côtes. La lanière cingle même Jeff au visage, mais Carl a déjà reporté son attention sur son fils qui, en avant, dresse le poing en signe d'encouragement. Et il se répète le même mot.

Non... non... non...

Mais ce « non » perd de sa force, de sa tangibilité, tel ce morceau de bois flottant que le naufragé en pleine mer sent s'échapper entre ses doigts. Sur scène aussi, les deux couples s'affaiblissent. Nick et Mia, si ensanglantés qu'on dirait deux énormes siamois fraîchement sortis du ventre de leur mère, réagissent à peine au fouet qui s'abat sur eux pour la quatrième ou cinquième fois, mais la vue du pénis à moitié dur qui s'enfonce mollement atteste qu'ils forniquent toujours, avec une lenteur de larves. De son côté, Jeff, assis de dos sur son partenaire, la tête pendante et dégoulinante, les bras ballants, a manifestement perdu conscience et Mutt, tout en le pénétrant, doit le soutenir à deux mains pour l'empêcher de tomber. Mais quand sa verge flasque s'éjecte enfin de l'anus, il pousse un long soupir vaincu et lâche son coéquipier, qui s'écroule de côté sur le matelas.

— *Five...* compte l'animateur. *Four... Three...*

Une partie de la foule, celle qui a parié sur Nick et Mia, scande avec lui. Carl, qui ne quitte pas des yeux le dos de son fils, scande mentalement un autre mot, un mot maintenant moribond...

... non... non... non...

— *...One... Zero! Couple C, you're out,* éliminé !

Sous les cris de déception et de joie de l'assistance, Nick et Mia cessent aussitôt de s'activer et se séparent, lui la tête tournée vers le plafond, elle le visage enfoui dans le matelas écarlate et poisseux. La femme habillée en médecin apparaît et, rapidement, pousse vers les coulisses le lit où gisent les perdants Mutt, maintenant sur le dos et qui respire péniblement, et Jeff, effondré sur le flanc, toujours inconscient. L'animateur s'approche du lit du couple A et tend une main vers lui comme s'il présentait une nouvelle voiture.

— Nos gagnants, *our winners : Nick and Mia !*

Un tonnerre d'applaudissements rebondit sur les murs en ciment. Nick et Mia trouvent la force de redresser leurs visages meurtris et d'agiter faiblement une main cramoisie. L'ombre d'un sourire plane au centre de leur masque sanglant et, dans leur œil gauche, on devine quelque chose qui ressemble à du triomphe. Carl les observe à nouveau, non pas parce que cet atroce spectacle l'intéresse mais parce qu'il n'arrive pas à croire, parce qu'il ne *peut pas* croire que Samuel brandisse en ce moment un poing en l'air et s'enflamme devant une telle scène.

Le « non » qu'il se répète depuis tout à l'heure part maintenant à la dérive, et Carl se sent couler. La pseudo-médecin s'empresse de sortir le troisième lit tandis que l'animateur annonce :

— Il est presque six heures, *it's almost six o'clock*, il y aura une dernière compétition dans une cinquantaine de minutes, *there will be a…*

Tandis que la musique lounge reprend, que ceux qui ont gagné leur pari se dirigent vers la table et que le reste de la foule se disperse en discutant, Carl demeure sur place, immobile, comme s'il attendait que sa carcasse touche le fond. À travers un voile rouge, il discerne son fils marchant vers la seconde salle tout en échangeant avec un homme ; une part de lui s'active soudain, tente de remonter à la surface : oui, Samuel est vraiment là, il est ici volontairement, il est venu pour assister à ce spectacle de son propre gré et si on se fie à son comportement, ce n'est pas la première fois... Mais ça ne signifie pas nécessairement qu'il est membre de *Hell.com*, et donc ça ne veut pas dire que... Non, non, ça n'aurait pas de sens ! Sam n'aurait aucun intérêt, aucun !

Il sait qu'il va hériter du bar lorsque tu prendras ta retraite... ou lorsque tu seras mort.

Mais Samuel est multimillionnaire, il n'attend pas après le bar pour se faire du fric ! Et il a toujours montré peu d'intérêt pour le *Lindsay*, c'est plutôt Carl qui tenait tant à le lui léguer ! Non, non, Samuel ne *ferait pas ça* pour l'héritage, ça ne tient pas debout !

Pour une autre raison, alors ?

Carl commence à haleter, son corps est parcouru de démangeaisons, au point qu'il doit se frotter les mains et les poignets. D'une démarche déréglée, il entre à son tour dans la seconde salle, en ignorant les individus qu'il frôle au passage. Une vingtaine de personnes attendent au comptoir, dont son fils. La serveuse de tout à l'heure est de retour et le barman, à nouveau occupé derrière le bar, continue à jeter des regards suspicieux vers Carl qui, lui, ne s'en rend plus compte. Le jeune multimillionnaire a l'air si serein. Si normal. Son fils, criss... *Son fils !*

Mais si Samuel était le commanditaire, il aurait reçu une alerte le prévenant que Carl se trouvait à moins de deux cents mètres de lui ! Il la recevrait maintenant !

Personne ne peut entrer ici avec son cellulaire.

Carl se mord le dos de la main pour ne pas crier. Non, ostie, non, ce n'est pas lui, c'est impossible ! Il le connaît trop !

Vraiment ? T'aurais pourtant jamais cru qu'il participait à de telles activités.

Une violente nausée lui engourdit la gorge. Les démangeaisons deviennent insupportables et il frotte ses avant-bras avec hargne.

Samuel prend enfin son verre, se retourne et aperçoit son père.

Le jeune homme de vingt-huit ans, grand et mince, aux cheveux châtains légèrement bouclés, portrait craché de sa mère avec son nez retroussé et sa fine ligne entre les lèvres et le nez, a toujours passé pour un beau garçon, et depuis quelques années, la réussite et l'argent ont ajouté à son aura une assurance et une fierté qui, loin de le rendre fat, ont alimenté son charisme. Mais en ce moment, tout ce qui forge son charme fond en une seconde. L'émotion qui balaie ses traits n'est ni la surprise ni l'incrédulité mais la peur, une peur qui l'enlaidit terriblement. Et ce constat enfonce un poignard supplémentaire dans la chair de Carl, car si Samuel a peur...

Mais il n'y a pas de raison pour que son fils souhaite sa... *Il n'y en a pas!*

Samuel s'avance alors rapidement vers son père, se plante devant lui et, blême d'épouvante, souffle :

— Qu'est-ce que tu fais ici ?

Carl pense qu'il n'arrivera jamais à articuler quoi que ce soit. Pourtant, quelques mots réussissent à franchir ses lèvres.

— Faut qu'on parle...

Samuel hésite un moment, puis hoche la tête plusieurs fois, presque furieusement.

— Oui... oui, OK... OK, on sort...

— Non, pas dehors, ici.

— Hein ? Pourquoi ?

Carl le regarde avec désespoir. « Parce que j'ai peur d'être seul avec toi, Sam, tu te rends compte ? » songe-t-il. « J'ai peur que tu m'entraînes dans un piège ou que... » Mais rester ici, dans cet antre de folie, est-ce plus prudent ? Il ne sait plus ; depuis quelques minutes, son esprit n'est que confusion...

— OK, viens, souffle Samuel.

Il prend son père par le bras et, pour la première fois de sa vie, Carl ressent un frisson désagréable au contact de son enfant, alors qu'il a toujours accepté les câlins de ce dernier, même depuis qu'il est adulte. Samuel l'entraîne vers la table libre la plus éloignée du comptoir, près d'un des murs durs et nus de la pièce. Trop sonné, Carl ne remarque pas que le barman, tout en servant un client, le surveille d'un œil suspicieux.

Samuel pose son verre et s'assoit. Carl l'imite avec lenteur, engourdi. Le jeune homme, les mains croisées sur la table, étudie son père avec attention. À l'épouvante dans son regard s'est ajoutée l'incrédulité.

— Ostie, p'pa, qu'est-ce que tu fais *ici*?

— Sam, es-tu... es-tu membre de *Hell.com*?

La peur dans les pupilles de Samuel se transforme en un effarement total et il recule le torse comme si on venait de le frapper.

— Qui t'a parlé de ce site?

Si Carl n'était pas déjà assis, il s'écroulerait au sol. Plus de doute possible: il est membre.

— Mon Dieu... souffle Carl en fixant son fils.

— P'pa, t'es pas membre, toi, ça se peut pas, t'as pas...

— Mon Dieu, Sam... Sam...

Carl se prend la tête entre les mains. Il se rappelle les paroles prononcées par Diane tout à l'heure...

« Il est possible que vous découvriez des choses qui pulvériseront le peu de foi que vous accordez toujours à l'ordre et à la logique. »

Car elle savait. Avant le début de la chasse, elle effectue sans doute beaucoup de recherches sur la proie et sur ses proches. Elle ne pouvait évidemment être certaine que Samuel serait ici aujourd'hui, mais c'était une *possibilité*...

Une parmi mille autres...

Samuel se penche vers lui en lui touchant le coude du bout des doigts.

— P'pa, comment tu peux être membre?

— Comment peux-tu penser ça! crache Carl en dégageant son visage. Comment tu peux penser que je suis membre d'un site aussi... aussi... Pis toi, comment peux-tu l'être!

— Attends, c'est pas... C'est juste certaines affaires qui m'intéressent sur *Hell.com*, pas tout! Comme... comme aujourd'hui, c'est pas... Les gens qui fourrent, sur la scène, ils sont consentants, là! Personne les force! C'est des sadomasos pour vrai, des osties de fuckés qui ont déjà des vies extrêmes, pis là on les paie pour qu'ils aillent le plus loin qu'ils sont jamais allés! Pis en plus, on m'a dit qu'on les soignait, après, en coulisses! Je... je sais pas s'il y en a qui meurent de leurs blessures, mais criss! ils acceptent le risque, c'est leur choix!

Carl est alors frappé par une constatation: Samuel est en train de justifier pourquoi il est ici, pourquoi il est membre de ce site. S'il était le commanditaire, son premier réflexe serait de croire que son père l'a découvert, non? Peut-être même aurait-il fui.

— ... pis en plus, des fois, ça m'inspire pour certains jeux vidéos, poursuit Samuel, fébrile. Je sais que... que c'est pas une bonne raison, mais... Criss, p'pa, y a des affaires tellement pires sur ce site, des affaires qui m'intéressent pas pantoute pis... (il fait une pause, fronce un sourcil). Qu'est-ce qui t'est arrivé, tu t'es battu?

Carl ne répond rien, bouleversé. Sa conviction grandissante que son fils n'est pas le commanditaire lui donne presque envie de pleurer de soulagement, mais le fait de le trouver ici et d'apprendre qu'il est membre de ce site infâme lui crève le cœur...

... et surtout, il se demande s'il est possible que cela ne soit qu'un ironique hasard... Mais si ce n'est pas le cas, comment l'expliquer?

Carl ne dit toujours rien, perdu, hagard. Et Samuel, avec l'air d'un gamin à la fois effrayé et malheureux de décevoir ses parents, reprend :

— P'pa, je suis pas un désaxé, OK ? Même si je suis venu ici, aujourd'hui, c'est pas... Oui, c'est assez tordu, mais y a des affaires organisées par le site tellement épouvantables, qui impliquent des meurtres, pis ça, jamais j'embarque là-d'dans, OK ? Pis... (il secoue la tête) Ostie, comment ça se fait que *toi*, t'es ici ?

Carl, les bras ballants de chaque côté de la chaise, revoit Samuel jubiler face à la scène, il y a quelques minutes à peine... Le jeune homme se penche au-dessus de la table.

— Là, c'est à ton tour de m'expliquer ce qui se passe, OK ?

Son père s'humecte les lèvres et réussit à marmonner :

— T'as pas eu de messages de Drummondville, aujourd'hui ? De ta mère ou

(de la police)

— ... d'autres personnes ?

— Je sais pas, s'étonne Samuel. Le samedi, j'essaie d'être le plus off possible pis de pas prendre mes messages. Pourquoi ?

— Pis les journaux ? Les médias sociaux ?

— Je me suis levé super tard pis je me suis préparé pour venir i...

Il se tait, gêné, puis s'impatiente :

— Qu'est-ce qui se passe, coudon ? Criss, p'pa, parle-moi ! C'est qui qui t'a parlé de *Hell.com* !

Carl pose ses mains sur son visage et secoue la tête, tandis que la tempête dans sa tête souffle avec de plus en plus de fureur. Il ne comprend rien à rien...

— P'pa, réponds-moi !

— Je peux pas, Sam, je peux rien d...

— Ostie ! C'est Sébastien !

Carl dégage son visage.

— Quoi ?

— C'est Seb qui t'a parlé de *Hell.com*, c'est ça ? Ça peut juste être lui !

Carl cligne des yeux.

— Pourquoi tu penses que c'est lui ?

— C'est lui ou pas ?

Le père avance la tête à son tour et attrape le bras de son fils, les traits tendus. Les doutes que Carl nourrissait ce matin sur son employé mais qui s'étaient envolés voltigent à nouveau autour de lui en le recouvrant de l'ombre de leurs grandes ailes noires.

— Sam, faut que tu m'expliques pourquoi tu penses que c'est lui, c'est hyper important, tu comprends ? Important comme t'as pas idée !

Samuel le dévisage, impressionné. Autour, on ne fait toujours pas attention à eux. Puis, le jeune homme regarde son verre un moment, soupire et, sans lever les yeux, commence :

— Au party de ton cinquantième, y a presque deux ans, au bar, j'étais soûl pis Sébastien a pris soin de moi quand j'ai été malade, tu te souviens ? Il est resté avec moi presque une heure dans ton bureau pendant que je récupérais...

Carl, qui a lâché le bras de son fils, garde le silence, et Samuel poursuit en évitant toujours son regard :

— On se connaissait pas beaucoup, mais comme j'étais ivre pis qu'il était pas tout à fait à jeun lui non plus, on a parlé de nos vies... C'est là qu'il m'a confié qu'il espérait avoir le *Lindsay* à ta retraite. Toi, tu lui avais encore rien dit sur tes intentions, alors ce soir-là, j'ai fermé ma gueule là-dessus...

Carl fronce un sourcil en entendant ces derniers mots, mais son fils continue :

— Mais dans ton bureau, on a parlé de ben d'autres affaires. Il m'a raconté qu'il aimait être sur le party pis

456 ———————————————— Patrick Senécal

s'envoyer en l'air… Moi, je lui ai avoué que même si j'aimais ben gros Laurie, ça m'arrivait de… d'aller voir ailleurs…

Il baisse encore plus la tête.

— J'étais soûl, criss! Pis c'est vrai que je l'aime, p'pa… Même si des fois, j'ai…

— Continue.

— Il m'a dit qu'il comprenait ça, qu'il avait déjà participé à une couple de soirées sexuellement pas mal wild, pis que lui, de ce côté-là, il avait pas de limites… Pis là, je lui ai…

Il soupire et se masse la nuque, toujours en évitant le regard de son père. Ce dernier écoute, les oreilles brûlantes. La musique pourrait monter de mille décibels et se transformer en heavy metal qu'il ne s'en rendrait pas compte.

— Je le sais pas ce qui m'a pris, j'imagine que je voulais l'impressionner… pis j'étais *tellement* soûl… Je lui ai dit que j'étais membre d'un site qui… que… un site où on pouvait assouvir tous nos fantasmes…

La respiration de Carl devient tremblotante et il perçoit le son produit par ses ongles qui raclent de nouveau la table. Samuel a un geste vague de la main.

— Ç'avait l'air à l'intéresser, mais là, je me suis rendu compte que j'ouvrais trop ma grande gueule, que j'étais pas supposé parler de ça à n'importe qui… J'ai dégrisé un peu pis je lui ai dit d'oublier ça, que je le niaisais… Sur le moment, il a pas eu l'air de me croire, mais il a fini par rire lui aussi pis dix minutes après, il est allé me reconduire chez vous.

— Pis il t'a jamais reparlé de *Hell.com*?

— Non, jamais… Je me suis dit qu'il avait vraiment cru que je le bullshitais…

Il lève enfin les yeux.

— C'est lui qui t'a parlé du site, je suis sûr! Il a essayé de le trouver sur Internet, il a pas été capable, pis comme il savait que je voulais pas revenir là-dessus, il t'a demandé à toi si t'étais au courant! C'est ça, hein?

Mais Carl est à nouveau perdu dans ses pensées. Sébastien... Mais pourquoi? Par vengeance, par rancœur, comme il l'a cru un moment ce matin?

— P'pa?

— T'as dit tout à l'heure que quand il t'a confié qu'il aimerait avoir le bar, t'as rien dit ce soir-là... Est-ce que tu lui en as reparlé après?

Samuel paraît mal à l'aise.

— Pourquoi tu veux savoir ça?

Il lui cache quelque chose, c'est clair. Carl plisse les yeux. Les doutes ne se contentent plus de voltiger, ils piquent sur lui en exhibant leurs becs pointus et redoutables.

— Sam, il faut... Cache-moi rien, OK? On est rendus trop loin... Après ce que j'ai découvert sur toi aujourd'hui, je pense que... que j'ai le droit de tout savoir.

Une grande tristesse coule sur les traits de Samuel, et pourtant une partie de lui semble soulagée, comme s'il était sur le point de se délivrer de quelque chose. Il prend une bonne gorgée de son verre et, avec un aplomb qu'il n'avait pas encore démontré depuis le début de leur discussion, il explique:

— Y a un an et demi à peu près, au début de 2015, tu m'as dit que t'avais prévenu Sébastien que le bar me reviendrait à ta retraite. Tu m'as expliqué qu'il était déçu mais qu'il comprenait. Moi, j'étais sûr qu'il capotait à cause de ce qu'il m'avait dit à ta fête. Je l'ai appelé pis je lui ai promis que je lui vendrais le *Lindsay*. Pis pas cher, en plus. Parce que c'est lui qui le méritait.

Il soutient le regard de son père. Ce dernier est bouche bée.

— Tu lui as dit ça?

— J'avais pas le choix, tu voulais rien entendre, avec tes maudits principes que tout doit rester dans la famille !

Maintenant qu'il l'a avoué, Samuel est presque agressif, comme s'il en voulait à Carl de l'avoir mis dans une telle situation par pur orgueil paternel.

— En fait, je lui ai dit que je le lui vendrais pas officiellement parce que ça te ferait trop de peine. Mais même si pour tout le monde il demeurerait le gérant, le bar serait à lui et il prendrait toutes les décisions. Fallait juste pas que ça se sache. Il m'a trouvé ben fin même si ça le satisfaisait pas tant que ça : lui, il voulait posséder le *Lindsay* pis pas être obligé de s'en cacher. Je lui ai dit que je comprenais, mais que de ton vivant, c'est le mieux que je pouvais faire. Pis je suis désolé, p'pa, mais c'est ça que je vais faire.

Il termine son gin tonic d'un coup.

Carl devrait être bouleversé de cet aveu. En temps normal, il réaliserait que son obstination aveugle l'a empêché de voir que son fils avait accepté d'hériter du bar seulement pour avoir la criss de paix, tout comme elle l'a empêché de voir que c'était bel et bien fini avec Pascale depuis un bon moment... Mais en ce moment, ce n'est pas du tout à cela qu'il pense.

— Pis je te gage qu'il t'a raconté que j'étais membre de ce site-là ! lance Samuel avec une hargne affligée. C'est ça, hein ? Ça t'a fait peur pis aujourd'hui, t'es venu ici pour m'en parler, c'est ça ? P'pa, réponds-moi !

Mais le père, la bouche entrouverte et le regard lointain, ne répond pas, comme si son fils n'était plus là. Il ne voit que les pièces du puzzle qui se mettent en place.

— Mais comment t'as su ce qui se passait ici ? persiste Samuel. Comment t'as eu le mot de passe ? Pis pourquoi t'as la gueule enflée ? P'pa ? P'pa !

À son tour, il attrape le bras de son père, qui sursaute comme s'il se réveillait. Les yeux de Samuel s'emplissent de larmes et de remords.

— Je t'ai tout dit, ostie, alors c'est à ton tour!...
P'pa, *s'il te plaît!*

Carl, égaré, secoue lentement la tête. Il voudrait parler... Il voudrait tant lui dire...

— Monsieur?

Le père et le fils tournent les yeux à l'unisson. Un homme en début de trentaine, habillé d'un veston et d'une chemise sans cravate, longs cheveux châtains attachés en queue-de-cheval, se tient à côté de la table et examine Carl de ses globes exorbités.

— On m'a dit que vous aviez beaucoup de questions, tout à l'heure. Vous pourriez me suivre pour qu'on tire ça au clair?

Samuel fronce les sourcils et interroge son père du regard.

— Vous êtes qui? demande Carl d'une voix égale.

— Vous pourriez me suivre, s'il vous plaît?

— Êtes-vous un représentant de *Hell.com*?

Samuel blêmit tandis que Queue-de-cheval s'assombrit.

— Il n'y a aucun représentant de ce site ici.

— Alors ça va être correct, je n'ai plus de questions.

Mais les yeux de poisson deviennent menaçants et la voix un peu moins polie.

— Veuillez me suivre quand même, s'il vous plaît.

— C'est quoi qui se passe, là? s'inquiète Samuel.

Depuis son arrivée, Carl avait bien senti les effluves du danger, mais maintenant, il le respire à plein nez. Et si cet homme qui dit ne pas représenter *Hell.com* lui demande tout de même de le suivre, c'est de très mauvais augure. Avec ce qu'il vient de voir sur scène, il risque *beaucoup* plus qu'une banale raclée. D'une voix qu'il espère dégagée, il lève une main qui se veut conciliante.

— Non, tout va bien, je vous dis, je vous remercie...

— Tu me suis *tout de suite,* OK?

Et en prononçant ces mots, Queue-de-cheval dirige sa main droite vers l'intérieur de son veston. Malgré la peur, Carl songe à Samuel qu'il ne doit pas mettre en péril. Alors, d'une voix posée mais blanche, il répond :

— D'accord, d'accord, je vous suis.

— Hey, allez-vous me dire ce qui se passe, coudon ? s'impatiente Samuel.

— Toi, tu te mêles pas de ça, rétorque Queue-de-cheval sans même le regarder.

Carl se lève et, malgré la terreur qui le fait vaciller, il marmonne à son fils :

— Ça va aller, Sam. Ça va aller...

Mais tout son être, tout ce qu'il dégage hurle le contraire. La poitrine tout à coup douloureuse, il attrape Samuel par la nuque.

— Jamais ta mère doit savoir ce que... ce que tu fais, OK ? Jamais !

Samuel le dévisage, confus. Queue-de-cheval s'impatiente et indique l'accès à l'autre salle.

— Par là-bas, s'il vous plaît.

Carl lâche son fils à contrecœur et se met en marche en louvoyant dans la foule, les jambes molles, suivi de très près par Queue-de-cheval. Qu'est-ce qui va lui arriver ? Avec un peu de chance, on lui demandera peut-être seulement ce qu'il veut...

Tu y crois vraiment ?

Il se retrouve dans la grande salle où une dizaine de personnes discutent encore en petits groupes.

— Par là, répète son guide.

Et il montre du menton quelques marches qui mènent à la scène. Carl s'arrête. Mon Dieu, va-t-il mourir dans ces coulisses ? Tué par des gens qui n'ont rien à voir avec la chasse ? « Je dirais que la partie se poursuit jusqu'à ce que l'un des deux perde. Ou même les deux », avait dit Diane. Ce serait le comble de l'ironie que tout se termine ici, hors du jeu… Surtout que maintenant, il sait qui est le responsable de tout ça…

— Envoie, on y va, répète Queue-de-cheval.

Carl, toujours immobile, jette des regards désespérés autour de lui. Fuir en courant vers le rideau noir qui camoufle la sortie ? Hurler au secours ? Le type derrière lui oserait-il lui tirer dessus devant tout le monde ?

— P'pa ! Dis-moi ce qui se passe !

C'est Samuel qui s'approche, à la fois inquiet et agacé. Queue-de-cheval le considère avec étonnement.

— T'es son fils ?

— Sam, mêle-toi pas de ça !

— Qu'est-ce que vous lui voulez, au juste ? insiste Samuel.

Queue-de-cheval plisse ses yeux de poisson.

— OK, tu viens avec nous…

— Non ! Mêlez-le pas à ça !

— À quoi ? Ostie, je veux savoir où vous l'emmenez !

Plusieurs personnes commencent à les reluquer en fronçant les sourcils, y compris le type sur scène qui nettoie le sang sur le plancher. Queue-de-cheval dirige à nouveau sa main vers l'intérieur de son veston.

— Vous venez avec moi tous les deux pis sans un mot, sinon…

Tout à coup, son attention et celle des gens dans la salle sont détournées par des sons particuliers en provenance du rideau noir qui mène à la sortie. Des bruits étouffés surnagent au-dessus du brouhaha et de la musique, comme si on se battait derrière le rideau, avec jurons et grognements. Tout le monde regarde maintenant dans cette direction, intrigué, y compris Carl dont la respiration augmente d'intensité au même rythme qu'un sombre pressentiment.

Tu sais pas à quelle heure exactement t'es entré ici mais est-ce possible que ce soit juste avant cinq heures quinze ?

Les bruits d'altercation prennent de l'ampleur, en parfait contraste avec la musique lounge qui continue de jouer.

— What the fuck ? marmonne Queue-de-cheval en effectuant un pas vers la sortie.

— Oh non… souffle Carl, la bouche sèche.

Un coup de feu assourdissant retentit, faisant sursauter tout le monde, aussitôt suivi par un son mou. Le rideau est écarté par le portier qui titube par-derrière puis s'effondre sur le dos, pistolet à la main. Alors qu'une rumeur de stupéfaction court parmi la petite foule, un énorme Noir en short Adidas, côté droit du visage boursoufflé, oreille gauche en sang, entre dans la salle, un long et mince tuyau de cuivre entre les mains.

Une douleur aiguë traverse le ventre de Carl, comme si le tuyau lui perforait l'estomac.

L'homme étendu au sol commence à se redresser, mais l'arme du chasseur lui fracasse le crâne. Dans un craquement atroce, le portier retombe et le pistolet glisse de ses doigts. Pendant trois secondes infinies, plus personne ne bouge, plus personne ne parle et, à l'exception de la musique, on n'entend que la respiration asthmatique du Noir qui, le visage tout plissé, son oreille gauche à moitié arrachée, regarde autour de lui jusqu'à ce que ses petits yeux porcins repèrent Carl. Aucune expression ne traverse ses pupilles. Il se contente de marmonner :

— OK, t'es là…

Ignorant sur le sol le pistolet qu'il n'a pas le droit d'utiliser, il se met en marche. Certaines personnes reculent, d'autres demandent ce qui se passe, quelques-unes s'élancent vers la sortie, tandis que toutes celles qui se trouvaient dans la salle du bar apparaissent, alertées par le coup de feu. Mais le Noir n'accorde aucune attention à tous ces gens, son regard plissé et perpétuellement angoissé rivé sur Carl. Ce dernier souffle vers son fils :

— Sauve-toi, Sam…

Samuel ne bouge pas, ses yeux ahuris fixés sur le fou qui approche.

— Mais… mais… mais…

Queue-de-cheval a sorti un pistolet de son veston et, nerveux, le pointe vers le nouveau venu.

— Stop, le gros !

Le Noir ne ralentit pas et commence à dresser son tuyau métallique. Le pistolet crache un coup de feu et le sang jaillit du sein droit de l'assaillant. Son visage, déjà grimaçant, ne change pas d'expression et son corps tressaille sous l'impact, mais il poursuit son avancée. La foule, secouée par cette seconde détonation, détale vers la sortie et Carl pousse son fils en lui répétant de se sauver. Queue-de-cheval tire une autre fois, mais un fuyard le bouscule au même moment et la balle se perd quelque part au plafond. Avant qu'il puisse à nouveau viser sa cible, son pistolet est balayé par l'arme du Noir.

— Mon tabar…

Mais le reste se perd dans un gargouillis au moment où le tuyau pénètre sous son menton, à la verticale. À deux mains, le chasseur, malgré sa blessure, pousse vers le haut, jusqu'à ce que le sang gicle du nez de sa victime, que son œil droit s'éjecte de son orbite, que tout son corps soit soulevé à plus de cinquante centimètres du sol où il gesticule tel un homme en chute libre. La panique décuple dans la foule qui forme une masse confuse près du rideau maintenant arraché. Sur la scène, le nettoyeur de plancher s'est volatilisé, mais deux autres individus, en provenance des coulisses, sont apparus, attirés par ce tumulte : Chien Hilare, dont le masque est relevé sur la tête, et un maigrichon au torse nu, sans doute l'un des participants de la prochaine compétition. En grognant sous l'effort, le Noir rabat vers le sol le corps de sa victime, qui s'y écrase lourdement. Il pose son pied sur le cadavre, en extirpe sa tige puis tourne son visage piqueté de taches écarlates vers Carl, à quelques mètres de lui.

Parce que Carl n'a pas bougé, Carl a regardé toute la scène d'un œil à la fois épouvanté et las.

— Viens-t'en, p'pa, vite !

Samuel lui agrippe le bras dans l'intention de l'entraîner vers la sortie où s'entasse une foule qui n'arrive plus à fuir aussi rapidement qu'elle le souhaiterait. Et normalement, Carl se serait élancé dans cette direction. Mais est-ce l'expérience de tout ce qu'il a vécu au cours des vingt-quatre dernières heures qui affine son jugement et lui évite de céder au premier réflexe ? Il comprend en une seconde que s'il rejoint cette masse gesticulante, il n'aura pas le temps de sortir avant que le tueur ne les rattrape, lui et Samuel. Et il doit absolument mettre son fils hors d'atteinte de ce psychopathe...

Carl s'élance vers la scène en criant :

— Sauve-toi avec les autres, Sam !

— P'pa ! Où tu vas ?

— Sors au plus vite !

Carl monte en deux bonds les marches qui mènent à la scène. Sur celle-ci, le maigrichon et Chien Hilare constatent que le Noir se meut maintenant dans leur direction et, aussitôt, retournent en coulisses.

— P'pa !...

Sur la scène, Carl lance un dernier coup d'œil vers la salle : le Noir, un grand cerne écarlate sur son t-shirt, s'approche de sa démarche balourde, ignorant Samuel qui est resté derrière et qui, tout en jetant des regards consternés vers son père, se mêle à la foule épouvantée qui s'écoule vers la sortie. Rassuré, Carl disparaît en coulisses.

Il dévale quelques marches et débouche dans une pièce de même dimension que celle du bar, en ciment, mais éclairée plus crûment. Quelques fauteuils y sont éparpillés, de même que plusieurs longues tables d'examens médicaux sur lesquelles sept ou huit personnes, nues et ensanglantées, sont étendues. Carl reconnaît quatre des six participants de la compétition précédente. Sur les murs s'alignent des étagères emplies de médicaments, cotons, pansements et accessoires divers de médecine. Quelques individus en sous-vêtements toisent avec angoisse Chien Hilare et le maigrichon qui reviennent tout juste de la scène et qui devancent Carl de quelques mètres. La médecin, près du corps inanimé de Human Drill, demande d'une voix nerveuse :

— Pis ? Qu'est-ce qui se passe au juste ?

— Y a un fou qui massacre tout le monde, faut crisser notre camp ! lance Chien Hilare qui, toujours avec son masque relevé sur le crâne, file vers le fond en sortant un trousseau de clés de sa poche.

Les commentaires inquiets et dubitatifs se mettent à fuser.

— Comment, massacrer tout le monde ? Qui ça ?

— On s'en fout, on s'en va pis c'est tout !

— *I can't go like that, I'm naked!*

— Pis les blessés ? On les laisse ici ?

Carl avance vers eux et, en désignant Chien Hilare qui rejoint une porte à l'autre bout de la pièce, s'écrie :

— Il a raison, faut sortir, vite !

Au même moment, le Noir entre dans la salle, son tuyau ensanglanté en main, le t-shirt maintenant poisseux, le visage tout plissé. Le maigrichon crie un « C'est lui ! » terrifié et tout le monde s'élance vers la porte du fond, y compris la médecin et Carl. Parmi les corps meurtris couchés sur les tables, deux réussissent à se lever et à tituber, mais les autres se contentent d'appeler à l'aide. Trois d'entre eux, dont Human Drill et Jeff, ne bougent pas du tout, les yeux fermés, morts ou inconscients. Mais un type aux cheveux longs, lui aussi en sous-vêtements, s'approche de la table pleine d'accessoires, attrape le fouet encore humide et s'élance vers le chasseur.

— *Eat this, mother fucker!*

Et il commence à donner de maladroits coups de fouet vers le tueur qui s'arrête et, embêté, tente de se protéger de son bras droit. Pendant ce temps, la porte du fond ne s'ouvre toujours pas : Chien Hilare cherche avec ses doigts tremblants la bonne clé parmi celles de son trousseau.

— *Hurry up, man!* l'exhorte une femme en string et soutien-gorge.

— Ça s'en vient, ça s'en vient...

En beuglant, le gars aux cheveux longs flagelle toujours le Noir, dont la poitrine, le bras et même le visage sont maintenant marqués par des zébrures rouges, mais tout à coup, la lanière s'enroule autour de l'avant-bras du tueur, qui tire de toutes ses forces. Le fouet quitte les mains du type et aussitôt, le tuyau de cuivre file dans sa direction. Carl, qui est derrière le groupe, voit l'homme de dos, mais comprend que la tige lui a défoncé le visage.

— Câlice, ouvre la criss de porte ! gueule quelqu'un.

— Oui, oui, oui, oui, oui, souffle Chien Hilare d'une voix désespérée.

Il a enfilé une clé dans la serrure, mais ce n'est pas la bonne. Les cris de panique s'intensifient tandis que le tueur enjambe le cadavre du type au fouet et approche, la respiration bruyante, ses traits plus crispés que jamais. En maugréant des « Tassez-vous, là... » il repousse deux tables se trouvant sur son chemin, ce qui fait choir au sol deux blessés qui se mettent à ramper en gémissant. Pendant une seconde, Carl voit le collier en or attaché serré autour du cou du Black et, en songeant qu'il contient sans doute la caméra, sent une violente colère l'électrifier. Il attrape sur une étagère un scalpel et le dresse devant lui. Il jouera la partie jusqu'à la *toute fin* !

Enfin la porte s'ouvre et tout le monde se bouscule pour la franchir, n'hésitant pas à pousser au sol les blessés qui tenaient à peine debout, mais la cohue ralentit la fuite. Le Noir n'est plus qu'à trois mètres de Carl et ce dernier, scalpel brandi, sait qu'il ne pourra sortir à temps...

Une détonation ébranle les murs de la salle et le chasseur se retourne. À l'autre bout de la pièce, Samuel pointe un pistolet, celui du portier ou de Queue-de-cheval. Il a tiré, mais a complètement manqué la cible, sans songer une seconde qu'il aurait pu atteindre son père ou l'un des quatre ou cinq fuyards qui n'ont pas encore franchi la porte. Carl écarquille les yeux.

— Sors, p'pa ! Vite !

Aussitôt, le Noir met en mouvement son énorme masse dans la direction de ce nouvel opposant, tenant son tuyau comme s'il allait forcer un mur avec un bélier. Samuel, fiévreux, raffermit maladroitement sa prise sur son arme et ferme un œil pour mieux viser. Et même si son fils, à cette distance qui rapetisse de plus en plus, ne manquera sans doute pas sa cible une seconde fois, Carl pressent le drame avec une telle acuité qu'il sent déjà l'abîme s'ouvrir dans son âme.

— Sam ! croasse-t-il, la respiration coupée.

Nouveau coup de feu et, cette fois, le bas du dos du tueur explose, comme si un boulet de canon en surgissait. Le chasseur émet un grognement de souffrance, mais, emporté par son élan, pousse vers l'avant le tuyau, qui s'enfonce dans la poitrine de Samuel.

L'abîme ne se contente pas de s'ouvrir dans l'âme de Carl : il la déchire. Et ce n'est que lorsqu'il voit son fils s'effondrer, les yeux écarquillés de stupeur, qu'il comprend que lui-même court vers le Noir, son scalpel brandi, et ce n'est que lorsqu'il voit la tige s'extirper du torse de Samuel qu'il réalise que les cris informes qui le poursuivent sont les siens. Le Noir se retourne en vacillant, le ventre en bouillie, ses traits tordus maintenant par la souffrance. Il tente de lever son tuyau, mais, alors que Carl n'est qu'à un mètre de lui, il s'affaisse sur le dos sans émettre un son. Carl, lancé à toute allure, trébuche sur le corps obèse et tombe sur les genoux en échappant son scalpel. Comme si le Noir n'existait plus, il marche à quatre pattes jusqu'à son fils et lui relève la tête, lui caresse les cheveux en gestes convulsifs, répète son nom d'une voix basse et cassée. Mais Samuel ne réagit pas. Samuel contemple le néant de ses yeux vides. Samuel est mort.

Le père pose son front contre celui de son fils, sa main contre la poitrine ensanglantée, et, pendant de longues secondes, une plainte basse et brisée siffle entre ses lèvres retroussées. Puis, il redresse la tête et laisse son regard vacant errer dans la pièce. Le silence est total. Tout le monde est maintenant sorti. Sur le sol et les tables médicales râlent deux ou trois blessés. Et les yeux de Carl tombent sur le cadavre du chasseur. Il se met à trembler. Il n'a pas pu le tuer. Il n'a pas pu tuer l'assassin de son fils ! Son fils dont la mort a été filmée !

Pendant une brève seconde, il se voit se traîner jusqu'au Noir pour vomir sa haine à l'intention de tous les salauds qui regardent par la caméra, mais une lointaine sirène de police produit un éclair de lucidité qui traverse ses ruines intérieures.

Tu peux pas te faire arrêter. Même si toi, t'en as plus rien à crisser, tu peux pas. Il y aura des conséquences. Il reste Pascale, et d'autres personnes que tu aimes.

Il enlace le corps mou de Samuel et le presse de toutes ses forces, comme s'il tentait de le fusionner au sien pour toujours. Il dépose ensuite doucement la tête de son enfant contre le plancher, comme lorsqu'il était bébé et qu'il ne voulait pas le réveiller, l'embrasse sur les lèvres, se lève et, même si chacun de ses atomes n'aspire qu'à l'inertie, il s'élance vers la porte ouverte.

Il sort dans une ruelle vide. Un sadomaso nu, rutilant de sang, rampe sur le sol et tourne un visage mutilé vers lui.

— *Help me, man…*

Carl n'y prête aucune attention et court vers l'autre bout de la ruelle. Des miaulements de sirène montent au loin

(combien de fois ai-je entendu ça depuis hier combien de fois ai-je fui ce son)

et, sans ralentir, il tente de retrouver le coin où est garée sa voiture. Ce n'est pas très loin, ça devrait être

(Samuel est mort)

juste ici, après cette intersection. Il tourne à gauche, ignore les regards de deux piétons qu'il croise et

(est mort en voulant me sauver)

après une vingtaine de secondes de course, aperçoit sa Chevrolet Sonic. Il monte à l'intérieur : les policiers doivent être sur place en ce moment et ils fouilleront le quartier d'ici quelques minutes. Carl file à toute allure, sans savoir

(serait toujours vivant si je n'étais pas venu ici)

où il va. En moins d'une minute, il arrive à la rue Hochelaga et prend à droite, les oreilles bourdonnantes

(Samuel membre de *Hell.com* mon fils mort mon fils)

de fureur et d'appels à la mort, roule pendant deux minutes, cherche un endroit désert où s'arrêter, parce qu'il doit s'arrêter sinon il va percuter un autre véhicule, il va viser le premier mur et foncer dedans à toute vitesse…

Il tourne à gauche, parcourt une petite rue flanquée de commerces et de duplex, entre dans le stationnement d'une usine fermée, roule jusqu'à l'arrière dans une cour bétonnée entre deux vieux bâtiments sans fenêtres, stoppe la voiture et en sort. Il marche de long en large, respirant comme un asthmatique, ouvrant et fermant ses poings, ses poings qu'il fixe tout à coup, tachés du sang du Noir, mais aussi de celui de Samuel...

... et de l'homme au centre commercial, et du chauffeur de taxi, et de ces deux gars à la partie de baseball... et de Claudia... et de combien d'autres, d'ici la fin de ce voyage en enfer? Il s'élance

(aucun il n'y en aura aucun autre)

vers la Sonic, dérape sur l'asphalte sale, ouvre la portière côté passager, attrape le revolver dans la boîte à gants, enlève le cran de sûreté et, debout à côté de la voiture, il s'enfonce le canon

(une des proies s'est déjà suicidée Diane l'a dit elle a pas parlé de conséquences alors je peux tirer je peux arrêter tout ça maintenant je peux)

dans la bouche. Il ferme ses yeux desquels coulent de longues larmes et mord le canon en éructant des râles étouffés... et tout à coup, un nom apparaît en lettres rouges contre l'écran noir de ses paupières closes.

Sébastien.

Carl cesse de râler, mais laisse le revolver dans sa bouche.

Il n'y a plus de doute possible: c'est Sébastien.

Et si tu te tues, il aura gagné. Et Sam sera mort pour rien.

Il retire l'arme dégoulinante de bave, l'observe en grimaçant et, par la portière toujours ouverte, la lance avec rage sur la banquette du passager. Il recommence à marcher dans la cour tandis qu'il sent monter en lui quelque chose de nouveau. Non, pas de nouveau, plutôt quelque chose qu'il avait oublié et qu'il ne croyait pas revivre un jour... En tout cas, pas avec une telle *pureté*.

« T'as ça en toi, Carloune. »

Il sent un léger étourdissement, mais n'y accorde aucune attention. Il s'appuie des deux mains contre le mur du bâtiment et le fixe, fasciné par cette sensation qui monte en lui, par cette émotion qui lui procure une sorte de...

L'étourdissement se manifeste encore une fois, plus fort, assez pour court-circuiter ce qu'il ressent. Il secoue la tête : qu'est-ce qui lui arrive ?

Il blêmit et se retourne brusquement. En provenance de la ruelle qui mène au stationnement avant, Sanschagrin, très digne dans son costume trois-pièces, s'avance lentement, son étrange appareil muni d'une antenne entre les mains.

Carl s'élance vers sa voiture, à une dizaine de mètres de là, mais l'étourdissement monte d'un cran et, tout à coup, il a l'impression que le sol penche sur le côté. Il titube sur quelques mètres avant que la force de ses jambes se volatilise, comme si ces dernières tombaient en grève. Il chute sur les genoux et les mains, pris d'un violent tournis. Le visage aux joues creuses de Sanschagrin est inexpressif, mais ses yeux brillent d'une curiosité glaciale derrière ses lunettes. Il avance toujours sans se presser, son doigt sur un petit bouton de l'appareil qu'il tend vers Carl, et articule d'une voix rassurante :

— Accueillez la mort...

Carl se traîne à quatre pattes vers la Sonic dont la portière côté passager est ouverte. Sanschagrin, un peu plus loin, s'est arrêté. Il lève son doigt du bouton et plisse les yeux, comme s'il s'étonnait que sa victime, dans un tel état, puisse songer à fuir en voiture.

— Accueillez... la mort.

La vision de Carl se trouble, ses forces diminuent comme celles d'un vampire éclaboussé par le soleil. Il progresse toujours, mais, à un mètre de la Sonic, il s'effondre sur le ventre. Bon Dieu ! cette bagnole n'était pourtant pas si loin, tout à l'heure ! Sa respiration devient aussi laborieuse que si ses poumons étaient compressés par une poigne invisible. En un flash, l'image de Samuel lui traverse l'esprit. En gémissant sous l'effort, il se remet à ramper en s'aidant de ses coudes et tend enfin une main tremblante vers l'intérieur de la voiture. Sanschagrin secoue la tête.

— Accueillez… la…

Carl retire sa main de la voiture et se tourne sur le dos. En apercevant le revolver pointé vers lui, le vieux scientifique interrompt son leitmotiv et hausse les sourcils. Carl tient maintenant l'arme à deux mains et il prend trois longues secondes pour viser malgré sa vision instable, malgré l'impossible poids du revolver… Un léger sourire accentue les rides du visage de Sanschagrin, qui penche la tête sur le côté.

— Intéressant…

Carl tire. Le son de la détonation et le recul de l'arme lui paraissent si violents qu'il pousse un cri accablé. Le vieillard bondit vers l'arrière, échappe son appareil et, titubant sur place, touche sa poitrine qui s'imbibe de sang. Puis il observe ses doigts rougis, subjugué, comme s'il découvrait que son corps était empli de ce fluide essentiel. Mais le calme revient sur son visage alors qu'il bascule par-derrière.

À bout de force, Carl laisse retomber sa tête au sol de même que ses deux bras, écartés comme ceux d'un crucifié. L'arme glisse de ses mains et il pousse un long soupir.

Il a réussi. Il a tué

(un être humain)

ce vieux psychopathe. Mais ses étourdissements ne disparaissent pas, sa respiration ne se stabilise pas, sa faiblesse ne cesse d'empirer. Cette fois, Sanschagrin n'a pas remis son pacemaker au bon rythme.

Il doit récupérer ce bidule électronique…

Il roule sur le ventre et, telle une limace, rampe en grognant vers le cadavre à cinq mètres de lui, ce qui équivaut à deux kilomètres pour Carl. Et même s'il atteignait cette machine, saurait-il la faire fonctionner?

Essaie, criss, essaie!

Il se traîne sur cinquante centimètres, s'arrête, à bout d'énergie comme s'il venait de monter la plus haute des montagnes. Il tente d'avancer à nouveau: ses mains grattent l'asphalte, ses jambes se plient et se déplient sur le sol comme celles d'une grenouille agonisante, et il progresse d'à peine vingt centimètres. La face contre terre, il ferme les yeux en geignant de rage. Pas maintenant! Après avoir échappé aux pires dangers, il ne va pas crever alors qu'il connaît enfin l'identité du responsable de tout ça!

— Une chose est sûre, monsieur Mongeau: vous rendez cette édition du jeu vraiment inhabituelle et pleine de rebondissements.

Carl trouve la force de remonter légèrement la tête. Malgré sa vision trouble, il voit une silhouette approcher et réussit à reconnaître Diane. Elle s'envoie deux Tic Tac dans la bouche et range le flacon dans son veston.

— Je sais que, normalement, je ne devrais vous rencontrer qu'à dix-huit heures cinquante et qu'il n'est que (elle regarde sa montre) dix-huit heures vingt-huit, mais...

Elle se penche vers le corps de Sanschagrin et lui enlève doucement les lunettes.

— ... les spectateurs et le commanditaire ont le droit de voir la Chasse jusqu'au bout.

Elle se relève, cherche quelque chose autour d'elle, puis marche vers une poubelle. Là, elle dépose les lunettes sur le rebord et s'assure qu'elles sont bien dirigées vers Carl.

— Voilà, commente Diane en essuyant ses mains avec un mouchoir qu'elle sort de son veston. On dirait que le jeu est sur le point de se conclure. Finale très atypique, ce qui devrait plaire aux spectateurs. Et comme tout sera terminé dans quelques minutes, vous avez bien le droit de savoir ce qui s'est passé. Sanschagrin, évidemment, n'a eu aucune difficulté avec les barrages policiers. Quant à Kynigous 3, le Noir, il a été fidèle à lui-même : il a carrément forcé l'un des barrages dès qu'il a reçu le signal à dix-sept heures. Trois autos-patrouille se sont mises à ses trousses, mais il est rapidement sorti à Saint-Germain et a semé ses poursuivants durant quelques minutes, juste assez longtemps pour voler une autre voiture et retourner sur l'autoroute où il a filé à toute allure. Il aura été un digne représentant du chaos jusqu'au bout...

Carl rampe de cinq centimètres. Ses yeux brouillés de larmes sont fixés sur l'appareil électronique de Sanschagrin, là-bas sur le sol, à mille kilomètres de distance. Diane s'approche en rangeant son mouchoir.

— Je viens d'apprendre que les barrages ont été levés il y a une vingtaine de minutes. Après tout, les policiers étaient principalement à votre recherche et à celle de Kynigous 3 ; ils ont vu ce dernier quitter la ville et ils savent que, vous aussi, vous avez fui Drummond-ville grâce aux appels que vous avez faits à votre boîte vocale et à votre femme pendant que vous étiez sur l'autoroute.

Carl tente toujours de ramper, la tête douloureuse au point de fendre, mais il n'avance plus. Il est trop faible, trop étourdi. Sa tête s'écrase sur le sol, tournée sur le côté. Il est maintenant dans un ascenseur qui tombe dans un trou noir. Diane, debout près de lui, les mains dans le dos, le considère un moment.

— Comme il n'y a plus de barrage, Venatores 1 et Venatores 4 en ont donc profité pour mettre aussi le cap sur Montréal. À votre mort, je leur annoncerai qu'ils n'ont plus à se presser. Ils seront bien déçus : les Kyni-gous auront gagné. Comble de l'ironie, Sanschagrin ne pourra jouir du bonus monétaire pour vous avoir

tué. C'est donc le seul survivant de l'équipe, Kynigous 1,
celui que vous appelez l'itinérant, qui aura tout l'argent.
Pour un chasseur qui n'a presque rien fait depuis ce
matin, il s'en tire plutôt bien.

Carl ne bouge plus. Sa respiration n'est qu'un long
sifflement pathétique. Seuls ses yeux éteints continuent de fixer Diane, dont les contours se diluent
comme une peinture fraîche immergée sous l'eau et
dont la voix est de plus en plus parasitée par les lents,
les trop lents battements de son cœur qui résonnent
dans son crâne tel le plus funèbre des glas. Diane se
penche vers lui et ses traits deviennent graves.

— Croyez-vous toujours à l'ordre et à la logique,
monsieur Mongeau? Méritiez-vous de mourir ainsi,
non seulement après avoir assisté à la disparition de
votre propre fils, mais après avoir appris qu'il était
membre de *Hell.com*? Lui? Un garçon si gentil, si
brillant, si amoureux, si *parfait*? Et même s'il vous a
dit qu'il ne participait presque jamais à ce genre d'activités, ne mourez pas en apportant de faux espoirs:
quand on est prêt à payer cinq cent mille dollars par
année pour être membre d'un site si sélect, ce n'est
pas que pour l'utiliser de *temps en temps*.

La cour, le bâtiment, le ciel, tout devient blanc, et
Diane n'est plus qu'une ombre chinoise au centre de
cette luminosité. Carl comprend qu'il *part*, doucement,
sans même réelle douleur. « Tout ça pour rien… Samuel,
Claudia, je suis si désolé… si désolé… » À peine
audible, comme provenant déjà d'une existence qui
ne concerne plus le moribond, la voix de Diane plane
une ultime fois:

— Adieu, monsieur Mongeau. Si cela peut vous
apporter une faible consolation, sachez qu'aucune
édition du jeu n'a été aussi fascinante que celle-ci.

Dans un pur silence, Carl bascule.

Il tombe dans le néant. Ce n'est même pas noir, c'est rien. Par contre, il sent qu'il est en mouvement. Vers le haut ou le bas, impossible à dire. Mais il tombe, peu importe la direction. Le temps aussi s'abolit. Il ne peut évaluer la durée de sa chute. Ça ne lui paraît ni long ni court. Ça lui semble une absence de durée.

Après quelques secondes ou mille ans, un élément se dessine dans ce néant absolu. Devant lui? Derrière? Sur le côté? Il l'ignore, mais quelque chose apparaît, grossit. Serait-ce la fameuse lumière qui annonce la Mort? Non. C'est une table de billard. Sur le bord de celle-ci est assis Stéphane Pinard, les pieds ballants. Son visage n'est plus qu'un gâchis sanglant dans lequel on discerne les yeux, terriblement vifs, dirigés vers Carl. Dans sa main droite, il tient la boule blanche.

— Alors, tu viens jouer une partie, Carloune? Déjà?

Non, ce n'est pas ce que veut Carl. Mais ce n'est pas lui qui décide. Il regarde la table approcher de plus en plus et il sait que lorsque lui-même sera assis sur le bord, il sera trop tard. Stéphane parle à nouveau et, malgré son état, sa voix est claire, son élocution parfaite.

— Pis ? T'as eu le temps de comprendre ce que t'as
en toi ?

Oui, il a compris : la haine, la haine totale et pure,
comme il l'a ressentie vis-à-vis de Stéphane il y a trente-
cinq ans, et comme il la ressent aujourd'hui envers
Sébastien. Carl songe à ce constat, ne le profère pas
à haute voix, mais comme s'il lisait dans ses pensées,
l'ancien tourmenteur secoue la tête.

— Si ce n'était que ça…

Alors que la table est si près que Carl est sur le
point d'y toucher, Stéphane lance la blanche sur le
tapis vert. La boule roule, rebondit sur un bord, puis
un autre, mais elle ne tombe dans aucune des poches.
Aussitôt, un fracas mental, assourdissant et pourtant
silencieux, ébranle Carl et il sent tout à coup qu'il
remonte, même s'il ne sait toujours pas dans quelle
direction. La table de billard s'éloigne rapidement,
tandis que la boule continue de rouler et de rebondir
sans ralentir sur le tapis vert, et sur le visage pulvérisé
de Stéphane, un sourire atroce agite les chairs en
lambeaux.

— T'es chanceux, Carloune… On jouera notre
partie plus tard…

Et la table disparaît, et Stéphane aussi, et une étrange
rumeur gonfle dans le vide ambiant, suite étourdis-
sante de vrombissement, de voix et de bruits électroniques… Carl remonte toujours dans ce néant qui
devient graduellement de la noirceur, rassurante, car
familière… Il tend la main, comme pour agripper
tout ce noir et l'écarter, il ouvre les lèvres pour crier…

… et de sa bouche surgit une lumière qui absorbe
les ténèbres.

18:34

— … cœur est reparti…

Carl n'est ni éveillé ni inconscient. Sa vue est embrouillée, les sons ne lui parviennent que par bribes. Il ne peut pas bouger, ne contrôle plus son corps. Il devine deux silhouettes qui s'affairent au-dessus de lui… Ils sont dans un espace clos… Il sent deux éléments froids sur sa poitrine, quelque chose sur son nez et sa bouche… Sa respiration résonne dans sa tête, pleine d'échos… Entend-il un son de moteur ? Oui, on

(suis dans une ambulance)

dirait bien. Des mots flous parviennent à transpercer le brouillard dans lequel il flotte.

— … cœur encore trop lent… le laisser branché… prévenir cardio… pacemaker…

La brume devient si épaisse que Carl est aveugle pendant quelques minutes, puis il discerne un plafond qui défile rapidement… Mais tout s'assombrit, les sons se déforment, et le néant menace de réapparaître, celui dans lequel il est tombé pendant des siècles tout à l'heure… Il devine une immense lampe au-dessus de sa tête, tandis qu'une femme est penchée vers lui, fébrile.

— … de votre pacemaker…

Plus évanoui qu'éveillé, Carl, qui ne sent plus son corps, tente de comprendre ce qu'on lui dit.

— … modèle de votre pacemaker…

Carl bouge les lèvres, marmonne des mots, même s'il n'entend pas sa propre voix. Il replonge dans la confusion… mais, peu à peu, celle-ci s'apaise, devient presque confortable… Dort-il enfin ? Peut-être un peu.

— Vous aviez raison, il se réveille.

Cette voix est claire, nette. Tout est calme, maintenant. Il réalise que ses yeux sont fermés – oui, il a sans doute un peu dormi – et les rouvre.

Première pensée : il est vivant. Mélange de soulagement et d'angoisse. Alors où est-il ? Chez les flics ?

Deuxième pensée, presque simultanée avec la première : Samuel est mort. Et le soulagement qu'il ressentait une seconde plus tôt s'envole, anéanti.

Au cœur de cet accablement, il comprend rapidement qu'il est dans un hôpital : machines médicales, lumières crues, fond sonore de discussions et de timbres électroniques. Deux tubes sortent de son bras gauche.

La première personne qu'il voit est une femme à sa gauche, cinquantaine avancée, cheveux noirs courts, blouse blanche de médecin. Elle est debout et sourit avec bienveillance.

— Vous êtes à l'hôpital. Une ambulance vous a amené ici il y a moins d'une heure. Vous l'avez échappé belle, cher monsieur.

Carl bat des paupières. L'image du cadavre de son fils envahit tout et il sent une immense boule se former dans sa gorge.

— Monsieur ?

Voix masculine, cette fois, en provenance de sa droite. Deux hommes sont assis, un baraqué dans la quarantaine et l'autre, visiblement sud-américain ou espagnol, en fin de vingtaine. Carl comprend immédiatement de qui il s'agit et à sa tristesse se greffe tout à coup l'angoisse.

— Sergent-détective Desjardins. Mon collègue, le sergent Marquez.

— Comme l'écrivain, ajoute celui-ci avec un petit sourire, sans aucun accent hispanique.

— Vous pouvez décliner votre identité, s'il vous plaît ?

Carl se contente de fixer les policiers d'un air égaré tandis que ses yeux s'emplissent de larmes. Le médecin intervient :

— Pouvez-vous faire preuve de décence et attendre un peu ? Cet homme a été cliniquement mort pendant deux minutes, cela peut créer un choc émotif et psychologique considérable. D'ailleurs, vous m'aviez assurée que vous me laisseriez lui parler en premier !... Vous allez bien, monsieur ?

Carl revient au docteur, la respiration plus rapide. Mort pendant deux minutes ? Il avise l'horloge sur le mur : 19:26. Il veut dire quelque chose, mais n'y arrive toujours pas : le cadavre de Samuel bloque sa gorge. Alors que Desjardins pousse un léger soupir d'impatience en grattant sa joue, la médecin sourit avec indulgence.

— Tout va bien, vous êtes sain et sauf. Mais vous avez eu beaucoup de chance. Dans l'ambulance, votre cœur a cessé de battre, on a dû utiliser le défibrillateur. Quand les ambulanciers ont vu que vous aviez un pacemaker, ils ont agi en conséquence et ont rapidement compris qu'il était déréglé.

Elle pointe la poitrine de Carl. Ce dernier baisse le menton et réalise pour la première fois qu'il est en caleçon sous ses draps. Il louche vers la petite protubérance de chair à la hauteur de son cœur.

— En cardio, on a failli vous perdre encore et on a de nouveau utilisé le défibrillateur. Ça vous a donné

juste assez de force pour nous donner les infos néces-
saires sur votre pacemaker. Maintenant, votre appareil
fonctionne à merveille.

Carl n'en doute pas. Il sait très bien que dans les
hôpitaux on peut reprogrammer un pacemaker sans
chirurgie et très rapidement.

— Mais on n'a trouvé aucun papier sur vous, précise
Marquez. Juste de l'argent.

— Désolé de vous brusquer, monsieur, mais nous
avons vraiment besoin de votre identité, ajoute Desjardins.

Carl revient à eux. L'angoisse lui procure une adrénaline qui annihile presque l'extrême épuisement qu'il
a ressenti à son éveil deux minutes plus tôt. Même si
sa photo a sans doute fait le tour de tous les postes de
la SQ, ce ne sont manifestement pas encore tous les
flics qui l'ont vue. Il essaie de réfléchir, mais le souvenir de Samuel occulte toute pensée pratique. Il n'a
qu'une envie : demeurer couché, tourner le dos à tous
ces gens et ne plus jamais bouger. Il fixe le plafond,
ses yeux débordent enfin et les larmes coulent alors
qu'un seul mot franchit ses lèvres retroussées en une
grimace éperdue.

— Je... je... je...

Je quoi ? Que va-t-il leur répondre ? Et puis, quelle
importance tout cela, puisque son fils est mort par sa
faute ?

Pascale, pense à Pascale, et aux gens que tu aimes !

— Laissez-le se remettre de ses émotions, Seigneur !
soupire la médecin. Monsieur, voulez-vous vous reposer
un peu ?

— Nous *devons* connaître votre identité, insiste
Desjardins qui, manifestement, n'en démordra pas.

Si Carl refuse de répondre, ce sera encore plus
louche, on l'amènera au poste et là, on découvrira qui
il est. Il songe aux paroles du médecin : « ... peut créer
un choc émotif et psychologique considérable... »

— Je... je sais pas, souffle-t-il enfin, tandis que ses yeux tournés vers le plafond débordent toujours.

Marquez, déjà prêt à écrire dans son calepin, hausse les sourcils tandis que Desjardins fronce les siens.

— Comment ça, vous savez pas?

— Je me rappelle plus! J'ai... j'ai oublié qui je suis, je me souviens de rien!

Et ses larmes redoublent. Pour cela, il n'a nullement besoin de jouer. Il aurait voulu faire le contraire qu'il en aurait été incapable. Ses sanglots le libèrent et le noient en même temps, et il se couvre les yeux, les épaules tressautantes. La médecin pose une main sur son bras.

— L'amnésie a sans doute été causée par le choc extrême subi par votre organisme, mais il est probable qu'elle soit de courte durée. Je vais vous faire faire des exercices qui devraient vous aider.

Desjardins paraît un brin sceptique, mais les sanglots du patient sont si intenses, si sincères... Carl bredouille alors:

— Vous pourriez peut-être me passer un... un scanner, ou quelque chose du genre, juste pour être sûr...

Comme ça, vous découvririez où est logée cette câlice de puce dans mon corps! a envie de hurler Carl, mais la médecin secoue la tête avec un sourire rassurant.

— On en est pas encore là...

Les larmes de Carl n'en deviennent que plus amères tandis que Desjardins, la voix moins dure bien que toujours un peu bourrue, demande:

— Vous habitez où?.

— À... à Montréal, mais je... j'ai oublié mon adresse.

— Vous pouvez nous donner le nom de votre conjointe? Un ami? Une connaissance?

— C'est vraiment… c'est vraiment le trou noir dans ma tête, ça me fait capoter…

— Ne paniquez pas, monsieur, intervient la médecin. Vous avez besoin de calme et de repos. D'ailleurs, ces messieurs de la police poursuivront leur interrogatoire plus tard, n'est-ce pas ?

— Vous rappelez-vous au moins ce qui vous est arrivé ? poursuit Desjardins.

— N… non… Je… Non, désolé…

Ses larmes et la détresse sur ses traits rendent son personnage tout à fait crédible et Desjardins claque la langue, embêté.

— Bon, écoutez, je vais vous expliquer comment on vous a trouvé, ça vous aidera peut-être à vous clarifier les esprits…

— Pas question ! intervient la médecin. Là, vous allez le laisser se reposer et…

— Non ! la coupe Carl en reniflant et en dégageant ses yeux, tout en s'efforçant de calmer ses sanglots. Il a raison, c'est une… une bonne idée… Je veux retrouver ma mémoire le plus rapidement possible.

Il veut surtout découvrir ce que la police sait et ne sait pas. Il se redresse donc sur le matelas, ce qui provoque un léger étourdissement. Pour la première fois, il remarque que, dans le second lit de la chambre, à sa droite, dort un homme branché à une multitude de tubes. Carl revient aux flics. Il ne pleure plus, même si ses yeux sont encore embués et sa voix chevrotante.

— Allez-y, expliquez-moi…

— Vous avez été trouvé dans le quartier Mercier. Vous étiez inconscient, dans la cour arrière d'une ancienne imprimerie. Ça vous dit quelque chose ?

Il indique le nom de la rue et celui de l'imprimerie. Carl secoue la tête en signe de dénégation.

— La place est ben tranquille, ajoute le policier, mais une femme a entendu un coup de feu.

— D'autres personnes du voisinage ont cru l'entendre aussi, précise Marquez. Mais cette témoin vit dans un immeuble d'où elle peut voir de sa fenêtre une partie du terrain arrière de l'imprimerie. Elle a aperçu deux corps sur le sol, dont un qui bougeait encore. C'était évidemment vous.

— Elle a appelé le 9-1-1, reprend Desjardins. En attendant l'ambulance, elle a continué de regarder la scène. Elle nous a expliqué qu'une femme est arrivée pis qu'elle s'est mise à vous parler.

Carl ne dit rien, mais se raidit un peu.

— Quand les sirènes de l'ambulance se sont fait entendre, l'inconnue s'est dépêchée de partir en amenant avec elle un objet qui se trouvait sur une poubelle. La témoin était cependant trop loin pour distinguer c'était quoi.

— Par contre, elle a déclaré que la femme avait des cheveux bruns, qu'elle portait des vêtements blancs et lui avait paru être âgée de trente à cinquante ans...

— Ça vous rappelle quelque chose ?

Carl secoue distraitement la tête en signe de dénégation, l'esprit accaparé par les réflexions provoquées par les paroles des flics. Grâce à la puce, Diane sait qu'il est vivant, donc elle n'a pas annoncé aux chasseurs que c'était terminé, elle n'a pas interrompu leurs caméras et le commanditaire, qui a presque vu Carl mourir mais qui a constaté que les vidéos ne s'interrompaient pas, a compris que la proie s'en était tirée.

Le jeu continue.

Tout à coup, le visage de Samuel, qui le hante depuis son réveil, s'estompe pour laisser place à un autre,

(Sébastien)

un visage entouré de flammes qui consument angoisse et désespoir. Et presque instantanément, les traits de Carl se durcissent.

— Et vous avez vraiment aucune idée de ce que vous faisiez dans ce coin ?

Carl tourne maintenant un regard neutre vers Desjardins et sa voix est égale.

— Je sais pas. C'est fou, mais je sais vraiment pas.

Le sergent-détective fronce de nouveau les sourcils, comme s'il avait remarqué le changement d'attitude de l'amnésique.

— On a trouvé pas mal de trucs troublants sur place, poursuit-il, dont une voiture. Même si elle a été modifiée pis qu'on a effacé ses numéros de série, on a découvert que c'est un char qui a été volé il y a plusieurs années à Trois-Rivières.

— J'ai jamais volé de char.

— Il y avait aussi un revolver sur le sol, pas très loin de votre position. Pis le cadavre d'un homme.

La médecin écoute avec attention, curieuse malgré elle. Carl réagit à peine. Depuis l'évocation de Sébastien s'élève en lui le seul sentiment désormais possible.

— Le gars a été vraisemblablement abattu par le revolver qui gisait à vos côtés, précise Desjardins d'une voix grave.

— Vous pensez que c'est moi qui l'ai tué ?

Marquez intervient, prudent :

— C'est ce qu'on essaie d'établir.

— L'homme abattu était un scientifique de soixante-dix ans, ajoute Desjardins. Son char était dans la rue, une BM de l'année. Il s'appelle Maurice Sanschagrin. Ce nom vous dit quelque chose ?

— Non… Non, rien du tout.

Il sait qu'il paraît moins bouleversé que tout à l'heure, qu'il devrait jouer l'étonnement et même l'horreur, mais il n'y arrive pas : c'est maintenant Sébastien qui prend toute la place.

— Vous voulez qu'on arrête un peu, monsieur ? intervient la médecin.

Carl la considère comme s'il ne comprenait pas la question. Desjardins, sans attendre la réponse, poursuit :

— Sanschagrin avait un bidule électronique près de lui. On sait pas encore c'est quoi exactement, mais c'est pas impossible que ce soit avec ça qu'il a déréglé votre pacemaker. Nos experts l'examinent.

— Pourquoi on souhaiterait votre mort, à votre avis ? demande Marquez.

— Pis si vous aviez une arme, c'est peut-être parce que vous saviez qu'on voulait vous tuer.

Carl reluque le lit voisin en silence.

Il doit partir d'ici.

Il doit retourner à Drummondville.

— La docteure nous a dit que vous aviez deux blessures récentes, ajoute Marquez. Une près du deltoïde gauche, l'autre dans le bas du dos...

— Elles avaient été soignées mais de façon superficielle, précise la médecin. J'ai fait de nouveaux bandages, mais il faudrait éventuellement que...

— Vous aviez des traces de sang sur les mains et sur vos vêtements, la coupe Desjardins, le visage dur. On sait pas encore si c'était le vôtre ou non.

Un sursaut de désespoir

(c'est celui de Samuel c'est le sang de mon fils)

secoue Carl et il pose sa main sur ses yeux en étranglant un sanglot.

— OK, ça suffit pour vrai, maintenant, intervient la médecin. Il doit se reposer, vous m'entendez ?

— Je pense que vous comprenez pas, docteure, rétorque Desjardins sur un ton agacé. Dans un entrepôt loué à moins de deux kilomètres de l'endroit où on a trouvé cet homme, pis à peu près au même moment, il y a eu une tuerie pas mal intense et dans une ambiance tellement épouvantable que je vous épargnerai les détails...

La médecin se tait, troublée. Le policier poursuit :

— Donc, on dirait ben qu'il est impliqué dans une histoire pas très propre, pis on le lâchera pas tant qu'il retrouvera pas la mémoire.

Le désespoir de Carl s'atténue déjà, à nouveau écarté par Sébastien et l'émotion qui l'accompagne. La main toujours sur ses yeux, il marmonne d'un ton neutre :

— Je suis désolé, mais je me rappelle vraiment rien...

— Et si vous voulez que la mémoire lui revienne, il faut le laisser se reposer, répète la médecin.

Affichant une moue contrariée, Desjardins considère Carl avec scepticisme, puis il se lève en sortant son cellulaire de sa poche.

— Monsieur ?

Carl découvre ses yeux et l'enquêteur prend une photo.

— Je vais envoyer votre photo au bureau. Si vous êtes fiché ou recherché, on le saura très vite.

Il toise Carl, qui demeure impassible, et quand il reporte son attention sur son téléphone pour procéder à l'envoi, la médecin intervient :

— Vous pourriez faire cela hors des soins intensifs, s'il vous plaît ? L'usage des cellulaires est interdit en milieu hosp...

— Oui, oui, d'accord, soupire Desjardins en se mettant en marche. Attends-moi ici, Marquez. Ça prendra pas cinq minutes à Nick pour m'envoyer une réponse.

Il lance un dernier regard entendu à Carl, qui le voit sortir et tourner à droite dans le couloir.

— J'ai d'autres patients à visiter, reprend la docteure en s'adressant à Marquez. Vous me jurez de le laisser tranquille ?

— Promis, docteure.

Elle se tourne vers Carl et même si elle sourit, on la sent un peu plus ébranlée que tout à l'heure.

— Je reviens dans vingt minutes.

Carl ne bronche pas et la médecin sort, laissant la porte entrouverte d'une trentaine de centimètres.

Silence dans la chambre, sauf quelques voix dans le couloir et quelques « bips » provenant du deuxième lit. Marquez, toujours assis, adresse un sourire incertain à Carl, qui analyse froidement la situation. Tout à l'heure, Diane lui a dit que l'Italien et le junkie étaient en route. Ils ont reçu la localisation de la proie il y a trente-cinq minutes, alors qu'elle était déjà ici. Maintenant, les deux chasseurs sont sans doute arrivés à Montréal. Et d'ici quelques minutes, un collègue va expliquer à Desjardins que son amnésique est le Drummondvillois le plus recherché de l'heure. Carl sera arrêté, Diane le saura, et…

— Comprenez bien, monsieur, explique Marquez d'une voix conciliante. On dit pas que vous êtes coupable. Mais c'est sûr que vous avez été impliqué dans quelque chose de grave. Peut-être que…

Toujours sur le dos, Carl regarde autour de lui, à la recherche d'une solution, n'importe laquelle. Ses yeux tombent sur la petite bassine de métal posée sur la table près de lui. Sans réfléchir davantage, il tend la main et la prend.

— Vous faites quoi ? demande le policier.

— J'ai pas la force de me rendre aux toilettes.

Marquez hoche la tête. Carl commence à relever la couverture, dirige la bassine vers le bas de son corps puis considère l'enquêteur d'un air entendu.

— Ça vous dérangerait de vous tourner ?

— Oh ! oui, oui, s'cusez…

Marquez se lève, effectue deux pas et s'arrête, les bras croisés, dos au lit.

Carl jette un regard vers l'autre patient : il est toujours dans les vapes, la bouche ouverte. Sans aucune hésitation, il se dresse sur son matelas et s'élance vers le policier, à peine conscient des furtives douleurs provoquées par les tubes qui s'arrachent de ses bras. Marquez amorce une rotation du corps lorsque la bassine percute violemment son crâne en produisant un son digne d'un dessin animé. Le flic titube en grognant, sa main gauche sur la tête, sa droite tâtonnant vers l'intérieur de son veston. Carl lui assène alors un second coup, en plein front cette fois. Marquez se baisse comme s'il entrait dans la terre ou se ratatinait sur place, puis bascule sur le dos, inconscient.

Carl ressent une pointe d'inquiétude, mais se rassure en voyant le policier respirer. Maintenant fébrile, il trouve ses vêtements, qu'il enfile à toute vitesse. La douleur à sa cuisse droite se manifeste immédiatement. Sa chemise est tachée de quelques traces sanglantes et les boutons sont arrachés (sans doute à la suite de l'intervention des ambulanciers), mais tant pis. En chaussant ses espadrilles, il lance des coups d'œil vers l'autre patient, qui semble carrément dans le coma (peut-être est-ce le cas), puis vers la porte entrouverte, s'attendant à voir apparaître la médecin ou, pire, Desjardins. En moins de trente secondes, il est prêt. Le policier a-t-il une arme sur lui ? Alors qu'il s'approche de Marquez, celui-ci gémit et bouge mollement les mains. Il se réveille, merde ! Carl doit déguerpir au plus vite !

Carl pousse la porte entrouverte et constate qu'il n'y a que trois individus dans le couloir : deux femmes qui déambulent en parlant, assez loin de lui, et un homme, sans doute un patient, beaucoup plus près et qui le considère d'un œil morne. Desjardins s'est dirigé vers la droite ; Carl se met donc en marche vers la gauche, la jambe déjà traînante. Derrière lui, la médecin de tout à l'heure sort d'une chambre et l'aperçoit :

— Hey ! Monsieur, vous allez où ? Monsieur !

Carl accélère sans se retourner. Il voit un panneau « sortie » à sa droite et fonce dans cette direction. Il dévale les marches, fébrile mais pas affolé, remarque les chiffres qui diminuent à chaque palier. Quand il voit

« étage 2 », il pousse la porte : si un des deux flics emprunte cet escalier, il croira que le fuyard est descendu jusqu'en bas.

L'étage est achalandé et Carl louvoie du mieux qu'il peut entre quelques patients et membres du personnel qui le dévisagent brièvement. Il tourne un coin et avise aussitôt une porte surmontée d'un autre panneau « sortie ». Il y est presque rendu quand il aperçoit à l'autre bout du couloir un homme dont la vue le fige sur place : c'est l'Italien. Ses vêtements chics sont de moins en moins frais, quelques mèches dépassent de sa chevelure laquée, des cernes noirs creusent ses yeux, mais il paraît tout aussi alerte qu'à son habitude. Il n'a évidemment pas traîné sa hachette dans l'hôpital, mais les coups d'œil qu'il jette dans chacune des chambres qu'il croise ne laissent aucun doute sur ses intentions. Tout comme Carl, le chasseur s'arrête en apercevant sa proie.

Échange de regards explosif. Puis les deux hommes agissent simultanément, l'un en poussant la porte de la sortie, l'autre en piquant un sprint.

Il va croire que tu as descendu alors monte tout de suite !

Il grimpe les marches jusqu'à l'étage au-dessus, emprunte un couloir, tourne au premier coin, bouscule deux personnes sans même s'en rendre compte, puis traverse une nouvelle porte qui mène à un escalier

(si c'est le même que tout à l'heure tu vas tomber sur les deux flics)

vide, dévale les degrés au risque de perdre pied, atteint le rez-de-chaussée où deux portes s'offrent à lui : une qui donne sur la sortie normale

(pas la normale pas le hall d'entrée)

et l'autre sur l'urgence. Il ouvre cette dernière, déclenchant aussitôt une sirène d'alarme. Il se retrouve dans ce qui semble être un passage qui relie deux bâtiments. Il court vers la droite et aboutit dans un espace plus dégagé. Il se sent étourdi, manque de souffle et n'a presque plus d'énergie…

T'es mort cliniquement durant quelques minutes, vas-y mollo !

Il doit ralentir, marcher plus lentement. Il croise un préposé à l'entretien qui, cigarette au bec, le suit des yeux un moment. Quand il débouche finalement dans l'immense stationnement de l'hôpital, il le traverse au complet pour atteindre l'artère mouvementée qu'il aperçoit devant lui. Pendant qu'il s'y dirige en boitant, il ne panique toujours pas.

Il ne pense qu'à son but : Drummondville.

Derrière, plusieurs personnes sortent en même temps de l'hôpital, sans doute en raison de l'alarme. Carl claudique sur le boulevard afin de s'éloigner le plus possible de ses potentiels poursuivants. Les traits à la fois tendus et sombres, il cherche un taxi, indifférent aux piétons et automobilistes qui reluquent avec curiosité cet homme à la chemise ouverte qui marche tout croche. Merde ! Il est à Montréal sur une grande artère, ça ne devrait pas être difficile de trouver un taxi ! Il en aperçoit enfin un, plus loin. Il lève la main pour le héler, puis regarde derrière lui : dans le stationnement de l'hôpital, l'Italien court dans sa direction. Carl s'élance vers le taxi qui s'approche. Celui-ci n'a pas fini de se ranger sur le bord du trottoir que Carl ouvre la portière et s'engouffre sur la banquette arrière.

— Salut, mon ami ! s'exclame le chauffeur, un quinquagénaire hilare à l'accent arabe. Êtes-vous blessé ? Votre jambe a l'air…

— Allez, roulez, roulez !

— OK, OK !

Le taxi s'éloigne et Carl tourne la tête vers la vitre arrière : l'Italien, qui était sur le point d'atteindre le trottoir, a déjà rebroussé chemin.

Il a vu la direction que tu as prise.

— Virez de bord !

— Hein ? Si je fais un U, vous allez payer ma contravention ?

— Prenez une rue, n'importe laquelle, pis au prochain coin, à la prochaine, tournez de l'autre bord !

— OK, patron !

Le chauffeur, manifestement, trouve la situation plus amusante que bizarre. Carl, toujours essoufflé et étourdi, se cale au fond de la banquette et prend de bonnes respirations. Il n'a pas vu le junkie près de l'hôpital. Peut-être a-t-il profité de sa présence à Montréal pour faire le plein de dope...

— Ça y est, on roule dans l'autre direction. Ça vous rassure ?

— Oui...

— Vous avez pas l'air en grande forme, vous. Est-ce qu'on fuit quelqu'un ?

Carl ne répond rien et jette un œil derrière : aucune Buick Rendezvous, aucune moto.

— Ho, c'est pas de mes affaires, moi ! Tant que vous avez de l'argent pour me payer...

— Oui, oui.

Il fouille dans sa poche : soixante-quatre dollars.

— Parfait. Alors, on va où ? demande le chauffeur.

— Pour Drummondville, ce serait combien ?

— Hou-ho ! Je suis un taxi, moi, pas un autobus !

Carl tique. Prendre l'autobus est évidemment hors de question, il est trop pressé. Et il doit se faire voir le moins possible.

— On va où ?

— Roulez droit devant vous, je... je vais trouver une autre adresse.

— OK, patron !

Carl *doit* retourner à Drummondville. Et à cette idée, il sent une épaisse lave noire couler en lui.

— Alors ? insiste le chauffeur.

— Une minute, j'ai dit !

Le chauffeur ricane, pas du tout piqué. Carl se lisse les cheveux en maugréant. Qui peut l'aider à Montréal ? Il n'y connaît personne au point de lui emprunter sa voiture ou de l'argent.

Sur l'île, il ne connaît personne, mais sur la Rive-Sud, il y a Yves. Et Carl sait qu'il est chez lui toute la journée, à travailler son nouveau rôle, que sa blonde et ses enfants sont au chalet.

— Vous acceptez d'aller jusqu'à Boucherville ?

— Boucherville, ouais, ouais, c'est pas loin. On est assez près du tunnel, en plus.

— Combien de temps pour se rendre ?

— Ça dépend où exactement.

Carl réfléchit puis donne l'adresse, rue du Boisé. Tout en conduisant, le chauffeur entre l'information dans son GPS.

— Houuuuu ! Un quartier très riche, ça ! On est samedi, y aura pas vraiment de trafic, donc vingt-cinq minutes à peu près.

— Soixante-quatre dollars, ça devrait suffire ?

— Bah oui, amplement.

Carl regarde l'heure sur le tableau de bord : 19:43. Il ferme les yeux pour mieux réfléchir, les deux paumes sur sa nuque. Il sera chez Yves vers 20:05, c'est-à-dire cinq minutes après que Diane aura envoyé sa localisation aux chasseurs. Et à partir de ce moment, le signal ne sera plus envoyé uniquement pendant quinze minutes, mais de façon permanente et continue. Et si Carl peut être chez son ami en vingt-cinq minutes, l'Italien et le junkie le peuvent aussi... Il ne doit donc demeurer là-bas qu'une dizaine de minutes tout au plus, le temps de convaincre Yves de lui prêter sa voiture. À 20:15, maximum, il devra être reparti.

Comment tu vas le convaincre de te prêter son char sans explication ?

Carl regarde toujours dehors. Ce problème lui semble totalement insignifiant. Il trouvera un moyen. Yves est son ami, il lui fera confiance.

Les minutes passent. Le taxi traverse le tunnel et lorsqu'il en sort, le chauffeur demande :

— Vous avez encore chaud ?

— Hein ?

— Vous n'avez pas rattaché votre chemise. Vous voulez que je mette la clim ?

Le visage fermé, Carl ne répond rien. Il regarde l'heure sur le tableau de bord : 19:53. S'il n'était pas dans un taxi, Diane serait venue lui parler. Il aura donc manqué son dernier dix minutes de questions. Mais en ce moment, il s'en contrefout.

Carl pose ses deux poings sur ses yeux et pousse une longue expiration sifflante. Dire qu'il a vu Sébastien ce matin ! Quand il y repense, tout s'explique : si Sébastien est sorti si tôt de chez lui, au moment même où Carl arrivait au coin de sa rue, c'est parce qu'il avait reçu un signal sur son cellulaire le prévenant de son approche. Carl l'a intercepté à temps, mais le salopard a refusé que la rencontre se fasse chez lui. Peut-être parce qu'avant de fuir il n'avait pas fermé son ordinateur qui diffusait en direct les vidéos des chasseurs... Ou alors parce que la seule idée de laisser sa proie entrer chez lui le rendait trop nerveux... En tout cas, il a compris que son attitude était louche. Pendant qu'il est allé chercher l'argent au *Lindsay*, il a donc acheté deux déjeuners pour feindre que Marie-Hélène avait couché chez lui, ce qui justifiait son comportement.

Mais il a tout de même accepté de t'aider...

Uniquement pour ne pas éveiller les soupçons ! Et surtout il a accepté pour éviter à Carl de se rendre lui-même au bar et, par la même occasion, de courir le risque d'être arrêté par la police. Car Sébastien ne

veut pas l'arrestation de son patron, il veut sa mort!
Et il a utilisé les services de *Hell.com* pour y arriver! Et
comme il n'est pas riche et qu'il ne pouvait se payer
un vrai tueur à gages, il a choisi la Chasse, qui ne coûte
que deux mille dollars!

Tandis que le taxi prend la sortie 95 vers le boulevard
de Montarville, Carl réalise que quelque chose cloche
dans son raisonnement. Quelque chose lié à ce que lui
a dit Diane alors qu'il agonisait dans la cour derrière
l'imprimerie...

« Quand on est prêt à payer cinq cent mille dollars
par année pour être membre d'un site si sélect, ce
n'est pas que pour l'utiliser de temps en temps. »

Il appuie son avant-bras contre la fenêtre et fronce
les sourcils. Tout à coup, la lave cesse de couler, inter-
rompue par un obstacle imprévu.

Cet après-midi, Bob a cru un moment que Carl
était membre de *Hell.com*, puis il a affirmé que c'était
impossible. Samuel aussi, tout à l'heure, a laissé entendre la même chose en disant: « Voyons, p'pa, tu peux
pas être membre, ça se peut pas! » Carl comprend
maintenant la raison: le commun des mortels ne peut
pas payer cinq cent mille dollars pour être membre
d'un site.

Surtout pas Sébastien.

Il cligne des yeux en sentant ses certitudes vaciller.
Il ne remarque même pas que la voiture roule maintenant dans une rue flanquée de maisons immenses et
cossues. Un mélange de découragement et de colère
lui brûle la cage thoracique. Ça ne tient pas debout! Il
n'y a personne dans son entourage qui a tant d'argent!
Il y avait Samuel

(Samuel qui était membre Samuel mort Samuel
transpercé par un tuyau de métal)

mais sinon, il y a...

Le vertige qu'il éprouve tout à coup est si fort qu'il
pose ses deux mains sur le dos de la banquette devant lui.

Mais voyons, pourquoi ? Pourquoi Yves voudrait-il sa *mort* ? Ça ne peut être que Sébastien, tout indique que c'est lui !

Mais il a pas l'argent pour être membre, même pour un an !

— On y est, mon ami ! annonce le chauffeur.

L'étourdissement de Carl se change en haut-le-cœur tandis que le taxi entre dans l'aire de stationnement et s'arrête près de la Jaguar XJ de l'acteur. La maison est à trente mètres devant, camouflée derrière un haut mur de pierre recouvert de lierre qui entoure le terrain.

Et ce nouveau rôle qu'Yves doit apprendre ? Ce personnage d'un type qui organise la mort de sa femme ?

— Ç'a même pris quelques minutes de moins que ce que je vous avais dit ! annonce fièrement le chauffeur en se tournant vers son client. Ça fait quarante-huit dollars et vingt.

Sans un mot, le regard vers la maison, Carl donne distraitement soixante dollars puis sort, chancelant, tandis que le chauffeur le remercie d'un air ravi. Il ne prend pas conscience du départ du taxi. Il commence enfin à marcher, avec l'impression de se mouvoir dans un labyrinthe au bout duquel il n'a aucune idée de ce qui l'attend, l'esprit assailli de pensées contradictoires.

Tu sais comment il a toujours préparé ses rôles avec une minutie maniaque ! Il a passé deux semaines avec des mendiants pour son personnage de sans-abri il y a deux ans, et il est demeuré un mois dans un lit sans bouger pour comprendre la réalité d'un paraplégique… Alors, jusqu'où irait-il pour s'identifier à un gars qui organise un meurtre ?

Ostie ! Yves est méticuleux, mais il n'est pas fou !

Et c'est pratique qu'il doive rester ici toute la journée ! Il peut comme ça regarder tranquillement la Chasse sur son ordinateur !

Mais hier soir, il était en plein tournage ! Et il a insisté pour que Carl y soit !

En tournage, il y a toujours de longs moments où il est seul dans sa loge, il peut suivre le jeu sur son cellulaire... Et il voulait que tu viennes le voir parce que comme ça, il s'assurait que tu rejoindrais pas tes copains au chalet à Grand-Mère, ce qui aurait compliqué les choses pour les chasseurs...

Carl avance très lentement. Le vertige est si fort en lui qu'il craint de tomber. Non, pas Yves ! Pas son ami depuis trente ans, son pote qui va se marier et qui lui a demandé hier d'être son témoin !... C'est Sébastien, criss ! il *faut* que ce soit Sébastien !

Sébastien a pas pu économiser cinq cent mille dollars, pas à trente-cinq ans et surtout pas avec son salaire, c'est impossible ! Il s'est acheté une maison il y a cinq ans, en plus ! Elle est petite, mais faut quand même bien qu'il la paie !

Mais s'il avait l'intention d'acheter le *Lindsay,* il a dû mettre de l'argent de côté pendant quelques années pour donner à Carl une petite mise de fonds !

Combien ? Dix mille ? Quinze au gros max ? On est loin du demi-million !

Carl franchit la muraille et voit la grande maison. Il a l'impression d'être bouillant de fièvre. Il claudique jusqu'à la porte en traversant le terrain sur lequel traîne un petit vélo, un maillet de croquet, une balle de base-ball...

Depuis hier, Yves veut absolument savoir où tu es, il demandait sur tous ses messages si t'étais finalement parti au chalet à Grand-Mère. C'est pas son genre d'insister de même.

Carl n'arrive plus à discerner le rationnel du délire. Depuis deux jours, même le plus fou semble possible. Il passe près du maillet et, sans vraiment s'en rendre compte, il le ramasse...

La mort du père de Sébastien, il y a neuf mois! Sébastien était fils unique! Il a hérité!

Mais son père a été gérant d'une modeste quincaillerie à Shawinigan, rien pour se mettre bien riche! S'il avait des économies, c'était sûrement pas grand-chose! Et comme il vivait dans une résidence depuis cinq ou six ans, il devait payer un loyer! Et ses dépenses personnelles!

Justement, lorsque son père est entré en résidence, il a vendu sa maison!

Tu l'as vue en photo aux funérailles, sa petite maison!

À Shawinigan, il a sûrement vendu *ça cent cinquante mille, peut-être un peu plus mais pas beaucoup!*

Carl est maintenant devant la porte. Effaré, il fixe la sonnette.

En plus, Yves aussi est intéressé au Lindsay*! Toutes ces allusions qu'il lâche sur ton bar, qu'il en ferait un endroit cool…*

Mais Yves sait que le bar ira à Samuel, il le sait très bien!

Peut-être qu'il s'est dit que Sam accepterait de le lui vendre. Il savait que ton fils n'était pas vraiment intéressé au Lindsay*, mais il ignorait sûrement qu'il avait l'intention de le vendre à Sébastien…*

Devant la porte, il émet un grognement et tourne sur lui-même en posant sa main libre sur sa tête. Il est en pleine paranoïa, il l'a été à plusieurs reprises au cours des deux dernières journées et il a toujours eu tort! Mais cette fois… Peut-être que cette fois…

Il revient à la porte. Il doit frapper. Il doit rencontrer Yves et découvrir si c'est lui ou non. Et si c'est lui…

Tu ne peux pas lui poser directement la question,
(Claudia)
tu dois trouver un moyen de savoir.

Il sonne. Sa main est si engourdie qu'il ne sent pas le contact sous son doigt. Malgré la nuit qui commence à tomber, la sueur gicle de ses pores comme s'il était sous le soleil sur une plage tropicale.

Si c'est lui, il a reçu l'alerte quand tu t'es approché de la maison et il t'attend, prêt à…

Lorsqu'il voit la poignée tourner, il serre son maillet avec plus de force, mais le garde dirigé vers le bas, le long de son corps. La porte s'ouvre et Yves, en t-shirt blanc et jeans noir, apparaît. En reconnaissant Carl, son beau visage de star se liquéfie de stupéfaction.

— Ostie, Carl !

Carl, penché légèrement vers l'avant, prêt à dresser son arme, plisse les yeux. Yves ne serait pas si surpris s'il avait reçu une alerte annonçant l'arrivée de Carl…

Peut-être qu'il fait semblant : c'est un comédien, oublie pas.

En une seconde, le regard d'Yves enregistre la mâchoire enflée de Carl, sa chemise ouverte et tachée de rouge, sa gueule de déterré et, surtout, son attitude bizarre et peu rassurante. Il secoue la tête, dévasté, mais Carl remarque qu'un soupçon de peur, ténu mais bien présent, accompagne l'effarement de son ami qui

(c'est lui)

le dévisage toujours. Il retient un gémissement et lève très légèrement son maillet. Il ne prononce aucun mot, incapable de trouver *quelque chose* à dire.

— Qu'est-ce qui se passe, dude ? J'ai écouté les nouvelles à la télé y a une heure, pis… Voyons, ça se peut pas, hein ? Ils se trompent certain, tu peux pas être mêlé à tout ça, à des… à des meurtres pis…

Carl est pris au dépourvu. Est-ce que son ami ne dit cela que pour le mettre en confiance ? L'acteur remarque le maillet de croquet et la pointe de peur monte d'un cran.

— Pourquoi t'as ça ?

Carl n'a toujours pas parlé. La situation est si tendue qu'il a l'impression qu'un simple gazouillement d'oiseau provoquerait une explosion nucléaire.

— Je l'ai vu traîner sur le terrain, marmonne-t-il enfin. Je voulais le rentrer...

Réalise-t-il le ridicule de ce qu'il dit ? Non, il ne réalise pas ; il n'arrive même pas à saisir ce qui se passe *vraiment* en ce moment et il n'a aucune idée de ce qui se passera dans les trente prochaines secondes... Yves paraît dérouté par sa réponse, et tout à coup, comme s'il se secouait, il tend un bras vers son ami.

— Envoie, entre, tu vas me rac...

Carl recule d'un pas comme si on le menaçait d'un taser et dresse vivement son maillet, prenant ainsi pour la première fois depuis l'ouverture de la porte une attitude agressive. Aussitôt, Yves lève deux mains défensives.

— Ho, ho, du calme, dude, c'est moi, ostie ! Ton chum ! C'est pour ça que t'es venu ici, non ? Relaxe !

Carl baisse son arme, mais de quelques centimètres seulement. Ostie, qu'est-ce qu'il fait, qu'est-ce qu'il *doit faire* ? Yves, progressant de côté pour voir à la fois devant et derrière lui, marche vers l'intérieur de la maison.

— Envoie, viens... Viens, faut que tu m'expliques ce qui se passe.

Carl, aussi méfiant qu'un enfant sauvage qui retrouve la civilisation, se décide à le suivre. Avec sa forte claudication et son maillet à moitié relevé, il donne une impression peu rassurante, et Yves, tout en traversant le vestibule, ne cesse de parler :

— Aussitôt que j'ai vu ça aux nouvelles, tantôt, j'ai encore essayé de t'appeler, mais t'as pas répondu, comme tu réponds pas depuis hier ! Pas de réponse au *Lindsay* non plus. Je me demandais si je devais appeler Pascale, mais je savais pas trop...

Ils arrivent dans le grand salon, très contemporain et luxueux, au fond duquel monte un impressionnant escalier à deux paliers, en métal et en bois. Carl regarde partout comme s'il s'attendait à ce qu'on lui saute dessus. Yves, toujours avec ce mélange d'empathie et de crainte, s'arrête et tend la main vers un divan.

— Envoie, assis-toi. Veux-tu boire quelque chose ? T'as l'air tellement… heu… Tu peux lâcher le maillet, là… T'es pas en danger ici, dude…

La méfiance de Carl s'intensifie. Encore une façon de l'endormir ? Il lève légèrement son arme

(ostie je dois savoir je dois être sûr)

mais demande tout à coup d'une voix sèche et rapide :

— Je veux voir ton ordinateur.

— Mon ordinateur ?

— Oui.

L'acteur demeure bouche bée, cherche manifestement un sens logique à cette requête, puis émet un petit ricanement qu'il souhaite rassurant mais qui sonne faux :

— Dude, je pense pas que c'est le meilleur moment pour regarder de la porn…

— Je veux voir ton ordinateur pis tout de suite !

Yves le dévisage. Carl, le corps tout raide, sent

(s'il refuse, c'est parce que c'est lui)

qu'il va craquer d'une seconde à l'autre. Puis, l'air tout à coup résolu, l'acteur marche vers lui en tendant la main.

— Bon, OK, là, tu…

Ce mouvement, cette assurance, ce bras dressé qui lui paraît hostile cassent l'élastique qui reliait Carl à son contrôle. En lâchant un « Non ! » tranchant, il relève brutalement le maillet, qui claque contre la main d'Yves. Celui-ci pousse un cri de douleur et, en ramenant son poignet sur sa poitrine, se tourne sur le côté en sacrant. Carl balance son instrument contre le bas du dos de l'acteur qui, le souffle coupé, se cambre avant de tomber face première sur le plancher de bois franc.

L'agresseur prend une seconde pour observer le résultat : Yves grimace, grommelle des jurons, se tord de douleur, une main contre le dos. Carl se met alors en marche vers le fond du salon, aussi rapidement que sa claudication le permet. Il se dirige vers le bureau, qu'il sait se trouver à la droite du couloir là-bas. Il entre dans la pièce décorée d'une multitude d'affiches de films, québécois et américains, dans lesquels l'acteur a joué, et va directement à l'ordinateur qui diffuse une farandole de formes géométriques de toutes les couleurs. Le cœur battant à tout rompre, il appuie sur une touche, l'écran de veille disparaît et un texte se révèle, manifestement un article de revue. Carl prend la souris et ferme la fenêtre. Et aucune vidéo n'apparaît derrière. Il n'y a que le fond d'écran, qui représente une photo de famille. Surpris, Carl examine toutes les icônes : aucun film en attente, aucun site, rien sauf l'article de tout à l'heure. Carl le ramène au premier plan et le parcourt rapidement : un psychiatre du nom d'Alain Fafard explique la psyché des hommes qui en arrivent à assassiner leur conjointe.

Carl fixe l'écran comme s'il lisait une blague qu'il ne comprend pas. Puis, sentant une étrange colère monter en lui, il examine le bureau sur lequel se trouve l'ordinateur. Il avise le cellulaire d'Yves et le prend. Le téléphone n'est pas verrouillé, mais Carl n'y trouve rien de louche. Il jette l'appareil sur le meuble et continue de chercher. Là, un cahier à reliure boudinée. Il le feuillette avec des mouvements trépidants : c'est un scénario. Des lignes de dialogues parlent de meurtre, de complot... Il le lance au sol et prend une feuille de papier qui traîne : c'est le nom du psychiatre qui a écrit l'article, avec un numéro de téléphone. Carl regarde autour de lui, le souffle court.

Tout indique la présence d'un comédien qui pré-pare son rôle. Alors pourquoi Carl sent-il cette rage

contracter sa poitrine ? Pourquoi ne se réjouit-il pas
de découvrir l'innocence de son ami ?

Comme s'il fuyait cette question, il retourne au
salon, où Yves s'est péniblement redressé. Il jure tout
en demeurant assis sur le plancher et se frotte le dos.
En apercevant Carl, il lève une main apeurée.

— Criss ! t'es-tu viré fou ? Je pensais que tu venais
chercher de l'aide ! Ostie, je peux pas croire que...

Carl ne présente aucune excuse à son ami, ne ressent
aucune gêne à le voir grimacer de douleur sur le sol.
Il se met à arpenter le salon, de plus en plus enragé,
et Yves, à la fois inquiet et incrédule, balbutie :

— Dude, t'as pas... t'es pas vraiment impliqué
dans... dans tout ce qu'ils racontent à... Je veux dire,
les meurtres pis...

— Ça marche pas ! crie soudain Carl sans cesser
d'aller et venir, balançant son maillet en signe d'exaspération. Ça marche pas, ostie !

— De... de quoi tu...

— Ça se peut pas !... À moins que...

Il s'arrête et pointe un doigt vers l'acteur, les yeux
écarquillés.

— C'est toi qui lui as prêté l'argent !

Yves est si déboussolé qu'il ne songe même plus à
avoir peur.

— À qui ?

— À Sébastien !

— Sébastien qui ?

— Sébastien Coupal, mon serveur !

En émettant cette hypothèse absurde, un flash lui
traverse l'esprit

(ça peut être Samuel aussi qui lui a avancé l'argent)

mais il le rejette d'un geste erratique : Sam payait
déjà cinq cent mille dollars par année pour être membre,
il n'aurait pas prêté *en plus* une telle somme... et il
ne veut pas penser à son fils, *pas maintenant* ! Yves

commence à se redresser tout en s'adressant à Carl comme s'il s'agissait d'un enfant:

— Carl, tu délires à fond pis moi, je comprends rien. Là, on va parl...

— C'est toi, oui ou non? hurle Carl en brandissant son arme.

Yves se laisse retomber sur les fesses en levant un bras protecteur, à nouveau effrayé, mais aussi furieux.

— Non, criss! non, c'est pas moi! Pourquoi je lui aurais prêté de l'argent?

— Parce qu'il avait besoin d'argent pour...

Carl se tait et serre les dents en secouant la tête. Le comédien paraît de plus en plus décontenancé.

— Voyons, il a pas hérité de son père, lui, y a même pas un an? Pis fuck! c'est quoi, ces osties de...

Carl a un ricanement méprisant et survolté.

— Bullshit! Son père était pas riche pantoute!

— Il s'est fait pas mal de fric, y a une couple d'années!... Anyway, que c'est que Sébastien vient faire là-d'dans, câlice? C'est quoi qui se passe, explique-moi, ostie!

Carl fronce les sourcils tandis qu'un vrombissement commence à gronder dans son crâne.

— Comment ça, le père de Sébastien s'est fait pas mal d'argent?

En même temps que Carl pose cette question, Yves semble tout à coup comprendre.

— Est-ce que... est-ce que c'est Sébastien qui t'a mis dans la marde?

Carl devient blême.

Tu parles trop, criss! Faut que tu retrouves ton contrôle!

— Non, non, oublie ça! Je dis n'importe quoi, là, je... oublie ça!

Mais le ton de sa voix et le rictus fêlé qui déforme sa bouche confirment à l'acteur qu'il a touché quelque chose et son visage s'illumine : il commence à croire que son ami a été piégé et, soulagé par cette éventualité qui innocenterait Carl, il hoche la tête en se levant lentement.

— Il a payé pour te mettre dans le trouble, c'est ça ? Pour te faire porter le blâme de quelque chose ? Ou…

Maintenant debout, son regard se teinte d'épouvante.

— … ou pour te…

Cette fois, Carl ne dit rien, ouvrant et fermant ses doigts autour du manche du maillet, le crâne empli du vrombissement. Criss ! Yves va tout comprendre tout seul !

Alors ferme ta gueule et
(assomme-le)
crisse ton camp !

L'acteur interprète le silence de son ami comme la plus tangible des confirmations et se met en mouvement vers un téléphone sans fil sur une table de verre.

— Criss, dude, on appelle la police pis on leur explique tout ce…

Carl bondit et abat le maillet contre l'appareil. Le coup est si fort que même la table éclate en morceaux et Yves, qui dirigeait déjà sa main vers le téléphone, recule vivement en poussant un petit cri. Carl lève son arme, menaçant, le visage fou.

— Criss ! pas de police, t'as compris ?

La peur tord les traits d'Yves, la peur de celui qui saisit enfin que son ami n'est pas uniquement stressé, que son état est plus grave. Beaucoup plus grave.

— Ostie, Carl, t'es… t'es complètement…

— Explique-moi comment le père de Sébastien s'est fait de l'argent !

— Il a vendu ses propriétés, y a six ans, avant de déménager en résidence !

— Y avait juste une maison à Shawinigan !

— Il avait un bloc à logements, aussi !

Carl plisse les yeux.

— Comment ça se fait que tu sais ça, toi ?

— Ostie, Carl, pourqu…

— Comment tu sais ça ! gueule Carl en avançant d'un pas, le maillet prêt à s'abattre.

Yves, désespéré, recule et parle à toute vitesse.

— C'est Sébastien qui me l'a dit y a cinq ou six ans ! J'étais allé faire un tour au *Lindsay* pis il m'a raconté que son père entrait en résidence ! Il avait déjà vendu sa maison, mais il se questionnait sur la valeur de l'immeuble à logements qu'il avait acheté y a une vingtaine d'années pis qu'il avait fini de payer ! Sébastien m'a demandé ce que j'en pensais !

— À toi ?

— Criss, je suis super bon en immobilier ! Il voulait mon avis ! Pis avec les détails qu'il m'a donnés, je lui ai dit entre trois cents et trois cent cinquante mille. Ça fait que…

À mesure qu'il parle, la rage se mêle à la peur et, malgré le maillet, il avance le torse avec arrogance :

— … ça fait qu'il a dû se faire pas mal de cash, pis y a tout légué à son gars, pis c'est comme ça que Sébastien a pu payer pour te mettre dans la marde, hein, c'est ça ? Parce que t'es dans la marde, criss ! Pis moi je veux juste t'aider ! Toi, c'est pas ça que tu veux, ciboire ? T'es venu pour que je t'aide ou pour câlisser des coups de maillet à ton chum ? Hein ?

Ses yeux s'emplissent de larmes amères, des larmes que l'acteur a souvent jouées dans ses rôles, mais qui cette fois brillent d'une véritable désolation. Mais Carl ne les voit pas.

Maintenant, tout est clair. Maintenant, tout est en place. Sa décision est arrêtée en moins de cinq secondes. Et la lave se remet à couler.

Toute fébrilité disparaît du visage de Carl, et ses traits se recomposent tout à coup en un masque d'une calme mais terrible résolution.

— On s'en va dans le sous-sol.

Lueur d'inquiétude chez Yves.

— Pourquoi ?

— Je vais t'enfermer dans ton cabanon, c'est tout. Je vais prendre ton char pis je veux pas que t'appelles la police.

Sa voix est sèche, rapide. Automatique.

— Camille va te trouver demain en revenant du chalet. T'as tes clés de maison sur toi ?

Yves, plus calme, l'implore du regard.

— Dude, come on...

— Mets-les sur la table, juste là.

L'acteur, d'un geste las et désabusé, sort un trousseau de clés de sa poche et le dépose à l'endroit indiqué.

— OK, on descend, articule Carl.

— Dude, tu vois plus clair... Je sais ce que tu veux faire avec mon char, je le sais à quoi tu penses, pis...

Carl se raidit. Si Yves a deviné ses intentions, alors il a encore plus raison de

(l'assommer)

l'enfermer.

— ... c'est pas une bonne idée... Tu vas être encore plus dans la marde... Laisse-moi t'aider...

— Descends tout de suite.

Maintenant silencieux, le corps voûté, l'acteur marche vers une porte. Carl se met en mouvement, ramasse au passage les clés qu'il glisse dans sa poche, et, boitant comme un infirme, suit à deux mètres de distance celui qui a été son ami.

Yves ouvre la porte et, une main appuyée contre le bas de son dos, il descend les degrés en grimaçant. Carl s'engage à son tour dans l'escalier, sa claudication l'obligeant à se tenir de sa main libre à la rampe. En bas, l'acteur effectue quelques pas et tourne un regard tragique vers Carl. Tout à coup, ce dernier sent sa cuisse se raidir sous une pointe de douleur et manque les deux dernières marches. Il réussit de peine et de misère à reprendre son équilibre, mais cette faiblesse de trois secondes permet à Yves de s'élancer vers lui. Avant qu'il n'ait le temps de brandir son arme, Carl sent des bras lui entourer le torse. Il se débat en grognant, tente de lever son bras qui agrippe toujours le maillet, en vain : Yves est plus costaud que lui, mais il ne cherche pas à l'étouffer, ni à le frapper. Il le maintient juste serré contre lui et murmure tout près de son visage :

— Carl, je t'en supplie, reprends-toi ! Y est pas trop tard ! Je suis ton chum, fais-moi confiance ! Je veux pas te faire mal, je veux t'aider !

Carl raidit tout son corps et

(tu comprends rien personne peut comprendre laissez-moi tranquille vous n'existez pas vous n'existez plus)

remonte brusquement son genou gauche directement dans l'entrejambe d'Yves. Celui-ci pousse un gémissement étouffé et il lâche instantanément sa prise pour reculer de quelques pas, plié en deux. Sans l'ombre d'une hésitation, aveuglé par une seule image,

(Sébastien)

Carl propulse son arme de toutes ses forces. Ce n'est pas son ami qu'il frappe, c'est l'obstacle qui empêche la lave de couler, et si elle ne coule pas, elle ne pourra pas gicler au bon moment, et elle *doit gicler* !

Le maillet atteint la tempe gauche d'Yves en produisant un son peu rassurant et l'acteur s'écroule. Étendu sur le dos, un bras relevé au-dessus de sa tête, l'autre le long de son corps, il ne bouge plus. Carl s'approche et l'observe en fronçant les sourcils. Yves respire normalement malgré le filet de sang qui coule de sa tempe.

Carl regarde l'heure sur le lecteur Blu-ray au loin : 20:13.

Les deux chasseurs sont en route depuis presque quinze minutes.

Il traverse le luxueux sous-sol vers la porte au bout. Carl sait que le cabanon se verrouille de l'extérieur pour éviter que les jeunes enfants d'Yves aillent fouiner dans cette pièce qui renferme essentiellement des dossiers classés, la collection de vieux vinyles de l'acteur, quelques bouteilles de vin très chères et la réserve de pot du couple. Il sort le trousseau de clés et trouve rapidement la bonne. Il déverrouille la porte, l'ouvre, puis retourne près de l'escalier. Une petite flaque rouge s'est formée sous la tête du blessé, mais Carl ne réagit pas. Il prend Yves par les pieds et commence à le traîner sur le plancher de bois. Le corps est lourd, Carl grimace autant sous l'effort que sous la douleur dans son dos et dans sa cuisse. Moins de deux minutes plus tard, Yves est étendu dans le cabanon empli de boîtes, de classeurs et d'étagères. Sa tempe saigne toujours un peu, mais sa respiration est régulière.

Et s'il meurt d'ici demain, faute de soins ? Si sa blessure est vraiment grave ?

Carl ne peut pas prendre le risque qu'Yves appelle la police et signale le vol de sa Jaguar. C'est tout simplement inadmissible.

Il fixe son ami inconscient quelques secondes d'un air indécis, comme s'il tentait d'éprouver ce qu'il devrait *normalement* ressentir, et il y arrive presque : au fin fond de lui, une voix hurle de désespoir… mais elle est recouverte par la lave.

Il se penche vers Yves. Dans son regard déconnecté passe l'ombre d'une profonde détresse même si ses traits demeurent impavides, son ton égal.

— Je suis désolé, Yves. Mais c'est le chaos.

Il se relève, sort du cabanon, verrouille la porte. Il laisse tomber les clés au sol et remonte péniblement l'escalier. En haut, dans le vestibule de l'entrée, il trouve dans une soucoupe verte le trousseau de clés de la voiture de l'acteur et quitte la maison. Il claudique jusqu'à la Jaguar XJ gris métallique aux vitres teintées, éteint le système d'alarme à distance puis s'installe derrière le volant. Le moteur démarre, le véhicule recule dans la rue et se met en route.

Un kilomètre plus loin, la Jaguar s'engage sur la 20. L'horloge du tableau de bord indique 20:17. La nuit a commencé son déploiement et le conducteur allume les phares. Comme les chasseurs reçoivent désormais sa localisation en permanence, ils suivront leur proie sur l'autoroute et Carl estime qu'il doit avoir dix minutes d'avance, quinze tout au plus. Cela ne l'angoisse pas. Il fixe le chemin devant lui, les deux mains serrées sur le volant. Sa respiration est si bruyante qu'on dirait un ronflement. Il laisse monter en lui cette sensation troublante et rassurante qu'il a déjà éprouvée il y a si longtemps.

Non, les chasseurs ne l'angoissent plus. Pas plus que l'idée qu'Yves peut mourir de sa blessure. Même le corps de Claudia ne plane plus dans le ciel, les craquements de ses os ne claquent plus dans ses oreilles. Le cadavre de Samuel, en tant que source de la lave, est toujours là, mais lui aussi adopte des contours de plus en plus flous, comme si la lave avait de moins en moins besoin de son cratère d'origine, comme si elle grossissait en se nourrissant d'elle-même. Elle coule maintenant à gros bouillons et consume tout ce qui n'est pas haine…

… car *rien d'autre* ne compte. Et Carl ne freinera pas cette haine. La crainte, la culpabilité et le bon sens n'interviendront pas dans les effets qu'elle a créés, car ce sentiment est tellement puissant qu'il doit être utilisé à son plein potentiel pour ne pas être stérile, au risque d'y laisser sa liberté, sa vie, son âme, et cette force, ou cette malédiction, ou cette fatalité, Carl la connaît, même s'il a toujours voulu la nier, même s'il n'a finalement aucun contrôle sur elle, et il n'y échappera pas parce que...

« ... t'as ça en toi, Carloune. »

Carl suspend sa respiration. Dans les ténèbres de ses pupilles frétille une lueur qui tente une dernière lutte mais finit par s'éteindre, vaincue par la noirceur définitive. Enfin, il recommence à respirer, son souffle est maintenant normal.

Le visage de Stéphane apparaît, dévasté et ensanglanté, ses yeux fixés sur lui.

Et Carl, cette fois, soutient son regard.

20:18

Tandis qu'il roule, toutes les pièces du puzzle se mettent en place, comme pour enraciner encore plus profondément ses certitudes.

Sébastien, engagé comme serveur à vingt ans. Excellent serveur, mais éternel adolescent immature qui ne pense qu'à la fête, même quinze ans plus tard, ce qui explique pourquoi Carl ne se liera jamais vraiment avec lui personnellement. Est-ce aussi pour cette raison que, même s'il l'a nommé gérant, il ne le considérera jamais comme un vrai partenaire ? Sans doute. Ça et l'orgueil de Carl, sa manie de tout contrôler, de tout décider seul…

Mais Sébastien rêve de racheter le bar un jour, quand le patron prendra sa retraite, bien qu'il n'en parle pas trop, attend le bon moment, tient peut-être trop cela pour acquis.

En décembre 2014, au party des cinquante ans de Carl, Sébastien et Samuel, ivres, se confient, et le serveur entend parler de *Hell.com*. Et même si Sam prétend l'avoir charrié, Sébastien n'oublie pas. À ce moment-là, ce site illégal représente uniquement pour lui la possibilité de vivre ses fantasmes sexuels les plus fous. Il fait des recherches et découvre ce qu'il en coûte annuellement pour être membre. *Hell.com* devient donc un El Dorado que le serveur n'effleure qu'en rêve.

En février 2015, il apprend que son boss léguera son bar à son fils. Il met cartes sur table, mais Carl est intraitable. Quelques jours plus tard, Samuel appelle Sébastien pour le rassurer et l'informe de ses intentions. Sauf que Sébastien ne veut pas faire *comme* s'il était le propriétaire, *il veut l'être* à la face de tous, il veut afficher son succès et sa réussite ! Mais Samuel ne pourra pas lui céder le bar… du moins pas du vivant de Carl. Donc vraisemblablement pas avant une vingtaine d'années, voire plus, alors que Sébastien sera lui-même dans la cinquantaine.

Est-ce à ce moment que l'idée d'éliminer son patron ingrat apparaît pour la première fois dans l'esprit de Sébastien ? Sûrement pas. Mais il y a une profonde et irrévocable rancœur. Carl, qui la perçoit à certains signes, se dit que ça va passer. Et comme Sébastien demeure compétent et professionnel, il s'en préoccupe à peine. Comme il s'est toujours peu préoccupé de son plus vieil employé.

« Pourquoi est-il resté ? » se demande Carl en fixant la route de son regard noir. « S'il m'en voulait tant, pourquoi n'a-t-il pas démissionné ? »

Peut-être qu'il n'avait pas envie de recommencer en bas de l'échelle dans un autre bar alors qu'il avait de bonnes conditions au *Lindsay*. Et sans doute s'est-il dit que l'offre de Samuel était tout de même mieux que rien.

Et peut-être, malgré lui, se prenait-il parfois à espérer que Carl meure subitement… bêtement…

Puis survient le décès de son père en novembre 2015, qui a plus d'argent que prévu, du moins plus que Carl ne le croyait. À ce moment, *Hell.com* sort du domaine de l'inaccessible pour devenir une véritable option.

Évidemment, avec tout cet argent, il pourrait engager un vrai tueur à gages, mais manifestement, l'idée de faire tuer son patron ne s'est pas encore frayé un chemin dans sa tête. Il pourrait aussi ouvrir son propre bar. Mais Sébastien, tout excellent serveur soit-il, est un immature qui n'a pas envie de trucs compliqués. Acheter un bar comme *Le Lindsay*, qui marche depuis des années et où il travaille depuis quinze ans, c'est une valeur sûre. Mais ouvrir un nouveau bar représente une somme de travail incroyable, et pendant des années on doit y consacrer tout son temps. De plus, il y a de gros risques financiers. Rien de tout cela n'intéresse Sébastien. Il préfère investir son magot dans ce qu'il aime le plus au monde : le divertissement, surtout sexuel. Il est prêt à payer cinq cent mille dollars pour pouvoir profiter de tous les plaisirs extrêmes de la vie, et ce, pendant une seule année.

Carl, derrière son volant, se dit que son serveur n'est pas qu'immature. Il est fêlé. Drôlement fêlé.

Sébastien veut donc s'abonner à *Hell.com,* mais n'a aucune idée comment. Il fraie avec toutes sortes de gens louches pour s'informer, motivé par sa soif de luxure. Et finalement, il réussit et s'abonne. Ce sera pour un an seulement, mais il se jure bien qu'il en profitera à fond. Et rapidement, il trouve dans ce nouveau magasin de jouets des activités sexuelles qui dépassent ses fantasmes les plus fous. Et réalise que ce site offre beaucoup plus que de la débauche. Qu'on peut, par exemple, éliminer un individu encombrant. Et c'est possiblement à cet instant que *l'idée* lui traverse l'esprit pour la première fois : tout à coup, il n'a plus à se contenter d'espérer la mort prématurée de Carl, il peut la provoquer.

Mais comme il a dépensé à peu près tout son argent pour être membre du site, il n'a plus les moyens d'engager un tueur à gages (ce que, ironiquement, il aurait pu faire s'il ne s'était pas abonné au site). Alors il découvre la Chasse. Seulement deux mille dollars, une somme qu'il peut rassembler. Au début, il est sûrement réticent, il doit même trouver ce jeu totalement dément. Et surtout, il y a la possibilité que la proie ne meure pas et, pire encore, que lui-même soit éliminé. Mais c'est si *improbable*.

Une fois plantée, l'idée ne pouvait que rapidement pousser, surtout dans ce terreau de rancœur, de frustration et de sentiment d'injustice nourri pendant dix mois.

Il tente le coup. Il a de la chance et il est choisi au tirage au sort. Comme Diane l'a dit, il y a peu d'inscriptions. Peut-être qu'il a essayé une première fois il y a sept ou huit mois, sans succès. En tout cas, son nom est retenu pour l'édition actuelle.

Carl, les deux mains sur le volant, songe maintenant à hier matin, au bar, alors que Sébastien semblait nerveux, mal à l'aise. Carl l'avait remarqué, mais l'attribuait à plusieurs causes : Sébastien hésitait à lui reparler de la décoration du *Lindsay* ; la présence d'Yves l'impressionnait même s'il l'avait rencontré plusieurs fois ; il savait que son patron n'aimait pas le voir flirter avec Marie-Hélène... Mais non ! Il était nerveux parce que la Chasse – celle qu'il avait payée lui-même, consciemment, volontairement ! – allait commencer cette journée-là ! Et que dans quelques heures, il allait s'enfermer chez lui pour y assister !

Et ce matin, Carl aurait pu arrêter tout ça !

La colère qu'il ressent est si forte qu'il surgit un bref moment de sa bulle, le temps que son regard accroche une pancarte annonçant Drummondville dans trente kilomètres. Déjà ? Le tableau de bord indique vingt heures quarante-trois et Carl réalise qu'il roule à cent quarante kilomètres-heure. L'éventualité d'être arrêté pour excès de vitesse ne lui a jamais effleuré l'esprit. Cette pensée ne l'émeut pas du tout. Ce n'est pas arrivé, point. Les choses se produisent ou ne se produisent pas.

La proximité de sa destination lui rend quelque peu sa lucidité, sans pour autant diluer le flux de sa lave intérieure. Il lève le pied et anticipe son arrivée à Drummondville. Il n'y a plus de barrages policiers. Les flics savent depuis quelques heures que Carl Mongeau n'est plus en ville et ils ont sans doute déjà appris la mort du Noir à Montréal. Donc, il y aura moins d'autos-patrouille dans les rues de Drummond-ville. Et il fera nuit, et il roule dans une voiture de luxe respectable.

De plus, il n'y a aucune raison que Sébastien sache que Carl revient à Drummondville. Les dernières informations que le serveur a reçues sont celles transmises par la caméra du Noir durant son attaque finale et celles transmises à travers les lunettes de Sanschagrin : Sébastien n'a donc rien entendu de sa discussion avec son fils, ni de celle avec Yves.

Mais il recevra le signal de ton approche aussitôt que tu seras à deux cents mètres de chez lui. Et cette fois, il fuira peut-être à pied par-derrière pour éviter de te voir. Ou il t'attendra avec une arme quelconque. Et toi, tu n'as rien. Tu aurais dû apporter quelque chose de chez Yves.

Carl esquisse une grimace de mépris. Ce genre de raisonnement ne l'empêchera pas d'agir. De toute façon, il n'a plus beaucoup de temps à perdre : les deux chasseurs ne sont pas si loin derrière lui. Comme ils n'ont sans doute pas pris le risque de rouler au-dessus de la vitesse légale, il a peut-être maintenant quinze ou vingt minutes d'avance sur eux.

Et Diane ?

Elle doit rouler derrière les tueurs, tranquille, en mangeant ses Tic Tac : elle n'a aucun intérêt à arriver avant eux. De toute façon, Carl s'en moque : l'avance qu'il a sur l'Italien et le junkie ne lui permet pas de perdre son temps ; il doit se rendre le plus vite possible chez Sébastien, que celui-ci reçoive l'alerte ou non.

Néanmoins, il doit trouver quelque chose pour l'affronter. Pour le tuer.

Il allume la lumière du plafonnier. Pour la première fois depuis son départ de Boucherville, son regard immuable quitte la chaussée un bref moment et il ouvre le coffre à gants : peut-être celui-ci contient-il un outil, une lampe de poche, n'importe quoi... Il farfouille à l'intérieur en ramenant son attention sur la route. Ses doigts rencontrent de la paperasse et il sort au hasard une brochure sur laquelle il lance un rapide coup d'œil : une mariée sourit à pleines dents et au-dessus de sa tête sont inscrits les mots : « Offrez-lui la bague qu'elle mérite ».

Yves qui lui avait annoncé, hier, son projet de mariage...

Carl ramène ses mains sur le volant. Son visage demeure de marbre, mais malgré lui, il ne peut s'empêcher de songer à Yves... Yves qui est blessé

(ou mort)

dans son cabanon, Yves qui était tout heureux de lui dire, hier, qu'il cherchait une bague pour Camille et qui en a profité pour rappeler à son ami qu'il était entêté de porter encore son alliance deux ans et demi après sa séparation...

Carl reluque sa main gauche. Le bijou, à son annulaire, brille sous la lumière du plafonnier. Cette alliance dont il n'a jamais voulu se débarrasser, dont il a fini par ne plus remarquer la présence...

Tout ça est maintenant tellement insignifiant, tellement naïf...

Il pousse un grognement sourd, hargneux. Il devrait balancer sa bague par la fenêtre, comme toute sa vie l'a été en deux jours. Si elle n'était pas coincée, il le ferait à l'instant.

Mais il est pris avec.

Ses yeux se plissent, puis s'agrandissent sous le coup d'une illumination.

Son alliance! Ostie, son *alliance*!

Une série de soupirs brefs mais brutaux s'échappent de sa bouche, comme si on le frappait au ventre. Tout à l'heure, il s'est souvenu de son mal de tête d'hier matin. Il en avait conclu qu'on l'avait anesthésié pendant la nuit pour lui foutre une puce électronique dans le corps. Il ne s'est trompé que sur un détail: la localisation du mouchard. Peut-être que Diane ou ses sbires le glissent normalement sous la peau ou l'enfoncent dans une dent, mais cette alliance sertie d'une ligne de petites pierres, cet anneau coincé autour du doigt...

Il sent monter en flèche une envie irrépressible de hurler tout près de sa bague, de crier à Diane qu'il a enfin découvert le pot aux roses, et il lève même sa main près de sa bouche... mais se retient juste à temps.

Il y a mieux à faire.

Il fixe à nouveau la route devant lui, et si son visage est tout aussi noir, ses lèvres sont crispées en un rictus de triomphe. La première sortie pour Drummondville, celle qui mène au boulevard Lemire, n'est plus qu'à deux kilomètres. Dans ce coin, il trouvera un endroit adéquat.

Une minute plus tard, il s'engage dans la sortie, traverse Lemire, continue sur Jean-Berchmans-Michaud et Lionel-Giroux. Deux ou trois grosses industries s'alignent le long du chemin à gauche tandis qu'à droite une lisière boisée cache un quartier résidentiel. Les entreprises sont fermées, la rue est déserte, la nuit presque complète. Il entre dans le stationnement d'une industrie et tourne autour du bâtiment en promenant son regard partout, comme s'il cherchait quelque chose. Non satisfait, il retourne dans la rue et poursuit lentement son chemin. Deux petits immeubles à logements apparaissent bientôt à droite, totalement incongrus dans ce coin en expansion qui, éventuellement, rejoindra le quartier résidentiel derrière. Il roule plus loin. L'asphalte fait place au gravier. Deux cents mètres devant, la route est avalée par les bois dont on devine la sombre présence, mais juste avant, à gauche, se dresse une entreprise plongée dans le noir. La Jaguar s'engage dans l'entrée et fait lentement le tour de l'édifice et de deux ou trois petits bâtiments connexes que Carl examine. Il n'aura pas le choix et devra se contenter d'ici. Mais tout à coup, dans un coin du grand stationnement tout près de la forêt, il aperçoit un hangar. Carl arrête la voiture à une dizaine de mètres, laisse les phares allumés. Il descend du véhicule et marche vers le bâtiment, sa claudication si accentuée que chaque pas résonne dans sa tête. Derrière l'usine, les bruits aériens et ondulants de l'autoroute vibrent comme s'ils sortaient d'un vieil et lointain amplificateur électrique.

Carl s'arrête. Malgré sa peinture écaillée qui date de quelques décennies, le hangar, éclairé par les phares, est en bon état. Il n'y a qu'une seule fenêtre, sans vitre, à plus de deux mètres du sol, à peine assez grande pour laisser passer un enfant de trois ans. Rapidement, Carl tente d'ouvrir l'unique double porte en bois : verrouillée et solide.

Il retourne à la voiture et entre la tête pour regarder l'heure : 20:58. Trois minutes maximum se sont écoulées entre le moment où il a quitté l'autoroute et maintenant. Il trouve le bouton qui ouvre le coffre et va en examiner l'intérieur : deux couvertures, deux gants de baseball, une balle et une boîte à outils de secours. Il fouille dans celle-ci. Pas de marteau, mais des clous, des vis, une pince à long bec, deux tournevis... Il attrape la pince. Les mâchoires du bec sont plates, pas tranchantes. Ça devrait aller.

Sans refermer le coffre, il s'écarte légèrement de la voiture en scrutant son alliance. Il pourrait frapper dessus comme un sourd en espérant briser la puce qu'elle renferme, mais ce bidule électronique est fait pour résister aux bagarres et aux impacts de toutes sortes (même aux traversées de rivière !). Et il n'aurait aucun moyen de savoir s'il a réussi à le court-circuiter ou non. Le plus sûr n'est pas de tenter aveuglément de le démolir, mais de s'en débarrasser.

Donc…

Carl a une brève hésitation

(même pas certain à 100 % que la puce s'y trouve)

que la haine repousse. Il glisse la phalange de son annulaire entre les mâchoires plates de la pince, inspire et expire deux fois, puis referme lentement les deux branches du manche. Les mâchoires serrent le doigt et la douleur apparaît presque instantanément, celle qui indique que nous devons modifier l'acte en cours pour ne pas empirer les choses. Mais Carl adopte une réaction contre nature et continue de refermer l'outil. La douleur s'intensifie et, pendant une seconde, il relâche la pression, par pur réflexe, et sa conscience tente un compromis : pourquoi ne se frappe-t-il pas la phalange avec la pince ? Cela irait plus vite !

Mais ces coups répétés tout près du GPS intrigueraient Diane. Comment réagirait-elle en apprenant que tu essaies de te débarrasser du mouchard ? Interviendrait-elle ou non ?

Il recommence à serrer. La douleur devient aiguë, comme si elle était produite par une seringue dont la circonférence de l'aiguille augmenterait rapidement, et Carl respire fortement par le nez pour ne pas gémir. Des petits craquements se font entendre et à l'intérieur de son annulaire éclatent une série de mini-explosions à la fois disparates et concentrées. Malgré la souffrance qui monte en flèche, une image furtive lui zèbre la vision : celle d'une voiture dans un compacteur.

Il ferme les yeux ; un sifflement faible mais aigu fuse de sa bouche,

(pas crier veux pas que Diane m'entende pas crier)

ses jambes tremblent et la souffrance se propage dans son bras jusqu'à l'épaule. Il *sent* son doigt s'écraser de plus en plus et il cesse de respirer, car le prochain souffle qui franchira ses lèvres se transformera en long hurlement... et au moment où des points multicolores apparaissent derrière ses paupières closes,

(ok ça suffit arrête)

il lâche la pince, qui tombe au sol, et s'appuie de sa main droite contre son genou en recommençant à respirer de grands bols d'air, le corps moite de sueur. La douleur a diminué d'intensité, mais le tenaille toujours, sourde et pulsante. Il examine enfin son annulaire en miettes. Pas de sang, mais la phalange est *vraiment* aplatie, difforme. Diane a sans doute entendu quelques craquements, mais...

Dépêche-toi avant que ça se mette à enfler !

Il entoure son alliance de son pouce et de son index et, délicatement, commence à tirer. Le bijou frotte la phalange au passage, en déclenchant une nouvelle onde de douleur, mais sort du doigt. Carl le soulève à la hauteur de ses yeux et le fixe un moment

(mon alliance, mon ancienne vie)

sans broncher du visage. Il s'empresse de retourner au hangar éclairé par les phares de la voiture. Il se place sous la petite fenêtre qui s'ouvre à un peu moins d'un mètre au-dessus de sa tête. Il lève la bague, vise attentivement et la lance. Sans difficulté, elle traverse la fenêtre. Diane a évidemment perçu le bruit de la bague atterrissant sur le sol, mais le son d'un seul impact n'est pas anormal. Et le temps qu'elle trouve étrange de n'entendre que le silence, Carl devrait en avoir terminé avec Sébastien…

Instantanément, il se sent allégé tel le prisonnier qui voit pour la première fois en vingt ans les portes du pénitencier s'écarter devant lui. Et ce délestage, comme s'il brisait certaines digues, augmente le flot de la lave.

Il va vers la Jaguar. La nuit est maintenant complète. Un lampadaire près de l'entrée de l'usine produit un timide éclairage jaunâtre et blafard. Du coffre ouvert de la voiture surgit une lumière qui crée dans la pénombre un vaporeux halo. Carl regarde vers la route plongée dans le noir : aucun signe d'une présence quelconque. Il a sans doute encore une douzaine de minutes devant lui. Il se penche dans le coffre, en grimaçant sous la douleur de son dos, et fouille à nouveau dans la boîte à outils de sa main intacte. Un marteau aurait été parfait, mais il n'y en a pas. Il examine les deux tournevis l'un après l'autre en plissant les yeux, imagine lequel des deux pénétrerait le mieux dans le cœur de Sébastien, ou dans son cou, ou dans sa tête, et cette idée lui procure un réel frisson d'excitation. Il prend le plus long avec sa main gauche, s'efforçant de ne pas utiliser son doigt broyé, referme la boîte à outils de sa droite… et, se détachant de la lointaine rumeur de l'autoroute, il perçoit un crissement derrière lui. Comme un roulement sur le gravier.

Il tourne la tête : un vélo fonce vers lui et le cycliste, flou dans la nuit, brandit quelque chose de long. Sans refermer la porte du coffre,

(l'itinérant criss celui qui est censé être tellement magané qu'il ose plus bouger depuis ce matin)

Carl s'élance vers la portière du côté conducteur, mais un coup violent l'atteint entre les omoplates. Déséquilibré dans son élan, il plonge vers l'avant et, dans sa chute, son visage s'écrase sur le rétroviseur extérieur. Une intense douleur broie son œil droit qui s'engourdit rapidement, comme si on y versait de l'eau glacée. Sous l'impact, son corps tourne sur lui-même et il tombe par terre, à plat ventre. Trop étourdi, il ne voit pas l'itinérant s'arrêter quelques mètres plus loin, laisser choir son vélo au sol et marcher vers lui. Son visage est indistinct dans la noirceur et il tient une branche d'arbre d'un peu moins d'un mètre de long et de la circonférence d'un rouleau à pâte. Carl l'entend articuler d'une voix incrédule et étrangement déformée:

— J'aurais jamais cru que tu reviendrais à Drummondville...

Carl sent que son œil droit coule abondamment, *déborde*, et malgré son étourdissement,

(dois me lever trop proche du but come on debout)

il se redresse sur les mains et les genoux, cherchant d'un air hagard son tournevis. Une partie de sa vue clignote et il comprend confusément que son œil blessé court-circuite sa vision, comme une ampoule électrique qui s'allume et s'éteint par intermittence. Néanmoins, il aperçoit l'outil près de la portière arrière et marche à quatre pattes dans sa direction, ignorant la souffrance dans son doigt meurtri qui frotte le sol à chaque mouvement. Sa main droite atteint enfin le tournevis, Carl commence même à se relever quand la branche du chasseur s'abat sur le bas de son dos, directement sur sa blessure, et se casse en deux sous le choc. La douleur lui coupe le souffle et, en s'affalant, il projette involontairement ses deux bras vers l'avant. L'outil s'échappe de ses doigts et rebondit plus loin, derrière la voiture.

L'itinérant examine le moignon de branche, le jette en maugréant et se met à la recherche du tournevis qu'il a vu tomber. Carl flotte en apesanteur, face contre terre; son visage, humide d'une humeur poisseuse, se couvre de poussière et de gravier; son dos est le centre de toutes les douleurs du monde. Mais la haine est

intacte, elle refuse d'abdiquer, elle crache sur la souffrance, lui vomit dessus, et Carl commence à se relever,
avec la lourdeur morbide d'un corps momifié que
l'on tire de son tombeau. Sa vision, dont les papillo-
tements s'intensifient, identifie la seconde moitié de
la branche près de lui, longue d'à peine quarante centimètres. Sa main valide, telles les serres d'un aigle
blessé, s'en empare et il se retrouve debout, chancelant,
dans une pose totalement déformée. À l'arrière de la
voiture, le tueur, qui a trouvé le tournevis, s'est penché
pour le ramasser. Carl s'élance vers lui le plus rapidement qu'il le peut. Le chasseur se redresse, mais n'a
pas le temps de se retourner avant de recevoir le bout
de bois sur l'oreille. L'itinérant titube vers le coffre
ouvert de la Jaguar, mais reste debout et, dans cette
nouvelle position, Carl découvre l'abomination qu'est
devenu son visage. Un épais et blanchâtre morceau
de chair flasque pend du côté droit, créant un trou de
la dimension d'un gros orteil qui transperce de part
en part la joue, à la lisière de la barbe hirsute. La plaie
n'a pas été soignée et l'infection a déjà produit des
ravages : tout le côté du visage, y compris le front et
le cou, n'est plus que peau molle, jaune et morte,
tachetée d'éclats noirs, sillonnée de veines bleuâtres
et protubérantes qui entourent l'œil rougi. La face est
parsemée de croûtes de sang séché et l'intérieur du
trou suinte du pus qui s'écoule à l'extérieur parmi les
poils gluants de la barbe, mais aussi à l'intérieur de la
bouche et qui perle sur les lèvres déformées.

Spectacle qui ne dure qu'une seconde, car le chasseur
propulse le tournevis et la proie, pour l'éviter, bondit
d'un mouvement oblique vers la droite. De sa vision
toujours intermittente, Carl voit son ennemi dresser
sa main gauche enflée et à la paume percée, telle une
preuve accablante. La prononciation altérée, le tueur
souffle :

— Avant, c'était pas personnel… mais là…

Carl frappe et le bout de branche atteint le poignet de la main tuméfiée. Le bois se casse à nouveau et le craquement, mêlé au cri du chasseur, est produit autant par la branche que par l'os. Aussitôt le tournevis, dans un mouvement latéral, lacère la manche de chemise de Carl et déchire la peau de son avant-bras, juste au-dessus de la toute première blessure qu'il a reçue

(au crépuscule de mon ancienne vie)

hier. Il ne crie pas, tique à peine, comme si cette douleur était désormais trop insignifiante pour que ses sensations daignent s'y intéresser, mais il bondit vers la droite pour être hors d'atteinte. Il sent que ce qui dégouline de son œil meurtri mouille ses lèvres. Un goût huileux envahit sa bouche et il s'essuie vivement de sa main libre. L'itinérant est maintenant dos à la voiture ; la lumière du coffre ouvert découpe sa silhouette en ombre chinoise, légèrement voûtée. Carl se tient à moins d'un mètre de lui et brandit son morceau de branche encore plus court que tout à l'heure. Dans la nuit silencieuse, tous deux se défient du regard un bref instant, essoufflés, ravagés. Contrairement à ce matin, Carl sait que cette fois il n'y aura qu'un survivant. L'itinérant replace vivement la chaîne ajustée qu'il porte autour du cou et ce geste provoque en Carl une telle montée de lave

(son collier la caméra Sébastien qui le voit en ce moment même)

que, oubliant qu'il n'est armé que d'un minuscule bout de bois, il fonce en sifflant comme un serpent. Mais à cette seconde précise, l'ampoule clignotante de son œil droit rend l'âme et sa vue, tout à coup réduite de moitié, fausse l'élan de son bras. Alors que la branche manque sa cible de cinq centimètres, le chasseur avance le tournevis, qui s'enfonce dans l'abdomen de son adversaire en haut du nombril. Une brève

mais atroce douleur foudroie Carl, au point qu'il laisse
tomber son morceau de bois en criant, mais

(non non non pas si près du but pas question non
non non)

il entoure immédiatement le cou de son agresseur
et, malgré son doigt cassé, commence à l'étrangler.
L'itinérant, tout en frappant mollement de sa main
mutilée, pousse plus profondément le tournevis, son
regard victorieux fixé sur sa proie. La souffrance réapparaît, pulvérise le ventre de Carl et réduit la force de
l'étranglement. Sa main droite quitte alors le cou du
chasseur, ses doigts grimpent tels des insectes le long
de son visage, puis son index et son majeur pénètrent
violemment dans la plaie de la joue. Il sent le corps
de l'itinérant se raidir d'un grand frisson, voit sa main
meurtrie tenter une attaque, il l'attrape de sa gauche
et la maintient en l'air. Le tueur continue néanmoins
d'exercer une forte pression sur le tournevis qui s'enfonce davantage, créant une nouvelle déflagration dans
les entrailles de Carl. La souffrance le fait vaciller mais,
tout en émettant un râle désespéré, il glisse aussi l'annulaire dans la plaie et tire violemment vers le bas.
Son adversaire se met à hurler, les yeux fermés, et
Carl sent enfin la pression quitter le tournevis. De son
œil valide, il distingue ses propres doigts dans la bouche
béante de l'itinérant et, enivré par cette vision, il tire
encore plus fort. La peau autour de la blessure s'étire,
comme une gomme à mâcher particulièrement coriace
qui refuse de céder. Sans cesser de gueuler, le chasseur
referme ses dents sur l'annulaire de Carl, mais ce
dernier continue de tirer vers le bas avec son majeur
et son index, et enfin, il *sent* la déchirure s'enclencher,
tandis que les hurlements du tueur deviennent rauques,
que ses dents se desserrent et que son corps penche
vers l'arrière. Avec un son poisseux, la peau cède sur
plusieurs centimètres, le trou s'agrandit jusqu'au coin

des lèvres et les doigts de Carl, qui perdent leur prise, sortent de la plaie en emportant avec eux un lambeau de chair. La bouche et le trou de la joue ne forment plus qu'une seule et longue fente de laquelle surgissent les cris de l'itinérant, qui titube vers l'arrière et percute le bord du coffre ouvert pour y basculer. Son crâne cogne le hayon relevé, puis la moitié supérieure de son corps se retrouve dans le coffre tandis que ses jambes battent l'air à l'extérieur. Carl se jette vers l'avant, à la droite des jambes frénétiques, et il referme le coffre en un mouvement qui crée une effroyable contraction dans son abdomen d'où dépasse toujours le tournevis. L'arête de la porte s'abat sur le ventre du chasseur et remonte aussitôt. Sous le choc, la tête et le torse de l'itinérant se redressent tandis que, les yeux écarquillés, les deux mains sur son ventre, il pousse un son étouffé et incrédule. Dans le mouvement, son corps glisse vers l'extérieur, et au moment où ses pieds atteignent le sol, Carl referme à nouveau le coffre, les dents serrées en une grimace animale. Cette fois, c'est la poitrine qui reçoit le hayon et un craquement affreux explose dans les oreilles de Carl. Ce dernier, le ventre électrifié de douleur, lâche la porte qui remonte, révélant l'itinérant qui, les iris révulsés, n'arrive plus qu'à émettre des couinements cassés. Il agite ses mains sur son thorax qui, sous sa vieille chemise sale, semble horriblement affaissé. Ses pieds, sans force, glissent sur le sol, entraînant tout le corps dans leur mouvement, mais avant que la tête ne franchisse le bord du coffre, Carl abaisse le hayon une troisième fois, directement sur la gorge du chasseur et ce coup-là, il ne lâche pas sa prise, pousse de toutes ses forces, ignorant l'insoutenable déchirure dans son ventre. Les jambes de l'itinérant, inertes deux secondes plus tôt, se dressent bien droites et ses bras tentent de relever la porte, mais Carl y appuie son épaule en émettant à nouveau ce sifflement reptilien. Des sons immondes proviennent du coffre, amalgame de râles et d'éclatements flasques, tandis que Carl se hisse maintenant sur la porte pour y mettre tout son poids. Pendant quelques secondes, le corps du chasseur, qui ressemble à un mannequin sans tête, tressaille avec frénésie, ses pieds battent l'air comme s'il courait dans le vide, ses poings frappent contre la voiture de manière erratique, tandis que des rigoles de sang coulent le long du pare-chocs. Carl, l'œil gauche fou de sauvagerie, se donne des élans pour pousser plus fort, éructant à chaque mouvement un cri bref et farouche, et lorsque les soubresauts de l'itinérant deviennent un seul et long frisson électrique, le dernier cri de Carl gonfle et monte jusque dans le ciel noir, comme s'il provenait d'ailleurs, d'un âge où la bête régnait et triomphait. Et son hurlement dure si longtemps qu'il n'entend pas le macabre craquement en provenance du coffre, pas plus qu'il ne remarque le soudain amollissement du corps, et ce n'est que lorsque son cri s'éteint en un râle brisé qu'il constate que c'est fini. Il reprend son souffle, toujours grimpé sur le coffre, son visage visqueux convulsé par une furie triomphante qui le rend méconnaissable. Puis il se dégage et chancelle vers l'arrière.

La portière s'élève en grinçant et l'itinérant s'écrase sur l'asphalte. Son cou, dont les chairs sont totalement déchiquetées, forme avec le torse un angle qui laisse croire que la tête ne tiendrait sûrement plus si on soulevait le corps. L'œil valide de Carl devine, perdu dans le sang et les lambeaux de peau, le collier où est sans doute logée la caméra. Sébastien, malgré l'hémoglobine, arrive-t-il à voir ce qui se passe ? Peut-il distinguer son patron dressé au-dessus du cadavre ?

La lave coule toujours. Car même si elle a giclé, la haine n'est pas apaisée pour autant. Ce jaillissement était totalement impersonnel. La vraie éruption est à venir.

Carl songe une seconde à se pencher vers le collier du mort pour murmurer quelque chose à l'intention de Sébastien, mais décide de s'en abstenir quand la haine lui rappelle qu'il va tout gâcher s'il agit ainsi. Tout comme elle lui suggère d'enlever le sang sur le pare-chocs pour ne pas attirer l'attention.

Carl prend une des couvertures dans le coffre, essuie rapidement la voiture, jette la couverture au loin et referme le coffre. Il s'immobilise un instant, étourdi. Il vacille jusqu'à la portière côté conducteur et l'ouvre. Au moment de s'asseoir, il pousse un cri et baisse les yeux : sa chemise béante laisse voir son ventre maculé de sang au centre duquel dépasse le tournevis. Durant la dernière minute, il a complètement oublié la présence de cet outil. La gravité d'une telle blessure devrait le préoccuper, mais un seul constat s'impose à lui : il n'arrivera jamais à s'asseoir avec ça dans les tripes. Et même s'il a déjà lu ou entendu qu'on ne devrait sous aucun prétexte extraire une arme enfoncée dans un corps, il attrape le manche et, sans hésitation, tire. Le tournevis sort facilement, mais en laissant dans son sillage une épouvantable brûlure, comme si Carl avait retiré un tisonnier chauffé à blanc. L'écoulement de sang devient plus important, et l'ombre d'une inquiétude plane sur ses traits décomposés.

Il ne lui reste plus beaucoup de temps.

Il s'assoit derrière le volant en lançant le tournevis sur la banquette côté passager. Le tableau de bord indique 21:08. Quatre ou cinq minutes seulement ont passé depuis l'arrivée de l'itinérant. Les tueurs seront ici dans six ou sept minutes, peut-être moins s'ils ont roulé plus vite que ne le croit Carl.

Il tourne la clé, le moteur vrombit. Les phares éclairent toujours le hangar plus loin. Là où se trouve son mouchard.

531 IL Y AURA DES MORTS

Du moins l'espère-t-il.

Sur le point de se mettre en route, il réalise que sa vision est moins large qu'à l'accoutumée et jette un regard dans le rétroviseur. Son œil droit n'existe plus, invisible au centre du cratère purulent qu'est devenue son orbite, suintant de sang et d'un liquide jaune qui recouvrent tout le côté de son visage. Et ses cheveux sont presque totalement blancs. Ce constat l'ébranle une courte seconde

(Seigneur Dieu qu'est-ce qui m'arrive)

mais dans son œil valide il voit la lave couler, un œil qui n'appartenait pas à l'ancien Carl Mongeau. Et toute autre émotion est à nouveau consumée.

Il démarre.

Il ne songe pas à utiliser un chemin plus prudent, à éviter les routes principales. Il ne songe qu'à arriver chez Sébastien le plus rapidement possible, non pas en allant vite, mais en suivant le trajet le plus direct. Il descend donc Lemire sur presque toute sa longueur, tourne à gauche dans Marchand et roule jusqu'à la rue Hériot. Il passe ainsi devant l'immeuble où Claudia est morte et à moins de deux cents mètres du *Lindsay* plongé dans l'obscurité, mais il enregistre ces données sans aucune émotion. À Hériot, il prend à droite et traverse le centre-ville. Peu de gens dans les rues : les événements des deux derniers jours ont rendu les Drummondvillois prudents et les conseils de la police semblent avoir été entendus. Durant tout le trajet, il croise quelques voitures, dont deux autos-patrouille qui roulent en sens inverse, mais sa voiture est dotée de vitres teintées et la belle Jaguar n'éveille aucun soupçon. De toute façon, Carl remarque à peine les autres véhicules : l'œil gauche halluciné, les traits du visage tendus jusqu'à se fendre, il imagine Sébastien devant son ordinateur, sans doute angoissé par la mort d'un sixième chasseur ; il se demande peut-être

pourquoi Carl est revenu à Drummondville et cela
peut l'alarmer… L'inquiétude le fera-t-elle fuir de sa
maison ? Ou préférera-t-il rester chez lui pour ne rien
manquer, rassuré à l'idée que les deux derniers tueurs
sont sur le point d'arriver à Drummondville et donc
de rattraper rapidement leur proie ?

Mais à quoi bon ces questions ? Carl a compris
depuis longtemps qu'elles sont parfaitement inutiles.

21:16

Quand Carl arrive à la rue Prince et tourne à gauche, aucun trait ne bouge sur son visage. La courte rue résidentielle est déserte et, après une centaine de mètres, la Jaguar se gare le long du trottoir de gauche. Carl attrape le tournevis et descend en grimaçant, laissant sur la banquette une grande tache sanglante. Il demeure près de l'automobile, pris d'un nouvel étourdissement, et observe les alentours. À moins de trente mètres, la chaussée se termine par une clôture derrière laquelle se trouve un boisé menant à la rivière Saint-François. Les fenêtres éclairées des habitations percent la nuit.

La dernière maison à gauche est celle de Sébastien. Un petit bungalow modeste en briques jaunes, sans attrait particulier, parfaitement anonyme.

Et la Golf de Sébastien est garée dans l'aire de stationnement. Ce qui démontre qu'il a récupéré sa voiture… et, surtout, qu'il est chez lui. Ce qui veut dire qu'il n'a pas reçu le signal de l'approche de Carl. La puce se trouvait donc bel et bien dans l'alliance. À moins que Sébastien, pour ne pas tomber sur son patron comme ce matin, se soit sauvé à pied par-derrière.

Ou il a reçu le signal et t'attend de pied ferme.

Carl se met en marche, si on peut encore appeler « marche » ces mouvements si contrefaits, si désarticulés. Malgré l'épaisseur de la lave en lui, il réalise tout à coup à quel point son corps n'est plus que plaie et souffrance : sa jambe droite est si douloureuse qu'il peut à peine s'appuyer dessus, le bas de son dos est chauffé à blanc, son œil droit semble être empli de sel, même les pulsations dans son doigt cassé engourdissent toute sa main. Quant à son abdomen, il a l'impression que le tournevis s'y trouve toujours et continue de remuer l'intérieur de ses entrailles. Mais Carl avance, penché vers l'avant, la respiration rauque, la main sur le ventre, telle une monstruosité sortie d'un vieux film d'horreur qui laisse sur son passage de larges taches de sang noir.

Il s'arrête devant la porte d'entrée. Peut-être que Sébastien se tient juste derrière… Un bruit de voiture lui fait tourner la tête. Un peu plus loin, une Honda stoppe. Un couple en descend et, quinze secondes plus tard, s'engouffre dans une maison. Carl revient à la porte et, tout à coup, la proximité de Sébastien ainsi que l'imminence de sa mise à mort permet au doute de s'exprimer une ultime fois : et s'il se trompait ? Il a soupçonné tant de gens… Mais ce doute s'éteint aussi vite qu'il s'est allumé. Sa haine *sait*. Sa haine lui souffle qu'il ne se trompe pas. Sa haine lui murmure que de toute façon, dans un instant, il saura.

Il dresse son tournevis, saisit la poignée et la tourne. Verrouillée.

Carl fait péniblement le tour de la maison, en passant par la droite, le côté qui donne sur la rivière. Derrière, la cour s'étend sur une trentaine de mètres, jusqu'au boisé obscur qui sépare le quartier des terrains sportifs du collège Saint-Bernard. Une ampoule au-dessus de la porte-fenêtre éclaire partiellement les alentours. Carl remarque près du potager deux longs instruments sur le gazon. Malgré la noirceur, il reconnaît un balai à feuilles ainsi qu'une houe. Il fixe un moment cette dernière, en particulier la lame plate aux arêtes tranchantes. Il laisse tomber son tournevis et se penche, ce qui déclenche une douleur si flamboyante que pendant une seconde il est convaincu que tout son estomac va se déverser sur le sol, même si sa plaie ne mesure que quelques centimètres. En grognant entre ses dents, il attrape le long manche de la houe et se relève. Il se remet en marche vers le patio.

Il monte laborieusement les quelques degrés : la porte-fenêtre est ouverte, seule une porte moustiquaire sépare l'extérieur de l'intérieur. Carl s'approche : sa vision limitée découvre une cuisine plongée dans la pénombre, des contours d'assiettes et de verres qui traînent sur la table et le comptoir, beaucoup de bouteilles de bière sans doute vides... Le seul éclairage provient du petit couloir, à gauche, mais Carl ne peut en voir l'intérieur de sa position. Il entend par contre une discussion. Il dresse l'oreille, se concentre pour bien saisir les phrases :

— Pis tu l'as vu entrer là-d'dans ?

— Non ! Quand je suis arrivé, le signal (mot indistinct) déjà qu'il était dans la remise !

— Hmmm... Il est peut-être pas exactement *dans* la (mot indistinct). Je sais que nos indications sont supposées être précises à (mot indistinct) mètres près, mais...

— Justement ! Regarde ton signal pis (mot indistinct) autour, *stupido* : il peut pas être ailleurs que là-d'dans ! (Début de phrase indistincte) presque cinq minutes qu'il bouge pas, qu'il fait pas un son !

Carl sent sa peau se couvrir de chair de poule : il a reconnu la voix de l'Italien, et l'autre, plus planante que d'habitude, est celle du junkie.

Il ne s'est donc pas trompé. C'est Sébastien. C'est lui.

La lave bouillonne, prête à jaillir. À l'intérieur, la voix du junkie se met à crier sur un ton amusé :

— Sors de là, Mongeau, on (mot indistinct) que t'es là-d'dans, man !

— Il sortira pas, *coglione* ! T'es high, câlice ! T'as pris quelque chose à Montréal, hein, pauvre minable ?

— Ben...

— Ce qu'il faut, c'est (bout de phrase indistincte), mais la porte est barrée pis elle est fucking solide !

Carl ouvre la porte moustiquaire qui glisse sans problème, en émettant un feulement presque complice.

JUNKIE (avec un petit rire idiot) — Wohww ! Y a un cadavre, juste là, t'as vu ?

ITALIEN — Je pense qu'il (indistinct) l'équipe des Kynigous... Là, crisse-moi la paix pis arrange-toi de ton bord !

Carl franchit la porte et avance sans bruit dans la cuisine assombrie, produisant comme unique son le glissement de sa jambe droite. Il règne une chaleur torride dans la maison mal aérée. Sur le comptoir, Carl avise un trousseau de clés de voiture. Il le prend délicatement et le range dans sa poche.

JUNKIE — Hé, man, là, ce serait vraiment le temps qu'on travaille ensemble !

ITALIEN — *Enough with that !* Il reste juste nous deux de vivants, alors au plus fort la poche ! Anyway, que ce soit toi ou moi qui le tue, on va (mot indistinct) de l'argent tous les deux, alors crisse-moi la...

JUNKIE — Il (mots indistincts) nous deux de *notre* squad en vie, mais je suis pas sûr pour les autres... (rire niais) Fuck, man ! Y était plus tough qu'on le pensait, hein, Mongeau ?

Carl avance vers le couloir d'où émanent les sons et l'éclairage, en parsemant son passage de gouttes sanglantes tel un Petit Poucet blessé à mort. Les voix des chasseurs sont de plus en plus faciles à entendre.

ITALIEN — Y a surtout été ben chanceux... Pis si les autres sont encore vivants, pourquoi ils sont pas ici?

JUNKIE — Ils sont peut-être en route, plus loin, je sais pas, moi... Ce serait plus safe si on s'entraidait. On pourrait défoncer la porte avec ma moto: ton char est trop large. Come on, man, peu importe qui le tue, on partage à parts égales, on est juste deux, ça nous fait chacun un bon cob!

Silence. Carl a atteint le corridor. Deux portes se font face et, au fond, une troisième s'ouvre à gauche. C'est de celle-ci que sortent la lumière et le son.

ITALIEN (après un soupir résigné) — OK, OK... Vas-y, fonce dans la porte!

Carl progresse toujours, la respiration rauque, le cœur battant dans ses oreilles. Il tient à deux mains le manche de la houe qu'il dresse devant lui, à la hauteur de son ventre ensanglanté. La haine et la fébrilité se nourrissent l'une de l'autre et ne forment plus qu'une même émotion à fleur de peau, éclipsant maintenant la souffrance qui, en temps normal, serait venue à bout de sa résistance et l'aurait jeté au sol. De la pièce, un bruit de moto se fait entendre, puis un solide craquement.

ITALIEN — *Faster, you pussy!*

JUNKIE — *No problemo, amigo!*

Carl a la moitié du corridor de parcourue. La lave est si chaude en lui qu'il est convaincu que ses pas brûlent le plancher. Le vrombissement de la moto s'élève à nouveau, assourdissant, suivi d'un impact plus éclatant que le premier.

ITALIEN — *Bene!*

Bruits de pas précipités, de souffles courts, de mouvements rapides... Au même moment, Carl atteint la porte du fond et, en retenant sa respiration, la houe prête à frapper, passe la tête.

Une odeur de bouffe, de cigarettes et de houblon plane dans la pièce. Celle-ci, très vaste et éclairée par une lampe posée sur un classeur à clapets, comporte deux fenêtres aux rideaux tirés. Quelques laminés de vedettes rock et de filles sexy ornent les murs. Une petite bibliothèque à moitié pleine de livres et de revues est installée dans un coin.

Une vieille table de billard, insolite dans cette pièce, se dresse près d'un mur, son tapis vert vide de boules sauf la blanche. Carl la fixe un moment en clignant des yeux, puis poursuit son examen.

Sur le sol ronronne un ventilateur en marche, dirigé droit vers un bureau en mélamine sur lequel trône un grand écran d'ordinateur entouré de bouteilles de bière vides, de sacs de chips chiffonnés, d'un téléphone cellulaire et d'un cendrier empli de mégots.

Devant l'écran, sur une chaise à roulettes et tournant le dos à la porte, est installé Sébastien.

La vue de son employé, même prévisible, paralyse Carl. Sébastien, torse et pieds nus, ne porte que des bermudas, et ses doigts enlacent une bière posée sur son bureau. On pourrait croire un type en vacances qui s'amuse à regarder des vidéos sur YouTube. Mais la tension du corps du serveur n'est pas celle d'un homme qui se relaxe.

Tétanisé, Carl observe l'écran de loin pendant un moment. On y diffuse deux vidéos simultanées, filmées par deux caméras subjectives qui bougent rapidement à l'intérieur d'un même hangar plongé dans le noir où on devine des caisses et des outils. Dans chacun, on voit de temps à autre une silhouette passer, manifestement à la recherche de quelque chose. Et Carl sait que cet écran, hier après-midi, proposait jusqu'à huit vidéos. Huit films que Sébastien regarde presque sans arrêt depuis plus de vingt-huit heures, interrompu

seulement par la visite de Carl ce matin, par quelques
virées à la cuisine et aux toilettes, peut-être par de
courts moments de sieste, espérant à chacun des assauts
que celui-ci soit le bon... Carl imagine tout cela en
une révoltante seconde. Et il comprend qu'il est temps
de faire gicler la lave.

ITALIEN (d'une voix forte) — Mongeau! T'es où,
motherfucker?

Carl jette un rapide coup d'œil vers la table de
billard, sur laquelle se trouve uniquement la boule
blanche

(cette table est-elle vraiment ici est-ce que je délire)

puis il avance vers son employé en levant bien haut
sa houe tandis que dans la vidéo de gauche, la caméra
s'approche de l'Italien qui fouille derrière une caisse.

JUNKIE — Coudon, je le trouve pas!

À ces mots, l'Italien se redresse et son visage furieux
est pris en gros plan, tandis que, simultanément, l'autre
caméra bouge à toute vitesse et cadre la face hagarde
du junkie.

ITALIEN — Moi non plus, *cristo*! Il est pas ici!

— Quoi? s'exclame Sébastien en avançant le torse
vers l'écran. Comment ça, câlice?

— Parce que je suis ici, croasse Carl maintenant
tout près de son serveur.

Ce dernier fait brusquement pivoter sa chaise en
levant la tête et, en reconnaissant son patron, ses traits
se tordent en un masque d'une incrédulité presque
burlesque. Masque qui se transforme en grimace douloureuse au moment où la lame de la houe s'enfonce
tout près de sa clavicule droite. Sébastien pousse un
cri autant de souffrance que de stupeur et Carl, d'un
mouvement sec, dégage son arme. Le serveur, sous le
choc, bascule sur le côté et se retrouve au sol. À l'écran,
le junkie écarte ses longs cheveux et consulte son cellulaire en faisant la moue.

JUNKIE — Le signal montre toujours qu'il est ici...

ITALIEN — Leur ostie de gadget doit être brisé!
(Il se plante droit devant le jeune et son visage rageur
apparaît en très gros plan.) Vous entendez? *Your fuckin'
GPS is fucked up!*

Sur le dos, Sébastien gémit un moment, les doigts
recroquevillés sur sa blessure qui saigne abondamment.
Debout devant lui, le manche de la houe dans la main,
Carl le considère en penchant la tête sur le côté, l'air
à la fois hostile et songeur. Il a fait exprès pour l'atteindre près de l'épaule. Alors qu'il visait le crâne, il
s'est dit: « Pourquoi le tuer si vite? » Et il a dévié la
lame. Car Sébastien est maintenant à sa merci. Celui
qui a foutu sa vie en l'air et celle d'autres innocents, le
responsable direct de la mort de Claudia et de Samuel
est là, à se tordre de douleur à ses pieds! Alors pourquoi
ne prendrait-il pas son temps? Pourquoi se presserait-
il puisque de toute façon *rien* ne l'attend après?

ITALIEN — OK, même si l'ostie de GPS est fucké,
Mongeau doit se cacher dans le coin! Je vais aller
fouiller du bord des shops proches de la 20. Toi, va
dans le bois au bout de la rue, all right? On se retrouve
ici dans dix minutes!

Aussitôt, les images sur les deux vidéos bougent
de manière confuse. Sébastien redresse enfin la tête
vers Carl et blêmit. Peut-être est-il épouvanté par la
posture disloquée de son patron, par le sang qui dégouline de son ventre, par son œil en purée d'où s'écoule
une mixture infâme, par ses cheveux hirsutes et maintenant blancs. Mais il comprend surtout – et c'est
sans aucun doute ce qui le terrifie le plus – que la
créature qui se tient devant lui n'est plus Carl Mongeau,
ou alors un Carl Mongeau qui ne s'était pas révélé –
ni aux autres ni à lui-même – depuis très longtemps.

— Ostie, Carl…

À ces mots, la houe s'abaisse à nouveau et, cette
fois, fend le tibia droit de Sébastien qui pousse un

hululement vertigineux. Carl, grimaçant sous sa propre douleur déclenchée par ce mouvement, tire sur l'outil, et la lame, en s'éjectant, produit un raclement sinistre. Tandis que Sébastien se tortille au sol en tenant sa jambe, les deux vidéos continuent de montrer les recherches des chasseurs. Sébastien se redresse sur un coude et agite la main droite devant lui comme s'il voulait arrêter un train.

— Attends, Carl, a... attends...

— T'as rien à me dire, Seb. Je sais tout. Même sur *Hell.com*...

Le désespoir déforme les traits luisants de sueur du serveur.

— Écoute, c'est...

— Trop tard ! gueule soudain Carl. Trop...

Ce cri produit une violente contraction dans son ventre et le plie en deux. Une lueur d'espoir traverse le regard de Sébastien qui, redressé sur son coude, s'humecte les lèvres avant de proposer, la voix tremblante mais conciliante :

— T'es mal en point, Carl... T'as besoin d'un docteur, pis vite... Si t'appelles la police tout de suite, je te jure que je vais dire que tout est de ma faute ! Je vais tout avouer, mais... (sa voix se brise) tue-moi pas, je t'en supplie !

— Tu veux de la pitié ! crache Carl, la main gauche sur le ventre. Tu veux que j'aie pitié d'un gars qui avait du fun à me regarder m'enfuir, à me regarder souffrir !

— Non, non ! J'avais pas de fun, ostie ! J'ai pas choisi la Chasse pour le spectacle, je l'ai choisie parce que c'était pas cher ! J'avais pu assez d'argent pour...

Mais la proie appuie son pied sur le tibia ensanglanté et Sébastien crie à nouveau en laissant retomber son crâne sur le sol. Carl retrousse les lèvres :

— C'est fini, Sébastien ! T'as perdu !

Un nouvel étourdissement le saisit et, tout à coup, Carl sent une autre présence dans la pièce. Il tourne la tête. Stéphane est assis sur le bord de la table de billard, les pieds dans le vide, le visage en charpie. Son sourire est plus ironique que jamais. Derrière lui, sur le vieux tapis vert, la blanche roule lentement, rebondit sur les bords, mais n'arrive pas à entrer dans aucune des six poches. Carl bat des paupières, revient à Sébastien.

— Tout ça parce que tu voulais mon bar, criss de malade ! Juste pour ça !

— C'est *moi* qui méritais *Le Lindsay* ! rétorque Sébastien, animé par une soudaine révolte. Criss ! Je suis le gérant depuis sept ans, je le connais autant que toi, ce bar-là ! Même ton fils était d'accord ! Il en...

— Parle pas de Samuel, câlice de trou de cul !

— ... avait rien à crisser du bar pis toi, avec ton ostie de tête de...

Carl lui allonge un coup de pied en plein visage et cette fois la douleur n'explose pas que dans son ventre, mais dans son dos et sa jambe, au point qu'il en perd l'équilibre et s'affale dans la flaque de sang qui s'est formée sous ses pieds. Les deux hommes grognent et gémissent une longue minute, l'un à moitié assommé, l'autre de plus en plus faible. Carl se met péniblement à quatre pattes et, prenant la houe comme appui, il se redresse en vacillant.

Qu'est-ce que t'attends pour l'achever ?

Sébastien, la pommette gauche enflée et ouverte, a recouvré ses esprits et tente à son tour de se relever, mais Carl lève son outil en maugréant :

— Bouge pas...

Le serveur, à nouveau un coude au sol, obéit, terrifié.

— Tout est foutu, maintenant ! articule Carl d'une voix affaiblie, appuyé contre sa houe. Tout ! Parce que tu l'as voulu !

— J'ai jamais voulu ça, moi ! J'ai jamais voulu que ça devienne aussi… aussi… J'avais pas le contrôle ! Ça… ça m'a échappé, comprends-tu ça ? Ça m'a échappé complètement !

Il lance tout cela d'un air misérable et Carl, en entendant ces mots, songe à Diane un bref moment.

— Pis si t'avais été juste, si tu m'avais traité comme ton partner pis pas juste comme un employé, Samuel serait encore en vie ! C'est aussi simple que…

La houe atteint sa tempe, non pas avec le tranchant de la lame mais avec le joint de métal qui la retient au manche, et cette fois, il perd conscience.

On n'entend plus que les halètements des deux chasseurs à l'écran, de même que le ronronnement du ventilateur. Carl, courbé vers l'avant, une main autour du manche de son arme et l'autre sur son ventre, fixe Sébastien de son œil valide en respirant bruyamment par la bouche. La haine est toujours là. La lave gicle maintenant à profusion dans le ciel noir de son âme… mais elle ne retombe pas, suspendue.

T'oses pas le tuer ? Après tout ce qu'il a fait ?

Carl tique en essuyant d'un geste agacé le liquide poisseux qui s'écoule de son orbite sanglante. Non, c'est pas ça… c'est… Il reluque la table de billard où Stéphane, toujours assis, semble attendre.

JUNKIE — J'ai rien trouvé !

ITALIEN — Moi non plus ! *Minchia !*

Carl se tourne vers l'ordinateur. Les deux visages des chasseurs sont réapparus en gros plan.

JUNKIE (un peu moins gelé que tout à l'heure) — J'ai cru entendre un char dans le coin, tantôt. Pas toi ?

ITALIEN (agacé) — Je sais pas… *Fuck ! He can't be far !*

Là-dessus, l'Italien consulte son cellulaire et il paraît surpris.

ITALIEN — *Cazzo !* Y a plus de signal ! C'est écrit « Stand by ! » sur l'écran !

JUNKIE — Sur le mien aussi ! Ça veut dire quoi ?

Irrité par ces discussions qui ne le concernent plus, Carl boite jusqu'à l'ordinateur.

ITALIEN — Ça veut dire qu'ils doivent être en train de réparer leur fucking GPS ! On a juste à attendre pis on va recevoir un nouveau signal bi...

Carl coupe le son, puis vacille jusqu'au corps inconscient de Sébastien. Il ouvre et ferme ses doigts autour du manche de son arme, tourmenté, puis regarde vers la table de billard. Au centre du visage déchiqueté de Stéphane, le sourire ne bronche pas, tandis que la boule blanche continue de rouler au hasard sur le tapis vert. Carl se sent de plus en plus étourdi.

Finis-en avant de plus en avoir la force !

Carl serre le manche de la houe, mais ne la brandit toujours pas. Tout à coup, une odeur raffinée et subtile se glisse parmi les effluves désagréables de la pièce. Carl ne s'en étonne pas, comme s'il s'attendait inconsciemment à cette ultime intervention. Il ne manifeste aucune réaction lorsqu'il entend derrière lui :

— Je ne croyais vraiment pas que nous allions nous revoir, monsieur Mongeau.

Carl se demande même, aussi fou que cela puisse paraître, s'il n'aurait pas été déçu qu'elle ne se présente pas. Il se retourne en titubant sur place. Diane se tient dans le cadre de la porte, les mains dans le dos, son costume blanc sans un pli, son chignon sans un cheveu qui dépasse. Elle affiche toujours le même air professionnel et affable, mais quelque chose de plus personnel se dégage de son expression : une réelle satisfaction.

— Tout à l'heure, derrière l'imprimerie, tout indiquait que c'était la fin. Mais comme vous voyez, rien n'est jamais sûr.

Elle effectue quelques pas, évitant soigneusement que ses souliers à talons hauts blancs n'entrent en contact avec les nombreuses taches d'hémoglobine sur le plancher. Carl la suit de ses yeux épuisés. Il sent que *quelque chose* va se produire, quelque chose que tous ignorent encore, même Diane.

— Votre retour à Drummondville était prévisible. Après votre discussion avec votre fils et votre ami Yves, vous avez évidemment découvert l'identité du commanditaire. Mais lorsque mon signal indiquait que vous vous étiez enfermé dans ce hangar, j'étais confuse. Heureusement, mon GPS est plus précis que ceux des chasseurs, et donc...

Elle sort de son veston un objet qu'elle dresse devant elle : Carl reconnaît son alliance. Diane a une petite moue admirative.

— Chapeau. Vraiment. Je l'ai trouvée rapidement, pendant que les deux chasseurs fouillaient les alentours. Ils n'ont même pas remarqué ma présence. J'ai donc désactivé la puce de votre bague et mis le signal sur attente, le temps que je vous rejoigne. Vous savez que vous n'êtes que la deuxième proie qui réussit à se débarrasser de sa puce ? Normalement, je devrais la réinstaller sur vous, comme je l'ai fait avec l'autre proie, mais puisque vous êtes sur le point de gagner la partie...

Derrière ses lunettes, ses yeux s'emplissent d'une brève victoire amère.

— Peu importe comment la Chasse se termine, elle atteint toujours son but.

Diane sort son cellulaire et le brandit devant elle, comme sur le point de photographier quelque chose.

— Une minute de plus et j'arrivais trop tard, les spectateurs auraient été déçus. En tout cas, félicitations. Vous êtes comme Orphée revenant des Enfers, rien de moins. Vous me dites quand vous êtes prêt et je filmerai, en direct.

Elle se tait, le téléphone tendu. Carl la dévisage. Sa respiration est de plus en plus rauque, il perd trop de sang, il ne pourra bientôt plus tenir debout, mais il

546 —————————————————————— Patrick Senécal

ne lève toujours pas sa houe, il n'achève pas l'homme
étendu à ses pieds. Et pourtant, la lave qui a jailli attend,
prête à retomber…

Une victoire si brève pour une vie gâchée…

Éperdu, confus, il couvre son visage gluant de sa
main libre. Diane abaisse son cellulaire et fronce un
sourcil.

— Monsieur Mongeau, il ne me revient pas de juger
ou de commenter vos scrupules moraux, mais laissez-
moi vous résumer rapidement la situation : vous allez
mourir très bientôt si on ne vous soigne pas. Si vous
tuez immédiatement monsieur Coupal, la partie est
finie et vous avez le temps d'appeler une ambulance. À
ce moment-là, vous préviendrez bien la police si ça vous
chante, vous pourrez même leur parler de *Hell.com*
ou de moi-même, cela n'aura plus aucune importance,
ni pour vous, ni pour nous. Mais si vous n'éliminez pas
le commanditaire d'ici trente secondes, j'en conclurai
que le jeu n'est pas terminé.

Carl découvre son visage et, les sourcils froncés, le
tourne vers Diane. Cette dernière brandit la bague, les
traits graves.

— Dans un tel cas, je réactiverai la puce et je vous
remettrai votre alliance, de gré ou de force. Je vous l'en-
foncerai dans les tripes s'il le faut, mais je vous garantis
qu'elle ne vous quittera plus.

Et tout à coup, Carl sait comment la lave doit retomber, et la révélation est si puissante qu'il en ressent
un regain d'énergie. Il claudique vers Diane en tendant
la main vers elle.

— Donne-moi l'alliance.

Diane émet un léger soupir.

— Vous en débarrasser serait vain. Je vous préviens :
si vous la jetez par la fenêtre, je vous envoie la rejoindre.

Carl ne bronche pas, sa main tremblante tendue, si
sûr de lui que Diane paraît maintenant intriguée. Elle

lui donne finalement la bague, curieuse de voir la suite. Carl boite jusqu'à Sébastien, toujours inconscient, se penche vers lui – une nouvelle contraction dans son ventre le fait chanceler de douleur – et, de la même main qui tient la houe, il s'appuie au sol pour ne pas tomber. Sans aucune hésitation, il enfouit l'alliance dans la plaie ouverte près de l'épaule de Sébastien. Celui-ci se raidit en geignant, les yeux fermés, tandis que Carl enfonce le bijou le plus profondément possible sous la chair. Diane observe la scène d'un œil stupéfait. Enfin, Carl extirpe sa main sanglante et vide, puis se relève en s'aidant de la houe. Il tourne son visage épuisé et ravagé vers Diane, les lèvres retroussées en un rictus mauvais et sans joie.

— T'as dit que je dois éliminer le commanditaire, mais t'as pas dit comment…

Diane penche la tête sur le côté, comme si la compréhension frayait son chemin.

— Ça ne suit pas vraiment les règles du jeu, par contre.

— Les règles doivent parfois s'incliner devant le chaos.

Diane hoche du chef, l'œil brillant, et elle ajuste ses lunettes avec une petite moue admirative.

— Qu'est-ce que… ostie ! que j'ai mal !

C'est Sébastien qui a relevé les paupières. Diane s'approche de lui, brandit son cellulaire dans sa direction et le prend en photo sans un mot. Sébastien bredouille :

— Qu'est-ce… que…

Diane marche vers l'ordinateur. Carl la suit des yeux en silence

(elle a parfaitement compris)

et, appuyé sur sa houe tel un vieillard sur sa béquille, il ramène son attention sur le serveur, le regard apaisé et pourtant plus noir qu'il ne l'a jamais été.

Il ne veut pas *nécessairement* que Sébastien meure. Il veut lui montrer à quel point la haine le rend plus puissant que lui.

Carl entend un percutant « poploc » et tourne la tête : Stéphane n'est plus là. Ni la boule blanche.

Sur l'ordinateur, les deux chasseurs font le pied de grue, impatients. Diane remet le son et leurs voix s'élèvent.

ITALIEN — … pas croire qu'on va attendre toute la nuit, *cristo* !

JUNKIE — C'est compliqué, ces shit-là. C'est de l'électronique, tsé…

Diane pianote rapidement sur son cellulaire tandis que Sébastien se redresse sur le coude gauche, le visage tuméfié, frottant son crâne d'une main. Il dévisage Carl avec stupeur, surpris d'être toujours en vie, puis il aperçoit Diane.

— Vous… êtes qui ?

Il ouvre alors de grands yeux.

— Vous étiez au bar, hier midi !

— Exact, répond Diane en continuant de besogner sur son appareil, sans un regard pour Sébastien. C'est la première fois que le commanditaire de la Chasse est un simple serveur. Un homme dans votre condition économique qui devient membre de *Hell.com,* c'est rarissime. Mais j'imagine qu'en ce moment même vous vous dites que vous auriez dû dépenser votre héritage autrement…

Sébastien comprend et son visage s'illumine d'espoir.

— L'avertissement a pas sonné sur mon cellulaire ! C'est votre erreur, c'est de votre faute ! Il faut tout annuler pis lui ordonner de pas me tuer ! (il désigne maintenant Carl) OK ? Dites-lui !

Diane range enfin son téléphone dans son veston et s'éloigne du bureau de quelques pas. Carl, appuyé sur son outil, attend sans un mot, la bouche toujours tordue en un rictus malsain, tandis que la flaque de sang sous ses pieds s'agrandit. Au même moment, sur l'écran de l'ordinateur, on voit l'Italien prendre son cellulaire d'un air excité.

ITALIEN — There it is ! J'ai un signal !

JUNKIE — Moi aussi !

Les deux chasseurs, mal cadrés, consultent leur appareil tandis que Sébastien, en évitant de mettre du poids sur sa jambe blessée, commence à se relever, fébrile.

— Vous avez entendu ? On annule tout, dites-lui !

Diane le regarde enfin et, en silence, sort de son veston son flacon de Tic Tac.

ITALIEN — OK, on a la nouvelle localisation !

JUNKIE — On a aussi un nouveau message, t'as vu ?

— Criss, m'écoutez-vous ? s'énerve Sébastien, maintenant debout, tout son poids sur sa jambe gauche. Je vous dis qu'il f...

JUNKIE (qui lit un texte) — « Nouvelle cible : Sébastien Coupal »...

Sébastien se tait et tourne un regard ahuri vers l'ordinateur. L'œil valide de Carl s'illumine.

JUNKIE — Une nouvelle cible ? Ben là, on fait quoi ?

ITALIEN — Tu sais pas lire, *tonto* ? C'est écrit : « *Tout se poursuit comme avant interruption.* »

— Ben voyons ! balbutie Sébastien.

JUNKIE — Comment ça, ils ont changé la cible ?

ITALIEN — *I don't give a shit !* Le signal est là, alors moi j'y vais !

JUNKIE — T'as vu la photo du gars ? Il a l'air magané...

ITALIEN (qui se met en marche) — Ça va être plus facile de le pogner !

Les images bougent, confuses. Sébastien les fixe d'un œil déboussolé.

— Calvaire, qu'est-ce qu'ils disent, là?

JUNKIE — Hé, attends-moi! On est toujours partners, hein?

ITALIEN — *Fuck that!*

— Ostie! qu'est-ce qui se passe?

— Je crois que c'est assez clair, répond Diane en croquant ses Tic Tac. D'ailleurs, tous les spectateurs du jeu ont reçu le même message. Et comme ça ne change rien à leurs paris...

Sébastien, qui conserve difficilement son équilibre avec sa jambe blessée, opte pour la révolte, mais celle-ci camoufle mal son affolement.

— Ben voyons, vous avez pas le droit! C'est pas ça l'entente! C'est...

— Vous saviez que si la proie vous identifiait, elle pouvait vous éliminer. À elle de choisir comment. Et si je peux me permettre, vous avez de la chance: il est possible que vous vous en sortiez.

— Possible?

— Tout peut arriver, monsieur Coupal. Je crois que vous en avez la preuve maintenant. Et monsieur Mongeau...

Elle tourne la tête vers lui et esquisse un discret sourire triste.

— ... monsieur Mongeau l'a déjà compris.

Mais Carl ne réagit pas, son attention toute dirigée vers Sébastien. Il est aussi concentré que s'il observait une expérience scientifique particulièrement audacieuse. Le serveur veut se précipiter vers lui, les poings levés, sans doute traversé par l'idée que s'il tue Carl, la partie sera terminée. Mais il trébuche et pousse un cri de douleur en portant les mains à son tibia ensanglanté. Carl, aussitôt, dresse sa houe devant lui en titubant:

— J'ai encore... juste assez de force pour... t'enfoncer ça dans le crâne.

Sébastien, sa frange de cheveux collée à son front par la sueur, revient à la femme et, pendant une seconde, semble envisager la possibilité de l'attaquer. Diane, comme si elle avait lu dans ses pensées, secoue lentement la tête.

— À votre place, je n'y songerais même pas.

La nouvelle proie regarde autour d'elle, égarée, comme si la Terre allait exploser dans une minute. Il lève alors une main implorante vers son ex-patron.

— Carl, on peut négocier quelque chose ! Je peux... je peux...

— Les deux chasseurs... vont être ici... dans cinq minutes, Seb.

Carl articule ces mots péniblement, la bouche sèche, la respiration aussi rauque que le son produit par le ventilateur. Mais pas question qu'il s'écroule devant Sébastien. Et pendant trente secondes, ce dernier supplie, menace, éclate même en sanglots et Carl, malgré son état de plus en plus chancelant, demeure silencieux, car il sent grandir en lui une sensation qui l'enivre totalement, comme elle l'a enivré, il y a trente-cinq ans, pendant qu'il développait cinq photos dans son laboratoire d'adolescent...

Diane n'intervient pas, se contente d'observer la scène d'un œil fataliste.

Quand Sébastien se tait enfin, comme s'il comprenait qu'il perdait son temps, il se dirige – sans un mot, sans un regard vers ses deux visiteurs mais les yeux débordant de larmes – vers la porte le plus rapidement que le lui permet sa jambe meurtrie. Diane et Carl l'observent alors qu'il émet des petits gémissements à chaque pas accompli, puis il franchit le seuil et disparaît.

Comme s'il n'attendait que la sortie de son ex-employé, Carl ne lutte plus contre l'épuisement. Il réussit

à se rendre jusqu'à la chaise sur roulettes, se laisse
choir dessus en poussant un long soupir douloureux
et la fait pivoter laborieusement pour se trouver face
à l'ordinateur. La souffrance est si absolue qu'elle le
berce presque. Il entend Sébastien jurer dans la cuisine :
le serveur doit chercher ses clés. Pas de voiture, la
jambe en bouillie... Après quelques secondes, il entend
la porte-fenêtre s'ouvrir. Il ne se sauvera évidemment
pas dans la rue pour éviter de tomber sur les chasseurs :
il va fuir par-derrière, traverser le boisé... Mauvaise
idée, car il sera seul, isolé, sans témoins. « Erreur de
débutant », songe Carl, les yeux à moitié fermés.

— Vous permettez ?

Il relève les paupières. Diane pose son cellulaire
juste à côté de l'ordinateur et, tout en l'appuyant sur
une bouteille de bière pour le maintenir redressé, le
dirige vers Carl.

— Je vous filme en direct, explique-t-elle de son
air affable, comme si elle présentait les conditions de
vente d'une maison. Transmis uniquement aux spectateurs. Si vous mourez le premier, ceux qui ont parié
sur les Kynigous voudront le savoir et s'en réjouir.

Carl n'a même plus la force de s'opposer. Il s'humecte les lèvres et croasse :

— Si je... je meurs en premier, est-ce que... est-ce
que vous allez laisser mon corps ici ?

— Absolument. Nous ne nous mêlons aucunement
des conséquences et des effets de la Chasse.

L'ex-proie approuve faiblement de la tête. Si Carl
perd, au moins Sébastien ne s'en sortira pas si facilement. Se débarrasser d'un cadavre n'est sans doute
pas chose simple. Effacer les preuves dans sa maison,
expliquer la nature de ses blessures... Non, peu importe
l'issue, ce salaud n'est pas tiré d'affaire.

La vue de Carl, déjà réduite à un œil, s'assombrit
davantage. Il réussit tout de même à distinguer, sur

l'écran, les deux vidéos dans lesquelles il reconnaît le bungalow de Sébastien : les deux chasseurs sont arrivés en même temps.

JUNKIE — Le signal montre qu'il est en arrière !

ITALIEN — Crisse-moi la paix, je t'ai dit !

Et les images bougent rapidement, contournent la maison. Pendant ce temps, Carl sent qu'il décroche lentement même s'il ne quitte pas l'écran des yeux. Les caméras traversent maintenant le boisé, mais il ne les voit pas vraiment. Il voit des cadavres. Celui du centre commercial, le chauffeur de taxi, d'autres qu'il ne reconnaît pas, ceux aussi de Claudia, de Samuel, et même celui d'Yves bien qu'il ignore s'il est mort... Et tout à coup, il ne se sent plus responsable de tous ces décès. Après tout, ce n'est pas de sa faute. Il n'a à peu près rien décidé. On ne décide jamais vraiment grand-chose. Jamais il n'avait prévu lâcher l'école si jeune, ni devenir serveur, ni ouvrir un bar. Jamais il n'aurait pu prédire que son employé serait un salopard ambitieux, que son fils serait membre d'un site immonde. Il n'aurait jamais cru que la haine pourrait l'amener si loin. Et pourtant, il y a eu des signes, il y a trente-cinq ans, des signes qu'il a tenté d'ignorer, d'oublier, de nier. Il a tout fait pour y arriver. Parce qu'il voulait contrôler. Comme tout le monde. Mais hier matin, le 12 août 2016, lorsqu'il s'est réveillé à huit heures vingt-quatre, il ne pouvait savoir que sa vie basculerait dans un cauchemar paranoïaque et que les sceaux de la quiétude et de la satisfaction qui frappaient jusque-là son existence disparaîtraient de façon définitive. Encore maintenant, il ignore ce qui va se passer dans les deux prochaines minutes. Rien ne relève de sa volonté ni de son mérite.

Diane se penche vers lui et, avec respect, articule :

— Je dois vous dire que vous m'impressionnez, monsieur Mongeau. Et je vous garantis que si monsieur

Coupal meurt avant vous, je vous amène très rapidement quelque part, pas loin d'ici, où on saura vous soigner très discrètement. Voyez-vous, je crois que vous avez du potentiel.

Carl n'a pas la force de répliquer, mais sans tourner la tête, les bras pendant de chaque côté de la chaise, il fronce tout de même un sourcil. Diane ajoute :

— Vous avez ça en vous, Carl.

Carl discerne alors, parmi les fantômes qui se dressent devant lui, le visage ensanglanté de Stéphane, qui le fixe droit dans les yeux. Mais cette fois, il ne sourit pas.

Sur l'écran de l'ordinateur, les caméras ont maintenant atteint les terrains sportifs du collège Saint-Bernard, éclairés par de hauts lampadaires. Et même si les images bougent de manière épileptique, on distingue au loin, dans le halo au milieu de la nuit, un homme au torse nu, affolé, sanglotant et trébuchant, qui fuit misérablement. Mais l'œil éteint de Carl fixe le cellulaire de Diane tourné vers lui. Il songe à ces centaines de spectateurs qui regardent avec avidité les deux vidéos des chasseurs, ainsi que sa propre agonie. Attendant tous le résultat du chaos.

Il est vingt et une heures quarante-trois.

Je parle de Drummondville dans tous mes romans mais dans celui-ci, la ville où j'ai habité durant les premières dix-neuf années de ma vie et où j'ai enseigné pendant treize ans devient partie intégrante de l'intrigue. J'ai tenté d'être le plus fidèle à sa géographie et à sa réalité mais j'imagine que certains de mes lecteurs drummondvillois décèleront quelques erreurs ; je m'en excuse.

Par exemple, lorsque Carl fuit l'Italien à travers une série de cours d'usines, j'ai essayé d'être le plus précis possible, mais je ne peux jurer de l'exactitude de chaque description des alentours. Je sais qu'un des boisés que Carl traverse dans cette course a été rasé, mais je crois que c'est très récent. L'île aux Fesses existe, mais j'ai inventé l'excavation où Carl se cache. Même chose pour la Celanese : cette entreprise a bel et bien été le pilier économique de Drummondville pendant des décennies et plusieurs passages sinuent entre ses vieux bâtiments, mais ce n'est pas aussi labyrinthique que dans le bouquin et j'ai créé de toutes pièces l'espace de rangement creusé à même le sol. De même, j'ai inventé la remise dans laquelle Carl jette son alliance. Après tout, le romancier a le privilège de tordre le réel à l'avantage de son histoire.

Évidemment, *Le Lindsay* n'existe pas. Et j'espère que les Racoons non plus.

Cela dit, 90 % de la ville de Drummondville décrite dans ce livre est authentique. Donc, si vous passez un jour dans le coin, vous pourriez vous amuser à refaire, dans l'ordre (et en toute sécurité) la fuite cauchemardesque de Carl : la foire alimentaire des Promenades Drummondville, le Village québécois d'antan, la cour de l'école Paul-Rousseau, le parc Woodyatt et sa célèbre île aux Fesses, la rue Prince où habite Sébastien (même si la dernière maison au bout ne ressemble sans doute pas à celle du roman), le collège Saint-Bernard (que j'ai moi-même fréquenté), toutes les rues empruntées par Carl pour se rendre chez Bob, la rivière Noire (dans laquelle mes amis et moi n'avons effectivement jamais osé tremper un orteil, sauf peut-être Pelchat), le Tim Hortons, le quartier industriel, le quartier des Floralies, le dépôt de neige municipal, la Celanese, le parc Messier et la polyvalente La Poudrière… Bref, une sorte de visite sanglante de ma sympathique ville natale qui heureusement est beaucoup plus calme dans la vraie vie.

Patrick Senécal
octobre 2017

REMERCIEMENTS

À François Dubé, Valérie Bédard, Chantal Goulet et Sandra Hébert pour les précisions médicales.

À Jean Sarrazin pour les précisions policières et légales, et pour sa grande patience.

À Chloé Varin pour les expressions en italien (et qui, m'a-t-elle dit, a trouvé l'exercice très défoulant).

À Éric Lachapelle et Nathalie Duchaine pour leur beau et tranquille chalet où j'ai pu terminer ce roman dans un décor enchanteur. Et à leurs voisins Jérôme Dionne, Lisa Bolduc et à leurs deux enfants Charles et Clara, qui m'ont prêté leur ordinateur alors que le mien était à plat, que j'avais oublié mon câble d'alimentation et que j'étais à deux heures et demie de chez moi.

À René Flageole et Olivier Sabino, mes deux complices : je serais désormais fou d'angoisse à l'idée de publier un roman sans avoir bénéficié de leurs commentaires judicieux et intelligents.

À Patrick Leimgruber, mon agent littéraire.

À mes amis Facebook qui répondent à mes drôles de questions (Est-ce qu'un gun à clous fait beaucoup de bruit ?).

À Jean, Louise, Diane, Philippe, Gabriel et toute l'équipe d'Alire.

À ma Sophie, parce que chaque fois que je me réveille à ses côtés, je me dis que ma vie est quand même crissement belle.

À vous tous, lectrices et lecteurs, la plus belle récompense que peut souhaiter un écrivain.

PATRICK SENÉCAL...

... est né à Drummondville en 1967. Bachelier en études françaises de l'Université de Montréal, il a enseigné pendant plusieurs années la littérature et le cinéma au cégep de Drummondville. Passionné par toutes les formes artistiques mettant en œuvre le suspense, le fantastique et la terreur, il publie en 1994 un premier roman d'horreur, *5150, rue des Ormes*, où tension et émotions fortes sont à l'honneur. Son troisième roman, *Sur le seuil*, un suspense fantastique publié en 1998, a été acclamé de façon unanime par la critique. Après *Aliss* (2000), une relecture extrêmement originale et grinçante du chef-d'œuvre de Lewis Carroll, *Les Sept Jours du talion* (2002), *Oniria* (2004), *Le Vide* (2007) et *Hell.com* (2009) ont conquis le grand public dès leur sortie des presses. *Sur le seuil* et *5150, rue des Ormes* ont été portés au grand écran par Éric Tessier (2003 et 2009), et c'est Podz qui a réalisé *Les Sept Jours du talion* (2010). Trois autres adaptations sont présentement en développement tant au Québec qu'à l'étranger.

LE CATALOGUE

Collection « Autrement »

Collection « Essais »

Collection « GF »

Collection « Romans » / Collection « Nouvelles »

VOUS VOULEZ LIRE DES EXTRAITS
DE TOUS LES LIVRES PUBLIÉS AUX ÉDITIONS ALIRE ?
VENEZ VISITER NOTRE DEMEURE VIRTUELLE !
www.alire.com

Iᴌ ʏ ᴀᴜʀᴀ ᴅᴇs ᴍᴏʀᴛs
est le soixantième volume de la collection « GF »
et le deux cent soixante-treizième titre publié
par Les Éditions Alire inc.

Il a été achevé d'imprimer
en octobre 2017 sur les presses de

MARQUIS

Imprimé au Canada